中国历史文化名人传

女神之光

郭沫若传

李 斌 著

作家出版社

中国历史文化名人传

组委会名单

主任：李　冰
委员：何建明　葛笑政

编委会名单

主任：何建明
委员：郑欣淼　李炳银　何西来　张　陵　张水舟　黄宾堂

文史组专家成员（按姓氏笔划为序）

王春瑜　王家新　王曾瑜　孙　郁　刘彦君　李　浩　何西来
郑欣淼　陶文鹏　党圣元　袁行霈　郭启宏　黄留珠　董乃斌

文学组专家成员（按姓氏笔划为序）

王必胜　白　烨　田珍颖　刘　茵　张　陵　张水舟　李炳银
贺绍俊　黄宾堂　程步涛

出版说明

　　中华民族五千年文明史中，涌现了一大批杰出的文化巨匠，他们如璀璨的群星，闪耀着思想和智慧的光芒。系统和本正地记录他们的人生轨迹与文化成就，无疑是一件十分有必要的事。为此，中国作家协会于2012年初作出决定，用五年左右时间，集中文学界和文化界的精兵强将，创作出版《中国历史文化名人传》大型丛书。这是一项重大的国家文化出版工程，它对形象化地诠释和反映中华民族文化的基本精神，继承发扬传统文化的精髓，对公民的历史文化普及和建设社会主义文化强国都具有重要而深远的意义。

　　这项原创的纪实体文学工程，预计出版120部左右。编委会与各方专家反复会商，遴选出在中国文化发展史上产生过重大影响的120余位历史文化名人。在作者选择上，我们采取专家推荐、主动约请及社会选拔的方式，选择有文史功底、有创作实绩并有较大社会影响，能胜任繁重的实地采访、文献查阅及长篇创作任务，擅长传记文学创作的作家。创作的总体要求是，必须在尊重史实基础上进行文学艺术创作，力求生动传神，追求本质的真实，塑造出饱满的人物形象，具有引人入胜的故事性和可读性；反对戏说、颠覆和凭空捏造，严禁抄袭；作家对传主要有客观的价值判断和对人物精神概括与提升的独到心得，要有新颖的艺术表现形式；新传水平应当高于已有同一人物的传记作品。

为了保证丛书的高品质，我们聘请了学有专长、卓有成就的史学和文学专家，对书稿的文史真伪、价值取向、人物刻画和文学表现等方面总体把关，并建立了严格的论证机制，从传主的选择、作者的认定、写作大纲论证、书稿专项审定直至编辑、出版等，层层论证把关，力图使丛书经得起时间的检验，从而达到传承中华文明和弘扬杰出文化人物精神之目的。丛书的封面设计，以中国历史长河为概念，取层层历史文化积淀与源远流长的宏大意象，采用各个历史时期最具代表性的文化符号与雅致温润的色条进行表达，意蕴深厚，庄重大气。内文的版式设计也尽可能做到精致、别具美感。

中华民族文化博大精深，这百位文化名人就是杰出代表。他们的灿烂人生就是中华文明历史的缩影；他们的思想智慧、精神气脉深深融入我们民族的血液中，成为代代相袭的中华魂魄。在实现"中国梦"的历史进程中，必定成为我们再出发的精神动力。

感谢关心、支持我们工作的中央有关部门和各级领导及专家们，更要感谢作者们呕心沥血的创作。由于该丛书工程浩大，人数众多，时间绵延较长，疏漏在所难免，期待各界有识之士提出宝贵的建设性意见，我们会努力做得更好。

《中国历史文化名人传》丛书编委会

2013 年 11 月

郭沫若

目录

第一章

忆昔我曾出嘉州

一

　　乐山县是嘉定府所在地，古称"海棠香国"，是大渡河、青衣江和岷江的交汇点，峨眉山第二高峰绥山就在境内。沙湾是乾隆年间发大水后新建立起来的场镇，在乐山县城西南三十余公里处，西临绥山，东面流着大渡河，大渡河俗称沫水，人们习惯用"绥山毓秀，沫水钟灵"来形容沙湾的风土人物。沙湾镇子不大，人口不足千人，客家人居多，人们以酿酒养猪作为经济来源，生活比较富裕。沙湾重视教育，很多家庭都设有私塾。祠堂寺庙也有好几处。不仅有崇奉孔子的文昌宫，还有天后宫、三圣会等。香火不断，文化气息浓厚。

　　明末四川大乱，死人无数，赤地千里。富庶的东南地区和华中地区开始向四川移民。乾隆四十六年，福建汀州府宁化县人郭有元挑着两个麻布袋子，随同一些张姓、邱姓老乡，千里迢迢来到沙湾。郭家最初居住在沙湾落井沟，此地盛产玉米，风调雨顺。郭有元勤劳耕作，很快就解决了全家的温饱问题。后来郭有元重返福建，将已故父亲郭志思、母亲张氏的骸骨背到沙湾安葬，以志世代定居沙湾之意。

郭有元长子郭承富用福建酿酒的办法，将吃不完的玉米酿成醇香的白酒，用酿酒剩下的酒糟养猪。郭家酿酒技术好，猪也越养越多，远销乐山、眉山等地，家族逐渐繁盛昌大。

郭承富的独子郭贤林，在沙湾场建了房子，办起商铺"鸣兴号"。郭贤林的第二个妻子邱妙福活了上百岁。官府提议为她建造了百岁坊，嘉定知府赠送了"贞寿之门"的匾额。这个匾额至今挂在沙湾郭沫若故居的大门上。

郭贤林有四个孩子。他家产多，四个孩子长大了要分家。孩子们都经商，各自在"鸣兴"之后加上一个字。次子郭明德，即秀山公，将自己的商号取名"鸣兴达"。秀山公是跑码头的江湖好汉，左边太阳穴上有个三角形的金色痣印，人称"金脸大王"。他和他的兄弟们一度执掌过沙湾的码头。"金脸大王"仗义疏财，有四男三女，家庭日常开销大，没攒下多少家业。

郭朝沛是秀山公的第三个孩子。他是位精明的商人。秀山公开销大，家里逐渐入不敷出。郭朝沛十三岁便弃学到五通桥"怀顺号"舅舅家盐井上当学徒。秀山公在牛华有盐灶业。郭朝沛学徒不满两年，就被叫回家当管事，整顿盐灶。风里来雨里去，郭朝沛积累了不少社会经验。他什么生意都做，酿酒、榨油、卖鸦片烟、兑换银钱，仗着自己的能干和父亲的威望，生意越做越大。郭朝沛勤苦节俭，常常肩挎褡裢奔走于大渡河、青衣江间，每日行程上百里，附近州县都留下了他的足迹。有一年冬天，大雪纷飞，他乘竹筏由雅河顺流而下，腿冻僵了，到达目的地后歇了很久才能步行。正是由于郭朝沛这种艰苦卓绝的精神，郭家逐渐有了起色。郭朝沛把赚来的钱交给父亲，仗义疏财的秀山公很快就把钱花出去了。尽管如此，郭朝沛还是新买了不少田地、房廊和盐井。

杜琢章出生在与沙湾隔着一条大渡河的杜家场，他是咸丰年间的二甲进士，最初做过几任县官，因政绩突出，升任贵州黄平州府官。1858年，苗民起义攻陷黄平州。杜琢章因守城不力自杀殉职。杜夫人带着两个女儿跳池自尽。唯一幸存的是刚满一岁的小女儿，由刘奶妈抱着，一路历经艰险，经过将近四年的流浪才辗转回到了四川。此时杜家家道中落，生活十分艰苦。这个小女儿心灵手巧，很小就做针线活儿贴补家用。

杜家小女儿十五岁时嫁给了郭朝沛。在大家庭中，能干的人容易遭嫉恨。郭朝沛二十三四岁时，秀山公去世了。有弟兄说他私藏钱财，风言风语越发猖狂。郭朝沛一度心灰意冷，十多年间不管家事。后来四兄弟分家，郭朝沛分得最少。他子女多，开销大。在妻子支持下，他用全家过年过节所得的份子钱，又借了些债，重新将生意做起来。

1892年11月16日，郭朝沛家生了个男孩儿。这个孩子就是郭沫若，学名郭开贞。母亲做的胎梦很奇怪：一头小豹子突然咬了她左手的虎口，把她惊醒了。于是她为开贞起乳名文豹。开贞是脚先出来的，幸亏母亲已经多次生产，所以没有发生意外。"孻生"的孩子一般性格很偏，开贞后来干什么事儿都很要强。

郭家较为富裕，家有用人，收着地租，但开贞的母亲却十分勤劳。初到郭家时，洗衣、浆裳、扫地、煮饭，事事都干。开贞后来清楚记得，母亲亲自洗弟弟的尿布。开贞大哥郭开文说："吾母一生，寝必深夜，起必黎明，衣不重裘，食无兼味，啬于自奉而厚于待人。""吾母一生，自少而壮，而老，以迄于亡，无不与困苦艰难奋斗搏战，卒能战胜环境，以有今日。"[①]

杜氏夫人善于处理家庭关系，劳动之余，她常常给开贞曾祖母和祖母"说弹词，诵佛偈，凡老人所好，靡弗视于无形，听于无声，以是常得老人欢"。尽管从小遭遇大变故，后来又多子辛劳，但杜氏夫人却乐观开朗。她对孩子的教育也非常在行。"教子女以义方，从无恶言剧色。市井之语，粪土之言，绝不闻出于母口，亦不容入母耳"[②]。此外，她还喜欢绣花，自画自绣，深得乡间称赞。

杜氏夫人没有上过学，单凭耳濡目染，识得不少字，暗诵一些诗。她喜欢风格淡漠悠远的唐诗。其中有一首开贞记得最清楚："淡淡长江水，悠悠远客情。落花相与恨，到底一生无。"开贞记不得诗名，这其实是盛唐诗人韦承庆的《南行别弟》，表达了贬谪途中失意之情。母亲

---

① ② 郭开文：《德音录·祭母文》，《沙湾文史》，1987年6月第3期。

喜欢这首诗，大概跟她特殊的身世有关。母亲对诗歌的喜好影响了开贞。开贞后来回忆说，母亲"摇篮时代一定给我们唱过催眠歌，当然不记忆了。但在我自己有记忆的二三岁时她已经把唐人绝句教我暗诵，能诵得琅琅上口。这我相信是我所受诗教的第一课"[1]。

开贞父母品行都很端正。父亲"好施与，自成年以至衰老，办赈平籴，施棺送药诸善举，终身行之不倦。乡中公益事，其大者如兴学校，设义渡，造桥梁，辟道路，及治安消防等设施，率首倡而促成之"[2]。母亲"与家人处，终岁无勃谿诟谇声"，"亲邻有孤孀不能自存者，必解衣推食相周恤"。[3]

由于生孩子过多，母亲每到秋天总会"晕病"发作。相传芭蕉花是治疗这病的良药。年方六岁的开贞随着哥哥翻过天后宫围墙，摘了一朵开得正好的芭蕉花，捧回来献给母亲。母亲知道这花的来源后十分生气。她把开贞兄弟二人叫来跪在床前，连连叹气说："啊，娘生下了你们这样不争气的孩子，为娘的倒不如病死的好了！"父亲知道后，又把兄弟二人拉去大堂跪在祖宗神像前打了一阵。开贞兄弟挨打后把芭蕉花还回到天后宫。

郭家在当地十分受尊重。有一次开贞的父亲派人去云南采办了十几担货物，一行人行至离沙湾三十里路的千佛崖时遭到土匪抢劫。这是郭家第一次遭劫。第二天早上，当郭家打开大门时，发现十几担货物原封不动放在门口。担上附了一张纸条："得罪了。动手时疑是外来的客商，入手后查出一封信才知道此物的主人。谨将原物归还原主。惊扰了，恕罪。"

在开贞印象中，土匪也有可爱的一面。开贞印象最深的是杨三和尚。杨姓是沙湾土著，和作为客家人的郭家势不两立。杨三和尚又是黑道中人，更是受到一般客家人的鄙夷。但开贞却觉得杨三和尚可亲。

---

① 郭沫若：《如何研究诗歌与文艺》，《郭沫若全集·文学编》（第19卷），人民文学出版社，1992年，第426页。
② 郭开文：《德音录·先考膏如府君行述》，《沙湾文史》，1987年6月第3期。
③ 郭开文：《德音录·祭母文》，《沙湾文史》，1987年6月第3期。

杨三和尚本名杨森南，比开贞大十岁。他身材高大，从小习得一身好武艺，喜欢打抱不平，行侠仗义。沙湾场的黄玉堂曾被无赖骗走一笔钱，杨三和尚只身前往，将无赖打倒在地，拔出尖刀，称自己是为黄大爷报仇而来，割掉无赖一只耳朵后扬长而去。徐海楼是一名土匪头子，人称徐大汉子，被官府捉住囚在笼子里抬往嘉定城。杨三和尚带领他的弟兄们扮成衙门兵勇和赶集老乡，在白岩抢走徐大汉子，还杀死了一位把总。

杨三和尚被官府追捕。有一次，他走到开贞兄弟身边。他们正在放风筝。杨三和尚在旁边站了一会儿，翻身滚到旁边坑里，对郭家兄弟说，"差人来了，请费心掩护。"郭家兄弟继续若无其事放风筝，成功掩护了杨三和尚。

后来杨家被抄，房屋被官府拆毁，杨三和尚的父亲被绑走。杨三和尚也完全成了秘密社会的人，开贞等人不知道他的去向。这位杨三和尚后来定居雅安载杨溪，和当地居民相处和睦。1920年，他在病逝前说出了自己的真实身份。当地人同情他，在他的墓碑上写着"身死名不死，家完人未完"的联语。

开贞一直记得这位汉子："我们小时候总觉得杨三和尚是一位好朋友，他就好像《三国志》或者《水浒》里面的人物一样。"[1]开贞怀念杨三和尚，大概是因为他充满了活泼泼的生命力，继承了传统文化的侠义精神，敢于争取自由，蔑视权威。

二

郭家亦农亦商，直到开贞祖父一代，才出了一名秀才。郭朝沛对孩子们的教育十分上心。郭家办了私塾，名为"绥山山馆"，请来沈焕章

---

① 郭沫若：《我的童年》，《郭沫若全集·文学编》（第11卷），人民文学出版社，1992年，第16页。

做专馆先生。沈焕章是犍为县人，秀才，1851 年出生，1886 年到"绥山山馆"。开贞的大哥郭开文、二哥郭开佐和沈焕章的儿子及开贞的一些堂兄弟一起从沈焕章受业。

开贞自幼聪颖，五哥放学回来温习功课，五哥尚未念熟，他却能默诵了；他还随大人去听说书，能听明白其中的意思。四岁半时听母亲念诗："翩翩少年郎，骑马上学堂。先生嫌我小，肚内有文章。"对上学堂产生了憧憬。父母见他还聪明，便允许了他上学堂的请求。

1897 年春天，开贞进了私塾。四十七岁的先生沈焕章迎来了六岁的学生郭开贞。沈焕章十分喜爱这位年幼的学生。有一次，沈焕章出了上联"钓鱼"，比开贞年长三岁的从兄对"捉蝶"，而开贞却对曰"伏虎"。沈焕章很惊讶，向郭朝沛称赞说："此子气度不凡，将来必成大器。"还有一次，沈焕章为了惩治逃学的开贞，让他上前背书，开贞一口气一字不差地背了下来。沈老师十分叹服，逢人便夸。开贞对沈焕章印象也十分好。他后来回忆说："像他那样忠于职守，能够离开我见，能够专以儿童为本的人，我平生之中所见绝少。他起初打过我们，而且严格的打过我们，但那并不是出于恶意。"①

郭家私塾的规矩是上午读经，下午练字，晚上读诗。经书太难，五六岁的开贞难以理解。开贞的诗歌教材是《唐诗三百首》和《千家诗》，他对唐诗充满了兴趣，他喜欢王维、李白、孟浩然、柳宗元，不喜欢杜甫，甚至有些痛恨韩愈。这跟沈焕章的影响有关系。对于童年的开贞来说，王维、李白等人的诗多自然天成，容易理解，杜甫诗充满历史感，韩愈喜欢险怪字词，都是童年开贞不容易懂的。但童年经验却决定了他一生的兴趣，直到晚年，他还喜欢李白，而对杜甫颇有微词。沈焕章让开贞对对子，从两字对、三字对、五字对、七字对到九字对，对不好不让休息。这给开贞打下了深厚的基础。开贞后来回忆自己读诗、对对子的童年生活时说："我自己是受科举时代的余波淘荡过的人，虽然没有

---

① 郭沫若:《我的童年》,《郭沫若全集·文学编》(第 11 卷), 人民文学出版社, 1992 年, 第 45—46 页。

做过八股，但却做过'赋得体'的试帖诗，以及这种诗的基步——由二字至七字以上的对语。这些工作是从七八岁时动手的。但这些工作的准备，即读诗，学平仄四声之类，动手得尤其早，自五岁发蒙时所读的《三字经》《唐诗正文》《诗品》之类起，至后来读的《诗经》《唐诗三百首》《千家诗》之类止，都要算是基本工作。"[1]

沈焕章批改作业很严格。开贞交上来的诗文习作，沈老师常常在不当的字句处画圈，然后让开贞自己改。往返多遍，直到开贞修改得让他满意为止。沈焕章写得一手好柳体，开贞深受影响。除在私塾练习外，他还每天早早起床，用墨写核桃大的字，用土红写大碗大的字，用土红写斗方大的字。日积月累，开贞练字用的纸，积累起来都有书桌那么高了。开贞后来在书法上能取得突出成就，源自他从小就打下了深厚的功底。

在沈焕章严格教育下，天资聪颖的开贞写得一手好文章。三国时，蜀人违背诸葛亮的战略，不再在阴平设兵把守关口，以致魏兵从此偷渡。郭沫若以此为题写过一篇《邓艾偷渡阴平》。其中有："关卡应设，待魏兵下一而杀一，下十而杀十，而百而千而万，而百千万，魏兵虽多，足几杀耶。"这篇文章气势磅礴，给沙湾人留下了深刻印象。

清末维新运动后，时代的浪潮很快冲击到传统的私塾教育里。郭家私塾除读圣经贤传外，增加了《地球韵言》和《史鉴节要》。《地球韵言》是光绪年间湖北举人张士瀛写作的一部地理类的启蒙读物。像"大地椭圆，旋转如球；东半西半，分五大洲""摄引全球，专赖引力；绕日而行，八星之一"等句子，将近代关于宇宙地球的科学知识用浅显易懂的语言表达出来。《史鉴节要》全名《史鉴节要便读》，鲍东里撰，六卷，成于道光年间。"是书所记，起太古开辟，迄南朝灭亡。旁注史事，便于考史。用四言韵语，甚便童蒙记诵。"[2]这两套书都用四字韵言，分别讲地理和历史知识。开贞非常喜欢它们，认为它们对"我们当时的儿童真是

---

[1] 郭沫若：《我的作诗的经过》，《郭沫若全集·文学编》（第16卷），人民文学出版社，1989年，第210页。

[2] 吴枫主编：《简明中国古籍辞典》，吉林文史出版社，1987年，第252页。

无上的天启"①。私塾里还增加了自然科学教材。"数学演算是每天都要做的,《算数备旨》里面的每一道问题都不曾忽略过。"②

1904 年 1 月,清政府公布《奏定学堂章程》,建立新式学堂。成都很快成立了高等学堂、东文学堂、武备学堂。开贞的大哥郭开文进了东文学堂,五哥郭开佐进了武备学堂。郭开文买了《启蒙画报》《经国美谈》《新小说》《浙江潮》等很多新书新刊寄到家里,开贞从中十分受益。

《经国美谈》是日本立宪政治家矢野龙溪写作于 1883—1884 年的一部政治小说,雨尘子翻译成中文。译文最初刊载于《清议报》,1907 年出版单行本。该书"是日本启蒙主义文学中第一部成熟的政治小说,也是龙溪的代表作"③。"小说写齐武名士威波能、巴比陀、玛留等人,历尽磨难,推翻专制统治,确立民主政治,并在盟邦阿善(雅典)的支持下打败了斯波多(斯巴达),争霸全希腊的故事。表现了作者争取自由和独立的政治思想。小说运用了历史演义的模式,全文情节曲折多变,人物描写类型化、理想化。"④《新小说》是文艺月刊,梁启超主编,1902 年 11 月创刊于日本横滨,后在上海出版,1906 年停刊,共出 24 期。《浙江潮》由孙翼中主编,综合性月刊,1903 年 2 月在日本东京创刊,共出 12 期。

这些书刊中给开贞印象最深的是《启蒙画报》。《启蒙画报》创办于 1902 年 6 月 23 日,终刊于 1904 年底。最开始每天出版一刊,后来每月出版两册。这份画报"以浅显易懂、生动活泼的白话语言和图绘形象相结合,既传播数学、物理、化学、动物学、植物学、医学、天文学等近代科学知识,又讲说中外史地、民情风俗、中外重要人物,还刊登寓言故事、智力故事以及小说等文学类作品,有时还报道国内外时闻信

---

① 郭沫若:《我的童年》,《郭沫若全集·文学编》(第 11 卷),人民文学出版社,1992 年,第 42 页。
② 郭沫若:《我的学生时代》,《郭沫若全集·文学编》(第 12 卷),人民文学出版社,1992 年,第 11 页。
③ 黎跃进:《东方文学史论》,湖南人民出版社,2000 年,第 330 页。
④ 孟昭毅等:《中国东方文学翻译史》(上卷),昆仑出版社,2014 年,第 76 页。

息"①，向儿童打开了认识世界的窗口。

《启蒙画报》中有拿破仑和俾斯麦的简单传记。开贞十分崇拜他们。开贞尤其同情拿破仑妻子约瑟芬，这位被废掉的皇后在临死时还拿出拿破仑的照片来亲吻。开贞读到这里不禁流出眼泪来。开贞从小感情丰富，后来成为诗人不是偶然的。他还从《启蒙画报》中读到《猪仔记》，小说写一位在美国不学好的青年，被骗做了猪仔，卖到某地去开垦，受尽剥削和欺压。这让开贞想起了周围的农民，他们终年辛勤劳作，有了收成却多半向地主交了租，连一顿白米饭也吃不上。

《启蒙画报》里每段记事都配上简单的线条画，开贞用纸摹下来，有时候涂上各种颜色，贴在床头墙壁上。这是他对美术的最初热爱。曾祖母邱氏寿满百岁时，家中为她在乡场上建立了"百岁坊"，坊上有许多文字和浮雕，开贞十分喜欢。他后来回忆说："这或者在我后来的文艺的倾向上有点潜在的作用。"②郭开文热爱美术，他有《海上名人画稿》和《芥子园画谱》，开贞也喜欢翻阅。《海上名人画稿》是工笔画，里面有一幅公孙大娘舞剑器图，开贞将这幅图与杜甫的《观公孙大娘弟子舞剑器行》对照着看，加深了印象。郭开文喜欢苏东坡的书法，并练习苏体。受此影响，开贞也开始对娟秀飘逸的苏东坡书法产生了感情。

除《启蒙画报》等外，郭家私塾还添置了很多上海出版的蒙学教科书，像格致、地理、地质、东西洋史、修身、国文等。沈焕章很开明，他得了这些风气，也不体罚学生了。他自修了一家教会学堂出版的《笔算数学》用来教学。开贞从加减乘除学到了开方。私塾壁上挂着《东亚舆地全图》，各个地区用不同颜色表示，这让开贞对世界有了新认识。开贞读古书也开始有条理了。他一面读《左氏春秋》，一面读《东莱博议》。两书相互启发，给开贞很大教益："我的好议论的脾气，好做翻案

① 彭望苏：《北京报界先声20世纪之初的彭翼仲与〈京话日报〉》，商务印书馆，2013年，第15页。
② 郭沫若：《我的童年》，《郭沫若全集·文学编》（第11卷），人民文学出版社，1992年，第33页。

文章的脾气，或者就是从这儿养成的罢？"①

1904 年，郭开文以优异的成绩考入日本东文学校，以公费留学日本，后进入早稻田大学法学系学习。郭开文留下很多书放在老家书橱里，开贞放学回家后，从中偷偷拿出《西厢记》《花月痕》《西湖佳话》等古典戏剧小说来看。开贞在十多年后改写《西厢记》，就跟这时候放下蚊帐在床上偷偷阅读有关。

开贞学会了写诗。他最早的诗充满童趣，即物写景，清新自然。《茶溪》写道：

> 闲钓茶溪水，临风诵我书。
> 钓竿含了去，不识是何鱼。

《早起》歌颂：

> 早起临轩满望愁，小园寒雀声啁啾。
> 无端一夜风和雪，忍使娥眉白了头。

这些诗歌表现出开贞很早就有过人的才情和高超的文字驾驭能力。

三

1905 年，清政府正式废除科举。嘉定府首府乐山县开办高等小学。开贞父亲包了三只船，亲自送他去县城投考。初考录取学生近两百名，开贞名列第二十七。复试录取九十名，开贞排名第十一。考生中有一半以上是三十岁左右的成年人，十四岁的开贞却名列前茅，父亲十分高兴。

---

① 郭沫若：《我的童年》，《郭沫若全集·文学编》（第 11 卷），人民文学出版社，1992年，第 46 页。

高等小学的帅平均老师对开贞影响很大。帅平均原名帅镇华，1870年出生，乐山县平羌乡人。早年考取廪生，1905 年春天通过乐山县官费公派到日本留学。1906 年卒业于日本宏文师范，随即回乐山高等小学任教。帅平均是个有抱负有志气的学者。他后来给乐山中学堂写了首校歌："国史五千年，昌意青阳两派专；江若会州前，山水英灵孰比肩。扫除帝王幻想，勉为领袖名贤；敢让凌云高望，雄杰势参天。"据熟悉乐山文化的人称："《史记·五帝本纪》上说：黄帝最初娶西陵的女儿做妻子，她就是嫘祖，嫘祖后来做了黄帝的正妃。她生了两个儿子，一个叫青阳，青阳住在长江上源；一个叫昌意，昌意住在若水。乐山是长江的支流岷江和若水两江汇合之处，悠久的历史文化孕育了一代代英灵。凌云山是乐山大佛所在之地，高望山又叫老霄顶，山上有著名的万景楼。"①帅平均希望学生成为领袖名贤，成为人中豪杰。这很好地激励了开贞等人。

帅平均在日本似乎并没有学到多少新学问，他虽然担任了算术、音乐、体操等课程的老师，却并不出色。他的特长是读经讲经。他本是清末儒学大师廖平的高足。廖平的学术见解新颖大胆，比如他说《公羊传》《谷梁传》《左传》是一家，说左丘明就是商卜。这些离经叛道的言论受到了惩罚，廖平两次由进士被革成了白丁。帅平均在治学上继承了廖平敢发议论，卓有创见的精神。

读经讲经课上，帅平均用了整整一学期讲《王制》。《王制》是《礼记》的篇名，也是今文经学最看重的经典。《王制》在《礼记》中比较难读，但帅平均把它分成经、传、注、笺四项。他认为经是孔子的话，传是孔门弟子所说的话，注、笺是后儒的阐发。这样条分缕析，开贞学起来一点都不辛苦。开贞对帅平均的《王制讲义》十分折服。1906 年，他写作了三首诗歌颂这本讲义。《题王制讲义》二首咏道：

---

① 杜道生口述，张家钊访问整理：《花繁浓艳出芙蓉，狮山更见晚霞红》，谭继和主编：《青史留真》（第 1 辑），四川人民出版社，2010 年，第 77 页。

经传分明杂注疏，外王内圣赖谁传。

微言已绝无踪影，大义犹存在简篇。

不为骊珠混鱼目，何教桀犬吠尧天。

而今云翳驱除尽，皎日当空四（世）灿然。

《跋王制讲义》写道：

博士非无述，传经夹注疏。

先生真有力，大作继程朱。

帅平均的讲义，在开贞看来，很多都能跟段玉裁的"小学"相印证。开贞在私塾时，大哥郭开文曾跟族上长辈郭敬武学习。郭敬武是四川有名的儒者，他早年在成都尊经书院求学，是王闿运的学生。郭开文从郭敬武那里学到清代朴学的基本方法，回家后便让弟弟们抄录《说文部首读本》，他们还读过段玉裁的《群经音韵谱》。开贞虽然觉得太难，兴致不高，但这些阅读打下了他文字音韵学基础，对于他后来从事甲骨文和金文研究有很大的帮助。开贞后来推崇乾嘉学派，跟这时候的学习也有关系。

开贞第二期升至甲班，帅平均仍然但任读经讲经的课程。这次他讲的是《今文尚书》，用的教本是《伏生今文尚书》。开贞在私塾学《尚书》时用的梅颐《古文尚书》做课本。经过帅平均的解释，开贞才知道经学中有今、古文之分。受帅平均启发，开贞年假中翻阅阎若璩的《尚书古文疏证》，该书逐字逐句揭发了梅颐《古文尚书》之伪，开贞对此很有兴趣。开贞后来在治学上常常提出不同群伦的新鲜见解，这有启蒙教师帅平均的影响。这个假期，开贞还将《史记》读了一遍，他喜欢司马迁的笔调，对项羽、屈原、聂政等人产生了好感。

开贞很喜欢监学易曙辉讲授的乡土志。易曙辉，字晴窗，1857 年出生，乐山县城人，是光绪年间的副贡，后来曾做过嘉定"保路同志会"

的副会长。《乐山县志》说他"循循善诱，性刚直，到与必严"。他为乡土志这门课程自编了《乐山乡土志》，雕版印行。"这门课，教无定法，他将人文教育与诗的熏陶融为一体，变格教法"，"介绍嘉州历代名胜古迹的历史沿革，讲授四位主持正义，敢于为国抗争的乡贤，吟咏嘉州风景的名人诗篇，李白、苏东坡、陆游、岑参、范成大、黄庭坚等文人学士的吟咏，还有阳明哲学的最初导引，或者赋予感世愤俗的激情，或者渗透着济世救民的志向，或则饱含着忧国爱民的仁慈之心"。①这门课程给予开贞丰厚的人文熏陶，对他后来的学术兴趣有重要影响。

在这些学者的教导下，开贞已能写出比较深刻的论文。现存一篇写于 1906 年的《愚者辨》，体现了他对以老庄为代表的道家思想、以孔孟为代表的儒家思想的深入理解，并在此基础上养成了自己刚正豁达的人生观。《愚者辨》论道：

> 人之有患，若己有之，恤鳏寡，养孤独，不伐己之德，不惜货贿以济人之穷困，仁也。无荣辱之辨，不忌人之修，不议人之短，被莫大之辱而不怨，惟能下人，是以虽暴戾恣睢，待之不能伤，智也。不避权贵，不畏强圉，视生死如蘧庐，虽王公大人不能屈，赴汤蹈火而不辞，勇也。智仁勇，三者天下之达德也，此君子之所难能。

智仁勇糅合了中国古代士大夫的人生理想和道德境界，开贞把它内化为自己的个性品德。

开贞在课余继续写诗。《月下》咏道：

> 天边悬明镜，照我遗我像。
> 像不在镜中，但映青苔上。

---

① 陈俐：《郭沫若〈我的幼年〉的双重叙事与读者接受》，《郭沫若与文化中国》，中国社会科学出版社，2013 年，第 200 页。

《村居即景》写道:

> 闲居无所事,散步宅前田。
> 屋角炊烟起,山腰宿雾眠。
> 牧童横竹笛,村媪卖花钿。
> 野鸟相呼急,双双浴水边。

《苏溪弄筏口占》咏道:

> 临溪方小筏,游戏学提孩。
> 剪浪极洄沂,披襟恣荡推。
> 风生荇菜末,水激鹣鹣媒。
> 此地存苏迹,可曾载酒来。

这些诗体物写貌,清新自然,十分可喜。

开贞学习成绩优秀,期末考了第一。这让一帮年龄大的学生很难堪。他们派代表包围了教育长室,要求查卷子,还不停说风凉话:什么可惜我们的面孔不好看啊,不白皙不嫩啊,我们头上没用红头绳扎小辫子啊之类的。他们将帅平均从教育长室赶到校长室,又从校长室赶到会客室。帅平均没办法,只好借口开贞端午节曾请假回家,扣了几分,从而将他从第一名降到第三名,以此平息老学生们闹起的风波。这让少年开贞初尝世间险恶,种下了他叛逆的种子。

受改榜风波影响,开贞虽顺利升入了甲班,但表现得更加骄傲和懒散。他不断出风头,逐渐成为学生领袖。

学堂本来星期六是有半天假的,但后来取消了。学生们要求恢复这一制度,纷纷派代表与校方谈判。甲班推举出来的代表就是开贞。校长易曙辉自有对付学生的办法。他将学生们召集起来说:"废除这个制度本来是为了你们的健康和学业着想,如果你们觉得需要恢复,咱们可以商量。不过你们这样罢课，实属大逆不道，但我知道这不是你们全体的意志，而是一二败类鼓动。希望你们将这一二败类指出来，不然我就全体斥退你们。"学生们虽受了威胁，但并没有指出代表来。一位杜姓教师建议，用无记名投票的办法选出罪魁。结果开贞以绝对多数当选了！校长宣布，开除开贞。

开贞父亲很着急，他匆匆赶到乐山拜见学校领导。几位老师都告诉父亲："你家公子聪明有余，沉潜不足，要遇些挫折，才有利于他的成才。"父亲深表认同，于是带着开贞四处去"示众"，以增加他的廉耻心。

他们来到文昌宫公立小学。校长李肇芳和开贞的大哥郭开文同为著名汉学家郭敬武的学生；开贞的私塾教师沈焕章也在这里当教员。李肇芳认为乐山县高等小学开除开贞理由不足，于是联名教员给乐山县高等小学写信，大意是年轻人不可使他太受耻辱了，这样会阻止他的上进心和竞争心。开贞本人十分赞成这个观点，他认为在教育上应该从积极方面去引导，要培养学生的竞争心、自负心，就是骄傲点也无妨，只要能勇猛向上就好。乐山高等小学收到李肇芳等人来信后，虽回信争辩了几句，却通知开贞马上返校，"悔过自新准其复学"。当初被开除，本就是玩阴谋耍手段，如今却碍于人情收回成命。开贞深刻地体会到当时社会中那些不讲原则、虚伪、敷衍的办事作风。

回到学堂的开贞百无聊赖，终于提前在五月份以第三名的成绩毕了业。这三学期在高等小学，他感到好像受到了三十年的监禁。毕业那天他跑到教室，脱下鞋子，打碎两块玻璃，划了一手的血！

四

1907 年秋天，开贞升入嘉定府中学堂。该校筹办于 1904 年，1907 年秋天正式招生，开贞属于第一届学生。嘉定府中学堂是当时嘉定府最高学堂，位于乐山县城正中旧川南道署，开办学堂前该处曾作为嘉定府试院。

嘉定府中学堂 1907 年从嘉定府七县招收二百余名学生，这些学生都是经过挑选的高材生。教师也大都是四川高等学堂毕业的，有真才实学。藏书以九峰书院旧藏为主，较为丰富。

嘉定府中学堂教员中，开贞印象最深的是经学教员黄经华。开贞回忆中学生活时说："黄经华先生讲的《春秋》，是维系着我的兴趣的唯一的功课。"[1]

黄经华，1864 年出生，乐山人，清末举人。跟帅平均一样，也是四川大儒廖平的弟子。黄经华对廖平学说十分忠诚。廖平"门人中信其说且从而为之词者，独乐山黄经华"[2]。黄经华虽囿于廖平学说，未能将其发扬光大。但开贞却从黄经华这里学会了十分重要的治学方法。开贞多年后对当时的教学内容仍然记忆犹新。"他教的是《春秋》，就是根据廖季平先生三传一家的学说。他很有把孔子宗教化的倾向，他说唐虞三代都是假的，'六艺'都是孔子的创作，就是所谓托古改制。为甚么《左传》里面在孔子以前人的口中征引'六艺'的文字？他说这便是孔门的有组织有计划的通同作弊了。他怕空言无益，所以才借重于外，托诸古人，又怕别人看穿了他的伪托不信任他，所以才特别自我作古的假造出许多的历史。"[3]这种大胆新颖的见解，敢于打破权威、破除陈说的勇气，给开贞很深印象。黄经华很喜欢开贞，经常借书给开贞看。开贞后来大做翻案文章，跟廖平弟子传授的今文经学有很大关系。

开贞读了很多课外书，包括各种新出版的书报。他读章太炎的《国粹学报》。章太炎的文章实在难懂，但开贞十分钦佩他的革命精神。开贞鄙夷梁启超的保皇立场，却喜欢他的文章。他常常看《清议报》，其中的文字大都能读懂。他爱读梁启超的《意大利建国三杰》，对加富尔、

① 郭沫若：《我的学生时代》，《郭沫若全集·文学编》（第 12 卷），人民文学出版社，1992 年，第 11 页。
② 廖宗泽：《六译先生行述》，《廖平年谱》，巴蜀书社，1985 年，第 88 页。
③ 郭沫若：《我的童年》，《郭沫若全集·文学编》（第 11 卷），人民文学出版社，1992 年，第 120 页。

加里波蒂、马志尼非常崇拜。他对梁启超评价很高："他负载着时代的使命，标榜自由思想而与封建的残余作战。在他那新兴气锐的言论之前，差不多所有的旧思想、旧风习都好像狂风中的败叶，完全失掉了它的精彩。""当时的有产阶级的子弟——无论是赞成或反对，可以说没有一个没有受过他的思想或文字的洗礼的。他是资产阶级革命时代的有力的代言者，他的功绩实不在章太炎辈之下。"[①]

开贞嗜好阅读林译小说。最初读的是《迦茵小传》，他很羡慕男主人公亨利，因为他从古塔的楼顶坠下去时，有他的爱人迦茵张着双手接着他。开贞喜欢司各特的《撒喀逊劫后英雄略》，觉得该书将浪漫主义的精神"具象地提示给我了"。他还喜欢兰姆用童话的方式译述的莎士比亚戏剧故事集，觉得比莎士比亚的戏剧本身还要亲切。这些著作给少年开贞无限的新鲜感，对他产生了长远的影响，"幼时印入脑中的铭感，就好像车辙的古道一般，很不容易磨灭"[②]。

1908 年秋天，中秋过后不几天，开贞感到非常疲倦，头疼、腹泻、咳嗽、流鼻血。他预感情况不妙，决心回家。一到家他就倒在母亲床上，失去了知觉。

开贞得的大概是肠伤寒。但中医根本不能诊断出是什么病症来。父亲略懂中医，照习惯开了一服比较温和的药，但不管用。父亲找来当地唯一的儒医宋相臣，宋医生说是"阴症"，开了很重的药。但吃下去后，开贞的黏膜都焦黑了，他燥热不安，像是发了狂。家里又请来巫师，在开贞的床头宰了一只雄鸡，将心脏挖出来贴在他的心上。但这些都不管用。有人推荐了一位赵姓医生。赵医生跟宋医生的诊断完全相反。他认为是"阳症"，如果用分量很重的芒硝、大黄泻火，病人吃下去后腹泻次数就会一天天减少。开贞本来已经腹泻不止，还要用泻药，与常理不符，宋医生和父亲都反对。三人各执己见，从上午讨论到下午。开贞在床上呓语："我要吃姓赵的药。"母亲觉得很神奇，由她做主用了赵医生

① 郭沫若：《我的童年》，《郭沫若全集·文学编》(第 11 卷)，人民文学出版社，1992 年，第 121 页。

② 郭沫若：《我的童年》，同上书，第 123 页。

的处方。这药果然有效，腹泻次数逐渐减少。两个礼拜后，开贞排出了两块很小的黑结，多年以后他认为那是肠内的结痂。赵医生还要继续用猛烈的泻药，父亲不同意了。父亲这次是对的。假如继续用泻药，会增大肠穿孔、肠出血的危险，后果不堪设想。

在家人的精心调理下，开贞逐渐康复了。这次大病给他带来两个后遗症：中耳炎和脊椎骨病，这对他的健康影响深远。"耳朵的半聋，腰椎的不能经久劳动，这是我生理上的最大的缺陷。"[1]中医看病好似猜谜，宋医生的诊断跟实际病情完全相反，赵医生却过犹不及。如果病人幸运，或许能医好，稍一不慎，只好自认倒霉。耳朵的重听使开贞后来在临床听诊上遇到了麻烦，成为他放弃医学的重要原因。开贞养病期间读了不少古书，尤其喜欢《庄子》《列子》。庄子"淡泊的生活"对开贞"有过相当强韧的引力"。[2]

开贞回到学校后，因好友刘祖尧受到监学丁平子的无理斥退，闷闷不乐，出去喝了酒，回校后破口大骂丁监学，骂他不通，骂他没学问，骂他是专制魔王。恰好被丁平子听见了。丁平子大闹起来，骂开贞没有家教，不知羞耻，破坏校规，说他跟开贞"势不两立"，校长不开除开贞他就辞职。但丁平子的无理取闹遭到黄经华、李肇芳等教员的反对。校长拿不定主意，时值暑假，事情就僵持下来。因为丁平子在暑假患白喉症去世了，开贞又一次免于被开除。

这一时期，开贞卓然独立、高自期许的性格在他的咏物诗中表现得淋漓尽致。《九月九日赏菊咏怀》咏道：

> 茱萸新插罢，归独醉余酣。
> 逸性怀陶隐，狂歌和狗屠。
> 黄花荒径满，青眼故人殊。

① 郭沫若：《我的童年》，《郭沫若全集·文学编》（第11卷），人民文学出版社，1992年，第135页。
② 郭沫若：《庄子与鲁迅》，《郭沫若全集·文学编》（第19卷），人民文学出版社，1992年，第68页。

高格自矜赏，何须蜂蝶谀。

他在这首诗中追慕古代的高洁诗人陶渊明、任侠悲歌的荆轲、不同流俗的阮籍，表达了他珍视友谊，鄙弃阿谀之士的高尚情操。《咏蜡梅》写道：

疑是浮屠丈六身，风飘片片黄金鳞。
天香薰入游蜂梦，真蜡未同野马尘。
瘦削只缘冰镂骨，孤高宜借月传神。
羞从脂粉增颜色，馨口檀心自可人。

蜡梅不喜跟它花同流，在冰天雪地中孤高自立，正好象征了少年开贞强大的内心，自尊、高傲的情怀。《咏佛手柑》咏道：

嫩黄堵畔一株斜，香泽微薰透碧纱。
掌是仙人承醴露，手经天女散琼葩。
摩肩隔石穿耆阇，含笑拈花入梵家。
霜叶经秋颜更绿，岁寒松柏莫须夸。

经过秋天的霜冻，佛手柑叶子的颜色更加葱绿，丝毫不让于松树和柏树，这是开贞的自我咏叹，比喻他在经过学校人事的扰攘之后，会更加青春昂扬。

1909 年下半年，学生跟驻军看戏时发生了冲突，大打出手，各有伤情。开贞本没有打架，但他自告奋勇担任了学生代表，要求校方出面让营长亲自赔罪，开除肇事者，赔偿医药费。校方倒也同意了，没想到军方态度更为强硬。这时候，休假的校长返校，他第二天就宣布斥退八名肇事学生，开贞赫然在列。就在斥退的当天，校长被替换了。但校长在办移交手续的过程中，将八名学生禀报上去，通饬全省。这意味着他们如果不改名换姓，就不能在本省上学了。其中一名学生本来无辜受了重伤，更是在绝望之下吐血而亡。但这对开贞来说，却未始不是一件好事。

五

被开除后，郭开贞决定赴成都求学。终于要离开嘉定了，年轻人的心被远方诱惑得兴致满满。1910年正月，开贞乘船从沙湾到嘉定，于船中写了五言长诗《泛舟谣》：

> 泛泛水中流，迢迢江上舟。
> 长风鼓波澜，助之万里游。
> 回首面崇岗，掩泪泣其俦。
> 森森千万章，老死守故丘。
> 或为风雨剥，腐蚀偃岩陬；
> 或为社上栎，匠石不回头。
> 纵若上古椿，八千岁为秋。
> 眼界如井蛙，多寿徒多忧。

"社上栎""上古椿""井蛙"都是来自《庄子》中的典故，庄子歌颂它们的清静无为，但在开贞看来，虽然它们保全了性命，活得长一点，却并不值得羡慕，年轻人要远走高飞，要不甘心居于一隅，所谓"长风鼓波澜，助之万里游"是也。开贞后来走出夔门，成为知识分子的优秀代表，跟他年轻时就志存高远的积极心态分不开。

在五哥的岳丈、曾经担任过四川省高等学堂分设中学国文教员王畏岩的帮助下，开贞偕同好友张伯安来到成都。他们得知自己的名字并未在全省通饬后，经过考虑，即往分设中学报考。分设中学是四川最好的中学之一，本为四川高等学堂附属中学。四川高等学堂创建于1903年，1907年秋季，高等学堂开设附属中学。后来附属中学校长刘士志嫌"附属"二字难听，改名分设中学。分设中学拥有独立的行政权和人事权，经费开支自主。

在通过作文《士先器识而后文艺》的考试后，开贞成功插入该校丙班（相当于三年级）就读。丙班的国文老师是双流人刘豫波。刘豫波生于1858年，是光绪年间的拔贡，博通经史，擅长书画，诗词写得十分好，属成都"五老七贤"之一，著作有《静娱楼诗存》《静娱楼楹联》等。刘豫波曾在尊经书院教书，宣统元年（1909）被推举为四川咨议局议员。他淡泊名利，深得时人敬重。开贞对张升楷的历史课也比较感兴趣。张升楷是四川合川人，肄业于尊经书院，专攻史学，曾撰写《华夏·史要》《史记新校注》等书，积极参加过保路运动。

尽管教员中有刘豫波、张升楷这样著名的学者，但他们对教学法可能并不在意，开贞水平又高，所以仅仅两个星期后，开贞就对这个学校失望了。他回忆说，经学课只有一本《左传经纬》做教材，国文课的教材只是《唐宋八大家文》，历史课差不多仅讲授历代帝王的世系表和改元的年号表，理化课的教师连教科书都读不通，英文课教师却把"Newfoundland"翻译成"新大陆"，这让开贞失望、焦躁、愤懑、烦恼。

开贞结识了一些同样对现实不满的同学。天晴时，大家到城外各处游荡，访名胜、逛庙会、信马由缰。周末坐在一起喝得酩酊大醉。他在《秋绪》中写出了这种消极苦闷的情绪：

> 秋风凛烈秋雨霖，郁郁独坐万象哭，
> 手翻南华信口读，神游青衣江上屋。
> 忆我前日出嘉州，田中禾黍方油油。
> 彼时犹夏今已秋，草垒如山堆在畴。
> 锦江日夜赴东流，江边红树绕江楼。
> 江流永以无回期，寒暑代谢天地移。
> 人生一世无自立，令人叹息长掩泣。

开贞刚离开乐山到成都时，对《庄子》不以为然，如今却"手翻南华信口读"，感叹"人生一世无自立，令人叹息长掩泣"。

但成都毕竟是四川的政治文化中心，全省的青年才俊都集中在这里。开贞的同学后来大多鼎鼎有名，其中有著名作家李劼人，著名社会活动家和音乐学研究专家王光祈，著名生物学家周太玄，社会活动家、国家主义派的领袖曾琦等等。开贞对李劼人、周太玄等人十分亲近和尊重。

李劼人嗜好读小说，开贞回忆说："在当时凡是可以命名为小说而能够到手的东西，无论新旧，无论文白，无论著译，他似乎是没有不读的。他的记忆力很强，新读过的小说能颇详细地重述出来，如是翻译的外国小说，他连一些极佶屈的人名都能记忆。"很多同学缠着李劼人讲小说中的故事，开贞总在现场。此外，同学们"闹什么文字上的玩意儿的时候，或者撞诗钟，或者对神仙对子，或者次韵杜甫《秋兴》八首，大抵总是在一道"。李劼人有次写作文，起首用了"长安一片月，万户捣衣声，秋风吹不尽，总是玉关情"几句唐诗，接着又谈到保路同志会，用"其人虽死血犹香"的句子来形容战死者。国文教员说这篇作文用字不通、迹近胡闹。李劼人也生了气，顺手就扔了作文本。开贞拾起来，"替他加了许多顶批后赞，在同学中传观。这一来便把同学中好弄文笔的人又挑动了，你来一篇颂辞，我来一首赞诗，甲在摹仿《陋室铭》，乙在效拟《获麟解》，四六体，《满江红》，不久之间便把那一本课卷完全写满了"[1]。

王光祈是"少年中国学会"和"工读互助团"的发起人之一，是毛泽东加入"少年中国学会"的介绍人，后来留学德国波恩大学，以《论中国古典歌剧》获得音乐学博士学位。周太玄虽然后来成为了生物学家，却多才多艺，会作诗，会填词，会弹奏七弦琴，会画画，还写一手好字。这些同学都令开贞感到亲切。

1906年，清政府迫于形势，下诏预备立宪，但迟迟不召开国会，各地纷纷召开请愿集会，派出代表。受这一风气影响，1910年底，成

---

[1] 郭沫若：《中国左拉之待望》，《中国文艺》第1卷第2期，1937年6月。

都学界发生了国会请愿风潮。开贞被推举为丙班代表参加了请愿大会。发起人没有明确谁是会长，谁是主席。两百多名代表坐在台下，由于都没有受过训练，丝毫不知道这个会怎么开。大家你一言我一语，议论纷纷，纷乱无序。直到下午一点，在成都学界素有声望的铁道学堂教习刘子通走上讲坛。他说：

> 今天的会不是这样开的，应该先推举出一个临时主席，再来讨论本会的进行，产生出本会的决议。在我看来，今天我们的话已经说了不少了，凡是到会的人对于今天的宗旨没有不赞成，没有多作讨论的必要。我们最好是赶快产生决议来从事进行。我们应该进行的步骤，我看是第一步应该组织一个常务机关，第二步是举代表去见咨议局长，请咨议局把这次的运动扩大起来，第三步是请四川总督代奏。此外如象通电京沪学界表示声援，通函省内各学校各界共同起来参加，都是今天本会应该急于解决的事。大会把大纲决定了，就移交给常务机关执行，一刻也不能容缓。[①]

就这一番话，整个会议步入了正轨。

刘子通生于 1885 年，湖北黄冈人。1905 年留学日本学习心理学。1908 年回国后在成都铁道学堂任教。这次请愿风潮后，刘子通被四川总督赵尔巽明令缉拿，化装逃回武汉。1911 年与同乡李四光等人参加武昌起义。1921 年在武汉加入中国共产党的早期组织，任教于湖北女子师范学校。1922 年因"过激"被校方解聘。1924 年病逝。后被追认为革命烈士。刘子通在请愿大会上的做法对开贞触动很大："那样简单的一种实地训练给予了学生以多大的经验，多大的秩序，多大的力量呢！至少在我自己，可以说是有生以来所接受的第一次的政治训练。"[②]

---

① 郭沫若：《反正前后》，《郭沫若全集·文学编》（第 11 卷），人民文学出版社，1992年，第 209、210 页。

② 郭沫若：《反正前后》，同上书，第 210 页。

但请愿并没有达到预期效果，提学使司下了一道很严厉的通令，禁止学生罢课要挟，借故生事。分设中学的都监督强迫开贞和张伯安带头复课。他说是郭张二人被乐山的中学开除之后走投无路，是他给了他们一条生路，如今却带头闹事，带坏同学，希望他们能够复课，改过自新。张伯安义正辞严地说："'士可杀而不可辱'，要斥退你就斥退吧。"于是，开贞和他的好朋友张伯安再一次面临被斥退的危险。

开贞回乐山休息一月。这个月中他忧心忡忡，没有会见老同学和朋友们。有一个朋友写信责备他，他回了一封信。信中说：

> 盖祸切目前，心力毕是灌注，肆用行道匆匆，未为请辞耳。矧丈夫生别，弟以为当磊磊落落，笑傲低昂，不应唱缕缕阳关，绵绵延延，如儿女子悲，如驽骀恋栈。且降生不辰，遭国阽危，奋飞高举，以蕲去患，吾辈之职也。日暮路远，古人用以兴悲，故我与足下，分道扬镳，各有所怀，敢抚心自问，总皆有蕲裨益。①

开贞认为在国势危急的关头，不能再儿女情长，而应立志"奋飞高举，以蕲去患"。这种志向和气魄，决定了他后来能够做出一番伟大的事业来。

就在这个时候，郭开文回到了成都。郭开文从日本留学回国后，通过考试得到法政科举人的头衔。宣统年间，郭开文以七品京官的身份在民政部管缮司任职。不久回到四川，担任了法政学堂等校的教员。6月，郭开文担任提学使司检室中教委员。都监督希望郭开文能在分设中学开设课程，这样，开贞和张伯安就没有被斥退。

---

① 郭沫若：《答某君书》，郭平英、秦川编《敝帚集与游学家书》，中国社会科学出版社，2012年，第16页。

六

1911 年 5 月 9 日，清廷宣布铁路国有化，将川汉、粤汉铁路的筑路权卖给美、英、法等国的银行。这一消息引起了四川人民的极大愤怒。

6 月 17 日，成都各界宣布成立"四川保路同志会"，推举蒲殿俊、罗纶为正副会长。开贞参加了成立大会。罗纶开口便说："我们四川的父老伯叔！我们四川人的生命财产拿给盛宣怀给我们出卖了，卖给外国人去了！川汉铁路完了！四川也完了！中国也完了！"说完他就号啕大哭。这一下子感染了会场上所有的人，大家都哭了起来。高呼着"反对""打倒"的口号。罗纶见集会有了初步成效，于是提出了他的主张："我们要组织一个临时的机关，一方面我们要联络本省的人，另一方面我们要联络外省的、全国的同胞，我们要一致反抗，反抗到底！达不到目的，我们四川人要商人罢市！工人罢工！学生罢课！农人抗纳租税！"在一片赞成声中，"保路同志会"宣告成立。罗纶动员民众的手段和办法，给开贞留下了深刻印象。

"保路同志会"成立后，在街道供奉光绪牌位，散发传单，使当地政府权威扫地。1911 年 9 月，四川总督赵尔丰下令逮捕蒲殿俊、罗纶。成都群众赴总督衙门要求放人，赵尔丰下令开枪，打死群众三十二人，酿成"成都血案"。四川人民愤怒了，各路同志军围攻成都。当时辛亥革命第一枪已经在武昌打响，重庆也已经光复。成都成为了孤岛。赵尔丰只好将政权交给蒲殿俊。四川独立，成立"大汉军政府"，蒲殿俊任都督。但蒲殿俊没有兵权，其职位不久就被手握重兵的尹昌衡取而代之了。尹昌衡取得政权后，派人杀了赵尔丰。革命党人董修武等人在尹昌衡部下担任重要职位，郭开文被任命为四川的交通部长。

开贞快二十岁了，他在成都上学期间，母亲最操心的事儿是他的婚事。他本来在十岁前就订了婚，但那女孩却在开贞上小学时去世了。后来也有媒人提过亲，都没有合适的。不久，开贞一个弟弟和一个妹妹都订了婚。母亲对开贞说："你太严格了。你看这两三年已经全无消息，你不怕成为一个鳏夫子吗？""你父亲多病，娘也老了。"但开贞并不着急。

1911 年 10 月，开贞在成都接到家信。母亲已经帮他订了婚，媒人是一位远房叔母，女孩是她亲戚，名为张琼华。据这位叔母说，女孩人品好，在上学，又没缠过足。叔母还说，这女孩嫁到郭家，不会弱于郭家的任何一个姑娘。母亲加了一句，这女孩不亚于三嫂。在开贞看来，三嫂是郭家最美的人。条件这么好，母亲没有征求开贞的意见，私下就定了。

1911 年冬月，开贞回沙湾与父母团聚。郭开文对弟弟抱有很大的期待，嘱托他回乡提倡办团练，创立观字营，保卫乡里。开贞为保卫团做了力所能及的贡献。"保卫团的团部设在我们福建人的会馆天后宫。团长是旧有的团正，一位姓黎的武秀才；军师是旧有的保正，一位姓詹的文秀才；么叔便做了参谋。我们一些在省城或府城里读书的人便都做了文牍。场上的青年，不问有枪无枪，愿意加入的都做了团员。每天提兵操练，出告示，出招兵买马的檄文。檄文是我做的手笔。"①但乡里十分混乱，各种势力此消彼长，局面很难掌控，开贞面临很大的危险。尽管如此，开贞还是在给大哥报告局势的信末说："而我哥与弟亦乡人也，岂能作壁上观，吝此区区身而不为吾乡效犬马之劳以趋步于诸先生之后尘耶。临书匆卒，不尽欲言，国事旁午，努力努力。"②

春节就要到了，开贞应邀为乡人撰写春联。他一方面歌颂辛亥革命，另一方面也为边地不宁忧虑不已。像下面这两副对联：

实行黑铁主义，可保和平；世道尽强权，问欧洲十九世纪之神圣同盟，究有何种成绩在。

竟有黄种新书，殊堪快慰；同胞齐努力，愿汉家四百兆数

① 郭沫若：《黑猫》，《郭沫若全集·文学编》（第 11 卷），人民文学出版社，1992 年，第 287 页。
② 郭沫若：《寄大兄书》，郭平英、秦川编《敝帚集与游学家书》，中国社会科学出版社，2012 年，第 22 页。

之文明上族，演出这般事业来。

> 光复事殊难，花旗蠹树，华盛顿铜像如生，祖国丘墟，哥修孤英魂闷吊。于瞻于仰，或败或成，人力固攸关，良亦天心有眷顾。
>
> 边维氛未靖，东胡逐去，旧山河完璧以还，宝藏丰繁，碧眼儿垂津久注。而今而后，载兴载励，匹夫岂无责，要将铁血购和平。

他希望革命能够给人民带来和平与安宁：

> 共和岁月一年春，看莺梭柳岸，燕织桃堤，最是得意忘言，自由人醉神仙窟。
>
> 革命风云千载盛，把马放华阳，牛归林野，不妨成功作乐，大武声和雅颂诗。

当然，年轻的开贞也存有一般民众的狭隘的民族思想：

> 横磨剑利，赤血流漂，问他犬族胡儿，后此年时，敢否南来牧马？
>
> 汉字旗翻，国光辉耀，祝我神明胄裔，从兹振刷，永为东亚雄狮。

总体上说，这些对联体现了开贞忧国忧民的高尚情怀和出色的文字功底。

当时清帝逊位，民国成立。家乡人认为大乱即将开始，父母都忙着为儿女张罗婚事。张家来信，希望在一两月内举行婚礼。父母征求开贞意见，开贞认为既已订婚，迟早要举行婚礼，那就同意吧。

二十岁的开贞总是乐观的，叔母说新娘子是读过书的，人品又好，这说明她有基础、上进。婚后可以征得父母同意，带她去成都求学。可他万万没想到：隔着麻布口袋买猫，说好要白猫，买回家却可能是黑猫。婚前没见过一面的未婚妻，假如人品学问都不是叔母所说的那样子呢？

正月十五前后，开贞穿上长袍马褂，按旧式礼仪迎娶他那五十里外的新娘。花轿落地后，新娘的脚先出了轿门，开贞暗自叫一声不好，那脚是三寸金莲。揭开盖头后，开贞更为吃惊，她鼻子难看，跟媒人说的差远了。但是已经办完婚礼，又不能退。开贞倒能远走高飞，去他乡寻找别样的人们，只是苦了这新娘，一辈子在家候着，等那永远不会回来的人。

对于张琼华这样的妇女的悲苦命运，开贞是能理解的。他曾在1910年作过一首《咏秋海棠》：

> 啼红满颊生潮晕，猩点罗衿泪似烟。
> 斜倚砌栏无限恨，慵开倦眼未应眠。
> 玉环赐浴承恩后，飞燕凝神欲舞前。
> 鹈鴂无端鸣太早，绿珠楼坠舞蹁跹。

这首诗对那些青春易逝、命运悲惨的旧社会妇女，给予了深深的同情和理解。婚后第五天，开贞就离开家乡，护送大嫂到成都。

当时帝国主义加紧侵略中国，国内政局纷乱。开贞对这内忧外患的局面十分关切。他曾在1912年重阳节写作的《和王大九日登城之作原韵二首》表达了这样的心情：

> 烽火连西北，登埤动客心。
> 茱萸山插少，荆棘路埋深。
> 惊见归飞雁，愁听断续砧。
> 一声河满子，泪落不成吟。

铁马关山远，铜驼棘尚深。

登高频极目，俯首更伤心。

乱际惊听角，凄迥不闻砧。

故园菊应好，难得旧时吟。

1912 年，英国派兵送十三世达赖回到拉萨，宣布西藏独立。尹昌衡奉命讨伐，郭开文任西征军总参赞。西征军在三个月之中平定川边叛乱。就在讨伐胜利的关头，北洋政府下令停止西征。开贞与李劼人、周太玄等七八个同学，到武侯祠吃茶，决定以尹昌衡西征为题，各写一首诗。开贞最先写好：

藏卫喧腾独立声，斯人决计徂西征。

豪华定远居投笔，俊逸终军直请缨。

羽檄飞驰千万急，蛮腰纤细十分轻。

寨中欢乐知何似，留滞安阳楚将营。

斯人指的是尹昌衡。定远是东汉名将班超，他少有大志，曾投笔叹曰，大丈夫当"立功异域，以取封侯，安能久事笔砚间乎？"终军是西汉时的少年天才，他曾向汉武帝说"愿受长缨，必羁南越王而致之阙下"。尾联以楚怀王上将军宋义的典故，隐喻尹昌衡奉命停止西征，止于打箭炉。李劼人最后写成：

锦官城外柏森森，将军走马去西征。

非关陈琳传神檄，真是终军请长缨。

藏鸟康花情重重，宝刀明马意轻轻。

筹边方略何须问，几时归来酒一樽。①

---

① 成都市文学艺术界联合会、李劼人研究学会编：《李劼人研究》(2007)，巴蜀书社，2008 年，第 165 页。

开贞和李劼人等同学的唱和，充分表现了他们对时局的关心，对尹昌衡好色的微讽，对被迫停止进军的叹息。

1911 年起，沙俄策动内外蒙古独立，出兵新疆伊犁、阿尔泰、喀什等地，局势十分危急。1912 年 8 月 20 日，蒙军在沙俄唆使下攻占科布多。开贞愤而赋诗：

> 贺兰山外动妖氛，漠北洮南作战云。
> 夜舞剑光挥白雪，时期颈血染沙殷。
> 筹边岂仗和戎策，报国须传净虏勋。
> 已见请缨争击虏，何如议论徒纷纷。

1912 年 11 月，沙俄与蒙古签订协议，企图使蒙古从中国分裂出去。开贞得知这一消息后十分忧虑，在诗中写道：

> 抽绎俄蒙协约词，我心如醉复如痴。
> 追念极边思缅越，难忘近世失高丽。
> 覆车俱在宁仍蹈，殷鉴犹悬敢受欺？
> 伤心国势飘摇甚，中流砥柱仗阿谁？

开贞纵观近代中国，认为失去了缅甸、越南和朝鲜，现在又到了蒙古分裂出去的关头。他希望能有"中流砥柱"一样的人物出现，保全祖国的领土完整。

辛亥革命后的成都，很多军官拥兵自重，令出不一，呈现出混乱的局面。开贞对此十分忧虑。他在诗中写道：

> 甲保街头夜鼓鼙，满城烟火月轮西。
> 兵骄将悍杜陵泪，象走蛇奔庾信凄。
> 社鼠缘经成市虎，惩羹敢不慎吹齑。

茫茫大祸知何日，深夜牙牌费卜稽。

不怨萑苻转怨兵，曾经弓弹听弦惊。
多多益善谁能得，日日添骄势甚横。
乡校官衙纷捣毁，壶浆箪食畏争迎。
还怜帏幄纡筹者，惩令欲行不敢行。

兵骄将悍、政令不行，这让开贞预感到"茫茫大祸"将要到来。

这时的成都，已经不在清政府的统治下了。新政府需要人才，稍微出色一些的教员，大都当了官。学生学无可学，虚掷光阴。新成立的政府，给人们的失望多于希望。开贞满腔义愤，醉酒、打麻将、看京剧。但每次放纵后，总是悲从中来。他有《锦里逢毛大醉后口号》三首表述这样的心情：

乌兔追随几隔年，依稀往事已如烟。
灯前共话巴山雨，总觉罗浮别有天。

秋月春风不计年，等闲诗酒醉霞烟。
那堪乱后重相见，怕听悲笳入暮天。

屈指韶华二十年，茫茫心绪总如烟。
故人相对无长物，一弹剑铗一呼天。

1913 年 2 月，开贞进入四川省高等学校正科二部九班就读。开贞在这短短几个月的高等学校学习生活中，进入到诗的觉醒期。"我的诗的觉醒期，我自己明确记忆着，是在民国二年。""进了高等学校的实科，英文读本仍然是匡伯伦。大约是在卷四或卷五里面，发现了美国的朗费洛（Longfellow）的《箭与歌》（Arrow and Song）那首两节的短诗，一个字也没有翻字典的必要便念懂了。那诗使我感觉着异常的清新，我好象第一次才和'诗'见了面的一样。"但当时处在实业和科学救国的风气下，开贞轻视文学："虽然诗的真面目偶尔向自己的悟性把面罩揭开了来，但也拒绝了它，没有更进一步和它认识的意欲。"①

6月，天津陆军军医学校在四川录取六人，开贞榜上有名。开贞从此离开四川，前往异地求学。

---

① 郭沫若：《我的作诗的经过》，《郭沫若全集·文学编》（第16卷），人民文学出版社，1989年，第211页。

第二章 负笈远道去国游

一

1913 年 10 月 8 日，郭开贞与五哥郭开佐以及自己小学时代的老师王祚堂等人，从成都出发一路向东。11 日到遂宁后换轿觅舟，由水路进发，经合川，17 日抵重庆。当时合川等地刚刚经历战乱，土匪较多。因为一路兵勇护送，所以还算平安。王祚堂的弟弟王陵基，是郭开文在四川武备学堂和留日时期的同学，此时担任川东观察使，镇守重庆。开贞等住在观察署内。不久，开贞就坐上了下行的轮船，经三峡，过宜昌，在武汉换车北上。

11 月 6 日，开贞到达天津，参加陆军军医学校的复试。但在复试前，他就产生了要离开天津的念头。在四川时，他一心想要离开四川，但到了天津，发现这里的情况并不比四川好，反而思念起故乡来。何况，他当时本来没有学医的意志，陆军军医学校没有一名外国教员，也没有一名有声望的中国教员，这使他十分不满。

陆军军医学校复试的国文题是"拓都与么匿"，开贞一看就蒙了。考完问同学，才知道来自严复翻译斯宾塞的《群学肄言》，该书写道："凡群者皆一之积也，所以为群之德，自其一之德而已定，群者谓之拓都，一者谓之么匿。拓都之性情形制，么匿为之。"[1]拓都是 Total 的音译，指的是群体，么匿是 Unit 的音译，指的是个体。开贞不仅惊叹："我的妈！这样伟大的一个难题，实在足以把人难倒。"[2]开贞没有勇气等答案揭晓，投奔大哥郭开文去了。

开贞到北京后，在天津知晓考试结果的同学来信，说没有一人落榜，要开贞速去天津上学，不然不仅会被斥退，还得追回旅费。开贞回信拒绝："天津之拓都难容区区之么匿。"开贞之所以有这种勇气，大概是因为有大哥做靠山吧。但当时大哥正在朝鲜等地游历，开贞只好寄居在一个四川同乡家里。

半个多月后，开文回到北京。开贞才知道大哥此时很不得志。开文当时担任着川边经略使尹昌衡的驻京代表，尹昌衡杀了袁世凯倚重的赵尔丰，所以不久前被袁世凯软禁起来，因此，开文在北京的处境比较尴尬。他轻轻责备开贞不该莽撞退了学，并幽幽地说："照着目前的形势看来，恐怕我们兄弟两人在这里的生活都很难维持。"开贞这才发现了自己的孟浪。

开贞拒绝了天津的学校，对北京学界观感也很差："京地学风坏极，酒地花天，歌台舞榭，青年子弟最易陷落。"[3]

12 月底，张次瑜来访。张次瑜是郭开文在日本留学的同学，后来曾任四川军政府的财政部次长，当时担任着国会议员。但国会被解散了，他领了三个月薪水，准备去日本游历。谈话中他了解到开贞的处境，便建议开贞去日本留学。

去日本当然好，但学费高，除非考上官费留学，但当时日本只有五所高等学校招收中国的官费留学生，竞争比较激烈。开文最多只能供给

① （英）赫伯特·斯宾塞著，严复译《社会学研究》，世界图书出版社，2012 年，第 90 页。
② 郭沫若：《初出夔门》，《郭沫若全集·文学编》（第 11 卷），人民文学出版社，1992 年，第 333 页。
③ 郭沫若：《致父母（1913 年 12 月 25 日）》，《敝帚集与游学家书》，中国社会科学出版社，2012 年，第 179 页。

开贞在日本半年的开支。开文颇为踌躇，于是征求开贞的意见，开贞沉默着不说话。最后还是大哥决定了："我看，你去吧，先去住半年来再看。半年之内能够考上官费自然好，如不能够，或许到那时我已经有了职务了。我就决定你去，没有游移。"开文从仅有的几根金条中拿出一根给开贞，这根金条足够开贞在日本半年的开支。开文委托张次瑜，旅费先帮助垫着，等开贞到日本兑换日元后再还给张次瑜。张次瑜满口答应了。

这次决定改变了开贞一生的命运。开贞高兴地随着张次瑜前往日本，他感念大哥的恩情，临行前暗自发誓："我此去如于半年之内考不上官费学校，我要跳进东海里去淹死，我没有面目再和大哥见面。"多年后开贞还深情地说："我到后来多少有点成就，完全是我长兄赐予我的。"①

1913 年 12 月 26 日，圣诞节后的第二天，开贞告别大哥，随着张次瑜，经东北，过朝鲜，在釜山中国领事、也是大哥同学柯荣阶处过了元旦，便东渡日本。

1914 年 1 月 13 日，郭开贞抵达东京。他跟大哥的中学同学，此时也在日本留学的杨伯钦一起在东京小石川租了一间屋子住下来。

开贞对杨伯钦印象特别好："杨君为人，性行端正，不愧师范，赤心爱国，殚智研精，谦以处己，宽以接人，可敬可爱，男与同居，待男如弟，一切都赖指导教诲。并在外聘师学习，都寄重于彼，相处渐久，薰陶甚至，有不自检束，则不足以对彼然者，所谓闻风敦廉者耶，自奉甚啬，布衣蔬食不厌古之人也。"②同时，开贞还跟住处不远的六妹夫吴鹿芹的胞兄吴鹿苹时相过从。初到异域能有这样亲密的朋友，开贞非常开心。

开贞到离家八九里远的神田补习日语，三四个月内除上日语学校

① 郭沫若：《我的学生时代》，《郭沫若全集·文学编》（第 12 卷），人民文学出版社，1992 年，第 14 页。
② 郭沫若：《致父母（1914 年 2 月 13 日）》，《敝帚集与游学家书》，中国社会科学出版社，2012 年，第 182 页。

外，他几乎没有去过任何地方游玩。在四川沾染的烟酒嗜好，也都戒掉了。他给父母写信说："不苦不勤，不能成业。男前在国中，毫未尝尝辛苦，致怠惰成性，几有不可救药之概。男自今以后，当痛自刷新，力求实际。学业成就，虽苦犹甘，下自问心无愧，上足报我父母天高地厚之恩于万一，而答诸兄长之培诲之勤，所矢志盟心，日夕自励者也。"[1]两个月后，他的日语已大有进步："寻常话少能上口，近已开手作文，虽不见佳妙，也能畅所欲言无苦，书籍文报，渐能了解。"[2]

6 月，郭开贞参加东京高等工业学校的考试，很遗憾没有考中。父母给他汇去二百银元，大哥也托人带来二百元的银票，这些钱足够他再支撑一年。其实老家和大哥的经济状况都不太好，关键时刻来自家人的支持给了开贞很大的安慰和鼓励，开贞心态好多了。

开贞一面应考，一面关心着大哥的情况及弟弟妹妹与侄儿辈的学习生活。尹昌衡在北京被软禁，几乎被杀头。郭开文境况很不妙。开贞对此十分上心，给父母写信说："幸大哥近来与彼颇似断绝，不过辅非其人，前功尽弃，譬如捏一雪罗汉，惨淡经营，维持护恤，煞费苦心，不料一见阳光，顿成一锅白水也。"[3]家里决定大哥的女儿在 1914 年出嫁，开贞觉得不可："读书方才上路，便赋于归，殊觉有所妨碍也。"[4]不久，十七周岁的六妹郭蕙贞刚出生不久的小孩儿夭折了，开贞十分担心："六妹年龄过幼，身体发育尚未完全，值此头产，亏损已深，益以感伤，更非佳兆。究不识产后健康何如也？念甚。"[5]

开贞最关心的，是元弟郭开运。他一直希望他能够到日本来留学。他给父母写信说："元弟近已归家否？今岁毕业后，可急行东渡。如腊初毕业，腊中旬即须起身，家中亦不可少为留连。以限半年，须考得官费。早一日来东，于语言上得多一分闻见也。（同学中如志愿相同，不

① 郭沫若：《致父母（1914 年 2 月 13 日）》，《敝帚集与游学家书》，中国社会科学出版社，2012 年，第 182 页。
② 郭沫若：《致父母（1914 年 3 月 14 日）》，同上书，第 186 页。
③ 郭沫若：《致父母（1914 年 2 月 13 日）》，同上书，第 181 页。
④ 郭沫若：《致父母（1914 年 6 月 6 日）》，同上书，第 187 页。
⑤ 郭沫若：《致父母（1914 年 8 月 1 日）》，同上书，第 191 页。

妨约作同行最佳。）考上官费，便是好算盘，国内无此便宜，而学科不良，校风确劣无论矣。"[1]此后，他不断写信提醒："元弟今年毕业，即速来东，休自误也。"[2] "元弟今岁卒业后，如欧乱早平，可急速来东。"[3]但郭开运后来并没有来日本留学。

功夫不负有心人，7 月中旬，郭开贞考入东京第一高等学校特设预科三部。以半年的工夫考上第一高等学校，留日学生中没有比他更快的了。关于高等学校的性质和选择学医的原因，多年后开贞回忆说：

> 日本的高等学校约略等于我们的高中，是大学的预备门。在当时是分为三部，第一部是学文哲、法政、经济等科，第二部是理工科，第三部是医科。在应考时便得分科，因此便发生自己的选业问题。当时的青少年，凡是稍有志向的人，都是想怎样来拯救中国的。因为我对于法政经济已起了一种厌恶的心理，不屑学；文哲觉得无补于实际，不愿学；理工科是最切实的了，然而因为数学成了畏途，又不敢学；于是乎便选择了医科，应考第三部。这时的应考医科，却和在国内投考军医学校的心理是完全两样了。我在初，认真是想学一点医，来作为对于国家社会的切实贡献，然而终究没有学成，这确是一件遗憾的事。[4]

当时他在家书中也说道："男现立志学医，无复他顾，以学医一道，近日颇为重要。在外国人之研究此科者，非聪明人不能成功。且本技艺

① 郭沫若:《致父母（1914 年 7 月 28 日）》,《敝帚集与游学家书》, 中国社会科学出版社, 2012 年, 第 190 页。
② 郭沫若:《致父母（1914 年 8 月 1 日）》, 同上书, 第 191 页。
③ 郭沫若:《致父母（1914 年 8 月 29 日）》, 同上书, 第 193 页。
④ 郭沫若:《我的学生时代》,《郭沫若全集·文学编》（第 12 卷）, 人民文学出版社, 1992 年, 第 15 页。

之事，学成可不靠人，自可有用也。"①所以郭开贞此时报考医科，跟一年前报考天津陆军军医学校的心理完全不同了，当初只想走出四川，此时是认真想学医，以求对国家社会有切实贡献。

考上一高后，开贞心情舒畅，和朋友们一起到房州避暑。"日日在海中浴沐，已能浮水至五六丈远。风吹日晒，身体全黑，初回东京，友人戏呼'庄稼汉'，甚可笑也。精神健旺，体魄蛮强，饭食每膳六七碗，比从前甚有可观也。"②开贞是到日本后才学会游泳的。他非常喜爱这项运动，每到海边总要游泳。有一次差点淹死，幸好被日本人救了起来。后来他回忆这段在房州北条浴场的生活时写道：

> 北条的镜浦在无风的时候真像镜子一样平稳。当我一跃入海中时，我不禁回忆到四川幽邃峨嵋山麓，我好像游入峨嵋山麓的水里。但是，因为我没有游泳的经验，我尽张着口，把头浸入海里，于是饮饱一口潮水，这一口潮水是咸的，是一口盐汤。在这一瞬间，使我想起了像一个没有经验吸空气的小孩，当他最初吸着这世纪的空气，恐怕也将像我一样，感受着同样的难堪。在房州虽然仅有二个月的海岸生活，但是已足使我非常舒畅了。在非常幽美的月夜，我总招了几位朋友划着小船，驶到鹰岛与冲岛，而且有时携带着酒上陆去恣情畅饮。③

他还写了一首诗：

> 镜浦平如镜，波舟荡月明。
> 遥将一壶酒，载到岛头倾。

① 郭沫若：《致郭朝沛、杜邀贞（1914年9月6日）》，《郭沫若书信集》（上），中国社会科学出版社，1992年，第16页。
② 郭沫若：《致父母（1914年9月6日）》，《敝帚集与游学家书》，中国社会科学出版社，2012年，第194页。
③ 郭沫若：《自然底追怀》，《时事新报·星期学灯》，1934年3月4日。

但是，每当晚上日本的军舰来停靠在这美丽的海滨时，开贞总是想到了自己贫弱的祖国，于是随口吟道：

> 飞来何处峰，海上布艨艟。
> 地形同渤海，心事系辽东。

二

9月11日，第一高等学校开学，郭开贞入学上课。第一学年开贞要跟中国留学生一起补习。学校开设了伦理、日语、汉文、英语、德语、数学、物理、化学、博物、图画、体操等课程，学习任务十分繁重。校园内有朱舜水的墓，但开贞不知道。直到离开一高一年之后，开贞因为读王阳明，才知道这墓，于是趁暑假回来凭吊。"我仿佛记得是一个不高也不低的墓塚上立着一块石碑，石碑上刻着朱舜水之墓的铭文。环绕着墓塚的周围是女贞与枫树，这一位客死海外的明朝遗臣是这样的简素。"[①]开贞为此写了一首诗：

> 一碣立孤塚，枫林照眼新。
> 千秋遗恨在，七日空哭素。

10月，杨伯钦回国了。以前的住处离学校太远，开贞和吴鹿苹及浙江来的叶季孚一起另择本乡区真砂町居住。

在这个时候，开贞喜爱上了泰戈尔的诗歌：

> 在预科的第二学期，民国四年的上半年，一位同住的本科

---

① 郭沫若：《自然底追怀》，《时事新报·星期学灯》，1934 年 3 月 4 日。

生有一次从学校里带了几页油印的英文诗回来，是英文的课外读物。我拿到手来看时，才是从太戈尔的《新月集》上抄选的几首，是《岸上》（On the Seashore），《睡眠的偷儿》（Sleep-Stealer）和其它一两首。那是没有韵脚的，而多是两节，或三节对仗的诗，那清新和平易径直使我吃惊，使我一跃便年青了二十年！当时日本正是太戈尔热流行着的时候，因此我便和太戈尔的诗结了不解缘，他的《新月集》、《园丁集》、《吉檀伽利》、《爱人的赠品》，译诗《伽毗尔百吟》（One Hundred Poems of Kabir），戏剧《暗室王》，我都如饥似渴地买来读了。在他的诗里面我感受着诗美以上的欢悦。在这时候我偶尔也和比利时的梅特灵克的作品接近过，我在英文中读过他的《青鸟》和《唐太几之死》，他的格调和太戈尔相近，但太戈尔的明朗性是使我愈见爱好的。[1]

就读一高后，在紧张的课堂学习外，开贞仍跟四川老家保持频繁的书信往来。他听说才十五周岁的七妹郭葆贞快结婚了，于是给父母写信说：

> 说起七妹来，想起元弟前日来函，似乎明年有出阁之说，未免太年轻了，于身体发育上最有妨碍。吾国早婚制度最坏，欲求改良，当自各家各户自行改良起走。古礼本定的是男子三十而娶，女子二十而嫁，最是很完美的制度。近来，欧西各国及日本，大抵男女非满二十以上无结婚者，正与吾国古礼相合。七妹出阁似乎可再缓两年，不识父母尊意如何也？[2]

[1] 郭沫若：《我的作诗的经过》，《郭沫若全集·文学编》（第16卷），人民文学出版社，1989年，第212页。
[2] 郭沫若：《致父母（1914年11月17日）》，《敝帚集与游学家书》，中国社会科学出版社，2012年，第198、199页。

新文化运动时期，妇女问题为社会广泛关注。开贞在新文化运动之前，得风气之先，已经认真关注早婚和妇女的身心健康了。但在传统社会中，儿女的婚姻早一天解决，父母就早一天了却心愿，何况是在兵荒马乱的时代。开贞的父母并没有听他，反而写信责骂他。大半年后，开贞给元弟写信又提到七妹的婚事：

> 父母老矣，为儿女子事，尚是自劳跋涉，为儿子的，何敢更从旁插嘴，播斥论两耶？姻缘总是前生定，不是人间强得来。"嫁鸡随鸡，嫁狗随狗，得个臭蛤蟆，也只有饱吃一口"而已。然七妹尚幼，似不必过急，如尚未成行，则请二老不妨详加采访，考询其子弟诚是俊才，一来也不误妹子终身，二来也遂二老为儿女子辛劳苦意。①

尽管开贞认为七妹所许的人家并不怎么样，但七妹最终还是按父母的意愿嫁了。

大哥的儿子郭少成因为生疮，想从成都退学回家休养，家里同意了。开贞很不满意。他写信给父母亲说：

> 少成在省两年矣，虽闻懒惰性成，然岁月集久，当亦有所长进耳。成都学校亦正完善，何能中途辍业，下乔木而入幽谷耶？人生一世，于儿童时教育最宜注意。盖幼年时代，譬如高屋地基，地基平广坚实，自然高楼大厦可因以建立而垂久。苟儿童时教育不良，则老大时终有悔不可追之候。
>
> ……
>
> 凡教育儿童，总宜使有丈夫气。勇健活泼，不偏不倚，最是儿童美德。如少成那样儿女情态，将来如何可望有大作为？

---

① 郭沫若：《致元弟（1915年7月20日）》，《敝帚集与游学家书》，中国社会科学出版社，2012年，第221页。

故据男意，如少成未回家，大善；如已归，可即速上省补课，或今年已迟，来春亦宜上省。儿童教育须彻头彻尾，一线到底为佳，中途如教育者更易，譬如造屋然，更易掌墨师，难望成立也。男初闻甚骇，故言之赘切焉。①

开贞如此恳切，拳拳之意，当是希望少成能够早日成为有用之才。

郭开运中学毕业后不能来日本留学。开贞去信说，几位兄长都在外地，元弟在家里照顾父母，一片苦心，也能理解，但千万不能因为在家里就耽误了上进。开贞还给父母写信说：

元弟既决意居家，也难强夺其意，总之学业总不可荒疏；以男观，元弟来函，文气滞塞，言语多不成句，并有别字，殊出意外，屡次归函，似多提及，非好吹毛求疵，实企望甚切，望元弟尚须留意也。②

元弟在家不可虚耍。新学问自是无从下手，然吾国旧书不可不多读也。一国文学为一国之精神，物质文明固不可缺少，而自国精神终不可使失坠也。近世学子，通者无几人矣。而究之物质方面，智识仍仅肤浅，实是自欺欺人事。元弟既留家，想家中窗明，牙签锦轴，虽不算多，亦未为少。春日含和，风光绮丽，切不可荒废过也。③

他还写信启发开运：“学之于人，犹相之于盲也。人生斯世，固非如书蠹砚鱼，死向纸墨间。然而，茫茫浮世无揖无梁，邈邈前途如夜如漆；‘学有缉熙于光明’。不藉学之光明，失所揩拄，鲜不中流失柁，而

---

① 郭沫若：《致父母（1914年11月16日）》，《敝帚集与游学家书》，中国社会科学出版社，2012年，第200页。

② 郭沫若：《致父母（1914年11月16日）》，同上书，第200、201页。

③ 郭沫若：《致父母（1915年3月17日）》，同上书，第208页。

歧路亡羊也。嗟乎！吾弟其勉之矣。"①

当开运的来信语言不通时，开贞切责道：

> 笺仅两页，字才百余，积三四阅月之久，可一假笔端颤动用慰远人，怀思事想正不复少，乃仅得此。然得此亦殊不胜大幸，本亦可以慰意释怀。然无奈字有字病，语有语病，仅此乃又多不甚了了。故今次实行用此诘责，亦是读书人应讲究事，不可谓我喷喷多言也。

并嘱咐开运认真教少成念书："现在国家弱到如此地步，生为男子，何能使不学无术，无一筹以报国也？"②正是从国家急需人才的角度，开贞对开运和少成的成长，可谓披肝沥胆，切切于心。

1915年5月7日，为抗议日本对华"二十一条"，开贞与吴鹿苹、叶季孚商议，觉得国家如此危难，年轻人无颜面在外求学，于是把锅碗都卖了，回到上海。由于袁世凯很快就承认了日本的要求，开贞等人在上海只住了三天，就跟同学们返回日本继续求学了。他为此赋诗一首：

> 哀的美顿书已西，冲冠有怒与天齐。
> 问谁牧马侵长塞，我欲屠蛟上大堤。
> 此日九天成醉梦，当头一棒破痴迷。
> 男儿投笔寻常事，归作沙场一片泥。

这次回国，出于爱国激情。但回到日本后的郭沫若，在大哥郭开文的斥责下，悔恨自己孟浪行事，以致家人担忧。他向父母报告说："往者，中日交涉吃紧时，男曾返上海一次，以当时炭炭有开战之势故也。在沪少留三日，复转东，计往返须费十日。孟浪之失，深自怨艾。大哥亦有

---

① 郭沫若：《致元弟（1914年11月27日）》，《敝帚集与游学家书》，中国社会科学出版社，2012年，第203页。
② 郭沫若：《致父母、元弟（1915年4月12日）》，同上书，第211页。

函斥责，不知我二老见男前日归函时，又忧虑何似也。"[1]他还给元弟写信说：

> 前次归沪之失，正如弟书所云，不能看破情，徒人云亦云也，愧悔万千，悔愧千万！望吾弟尚为我在父母前缓解也。算回沪损失，为日十日，光阴自是虚掷，然所幸校内停课，讲义尚无甚缺漏；又于此十日之内，自家所得之经验教训，亦正自不少也。外则金钱掷去，无可解说处。总之，此后兄虽狂妄，敢再不自慎谧，以重贻我父母兄弟忧耶？元弟元弟，兄当勉之矣！[2]

开贞不是志士，时局又如此复杂，何况他是不愿意他的父母和家人为他担心的。所以他有如此自责之语。

三

1915 年 6 月底，郭开贞参加完预科毕业考试，排名第三，被分往位于冈山的第六高等学校。

开贞和同去六高就读的湖南人李希贤，坐了一天的火车，终于到了冈山。这位李希贤，就是东京留学生中以"中国的马克思"著称的李闪亭。他后来从早稻田大学毕业后一度担任湖南法政专门学校校长、湖南大学行政委员兼法科学长等职务。

开贞初到冈山，印象十分好："田畴畅茂，风景悠然，清风时来，溪流有声，恍惚如归故乡也。"[3]他在冈山国富二九四的平庐住了一个

---

① 郭沫若：《致父母（1915 年 6 月 1 日）》，《敝帚集与游学家书》，中国社会科学出版社，2012 年，第 214 页。
② 郭沫若：《致父母（1915 年 7 月 5 日）》，同上书，第 217、218 页。
③ 郭沫若：《致父母（1915 年 9 月 7 日）》，同上书，第 223 页。

月后，搬到国富一零六。这里租金和伙食费都很便宜。开贞每天早上五点半起床，晚上十点半就寝。"房主人系六旬老妪一人，颇为情切，衣服破烂时，均劳补缀，且常常采得鲜花饰男室间。"[1]这位房主人名叫小川春。但好景不长，小川春不久就回到老家门司，停止租房，开贞只好另觅住处。

开贞在六高要跟日本学生一起上三年的课。三年合格后，方能升入本科就学。开贞后来回忆说：

> 三部的课程以德文的时间为最多，因为日本医学是以德国为祖，一个礼拜有十几、二十个钟头的德文。此外拉丁文、英文也须得学习。科学方面是高等数学，如解析几何、高等代数、微分、积分，以及物理、化学、动植物学的讲习和实验，都须得在三年之内把它学完。功课相当繁重。日本人的教育不重启发而重灌注，又加以我们是外国人，要学两科语言，去接受西方的学问，实在是一件苦事。[2]

可见，开贞用于学习语言的时间相当多，他在德文、英文、拉丁文上十分用功，成绩优异。开贞跟同学成仿吾关系很好。成仿吾1897出生于湖南新化，比开贞小五岁，当时在六高学工科，比开贞高一个年级。成仿吾进入六高前，曾帮助哥哥翻译英文字典，因此英语功底相当扎实。开贞曾说成仿吾英语好，翻译时可以不用字典。但他的英语考试成绩比成仿吾还要好。当时六高的中国留学生还有江苏人屠模、广东人杨子骧、浙江人陈中等十余人。

中国留学生在日语课堂上学习德文、英文，相当于用一种外语来翻译另一种外语，十分吃力。开贞学习过于努力，躐等躁进，得了严重

---

① 郭沫若:《致父母（1915年10月21日）》,《敝帚集与游学家书》, 中国社会科学出版社，2012年，第223页。

② 郭沫若:《我的学生时代》,《郭沫若全集·文学编》（第12卷），人民文学出版社，1992年，第15页。

的神经衰弱症，头脑发昏，"心悸亢进，缓步徐行时，胸部也震荡作痛，几乎不能容忍。睡眠不安。一夜只能睡三四小时，睡中犹终始为恶梦所苦。记忆力几乎全盘消失了，读书时读到第二页已忘却了前页，甚至读到第二行已忘却了前行"①。受到这样的折磨，开贞屡屡想自杀。好在他从书店买了一本《王阳明全集》来读，又买了一本《冈田式静坐法》练习静坐。

他每天读《王阳明全集》十页，早晚静坐各半小时。不到半个月，他的身体状况就好多了。他将王阳明一生归结为不断自我扩充，不停地在理想的光中与险恶的环境奋斗的过程；肯定他"努力净化自己的精神，扩大自己的精神，努力征服'心中贼'以体现天地万物一体之仁的气魄"②。开贞时时诵读王阳明的诗：

> 险夷原不滞胸中，何异浮云过太空？
> 夜静海涛三万里，月明飞锡下天风。

他从王阳明那里获得的，是强大的精神力量和人格力量，是形成能够面对一切艰难险阻的强大自我。这影响了他的一生，后来无论是在战场上出生入死，还是事业上饱受挫折，都未曾动摇他的初心，扰乱他的方寸。开贞一直以乐观精神坚守着自己的人生理想。

开贞离开小川春住宅后，搬到附近的森下公寓。这里面对操山，"山形颇似峨眉，山麓均稻田散策，田间四顾皆山焉，恍若归故乡者"③。开贞有天傍晚去散步，"当我走入半山荡进松林的时候，天已经从薄暗里展开了夜景，在夜色朦胧中，睨着山顶的大石，躲在树林之间，这种种姿势，竟使我好像走进了猛兽的王国一样。那时遥远的西方

① 郭沫若：《王阳明礼赞》，《郭沫若全集·历史编》（第 3 卷），人民出版社，1984 年，第 289 页。
② 郭沫若：《王阳明礼赞》，同上书，第 288 页。
③ 郭沫若：《致父母（1915 年 10 月 21 日）》，《敝帚集与游学家书》，中国社会科学出版社，2012 年，第 223 页。

山顶上正有睡眠着一个太阳，但是已经仅剩半规了。这浓红的夕阳弥漫天空，像飞洒着的血流。我置身在这伟大的时空间，招致了我汹涌澎湃的灵感"①。面对此情此景，开贞写下了这样的诗：

> 怪石疑群虎，深松竞奇古。
> 我来立其间，日落山含斧。
> 血霞泛太空，浩气荡肝腑。
> 放声歌我歌，振衣而乱舞。
> 舞罢迫下山，新月云中吐。

通过努力，开贞取得了较好成绩。"本日校内前学期成绩发表，男名列十二，全班盖四十余人也。日人同学多为男贺，颇表敬意，以吾国同学居此校大率总在末尾故也。然依男自家意思，则十二名尚算堕落了，不能以此满足，今后自当努力奋勉焉。"②他的志向和抱负是很大的。

学校放春假后，开贞与成仿吾同去宫岛旅行。"到严岛驿已经是暮霭朦胧的时候，我望着浸在青色海水里的红大牌坊与全岛苍郁的姿势，使我感觉到一种神秘的巨力。我们走上岛上的时候，只见进朝呈香者的熙攘，和商铺的林立，这一种俗象投掷在我们眼帘，自然不能不使我们感觉惘然的，但是幸亏环绕着的自然景象依然是值得我们留恋。"从宫岛回来，他们坐汽船游览了濑户内海。"各岛的容姿，因为背着日光，所以色彩的变化真是绚烂绮丽，以言语是无以形容的。日本的所以会产生锦绘，我想恐怕一大半是因这内海吧。在中国是巫山三峡，在日本是濑户内海，都是自然界的灵境。如果以三峡的奇峭，警拔，雄壮而誉之为北欧的悲壮美，那么濑户内海的明朗，玲珑，秀丽应誉为南欧的优美

---

① 郭沫若：《自然底追怀》，上海《时事新报·星期学灯》1934年3月4日。
② 郭沫若：《致父母（1916年1月15日）》，《敝帚集与游学家书》，中国社会科学出版社，2012年，第227—228页。

吧。"①开贞为这次旅游写了一首长诗：

> 侵晨入栗林，紫云插晴昊。
>
> 攀援及其腰，松风清我脑。
>
> 放观天地间，旭日方杲杲。
>
> 海光荡东南，遍野生春草。
>
> 不登泰山高，不知天下小。
>
> 稊米太仓中，蛮触争未了。
>
> 长啸一声遥，狂歌入云杪。

"蛮触争未了"是讽刺当时的第一次世界大战。

开贞曾跟日本同学长谷川济说："虽然很想回老家，但是回四川老家，路上需要两个月，即便一放了暑假就回去，等到了四川，暑假也就结束了。"②开贞对家乡和亲人的绵绵思念，只好通过一封又一封的家书来传递。"男年来思家之心颇切，往往形诸梦寐。然自念已及壮年，所学尚属幼稚，复惶恐无地，惟努力奋勉而已。"③他表示自己长期留学，是要有所作为：

> 男想，古时夏禹治水，九年在外，三过家门不入；苏武使匈奴，牧羊十九年，饮龅冰雪。男幼受父母鞠养，长受国家培植，质虽鲁钝，终非干国栋家之器。要思习一技，长一艺，以期自糊口腹，并藉报效国家。留学期间不及十年，无夏、苏之苦，广见闻之福，敢不深自刻勉，克收厥成？宁敢歧路亡羊，捷径窘步，中道辍足，以贻父母羞，为家国蠹耶？父母爱男，

---

① 郭沫若：《自然底追怀》，上海《时事新报·星期学灯》1934 年 3 月 4 日。

② 名和悦子：《郭沫若在冈山》，《郭沫若学刊》，2007 年第 1 期。

③ 郭沫若：《致父母（1916 年 4 月 30 日）》，《敝帚集与游学家书》，中国社会科学出版社，2012 年，第 230 页。

望勿时以男为念。①

此外，开贞念念不忘的，还有元弟和少成的学业。尽管开运已经决定留在乡里侍奉父母，他还是写信恳切劝说道：

> 元弟可许容再出门读书否？国家积弱，振刷须材，年少光阴，瞬间即逝，殊为可惜也。日中必昃，操刀必割。少不奋力，老大徒悲。使元弟将来徒悲老大，于时殊甚苦也。男殊不忍多言，恳望吾父母夺裁之也。男深不肖，所学难以望成，然读论语书："士不可以不弘毅，任重而道远，能以为己任，不亦重乎？死而后已，不亦远乎？"曾子之所言，亦不敢不自奋励矣。元弟天性笃厚，尊重自持，苟志于学，学无不成，比男之轻浮无力，实为远甚。父母如不忍割慈，则男颇有以身易元弟出门读书，俟来年暑假之时，当得归省一行，于时尚当跪请也。②

他对侄儿的学业也十分关心："少成现在年纪，正当施以完善教育之时，为龙为蛇，此两三年耳。"③"少成失学殊属挂心事。大哥既有命赴来北京意，想来往北京亦甚好，即北京无好学堂，来东亦正方便也。"④关切之意，溢满信笺。

1916 年秋，开贞在冈山图书馆找出泰戈尔《吉檀伽利》《园丁集》《暗室王》《伽毗尔百吟》等作品来读，获得审美愉悦："我真好像探得了我'生命的生命'，探得了我'生命的泉水'一样。每天学校一下课后，便跑到一间很幽暗的阅书室去，坐在室隅，面壁捧书而默诵，时而流着感谢的眼泪而暗记，一种恬静的悲调荡漾在我的身之内外。我享受着涅

① 郭沫若：《致父母（1916 年 9 月 16 日）》，《敝帚集与游学家书》，中国社会科学出版社，2012 年，第 231 页。
② 郭沫若：《致父母（1916 年 12 月 27 日）》，同上书，第 235、236 页。
③ 郭沫若：《致父母（1916 年 9 月 16 日）》，同上书，第 232 页。
④ 郭沫若：《致父母（1916 年 11 月 19 日）》，同上书，第 234 页。

槃的快乐。像这样的光景从午后二三时起一直要延到黄色的电灯光发光的时候，才慢慢走回我自己的岑寂的寓所去。"①

泰戈尔的诗歌、冈山美丽的风景，使开贞的课余生活变得诗意盎然。

> 我居留冈山的时候，我常常驾着小船荡漾在旭川。在后乐园与冈山的天主阁中间的一段川面，那是顶富有诗意的，在六高对面的东山，虽然不算怎样一个名胜的所在，但是因为开始的一二年我住得很近，所以我常常到那边散步。实行静坐的时候，我往往会陶醉于泰戈尔的诗里，浮入了 Sentimental 时代。在月夜我独自徘徊于东山的山阴，因为我自己的跫音常常会击破周围美丽的寂寞，所以我常常脱去了下驮而作裸足游的。在那时候，我曾经吟下如下《晚眺》与《新月》二绝。②

两首绝句分别写道：

> 暮鼓东皋寺，鸣筝何处家。
> 天涯看落日，乡思寄横霞。
>
> 新月如镰刀，斫上山头树。
> 倒地却无声，游枝亦横路。

课外读泰戈尔的诗歌，课上他则遇见了一位著名作家。1916 年下学期，藤森成吉到六高任教，担任开贞的德文教师。藤森成吉跟开贞同一年出生，1913 年发表长篇小说《波浪》，反映青年知识分子对理想的追求，1915 年发表短篇小说《云雀》，受到文坛好评。他后来成为日本著名的左翼作家。藤森成吉对开贞走上文学道路有一定的影响。但这位

---

① 郭沫若：《太戈尔来华之我见》，《郭沫若全集·文学编》(第 15 卷)，人民文学出版社，1990 年，第 270 页。

② 郭沫若：《自然底追怀》，上海《时事新报·星期学灯》1934 年 3 月 4 日。

青年作家半年后就辞职离开六高了。

四

1916 年夏，郭开贞到东京看望朋友陈龙骥，陈龙骥得了肺病在圣路加病院住院。在开贞的劝说下，他从圣路加转到养生院，但不久就去世了。8 月上旬，开贞去圣路加医院取陈龙骥的遗物，遇上了护士安娜。安娜听说开贞的友人死了，流了眼泪，还说了些安慰的话。从她眉宇之间，开贞发现了不可思议的圣洁之光。

安娜原名佐藤富子，1896 年出生于宫城县黑川郡大衡村。母亲家是仙台藩士族，父亲佐藤卯右卫是基督教牧师。安娜曾在仙台尚絅女校就读。她学习成绩优异，尤其是英语特别好。她还具有侠义精神，常常拿出钱来帮助那些困难学生。学校毕业典礼让她致辞，她没有按照老师的要求念，而是用了一种古怪的腔调，打乱了毕业典礼的秩序，体现出一定的叛逆精神。毕业后，母亲要她结婚，她默默反抗着。不久，她离开了家，来到圣路加医院工作，遇上了这位令她爱了一生的中国留学生。

8 月中旬，安娜应诺从医院将陈龙骥的遗物寄给开贞，还写了一封英文长信安慰他。此后，他们平均每个星期都有三四封信来往。两人相爱了。开贞觉得安娜做护士可惜了，劝她考女医学校，并准备把官费分给安娜用。为了使安娜安心备考，12 月底，开贞去东京将安娜接到冈山。

对于这份爱情，开贞充满了感激。他在圣诞节用英文写了一首散文诗，后来自己翻译成中文作为《辛夷集》的《小引》。诗中以鱼儿的意象比喻开贞自己，"近海处有一岩石洼穴中，睡着一匹小小的鱼儿，是被猛烈的晚潮把他抛撇在这儿的"。这时，传来了少女的歌声。于是：

　　一个穿白色的唐时装束的少女走了出来。她头上顶着一幅素罗，手中拿着一支百合，两脚是精赤裸裸的。她一面走，一面唱歌。她的脚印，印在雪白的沙岸上，就好像一瓣一瓣的辛夷。

她在沙岸上走了一会，走到鱼儿睡着的岩石上来了。她仰头眺望了一回，无心之间，又把头儿低了下去。

她把头儿低了下去，无心之间，便看见洼穴中的那匹鱼儿。

她把腰儿弓了下去，详细看那鱼儿时，她才知道他是死了。

她不言不语地，不禁涌了几行清泪，点点滴滴地滴在那洼穴里。洼穴处便汇成一个小小的泪池。

少女哭了之后，她又凄凄寂寂地走了。

鱼儿在泪池中便渐渐苏活了转来。[1]

开贞与安娜的生活十分幸福。开贞虽然瞒着家人，但家信中流露出的喜悦无法掩饰：

> 现已在年假中矣，同学相聚（校内吾国同学有十一人焉），时多乐举；天高日暖，时登操山而啸风焉。操山峙立校内，山木青葱可爱，骤望之颇似峨眉也。后乐园者，为日人三公园之一。中有大池一，余则清流成渠，灌注其间，微风散拂，则涟漪四起。复有鹤鸟数只，戏为水浴，丹冠素羽，与淡日而争鲜也。对之亦颇愉悦。[2]

信中开贞托为与同学同游，但按时间考，当是与安娜同游，方诞生了这种魏晋小品般的漂亮篇章。

这年春节，开贞十分开心，他给父母的家信中充满了烟火气：

> 旧腊将残，邻家处处有春饼声，盖日人乡下仍是过旧年

① 郭沫若：《小引》，《辛夷集》，泰东图书局，1923 年。
② 郭沫若：《致父母（1916 年 12 月 27 日）》，《敝帚集与游学家书》，中国社会科学出版社，2012 年，第 235 页。

也。此间呼米粑曰"饼"，用舂杵，不用磨，间以红豆粉为心，名曰"馅饼"，烧食或煮而食之，味殊不甚佳也。煮食者，名曰"杂煮"，无馅，汤中稍加以葱头菜叶，味咸而清淡，小儿辈多喜食之，间或食用，亦别有风味也。

日人拜年最讲究。拜年以元旦日为限，无论男女，均相竞早出，凡街邻亲友处，四处飞投名片。远处则用明信片，均系前年写就，早早交与邮局。局中对于年贺状一项特别经理，概于元旦日侵晨投交前方，殊妥便。贺年以正月初旬为限，彼来此往，络绎飞腾，逾限则为失礼。又，初旬，每家门首均置盘器一，以盛名片及邮片也。稍有体面人家，大率堆如山积。然家中享用殊甚简朴，喜饮酒，大有终日昏昏醉梦间之概。然劳动者流，绝无聚赌事，一切生理亦不停闭，转以年始为热闹，此与吾乡甚相反也……

他还说："男近来甚善饭，在日已三年，日人风俗言语渐就通晓，已无甚苦楚处。"[1]这信描述日本人情风俗，明丽可喜，比诸后世推崇的周作人等人的散文，直在伯仲间耳。这种愉快的心情，开贞保持了很久，到暑假时，他在家信中写道：

儿今岁留冈，甚是愉快，每日午前在家读书，午后下河洗澡。冈山市中有小河小道名旭川者，如沙湾之茶溪然，水清宜浴。日人设会讲习游泳法，大小学生多入会者。儿学凫水算已三年，但不甚大进步，近来亦只凫得十来丈远。然当溽暑如蒸，下河一次，则自凉快可人。上坎休息，太阳晒背，晒得痒酥酥的，真有一种说不出来的趣味。[2]

① 郭沫若:《致父母（1917年1月19日）》,《敝帚集与游学家书》,中国社会科学出版社，2012年，第238页。
② 郭沫若:《致父母（1917年8月14日）》,同上书，第249页。

安娜通过了女子医学院的考试，但不久她就怀孕了，于是放弃了当医生的志向，专心跟开贞经营他们的小家庭。在开贞和安娜的第一个孩子将要出生前，开贞将泰戈尔的《新月集》《园丁集》《吉檀伽利》三部诗集选译并编成一部《太戈儿诗选》，这是他的第一部翻译作品。但上海的商务印书馆和中华书局都不愿出版。开贞受了打击，这部译诗集没有保存下来。1917 年底，开贞的长子郭和夫出生了，给这个小家庭带来了无穷的乐趣和希望。

在跟安娜恋爱期间，生活在甜蜜中的开贞写了《Venus》这首新诗：

> 我把你这张爱嘴，
> 比成着一个酒杯。
> 喝不尽的葡萄美酒，
> 会使我时常沉醉！
> 我把你这对乳头，
> 比成着两座坟墓。
> 我们俩睡在墓中，
> 血液儿化成甘露！

当安娜考上女子医学院时，开贞在《别离》中写道：

> 残月黄金梳，
> 我欲掇之赠彼姝。
> 彼姝不可见，
> 桥下流泉声如沄。
> 晓日月桂冠，
> 掇之欲上青天难。
> 青天犹可上，
> 生离令我情惆怅。

这两首诗，尤其是《Venus》，完全是现代新诗的格调。

学校附近的操山，让开贞时时想到故乡的峨眉，但他从来没有登过一次峨眉。他每每在家信中劝父母亲去峨眉避暑。1917年暑假，开贞再次相劝：

> 今年二老峨眉之游能成行否？暑中总请万要上山一次，或携带元弟、少成随伴，可令弟侄增长无限志气也。孔子登东山而小鲁，登太山而小天下。李太白诗："登高壮观天地间，大江茫茫去不还。"读古人登高之作，皆浩浩然，灵气流溢，神为之移，况身临其境，不知更当作何豪想耶！欧洲人最喜登山，近来日本亦曾奖励此举。吾国古时，凡登高能赋者可为大夫，可见亦曾奖励过来。登山一事，于精神修养及体魄健全上，皆有莫大之影响也。男昔日曾梦峨眉山，得诗一句云："天空独我高"。近来颇想亲事登临，一证实此诗之意。①

1917年9月，郭开贞升入高等学校三年级。德文课每周十小时，使用歌德的自叙传《诗与真》、梅里克的小说《向卜拉格旅行途上的穆查特》等为教材。开贞压抑的文学倾向又重新抬起头来。由于喜欢泰戈尔和歌德，他开始和哲学上的泛神论思想接近了。由泰戈尔出发，他阅读了印度古代诗人伽毕尔的作品和《乌邦尼塞德》等著作；由歌德出发，他阅读了斯宾诺莎的《伦理学》《论神学与政治》《理智之世界改造》等著作。他回头去读《庄子》，发现庄子中也有很多泛神论思想。此外，他还阅读了俄国作家陀思妥耶夫斯基，挪威戏剧家易卜生、比昂逊等人的作品。这些都影响了他后来的文学创作。

1918年，郭沫若通过高等学校的考试，如期毕业，被九州帝国大学医科大学免试录取。九州帝国大学医科大学于1919年改名为九州帝

---

① 郭沫若：《致父母（1917年6月23日）》，《敝帚集与游学家书》，中国社会科学出版社，2012年，第246页。

国大学医学部，在当时的日本是仅次于东京帝国大学和京都帝国大学的名牌大学。

在离开冈山前，郭开贞为表示从事科学研究的决心，忍痛将《庾子山全集》《陶渊明全集》赠给冈山县立图书馆。

五

1918 年 8 月上旬，开贞带着安娜和和儿来到福冈，准备就读于九州帝国大学医科大学。到福冈不久，开贞给父母亲写信说：

> 大哥昨日又汇来七十块钱，此次入学一切耗费尽可敷用，家中请不要再汇款来。男现住的房子，小小的共有两间，都在楼上，楼下是主人的储藏室，室侧有个煮饭的地方，又其侧便是毛房。画一块图在下边，便可一目了然。房子里面却不大干净，周围都是土壁，房钱却是很贵，每个月电灯在内，要五块半钱。算好窗户甚多，凉风时至，可恨毛房太近，又时有粪香扑鼻也。住家离大学甚近，走不上两百步，便是大学的后门，上课算很方便呢。离海岸亦不远，天晴便可入海凫水。今日天气甚好，打算吃了午饭之后，便去凫水去。海岸上有苍松万千树，照眼皆青，空气甚新鲜也。和儿已长齿矣，两个下齿洁白胜雪，似乎痒不可耐，遇物即啮。偶抱出松原中散步，即稳稳睡在怀中而归。夜里不甚安眠，一晚总会醒三四次，人手过少，哭起来时，觉又非常可恨。想到儿今累男，便是男当年累我二老之真象。[1]

---

① 郭沫若:《致父母（1918 年 8 月 24 日）》,《敝帚集与游学家书》,中国社会科学出版社，2012 年，第 252 页。

有一天，开贞在松林散步遇见在第五高等学校就读的留学生张资平。两人一边去海里游泳，一边议论起国内文坛的现状来。他们对于国内的出版界都不满意，他们不喜欢什么文章都收在一起的杂志，而想找几个人办一种纯粹的文学期刊，专门刊发白话文学作品。他们觉得留学生中的郁达夫、成仿吾能够跟他们志同道合。如果每人每月从官费中抽出几块钱来，刊物就可以办起来。两人约定以开贞为中心，待开学后征求郁达夫、成仿吾的意见。这就是后来创造社的最初萌芽。

当时日本资本主义蓬勃发展，博多湾一带有很多资本家的别墅。他们开着汽车，带着"艺伎"到海边饮酒作乐，不时有男女的笑声和台球的碰撞声传来。资本家们想把博多湾变成深港，以推动当地物流的发展，于是很多挖泥沙的船在进行作业。博多湾是元朝征伐日本时船舰沉没的地方，至今还有很多遗物存在。面对此情此景，开贞十分感慨。博多湾的历史文化、自然风景以及现实情况，很多都出现在开贞的诗歌当中。

张资平当时正在看不肖生写作的《留东外史》，这本书以淫秽在留学生界知名。对于张资平的爱好，开贞比较诧异。不久后，张资平约开贞参加"丙辰学社"，开贞委婉拒绝了，但他介绍了《早稻田文学》等日本文学杂志给张资平阅读。

9月下旬，成仿吾带着湖南人陈老先生到福冈治疗失明。开贞一家决定和陈老先生共同租房。他们在箱崎神社附近找到一处两层楼房。陈老先生一家住楼上，开贞一家住楼下。安娜管理着两家人的家政。这委屈安娜了，但安娜却欢喜得几乎流出眼泪来，因为他们正缺钱用。陈老先生治疗眼疾失败后于11月就回国了，因为付了一个季度的房租，开贞一家得以住到年底。吴鹿苹给老家写信，说开贞生活困难。家里闻讯后准备寄钱来，开贞觉得十分不安。他在家信中说：

> 今天上学去后，接到元弟五月十八日家书。拆开读时，热烘烘的眼泪不知不觉的从男的两个眼睛里不住的流了出来。鹿苹姻兄未免言过其实了。鹿苹用度甚奢侈，每年除了官费之

外，总要求家款三四百金补济。鹿苹兄未免巧于张他人之旗鼓，作自己的保障了。世乱年荒，家中何能更得此巨款现金？二老如此待男，颠转令男心不能一刻安。男禀如早到，请二老千急作罢，否则作为元弟路费，命元弟随鹿苹姻兄来留学，最男所夙夕默祷者也。日前体格检查，判得一强字，完全不是虚假，男何敢将无作有来欺诳我父母呢？头痛之患，从前在家中时便是有的。记得沈先生主教家塾时，男做文作算不成，每每便觉头痛，想是先天素弱，并非由勤勉过度而来。男自来东后，自觉年长无学，老大徒悲，比从前在内地时稍稍潜心向学，但还配不上说得勤勉二字；每月按领国家官费，供家养口，便何能说得到苦学二字耶！鹿苹姻兄未免抽活人大过分了。[1]

给父母报喜，让老人释怀，但生活的艰难只有开贞自己知道。

1918 年 9 月，九州帝国大学医科大学开学了。当年招收新生一百零四人，其中中国留学生包括郭开贞在内共五人。九州帝国大学医科大学有很多著名的学者，他们担任了开贞的任课教师。

石原诚博士是生物学讲座的主任教授，1879 年生于兵库县。他关于淡水鱼的杂交实验、心脏刺激传递系统的功能研究、生物之间近亲程度的血清学研究等等，代表了当时日本生物学界的最高水平。开贞对他的课印象十分深刻，多年以后还深情回忆说：

> 我自己对于生物学本是很感趣味的人。福冈的九州大学的生物学教授石原博士又是我所敬爱的一位学者，我听过他的生理学总论、遗传学、内分泌学等的讲义，相当地引起了我对于那些学问的向往。我和博士的个人的接触虽然不曾有过，但他对于我的印象却颇象一位深通禅理的高僧。矮小而瘦削的

---

① 郭沫若：《致父母（1918 年 7 月 2 日）》，《敝帚集与游学家书》，中国社会科学出版社，2012 年，第 257、258 页。

他，在演讲时总是把眼睛闭着的，让他那颇有涩味的声音不急不徐地流出。生理学总论是医科学生第一年所必修的科目，他在最后的一点钟上曾经离开了讲义说到自己的私生活上来。他说：近时的学生好美衣美食，食事爱在"卡罗里"（热量）的多少上关心，但他自己是一位菜食主义者，已经素食了多年，然而精神也不见减衰。关于菜食的生理学上的根据，博士没有说出，但他那简单的几句话，对于我却留下了深刻的印象。[1]

开贞的老师中还有对中国留学生特别友善的小野寺直助教授。据开贞同学钱潮回忆：

> 讲授内科的小野寺直助教授，他在教课和指导实习时，对我们留学生很照顾，尤其对耳聋重听的沫若，修改笔记，实习诊察，格外关切。小野寺教授时邀沫若与我上他家作客。他很喜藏古董，中国的古陶瓷器也不少。他说：日本的文化深受中国影响，中国对日本是很有帮助的。他讲到留学德国时，德国却对他种族歧视，看不起日本学生；他要纠正这种倾向，所以特别亲近中国留学生。小野寺教授的真挚感情，沫若和我都深受感动，这在当时是不多的。

在 1930 年代流亡日本期间，开贞还多次请小野寺教授帮忙。后来，当小野寺教授知道开贞在很多领域都取得了巨大成就后，兴奋地对钱潮说："沫若若不是重听，在医学方面深造下去，其成就决不会低于在文学和史学战线上的贡献。"他以自己有这样一位耳聋了的学生，在文学、史学上成为巨人感到骄傲，说："这是九州大学的光荣，也是我的

---

[1] 郭沫若：《创造十年续编》，《郭沫若全集·文学编》（第 12 卷），人民文学出版社，1992 年，第 203 页。

光荣。"①

被称为"九州考古之父"的中山平次郎，担任了开贞的病理学课程的教师，这对开贞后来从事考古工作应该有一定的影响。此外，九州帝国大学医科大学还请了很多著名的科学家来开办讲座。钱潮回忆说：

> 苏联著名生理学家巴甫洛夫用德语讲课达半年之久，讲了他所研究的关于消化腺生理问题，并亲自做了狗的"假饲"和胃瘘手术；世界著名物理学家爱因斯坦是一九二二年十二月来福冈的，十一月他在中国上海受到大学生成群结队的欢迎，用手臂抬着他在南京路上走过。在九州大学，爱因斯坦应邀作了半天关于"相对论"的学术讲演，沫若津津有味倾听了他那深入浅出的报告，爱因斯坦对近代物理的巨大贡献，给沫若一定的影响。他青年时代，屡受名师教诲，为其以后的勤学精进树立了榜样。②

除了专业上的学习之外，这些著名学者也启发了开贞的爱国主义精神。多年后开贞重访九州大学，深情地说："我们当时的老师们虽然主要的是向我们进行医学的教育，可是在进行医学的教育当中，不知不觉就让我们体会到了——深切地体会到爱国主义的精神的教育。我体会到了崇高的爱国主义的精神，因此我也就学会了爱我的祖国。为了我的祖国能够从以前的悲惨的命运中解放出来，就是贡献我自己的生命，我也是心甘情愿的。"③

在一百多人的大教室里，医学生郭开贞总是坐在第一排，记笔记最认真。解剖学课程在医科大学很重要。九州帝大的解剖课第一学期解剖

① 钱潮口述，盛巽昌记录整理：《忆沫若早年在日本的学习生活》，《中国现代文艺资料丛刊》（第四辑），上海文艺出版社，1979年，第264页。
② 同上书，第264、265页。
③ 刘德有：《随郭沫若战后访日——回忆与纪实》，辽宁人民出版社，1988年，第222、223页。

筋肉系统，第二学期解剖神经系统。开贞积极参加解剖等医学实验，常常从中获得科学发现的乐趣。多年后他还清晰准确地回忆起解剖实习时的情景："八个人解剖一架尸体。尸体分成八部分，头部，胸部连上肢，腹部连大腿，胫连脚，左右各一人。"每个人需要解剖八具尸体，用四个月时间，才算是将这门课程完成。在描述解剖场景后，开贞说："这样叙述着好像很恶心，但在解剖着的人看来，实在好象是抱着自己的爱人一样。特别是在头盖骨中清理出了一根纤细的神经出来的时候，那时的快乐真是难以形容的。"①

医学课堂孕育着开贞的诗情，他认为科学探求和文艺创作可以并行不悖："对于真实的探讨和对于梦境的追求，可以分道而并行，可以异时而两立。譬如我们观察天体，一方面尽可以利用望远镜和分光器去考察星光，但于他方面也可以吟味关于星座的种种诗意葱茏的神话传说。又譬如我们学过生物形态学的人，虽明知鱼类没有泪腺，但也并不能妨害我们去领略'枯鱼过河泣'的一首妙诗。"②

开贞一边进行解剖实验，一边构思起文学作品来。小说《骷髅》就是在解剖室面对尸体时构思出来的。他以当时渔夫斋藤寅吉盗尸案为蓝本，将解剖台上的尸体幻想成斋藤寅吉的肉身，采用欧洲小说的体裁，写成惊悚故事。虽然《骷髅》后来因被拒绝发表而为开贞所焚毁，但他却亲热地称呼它为"最初的一篇创作"。另一篇小说《牧羊哀话》跟《骷髅》的创作情况相似。当时"学校里正在进行显微镜解剖学的实习。我一面看着显微镜下的筋肉纤维，一面构成了那篇小说"③。在第二学年时，开贞有次提前到了解剖学教室，望着教室内挂的骷髅，听着背后时钟的嘀嗒声，他创作了一首新诗：

---

① 郭沫若：《创造十年》，《郭沫若全集·文学编》（第12卷），人民文学出版社，1992年，第57页。
② 郭沫若：《神话的世界》，《文艺论集》，上海光华书局，1925年，第266、267页。
③ 郭沫若：《创造十年》，《郭沫若全集》（第12卷），人民文学出版社，1992年，第62页。

铁塔——铁塔！

壁上的时钟把我向坟墓里逼迫，

逼迫——逼迫！

胸中的雪浪儿乱打我的心脉。

　　开贞把《牧羊哀话》等小说寄给大哥看。大哥斥责他不应该搞文艺创作，但大哥问他，《牧羊哀话》中的诗歌大概是抄自哪位朝鲜知名作家的吧？这说明大哥对他的才华是肯定的。

　　即便课程困难，开贞遭遇了挫折，他也仍然以医学为志向："我对于我不甚嗜好的科学也从事研究。我更决意把医学一门作为我毕生研究的对象。我研究科学正想养成我一种缜密的客观性，使我的意志力渐渐坚强起去。"[1]尽管如此，由于追求个性与自由，郭开贞对九州帝国大学医学部的上课方式也有过怨言："日本人的教育方针是灌输主义，生拉活扯地把一些学识灌进学生的脑里。这在我又是一番苦痛"[2]；"前礼拜去上了几天课来，那种刻板样的生活真要把我闷死。见惯了的滑稽戏子登场，唱一幕独白剧，时而在墨色的背景上画东画西。我只全身发烧，他口中唱着陈古五百年的剧本台词，一点也不曾钻进我的耳里"[3]。"在一九一九年的夏天，我零碎地开始作《浮士德》的翻译，特别是那第一部开首浮士德咒骂学问的一段独白，就好像出自我自己的心境。"[4]因为不满于这样的课堂，开贞将更多的时间投入到文学和爱国活动中去。

　　开贞特别喜欢逛书店，从书店中获得了不少旧学新知。他后来回

---

① 　郭沫若：《论国内的评坛及我对于创作上的态度》，《文艺论集》，上海光华书局，1925 年，第 176 页。

② 　郭沫若：《创造十年》，《郭沫若全集·文学编》（第 12 卷），人民文学出版社，1992 年，第 72 页。

③ 　郭沫若：《致郁达夫》，《郭沫若书信集》（上），中国社会科学出版社，1992 年，第 198 页。

④ 　郭沫若：《创造十年》，《郭沫若全集·文学编》（第 12 卷），人民文学出版社，1992 年，第 73 页。

忆说：

> 在日本留学的时候，"书店渔猎"是学生间顶有趣的一种风习。下课没事便走到新旧书店里去徘徊，不一定是要买甚么书，只是如象女人们游公园，上海人上游戏场一样，完全是出于一种消遣。在书店里巡览书籍，或者翻翻目录，遇着有好书的时候，有钱时便买它一本，没钱时便立着读完半本或一本小本的全书。无拘束的精神，如象入了 panorama 的画室一样。才看见阿拉伯的队商在沙漠中旅行，忽然又看见探险家在北冰洋上探险；才看见罗马军队入了埃及的首都开罗，逼死了绝世的美女王 Creopatra，又看见太空中无数的星云在构成新星系统；人体的细胞在和细菌作战的时候，火星的人类又在策划侵略地球；Fichte 才在草告德意志国民的书，爱因斯坦已经在向日本人讲述相对论了；Pompeii 的居民在火山未爆发以前正在戏场中看戏的时候，赤色军已经占领了莫斯科宣告全世界大革命……一切实际的或非实际的，有形的或无形的，旷古的或未来的，形形色色世界展开在我们面前，使我们时而兴奋，时而达观，时而悲，时而喜，时而憎怒，时而爱慕，时而冷笑，时而自惭，时而成为科学家，时而成为哲学家，时而成为诗人，时而成为志士。——超绝时空的灵魂的冒险，情绪的交响曲。[①]

受五四运动的影响，1919 年 7 月，郭开贞和夏禹鼎等同学成立了夏社。

夏社宣言写道："今为救国之计，必须牺牲小利，排斥国仇，此乃我学界新闻界诸先觉素所提倡，与我工商界诸同胞当前所实行者。民气未死，中国不亡，抵制日货之义声，普及全国"，"今后之事，端在更益坚持耳。因敢不揣愚顽，尽其微力"，"振发同胞，防万一之衰败"。

---

① 郭沫若：《百合与番茄》，《郭沫若全集·文学编》（第 12 卷），人民文学出版社，1992 年，第 396、397 页。

夏社成立后，同学们"捐了一些钱，买了一部油印机和些纸头油墨等，很简单地便开始了工作。主要是翻译日本人仇华的消息，有时由我们自己撰述些排日的文字。印出以后，向上海各报馆分寄"①。但好些成员不会写文章，重担落在了开贞身上。他在这年暑假独自保管和使用油印机，独自发稿，写蜡纸，油印，加封投寄。

本着夏社的宗旨，开贞写了《同文同种辨》与《抵制日货之究竟》两篇长文。前者认为："中日两国并非同文同种。夫以仁道正义为国是，虽异文异种，无在而不可亲善。以霸道私利为国是，虽以黄帝子孙之袁洪宪，吾国人犹鸣鼓而攻之矣。"②后者号召："读者诸君谁为中华民国之主人翁？乃各放弃其责任，一任少数人之专制压迫，颠倒是非，动摇我国本，侮辱我群众。我学界同胞，既奔走呼号于前，我工商同志，速协力赞助于后。楚歌四面，家国飘摇。诸君！谁无人心，速起奋斗！日将暮，途尚遥！此抵制日货，不过千端万绪中之一节。同胞！同胞！勿再仿徨中路，苟且须臾也。"③这两篇文章充分体现了五四时期郭开贞的思想观念和爱国热情。

夏社订阅了上海《时事新报》，开贞从里面发现了白话新诗，尤其是康白情的《送许德珩赴欧洲》，里面有类似"我们喊了出来，我们便做得出去"的句子。这给开贞震动很大："我感觉得这倒真是'白话'。是这诗使我增长了自信，我便把我以前做过的一些口语形态的诗，扫数抄寄去投稿。公然也就陆续地被登载了出来，真使我感到很大的愉快。这便是我凫进文学潮流里面来的真正的开始。"④

对于当时国内逐渐兴盛的新诗创作热潮，《学灯》编辑宗白华认为："白话诗运动不只是代表一个文学技术上的改变，实是象征着一个新世界观，新生命情调，新生活意识寻找它的新的表现形式。""在文艺上摆脱二千年来传统形式的束缚，不顾讥笑责难，开始一个新的早晨，

---

① 郭沫若：《凫进文艺的新潮》，上海《文哨》第1卷第2期，1945年7月5日。
② 郭沫若：《同文同种辨》，《黑潮》月刊第1卷第2期，1919年10月。
③ 郭沫若：《抵制日货之究竟》，《黑潮》月刊第1卷第2期，1919年10月。
④ 郭沫若：《凫进文艺的新潮》，上海《文哨》第1卷第2期，1945年7月5日。

这需要气魄雄健，生力弥满，感觉新鲜的诗人人格。"当他读到郭开贞寄来的"字迹劲秀、稿纸明洁、行列整齐而内容丰满壮丽的"新诗后，觉得"篇篇都是创造一个有力的新形式以表现出这有力的新时代，新的生活意识"，于是"视同珍宝一样地立刻刊布于《学灯》"。[1]他给开贞写信说："我很希望《学灯》栏中每天发表你一篇新诗，使《学灯》栏有一种清芬，有一种自然 Nature 的清芬。"[2]

1919 年 9 月 11 日，《时事新报·学灯》发表了开贞的新诗《鹭鸶》：

> 鹭鸶！鹭鸶！
>
> 你自从哪儿飞来？
>
> 你要向哪儿飞去？
>
> 你在空中划了个椭圆，
>
> 你突然飞下海里，
>
> 你又飞向空中去。
>
> 你突然又飞下海里，
>
> 你又飞向空中去。
>
> 雪白的鹭鸶！
>
> 你到底要飞向哪儿去？

这首诗署名沫若。这是郭开贞第一次发表新诗，第一次使用沫若的笔名。沫水和若水是郭沫若家乡的两条河，这个笔名表示他来自四川乐山。从此，郭开贞以郭沫若的名字出现在中国文化界，他的新诗在《学灯》一发不可收拾，异军突起，代表了当时新诗创作的最高成就。

郭沫若最初在《学灯》发表的《鹭鸶》《抱和儿浴博多湾中》等诗，受泰戈尔影响，"崇尚清淡、简短"。郭沫若自称这是他新诗第一阶段的

---

[1]　宗白华：《欢欣的回忆和祝贺——贺郭沫若先生五十生辰》，重庆《时事新报》，1941 年 11 月 10 日。

[2]　《三叶集·宗白华致郭沫若》，《郭沫若全集·文学编》（第 15 卷），人民文学出版社，1990 年，第 12 页。

风格。1919 年 9—10 月间，郭沫若读到有岛武郎《叛逆者》一书，并通过该书接触到惠特曼的《草叶集》，惠特曼豪放的自由诗引起了郭沫若的共鸣，那一段时间，郭沫若像发了狂一样写诗。在惠特曼影响下，他创作了一系列情感粗放、气势磅礴的新诗。

1919 年底，郭沫若去福冈图书馆看书，突然诗兴袭来。在图书馆后面僻静的石子路上，他把木屐脱了，赤脚走来走去，甚至躺在路上，拥抱地球母亲，感受她的皮肤。他觉得诗句奔涌而来，连忙跑回家将它们写在纸上，这就是《地球，我的母亲》：

> 地球，我的母亲！
> 天已黎明了，
> 你把你怀中的儿来摇醒，
> 我现在正在你背上匍行。

> 地球，我的母亲！
> 那天上的太阳——你镜中的虚影，
> 正在天空中大放光明，
> 从今后我也要把我的内在的光明来照照四表纵横。

1920 年 1 月 20 日，郭沫若"上半天在学校的课堂里听讲的时候，突然有诗意袭来，便在抄本上东鳞西爪地写出了那诗的前半。在晚上行将就寝的时候，诗的后半的意趣又袭来了，伏在枕上用着铅笔只是火速的写，全身都有点作寒作冷，连牙关都在打战"[①]。写下来的诗就是《凤凰涅槃》。

《凤凰涅槃》用希腊国神鸟名"菲尼克司"（Phoenix）满五百岁后集香木自焚，再从死灰中更生的传说，来象征中国和诗人自己的新生。

---

① 郭沫若：《我的作诗的经过》，《郭沫若全集·文学编》（第 16 卷），人民文学出版社，1989 年，第 217 页。

凤凰在过去五百年面对"脓血污秽着的屠场""悲哀充塞着的囚牢""群鬼叫号着的坟墓""群魔跳梁着的地狱",有着"流不尽的眼泪,洗不净的污浊,浇不熄的情意,荡不去的羞辱",渴望在烈火中焚毁,脱胎换骨,从死灰中获得新生。凤凰终于新生了,新生的世界"光明""新鲜""华美""芬芳""和谐""欢乐""热诚""雄浑""生动""自由""恍惚""神秘""悠久"。编辑宗白华接到这首诗后,写信告诉郭沫若:"你的凤歌真雄丽,你的诗是以哲理做骨子,所以意味浓深,不象现在许多新诗一读过后便索然无味了。"①"你的诗意诗境偏于雄放直率方面,宜于做雄浑的大诗。所以我又盼望你多做象凤歌一类的大诗,这类新诗国内能者甚少,你将以此见长。"②

郭沫若这一时期还写了著名的《天狗》。中国传统伦理认为,身体发肤受之父母,毁伤了就是不孝顺,但《天狗》却咏道:

> 我剥我的皮,
>
> 我食我的肉,
>
> 我饮我的血,
>
> 我啮我的心肝,
>
> 我在我神经上飞跑,
>
> 我在我脊髓上飞跑,
>
> 我在我脑筋上飞跑。
>
> 我便是我呀!
>
> 我的我要爆炸了!

这跟中国传统思想完全异趣,是对自由的赞歌,对自主的赞歌,是五四时代朝气蓬勃精神的象征。

① 《三叶集·宗白华致郭沫若》,《郭沫若全集·文学编》(第15卷),人民文学出版社,1990年,第30页。
② 《三叶集·宗白华致郭沫若》,同上书,第31、32页。

七

1920 年 1 月 18 日，郭沫若给宗白华写信，提出他对新诗的看法：

> 我想我们的诗只要是我们心中的诗意诗境底纯真的表现，命泉中流出来的 Strain，心琴上弹出来的 Melody，生底颤动，灵底喊叫；那便是真诗，好诗，便是我们人类底欢乐底源泉，陶醉底美酿，慰安底天国。

> 诗不是"做"出来的，只是"写"出来的。我想诗人底心境譬如一湾清澄的海水，没有风的时候，便静止着如像一张明镜，宇宙万汇底印象都涵映着在里面；一有风的时候，便要翻波涌浪起来，宇宙万汇底印象都活动着在里面。这风便是所谓直觉，灵感（Inspiration），这起了的波浪便是高涨着的情调，这活动着的印象便是徂徕着的想象。这些东西，我想便是诗底本体，只要把他写了出来的时候，他就体相兼备。

> 诗＝（直觉＋情调＋想象）＋（适当的文字）。[①]

宗白华接到信后，复信称赞郭沫若有抒情的天才。宗白华还将在东京的田汉介绍给郭沫若，希望他们"携手做东方未来的诗人"。

2 月 9 日，田汉给郭沫若写了一封长信。信中说："我最爱的是真挚的人"：

> 你这样真挚优美的人，我如何不爱！我如何不要找你做我

---

① 郭沫若：《致宗白华》，《三叶集》，上海亚东图书馆，1927 年 5 版，第 6、7、8 页。

的诗友，做扶我这个醉人的扶者。

　　你的《凤凰涅槃》的长诗，我读过了。你说你现在很想能如凤凰一般，把你现有的形骸烧毁了去，唱着哀哀切切的挽歌，烧毁了去，从冷净的灰里，再生出个"你"来吗？好极了，这决不会是幻想。因为无论何人，只要他发了一个"更生"自己的宏愿，造物是不能不答应他的。我在这里等着看你的"新我"NewEgo 啊！①

　　2 月 15 日，郭沫若回复田汉一封长信。在这封信中，郭沫若交代了自己跟安娜的恋爱经历，以及自己在老家有原配这件事。他忏悔着说："我结了婚之后，不久便出了门，民国三年正月，便来在日本。我心中的一种无限大的缺陷，早已无可补实的余地的了。不料我才遇着了我安娜。我同她初交的时候，我是结了婚的人，她是知道的。我也仗恃着我结了婚的人，所以敢于与她同居。唉！我终竟害了她！以下的事情，我无容再说了。"②

　　田汉回信说："沫若兄！你的事算大体给我知道了。你对于我这个初交之友能为肺腑之言，可知你没有以外人待我，是不是？我很感谢你待我之厚。但是我对于你干的事情，没有把他当作你一个人的罪恶，却把他当作全人类——至少也是恋爱意识很深的人——的罪恶，尤以天才者犯这种罪恶的多。"田汉还认为，即便是以前结婚了，但如果对于那女人没有了爱意，那么便不算结过婚，尽可以各走各的。田汉还说："假使到末日审判那天，有人要宣布你们的罪状，我愿挺身出来，做你们的辩护士啊！"③

　　对于田汉的理解，郭沫若十分开心，"我一面实验着，一面读你的信。我读了又读，念了又念，翻来覆去地，不知道读了好多遍。田寿

① 《三叶集·田汉致郭沫若》，《郭沫若全集·文学编》（第 15 卷），人民文学出版社，1990 年，第 35、37 页。
② 《三叶集·郭沫若致田汉》，同上书，第 43 页。
③ 《三叶集·田汉致郭沫若》，同上书，第 58、60 页。

兄！我的可爱的恰慧的辩护士"！沫若还把这封信给安娜看了，安娜也十分高兴，她笑着说："应该宣告死刑的法官却成了辩护士了。实在是一位大恩大德的先生啊！"①当天晚上他们比平时多吃了两碗麦饭。

其实，田汉为了和郭沫若通信，也做足了功课。"一封信发去后焦急地等待着他的回信。很快地厚厚的回信来了。在案头，在被子里，在江户川的水边，在户山原的林下，兴奋地读了又读，看了又看，赶忙又写回信。为着这而看书，为着这而观剧，为着这而郊游。一切为着写信。写信一时成了我主要的功课。"②

这种亲密的关系，正如郭沫若后来所回忆的："五四当时，凡是赞成新文艺和新思想的人，差不多彼此都当成情人在看待，毫无畛域之分。"③

3月19日，田汉从东京到福冈去看郭沫若。郭沫若第二个儿子出生刚满三天。郭沫若正在厨房里烧火煮水。田汉就走了进来。郭沫若一家十分开心。郭沫若不顾安娜还在月子里，陪着田汉去游了太宰府和福冈的一些名胜。田汉回忆说："沫若邀我上太宰府'管原道真祠'看梅花。我们在那香雪海中喝得烂醉，躺在山上看白云。因为发见园中有照相馆，我们乘着醉意又并肩站在一块大石上，眼望着辽远的天边，叫照相师替我们照相，那是取的歌德与雪勒并肩铜像的姿势。因为我们当时意气甚盛，颇以中国的歌德和雪勒自期的。"④沫若在梅花树下放歌：

> 梅花！梅花！
> 我赞美你！我赞美你！
> 你从你的"自我"当中，
> 吐露着清淡的天香，

① 《三叶集·郭沫若致田汉》，《郭沫若全集·文学编》（第15卷），人民文学出版社，1990年，第67、68页。
② 田汉：《与沫若在诗歌上的关系》，《田汉全集》（第13卷），花山文艺出版社，2000年，第509页。
③ 郭沫若：《凫进文艺的新潮》，上海《文哨》第1卷第2期，1945年7月5日。
④ 田汉：《与沫若在诗歌上的关系》，《田汉全集》（第13卷），花山文艺出版社，2000年，第510页。

开放着窈窕的好花。
花呀！爱呀！
宇宙底精髓呀！
生命底源泉呀！
假使春天莫有花，
人生莫有爱，
到底成了个甚么的世界？

这是对青春、友谊和爱的讴歌。

但这次把安娜一个人留在家里，安娜过于劳累，母乳断了。后来喂养不得法，孩子食物中毒，在大学医院就医。沫若守着病重的孩子，作了一首凄美的《蜜桑索罗普之夜歌》：

无边天海呀！
一个水银的浮沤！
上有星汉湛波，
下有融晶泛流，
正是有生之伦睡眠时候。
我独披着件白孔雀的羽衣，
遥遥地，遥遥地，
在一只象牙舟上翘首。

啊，我与其学做个泪珠的鲛人，
返向那沉黑的海底流泪偷生，
宁在这缥缈的银辉之中，
就好象那个坠落了的星辰，
曳着带幻灭的美光，
向着"无穷"长殒！
前进！……前进！

莫辜负了前面的那轮月明！

沫若十分喜欢这首诗，他认为："那是在痛苦的人生的负担之下所榨出来的一种幻想。由葡萄中榨出的葡萄酒，有人会讴歌它是忘忧之剂，有人又会诅咒它是腐性之媒，但只有葡萄自己才晓得那是它自己的惨淡的血液。"①所幸的是，孩子的病不久就好了。

自田汉来访后，他们的通信就暂告一段落了。田汉当时十分自信，没有受过生活的压力，所以对郭沫若蓬头垢面在厨房伺候产妇的生活有些失望。田汉曾对郑伯奇谈到这次见面的感受："闻名深望见面，见面不如不见。"后来田汉还写信给郭沫若，说自己的舅父易梅园很欣赏郭沫若的诗歌，只是烟火气比较重。郭沫若觉得田汉对自己有些不理解。后来当田汉再次约郭沫若以及另一个朋友通信，写一本《三叶集》续编时，郭沫若拒绝了。

1920年5月，郭沫若、田汉、宗白华三人将他们之间的通信二十封，并附有各自的序共二十三篇，集为《三叶集》在亚东图书馆出版。田汉在序中说："写信的时候，原不曾有意发表出来。后来你来我往，写写多了，大体以歌德为中心；此外也有论诗歌的；也有论近代剧的；也有论婚姻问题的，恋爱问题的；也有论宇宙观和人生观的。""凭着尺素书，精神往来，契然无间，所表现的文字，都是披肝沥胆，用严肃真切的态度写出来的。"郭沫若认为："这要算是'五四'潮流中继胡适的《尝试集》之后，有文学意义的第二个集子。"

《三叶集》谈得比较多的是歌德。1920年7月19日，郭沫若接到《时事新报》主笔张东荪的来信，约他翻译《浮士德》。郭沫若本来就对歌德有兴趣。他曾给宗白华写信说：

　　歌德这位大天才也是到了"博学而无所成名"底地位。他

①　郭沫若：《创造十年》，《郭沫若全集·文学编》（第12卷），人民文学出版社，1992年，第69、70页。

是解剖学底大家（解剖学中有些东西是他发见的），他是理论物理学底研究者（他有色素底研究。曾同牛顿辩论过来），绘画音乐无所不通，他有他 Konkusordung（破产法条例）底意见，他有政治家和外交家底本能和经验，Lavater 与 knebel 都称赞他是个英雄，便是盖世的伟人拿破仑一世也激赏他是 Voila un homme，他有他的哲学，有他的伦理，有他的教育学，他是德国文化上的大支柱，他是近代文艺的先河……他这个人确也是最不容易了解的。[1]

在《三叶集》中，郭沫若也以中国的歌德自我期许。事实证明，郭沫若后来在文艺、学术研究、社会活动等多个方面均做出了突出贡献，成为现代中国跟歌德最为近似的"百科全书式"的文化巨人。这次接受《浮士德》的翻译，无疑为他更深入了解歌德创造了条件。

《浮士德》的翻译给郭沫若诗风带来了转变，他开始写诗剧了。郭沫若称之为他的诗风的第三个阶段。他说："我开始做诗剧便是受了歌德的影响。在翻译了《浮士德》第一部之后，不久我便做了一部《棠棣之花》。"《女神之再生》和《湘累》以及后来的《孤竹君之二子》，都是在那个影响之下写成的。"[2]

《棠棣之花》是根据《史记·刺客列传》中聂嫈、聂政姐弟的故事写出来的。聂嫈送别聂政时的唱词体现了郭沫若的爱国思想：

> 去吧！二弟呀！
> 我望你鲜红的血液，
> 迸发成自由之花，
> 开遍中华！
> 二弟呀，去罢！

---

[1] 郭沫若；《致宗白华》，上海《时事新报·学灯》，1920 年 2 月 1 日。

[2] 郭沫若：《创造十年》，《郭沫若全集·文学编》（第 12 卷），人民文学出版社，1992 年，第 77 页。

　　《湘累》是郭沫若花了两天工夫根据《楚辞》中的《湘夫人》《湘君》两首诗写出来的，屈原所说的话，完全是郭沫若的"夫子自道"："我效法造化底精神，我自由创造，自由地表现我自己。我创造尊严的山岳，宏伟的海洋，我创造日月星辰，我驰骋风云雷雨，我萃之虽仅限于我一身，放之则可泛滥乎宇宙。""我有血总要流，有火总要喷，我在任何方面，我都想驰骋！"

　　《女神之再生》取材于《列子·汤问篇》中女娲炼五彩石补天和共工颛顼争帝怒触不周山的故事。共工颛顼争帝，"象征着当时中国的南北战争。共工是象征南方，颛顼是象征北方，想在这两者之外建设一个第三中国——美的中国"。女神们唱道：

> 我要去创造些新的光明，
> 不能再在这壁龛之中做神。

> 我要去创造些新的温热，
> 好同你新造的光明相结。

> 新造的葡萄酒浆
> 不能盛在那旧了的皮囊。
> 我为容受你们的新热、新光，
> 要去创造个新鲜的太阳！

第三章

创造当年曾共社

一

入学两年多，郭沫若将大部分时间和精力都放在了文学上，医学课程越来越吃力，于是他想转学到京都帝国大学改学文科。他征求家人和朋友们的意见，郑伯奇赞同，但安娜和成仿吾反对。成仿吾认为，"研究文学没有进文科的必要，我们也在谈文学，但我们和别人不同的地方是在有科学上的基础知识"。郭沫若觉得成仿吾的话有道理，于是不再想转学的事儿，却向学校申请休学三个月。

休学在家的郭沫若，每天在楼上读文学和哲学书籍。他读了福楼拜的《包法利夫人》，左拉的《制作》，莫泊桑的《波南密》《水上》，哈姆森的《饥饿》，波奕尔的《大饥》，以及易卜生、霍普特曼、高斯华绥的好些戏剧。他"愈和这些书接近，便愈见厌弃医学，回国的心事又抬起了头来"[1]。

此时，萦绕在郭沫若心际的，是创办文学社团和文学刊物。田汉、

---

[1]　郭沫若：《创造十年》，《郭沫若全集·文学编》（第 12 卷），人民文学出版社，1992年，第 85 页。

郁达夫、成仿吾、郑伯奇、张资平等人也都有这个想法。1921 年 1 月 18 日，郭沫若给田汉写信说：

> 成仿吾君你近来会过没有？他去年有信来，说有几位朋友（都是我能信任的）想出一种纯文艺的杂志，要约你和我加入。他曾经和你商榷过没有？他的来信上说："新文化运动已经闹了这么久，现在国内杂志界的文艺，几乎把鼓吹的力都消尽了。我们若不急挽狂澜，将不仅那些老顽固和那些观望形势的人要嚣张起来，就是一班新进亦将自己怀疑起来了。"他这个意见，我很具同感，所以创刊的建议，我也非常赞成，不消说我们创刊杂志另外还有更大的目的和使命了。京都方面的朋友也可有三四人加入。我在二月间拟往京都——我昨天写到此处便住了笔，今天往校内去取信，成仿吾君竟有一封信来，我才知道他已经和你商量过。其后的进行怎么样了？①

2 月底，郑伯奇也接到郭沫若的来信谈组织文艺社团的事儿。郑伯奇在日记中写道："沫若来信，对于联合同人组织文艺团体的事也不甚积极的样子。我信此事必要，所以春假想下实地再宣传一番。我想沫若、寿昌、凤举诸人总可以担编辑的责任，其次供稿的人也不下十人。若每月一册太忙，隔月或三月一册，断无不能行之理。并且可以借此号召些同志。"②

成仿吾的文学热情也十分高涨，他本来学造兵器，却沉浸在托尔斯泰的小说中。他的朋友李凤亭从日本回国后，谋得了泰东图书局法学主任的职位。他举荐成仿吾任文学主任。成仿吾很兴奋，决定放弃毕业考试，立即回国。郭沫若听到消息后，跟成仿吾一样兴奋，他觉得这是组

① 郭沫若：《创造十年》，《郭沫若全集·文学编》（第 12 卷），人民文学出版社，1992 年，第 81、82 页。
② 《郑伯奇日记》1921 年 2 月 27 日，郭沫若纪念馆馆藏资料。转引自林甘泉、蔡震主编《郭沫若年谱长编》（第 1 卷），中国社会科学出版社，2017 年，第 163 页。

织文学社团、创办纯文学刊物的好机会。

1921 年 4 月，郭沫若跟成仿吾一道，回到了上海。等他们到了泰东图书局后，发现文学主任已经由王靖担任了。成仿吾同郭沫若去西湖玩了一圈后，就回了湖南，留下郭沫若在泰东图书局。郭沫若与钱君胥合作翻译了德国人施笃谑的《茵梦湖》，并点校了《西厢记》，都由泰东图书局出版。他还开始编辑《女神》。

这位新诗人受到国内知识界的欢迎。郑振铎、叶圣陶、朱谦之等人都曾来看望过他。少年中国学会的左舜生前来拜访，郭沫若从他那里，才知道田汉为了筹备纯文学刊物，曾遭受过中华书局和商务印书馆的冷遇。

文学研究会的郑振铎和茅盾，邀请郭沫若到上海半淞园聚会。他们除了想见见这位声名鹊起的新诗人外，还打算当面邀请他加入文学研究会，以便把文学研究会的《文学旬刊》办得更有起色。郭沫若跟他们讲，他们的邀请信寄给田汉了，但田汉扣住没有寄给他，这说明田汉对于这件事持保留意见，如果这次不征求田汉的意见加入文学研究会，那就对不起朋友。郭沫若虽然委婉拒绝了，但答应为他们的刊物写稿，出点力。

半淞园聚会后，郭沫若就向泰东图书局老板赵南公提出办纯文学刊物的事儿，赵南公同意这个刊物由泰东图书局出版。接下来郭沫若需要返回日本跟朋友们商量怎么具体操作了。

5 月底，郭沫若返回福冈，在家仅住了一晚，第二天就去了京都。他往第三高等学校拜访郑伯奇，这是两人第一次见面。郑伯奇带着他见了在留学生界有"中国的马克思"之称的李闪亭。李闪亭就是郭沫若在六高的同学李希贤。郭沫若晚上跟李闪亭同住，李闪亭对他说了些关于唯物主义和资本主义前途的理论，并劝郭沫若读河上肇的个人杂志《社会问题研究》。但郭沫若兴趣不大。郭沫若又见了穆木天、沈尹默、张凤举、张定钊、傅堂迈、苏民生等人，当谈到办纯文学刊物时，四十来岁的沈尹默开口就说："上海滩上是谈不上甚么文艺的。"郭沫若猜想，沈尹默所谓的文艺，大概是读线装书，写旧体诗，那是在北京才能办好的事儿。话不投机，这次京都之行郭沫若没有达到目的。

6月4日晚，郭沫若乘车前往东京，一路都在思考创办文学刊物的事儿：出季刊更合适一些，名字"夸张一点的便是《创造》，谦逊一点的可以命名为《辛夷》。名目太夸大了，要求实质相副，是很费力的"。稿费也成问题，不知道泰东书局有没有诚意。"这些都在索想中，但想来想去总得不到着落。最大的希望是到东京后，要靠几位有力的友人来决定。"①郭沫若在东京见着了郁达夫、田汉、张资平、何畏、徐祖正等人。

这次会面，郁达夫给郭沫若留下了深刻的印象。郁达夫，浙江富阳人，小郭沫若四岁。1913年随长兄郁曼陀到日本留学，1914年7月与郭沫若同时考入东京第一高等学校预科，先学文科，后来转入医科。郁达夫在这个时候就开始接触西洋文学，创作小说了。1915年一高预科毕业后，郭沫若去了冈山，郁达夫去了名古屋的第八高等学校，他不久就转学文科，专攻政治学。1919年7月，郁达夫进入东京帝国大学经济学部就读。1920年，郁达夫曾经与在东京的成仿吾、张资平等商议，创办新的文学团体。这次郭沫若来东京，郁达夫正生病住院，但他不顾病体，陪郭沫若登临了附近的尼哥拉斯圆堂。他还说要把已经写好的三篇小说《沉沦》《南迁》《银灰色的死》给郭沫若看。这些小说都写得十分好，是新文学中难得的佳作。郁达夫赞成刊物用《创造》的名字，并说以后每期都可以支持一两万字。郭沫若十分高兴，觉得心里有了底。他要郁达夫担任东京方面的召集人，出院后把张资平等人聚起来开会，督促他们尽快写出作品来。

郭沫若去东京郊外访问了田汉夫妇后重返东京。1921年6月8日，大家在郁达夫的住处讨论了成立文学社团，办同人刊物的事。与会的张资平回忆说，大家"决定组织文学团体，名叫创造社，出季刊及丛书。丛书经决定了的有郭的《女神》，郁的《沉沦》，朱谦之的《革命哲学》。我的尚未脱稿的《冲积期化石》便编为第四种丛书了。其实一切都是由

---

① 《郭沫若全集·文学编》（第12卷），人民文学出版社，1992年，第111页。

郭一人的决断才见成功的"。"大家再商议季刊第一期的内容。在这间六铺土席的房里，我们不单决定了季刊第一号的内容，也约略拟定了第二三期的内容。"① 这次会议标志着创造社的正式成立。

二

7 月，郭沫若带着朋友们的希望再次回到上海，仍然住在泰东图书局。8 月 5 日，《女神》在泰东图书局作为《创造社丛书》第 1 种初版发行。这本诗集分三辑收录了郭沫若 1916 年至 1921 年间所作的《凤凰涅槃》《天狗》《女神之再生》等新诗五十七篇。

郭沫若不是最早写新诗的人，胡适、鲁迅、周作人、康白情、俞平伯、刘半农等人都比郭沫若更早地发表了他们的新诗。胡适还出版了《尝试集》这部中国第一部新诗集。但《女神》后来居上，得到了新文学界的很高的评价，被公认为中国"第一部伟大新诗集"和"现代新诗的奠基之作"。

茅盾最先读到的是《匪徒颂》："这首诗的叛逆精神是那样突出，的确深深地打动了我。后来我又接连读到了他在一九二〇年初发表的《凤凰涅槃》、《天狗》、《晨安》诸诗，当时我就同编辑《新青年》的陈望道和李汉俊议论这些诗，对于作者这种热情洋溢敢于创新的气魄十分钦佩。""《女神》中的诗和诗剧，绝大部分洋溢着破坏旧传统，提倡新创造的精神，这是极端吸引人的。而且作者的热情奔放，'昂首天外'的气魄，在当时也是第一人。""总而言之。我认为《女神》是在浪漫主义创作方法的基础上，以郭沫若所独有的形象思维方式，反映了作者对当时社会现实的观点和立场，以及作者当时对理想社会的浪漫蒂克的描绘或期望。《女神》里的诗剧和诗，真可以说神思飚举，游心物外，或惊

---

① 张资平：《曙新期的创造社》，史若平编《成仿吾研究资料》，知识产权出版社，2011 年，第 225、226 页。

才绝艳，或豪放雄奇，或幽闲澹远。这样的思想内容和艺术风格，在当时未见可与对垒者。"①

郁达夫认为："《女神》的真价如何，因为郭沫若君是我的好友，我也不敢乱说，但是有一件事情，我想谁也应该承认的，就是'完全脱离旧诗的羁绊自《女神》始'的一段功绩。"②闻一多评价《女神》说："若讲新诗，郭沫若君底诗才配称新呢，不独艺术上他的作品与旧诗词相去最远，最要紧的是他的精神完全是时代的精神——二十世纪底时代的精神。"③周扬也认为，郭沫若的新诗"比谁都出色地表现了'五四'精神，那常用'暴躁凌厉之气'来概说的'五四'战斗精神。在内容上，表现自我，张扬个性，完成所谓'人的自觉'，在形式上，摆脱旧诗格律的镣铐而趋向自由诗，这是当时所要求于新诗的"④。茅盾、郁达夫、闻一多、周扬，都是中国新文坛的大家，他们的评价代表了文学界对《女神》成就的认可。

《女神》给当时青年以极大的鼓舞，很多青年从《女神》那里，知道了什么是新诗，怎样写新诗。中国新诗从《女神》开始，走上了坦途。臧克家说，《女神》"出现在1921年的新诗坛上，真好像暗夜里通红的火把，暮天中雄壮的号角。它不但一鸣惊人地给作者赢得了很高的声誉，它也扩大了新诗的影响，巩固和提高了新诗的地位。当时的青年受到了巨大的鼓舞，从它里面吸取了奋斗的力量；对于一般新诗的作者，它成为模拟的范本和走上创作途程的指路碑"⑤。冯至后来满怀感念地回忆《女神》给他的影响："当我住在狭隘的、窒闷的小城里读到诗人向世界上一切崇高的事物和人物祝贺'晨安'、同古今中外'匪徒'倾泻热情的赞颂、让他的想象奔腾在金字塔旁和贝加尔湖畔、以无限的关怀神驰于英国牢狱中绝食而死的爱尔兰烈士的身边时，我的思想和感情

① 茅盾：《我所走过的道路》，人民文学出版社，1997年，第219、225页。
② 郁达夫：《〈女神〉之生日》，《时事新报·学灯》，1922年8月2日。
③ 闻一多：《〈女神〉之时代精神》，《创造周报》第4号，1923年6月3日。
④ 周扬：《郭沫若和他的〈女神〉》，延安《解放日报》，1941年11月16日。
⑤ 臧克家：《反抗的、自由的、创造的〈女神〉》，《文艺报》，1953年第23号，第13页。

得到很大的解放。""有了《女神》，我才明确一首诗应该写成什么样子，对自己提出较高的要求，应该向哪个方向努力。从此以后，我才渐渐能够写出可以叫作'诗'的诗，这期间虽然尝到不少摸索和失败的苦恼，但是写诗却没有中断过。"①

《女神》之后，郭沫若一生创作了《星空》《瓶》《前茅》《恢复》等多部诗集，成为20世纪中国影响最大的新诗人之一。有学者认为郭沫若"是新诗实绩最早的奠基者"：

> 几十年来，他在新诗领域中，创作最多，劳绩最著，贡献最力，影响最大。他把历史题材带进了新诗的领域；他给新诗的田园开辟了广阔的天地；他把诗剧、叙事和抒情融为一炉，解除了诗体的束缚；他创造了多采多姿的样式，在新诗的园地中培植了各种各样的奇花。他以充沛的爱国主义热情，以反抗一切压迫、摧毁传统势力的精神，并以创造理想世界的歌唱，活跃了新诗的生命。他以倾向于革命浪漫主义的激情，给广大青年燃起了反抗现实的怒火。他承前启后，继往开来，发扬了历史上进步诗人的优良传统，为后起的诗人树立了不朽的楷模。②

这样的评价中肯地反映了郭沫若在新诗创作上的贡献。

三

泰东图书局文学部主任王靖没有经过郭沫若的允许，便从郭沫若的抽屉里找出两篇郭沫若的稿件，在他主编的《新晓》上登出了预告启

---

① 冯至：《我读〈女神〉的时候》，《诗刊》1959年第4期。
② 楼栖：《论郭沫若的诗》，上海文艺出版社，1978年，第1页。

示。郭沫若被迫在报上发表声明。泰东图书局老板赵南公很快知道了这件事，慢慢疏远了王靖，对郭沫若则越来越器重。不久，商务印书馆的元老高梦旦来访问郭沫若，虽然没有见上面，但给泰东图书局带来了震动，尤其是赵南公，担心郭沫若被商务印书馆挖走，因此对郭沫若更加尊重。

但是，赵南公没有同郭沫若谈定每月薪酬多少，发工资也没有固定的时间。郭沫若对此有些不满。在书店的编辑方针上，沫若和赵南公也有不同。郑伯奇回忆说："沫若主张以创造社同人为基础，另外从新编刊一种大规模的综合性的文艺杂志，南公却不免有点踌躇。季刊和丛书同时出版，乃是双方让步的结果。"沫若决定请郑伯奇和郁达夫回来。"那时仿吾已经回到湖南，资平远在广东，只有沫若一个人和书店折冲，不免有点孤独之感，所以他写信到日本去，叫达夫和我回国来商量。达夫计划本要回来，我在暑假中空闲无事，我们两人便先后回到上海来了。"①

郑伯奇回国后，郭沫若陪郑伯奇去镇江、无锡一带游了一圈。回到上海后，赵南公告诉郭沫若，安庆法政大学请他推荐英文教师，月薪二百元大洋。赵南公希望郭沫若能去，在安庆一边教书，一边给泰东图书局当编辑。郭沫若认为自己的英文发音不好，于是向赵南公推荐了郁达夫。赵南公又说如果郭沫若喜欢西湖，就把泰东图书局编辑所设在西湖好了。郭沫若也没有同意。

其间，商务印书馆宴请正在上海的胡适吃饭，并请郭沫若作陪。郭沫若的名字紧排在胡适之后。这表示着上海文化界对他的认可。当天胡适日记载："周颂九、郑心南约在一枝香吃饭，会见郭沫若君。沫若在日本九州学医，但他颇有文学的兴趣。他的新诗颇有才气，但思想不大清楚，工力也不好。"而郭沫若却回忆说，胡适在席上与何公敢笑道，郭沫若的诗才是真正的新诗，他的诗要算是旧的了。

---

① 郑伯奇：《二十年代的一面——郭沫若先生与前期创造社》，《郑伯奇研究资料》，知识产权出版社，2009年，第54页。

1921 年 9 月，郭沫若推荐郁达夫代替自己在泰东图书局的职位后，返回日本继续他的医学生生活。走前，郭沫若已将《创造》季刊创刊号基本编好，只缺郁达夫的小说《茫茫夜》了。郁达夫接替郭沫若不到两个星期，就以郭沫若、田汉、成仿吾、郑伯奇、张资平等人的名义在《时事新报》刊登广告，宣布《创造》第 1 期将于 1922 年元旦出版："自文化运动发生后，我国新文艺为一二偶像所垄断，以致艺术之新兴气运，渐灭将尽。创造社同人奋然兴起打破社会因袭，主张艺术独立，愿与天下之无名作家共兴起而造成中国未来之国民文学。"这一广告曾引起非议，但为《创造》的出版壮了声势。只是郁达夫迟迟改不好《茫茫夜》，直到 1922 年 3 月才把稿子改好发出，然后就返回日本去参加毕业考试。《创造》季刊创刊号直到 1922 年 5 月才正式出版，虽然校对和印刷都比较粗疏，但作品质量上乘，成为新文学界一颗耀眼的明珠。

回到课堂的郭沫若，对于医学学习越来越没兴趣了。他继续致力于文学创作。1922 年 1 月 1 日，郭沫若完成了小说《残春》。主人公爱牟的同学贺君在回国途中自杀遇救，爱牟去医院看他，认识了护士小姐 S 姑娘，S 纤巧美丽但患有肺病。爱牟爱上 S 后，有天晚上做梦与 S 姑娘在笔立山幽会。同伴跑来告诉爱牟，他的妻子把两个孩子杀了。爱牟回到家中，妻子又拿刀向他杀来。于是爱牟从梦中惊醒过来。显然，这篇小说采用了意识流的艺术手法，背后是弗洛伊德的精神分析学说。由于意识流手法在国内还比较少见，这篇小说发表后引起了论争，有人批评它平淡无味，但成仿吾认为这是"有特彩的一篇作品"，郭沫若本人也写了《批评与梦》来解释这篇作品。他说：

> 一篇作品不必定要有 Climax，仿吾在批评《残春》一文中论得很精辟而且很是独到。我那篇《残春》的力点并不是注重在事实的进行，我是注重在心理的描写；我描写的心理并且还在潜在意识的一种流动——这是我做那篇小说时的一个奢望。若拿描写事实的尺度去测量它，那的确是全无顶点的。但是若

是对于精神分析学或者梦的心理稍有研究的人看来，他必定另外可以看出一种作意出来，另外可以说出一番意见。

他不认为这篇小说没有高潮，平淡无奇："我在《残春》中做了一个梦，那梦便是《残春》中的顶点，便是全篇的中心点，便是全篇的结穴处。"①《残春》体现了郭沫若在文艺创作上的新探索，对当时文坛有一定的影响。

1922年7月1日，为了创造社社务，郭沫若利用暑假的空闲又返回上海。由于文学研究会几次邀请郭沫若等人参加，都被婉拒了，《创造》季刊的发刊词又影射文学研究会垄断文坛，所以文学研究会的《文学旬刊》等刊物对创造社颇多微词，文坛的普遍观感是创造社是艺术派、浪漫主义，文学研究会是人生派、现实主义；创造社主张多创作，文学研究会同时注意国外文学的翻译介绍。由于彼此观点不同，这两派彼此有些不能理解的地方，发生了一些论战。

为了回应文坛对创造社翻译和创作的批评，郭沫若连续写了几篇文论。在《论文学的研究与介绍》中，郭沫若说："文学是精赤裸裸的人性的表现，是我们人性中一点灵明的情髓所吐放的光辉，人类不灭，人性是永恒存在的，真正的文学是永有生命的。""文学的好坏，不能说是他古不古，只能说是他醇不醇，只能说是他真不真。"在《论国内的评坛及我对于创作上的态度》中，郭沫若认为：

> 我对于艺术上的见解，终觉不当是反射的 Reflective，应当是创造的 Creative。前者是纯由感官的接受，经脑精的作用，反射地直接表现出来，就譬如照像的一样。后者是由无数的感官的材料，储积在脑精中，更经过一道滤过作用，酝酿作用，综合地表现了出来，就譬如蜜蜂采取无数的花汁酿成蜂蜜

---

① 郭沫若：《批评与梦》，《郭沫若全集·文学编》（第15卷），人民文学出版社，1990年，第235—238页。

的一样。我以为真正的艺术，应得是属于后的一种。所以锻炼客观性的结果，也还是归于培养主观，真正的艺术品当然是由于纯粹的主观产出。

至于艺术上的功利主义的问题，我也曾经思索过。假使创作家纯以功利主义为前提以从事创作，上之想借文艺为宣传的利器，下之想借文艺为糊口的饭碗，这个我敢断定一句，都是文艺的堕落，隔离文艺的精神太远了。

我更是不承认艺术会画分出甚么人生派与艺术派的人。这些空漠的术语，都是些无聊的批评家——不消说我是在说西洋的——虚构出来的东西。我认定艺术与人生，只是一个晶球的两面，只如我们的肉体与精神的关系一样，他们是两两平行，绝不是互为君主臣仆的。[①]

这些都体现了郭沫若当时对文学的认识。

不久，郁达夫毕业回到上海。他与郭沫若认为《创造》销路不好，且陷入无谓的论争之中，都感到烦闷，自比为孤竹君二子，并决定请成仿吾来主持社务。

1922 年 9 月，郭沫若再次回到福冈，开始了他最艰难的本科最后一年的读书生活。郭沫若十七岁时曾患过严重的伤寒，高烧不止，病好了后发现听力减弱。医学理论不要求听力，但高年级临床实践时需使用听诊器，而听力受损影响听诊的准确性。因此，在临床实验阶段时，郭沫若悲哀地发现，由于自己的听力辨别能力弱，他很难继续从事医学工作。当时九州帝国大学医学部的五名中国留学生中，有三位完成本科学业后继续深造，攻读硕士博士学位。曾经做过护士的安娜跟郭沫若同居后，也希望后者能在医学上有更远大的发展。医学的受挫让个性好强的

---

① 郭沫若：《论国内的评坛及我对于创作上的态度》，《文艺论集》，光华书局，1927年版，第 176、177、178、179 页。

郭沫若非常沮丧，但他十分坚强，即便下课后回到家里，还不断用听诊器对着自己的身体做实验。1923 年 4 月，郭沫若终于取得了九州帝国大学医学部的学士学位。

郭沫若毕业后，在北京大学担任教授的张凤举写信给郭沫若，说北京大学不久要开设东洋文学部，周作人和他本人都希望郭沫若能去任职。郭沫若拒绝了，他认为自己并没有系统学过文学，对于东洋文学更是外行，没有资格做文学教授。

四

1923 年 4 月 1 日，郭沫若带着安娜和三个儿子，结束了日本留学的生活，回到了上海，开始了职业作家的生活。从未离开过日本的安娜很高兴，她想着郭沫若既然毕业了，以后一家人的日子就会越来越好的。

郭沫若回国后最花精力的事，是创办了《创造周报》。《创造》季刊专发篇幅较长的纯文学作品，出版周期较长，不能及时发表同人对于文坛的看法。有很多短评、杂感之类的作品，需要发表的园地，对于各方面的批评也需要及时回应。《创造周报》应运而生。1923 年 5 月 13 日，侧重于批评和翻译的《创造周报》创刊号由上海泰东图书局出版发行。郭沫若、郁达夫、成仿吾是《创造周报》的核心成员，其中郭沫若发挥了最重要作用。从 1923 年 5 月至 1924 年 5 月，短短一年时间里，《创造周报》出版五十二期，发表两百篇作品，其中郭沫若的作品就有七十三篇之多。

郭沫若在《创造周报》发表了《力的追求者》《朋友们怆聚在囚牢里》等诗歌，《函谷关》等小说，《艺术的评价》《神话的世界》《艺术家与革命家》等文艺评论，《读梁任公〈墨子新社会之组织法〉》《惠施的性格与思想》等学术论文，展示了他多方面的才能和敏锐的批评意识。此外，《创造周报》还刊发了闻一多《〈女神〉之时代精神》、洪为法《评

沫若〈女神〉以后的诗》等评论文章，代表了学界对郭沫若诗歌的高度
认可和崇高评价。

《创造周报》在当时新文学刊物中销量首屈一指。编辑郑伯奇回忆
当时盛况说："《创造周报》一经刊发出来，马上就轰动了。每逢星期六
的下午，四马路泰东书局的门口，常常被一群一群的青年所挤满，从印
刷所刚搬运来的油墨未干的周报，一堆又一堆地为读者抢购净尽，订户
和函购的读者也陡然增加，书局添人专管这些事。若说这一时期是前
期创造社中最活跃的时代，怕也不是夸张吧。"①随着《创造周报》的
热销，郭沫若在新文学中的地位逐渐巩固。

《创造周报》发表的郭沫若的最重要的作品，是他翻译连载的尼采
的《查拉图司屈拉钞》第 1 卷。1923 年前后，郭沫若深深沉浸在尼采
之中。

郭沫若对尼采的最初接触，是在初抵日本的 1915—1916 年间，他
利用冈山图书馆的丰富藏书，大量阅读了西洋哲学和文学著作，其中就
包括尼采的作品。②尼采给青年郭沫若留下了深刻印象，后者在相关作
品和给友朋信札中不断提及。1919 年底，郭沫若创作《匪徒颂》，赞美
"倡导超人哲学的疯癫，欺神灭像的尼采呀！"并将尼采与哥白尼和达
尔文并列，称颂他们为革命学说的匪徒。③郭沫若 1920 年在给友人的信
中坦言："我这人非常孤僻，我的诗多半是种反性格的诗，同德国的尼
采 Nietzsche 相似。"④

1923 年 5 月—11 月，郭沫若翻译完成了《查拉图司屈拉钞》第 1 卷，
并写了一篇《雅言与自力——告我爱读〈查拉图司屈拉〉的友人》。郭

① 郑伯奇：《二十年代的一面——郭沫若先生与前期创造社》，《创造社资料》（下），
福建人民出版社，1985 年，第 759 页。
② 郭沫若：《卖书》，《郭沫若全集·文学编》（第 10 卷），人民文学出版社，1985 年，
第 254 页。
③ 郭沫若：《匪徒颂》，《郭沫若全集·文学编》（第 1 卷），人民文学出版社，1982 年，
第 114—115 页。
④ 郭沫若：《致陈建雷》，黄淳浩编《郭沫若书信集》（上），中国社会科学出版社，
1992 年，第 173 页。

沫若认为："尼采的性格是有一种天才崇拜癖的人，爱以一己的理想输入于个体之中，以满足其崇拜的欲望"，但尼采先后对其崇拜的瓦格拉和叔本华失望，"系念之情愈殷勤，则失望之复仇愈烈。一生渴求知己，而知己渺不可得"。这部著作正是尼采"于孤独的悲哀与疾病的困厄中乃凝集其心血于雅言，求知己于'离去人类与时代的六千英尺以外'"。当下的读者虽然难以理解这部著作，但"寻序渐进，坚忍耐劳，总有达到踏破的时候"。尼采的"天才崇拜癖"，对郭沫若影响十分深刻。

《雅言与自力》开篇谓，《查拉图司屈拉鈔》第 1 卷译完后："有许多朋友写信来说是难解。"①多年后，郭沫若回忆说："我在《周报》上译《如是说》，起初每礼拜译一篇，译的相当有趣，而反响却是寂寥。偶尔在朋友间扣问，都说难懂。因此，便把译的勇气渐渐失掉了。"②中国读者虽然难懂尼采著作，使得译者郭沫若失去了继续翻译的勇气，但郭沫若本人却读懂了，而且融于他自己的文章中。翻译《查拉图司屈拉鈔》的 1923 年，是郭沫若最醉心于尼采的一年。他在此前后所写的两篇重要作品——即写于 1922 年底的《中国文化之传统精神》和完成于 1923 年 5 月 20 日的《论中德文化书》——标示着郭沫若在接受马克思主义之前关于中国传统文化的观念，主要受到了尼采的影响。

郭沫若认为，在古代四大文明之中，华夏文明跟希腊文明最像，"希腊文明之静态，正如尼采所说：乃是一种动的 Dionysus 的精神祈求的一种静的 Apollo 式的表现。它的静态，正是活静而非死静"。尼采对于希腊罗马最为推崇，他认为在希腊罗马时代，人的本能得到尊重，人的发展比较全面，希腊人是"迄今为止人类最完美、最美好、最令人羡慕、最具生命类型的种类"③。尼采对于希腊的想象，影响了郭沫若对于中国三代之前的看法。郭沫若认为："三代以前的思想，就我们所知，

---

① 郭沫若：《雅言与自力——告我爱读〈查拉图司屈拉〉的友人》，《创造周报》第 30 号，1923 年 12 月 2 日。
② 郭沫若：《创造十年续编》，《郭沫若全集·文学编》（第 12 卷），人民文学出版社，1992 年，第 287 页。
③ 尼采著，孙周兴译：《一种自我批评的尝试》，《悲剧的诞生》，商务印书馆，2014 年，第 3 页。

确与希腊哲学之源相似。"那时候，"就把宇宙的实体这个问题深深考察过了"，"一切山川草木都被认为神的化身，人亦被认为与神同体"。在尼采看来，由于基督教思想的入侵，罗马帝国衰落了。基督教思想是对自由人的复仇，它把人类引向虚弱和衰败。郭沫若也是这样去看待三代之前的衰落的。"好像有异国文明侵入来了的样子"，三代之前的"素朴的本体观与原始的自然神教"到三代全然改变："国家是神权之表现，行政者是神之代表者。一切的伦理思想也是他律的，新定了无数的礼法之形式，个人的自由完全被束缚了。"①

尼采学说最为独特的地方，在于他以生命作为衡量一切的准则，无论宗教、习俗、道德、法律、制度等等，只要有利于生命的保存，对于生命的充盈、丰富有所提升的，就是善的，一切阻碍生命的发展，给生命带来束缚、颓败的，就是恶的。尼采特别致敬于强大而丰盈的生命力，独立自主的个体。而郭沫若笔下的孔子和老子，都是尊重个体，尊重生命的。

郭沫若认为，到了春秋时代，中国思想界对于强大的生命，自由的个体的追求达到了一个高峰。他认为中国在春秋时代来了一次文艺复兴。"一个反抗宗教的，迷信的，他律的三代思想，解放个性，唤醒沉潜着的民族精神而复归于三代以前的自由思想，更使发展起来的再生运动。"②这个时代产生了儒家和道家等哲学思想。"我国的儒家思想是以个性为中心，而发展自我之全圆于国于世界"，"就是道家思想也无甚根本上的差别"。③以"个性为中心"，"发展自我之全圆"，是郭沫若论述儒家和道家的主要观点。这一观点正是来自尼采的影响。郭沫若将这个时代最为杰出的思想家之一老子跟尼采对比："我于老子与尼采的思想之中，并发见不出有甚么根本的差别。老子的思想绝非静观，我在前面已稍有溯述，而老子与尼采相同之处，是他们两人同是反抗有神论的，同是反抗藩篱个性的既成道德，同是以个人为本位而力求积极

---

① 郭沫若：《中国文化之传统精神》，《文艺论集》，上海光华书局，1925年，第2、3页。
② 郭沫若：《中国文化之传统精神》，《文艺论集》，上海光华书局，1925年，第4、5页。
③ 郭沫若：《论中德文化书》，同上书，第17页。

发展。"①他在引申老子思想时疾呼："我们要如赤子，为活动本身而活动！"②以赤子比喻自由自在的创造者，正是尼采的重要发明。

郭沫若笔下的孔子，也正是一个尼采式的人物。孔子具有强大的生命活力，"他的体魄决不是神经衰弱的近代诗人所可比拟。他的体魄与精神的圆满两两相应而发达"。孔子还是一个具有圆满人格的天才："我们所见的孔子，是兼具康德与歌德那样的伟大的天才，圆满的人格，永远有生命力的巨人。他把自己的个性发展到了极度——在深度如在广度。"孔子博学多方，游艺多能，"尤其他对于音乐的俊敏的感受性与理解力，决不是冷如石头而顽固的道学先生所可想象得到"③。尤其值得注意的是，郭沫若将尼采在《查拉图司屈拉钞》中的创造者一度翻译为"仁者"："孤寂者呀，你走着仁者的路：你自爱，因乎轻视你自己，只有仁者才能轻视。""仁者想创造，因为他轻视！"④在《中国文化之传统精神》中，郭沫若特意阐发儒家的"仁者不忧"："所以'仁者不忧'，能凝视着永恒的真理之光，精进不断，把自己净化着去。"⑤这明确地表示出，郭沫若是以尼采的创造者形象来想象孔子的。

通过对孔子和老子的论述，郭沫若对理想之人进行了憧憬。他认为这样的人"把自己的职能发挥到无限大，使与天地伟大的作用相比而无愧，终至于神无多让的那种崇高的精神，便是真的'勇'之极致。这样的人，无论遇何种灾殃，皆能泰然自适。'勇者不惧'，他自己成了永恒的真理之光，自己之净化与自己之充实，他可不努力自然能为，他反射永恒的光，往无穷无劫辉耀着去"⑥。郭沫若这种理想之人的形象，正是尼采理想中的"超人"。

接受马克思主义之后，郭沫若对于儒道两家的研究当然跟 1923 年

① 郭沫若：《论中德文化书》，同上书，第 27 页。
② 郭沫若：《中国文化之传统精神》，同上书，第 4 页。
③ 郭沫若：《中国文化之传统精神》，《文艺论集》，上海光华书局，1925 年，第 8 页。
④ 尼采著，郭沫若译：《查拉图司屈拉如是说（第一部）》，上海创造社出版部，1928 年，第 85 页。
⑤ 郭沫若：《中国文化之传统精神》，《文艺论集》，上海光华书局，1925 年，第 11 页。
⑥ 郭沫若：《中国文化之传统精神》，同上书，第 12 页。

只凭比附出发有很大的不同，但郭沫若却始终认为，儒家的精神核心"仁"，意思是"把人当成人"。着重于"人"本身，也能见出尼采学说在郭沫若思想中的深刻印痕。

五

1923 年 7 月，郭沫若赴消闲别墅参加留日同学宴会。席间，《中华新报》张季鸾提议创造社每天为该报编一文学副刊，每月编辑费一百元，在发文和排版上享有全权。郭沫若认为《中华新报》是政学系的机关报，政治色彩不好，不拟接受，但成仿吾和郁达夫都赞成接受。郭沫若只好服从多数。于是决定创办《创造日》，由郁达夫、成仿吾、邓均吾负责。郁达夫在《〈创造日〉宣言》中说："我们想以纯粹的学理和严正的言论来批评文艺政治经济，我们更想以唯真唯美的精神来创作文学和介绍文学。"《创造日》出版至 1923 年 11 月 2 日终刊，共出一百零一期。当时，创造社同时编辑出版《创造》《创造周报》《创造日》，达到了鼎盛时期。

郭沫若把《诗经·国风》中的一些名篇翻译为新诗发表在《创造日》等刊物上。这些古诗今译的作品不久就结集为《卷耳集》在泰东图书局出版。《卷耳集》所译诗歌"大概是限于男女间相爱恋的情歌"。在今译过程中，郭沫若"对于各诗的解释，是很大胆的。所有一切古代的传统的解释，除略供参考之外，我是纯依我一个人的直观，直接在各诗中去追求它的生命。我不要摆渡的船，我仅凭我的力所能及，在这诗海中游泳；我在此戏逐波澜，我感受着无限的愉快"。不怎么依傍"传统的解释"，而纯任"个人的直观"，这主要是因为郭沫若对《诗经》有独特的看法："我们的民族，原来是极自由极优美的民族。可惜束缚在几千年来礼教的桎梏之下，简直成了一头死象的木乃伊了。可怜！可怜！可怜我们最古的优美的平民文学，也早变成了化石。我要向这化石中吹嘘些生命进去，我想把这木乃伊的死象苏活转来。这也是我译这几十首诗的最终目的，也可以说是我的一个小小的野心。"①

发行《创造》《创造周报》的泰东图书局，没有给郭沫若等人固定的编辑费，有需用时就二十、三十地支付，郭沫若和郁达夫要养一家人，感到生活很不稳定。北京大学教统计学的陈启修要去俄国留学，北大请郁达夫接替他的教职。郁达夫义无反顾地去了。前期创造社的三根柱子缺了一根。

安娜带着三个孩子随郭沫若来上海，本来以为从此就会过上好日子的，没想到有时候连坐电车的钱都没有。1923 年 10 月，胡适、徐志摩等人曾去民厚南里看望郭沫若，《志摩日记》记载：

> 步行去民厚里一二一号访沫若，久觅始得其居。沫若自应门，手抱褛褓儿，跣足，敞服（旧学生服），状殊憔悴，然广额宽颐，怡和可识。入门时有客在，中有田汉，亦抱小儿，转顾间已出门引去，仅记其面狭少。沫若居至隘，陈设亦杂，小孩掺杂其间，倾跌须父抚慰，涕泗亦须父揩拭，皆不能说华语；厨下木屐声卓卓可闻，大约即其日妇。坐定寒暄已，仿吾亦下楼，殊不话谈，适之虽勉寻话端以济枯窘，而主客间似有冰结，移时不涣。沫若时浅笑睨视，不识何意。经农竟嗫不吐一字，实亦无从端启。五时半辞出，适之亦甚讶此会之窘，云上次有达夫时，其居亦稍整洁，谈话亦较融洽。然以四手而维持一日刊、一月刊、一季刊，其情况必不甚愉适，且其生计亦不裕，或竟窘，无怪其以狂叛自居。②

不久，三个孩子都生了病，上海找医生又贵又麻烦。安娜脸上很少有笑容了。她决计要回日本。郭沫若拗不过。1924 年 3 月，他请正好要去日本的郑伯奇护送着安娜和三个孩子到福冈，他自己准备等《创造

---

① 郭沫若：《序》，《卷耳集》，泰东图书局，1923 年，第 3—5 页。
② 徐志摩著：《徐志摩全集·日记卷》，浙江人民出版社，2015 年，第 16 页。

周报》办满一年再去日本和他们会合。

妻儿走后，郭沫若心里很难受。他以自己的生活为题材，一连串写了好几篇小说。《歧路》写主人公爱牟为生计所迫，送妻儿乘船去日本，自己独自返回寓所。他回想起七年前与妻子最初相见的时候，她眉间的"圣洁的光辉"与"甜蜜的声音"。小说还写了主人公从日本回国后从事文化事业遭遇到的艰难困苦。《炼狱》写主人公爱牟在妻儿返回日本之后应朋友的邀请到无锡游玩，但无论惠山的风光多么美，太湖的梅花多么香，他始终高兴不起来。他尽快告别了友人，回到上海去过他的炼狱生活了。《十字架》写主人公爱牟接读到妻子的来信，得知妻儿返回日本后生活窘迫孤寂，他十分愤怒地说，"我不要丢去了我的人性做个甚么艺术家，我只要赤裸裸的做着一个人"。上述三篇小说在《创造周报》发表后，引来了很多同情。郁达夫当初决绝北上，本说不再支持创造社刊物了，但看了郭沫若的作品后十分感动，又给《创造周报》寄来了作品《北国的微音》，恢复了跟郭沫若的友谊。

1924 年 4 月 1 日，郭沫若翻译的歌德小说《少年维特之烦恼》在上海泰东图书局作为《世界名家小说》第二种出版发行。早在两年多前，郭沫若就为这部翻译作品写了《序引》，赞美歌德在作品中所表现的主情主义、泛神思想、对自然的赞美、对原始生活的景仰与对小儿的尊崇。评价"此书几乎全是一些抒情的书简所集成，叙事的分子极少，所以我们与其说是小说，宁说是诗，宁说是一部散文诗集"。"读无韵之抒情小品，吾人每每称其诗意葱茏。由此可以知道诗之生命别有所在。"《少年维特之烦恼》大受读者欢迎，影响了很多青年的婚恋观，也是郭沫若最为畅销的翻译作品之一。

就在 4 月 1 日，郭沫若没有等到《创造周报》满周岁，就将创造社事务全部托付给成仿吾，去了日本。

第四章

马列真铨赖火传

一

郭沫若这次到日本，除与妻儿团聚外，还跟半月前在杭州的演讲受挫有关。

1924 年 3 月中旬，中华学艺社在杭州举办年会，请郭沫若演讲。主办者非常有把握地对这位声名远播的新诗人说："只要你肯出马，一定会有人来。"事实的确如此，当中华学艺社的社员们知道郭沫若要演讲时，都"喜气洋洋的，有的连连在叫着'大成功！大成功'"！听众也到了不下一千人。但后来以演讲著称的郭沫若却失败了。坐在观众席中充满期望的主办者"颓丧着的神情，几乎流出了眼泪"。郭沫若究竟讲了什么呢？他后来回忆说：

> 关于新兴文学的理论，在当时完全没有接触过，自己所说的究竟是些什么现在已经不记得了，但总不外是从拉斯金的《艺术经济论》、葛罗舍的《艺术原始》、居约的《由社会学上所见到的艺术》那一类书上所生吞活剥地记下来的一些理论和

实例，更加上一些半生不熟的精神分析派的见解。一方面是想证明文艺的实利性，另一方面又舍不得艺术家的自我表现，就象先打了一碗泥水，再倒了些米粉、面粉、豆粉乃至石灰粉，所火迫地绊搅出来的浆糊一样，向那满堂听众的头上倒灌了下去。

在郭沫若看来，这次失败并非口才不好，而是由于没有形成有关文艺的理论体系。"我并不曾把文章来当成'学问'研究过（我学的本是医学），拿什么东西来对人演讲呢？""关于新兴文学的理论，当时完全没有接触过。"当天跟郭沫若演讲形成鲜明对比的，是周颂久演讲《相对论》。郭沫若将周颂久的成功归结为有"严整的理论系统"，而他自己的演讲则是"搜索枯肠而来的一些支离破碎的野狐禅"①。

演讲在现代中国，是跟大学教育相联系的启蒙制度，需要的是"严整的理论系统"。郭沫若演讲的失败，使他对大学谋职产生了担忧。"五四"后的中国，尽管文学的地位空前提高，但整个社会还没有为职业作家提供体面的生存条件。要让自己的家庭在中国社会生活得体面，郭沫若必须要有固定的职业。既然不愿意从医，那么最好的选择当然是做大学教员。要在大学立足，哪怕是讲文学，也需要有"严整的理论系统"。杭州演讲的失败，让郭沫若对"严整的理论系统"有了迫切的需求。

郭沫若当时也知道一点点辩证唯物论，他觉得社会形态的蜕变跟生物的进化很相似，所以这次到日本，他想研究生理学，同时学习社会科学，这样就能形成"严整的理论系统"。他向往的是九州大学的生物学教授石原博士，因为他以前听过他的生理学总论、遗传学、内分泌学等课程，感觉十分好，所以想做他的学生。但郭沫若的想法没有得到留学机构的支持。做研究是需要经费支持的，本来生活就已经陷入窘迫的郭沫若，如果缺少经费的支持，再高尚的科学理想也只得搁浅。

① 郭沫若：《创造十年续编》，《郭沫若全集·文学编》（第 12 卷），人民文学出版社，1992 年，第 199、200 页。

这期间，郭沫若翻译了河上肇的《社会组织与社会革命》，使他不仅获得了"严整的理论系统"，还信奉了马克思主义，人生从此有了重大改变。

河上肇是日本马克思主义研究的先驱者、京都帝国大学教授。他的《社会组织与社会革命》在中日两国学界都有较大的影响。郭沫若这次来日本，花了五十天工夫认真翻译完了全书。他给成仿吾写信说这本书的翻译对他具有重要的意义："这书的译出在我一生中形成一个转换的时期，把我从半眠状态里唤醒了的是它，把我从歧路的彷徨里引出了的是它，把我从死的暗影里救出了的是它。我对于作者是非常感谢，我对于马克思、列宁是非常感谢，我对于援助我译成此书的诸位友人也是非常感谢的呢。""我从前只是茫然地对于个人资本主义怀着憎恨，对于社会主义怀着信心，如今更得着理性的背光，而不是一味的感情作用了。""我现在成了个彻底的马克思主义的信徒了！马克思主义在我们所处的这个时代是唯一的宝筏。""我要回中国去了，在革命途上中国是最当要冲。我这后半截的生涯要望有意义地送去。"①

但是，郭沫若对于河上肇也不能完全满意，因为河上肇这本书"大有缺陷，便是原作者只强调社会变革在经济一方面的物质条件，而把政治一方面的问题付诸等闲了。尤其是那里有篇专论，引用着贾买侬加岛的奴隶解放的事实以证明早期社会革命之终必归于失败，我觉得是只看见事实的一面"②。郭沫若将这些看法写信告诉河上肇。河上肇回信说：他自己对此也不是很满意，所以初版刊布后便吩咐出版处停止了印行。可见，郭沫若是在对河上肇的批判中接受了马克思主义，关于这一点，在郭沫若与以孤军社为代表的河上肇的中国学生的论战中表现得比较明显。

郭沫若接受马克思主义之后，他的文艺观有了很大的改变，他给成

① 郭沫若：《孤鸿——致成仿吾的一封信》，《郭沫若全集·文学编》（第16卷），人民文学出版社，1989年，第10、8、20页。

② 郭沫若：《创造十年读编》，《郭沫若全集·文学编》（第12卷），人民文学出版社，1992年，第205、206页。

仿吾写信说:"我现在对于文艺的见解也全盘变了。我觉得一切歧俩上的主义都不能成为问题,所可成为问题的只是昨日的文艺,今日的文艺和明日的文艺。""昨日的文艺是不自觉的得占生活的优先权的贵族们的消闲圣品,如像太戈儿的诗,杜尔斯泰的小说","今日的文艺,是我们现在走在革命途上的文艺,是我们被压迫者的呼号,是生命穷促的喊叫,是斗志的咒文,是革命预期的欢喜。这今日的文艺便是革命的文艺,我认为是过渡的现象,但是是不能避免的现象"。"明日的文艺又是甚么呢?芳坞哟,这是你几时说过的超脱时代性和局部性的文艺。但这要在社会主义实现后,才能实现呢。""现在而谈纯文艺,是只有在青年人的春梦里,有钱人的饱暖里,吗啡中毒者的 euphoria(迷魂)里,酒精中毒者的酩酊里,饿得快要断气者的 hallucination(幻觉)里呢!"①

翻译完《社会组织与社会革命》后,郭沫若还翻译了屠格涅夫的《新时代》。书中的共产党员涅暑大诺夫是位哈姆雷特式的怀疑主义者;马克罗夫主张激进的政治革命,他进行革命宣传,将自己的土地分给农民,号召农民反抗,终于被捕;梭罗明认为资本主义是社会主义的前提,他从英国学来管理经验,开办工厂,并且管理得十分好。屠格涅夫欣赏梭罗明。郭沫若认为:"社会革命的两个条件,政治的和经济的,在屠格涅夫是认得很清楚的。他把马克罗夫代表偏重政治革命的激进派,他自己是倾向于后者的,所以他促成了马克罗夫式的失败,激赏着梭罗明式的小成,他的思想命名是修正派的社会主义的思想。"郭沫若和他的朋友们,则多少有着涅暑大诺夫的影子,"我们的确有些相像:我们都嗜好文学,但我们又都轻视文学;我们都想亲近民众,但我们又都有些贵族的精神;我们倦态,我们怀疑,我们都缺少执行的勇气,我们都是些中国的罕牟雷特,我爱读《新时代》这书,便是因为这个缘故呢"。这本书译完后,郭沫若内心否定了涅暑大诺夫,事实上是与自己

---

① 郭沫若:《孤鸿——致成仿吾的一封信》,《郭沫若全集·文学编》(第16卷),人民文学出版社,1989年,第19、20页。

的过去告别了："这部书所能给我们的教训只是消极的"，"我们所当仿效的是屠格涅夫所不曾知道的'匿名的俄罗斯'，是我们现在所已经知道的'列宁的俄罗斯'"。[①]

这期间，郭沫若写了《落叶》《喀尔美萝姑娘》《叶罗提之墓》《万引》《阳春别》《Löbenicht 的塔》《人力之上》等小说，这些小说或在康德与卢梭之间进行哲理思考，或对杜甫是否死于牛肉过饱进行探索，或以自己的亲身经历为题材，描写缠绵悱恻的爱情故事。郭沫若达到了小说创作上的一个高潮期。

10 月，郭沫若一家在福冈与长崎间的佐贺县的山中住了一个月。受当地的古朴风俗的启发，郭沫若感悟到生活方式对于文学的影响。他给成仿吾写信说：

> 我们国内除几个大都市沾受着近代文明的恩惠外，大多数的同胞都还过的是中世纪以上的生活。这种生活是静止的，是悠闲的，它的律吕很平匀，它的法度很规准，这种生活的表现自然不得不成为韵文，不得不成为律诗。六朝的文人为甚么连散体的文章都要骈行，我据我这几天的生活经验来判断，我知道他们并不是故意矜持，故意矫揉的了。他们也是出于一种自然的要求，与他们的生活合拍，他们的生活是静止的，是诗的，所以他们自不得不采取规整的韵律以表现他们的感情。而我们目下的新旧之争也正表示着一种生活交流的现象。新人求与近代的生活合拍，故不得不打破典型；旧人的生活仍不失为中世纪以上的古风，所以力守旧垒。要想打破旧式诗文的格调，怕只有彻底改造旧式的生活才能办到吧。[②]

---

① 郭沫若:《新时代·序》，屠格涅夫著，郭沫若译《新时代》，上海商务印书馆，1925 年。

② 郭沫若:《行路难》，《郭沫若全集·文学编》（第 9 卷），人民文学出版社，1985 年，第 330 页。

这种分析方式，已然带上了马克思主义理论的烙印。

二

1924 年 11 月 16 日，郭沫若三十三岁生日这天，由于在日本生活过于窘迫，他只好带着妻儿再次回到上海。

郭沫若一家这次住在环龙路，因为家里没有雇用女工，安娜又不会说中文，郭沫若只好亲自去大仙桥买菜。他身上穿着十二年前置办的学生装和棕黄色的便帽，披着破外套，拎着很大的菜篮子。有一次因为即将出远门，他买了很多菜，篮子已经装满了。他在一个老妈妈的摊位前停留下来，又买了一些蔬菜，请老妈妈用包单包好。老妈妈亲切地跟他拉起了家常，问他是哪里的大司务，还指点他以后要带个大一点的篮子来，免得包单把蔬菜揉坏了。这样亲切的对话，令郭沫若十分感动。买完菜，他在市场上的面摊上吃面。经营面摊的是一对青年夫妻，女老板特意将郭沫若的餐桌整理得特别干净，吃完面后还给湿毛巾让他净面。郭沫若对这家面摊印象特别好，一年多常常去光顾，后来离开上海了还时常想念。卖菜的老妈妈，面摊的青年夫妻，都是社会底层的劳动人民，郭沫若从他们那里体会到朴素的阶级情感。

郭沫若回国的当时，正是浙江督军卢永祥与江苏督军齐燮元之间的战争结束时，一部分江苏士绅对于齐燮元十分痛恨，他们出资请孤军社派人调查战地惨状。由于都有留日背景，郭沫若跟孤军社私交不错。《孤军》杂志是郭沫若联系泰东图书局出版的，封面是郭沫若题字。1922 年，郭沫若曾经在《孤军》杂志上发表过两首诗：《孤军行》和《黄河与扬子江的对话》。所以，孤军社将他作为准同人看待，邀请他参加战事调查。这次调查江苏战事，孤军社兵分三路，请郭沫若调查西路宜兴一线，并担任调查报告的总编辑。

郭沫若十分感兴趣，带着周全平出发了，开始了一个星期的宜兴战事调查。他们到了南翔、真如、尚儒村等地，到处看见了战争所带来的惨状。

车过黄渡与安亭的时候，车上一位杨姓朋友给他指点着附近的战迹："他指示些战壕给我们看，又指示了些安大炮的地方；指示了些打得大框小洞的农家房屋，又指示了些田地里戴孝的女子。田地里有些女人，髻上扎着白色头绳，在那里摘取飘零的败絮。火车过时，她们都瞪目地抬起头来。"①郭沫若却并不同情这些女人，他认为她们应该反抗："他们平时上粮纳税，要去供养一些猪，猪发了疯时要咬死他们，这有谁能够替他们流泪呢？"②

在蜀山镇上，郭沫若听人讲："商桥地方有兄弟二人同行，遇着拉夫的兵士，便吓得跳河寻死。哥哥的一位熟悉些水性，乐得逃掉了，兄弟被溺死在河里。"郭沫若心想："我觉得商桥的兄弟是懦弱得连兔子也还不如的人，他们有胆量跳河寻死，为甚么不回头与兵士们决一死斗呢？"

郭沫若又听人说："有位秀才被拉，他说我是秀才呀。兵士说：你今天拉了一天大炮之后，秀才还是还你秀才的。"郭沫若认为："秀才被拉夫，也并没有甚么特别可以令人不平的地方。被拉了后，秀才的的确确还是秀才。骂秀才老爷的那位兵士我倒觉得说破了一个真理。世间上有多少人，稍微有点身份，便甚么苦也不想吃了，须知吃了苦后，身份还是还你身份呀！中国的兵在拉夫的时候能够专拉有身份的人，那吗我们中国就会有希望了。管他大总统也好，大执政也好，大元帅也好，大家来拉拉大炮，恐怕中国不会糟到这步田地，中国的兵也不会糟到这步田地罢？"③

这些观感，一方面让郭沫若从战祸之外"深深地认识了江南地方上的农村凋敝的情形和地主们的对于农民榨取的苛烈"④。另一方面也坚定了他反抗现存社会秩序的信念。

---

① 郭沫若：《到宜兴去》，《郭沫若全集·文学编》（第12卷），人民文学出版社，1992年，第330页。
② 同上。
③ 同上书，第373、374页。
④ 郭沫若：《创造十年续编》，同上书，第217页。

这次调查本来要写成一个完整的报告，但孤军社请曾琦作一篇序言。曾琦虽然是郭沫若在成都念中学时候的同学，后来在日本留学时期又有过通信往来。但现在曾琦信奉国家主义，郭沫若信仰了马克思主义，他不赞成国家主义，所以他不愿意自己的调查报告上有曾琦的序言，于是这个报告没有完成。

从宜兴回来后，郭沫若曾打算翻译马克思的《资本论》。这个计划获得了商务印书馆编译所庶务主任何公敢的支持，他从东方图书馆中把需要参考的英译本都替郭沫若借了出来。大家都满怀信心，郭沫若也十分愉快，他拟订了一个五年译完的计划。但这个计划在商务印书馆的编审会上却没有通过。商务高层说，翻译其他任何名著都可以，就是不能翻译《资本论》。后来流亡日本期间，郭沫若又想翻译《资本论》，并得到当时左翼青年的支持，他们每人赞助五元作为翻译费用，也是因为没有出版社接受而搁浅了。

三

1925 年 1 月，武昌师范大学继 1921 年、1924 年 8 月之后，第三次给郭沫若寄来聘书，还寄来二百元路费。这次是聘请他前往担任文科主任，当时郁达夫和张资平都在武昌师范大学，大家对郭沫若寄予了厚望，甚至连北京大学的陈西滢都写信来劝驾。但是郭沫若已经答应出任私立的学艺大学的文学系主任，于是谢却了武昌师大的邀请。

学艺大学是王兆荣、范允臧等人办起来的。两位都在日本留过学，王兆荣还是郭沫若的四川老乡，他本来已经被任命为四川省教育厅厅长了，但却辞职自己来办学校。学艺大学在招生简章上写明：不收女生，入学后不准参加政治活动。这在当时有些逆流而行。郭沫若个人虽然不赞成这些做法，但佩服老同学们逆流而动的勇气，于是积极参与了办学。学校招了近三十名学生，邀请了曾琦、方光焘等人来授课。曾琦是国家主义派的领袖，他在国文课上将自己在《醒狮》上的论文发给学生作为课文。有一派学生信奉他，另一派学生却反对他。不谈政治的校规无形中被打破了。

3月份，漆树芬搬来做郭沫若的邻居。漆树芬，号南薰，四川江津人，跟郭沫若同岁。在四川成都时，他是比郭沫若低一级的校友，后来又晚一年去日本留学，就读于京都帝大经济科，师从河上肇。本来他们以前就有所交往，现在成了邻居，更是常常坐在一起聊天。漆树芬正在从事中国近代经济的研究，而郭沫若对此也十分感兴趣。郭沫若从这个经济学者那里，获得了很多知识。"关于社会经济方面的见解，我们大抵是一致的。我是半途出家，论事仅凭直觉，要叫我举出实证，尤其象统计图表之类，我既不拿手，而且身边没有材料，也有手难拿。南薰却不同，他是专修这一部门的，所有一切的资料，真是取诸左右而逢其源了。"①漆树芬的书要出版了，漆树菜用了一个冗长的名字。郭沫若觉得名字不好，改成了"帝国主义铁蹄下的中国"。适逢马寅初到了上海，漆树芬抱着书稿去找他写序，马寅初太忙，没工夫写，但是嫌郭沫若取的名字太刺目，于是在该书封面上题下了"经济侵略下的中国"。

郭沫若本来没有写序的习惯，但这次却很高兴地为漆树芬的著作写了序言。郭沫若在序言中认为：

> 要拯救中国，不能不提高实业，要提高实业，不能不积聚资本，要积聚资本，而在我们的现状之下，这积聚资本的条件，通通被他们限制完了，我们这种希望简直没有几分可能性。然而为这根本上的原动力，就是帝国主义压迫我们缔结了种种不平等条约。由是他们便能够束缚我们的关税，能够设定无制限的治外法权，能够在我国自由投资，能够自由贸易与航业，于不知不觉间便把我们的市场独占了。
>
> 我们目前可走的路惟有一条，就是要把国际资本家从我

---

① 郭沫若：《创造十年续编》，《郭沫若全集·文学编》（第12卷），人民文学出版社，1992年，第240页。

们的市场赶出。而赶出的方法：第一是在废除不平等条约；第二是以国家之力集中资本。如把不平等条约废除后，这国际资本家，在我国便失其发展根据，不得不从我国退出，这资本如以国家之力集中，这竞争能力便增大数倍，在经济战争上，实可与之决一雌雄，是目前我国民最大之责任！除废除不平等条约，与励行国家资本主义外，实无他道，这便是我对于中国经济问题解决上所怀抱的管见。

令郭沫若开心的是，"我自己这一种直观的见解，完全被漆君把真凭实据来替我证明了"[1]。

可惜的是，这样一位知己朋友，不久就因为贫穷回到了四川。郭沫若后来担任广东大学文科学长时，还曾经电召漆树芬来担任教授，但漆树芬犹豫着没有去。大革命失败后，漆树芬在重庆死于"三三一"惨案。郭沫若为此惋惜不已。

1925年5月15日，上海日商纱厂的日籍员工枪杀工人顾正红。顾正红是共产党员，他的死激起了上海市工人学生的愤怒。5月30日，上海几千名学生涌进租界声援工人罢工，下午，南京路英国巡捕开枪打死群众十余人，伤数十人，酿成"五卅惨案"。郭沫若当时正和周全平在这一带步行，被人流簇拥着。他跑到先施公司三层，从西南角往下看：

> 楼下是一个十字路口，有几个红头巡捕和山东大汉在那儿堵塞着行人。有的端起步枪来威骇，有的举起木棍来乱打。其中最活跃的是有几位没穿制服的外国巡捕，两手都握着手枪，鹰瞵鹗视地东奔西突。手枪柄上是有丝绳套在颈上的，那大约是怕第一防线的手被人突破时，还有颈子作为第二防线以维护

---

[1] 郭沫若：《〈帝国主义经济侵略之中国〉序》，《郭沫若全集·历史编》（第3卷），人民出版社，1984年，第303、304页。

武器罢? 然而那样的推臆, 却不免是一种杞忧。猛烈的人潮尽可以荡掉脚上的鞋子, 尽可以冲破公司的铁门, 而对于那些木棍、步枪、手枪的尖子, 却如象演奏会上的各种演员和乐器之受着指挥棒的指挥。尖头的一举一收便是潮头的一涨一落。①

"五卅惨案"给了郭沫若深刻的影响, 民众在惨案中的表现让他对民族的未来更有信心了。他在几个月之后写道:

> 第二天全上海的罢市罢工罢学的形势逐渐实现, 我国空前的民气澎湃了起来, 逐渐地波动及于全国了。啊! 那个空前的民气哟! 那个伟大的波动哟! 后来的结果虽然终归失败了, 然而使我们全国的民众知道了帝国主义的野心, 知道了外部的高压的淫威, 内部的软化的鬼祟, 都是资本主义的罪恶, 我想第二次更有根基更有具体计划的掀天撼地的更伟大的波动, 不久总会又要澎湃起来的了! 我们中华民族是没有病没有睡没有老没有死的, 全世界大革命的机键握在我们的手中, 我们生在这个时代, 生在这个地位的青年, 是多么可以有为, 是多么应该彻底自觉自勉, 努力奋进的哟! 青年, 青年, 我们二十世纪的中国青年! 我们应该一致觉悟起来, 一致联合起来, 全世界是在我们的手中的呢! ②

四

在"五卅惨案"受伤的群众中, 有一位黄姓的南洋华侨子弟, 他

---

① 郭沫若:《创造十年续编》,《郭沫若全集·文学编》(第 12 卷), 人民文学出版社, 1992 年, 第 231、232 页。
② 郭沫若:《写在〈三个叛逆的女性〉后面》,《郭沫若全集·文学编》(第 6 卷), 人民文学出版社, 1986 年, 第 146 页。

在圣约翰大学上学，才十七岁。他受伤住院后，是他的姐姐照顾他，为这姐弟奔走的同学中，有一位申姓朝鲜人，长得高大魁梧。郭沫若想以这姐弟俩为原型，写一部三幕剧。三幕的题目分别为"慰问顾正红的家族""南京路上的惨案""病院中的死别"。"前两幕不用说要让那小兄弟去活跃，第三幕却要让姐姐做主人公。那小兄弟实际上是否死亡，我现在已经不记忆了，但在我的拟想中，是要让他死亡的。由于他的死亡，向他悲痛中的姐姐，启示出一条艰剧的而是应该走的路。那姐姐要沉痛地放下一个决心，越过她兄弟的死尸，努力变成为我们民族未来的央大克。"[1]但这个剧本并没有完成。

1920年，郭沫若在《时事新报》发表《棠棣之花》，歌颂聂政、聂嫈的故事，这个小剧本经过修改后收入《女神》。在《创造》季刊中，郭沫若又发表了《棠棣之花》的另一幕。"五卅惨案"后，郭沫若受黄姓姐弟的启发，在两种《棠棣之花》的基础上完成了两幕剧《聂嫈》。

在《聂嫈》中，刺客聂政担心死后连累姐姐，所以毁容而死，他姐姐聂嫈和酒家女冒着生命危险，在聂政尸体旁边向围观的群众说出真相，为他扬名。剧本主要表现了聂嫈凛冽的个性。从聂氏姐弟身上，多少能看见"五卅惨案"中受伤的黄氏姐弟的影子。

7月1日，上海美术专门学校演出了这个剧本。这次演出，得到了很多美术戏剧界人士的支持。周全平赶着将这个剧本的单行本印了出来；倪贻德负责演出的协调工作；欧阳予倩为戏剧作曲，并亲自到美专教演员唱；汪仲贤担任了后台指导；扮演聂嫈的陆才英女士，不久前因为肺病退了学，这次主动来参加演出，在炎热的天气下因为排练过度而吐了血。在郭沫若看来，"当时我们的目标是在救济工人，我们的热心都是超过于友谊的界限以上的。大家都是在同一的战线上努力，并不是谁替谁帮"[2]。所以当天演出总收入七百多元全部捐献给了上海总工会。

① 郭沫若：《创造十年续编》，《郭沫若全集·文学编》（第12卷），人民文学出版社，1992年，第233页。
② 郭沫若：《写在〈三个叛逆的女性〉后面》，《郭沫若全集·文学编》（第6卷），人民文学出版社，1986年，第148页。

　　这个剧本在艺术上也十分有特色，郭沫若尤其喜欢第一幕中盲目的流浪艺人所流露出的情绪，盲艺人把他所见所闻编成歌曲，还告诉了聂嫈及酒家女聂政刺韩哀侯成功后，自毁面容的经过。盲艺人在讲述这些的时候，伴着淡淡的悲哀和婉转的歌曲。郭沫若承认这是作者本人内心深处的表白。这里的写法，受到了约翰沁孤、日本文学及佛经文学的影响。他后来自己评说道：

　　　　爱尔兰文学里面，尤其约翰沁孤的戏曲里面，有一种普遍的情调，很平淡而又很深湛，颇象秋天的黄昏时在洁净的山崖下静静地流泻着的清泉。日本的旧文艺里面所有的一种"物之哀"（Mono no aware）颇为相近。这是有点近于虚无的哀愁，然而在那哀愁的底层却又含蓄有那么深湛的慈爱。释迦牟尼舍身饲虎的精神，大约便是由那儿发挥出来的。日本的"物之哀"大约也就是受了佛教的影响，佛教文学虽充分地被腐杂化而被定型化了，但那里面确有些清湛而深邃的东西。在佛教经典以外的印度文学，我所接触的也有限，但我读过伽里达惹的《霞空特罗》，那种翡翠般的有深度的澄明，读起来令人心身上所有的一切窒郁，都要消融了的一样。

他还说："爱尔兰人有哀愁的文学，而也富于民族解放的英勇精神，谁能说两者之间没有关系呢？日本人在还懂得'物之哀'的时候，他们的国势是蒸蒸日上的。"①郭沫若作品中有着深刻的悲剧精神和淡淡的悲哀的氛围，而这种精神的追求及氛围的营造，在郭沫若看来，有利于国族运势的蒸蒸日上。

　　不久，郭沫若将《聂嫈》和写于1923年的《卓文君》《王昭君》合在一起，以《三个叛逆的女性》为名，在光华书局出版。这三个剧本着

---

① 郭沫若：《创造十年续编》，《郭沫若全集·文学编》（第12卷），人民文学出版社，1992年，第234、235页。

力于女性的解放。郭沫若认为:"女人在精神上的遭劫已经有了几千年,现在是该她们觉醒的时候了呢。她们觉醒转来,要要求她们天赋的人权,要要求男女的彻底的对等,这是当然而然的道理。""我自己对于劳动运动是赞成社会主义的人,而对于妇女运动是赞成女权主义的。无产阶级和有产阶级同是一样的人,女子和男子也同是一样的人,一个社会的制度或者一种道德的精神是应该使各个人均能平等地发展他的个性,平等地各尽他的所能,不能加以人为的束缚而于单方有所偏袒。"郭沫若所着力表彰的卓文君等人,"她们之所以能够成人,乃至成为男性以上的人,就是因为她们是不肯服从男性中心道德的叛逆的女性。她们不是因为才力过人,所以才成为叛逆;是她们成了叛逆,所以才力才有所发展的呀"①。

郭沫若在写下这些文字的时候,大概想起了他的姐姐妹妹们,也想起了老家的张琼华夫人。郭沫若的母亲生下了八个孩子,四男四女。三姐品性忠厚,遭遇丈夫毒打,遍体伤痕,回娘家一句话也不敢说。四姐最为郭沫若所敬爱,她虽然没有上过学,但天资聪颖,靠自学达到了中学的水平,还精通刺绣。但她命运凄苦,嫁给了邻村的地主家庭,丈夫染了一身梅毒。四姐在四十岁上就已经成了寡妇。六妹嫁得也不好,十七岁不到就生了孩子,不幸孩子却夭折了。郭沫若没有七妹的详细消息,只是听说她小小年纪就已经是几个孩子的母亲了。张琼华嫁给郭沫若,但却没有体会到为人妇的快乐,虽然郭沫若也没有错,但他何尝不同情和可怜她呢。

在郭沫若看来,女性和无产阶级一样,都是被压迫者,她们应该勇于叛逆现存的社会制度,敢于追求作为人的生活。郭沫若对女性解放的提倡,对女权的追求,给当时的人们深刻的印象。邓颖超后来曾说:

> 他能以科学的态度与医学的论据,对妇女问题作了精辟的发挥,揭斥了那重男轻女的谬见恶习。他举起锋锐的笔,真理

———
① 郭沫若:《写在〈三个叛逆的女性〉后面》,《郭沫若全集·文学编》(第6卷),人民文学出版社,1986年,第134—137页。

的火，向着中国妇女大众指示出光明之路。他吹起号角，敲起警钟，为中国妇女大众高歌着奋斗之曲。他启示着中国被压迫妇女，不要做羔羊，不要做驯奴，不要甘心定命，更不要任人摆弄，永远沉沦！我们有力量，我们能觉醒，我们要做人，不要悲哀哭泣，不要徘徊犹疑，勿顾忌，勿畏缩，立起来战斗呀！坚决，刚毅，勇敢的向前冲去，冲破旧社会的樊笼，打碎封建的枷锁，做一个叛逆的女性，做一个革命的女人！沫若先生即是这样从歌赞中国历史上叛逆的革命女性中，燃烧着这样一支中国女性革命的光明的火炬的。①

1925年底，郭沫若将先前所写的文艺批评类作品结集为《文艺论集》出版。他在序言中说："我从前是尊重个性，景仰自由的人，但在最近一两年之内与水平线下的悲惨社会略略有所接触，觉得在大多数人完全不自主地失掉了自由，失掉了个性的时代，有少数的人要来主张个性，主张自由，总不免有几分僭妄。""但在大众未得发展其个性，未得生活于自由之时，少数先觉者无宁牺牲自己的个性，牺牲自己的自由，以为大众人请命，以争回大众人的个性与自由！""所谓'我不入地狱，谁入地狱？'的话便是这个意思。"②这跟一年多前郭沫若给成仿吾的信中所表达的观点相同，表明在接受马克思主义之后，他的文艺观已经有了彻底的转变。他从主张个性，主张自由的浪漫主义诗人，变成了一位要为悲惨生活中的劳苦大众请命的左翼作家。此后，终其一生，郭沫若都是奋斗在左翼文坛上的一面旗帜。青年时期对西方和日本文学的广泛涉猎，对中国传统文化的丰厚积累，没有构成郭沫若左转的障碍，相反，使他左转后的理论和创作建立在更为坚实的基础之上。郭沫若在20世纪20年代中期的左转，在中国现代作家中具有典型性，不久，鲁

---

① 邓颖超：《为郭沫若先生创作廿五周年纪念与五秩之庆致祝》，1941年11月16日《新华日报》。

② 郭沫若：《文艺论集·序》，《郭沫若全集·文学编》（第15卷），人民文学出版社，1990年，第146页。

迅等现代作家也有类似的转变。

五

1925 年下半年至 1926 年初，郭沫若与河上肇的中国学生叶灵光等人，各以《洪水》与《孤军》《独立青年》等杂志为阵地进行论战。郭沫若在论战中逐渐凸显出了列宁主义者的面孔。他在论战中表现出了一个马克思主义者的坚定立场，这被中共高级领导人瞿秋白等人所看重，郭沫若开始投入实际的革命斗争。

河上肇与他的中国学生跟郭沫若之间，在共产主义必然取代资本主义这一历史发展进程上达成了共识。但是，共产主义如何取代资本主义？需要经过什么样的途径？需要什么条件？在对这些具体问题的回答上，郭沫若与河上肇及其中国学生之间有了分歧；同时，在运用这些问题分析中国问题时，郭沫若与河上肇的中国学生之间表现出更大的分歧。

河上肇指出，一方面，马克思在《政治经济学批判》导言中认为："一个的社会组织对于一切的生产力尚有余地使其尽量地发展时，是绝不颠覆的；并且新的更高级的生产关系，在其物质的存在条件未舍孕于旧社会地胎内以前，亦决不会发现。"另一方面，马克思、恩格斯"又期待着要求着于最近的将来有政治革命之爆发"。尤其是在《共产党宣言》中，马克思、恩格斯认为，共产主义者的目的"只是由强压地颠覆一切从来的社会秩序才能达到"。的确，马克思主义理论在这里体现出了张力。河上肇认为，《政治经济学批判》导言体现的是马克思主义的"一般的理论"，而《共产党宣言》则是"其原理之'实际的应用'"。"一般的理论"是马克思主义理论不变的部分，具有真理性，而"实际的应用"则随着马克思、恩格斯对具体问题认识的变化而有所变化。在写作《共产党宣言》时，马克思、恩格斯"以为实现资本主义的组织向社会主义的组织推移的社会革命之可能性，在当时是已经具备着了的"。

但到他们的晚年，尤其是恩格斯曾明确承认："历史证明我们及和我们同见解的（即在一八四八年以为无产阶级之政治的革命在最近的将来是必要的见解）一切的人都是错了。"[1]在这些论述的基础上，河上肇认为："社会之经济组织立于不能由权力者之任意而变更的物质的基础之上"，"以社会革命为目的的政治革命即使成功也只是单纯的政治革命而已。"[2]他称在生产力还有发展余地的资本主义社会进行无产阶级政治革命为时机未熟之政治革命，认为可能"会招致生产力之减退"。

关于时机不成熟的政治革命可能会导致生产力的倒退的观点，郭沫若是不能接受的。他明确表示："我对于河上先生所说的'时机尚早的社会革命是招生产力之减退，而终归于失败，即以此为目的之政治革命纵可成功，而其成功亦不限于政治革命而已'的话，我是不敢赞成的。"[3]"河上先生把革命解释为定要以资本主义之行将破产为前提，我恐怕有失马克斯的本意罢？"[4]"我对于这书的内容并不十分满意，如他不赞成早期的政治革命之企图，我觉得不是马克思的本质。"[5]他除了认为河上肇在论述时机不成熟的社会革命时论据不足，不足以说明问题外，还表明了自己的观点："时机尚早之社会革命，在我看来，不见得一定有招致生产力之减退，以此为目的之政治革命也不见得仅仅限于政治革命，就是时机未熟之社会革命不见一定有什么危险。"[6]"社会革命之成败并不专在乎时机之早迟，而在于企图的方策之完备与否。"[7]也就是说，即便在生产力尚有发展余地之资本主义社会，如果通过政治革命的途径完成社会革命，只要方策完备，就能促进生产力的发展，争取共产主义的早日实现。

---

[1] 河上肇著，郭沫若译：《社会组织与社会革命》，商务印书馆，1925年，第21、22页。

[2] 同上书，第221页。

[3] 郭沫若：《社会革命的时机》，《洪水》第1卷第10、11期合刊，1926年2月5日。

[4] 同上。

[5] 郭沫若：《孤鸿——致成仿吾的一封信》，《郭沫若全集·文学编》（第16卷），人民文学出版社，1989年，第10页。

[6] 郭沫若：《社会革命的时机》，《洪水》第1卷第10、11期合刊，1926年2月5日。

[7] 同上。

郭沫若反对河上肇的这一论点，源自他对主观能动性的强调："我们已经发见了这种社会的因果律，我们人类难道真是自然的死物，不能采用何种手段来使旧社会早早发展到了尽头，使新社会早早产生吗？"[1]这里显然可以见到尼采的影子，也有着辩证唯物主义的因素。后来郭沫若批评《社会组织与社会革命》："全书偏重于学究式的论争，对于马克思主义的骨干——辩证唯物主义，根本没有接触到"[2]，主要原因大概就在这里。

同时，在论述政治革命的时机问题时，郭沫若和河上肇有一个根本的区别：河上肇在讨论革命时仅仅着眼于生产力，以是否促进生产力的发展来判断革命的作用；郭沫若除了着眼于生产力之外，还着眼于无产阶级的命运。"在私人资本主义未到破产之前，早早企图有计划有目的的社会革命，以'缩短'而且'缓和'大多数无产阶级的痛苦，岂不是于理当然，而且事实上亦不见得是不可能的事体么？"[3]其实，郭沫若一直着眼于无产阶级大众，在很多诗歌里表达对他们命运的关心。比如在他创作于 1923 年后来收到《前茅》的《上海的清晨》中，他曾悲愤地写道：

> 马路上，面的不是水门汀，
> 面的是劳苦人的血汗与生命！
> 血惨惨的生命呀，血惨惨的生命
> 在富儿们的车轮下……滚，滚，滚，……
> 兄弟们哟，我相信就在这静安寺路的马路中央，
> 终会有剧烈的火山爆喷！[4]

对于不同性质国家政权的区别，也是郭沫若不同于河上肇之处，在

---

① 　郭沫若：《社会革命的时机》，《洪水》第 1 卷第 10、11 期合刊，1926 年 2 月 5 日。
② 　郭沫若：《序》，《社会组织与社会革命》，商务印书馆，1951 年，第 2 页。
③ 　郭沫若：《社会革命的时机》，《洪水》第 1 卷第 10、11 期合刊，1926 年 2 月 5 日。
④ 　郭沫若：《上海的清晨》，《创造周报》第 2 号，1923 年 5 月 20 日。

这里，体现出了郭沫若思想中的列宁主义特质。

郭沫若敏锐意识到国家政权的性质在社会革命中的重要性。"'国家'这种制度可以有两种形式的成立：一种是旧式的国家，一种是新式的国家。旧式的国家是有产阶级所形成的，它是掠夺榨取的一种武器，它的本身就包含酝酿战争的毒素。新式的国家反对旧式的国家，它要采取公产制度，它当然只能由无产阶级领导，而它的目的是在实现永远平和。""居今日二十世纪的世界，居今日深受资本帝国主义压迫的我们中国，无论从学理上，从经济上，从人道上，都没有再提倡旧国家主义的余地了。我们真真是爱国的，我们真真是想救中国，想救我们中国人民的，我们是只有采取新国家主义的一条路，就是实行无产阶级的革命以厉行国家资本主义！"①郭沫若在这里明确指出"新国家"为无产阶级领导的国家，这是跟"旧国家"的本质区别。

列宁早在1917年就已经发表了《国家与革命》这部讨论国家政权的经典著作，他在这部著作中明确指出："既然国家是阶级矛盾不可调和的产物，既然它是站在社会之上并且'日益同社会相异化'的力量，那么很明显，被压迫阶级要求得解放，不仅非进行暴力革命不可，而且非消灭统治阶级所建立的、体现这种'异化'的国家政权机构不可。"②这实际上指出了政治革命在共产主义取代资本主义过程中的重要作用。但作为经济学家的河上肇似乎并不关心这部著作，他的著作中并没有对资产阶级的国家和无产阶级专政的国家做出区分，从而不可能认识到无产阶级打碎资产阶级国家机器，建立无产阶级专政的国家政权的重要意义。河上肇甚至诉求在保持现有政权不变的情况下，通过改良发展国家资本主义，从而以不流血的方式进步到共产主义。受河上肇的影响，他的中国学生都没有将国家资本主义限定在"无产阶级的革命"下，他们主张保持现有资本主义国家政权的性质不变，并在此基础上发展国家资本主义。

---

① 郭沫若：《新国家的创造》，《洪水》第1卷第8期，1926年1月1日。
② 列宁：《国家与革命》，《列宁选集》（第三卷），人民出版社，2012年，第115页。

翻译完《社会组织与社会革命》后，郭沫若给成仿吾写信并没有过多赞美作者河上肇，而是将最高的赞美给予了列宁："我费了两个月的光景译完了此书，译述中我所最感到惊异的是：我们平常当成暴徒看待的列宁，才有那样致密的头脑，才是那样真挚的思想家。"①正是在翻译此书的过程中，郭沫若对俄国十月革命的看法，与河上肇及其中国学生明显区别开来，他认同列宁和苏俄的道路。

在《社会组织与社会革命》中，河上肇没有针对某一国家进行具体讨论。但他的中国学生们回到中国后，开始运用他的理论讨论中国问题，郭沫若和他们的观点多有冲突。以郭心崧、林灵光等为代表的河上肇的中国学生，认为中国不具备进行无产阶级政治革命的条件，当务之急是在不改变现有国家政权性质情况下发展国家资本主义，体现了资产阶级的诉求。而郭沫若则与列宁的观点多有契合，表达了在中国进行俄国式革命的追求。

郭心崧在《中国经济现状与社会主义》中认为，"中国内则产业还未发达，外则在于资本主义各国注视之下，欲蔑视环境，举行社会主义革命，非但成功之可能性很少，恐怕反会阻碍产业上之发展"②。林灵光根据河上肇的理论，重申了马克思在《政治经济学批判》导言中的观点。他认为这个观点是"基本原理"，至于对这个观点如何运用，各国可以有各国自己的特殊办法。在他看来，俄国采取了新经济政策，所以十月革命失败了。"而那一番的失败，则未始不是我们后进国很好的教训。""以我之见，我们只须采用社会主义的社会政策，而不变更现经济制度，已可达到共产的目的，且可免除时机未熟之革命的危险了。"③

是否可以像郭心崧、林灵光所认为的那样，在不改变国家政权性质的情况下，利用资本主义国家之间的矛盾，来发展中国的资本主义呢？

---

① 郭沫若：《孤鸿——致成仿吾的一封信》，《郭沫若全集·文学编》（第16卷），人民文学出版社，1989年，第10页。
② 郭心崧：《中国经济现状与社会主义》，《学艺》第5卷第5期，1923年。
③ 灵光：《读了〈穷汉的穷谈〉并〈共产与共管〉以后质沫若先生并质共产党人》，《独立青年》第1卷第1期，1926年。

郭沫若认为，处在帝国主义时代，"唯一的生路，不该是彻底地去反对他们的经济侵略吗？你要反抗他们的经济侵略，这第一步的手段不就是应该把那种种保护他们的条约废除，回头还要聚集起相当的资本来，和他们在经济场中决一死战？"[1]显然指向了政治革命。

叶灵光是学艺大学的董事，他对于郭沫若的《穷汉的穷谈》等文章怀恨于心。郭沫若每月领取学艺大学一百五十元的薪水，叶灵光公开说，一个人每月拿一百五十元的薪水恐怕算不得"穷汉"。郭沫若正愁学艺大学日渐衰落而自己碍于情面抽身不得，于是顺水推舟辞掉了学艺的职务。

当郭沫若跟河上肇的中国学生论战时，一些共产党的精英，也正在跟国家主义进行笔战。瞿秋白等人注意到郭沫若的文章，十分感佩。

1925 年冬天，时任中共中央政治局委员的瞿秋白和左翼作家蒋光慈到郭沫若寓中拜访。郭沫若对这次拜访印象深刻："是在午后一点钟的光景，是颇阴晦的一天。我正坐在楼下的小堂屋里看书，他们突然进来了。光慈在先，秋白在后，秋白戴着一副药片眼镜，一进门便取了下来。"郭沫若滔滔不绝谈孤军社，谈国家主义，谈日本的发展。"秋白是很寡默的，他只说我的意见是正确的，可以趁早把它写出来。"[2]这次见面用了一个多小时。不久，瞿秋白去了广州，向广东大学推荐了郭沫若。郭沫若得以开始他的革命者的生涯。

在大革命的前夕，很多人觉得文学与革命不能两立。吴稚晖就说：文学不死，大乱不止。吴稚晖所谓的"文学"，是那种风雅之士所写的风花雪月的文字，这当然对革命有所妨碍。但在郭沫若看来，"文学"并不尽然全是那些茶余饭后的消遣品，它还可以是革命的文学。1926 年初，日本人所设的上海同文书院的中国学生班请郭沫若演讲，郭沫若后来将这次讲稿整理成《革命与文学》。在这篇文章中，他用马克思主义的观点，对他理想中革命文学的形态进行阐明。"每逢革命的时期，在

---

[1]　郭沫若：《共产与共管》，《洪水》第 1 卷第 5 期，1926 年 11 月 16 日。

[2]　郭沫若：《创造十年续编》，《郭沫若文集·文学编》（第 12 卷），人民文学出版社，1992 年，第 273、277 页。

一个社会里面，至少是有两个阶级的对立。有两个阶级对立在这儿，一个要维持它素来的势力，一个要推翻它。在这样的时候，一个阶级当然有一个阶级的代言人，看你是站在那一个阶级说话。你假如是站在压迫阶级的，你当然会反对革命；你假如是站在被压迫阶级的，你当然会赞成革命。你是反对革命的人，那你做出来的文学或者你所欣赏的文学，自然是反对革命的文学，是替压迫阶级说话的文学；这样的文学当然和革命不两立，当然也要被革命家轻视和否认的。你假如是赞成革命的人，那你做出来的文学或者你所欣赏的文学，自然是革命的文学，是替被压迫阶级说话的文学；这样的文学自然会成为革命的前驱，自然会在革命时期产生出黄金时代了。""这样一来，我们可以知道文学的这个公名中包含着两个范畴：一个是革命的文学，一个是反革命的文学。""彻底的个人的自由，在现在的制度之下是追求不到的。你们不要以为多饮得两杯酒便是甚么浪漫精神，多做得几句歪诗便是甚么天才作者。你们要把自己的生活坚实起来，你们要把文艺的主潮认定！应该到兵间去，民间去，工厂间去，革命的漩涡中去。你们要晓得，时代所要求的文学是同情于无产阶级的社会主义的写实主义的文学，中国的要求已经和世界的要求一致。时代昭告着我们：我们努力吧，向前猛进！"[1]郭沫若将文学区分为"革命的文学"和"反革命的文学"，此外没有第三种文学。郭沫若希望年轻人应该投入到革命的漩涡之中，他自己接受了广东大学的聘书，准备前往革命的大本营广州了。

六

1926 年 3 月 18 日，这一天是巴黎公社诞辰纪念日，郭沫若应广东大学之聘，偕郁达夫、王独清一行乘坐新华轮船，离开上海奔赴广州。

---

[1] 郭沫若：《革命与文学》，《郭沫若全集·文学编》（第 16 卷），人民文学出版社，1989 年，第 34、35、43 页。

此行揭开了郭沫若生命中的重要一页，他从一介文士开始介入实际政治。

国民党对广东大学相当重视。"一是西南的最高学府，二是本党革命人才的大本营。"①孙中山逝世后，广东大学校长邹鲁与林森、谢持、张继等于1925年冬天在北京西山召开部分国民党中执委会议，公开反对"联共"政策，因此被国民党罢免广东大学校长。罢免邹鲁后，国民党接受李大钊推荐，任命北京大学教授顾孟馀为广东大学校长。但顾孟馀迟迟不就职，于是由国民党中央执行委员会委员陈公博担任代理校长。由于包括文科学长陈钟凡在内的大批教职员随同邹鲁离开，陈公博上任后最感头疼的就是延揽人才。正在此时，瞿秋白、林伯渠等共产党人向陈公博推荐了郭沫若。陈公博大概看过郭沫若在报刊上发表的文学与革命的系列言论，对于郭沫若的思想深表认可，于是发出聘书。

3月23日，郭沫若等人抵达广州，先此到达广州并担任广东大学文科兼预科教授的成仿吾到码头迎接，创造社三鼎足在广东聚首。

当天上午，郭沫若就到林伯渠的家里。林伯渠不在家，郭沫若在这里第一次见到了毛泽东。郭沫若后来回忆这次见面时写道："太史公对于留侯张良的赞语说：'余以为其人计魁梧奇伟，至见其图，状貌如妇人好女。'""吾于毛泽东亦云然。人字形的短发分排在两鬓，目光谦抑而潜沉，脸皮嫩黄而细致，说话的声音低而娓婉。不过在当时的我，倒还没有预计过他一定非'魁梧奇伟'不可的。""在中国人中，尤其在革命党人中，而有低声说话的人，倒是一种奇迹。他的声音实在低，加以我的耳朵素来又有点背，所说的话我实在连三成都没有听到。"②

林伯渠将郭沫若带到了广东大学。此时，广东大学校长已由褚民谊接手。郭沫若在广东大学所做的最为引人注目的事情，是革新广东大学的文科教务。

4月中旬，郭沫若接到以朱念民为代表的百余名文科学生的集体请愿书，要求郭沫若转请校长解雇"不良教师"。郭沫若随即向校长褚民

---

① 邹鲁：《邹鲁自述1885—1954》，人民日报出版社，2013年，第133页。
② 郭沫若：《创造十年续编》，《郭沫若全集·文学编》（第12卷），人民文学出版社，1992年，第297、298页。

谊汇报该事，并提出解决方案：即允许学生在开课一个月后重新选修课程。这事实上是肯定学生对教师教学质量的评估，在当时是十分大胆而独特的改革。褚民谊同意了这一方案。

郭沫若将改革方案以文科学长告示的形式张贴在校园，引起了轩然大波。教育系主任兼文学及专修学院教授黄希声串联二十六名教员召开会议，于4月21日宣布罢教，并给校长写报告，称郭沫若"蔑视校规，捣乱学程，侮辱教员"，要求校长"罢斥"郭沫若。国民党广东大学特别党部在毕磊的领导下，召集了五百余人的党员大会："拥护为学生谋利益之褚校长及郭学长"，"拥护褚校长郭学长改革文科之计划"。同时，校园里出现了"解决饭桶，煽动罢课""打倒一切饭桶，无论西式，基督教徒，古董，八股先生，都要打倒"等标语，给那二十六名教师和校方施压。4月28日，文科全体学生致信褚民谊，称二十六名教师中有石瑛等十一名教师是为人蒙蔽的好教师，希望校方请他们返校复课。这一分化策略被褚民谊采用，他随即要求郭沫若分别函请这十一名教师复课。郭沫若立即照办。这十一名教师接到郭沫若的公函后都重新返校上课。不久，国民政府认可褚民谊的处理意见，将一直拒绝复课的十五名教师全部"从轻处分，即日免其职务，不使借本校教员名义在外煽动，以正学风"[1]。

广东大学文科教务改革以郭沫若的胜利结束。广东大学国民党特别党部发表公开信，将郭沫若推动的教务改革和学生的择师运动评价为"广东青年界革命化之征象"，并在给国民党中央执行委员会的报告中认为："各科学长，只有文科学长郭沫若先生，很能帮助党务的进展"，"他的文字和演说，很能增加党化宣传的声势"，"能够在重大问题发生的时候，有彻底的革命表示和主张"。[2]差不多同时，郭沫若向校长推荐鲁迅，希望校方聘他来广东大学担任文科教授。

文科教务改革后，郭沫若希望加入国共两党。不久，毛泽东到郭沫

---

[1] 《褚民谊上国民政府呈》，《广州国民日报》，1926年5月14日。

[2] 《广大特别党部报告》，转引自蔡震《郭沫若生平文献史料考辨》，社会科学文献出版社，2014年，第13页。

若寓所访问，邀请郭沫若去农民讲习所演讲。后来，他们还多次接触，谈广州的形势和革命的发展。广东大学文科择师运动时，周恩来到广东大学演讲，郭沫若认识了周恩来。通过跟这些共产党人的接触，郭沫若认同共产党，向中共广东大学党总支部提出了入党申请。支部同意了他的请求，但粤区区委陈延年、恽代英等同志却希望他能够到军队或黄埔军校等实际工作中去锻炼一段时间。5 月中旬，褚民谊介绍郭沫若加入国民党。据当事人回忆说："那时共产党员都参加国民党，要求入党的同志，也先参加到国民党里面进行锻炼。"①

加入国民党的郭沫若，逐渐扩大了活动范围。6 月，他成为国民党广东省党部青年夏令营讲习班的教务工作负责人之一，并与蒋介石、周恩来等一起担任教师，他讲授了"革命与文艺"。不久，他又与吴稚晖、张太雷、何香凝等一起担任国民党广东大学特别支部暑期政治研究班教授。

此时，国民党决定出师北伐。陈公博担任主任的国民政府军事委员会政治训练部改组成国民革命军总司令部政治部。国民党广东大学特别党支部的工作被纳入到政治部的工作之中。6 月 21 日，郭沫若与广东大学校长褚民谊等人参加了政治部第一次战时政治工作会议。

郭沫若参加政治部工作，一方面是因为政治部跟广东大学党部的特殊关系，另一方面也由于一些共产党朋友的推动。当时邓演达担任政治部主任，共产党人孙炳文担任政治部秘书长，孙炳文和邓演达是留德同学，关系十分亲密。孙炳文是四川人，是郭沫若的同乡，又曾受过广东大学的聘书。由于孙炳文的居中介绍，郭沫若跟邓演达熟悉起来。政治部新成立，组织、宣传、运动等方面都有很多计划和方案，可谓千头万绪。邓演达的工作方式比较民主，常常邀请各个团体有经验的人士以个人资格参与讨论政治部的工作。郭沫若与周恩来、恽代英、顾孟馀等人常常参加这样的会议。

---

① 宋彬玉、张傲卉：《谈谈郭沫若早年同中国共产党的关系》，《郭沫若学刊》，1987年第 2 期。

孙炳文极力劝说郭沫若随军北伐，起初说可以担任"顾问"之类的空衔。政治部一直没有合适的宣传科科长，孙炳文又推动郭沫若担任这个实职。郭沫若答应了，邓演达"喜出望外"。在就职前，邓演达特意来到郭沫若的寓所，他说，郭沫若虽然做了他的下属，但以后仍然是要当"军师"看的。当时，很多人认为郭沫若担任这个职务是受了委屈，但在郭沫若看来："实在是一个冒险的高攀"，"我对于政治工作在那时毫无经验，而政治工作的中心差不多也就在宣传，以一个外行人来担任这项中心使命，岂不是不度德，不量力吗？然而我是冒险地担任了"。①正如他所说的，这个职务虽然仅是个科长，但却负担着政治部的中心工作，可谓位低而权重。

周恩来、林伯渠等人听说郭沫若即将参加北伐，纷纷来到他的寓所，深谈北伐问题。孙炳文特意为他饯行，并赠送郭沫若"戎马书生"的徽号，郭沫若觉得"十分夸耀，十分荣耀"。

七

7月21日，郭沫若随国民革命军总司令部政治部从广州黄沙车站乘火车赴韶关。到韶关后，一行人徒步前行，翻越大瑶山进入湖南，经过郴县、耒阳到达衡阳。然后与总政治部主任邓演达、苏联顾问铁罗尼、中共党员李一氓等乘木船沿湘江前往长沙。8月6日，一行人抵达长沙。邓演达因为常往总司令部参与军机，政治部的大量工作由郭沫若处理。

8月24日晚，郭沫若随政治部先遣队离开长沙向武昌进发。在过汨罗江时，郭沫若赋诗一首：

屈子行吟处，今余跨马过；

---

① 郭沫若：《纪念邓择生先生》，《郭沫若全集·文学编》（第20卷），人民文学出版社，1992年，第177页。

晨曦映江渚，朝气涤胸科。

揽辔忧天下，投鞭问汨罗：

楚犹有三户，怀石理则那？

表现出登车揽辔、澄清天下之豪气。过汨罗江后，"每天都是在山里面走，走的都是一些很狭隘的小路"。但是郭沫若精力十分旺盛，"我多是跑路，但我每天都在打前站，每到一个站口，总是我先到，便去替大家找宿营和中休的地点，有时还要为大家烧菜煮饭"[1]。

9月1日，郭沫若徒步赶到武昌，遭遇到了艰难的武昌攻城战。9月2日，北伐军唐生智、李宗仁、陈可钰等高级将领举行军事会议，决定以第四军、第七军一部和第一军第二师攻打武昌。当晚，部队陆续征集到好多用于攻城的梯子，搬到位于南湖文科大学的司令部内。郭沫若带领政治部部分工作人员和勤务兵绑扎梯子。他自己亲手绑扎了三四架。

9月3日凌晨，各部队开始攻城。吴佩孚军队用重炮、机关枪在城垣及蛇山、凤凰山猛烈射击，并使用了江面上的军舰进行炮轰。激战三小时后，攻城部队只得退守。当晚，蒋介石、白崇禧等到达武昌余家湾车站，要求四十八小时内攻下武昌。

9月5日凌晨，北伐军再次发起总攻。中午，部队伤亡过重停止进攻。晚上，北伐军继续攻城。郭沫若的好朋友纪德甫中流弹身亡。郭沫若在悼念诗中写道：

回思夜袭临歧语：不破坚城矢不归！

今日成尸横马革，难禁清泪滴君衣。

一弹穿头复贯胸，成仁心事底从容。

宾阳门外长春观，留待千秋史管彤。

---

[1] 郭沫若：《北伐途次》，《郭沫若全集·文学编》（第13卷），人民文学出版社，1992年，第15页。

战友的死亡，成为郭沫若在北伐中经常见到的情景。在攻克武昌后，他"冒着那浓烈的尸臭，在一些死尸间向那城门走去，在那城门洞下也横陈着好几个尸首，都是穿着革命军的军服的。尸首大都偃伏着，其中最把我打动了的，是靠着城门洞的左壁坐在地上的一个，两手叉着，头部是折叠在胸上的。这些阵亡了的勇士不用说都是受了重伤，爬到了这城门洞口来暂时躲避敌人的弹雨的；但他们的伤害很重，就要乘着夜阴爬回自己的本营都不能够办到，便睡的睡着，坐的坐着，整整地在那儿饿死了"①。就这样，在整个北伐中，郭沫若一方面感到战争的残酷，另一方面也体会到牺牲的庄严。

9月6日，汉阳守将刘佐龙投降北伐军。7日，第八军第二师渡过汉水，占领汉口。9日，郭沫若带领朱代杰、李鹤龄、李一氓赴汉口，主持政治部在汉口办公处的工作。接下来的一个星期里，郭沫若每天只睡三四个小时，甚至熬通宵，充分发挥了他处理实际事务的才干。"我们开始把报界拉在手里，封了两家很反动的报馆。同时组织了一个新闻检查委员会，所有的报纸都要经过我们的检阅才能够发行。民众团体的组织加紧地进行，各种工会有组织的公开强化了起来，无组织的便从新加以组织。甚至如象省市党部的公开都是在我们的掩护之下成全了的。"经过郭沫若等人的努力，"各种宣传机关都拉在了手里"，"民众团体逐渐地产生，民气高涨了起来，汉口的市面便顿然改了旧观"。②

随着北伐形势的发展，9月下旬，总司令部移到江西。邓演达身兼政治部主任、总司令部汉口行营主任、湖北省政府主席三职，十分繁忙。郭沫若承担起了政治部的实际领导工作。10月9日，在蒋介石的批准下，郭沫若正式担任总政治部副主任，兼任总政治部编史委员会委员长，少将军衔。

双十节这天，十万群众在汉口北郊华商跑马场举行了盛大的国庆纪

---

① 郭沫若：《北伐途次》，《郭沫若全集·文学编》（第 13 卷），人民文学出版社，1992年，第 119 页。

② 同上书，第 93、94 页。

念活动。各种旗帜、音乐、口号让整个跑马场沸腾起来。这时，攻克武昌的消息传来，十万群众如炸开了锅。他们脱帽、摇旗、挥拳、鼓掌、高呼。这天，郭沫若还参加了湖北总工会在汉口公会堂的成立仪式。他通过这些活动深深感觉到了民众的革命精神和力量。

10月12日，政治部移往武昌，郭沫若的工作比在汉口时轻松一些。随着总司令部移驻南昌，政治部需要一部分人去南昌工作，而邓演达是走不开的。后来想出了一个折中办法，武汉总政治部不动，另外组织一批人员，由郭沫若带往南昌，相当于总司令部身边的一个小总政治部。11月中旬，郭沫若带部抵达南昌。

蒋介石跟武汉的国民党中央有矛盾，他需要组建自己的政治工作队伍，在他看来，郭沫若是难得的政治宣传人才，因此格外青睐。在南昌期间，郭沫若同蒋介石一起，出席了不少重要活动。1927年3月19日，郭沫若奉蒋介石命抵达安庆，亲历了安庆惨案。蒋介石通过收买地痞、流氓，组织伪工会，于3月23日捣毁国民党左派领导的安徽省党部、安庆市党部和共产党领导的总工会，以及省农会、市妇女协会等革命团体，抢劫文件、什物，打伤数十人。在惨案发生的前一天，郭沫若得知了事情的蛛丝马迹，他立即去见蒋介石，但蒋介石只是轻描淡写地要求他去调查一下。3月23日，郭沫若再次去见蒋介石。在等待接见的过程中，他从安庆电报局局长口中得知，伪总工会原来是在蒋介石的授意下组织起来的，并且与青红帮联络好了，在九江、安庆、芜湖、南京、上海一带，专门打倒赤化分子。郭沫若恍然大悟，原来蒋介石勾结青红帮和革命民众作对。郭沫若尽管知道了真相，还是两次求见蒋介石，希望蒋介石派兵保护省市党部，解散捣乱集会。蒋介石都只是敷衍了他。北伐军攻克上海后，郭沫若被武汉国民党中央任命为总政治部上海分部主任。不久，蒋介石匆匆离开安庆奔赴上海，临走前他给郭沫若留下一封信："沫若同志，等候不及，中正先赶赴下游，兄与一民兄同来。"①但郭沫若并没有到上海就职。

---

① 郭沫若：《脱离蒋介石以后》，《郭沫若全集·文学编》（第13卷），人民文学出版社1992年，第158页。

八

3 月 30 日，郭沫若同朱克靖到达南昌，住在第四军党代表朱德家里。31 日，郭沫若花一整天的时间在朱德家里写下了那篇著名的反蒋檄文：《请看今日之蒋介石》。文章以他的亲身经历，揭示了蒋介石背叛革命的真面目。

郭沫若在文章说："蒋介石已经不是我们国民革命军的总司令，蒋介石是流氓地痞、土豪劣绅、贪官污吏、卖国军阀、所有一切反动派——反革命势力的中心力量了。""他的总司令部就是反革命的大本营，就是惨杀民众的大屠场。他自己已经变成一个比吴佩孚、孙传芳、张作霖、张宗昌等还要凶顽、还要狠毒、还要狡猾的刽子手了。""他对待民众就是这样的态度！一方面雇用流氓地痞来强奸民意，把革命的民众打得一个落花流水了，他又实行武力来镇压一切。这就是他对于我们民众的态度！他自称是总理的信徒，实则他的手段比袁世凯、段祺瑞还要凶狠。他走一路打一路，真好威风。""他第一步勾结地痞流氓，第二步勾结奉系军阀，第三步勾结帝国主义者，现在他差不多步步都已经做到了，他已经加入反共的联合战线，他不是我们孙总理的继承者，他是孙传芳的继承者了！同志们，我们赶快把对于他的迷恋打破了吧！把对于他的顾虑消除了吧！国贼不除，我们的革命永远没有成功的希望，我们数万战士所流的鲜血便要化成白水，我们不能忍心看着我们垂成的事业就被他一手毁坏。现在凡是有革命性、有良心、忠于国家、忠于民众的人，只有一条路，便是起来反蒋！反蒋！""我在南昌草写这篇檄文，愿我忠实的革命同志，愿我一切革命的民众迅速起来，拥护中央，迅速起来反蒋！"①文章公开了郭沫若与蒋介石的决裂，并寄希望于武汉的

① 郭沫若：《请看今日之蒋介石》，《郭沫若全集·文学编》（第 13 卷），人民文学出版社，1992 年，第 129、143、148、149、152 页。

国民党中央，希望他们能够迅速解决掉蒋介石。

4月3日，郭沫若离开南昌到达九江，但他听到的消息很不妙。武汉的国民党中央不仅没有免掉蒋介石的职务，还任命他为第一集团军的总司令。同时，他又收到邓演达的来信，要他火速到上海就职。看到国民党中央对蒋介石的妥协，郭沫若不禁悲从中来，他预感到了革命的失败。在4日的日记中，郭沫若写道：

> 革命的悲剧，大概是要发生了。总觉得有种螳臂当车的感觉。此次的结果或许是使我永远成为文学家的机缘，但我要反抗到底。革命的职业可以罢免，革命的精神是不能罢免的。我的路径已经是明了了，只有出于辞职的一途。始终是一个工具，但好在是被用在正途上的工具。我当然没有悲愤，结果是我太幼稚了。别的同志们都还幼稚，多视我为转移，而我自己也太幼稚了。种种的凑巧与不凑巧凑成了现在的局面。我好象从革命的怒潮中已被抛撇到一个无人的荒岛上。①

从后来发生的事情来看，郭沫若的预感十分准确。

4月8日，郭沫若在南京得知总政治部上海分部被蒋介石查封。9日，蒋介石以总司令名义发布布告，宣布解散国民革命军政治部："国民革命军之总政治部，几为少数跨党分子及投机少年所独占。""中正为完成国民革命计、实现三民主义计，乃不得不将淆惑军心，背叛主义，违反军纪，分散国民革命势力，破坏国民革命战线之总政治部下令查封。"②就在这一天，郭沫若抵达苏州。得知总政治部上海分部十九名工作人员已经被捕，郭沫若派辛焕文前往上海调查。但辛焕文迟迟未归。郭沫若于11日中午拟好致蒋介石的电文：

---

① 郭沫若：《脱离蒋介石以后》，《郭沫若全集·文学编》（第13卷），人民文学出版社，1992年，第174、175页。

② 上海《民国日报》，1927年4月9日，转引自张静如主编《中国新民主革命通史》（第3卷），上海人民出版社，2001年，第636、637页。

> 南京总司令部蒋介石先生大鉴：沫若现在苏州，阅报见上海总政治部已被查封，并拘捕同志十九人，不胜愕异。一切责任由沫若个人负担，不日即将踵赴行辕或前敌总指挥部自首，听受处分。惟彼十九位同志皆年少有为，缧绁非其罪；应请速电前方，迅予释放为望。沫若叩。[1]

同时，他还写好了遗书：将每年两三百块钱的版税留给妻儿，并希望妻子能够再嫁，即便嫁给日本人也行，只要是真正爱她的，三个孩子可以选一个过继给总政治部的苏联顾问铁罗尼。但在惊惶之中，辛焕文却回来了，报告上海的情况并不如想象中的严重。事实上，就在当时，蒋介石在上海发动了针对国民党左派和共产党的"四一二"反革命武装政变，大肆屠杀共产党员、国民党左派及革命群众。

南京的中国国民党国民革命军总司令部特别党部执行委员会常务委员张群、陈立夫、李仲公联名呈文中央党部：

> 窃属部执行委员郭沫若平日趋附共产，其言论举措时有危害本党情事。讵最近有所作《请看今日之蒋中正》一编，尤属甘心背叛肆意诋诽，甚至捏造是非……该郭沫若但快一己之私，百凡竟置不恤，其辣手狠心、倒行逆施，实属罪大恶极，无可宽假。兹经属部第三次执、监联席会议，胡委员逸民等提出弹劾，经全体可决，对于该反动分子郭沫若应予以严厉处分，除从四月二十一日起停止其执行委员职权外，敬恳大部开去党籍并通电严缉归案惩办，实感公便。[2]

---

① 郭沫若：《脱离蒋介石之后》，《郭沫若全集·文学编》（第13卷），人民文学出版社，1992年，第193页。
② 《总司令部特别党部呈文》，转引自倪墨炎《现代文坛灾祸录》，上海书店出版社，1996年，第118页。

5月6日，南京国民党中央执行委员会第八十八次会议议决，批准总司令部特别党部呈文，以"趋附共产、甘心背叛"为由，开除郭沫若党籍并通电严缉归案惩办，并就此致函南京国民政府。南京国民政府秘书处将该函呈报胡汉民批准后，10日，秘书处以通函送国民革命军总司令、国民军总司令、海军总司令、各总指挥部、各军军部、各独立师、各要塞司令、各省政府，要求查照通缉办理。7月15日，汪精卫领导的武汉的国民党"右转"，决定"清党"，解聘苏联顾问鲍罗廷，通知各政府部门和军队驱逐共产党人。

中共中央和部分国民党左派决定在南昌发动起义，任命郭沫若为宣传委员会委员、主席。南昌起义后，张发奎决定解散政治部，但希望郭沫若能够跟着他东渡日本。郭沫若哪里能够同意呢？他坚持要到南昌去。张发奎没有阻拦，用铅笔随便在一张纸上写了给南昌方面的四点意见，没有署名，让郭沫若带往南昌。这成了郭沫若、李一氓、阳翰笙、龚彬等前往南昌的政工人员的通行证。

四个人带着勤务兵坐了两架手摇车，工友们知道他们要去南昌，都非常卖力。8月4日，他们在九江和南昌之间的涂家埠遭遇乱兵，郭沫若被群殴，勤务兵失踪，行李也被抢劫了。但总算保住了性命。这次被打给郭沫若造成了心理阴影，他后来还常常梦见自己遭了严刑，受伤了不能走路。

4日晚，郭沫若一行赶在起义部队离开前抵达南昌。他们被引荐到贺龙处，不久周恩来也赶来了。郭沫若还见到了谭平山、恽代英等人。大家都十分兴奋。郭沫若被派在总政治部工作。第二天，郭沫若就随前敌委员会、革命委员会机关及贺龙率领的二十军向广东进发。8日抵达临川，政治部方才工作起来。

8月26日，部队攻占瑞金，郭沫若随革命委员会在此停留五天。在这期间，经周恩来、李一氓介绍，郭沫若加入中国共产党。郭沫若在中国共产党处境最为艰难的时候加入，这是因为他充分认同中共的革命纲领。从此以后，郭沫若一直是中共的秘密党员，直到1958年以重新入党的方式公开其政治身份。

郭沫若经汀州、上杭、大埔、汕头、揭阳、普宁，参加流沙会议。周恩来、叶挺、贺龙等负责人在流沙总结了这次起义的经验教训，在人员的去留问题上做出决定："武装人员尽可能收集整顿，向海陆丰撤退，今后要作长期的革命斗争。这工作已经做得略有头绪了。非武装人员愿留的留，不愿留的就地分散。已经物色好了好些当地的农会会友作向导，分别向海口撤退，再分头赴香港或上海。"①郭沫若和部分非武装人员跟队伍走散。他在农会会员的帮助下，只好从神泉至香港，于11月底返回上海与家人团聚。轰轰烈烈的北伐结束了，大名鼎鼎的北伐军总政治部副主任郭沫若开始了半隐匿生活。

回到上海的郭沫若，带着安娜和三个孩子在窦安乐路一栋小弄堂房子里住下来，他家周围都住着日本人，这是一层很好的掩护，同时，创造社每个月给郭沫若一百元，使他在生活上暂时不用太焦急，专心从事个人著作的整理和校订。1927 年 11 月，他花十天工夫完成了《浮士德》改译。

蒋介石背叛革命后，许多国民党左派和中共人士都前往苏联避难。郭沫若和李一氓等回到上海后，中共中央通知李一氓去苏联留学，让郭沫若全家也都去苏联。但是 12 月广州起义后，国民党宣布和苏联断绝外交关系，上海的苏联领事馆被人袭击，被迫关闭。此时从上海到苏联去的轮船只有一艘了。

这艘轮船预计 12 月上旬出发，郭沫若一家制作了一些皮外套，安娜打了很多毛衣，等待着出发。12 月 5 日下午，郭沫若得到通知，次日动身，由人接到前往海参崴的苏联轮船。郭沫若十分兴奋，他可以到他渴慕的国度去了。6 日，孩子们穿了一身新，都十分高兴，但是轮船临时改期，这改变了郭沫若的命运。

12 月 8 日，郭沫若突发重病，头疼、高烧、浮肿，确证为斑疹伤寒，由于他的特殊身份和处境，只好住进一家日本人开的私立医院。接

---

① 郭沫若：《流沙》，《郭沫若全集·文学编》（第 13 卷），人民文学出版社，1992 年，第 243 页。

下来两个星期里，郭沫若完全失掉了知觉。就在 12 月 12 日，去往苏联的轮船开走了，郭沫若一家就此失掉了去苏联的机会。

1928 年 1 月 5 日，郭沫若拖着虚弱的身体出了院。他躺在床上休养，头脑非常清醒。诗绪陆续涌现出来，他用铅笔把这些诗记录在一个抄本上，后来结集成《恢复》出版。《恢复》完成后，郭沫若还编出了《前茅》《水平线下》《沫若诗集》《沫若译诗集》等集子，改校了《文艺论集》。

第五章 爰将金玉励坚贞

一

1928 年 2 月 24 日，郭沫若在日本友人内山完造的陪同下，化名为南昌大学教授吴诚，假托前往日本东京考察教育，乘日本邮船"卢山丸"赴神户，与先期到达的安娜和孩子们会合，开始了长达十年的流亡生活。

他们抵达东京后，安娜主张投奔她的老朋友花子夫人的娘家。斋藤夫妇正靠着给留学生出租房屋度日。他们很高兴地接待了郭沫若一家。但他们清楚，郭沫若是要人，一定会引起警方的注意。郭沫若一家在斋藤家只能是暂住。

郭沫若想起了大众文学作家村松梢风，他在北伐前曾在上海跟郭沫若有过交往，如今正在编辑《骚人》杂志。郭沫若和安娜来到《骚人》社，受到了村松的欢迎。村松建议郭沫若搬到东京郊区去，这样既便于孩子们的教育，也方便郭沫若的写作。村松还带着郭沫若拜访了安娜的仙台老乡横田兵左门卫。

横田是一位剑侠，交游广泛，性格豪爽。日本检察机关的高层、主管思想犯的平田薰是横田的同学。横田赞成郭沫若一家搬到市川去住。市川与东京一江相隔，地处江户川畔，为东京郊区与千叶的交界部。选择这种地方居住，是防着如果发生了什么事情，可以在互不隶属的两地间回旋。

横田带着郭沫若拜访了平田薰。平田认为郭沫若可以不必声张，只需要和地方上接个头就可以了。他还写了一封介绍信，把郭沫若介绍给当地的地方检事樋口。横田又陪着郭沫若去见了樋口。樋口也是六高毕业生，和郭沫若是先后同学。于是樋口检事又亲自领着郭沫若去和市川的警察局长见面。"经了检事亲自出马介绍，警察局长当然是奉命唯谨，没有第二句话好说了。"①

就在郭沫若为在市川居住奔波的时候。诗集《恢复》在创造社出版部出版了。这部诗集是郭沫若年初时大病恢复期的创作。他写这本诗集时又重新体会到了灵感来袭的兴奋和激情。国内的后期创造社成员要想成立一个政治组织。"他们写信给已在日本的郭沫若，征求他的意见。郭沫若大不赞成，说中国已经有了共产党，你们应当同共产党合作，不应当另起炉灶。他们接受了郭沫若的意见。"②

不久，郭沫若完成了《我的幼年》的写作。这本书从叙述家世和出生开始，回忆了从入家塾开始到进入乐山高等小学、嘉定府中学堂的求学经历，侧重表现幼年郭沫若的叛逆精神，也客观反映了晚清时期乐山的风俗民情和中小学教育情况。在年底写的前言中，郭沫若戏谑地说，他写这本书的目的是："革命今已成功，小民无处吃饭"，"我写的只是这样的社会生出了这样的一个人，或者也可以说有过这样的人生在这样的时代"。③该书1929年4月在光华书局出版，9月被国民党以普罗文艺的罪名查禁。1933年改名为《幼年时代》出版，次年2月被查禁。1942

① 《跨着东海》，《郭沫若全集·文学编》（第13卷），人民文学出版社，1992年，第325页。

② 郑超麟：《谁领导了中央文化工作委员会？》，《新文学史料》1989年第2期。

③ 郭沫若：《我的童年》，《郭沫若全集·文学编》（第11卷），人民文学出版社，1992年，第7页。

年以《童年时代》为名在重庆作家书屋出版，后来收入《沫若文集》时改名为《我的童年》。

5月，创造社出版部还出版了郭沫若的《水平线下》和《沫若译诗集》。创造社被封后，《水平线下》改名为《后悔》，于1933年10月在光华书局出版，出版次月就以普罗文艺的罪名被查禁。6月，创造社出版部又出版了《沫若诗集》和郭沫若翻译的尼采著作《查拉图司屈拉钞》。创造社频频出版郭沫若著作，部分原因是为了兑现每月汇给郭沫若一百元的承诺，以便让他一家人在日本的生活无后顾之忧。

郭沫若在市川住下后，成仿吾去欧洲途经东京时去看望他。成仿吾告诉他，国内谣传，他被日本政府解送回国，已经被杀害了，北平的报纸上登载过消息，有人还写了长诗悼念他。郭沫若听完后十分感动："国内国外的年青朋友们这样对于我关心，不是他们给予了我无上的安慰和鼓励，不是他们使我感觉着有强有力的支柱在扶持着我吗？无论在怎样环境中，你得拿出勇气和耐心来，更坚毅地生活下去。你虽然离开了祖国，离开了工作岗位，你不应该专门为全躯保妻子之计，便隐没下去的。"[1]成仿吾这次邀请郭沫若同往欧洲，但因为经济和家庭的原因，郭沫若无法成行。

成仿吾和郭沫若谈到了后期创造社的情况。北伐失败后，郭沫若退隐上海，曾想着改造创造社。他发动李一氓和阳翰笙参加创造社，又通过郑伯奇和蒋光慈请求跟鲁迅合作，鲁迅欣然允诺。1927年底，上海《时事新报》曾经刊出《创造周报》复活的广告："时代滚滚地流去，转瞬之间，在我们文艺界喧睡着的当中，时代又已经前进得离我们很远了。""我们不甘于任凭我们的文艺界长此消沉、任凭我们的文艺长此落后的几人，发愿恢复我们当年的、不幸在恶劣的环境中停顿了的《创造周报》，愿以我们身中新燃着的烈火，点起我们的生命与我们消沉到了极点的文艺界，完成我们当年未竟的志愿。"列名的有鲁迅、化名为麦

① 郭沫若:《跨着东海》,《郭沫若全集·文学编》(第13卷),人民文学出版社,1992年,第328页。

克昂的郭沫若，以及成仿吾、蒋光慈等人。

郭沫若这个计划事先没有征求成仿吾的意见，而成仿吾另有打算。他去日本"和另外一批朋友，订了一个新的计划，便是要把创造社作为明朗的思想战的基地，要尽力从事于辩证唯物论和历史唯物论的推阐工作。这一批朋友便是李初梨、彭康、朱镜我、冯乃超、李铁声。他们是少壮派，气锐非常，革命情绪火热地高涨，就为了推行这一计划，大都临到大学快毕业了，把毕业试验抛弃，陆续先仿吾而回到上海"①。他们回来后坚决反对复活《创造周报》，而是另外办了《文化批判》。

郭沫若觉得十分为难，"假如我要坚持我的主张，照当时的情形看来，创造社便可能分裂。这是我所极不愿意的"。想到自己即将出国，"仿吾对于将来的创造社要负更多的责任，照着他所乐意的计划进行，精神上必然更加愉快而收到更大的效率。更何况新的主张，虽然危险得一点，说不定是更合理的办法，没有经过实验，我也不好凭空反对，因此我也就退让了"②。

仿吾这次来告诉郭沫若，创造社"把鲁迅作为了批判的对象，让蒋光慈也被逼和另一批朋友组织起太阳社来了。于是语丝社、太阳社、创造社，三分鼎立，构成了一个混战的局面"③。郭沫若虽然觉得这样的混战很不妥，但他毕竟是创造社的元老，他要支持创造社的年轻人。

也许是受成仿吾的影响，6 月 1 日，郭沫若写作了《文艺战线上的封建余孽——批评鲁迅的〈我的态度气量和年纪〉》，以杜荃的笔名发表在 8 月份的《创造月刊》。

郭沫若说，在读到《我的态度气量和年纪》前，他认为鲁迅"是一位过渡时代的游移分子。他对于旧的资产阶级的意识已经怀疑，而他对于新的无产阶级的意识又没有确实的把握。所以他的态度是中间的，不革命的——更说进一层他或者不至于反革命"。但读了这篇文章后，他

---

① 郭沫若：《跨着东海》，《郭沫若全集·文学编》（第 13 卷），人民文学出版社，1992 年，第 308 页。

② 同上书，第 309 页。

③ 同上书，第 328 页。

认为鲁迅是"资本主义以前的一个封建余孽"。"资本主义对于社会主义是反革命，封建余孽对于社会主义是二重的反革命。""鲁迅是二重性的反革命的人物。""以前说鲁迅是新旧过渡期的游移分子，说他是人道主义者，这是完全错了。""他是一位不得志的 Fascist（法西斯谛）！"

虽然郭沫若始终没有明确表示这篇文章是他写的，但学界已经公认是出自他的手笔。这篇文章引起了广泛的批评，直到今天还有人认为这是"鲁讯所遭受的最尖刻的批评与公开谴责"①。还有学者认为，郭沫若"连当时中国革命的性质都没有闹清楚，对鲁迅的作品更是完全无知，居然如此气势汹汹地开骂，给鲁迅扣上这样大的帽子，这能说有半点实事求是之心吗？这类文章又能叫做什么文艺批评呢？"②虽然郭沫若抱着新的阶级意识，但这篇文章的确过火了，对转变中的鲁迅没有了解，不利于团结鲁迅共同战斗。但郭沫若后来不承认这篇文字，则多少有悔其少作的意思。

二

后期创造社的冯乃超、李初梨、彭康等人在文艺界掀起了马克思主义的风暴，对郭沫若有着深刻影响。他开始更加努力阅读马克思主义理论的著作，"不仅是科学的文艺论，更广泛地涉猎到了一般的意识形态：哲学、经济、历史等等"③。

他不仅广泛阅读，还着手翻译了《政治经济学批判》《德意志意识形态》等作品。在阅读和翻译的过程中，他认为："要使这种新思想真正地得到广泛的接受，必须熟练地善于使用这种方法，而使它中国化"，

① （英）泰乃瑞著；王家平，张素丽译：《鲁迅的生命和创作》，中国国际广播出版社，2014 年，第 295 页。

② 严家炎：《问学集严家炎自述》，人民日报出版社，2014 年，第 150 页。

③ 郭沫若：《跨着东海》，《郭沫若全集·文学编》（第 13 卷），人民文学出版社，1992 年，第 331 页。

"因而我的工作便主要地倾向到历史唯物论这一部门来了。我主要是想运用辩证唯物论来研究中国思想的发展，中国社会的发展，自然也就是中国历史的发展。反过来说，我也正是想就中国的思想，中国的社会，中国的历史，来考验辩证唯物论的适应度"。[1]

郭沫若想起小时候读过的《易经》来，其中不是有很多辩证法的因素吗？于是他在一家旧书店花六个铜板买了本《易经》，花八天时间完成了论文《周易的时代背景与精神生产》。

这篇文章分"周易时代的社会生活"和"易传中辩证的观念之展开"两部分。通过《易经》考察了周代的渔猎、畜牧、商旅、耕种、工艺（器用）、家族关系、政治组织、行政事项、阶级等等，并用《大学》《中庸》与《易传》参证。文章认为："儒家理论的系统，全体就是这样的一个骗局。它是封建制度的极完整的支配理论。我们中国人受它的支配两千多年，把中国的国民性差不多完全养成了一个折衷的改良的机会的国民性。一直到现在都还有人改头换面地表彰着儒家的理想，想来革新中国的社会。"[2]这跟他后来对儒家的推崇大不相同。

就在成仿吾访问郭沫若时，东京左翼文人藤枝丈夫和山田清三郎到郭沫若家采访他们，写成《中国的新兴文艺运动》《访中国的两位作家》刊载于全日本无产者艺术联盟的机关刊物《战旗》杂志上。文章称赞郭沫若"是中国无产阶级文学运动的先驱者之一"，并认为日本的无产阶级文艺需要向中国借鉴经验。文章还说"鲁迅在中国文坛受着清算"。后来鲁迅看到了，曾经奚落过他们。

也许因为《战旗》上的文章所表露出的中日两国左翼文化人联合的征兆惹怒了日本警方，加上成仿吾从欧洲给郭沫若的长信被警方发现，8月初，郭沫若被带到警察局，审讯扣押两天两夜。因为实在抓不到把柄，也有可能是在安娜的求助下，平田薰从中斡旋，警方将郭沫若释放

---

① 郭沫若：《跨着东海》，《郭沫若全集·文学编》（第13卷），人民文学出版社，1992年，第331页。

② 郭沫若：《郭沫若全集·历史编》（第1卷），人民出版社，1982年，第87页。

了，但警告郭沫若要循规蹈矩，否则随时可能剥夺他的自由甚至生命。"我的行动以后一直是受着了两重的监视：一重是刑士，一重是宪兵。但事实上还不仅止这两重，而是在这两重之外，还有重重的非刑士、非宪兵的日本人的眼睛，眼睛，眼睛！"①

受郭沫若牵连，村松梢风和小原荣次郎等对郭沫若有过帮助的日本朋友也被拘留。郭沫若出狱后去看望他们，他们却冷淡了很多。郭沫若的邻居也以戒备而轻视的眼光打量着郭沫若一家。

在安娜的要求下，郭沫若一家搬到不远处的真间山居住。这处居所让郭沫若感到很满意：

> 这是一座相当僻静的家。它有一间书房，一间正室，一间侧室，附有玄关间、厨房和浴室。背着真间山，坐北向南。屋前有一条甬道，东西横贯。东头是大门，西头是一区水井地带。以短短的栅栏隔出后门，和外面的一带小小的死巷相通。经过那死巷可以通往街道。那便是北通真间山、南通市川镇的大道了。大门倒是向田野开放着的，隔不两家便是田畴了。大门内有一片园地，只在篱栅边种了些樱花树和夹竹桃之类，地面空旷着，在等待着居住的人把它辟成花园或者菜圃。这园地在房屋的东头，可接受全面的阳光，小小的书斋便是面临着这片园地的。书斋在东南两面开窗，窗外有回栏可凭眺，的确是可以够得上称为小巧玲珑。②

他的《中国古代社会研究》《甲骨文字研究》《殷周青铜器铭文研究》《两周金文辞大系》等名著主要就是在这个书斋里完成的。郭沫若在院子里亲手栽种了一株大山朴。"这种植物，在日本常见，我很喜欢它。我喜

---

① 郭沫若：《我是中国人》，《郭沫若全集·文学编》（第13卷），人民文学出版社，1992年，第350页。

② 同上书，第351页。

欢它那叶象枇杷而更滑泽，花象白莲而更芬芳。"①郭沫若对这处住所感情深厚，1955 年重访时写道：

> 山朴余手栽，居然成巨材。
>
> 枝条被剪伐，茎干尚崔巍。
>
> 吊影怀银杏，为薪惜古梅。
>
> 漫云花信远，已见水仙开。

他还说："真间郁郁，江水青青，一木一石，都如故人。"②可见对其感情之深。

但市川当地的警察和东京方面的宪兵，每隔一两天就要登门来看看，有时候甚至直接从后门窜到正屋，询问郭沫若一些问题。虽然他们最多半个小时就离开了，却让郭沫若整天心情郁闷。这些人穿着马裤，套着黑色的长筒马靴。郭沫若每每听到马靴的声音，就好像自己的脑袋被它们践踏着一样。"让日本帝国主义的横暴，虽是小规模、而却十分形象化地对我表演着。这所给予我的反应，是永远不能模棱下去的，它使我不能忘记：我是中国人！"③郭沫若有时候也梦见国内的战争，有一次他甚至梦见自己在南昌被执行枪决，行刑者却是他的朋友。

郭沫若花了几角钱从东京买来《诗经》和《尚书》，1928 年 8 月中旬，他完成了《诗书时代的社会变革与其思想上的反映》。这篇文章他反复修改，直到 10 月中旬才定稿。

《诗书时代的社会变革与其思想上的反映》认为："殷朝一代正是氏族社会转换到奴隶制国家的一种革命的时代"，"奴隶制的社会组织

---

① 郭沫若：《大山朴》，《郭沫若全集·文学编》（第 10 卷），人民文学出版社，1985 年，第 388 页。

② 刘德有：《随郭沫若战后访日》，辽宁人民出版社，1988 年，第 82 页。

③ 郭沫若：《我是中国人》，《郭沫若全集·文学编》（第 13 卷），人民文学出版社，1992 年，第 356 页。

是在周初才完成，它的原因是在农业的发达。农业的发达是在铁的耕器的发明"。《诗经》《尚书》中所体现的宗教思想"是奴隶制下的支配阶级的根本观念，和《易经》上所表现的是一致"，即"人格神的存在""神权政治的主张""想以折衷主义来消灭辩证式的进化"。中国"大抵在西周以前就是所谓'亚细亚的'原始共产社会，西周时与希腊罗马的奴隶制时代相当，东周以后，特别是秦以后，才真正地进入了封建时代"。

三

郭沫若关于《易经》《诗经》《尚书》的研究完成后，他开始了反省。这三部著作"尽管是为一般人所相信的可靠的书，但那是在世上传了几千年的，有无数的先人之见掺杂了那儿，简编既难免偶有夺乱，文字也经过好些次的乱写，尤其是有问题的，是三部书的年代都没有一定的标准。因此我从那三部书里面所建筑出的古代观，便不免有点总是蜃气楼的危险"[①]。何况，《易经》相传是殷周之际的作品，为什么在那么远的时代就能有辩证式的宇宙观？这跟相传为同时代的《诗经》《尚书》中以人格神为支配的观念为什么差别这么大？这三部著作的真实创作年代是不是弄错了呢？要研究古代中国，如果材料的时代性都没弄清楚，得出的结论肯定会有问题。如果这些材料不可靠，那地底下发掘出来的考古材料，尤其是甲骨文和青铜器，必定是可靠的。

甲骨文研究是一门新兴的学问。1899 年，河南安阳小屯发现甲骨和甲骨片上的文字，经过罗振玉等人的整理，出版了《铁云藏龟》(刘鹗编)、《铁云藏龟之余》(罗振玉编)、《殷虚书契前编》(罗振玉编)、《殷虚书契续编》(罗振玉编)、《新获卜辞写本》(董作宾编) 等甲骨文著作，

[①] 郭沫若：《我与考古学》，《郭沫若全集·考古编》(第 10 卷)，科学出版社，1992 年，第 9 页。

学术界逐渐形成了"甲骨学"。在郭沫若研究甲骨文时，中央研究院先后十五次组织发掘殷墟，挖出甲骨两万多片，董作宾编成《殷虚文字》甲乙两编，引起了学术界的普遍关注。

郭沫若对甲骨文的兴趣很早就有了，他本科时期的同学钱潮回忆说：

> 人们一般知道沫若在三十年代初研究甲骨文，通古今之变，成一家之言，颇见成效，殊不知早在一九一九年，他就为日本和国内报刊上介绍的殷墟出土文物所陶醉了。凡所见有关甲骨文照片和摹本，他从不轻易放过，有文必读，认真考察。有一段时候，我常常见他扑在桌上东拼西凑，依样画葫芦，原来是在搞甲骨文拓片照片等。"自操典籍忘名利，敧枕时惊落蠹虫"。他的钻研精神，我自钦服不已。十年后，沫若在甲骨文考释，作出了超越前人的卓越贡献，和这段时间的良好基础是分不开的。[1]

甲骨学是一门高精学问，不仅需要对先秦历史掌故十分熟悉，更需要丰厚的古文字音韵学知识的积淀，仅有兴趣是不够的。郭沫若自幼打下了坚实的国学基础，又十分聪慧。他下定决心要在这一研究领域做出成就来。

郭沫若在冈山念书时，曾记得图书馆目录中有王国维和罗振玉关于甲骨文的著作。郭沫若记得这些书名，于是跑去书店看，才发现这些著作十分昂贵。罗振玉《殷虚书契前编》四册虽然只是甲骨文拓片影印而成，却要价四百元大洋。他只好到东京上野图书馆去借阅该书。由于没有相关参考书，郭沫若根本就不能辨识这些文字。于是他前往文求堂书店，店里虽然有《殷虚书契考释》，但要价太高，郭沫若买不起。

---

[1] 钱潮口述，盛巽昌记录整理：《忆沫若早年在日本的学习生活》，《中国现代文艺资料丛刊》（第四辑），第265页。

文求堂书店的老板田中庆太郎"对于中国的版本却有丰富的知识，在这一方面他可远远超过了一些大学教授和专家"①。在他的指点下，郭沫若通过新闻记者山上正义的帮助，联系上了自己大学时的老师藤森成吉。藤森成吉和东洋文库主任石田干之助是同学。靠着藤森成吉的介绍信，郭沫若用了山上正义的假名"林守仁"，顺利进入东洋文库。

东洋文库关于甲骨文、金文的著作应有尽有，郭沫若大开眼界。1928 年 9、10 两个月，除周末外，他每天早出晚归，整日泡在东洋文库里。在上野书店初见甲骨文时，郭沫若两眼一抹黑，啥也不认识。现在靠着王国维的《殷虚书契考释》，仅仅花了四五十天工夫，郭沫若就将东洋文库藏有的甲骨文金文著作全部读完了，而且完全读懂了。郭沫若对王国维十分感佩，他认为《殷虚书契考释》"一首一尾都有他做的序，不仅内容充实，前所未有，而文笔美畅，声光灿然，真正是令人神往"②。郭沫若还读到了《观堂集林》以及一些考古报告。这些让他对甲骨文时代有了更清晰的认识。

10 月，郭沫若完成了《中国社会之历史的发展阶段》一文，他以摩尔根《古代社会》和恩格斯《家庭、私有制和国家的起源》为理论依据，认为"商代的产业是以牧畜为本位，商代和商代以前都是一幕戏为中心的原始共产社会"。周代是奴隶制。因为发明了铁器，农业迅速发达起来，"终竟把殷室吞灭了，而且完成了一个新的社会"。周室东迁后，中国社会由奴隶制逐渐转入了真正的封建制，直到 1911 年以后，"资本制革命的形式总算是具备了"。这篇文章在《思想月刊》发表时署名杜顽庶。这个笔名表明他不服国民政府，反抗到底的决心。

在古代社会研究的间隙，郭沫若翻译介绍了不少世界文学特别是左翼文学名著。11 月底，他翻译的美国左翼作家辛克莱的《石炭王》分别在上海现代书局和乐群书店出版，译者署名易坎人。后来关于辛克莱的翻译，郭沫若都署名易坎人。郭沫若对这个笔名解释说："我自己

① 郭沫若:《我是中国人》,《郭沫若全集·文学编》(第 13 卷)，人民文学出版社，1992 年，第 360 页。

② 同上书，第 363 页。

是一个重听者，在斑疹伤寒痊愈之后，虽然静养了一年，而听觉始终只恢复到半聋以下的程度。《易经》上的坎卦，其'于人也为聋'，故我这个聋子便取名为易坎人。"[①]接下来两年，郭沫若还翻译了辛克莱的《屠场》和《煤油》。郭沫若认为，辛克莱的"立场并不是 Marx-leninism，但要说他是社会民主主义者，他又多少脱出了。他假如是生在俄罗斯，可以称呼为'革命的同伴者'。所以我翻译他的作品，并不是对于他的全部的追随"。但郭沫若还是充分肯定了辛克莱：

> 他是坚决地立在反资本主义的立场，反帝国主义的立场的。他生在资本主义最发达的美国，从内部来暴露资本主义的丑恶，他勇敢的暴露了，强有力的暴露了，用坦克用四十二册的大炮全线的暴露了，这是这位作者最有光辉的一面。他的精神是很强韧的。他有周到的用意去搜集材料，他有预定的计划去处理材料，他能坚忍不拔地把当前的一种对象彻底的克服。这在他的作品中所表现出来的，便是结构的宏大绵密，波澜的层出不穷，力量的排山倒海。他的一些作品，真是可以称为"力作"。这些态度，是充分地可让我们学习的。[②]

遗憾的是，这三部书都因"普罗文艺"或"鼓吹阶级斗争"的罪名先后被查禁。

1929 年 2 月，郭沫若与李一氓合作翻译了《新俄诗选》，它收录了布洛克、马亚柯夫斯基等十五位诗人的二十四首诗。这本书主要是李一氓从英文翻译过来的，郭沫若进行了润色。郭沫若说："国内的人很渴望苏俄的文学，而习俄文的友人又多无暇顾及文学作品的翻译，所以目前在便宜上也只好以重译的办法来疗救一般的渴望了。"《新俄诗选》所选的诗只是十月革命后初期的作品，还不足以代表苏联的

---

① 郭沫若：《我是中国人》，《郭沫若全集·文学编》（第 13 卷），人民文学出版社，1992 年，第 360 页。
② 郭沫若：《写在〈煤油〉前面》，《煤油》，上海：光华书局，1930 年。

精神。"不过我们从这儿总可以看出一个时代的大潮流和这潮流所推动着前进的方向。"①

1929 年 2 月初，创造社被查禁。郭沫若每个月生活费的来源断绝了。虽然靠着安娜的勤俭节约和帮人洗衣服，一家人不仅解决了温饱问题，还略有结余，"但我对于古代的研究不能再专搞下去了。在研究之外，我总得顾计到生活"②。郭沫若更加发奋进行自传写作和翻译介绍的工作。

张资平给郭沫若写信，代乐群书店约郭沫若翻译《美术考古学发现史》。这正合郭沫若的心意。

接触甲骨文、金文后，郭沫若感到有具备考古学知识的必要，于是找到德国人米海里司写的《美术考古学发现史》来读，一边读就一边陆续翻译。郭沫若认为：中国的考古学，直到新文化运动时仍很落后；而"欧美各国在短时期之内，无论是地上的考查，地底的发掘，几乎把所有的领域都踏遍了。旧大陆的西半部就好像行过了开腹手术一样，已经把五腑六脏都阐明无遗，学者的征箭自然是不能不集注在这东半部的少女地——我们的所谓'赤县神州'了"③。

《美术考古学发现史》着重介绍了 19 世纪欧洲考古发现的进程和研究方法，对田野考古学作了综论和概述，这对于郭沫若从事考古研究有很大帮助。多年后郭沫若还深情地回忆起这本书："假如没有译读这本书，我一定没有本领把殷墟卜辞和殷周青铜器整理得出一个头绪来，因而我的古代社会研究也就会成为沙上楼台的。我得的教益太深，故我不能忘情于这部书。"④

郭沫若本来要接着《我的幼年》往下继续写作自传，但这项工作中止了一年。因为他"自己实在有点怀疑，我这样的文章对于社会究竟有

① 郭沫若：《序》，《新俄诗选》，上海：光华书局，1929 年。
② 郭沫若：《我是中国人》，《郭沫若全集·文学编》（第 13 卷），人民文学出版社，1992 年，第 367 页。
③ 郭沫若：《译者序》，《美术考古学发现史》，上海湖风书局，1931 年。
④ 郭沫若：《序〈美术考古一世纪〉》，《沫若文集》（第 13 卷），人民文学出版社，1961 年，第 392、393 页。

无效用。个人的吃饭当然是要解决的问题，而在已经睁开了眼睛的人，一言一动都应该以社会的效用为前提，换句话说，便是对于理想社会实现上的政治价值要占一切价值的首位。假使白费地写作一些无意识的文字，这写作本身就是一项罪恶。这是使我踌躇的一个重大原因"。但不久他接到一位"未知友"的来信，信中说："材料什么都可以，形式也什么都可以，主要的是认识！"①郭沫若从这句话中得到了力量，鼓起勇气在 1929 年完成了《反正前后》。

《反正前后》记述了 1910 年至 1911 年郭沫若在成都读书期间特别是对四川保路同志会运动和辛亥革命的见闻。出版后被国民党查禁两年，后来经过郭沫若修改，更名为《划时代的转变》重新出版。《改版说明》称该书"为郭沫若先生自叙传中的最重要的一本。他抓住了中国社会由封建制度向资本制度转换期中的主要现象，以他自己的思想的转变上完全表现了出来"。后来毛泽东给郭沫若写信说，他认为这本书写得很好，跟当时他在长沙经历的情况十分相似。

郭沫若还完成了《黑猫》。这篇自传记述了他和张琼华的婚姻悲剧。郭沫若说："我自己的那场结婚的插话，现在要想把它追述出来，那真是一场痛苦，一场耻辱，一场悔恨。""这也是那种过渡时代的一场社会的悲剧，这悲剧的主人公，严格的说时，却不是我，我不过适逢其会成为了一位重要演员，我现在以演员的资格来追述出那场悲剧的经过罢。"②其实，在包办婚姻之下，郭沫若和张琼华都是悲剧的主人公。

四

郭沫若在东洋文库的苦读于 1929 年 8 月收获了初步的成果，那就是《甲骨文字研究》的完成。该书于 1931 年 5 月由上海大东书局出版，

---

① 郭沫若：《反正前后》，《郭沫若全集·文学编》（第 11 卷），人民文学出版社，1992年，第 161 页。
② 郭沫若：《黑猫》，现代书局，1933 年，第 1、2 页。

由十七篇考释文章组成,是郭沫若研究古文字的第一本专著。郭沫若在《序言》中说:

> 余之研究卜辞,志在探讨中国古代社会之起源,本非拘拘于文字史地之学,然识字乃一切探讨之第一步,故于此亦不能不有所注意。且文字乃社会文化之一要征,于社会之生产状况与组织关系略有所得,欲进而求其文化之大凡,尤舍此而莫由。前者余既有《卜辞中之古代社会》以专论之,其关于文字考释之事者则汇集而为兹编,而所录固互为表里者也。[①]

这篇序言提到的《卜辞中的古代社会》,完成于 1929 年 9 月。郭沫若希望"就诸家所已拓印之卜辞,以新兴科学的观点来研究中国社会的古代","从古物中去观察古代的真实的情形,以破除后人的虚伪的粉饰——阶级的粉饰"。该文从渔猎、牧畜、农业、工艺、贸易五个方面考察出商代是"金石并用时代","产业是由牧畜进展到农业的时期";并认为商代在上层建筑的社会组织"已到氏族社会的末期,一方面氏族制度尚饶有残余,而另一方面则阶级制度已逐渐抬头"。

郭沫若在《甲骨文字研究》中对古文字的考释,多以马克思主义理论为指导,新见迭出。比如对天干地支这些文字的原意,就是从生产工具和生产方式这一角度来考释的。在《释干支》中,他认为甲乙丙丁产生最早,当时还属于渔猎社会,所以"鱼鳞谓之甲","乙象鱼肠,丙象鱼尾","丁则当系(鱼)睛之古文",商代产生的文字带上金石并用时代的烙印。"戊为戚、己为弋缴、庚为钲、辛为剞劂为削、壬为镳、癸为戣。几于全部属戎器,而辛、壬亦刃器之类也。""钲、戚、戣、削则非金石并用之时代不能有。盖戚、削之为金为石虽不敢断言,而钲则决当为金器。"

《释臣宰》一文则从生产关系的角度来考察文字。他认为"臣、民

---

① 郭沫若:《序》,《甲骨文字研究》,大东书局,1931 年,第 1、2 页。

均古之奴隶也"，"臣、民均用目形为之，臣目竖而民目横，臣目明而民目盲，此乃对于俘虏之差别待遇"，"其柔顺而敏给者则怀柔之、降服之，用之以供服御而为臣。其愚惫者而暴戾者，初则杀戮之，或以之为人牲，继进则利用其生产价值，盲其一目以服苦役，因而命致曰民"。这样的解释十分有新意，当然也饱受争议。

郭沫若从古代群婚制的遗风来解释"祖""妣"二字。在《释祖妣》中，他将"燕之祖""齐之社""宋之桑林"等同，认为它们都既是祭祀祖宗神灵的地方，也是男女交合之处。他还以此重新阐释了《诗经》中《桑中》《溱洧》等诗。

11月，郭沫若完成了《周金中的社会史观》。他明确指出："真实地要阐明中国的古代社会还须要大规模地做地下的挖掘"，"这些古物正是我们研究中国古代史的绝好资料"，"我们让这些青铜器来说出它们所创生的时代"。通过研读这些青铜铭文，郭沫若认为，"周代的奴隶，正是一种主要的财产！""周代自始至终并无所谓井田制的施行"，"总归一句话：周初并不是封建时代，所有以前的典籍俨然有封建时代的规模者，乃出于晚周及其后的儒家的粉饰"。

《周金中的社会史观》末尾有一句话："1929年11月10日夜，一个人坐在斗室之中，心里纪念着一件事情。"这件事就是十月革命。三年前，郭沫若在武昌筹备纪念十月革命，就在当天晚上，他奉命前往九江一带从事革命工作。如今隐居在东京郊外的书斋中，他念念不忘的，还是国内的革命斗争。

郭沫若将《周易的时代背景与精神生产》等五篇文章结集为《中国古代社会研究》，还写了一篇《序言》，1930年由上海联合书店出版。

《中国古代社会研究》除了使用甲骨文、金文为史料外，最突出的地方在于它是在马克思主义指导下完成的，"可以说就是恩格斯的《家庭、私有制和国家的起源》的续编"，"研究的方法便是以他为先导，而于他所知道了的美洲的印第安人、欧洲的古代希腊、罗马之外，提供出来了他未曾提及一字的中国的古代"。①马克思主义理论指导下的学术研究，强调理论联系实际，强调认识现实和改造现实。《中国古代社会研究》洋溢着郭沫若的现实关怀和革命激情。

1927年大革命失败后，有些人认为共产主义不符合中国国情，马克思主义关于历史发展的一般规律不符合中国的历史实际。如何应对这样的挑战，关系到中国革命的未来，是中国的马克思主义者们必须面对的问题。郭沫若说："对于未来社会的待望逼迫着我们不能不生出清算过往社会的要求"，"中国人有一句口头禅，说是'我们的国情不同'。这种民族的偏见差不多每个民族都有"。"然而中国人不是神，也不是猴子，中国人所组成的社会不应该有什么不同。"②这清楚表明了郭沫若进行中国古代社会研究背后的深意。《中国古代社会研究》阐述了中国古代社会由原始公社向奴隶制转移的过程，证实了中国古代确实存在过奴隶制社会。这就说明了中国历史的发展，与马克思和恩格斯论证过的人类社会发展的规律一致，从而证明了马克思主义理论是适合中国国情的。

《中国古代社会研究》是最早尝试把马克思主义理论与中国实际相结合，用唯物史观研究中国历史的学术著作。郭沫若此后在这一课题上长期耕耘，引起学术界的高度关注，在他的带动下，越来越多的学者开始自觉使用马克思主义的理论和方法研究中国历史和现实，他因此被认为是中国马克思主义史学的领军者。

五

郭沫若在从事甲骨文和中国古代社会研究的同时，也参与了国内文坛论争。

---

① 郭沫若:《中国古代社会研究·自序》,《郭沫若全集·历史编》(第1卷), 人民出版社, 1982年, 第9页。

② 同上书, 第6页。

《大众文艺》由郁达夫编了六期，陶晶孙接手后主编了第七期，他把这期寄给了郭沫若。郭沫若看后写了一篇文章，介绍了日本"大众文艺"的情况，并对国内的"大众文艺"提出了希望："大众文艺！你要认清楚你的大众是无产大众，是全中国的工农大众，是全世界的工农大众！""在清醒的责任观感之下，在清醒的阶级理论之下，你去把被人麻醉了，被人压迫了，被人榨取了的大众清醒起来！"①

不久，郭沫若又写了《普罗文艺的大众化》，他认为："文字在理论斗争上是绝好的武器，然而在大众的教导上却几乎是一种对敌（Antagonism）"，"能与大众接近的艺术的形式，自然是绘画，戏剧，影戏，音乐（广义的音乐），我们应该把我们从前的努力多多的用到这一方面来，换一句话说，便是希望长于这一方面的朋友，多多的做一番积极的工作"②。他还提倡弹词、大鼓书、评书等大众文艺体裁。

1930 年初，郭沫若写作了《文学革命的回顾》，用新的观点系统回顾了新文学的发展历程。文章认为，"文学革命，是中国社会由封建制度改变为近代资本制度的一种表征"，"近世资本制度时代的社会意识是尊重天赋人权，鼓励自由竞争，所以这时候的文便不能不来载这个自由平等的新道。这个道和封建社会的道根本是对立的，所以在这儿便不能不来一个划时期的文艺上的革命"。"这就是文学革命的意义，所以它的意义是封建社会改变为资本制度一个表征。"文学革命"第一义是意识的革命，第二义才是形式的革命"。文学革命有一个潜流期，那就是梁启超、章士钊、严复、林纾等人的作品和清末的白话小说，经过了这个潜流，直到五四时期才爆发出来。《新青年》上"反对封建的贵族的文学"与"建设自由的平民的文学"两个口号十分精当地反映了文学革命的本质。至于胡适所谓的白话文学的观念，根本没有抓住文学革命的本质。前期创造社虽然和《新青年》群体和文学研究会有过论争，但"他们主张个性，要有内在的要求。他们蔑视传统，要有自由的组织"，"同

---

① 郭沫若：《新兴大众文艺的认识》，《大众文艺》第 2 卷第 3 期，1930 年 3 月 1 日。
② 麦克昂（郭沫若）：《普罗文艺的大众化》，《艺术月刊》创刊号，1930 年 3 月。"

样受着中国的资产阶级的文化不能遂其自然成长的诅咒"。五卅运动后，"他们之中的一个，郭沫若，把方向转变了"，创造社内部出现了分化，"郭沫若和郁达夫的对立，明白的说便是无产派和有产派的对立"。直到 1928 年后期创造社办了《文化批判》，"创造社的新旧同人，觉悟的到这时候才真正的转换了过来，不觉悟的在无声无影之中也就退下了战线"。所以，"它以有产文艺的运动而产生，以无产文艺的运动而封闭。它的封闭刚好是说无产文艺的发展，有产文艺的告终"[①]。郭沫若对新文学历史的叙述，影响了以后的新文学史的编撰，成为 20 世纪 50—70 年代新文学史的主流叙述范式。

在中共中央的干预和劝说下，鲁迅和冯乃超、冯雪峰、潘汉年等共同发起成立了中国左翼作家联盟。郭沫若将《少年维特之烦恼》的版税捐给"左联"以示支持。

5 月，针对鲁迅的《我和"语丝"的始终》一文中的部分观点，郭沫若发表了《"眼中钉"》。文章最后指出："创造社这个小团体老早是已经失掉了它的存在了，'语丝派'这个小团体现在已由鲁迅先生的自我批判把它扬弃了。我们现在都同达到了一个阶段，同立在了一个立场。我们的眼中不再有甚么创造社，我们的眼中不再有甚么语丝派，我们的眼中更没有甚么钉子"，"以往的流水账我们把它打消了吧"。[②]郭沫若曾经批评过鲁迅，现在组建"左联"了，郭沫若要打消以前的流水账，这体现了郭沫若在这一时期的文学活动中，多数时候不是站在个人立场，而是站在团体的立场上在发言。

六

1929 年 8 月，郭沫若以"未知友"的身份给容庚写了第一封信。

① 麦克昂（郭沫若）:《文学革命之回顾》,《文艺讲座》第 1 册，神州国光社，1930 年。
② 郭沫若:《"眼中钉"》,《郭沫若全集·文学编》(第 16 卷), 人民文学出版社，1989 年，第 119 页。

此前，郭沫若与容庚并不认识。王国维在为商承祚的《殷墟文字类编》作序时提到了当时治古文字学较有成就的四位年轻学者，其中就包括容庚。郭沫若顺着这一线索阅读了容庚的《金文编》，认为该书"也是依说文部首编制的金文字典，比起吴大澂的《说文古籀补》来更加详审，在研究金文上，确曾给予我以很大的帮助。它不失为一部有用的工具书"①。容庚当时作为燕京大学教授正主编《燕京学报》，郭沫若从中得到了容庚的通信地址，于是给容庚写信，提出了他在阅读金文过程中碰到的两个疑难文字，要跟容庚探讨。信末说："此外欲磋商之事颇多，惟冒昧通函，未经任何人之介绍，不敢过扰清虑。上二事乃仆急欲求解答之问题，如蒙不我遐弃，日后当更有请益。"②容庚接到来信后，立即将信中所涉及到的绅、秦公二器之铭文录示下来，寄给郭沫若。此后两人书信往来不断。

郭沫若研究古文字，最感困难的是资料。他住在乡间，距离东京远，为了查阅相关资料，每天奔走于东京与市川之间，感到很不方便，于是他商请容庚代购王国维、罗振玉的著作和国内出版的最新的甲骨文研究著述，容庚都一一买到寄去。容庚还根据郭沫若的要求，将国内最新发现的部分甲骨片拓寄给他。此外，两人还围绕郭沫若的《殷周青铜器铭文研究》《两周金文辞大系》、容庚的《武英殿彝器图录》等著作的编写，往复相商、切磋砥砺，各有收获。

郭沫若收到容庚第一封信后"欣喜无似"，立即回信，就两器中文字的考释提出了跟《金文编》不一样的意见。信中还说，他写好了《甲骨文字研究》，该书依据罗振玉、王国维的办法，但跟他们的有些意见并不一致。"此事余于去岁已得之，惟以牵于人事，属稿屡不易就，且以遁迹海外，无可与谈者，甚苦孤陋，今稿将垂成，欲求先进者审核，足下如乐与相商，当即奉上。"此外，郭沫若还请容庚帮忙买书："兹复有请者，《殷虚书契》前后编二书，余自去岁以来，即托京沪友人求之，

---

① 郭沫若：《我是中国人》，《郭沫若全集·文学编》（第13卷），人民文学出版社，1992年，第370页。

② 《郭沫若书简——致容庚》，广东人民出版社，1981年，第7页。

迄未有得，就足下所知者，此书不识可有入手之法否？余所居乃乡间，离东京尚远，为此书之探研，须日日奔走，殊多不便。"①

容庚回信除就商量具体文字的考释外，还索看《甲骨文字研究》，并告知《殷虚书契后编》缺二页，要八元钱，《殷虚书契前编》则要二百元。

郭沫若回信，请容庚代购《殷虚书契后编》，《殷虚书契前编》因要价太高，只能放弃。另外，他说《甲骨文字研究》还没完全写好，只是挑出两篇稍微完整一点的寄给容庚，请他批评指正。郭沫若还向容庚请教："又古金中赐臣仆田土之事，除已见于诸家著录者外，如周公敦之'赐臣三品'之类，不识足下尚有新见否？"②另外，郭沫若还向容庚借阅明义士的《殷虚卜辞》及燕京大学所购得的千余枚甲骨拓片。

容庚将《殷虚书契后编》寄给了郭沫若，对郭沫若寄来的文稿提出了几点不同意见，并表示愿意帮忙请燕京大学出版《甲骨文字研究》。

郭沫若回复说："拙著全部约二百余叶，大抵于月内即可清书竣事。能得贵校代为刊行，其善。惟仆拟以清书之手稿影印，不识能办到否？"③郭沫若还关心李济主持的安阳考古发掘，询问近况。

容庚向郭沫若介绍了安阳发掘被阻止的经过，还给郭沫若寄去一份重要的卜辞拓片。

郭沫若回信说："小屯实一无上之宝藏，其地底所淹没者当不仅限于卜辞，其他古器物必当有可得，即古代建筑之遗址，亦必有可寻求。应集合多方面之学者，多数之资金，作大规模的科学的发掘，方有良效。不然，恐反有所得不及所失之虞也。"另外还报告《甲骨文字研究》已经修改第三次了，"尚在清写中，录成自当奉正。贵校能代为出版固佳，不能，亦不必勉强。近得与足下订文字交，已足藉慰生平，此外别无奢求也"。④并请容庚代购董作宾《新获卜辞写本》及容庚自己的《宝

---

① 《郭沫若书简——致容庚》，广东人民出版社，1981年，第9、10页。
② 同上书，第12页。
③ 同上书，第27页。
④ 同上书，第29页。

蕴楼彝器图录》。

容庚很快就这两本寄给了郭沫若，并表示《燕京学报》愿意刊发郭沫若的稿件。

不久，郭沫若又写信借书，这次借那买不起的《殷虚书契前编》："弟因手中无书，每查一字，必须奔走东京，殊多不便。拙稿之不易写定者，此亦其一因。兄能设法假我一部否？期以一月，务必奉赵。此乃不情之请，诸希鉴宥。"①

收到这本书后，郭沫若告诉容庚，因为正在翻译辛克莱的小说，《甲骨文字研究》的修改暂时中辍，希望能多借这本书一段时间。后来一直借了一年多，郭沫若中途还曾致信容庚，希望能够把这本书买下，书价按月付给容庚。但容庚没有同意。1930 年底，郭沫若将书寄还容庚。

容庚在《宝蕴楼彝器图录》对某些文字的考释，郭沫若并不认同，他提出了图形文字一说："凡殷彝中图形文字，余疑均系当时之国族，犹西方学者所称之图腾。"②后来容庚在《武英殿彝器图录》中采纳了郭沫若的说法："此种图形文字，昔人多不得其解，吾友郭沫若谓'乃古代国族之名号……'，其说是也。"

1929 年底，郭沫若将《甲骨文字研究》第一卷寄给容庚。1930 年 2 月，他又将余下的寄给了他，并附信说：

> 兹将《甲骨文释》余稿奉上，自《释臣宰》以下均未写定（《释支干》一文尤当再考，尚有一、二节未完），然目前一、二月间均无暇及此。兹先奉兄核阅，凡有可商处请即于眉端剔出可也。又沪友知弟有此著，屡次来函欲为印行，弟因属稿未定，又因兄前来书言燕大有代印之意，均已谢绝。今复得敝友来书（原函奉阅），似神州国光社之意颇挚，弟今已将全稿奉上，

---

① 《郭沫若书简——致容庚》，广东人民出版社，1981 年，第 33、34 页。

② 同上书，第 37 页。

虽尚未能写定，然大体已可见，不识贵校究有意否？又如敝友
所述一节，亦不识有当否？望便中示及，以便答复前途也。再
拙稿全部（前后二册）因须再作一次最后之推敲，无论贵校有
意无意，望兄于审阅后赐还。诸多劳神之处，望恕罪。①

　　容庚收到全稿后，他不仅自己看，也推荐给相关人员看，为它的出
版做了一番努力。他写信给郭沫若，告诉他中央研究院的傅斯年希望把
该书在《中央研究院集刊》上分期发表，发表完再在中央研究院出单行
本，稿费也很可观。但郭沫若因为中央研究院为国民政府的官办机构，
故回信拒绝。

　　《甲骨文字研究》在北平学界受到极大关注，董作宾、钱玄同、顾
颉刚等著名学者都曾过目。郭沫若后来回忆说："我的原稿在北平方面
曾经看过的人确是很多，有人告诉我，他在钱玄同的书桌上也看见过
它。出门太久了，我怀念起来，几次写信去要回，都没有达到目的，弄
得我自己都有点后悔了。但足足又经过了一年工夫，终竟寄回到我的手
里，而原稿的白纸边沿都快要翻成黑纸了。幸好是用日本半纸写的，纸
质坚韧不容易磨灭。"②钱玄同的确看过该书稿本，并由此知道郭沫若
在古文字研究上的进展，此后常常等不及郭沫若著作出版就去书店预
订，以先睹为快，他还常常跟儿子钱三强提起郭沫若，对其历史和文字
学研究的著作倍加赞赏，认为他在这方面的成就远非前人可比。顾颉刚
在日记中写道："在希白处见郭沫若所著之《鼎堂甲骨文考释》，极多创
见。此君自是聪明人。彼与茅盾二人皆以不能作政治活动而于学术文艺
有成就者。"③

　　1930 年 3 月，容庚致信郭沫若，说他即将把武英殿古器整理出来。
郭沫若听说后很兴奋，复信告诉容庚一些应该注意的事项："影片之下似
宜注'原大几分之几'，使读者一览即可仿佛原器之大小，不必一一依

①　《郭沫若书简——致容庚》，广东人民出版社，1981 年，第 45 页。
②　同上书，第 37 页。
③　顾颉刚日记 1929 年 12 月 22 日条目，《顾颉刚日记》，中华书局，2011 年。

所记度量推算始明，似较利便。又器物时代颇不易定，历来大抵依据款识以为唯一之标准，然此标准亦往往不可靠。"花纹形式之研究最为切要，近世考古学即注意于此。如在铜器时代以前之新旧石器时代之古物，即由形式或花纹以定其时期。足下与古物接触之机会较多，能有意于此乎？如将时代已定之器作为标准，就其器之花纹形式比汇而统系之，以按其余之时代不明者，余意必大有创获也。"①这都是他的经验之谈。

4 月 19 日，容庚母亲病逝，郭沫若闻讯后特意写了挽联托杭州的亲戚制作并送上容府表达哀悼：

> 警耗破鸿蒙而东来，早岁锡熊丸，敬谂庐陵有母；
> 哀思越岭南以西往，晨昏乏鸡黍，倍知颍谷可风。

1930 年 7 月，郭沫若花了大半个月时间完成了《殷周青铜器铭文研究》一书。他在序言中说："曩岁已成《甲骨文字研究》一书，专辑考释甲骨文字者以为一编；今复就平时于金文中所略有心得者，费一阅月之力，成文凡十有六篇，以集成此录。"该书"编次即以年代为顺，第一卷所录者乃殷末周初之古文，第二卷之前六篇乃春秋时代之文献。是以二卷之分实自成段落，读者于此，不仅可以征文，亦且可以考史"②。书中很多材料得力于容庚的提供，所收《殷彝中图形文字之一解》《"令彝""令簋"与其它诸器物之综合研究》《鲁侯爵释文》《齐侯壶释文》等文章，都卓有创建。

《甲骨文字研究》《殷周青铜器铭文研究》既然不能通过容庚出版，郭沫若想到了常常出版汉文学术著作的东洋文库，于是抱着两部原稿找到东洋文库主任石田干之助。他诚恳地说，因为很多资料来自东洋文库，所以要是能由此处出版，也算对东洋文库的感谢，报酬多少是不计较的。石田很客气地要求郭沫若把稿子留下，好让他找一两位专家看

---

① 《郭沫若书简——致容庚》，广东人民出版社，1981 年，第 53 页。
② 郭沫若：《序》，《殷周青铜器铭文研究》，上海大东书局，1931 年。

看。过了一个月，郭沫若再次拜访石田。石田回答说，太难懂了，在日本恐怕出不了。郭沫若又想到商务印书馆，托朋友前去咨询，但商务印书馆连稿子都没看就直接拒绝了。这大概因为作者正被通缉的原因。

还是北伐时代的老朋友李一氓帮了忙。他找到了大东书局的总编辑孟寿椿。孟寿椿也是四川人，加上这时候《中国古代社会研究》在联合书局卖得很好，所以孟寿椿决定由大东书局同时出版这两部书，而且做了很好的广告宣传。郭沫若后来动情地回忆说："他们在报纸上大登广告，征求预约。那广告之大在当时曾突破纪录，这可替我发泄了不少的精神上的郁积，我很高兴。"①《甲骨文字研究》出版后，郭沫若托李一氓分别送给张元济、鲁迅等上海文化名人。

1931年3月，在古文字研究之余，郭沫若开始翻译《生命之科学》。这是英国的威尔士父子、赫胥黎三人合作完成的近百万字的科普著作，发表于1929—1930年间。大威尔士是英国有名的文艺家兼文化批评家，还曾专门研究过动物学，小威尔士和赫胥黎都是专门的生物学家。该书副标题为《关于生命及其诸多可能性上的现代学识之集粹》。郭沫若认为它"在科学智识上的渊博与正确，在文字构成上的流丽与巧妙，是从来以大众为对象的科学书籍所罕见"②。

郭沫若本人是学过医的，同时在文学上取得了很大的成就，他来翻译这本集科学的综合化、大众化与文艺化于一体的巨著是十分合适的。他花了很大功夫，尽量逐字逐句忠实于原著，同时进行文字上的润饰，使译文尽量做到"信达雅"。可惜的是，当大半译稿寄到商务印书馆时，刚巧遇到日军侵略上海的一二八事件，这些译稿，连同郭沫若所翻译的歌德的《诗与真》，均毁于战火。

1933年底，郭沫若重新翻译这部著作，直到1935年才翻译完毕。他在《译后》中再次肯定这部著作说："新近的关于生命的科学智识，

---

① 郭沫若：《我是中国人》，《郭沫若全集·文学编》（第13卷），人民文学出版社，1992年，第367页。

② 郭沫若：《译者弁言》，H.G.Wells 著，石沱（郭沫若）译：《生命之科学》（第一册），商务印书馆，1934年。

大抵是网罗尽致了，而浩瀚的零碎的智识，经著者的系统化与体制化，完全成了一座有生命的大众殿堂。而这殿堂中所奉仕的精神是生命之合理的解释，宇宙进化观之推阐，人类向大一统之综合。"作者认为，人类应该废弃"国家本位"的战争，集中全人类的力量于同一集体之下，郭沫若对此十分赞赏："这的的确确是人类社会之发展史所昭示于我们的使命，也是宇宙生命之发展史所昭示于我们的使命。我们人类是应该及早完成这项使命。"①

① 　郭沫若:《译后》，H.G.Wells 著，石沱（郭沫若）译:《生命之科学》（第三册），商务印书馆，1949 年。

第六章

渊深默默走惊雷

一

1931 年 2 月 16 日，郭沫若致信容庚："近撰《两周金文辞通纂》一书，已略有眉目。"[1] 3 月 20 日，郭沫若写信告诉容庚：

> 《金文辞通纂》大体已就，分上下二编：上编录西周文，以列王为顺；下编录东周文，以列国为顺。上编仿《尚书》，在求历史系统；下编仿《周诗》，在求文化范围。辞加标点，字加解释，末附以杂纂及殷文——全书之大体如是。上编颇难，亦颇有创获处，惟所见有限，待兄援手之处甚多。新出曶壶盖、白懋父敦辞可录出否？能得拓本，渴望见示。[2]

一个月后，郭沫若再次致信容庚，希望帮忙出版这本已经大体编就的著作："曩岁兄曾言孟真有印弟《甲骨文释》意，今欲将近著《两

---

[1] 《郭沫若书简——致容庚》，广东人民出版社，1981 年，第 91 页。

[2] 同上书，第 93 页。

周金文辞通纂》相浼，署名用鼎堂，愿能预支版税日币四、五百圆，望兄便为提及。该著大体已就，仅余索引表未成。如前方能同意，弟当即走东京制成之也。拜托拜托。"①原来，郭沫若一位朋友新从日本监狱出来，因盲肠炎住院手术，费用无着落。郭沫若急需用钱。

容庚得信后立即给傅斯年打电话，傅斯年表示欢迎，只是一时拿不出那么多钱来。容庚本人却想办法将钱寄给了郭沫若。该书因为种种原因当时未能在国内出版。1958 年，该书在国内重印，郭沫若从稿费中拿出五百元还给容庚。二十多年间历史天翻地覆，但两人的友谊却在这一借一还中经受住了考验。

郭沫若 3 月 20 日的书信要容庚寄来的拓片中包括舀壶铭。容庚大概没有找到，因此迟迟未寄。4 月 27 日，郭沫若再次致信容庚："舀壶想与舀鼎当是同人之物，舀鼎余疑孝王时器（有证），想于舀壶中必尚有朕兆可寻。拓本一事，急望兄谋得之。"②不久，郭沫若就得到了这块珍贵的拓片，他于 6 月 25 日给容庚写信说，舀壶中的铭文"足证《周礼·地官·司徒》之讹（书非全讹，其编制伪也）"③。

郭沫若收到舀壶拓片后，大概立即给了文求堂老板田中庆太郎请其制作。田中制作好后还给了他。6 月 28 日，郭沫若给田中庆太郎写了一封日文信，告知收到了舀壶铭，并将其释读出来。这是现存的郭沫若致田中庆太郎的第一封信，但在写这封信前，他们显然已经有过很密切的接触。虽然刚开始郭沫若去文求堂要求借书被拒绝了，但田中庆太郎为他指明了去东洋文库借阅的途径。郭沫若在甲骨文、金文研究上的进展，逐渐获得了田中庆太郎的认可，他们开始有了密切的交往。郭沫若甚至跟田中交流自己的治学方向。当年 9 月 20 日，郭沫若曾给田中庆太郎写信说："顷颇欲决心于中国文学史之述作，拟分为三部，商周秦汉为一部，魏晋六朝隋唐为一部，宋元明清为一部。期于一二年内次第成书。此书如成，需要必多。特憾家计无着，不识有何良策见

---

① 《郭沫若书简——致容庚》，广东人民出版社，1981 年，第 96 页。
② 同上书，第 99 页。
③ 同上书，第 101 页。

教否？" ①从字里行间来看，郭沫若希望这部文学史能够由文求堂出版，并预支稿费。后来大概没有得到田中的支持，这个计划没有实现。

郭沫若不仅关注铭文考释，也关注青铜器的花纹形式。这点经验，他对容庚是毫无保留的。7 月 17 日，他给容庚写信：

> 《武英殿彝器图录》请寄来，如有可攻错处，自当竭尽棉薄。花纹定名弟尚未尝试，惟于花纹研究之方针早有腹案，惜无资料耳。定时分类为要，定名次之，分类已成，即名之为甲乙丙丁，或 ABCD 均无不可。定时乃花纹研究之吃紧事。此与陶瓷研究及古新旧石器之研究同。此事最难，须就铭文之时代性已明者作为标准，逐次以追求之也。花纹之时代性已定，则将来无铭之器物或有铭而不详者，其时代之辨别将有如探囊取物矣。②

不久，容庚将稿子寄给郭沫若，郭沫若看后于 8 月 24 日写信告诉容庚："花纹一事，大稿中所叙说者已甚详备。但弟意既有照片插入，则花纹拓片尽可从省"，"至花纹研究一事，当综合群书另作一系统之研究方可。此事非本图录所能尽，本图录之职志当在程材"。③

不久，郭沫若又写信说："尊著《宝蕴楼》于花纹形式确有暗默之系统存在，承示，深感读人书之不易易。""窃意此花纹形制系统学之建设，兄为其最适⋯⋯望能通筹全局而为之。"④在 8 月 24 日的书信中，郭沫若曾⋯⋯铭付影印时，为东京文求堂主人田中庆太郎君所遗失，渠由⋯⋯另求得一张奉偿。此张拓亦精，与兄之物不异，差可告无罪⋯⋯⑤郭沫若随这封信寄去了《殷周青铜器铭文研究》二册，请容庚指

① 书简第 3 号，《郭沫若致文求堂书简》，文物出版社，1997 年，第 249—250 页。
② 《郭沫若书简——致容庚》，广东人民出版社，1981 年，第 106 页。
③ 同上书，第 109 页。
④ 同上书，第 116 页。
⑤ 同上书，第 109 页。

正。这本书对容庚的研究提出了直率的批评，大概引起了容庚的不快，两人通信越来越少，现存 1932 年的信件仅一封。

1933 年初，郭沫若主动致信容庚：

> 久疏笺候，隔阂殊深。拙著本责备贤者之例，对于大作多所指摘，时有太不客气之处，闻足下颇引为憾，死罪死罪！唯仆亦常读大著，见于拙说或录之而没其源（如"五十""食麦"诸义），或隐之若无睹（如戈戟之别），颇觉尊怀亦有未广。学问之道，是是非非，善固当扬，恶不必隐，由是辩证始能进展。闲览欧西学术史及思想史，其所由之路率如是也。尊著内史鼎释文（见《颂斋吉金图录》），亦大有可商之处，如足下乐闻其说，当于次函略布所见，以广大闻。①

郭沫若真是不客气，不但坚持自己的原则，还要批评容庚的新著。但容庚接信后对于郭沫若的观点似乎倒也认同，回信"慷慨释疑"，还将一些稿件寄给郭沫若看，令郭沫若"且欣且慰"②。

《燕京学报》曾刊出署名余逊、容媛（容庚之妹）评介《甲骨文字研究》与《殷周青铜器铭文研究》的文章，郭沫若以为都是容庚所作。因此在复信中径直告诉容庚："尊评多悖刻语，子弟虽无损，似觉有玷大德。如能及，请稍稍改削之；如不能及，亦请释虑，弟决不因此而图报复也。"③我们不清楚发生在这两位学术知己之间的这种坦诚的批评和辩驳后来是否对他们的关系有一定的影响，但从此他们的书信往来日渐稀少。郭沫若后来在文章中直率地说："他在学问研究上却没有使我得到我所渴望着的那样满足。"④估计容庚看后也不会高兴。真诚是郭沫若

---

① 《郭沫若书简——致容庚》，广东人民出版社，1981 年，第 123 页。
② 同上书，第 125 页。
③ 同上书，第 127 页。
④ 郭沫若：《我是中国人》，《郭沫若全集·文学编》（第 13 卷），人民文学出版社，1992 年，第 370 页。

从卢梭《忏悔录》等著作中汲取的，通过宗白华、田汉在《三叶集》中的相互砥砺，逐渐定型为郭沫若突出的性格特征。他的很多隐私和真实想法都通过文字发表出来，这一方面体现了他的坦荡和大气，另一方面也会给人带来伤害，包括他与田汉、郁达夫、容庚等人的友谊，都曾因此一度蒙上阴影。

二

郭沫若将容庚寄来的拓片交给田中庆太郎影印，应是《两周金文辞大系》在国内出版无望后，已经谈妥在文求堂出版。1931 年 9 月 9 日，郭沫若给容庚的信中透露："弟近忙于《两周金文辞大系》(《通纂》改名)之誊录，《论庄子》一文尚无暇整理。《大系》近已录成，本拟先寄兄一阅，唯出版处催稿颇急，只得待出书后再请教。"①催稿的正是文求堂。

就这在一天，郭沫若完成了《两周金文辞大系》的写作，该书副题为"周代金文辞之历史系统与地方分类"，郭沫若从古今中外三十五种著作中选取二百五十一种"金文辞中之菁华"，分为上下两编。上编以时代为线索，从武王至幽王为序，选取西周一百三十七器，下编以国别为区分，选取东周三十三国一百一十四器。该书所收器铭，采录释文，进行断句，还作了简要注释，并选取未见和少见著录的十三器作为插图。

除《序言》外，当天郭沫若还为该书写了《题解》："本书插图多得自燕京大学教授容庚氏之惠借，书籍多得自日本东洋文库与文求堂之借阅。东洋文库主任石田干之助氏，本书之印行者文求堂主人田中庆太郎氏，曾予著者以种种之便宜。本书诚得诸氏之惠助者为多。"

殷周青铜器在北宋时就已经成为专门学问，此后陆续有四千多件青铜器出土。但长期以来，这些器物年代和来历不明，没有成为有用的史料。《两周金文辞大系》对所录青铜器的时代和国别的确定，是青铜器

---

① 《郭沫若书简——致容庚》，广东人民出版社，1981 年，第 113 页。

研究上的重大突破。

郭沫若总结其金文治学经验时说，他先找出"标准器"，所谓"标准器"，是指铭文中有周王名号或著名人物事迹的器物。标准器确定后，"把它们作为连络站，再就人名、事迹、文辞的格调、字体的结构、器物的花纹形式等以为参验，便寻出了一个至少比较近是的条贯。凡有国度表明了，也在国别中再求出时代的先后。就这样我一共整理出来三百二十三个器皿，都是铭文比较长而史料价值比较高的东西，两周八百年的混沌似乎约略被我凿穿了。从这儿可以发展出花纹学、形制学等的系统，而作为社会史料来征引时，也就更有着落了"①。郭沫若的这一贡献，使得大量金文辞的价值被彰显出来，从而将古史研究推进了一大步。

郭沫若将《两周金文辞大系》编好后，又不断修改补充完善，并与田中庆太郎讨论版式装帧。10 月 26 日，郭沫若用日文写信告诉田中庆太郎：

> 昨日得晤各位，快甚。诸蒙厚待，衷心感谢。归府后料当疲惫也。《矢彝》铭文拟亦录入《大系》插图。府上有《明公彝》单行本，可仅取其中三种铭文，以为第一图，按 a（盖）、b（器）、c（尊）之顺序。其余插图编号依次顺延即可。目录与插图说明既为手写体，序文与凡例亦当手写方能统一。望饬印刷所将以上两种寄下。
>
> 此外，请惠假常用毛笔一枝，仆处所有毫皆秃矣。②

11 月 2 日，郭沫若致信田中庆太郎："序文、解题皆已誊清。目录与图版目次须待数日，因须待索引页数。近日当携以奉上。"③几天后，

---

① 郭沫若：《古代研究的自我批判》，《郭沫若全集·历史编》（第 2 卷），人民出版社，1982 年，第 10 页。
② 书简第 4 号，《郭沫若致文求堂书简》文物出版社，1997 年，第 250 页。
③ 书简第 5 号，同上书，第 250 页。

郭沫若又写信说:"《大系》插图第十四《秦新郪虎符铭》疑伪,决删去。并祈饬印刷所将序目及本文最后二叶寄下,以便修改。"①过了两天,他再次写信说:"《大系》插图罣漏处已注入,乞释念。"②在这些信件中,郭沫若还委托田中庆太郎帮忙为妻弟佐藤俊男介绍工作。

在郭沫若与田中庆太郎的密切合作下,《两周金文辞大系》于1932年1月在文求堂出版。这次文求堂给了郭沫若三百日元的稿费,折合九百元大洋,相当于当时大学教授三个月的工资,算是一笔巨款。

此后,郭沫若再也不用像出版《甲骨文字研究》与《殷周青铜器铭文研究》那样四处碰壁了,他的古文字著作有了固定的出版机构。郭沫若流亡时期有关中国古代史和古文字的十四部著作,有九部由文求堂出版。文求堂给予了郭沫若巨大的帮助,很多时候未等著作出版,文求堂就预支稿酬。这从很大程度上解决了郭沫若的后顾之忧,使他能够集中精力专事著述。

在田中庆太郎的帮助下,《两周金文辞大系》出版半年后,郭沫若将这两三年来所写的青铜器铭文考释方面的文章集为《金文丛考》,编辑工作开始于1932年3月,1932年8月编成并在文求堂影印出版。11月,郭沫若又在文求堂出版了《金文余释之余》。郭沫若在《金文丛考·跋尾》中介绍了自己治金文之学的经过及田中庆太郎的帮助:

> 去岁秋间草《两周金文辞大系》时,曾有意于书后附以通说;继嫌蛇足,遂寝置之。书出后,倏忽已经半载,渐觉旧说多疏,欲为补苴罅漏。春间成《金文余释》一卷,商之书林主人田中氏子祥,子祥亦乐为印行,并以多多益善为辞。乃复倾其积蓄,成文若干篇,更益之以旧作数种,录成斯集,颜之曰《金文丛考》,俾得与《大系》并行。此与《大系》固姊妹行也。
>
> 迩来碌碌数载,全仗一枝毛锥以作六口之计,拮据捋荼,

---

① 书简第6号,《郭沫若致文求堂书简》文物出版社,1997年,第251页。
② 书简第7号,同上书,第250页。

不足以言学也。然余于此，亦颇竭心力，时有一得之愚，率已
著诸笺牍，虽难免草率之讥，聊自等猶贤之列。唯可憾者，自
以身居海外，并缺乏自由，于器物本身既罕所接近，其新出之
铭识，求之于人，又多吝而不与。故世常有有研究之志者而无
研究之资，有研究之资者而无研究之志，物朽于藏家，人老于
牖下，缉熙之效，难可以期。然此固不徒一人之憾而已也。

郭沫若还说："更念余之初治此学也，子祥曾为之介，今欲稍作一结束
矣，复赖子祥先后促其成书而为之景佈。事之巧遇有出人意外者，故略
志其颠末如此。"[①] "子祥"是田中庆太郎的字。

《金文丛考》收录的《金文所无考》《周官质疑》《汤盘孔鼎之扬榷》
《谥法之起源》《毛公鼎之时代》等文章，均卓有创建。尤其是卷首的
《周彝中之传统思想考》一文，系统考察了金文中所体现的宗教思想、
政治思想、道德思想。文章认为，金文中的思想表现为：宇宙之上有至
上神，这个神有天、皇天、帝、上帝、皇上帝、皇天王等不同称呼，他
能将祸福降临人间；人受命于天，死后灵魂不灭，成为鬼；鬼神能给人
祸福，所以要祈祷鬼神，以求延年益寿、子孙繁盛；受天命统治天下的
人就是天子，人民疆土为天子所有；人臣要敬念天威，也要敬念王威；
天子要征伐四夷，以显示其威严，要严于刑罚，以给国人立威；要治国
齐家，延福泽于子孙，要有道德，有道德先要明心，明心的办法在于虔
敬、果毅，在于崇祀鬼神，敦笃孝友。

郭沫若考察周代金文中的思想很有意义，因为这是中国传统思想文
化的重要来源。他认为，周代金文中的宗教思想、政治思想、道德思想
"实三位一体。作器者为王侯与其臣工，故此实为统治思想之传统。此
种思想之发生，即基因于阶级之分化，有阶级存在之一日，统治者对于
此种理论即须加以维系，故亘周代八百年间，上自宗周，下而列国，而
自然形成一系统。周末之儒家思想，又此系统之系统化耳。历来儒者自

---

① 郭沫若：《跋尾》，《金文丛考》，东京文求堂，1932 年。

称为承受尧舜禹汤文武周公之道，尧舜禹汤事不足凭，自文物而来者则是事实，如此，而后于周秦间之思想始可批导焉"①。

在《金文丛考》的标题页背面，郭沫若题写道："大夫去楚，香草美人。公子囚秦，《说难》《孤愤》。我遭其恶，愧无其文。爰将金玉，自励坚贞。"可见，郭沫若虽然也在古文字研究的过程获得乐趣，但离开了正在国内从事艰苦革命斗争的战友，离群索居的他越来越感到苦闷了。他在这首题诗中把自己的境况比喻为被放逐的屈原，被幽囚的韩非子。一方面体现了他重视自己的研究成果，另一方面也表现了他内心深处放不下国内的革命实践。

郭沫若的这些研究获得了日本上层人士的关注。日本首相犬养毅熟读了《两周金文辞大系》，在1932年5月的"五一五事件"政变遇害前还从上海发行所预订了《甲骨文字研究》。日本政界元老西园寺公望读完《金文丛考》后特意给郭沫若写感谢信，说这是一部难得的书，他读后受到了很大的启发。郭沫若在抗战初期回忆说，《两周金文辞大系》出版后，"我的关于考古一方面的著作也就接一连二地在日本印出了。于是西园寺公望对我怎样怎样，日本政府又对我怎样怎样的谣诼便在国内传播了起来，险些儿没有把我定成'汉奸'"②。所谓"汉奸"的传言，大概来自1934年《社会新闻》的一篇文章："郭之《中国古代社会研究》一书，在日本早有译本，最近西园寺公望将该书阅读一遍，颇为嘉许，认为天才之作，故特在其别墅，宴请郭氏，由西园公亲自招待，盛赞其天才。郭氏经此一番米汤，尤其五体投地，愿为天皇效劳云。"③郭沫若在上文中针对这些谣言说："西园寺公望看过我的书是事实，看后向人称赞过也是事实，但他和我并没有一丝一毫的直接关系，我不愿意借他来抬高我的身价，我也不愿意拿我去抬高他的身价。他固然是日

---

① 郭沫若：《周彝中之传统思想考》，《郭沫若全集·考古编》（第5卷），科学出版社，2002年，第80页。

② 《郭沫若受知西园寺》，《社会新闻》1934年第7卷第4期，转引自蔡震《郭沫若生平文献史料考辨》，第299页。

③ 《郭沫若受知西园寺》，《社会新闻》1934年第7卷第4期。

本元老，而且是值得尊敬的一位国际政治家，然而说到古器物学的研究上，他究竟只是我的一名爱读者而已。""说到日本的官吏、日本的学者们，他们最初只把我看成落水鸡，把我的著作看成水中的鸡粪；然而待到他们的元老称赞，西欧的学术界也生出了反响的时候，他们便刮目相看了。"①郭沫若认为西园寺公望对他的器重影响了日本的官吏和学者。田中庆太郎就曾得意地对增田涉谈到西园寺公望器重郭沫若一事，这大概是他后来不断支持郭沫若的一个重要原因。1936年日本"二二六"事变时，郭沫若受到日本宪兵审讯，但当天就回家了。据日本民间传说，这多亏了西园寺公望的"庇护"。

1932年6月8日，郭沫若致信田中庆太郎："目下正草《创造十年》之作，但苦幼儿纠缠，颇不易就。"幼儿，指的是郭沫若的第四个儿子郭志鸿。他是当年1月19日出生的，当天晚上郭沫若曾给朋友写信说："是我自己收生。自然是弄得一晚都没有睡觉。受着一家的累赘正无法处置的我，突然又添了一个男孩。这个孩子在未生之前已经是负着该死的运命来的，而且也是越过死线来的，如今既生下了地来，自只好祝福他成为一个无产阶级的斗士了。"

《创造十年》是郭沫若继《我的幼年》《反正前后》《黑猫》之后写的又一本重要的自传。1932年初，一位日本朋友到郭沫若家，给他留下了佐藤春夫编辑的杂志《古东多万》，还让他留意这杂志上日译的鲁迅《上海文艺之一瞥》。

鲁迅在《上海文艺之一瞥》中多处提到创造社，比如"这后来，就有新才子派的创造社的出现。创造社是尊贵天才的，为艺术而艺术的，专重自我的，崇创作，恶翻译，尤其憎恶重译的，与同时的上海文学研究会相对立"。并说文学研究会同时受到了创造社、曾留学美国的绅士派、鸳鸯蝴蝶派的攻击等等。鲁迅还说："创造社的这番起事，在表面上看来是胜利了。多数的作品既投合于当时的自称才子辈的心情，加之

---

① 郭沫若：《在轰炸中来去》，《郭沫若全集·文学编》（第13卷），人民文学出版社，1992年，第476、477页。

以出版者之帮助，势子遂盛，势子一盛，大商店，例如商务印书馆，也就把创造社的译著来出版了。——这是说的郭沫若、张资平两先生之原稿也。自此以来，据我所记得的，创造社便再没有把商务印书馆的出版物之误译来审查，来写专论了。这些地方，我想，是也有些才子＋流氓式的。"①

郭沫若认为鲁迅关于创造社的叙述不符合事实，而且有深文周纳、诋毁自己的嫌疑："在创造社的头上加上了一顶瓜皮小帽，轻轻地便把创造社的一群穷小子化成了鸳鸯蝴蝶。""这一段文章做得真是煞费苦心，直言之，便是'郭沫若辈乃下等之流氓痞棍也'；但要看我们鲁迅先生的文字是怎样的'曲'。先生全靠他那空灵的推想和记忆，便把一群人的罪状在'一瞥'之中宣布了出来，这是何等折狱如神的名手呀！"②

鲁迅在文中说："商品固然是做不下去的，独立也活不下去。创造社的人们的去路，自然是在较有希望的'革命策源地'的广东。"③郭沫若对这段话尤其恼怒："这全段的意思是很明白的，便是创造社的几个'流氓痞棍'想赚钱没赚成，又才跑去革命。所谓'革命文学'也就是那几个'流痞'所想出的骗钱的幌子。我们这位'左翼之雄'的鲁迅先生的唯物的解释真可以算得是超马克思主义的。但可惜那几个'流痞'所闹出的事实和先生的推论全不相符。"④

正是出于辨正对创造社的各种误解的需要，郭沫若才发愤写下了《创造十年》，详细叙述创造社自发轫至《创造周报》停刊的历史。

《创造十年》写好后，上海现代书局有意出版，现存的几封郭沫若

① 鲁迅《上海文艺之一瞥》，《鲁迅全集》（第4卷），人民文学出版社，2005年，第302、303页。
② 郭沫若：《创造十年》，《郭沫若全集·文学编》（第12卷），人民文学出版社，1992年，第25、29、30页。
③ 鲁迅：《上海文艺之一瞥》，《鲁迅全集》（第4卷），人民文学出版社，2005年，第303页。
④ 郭沫若：《创造十年》，《郭沫若全集·文学编》（第12卷），人民文学出版社，1992年，第31、32页。

给编辑叶灵凤的信件，很有意味地表露出了当时郭沫若的生活状况和该书出版前的情况。

7月22日，郭沫若致信叶灵凤说："来信奉悉。我相信你，一切就照你所说办去罢。《创造十年》只成了前编一半，你们既要赶着出版，便先把前编寄你。我的条件是：（1）要经我校阅一次才可出版，（2）出版后送书三十部，（3）后编亦要千五百元，在三个月后交稿，稿费请分月先纳，（4）原稿未经作者同意，不得删改，如有删改版权作废。"①第二天，郭沫若再次致信叶灵凤重申上述四个条件。8月29日，郭沫若就《创造十年》复信叶灵凤："《创造十年》前编不足字数，还有后编可补。你们总是那样见小，说出的信约，随即反汗。""《创造十年》后编，看你们购买力说话，你们如于三个月内将一千五百元交足，每月分交五百元，我便在十一月准定交稿，因为是已经成了一半多的。你们如仍照从前不爽快，那就不能说定。"②9月，《创造十年》在现代书局初版发行。

三

1932年8月16日，郭沫若与田中庆太郎晤谈，他们大概谈到了由郭沫若编选一部卜辞的计划。郭沫若第二天致信田中庆太郎：

> 昨日晤谈，甚快。卜辞之选，初步考虑，拟限于三四百页范围内（以半纸计为五〇一二〇〇页），拟取名《卜辞选释》。尽可能写成兼有启蒙性与学术性之读物。至于版税请老兄酌情处理，年末支付亦可。迄今自老兄处已取用书籍多种，今后仍拟陆续取阅。书款望于年末扣还。倘蒙玉诺：（一）祈暂假府上

①　郭沫若：《致叶灵凤》，《郭沫若书信集》（上），中国社会科学出版社，1992年，第380页。

②　同上书，第383页。

《殷虚书契前编》与《后编》(我的《后编》缺两页)一用。(二)
河井仙郎先生与中村不折先生之未曾著录藏品拟一并载入。请
老兄与两位洽商,或与老兄同道奉访相求。他处倘有藏品,借
此机会一并著录,当有诸多便利。①

郭沫若最初的计划,是选择日本所藏的甲骨文精粹。"殷虚出土甲
骨多流入日本,顾自故林泰辅博士著《龟甲兽骨文字》以来,未见著录,
学者亦罕有称道。余以寄寓此邦之便,颇欲征集诸家所藏以为一书。"②
在此后郭沫若致田中庆太郎的信件中,多有商借图书拓片的请求。

为编纂《卜辞选释》,郭沫若于 1932 年夏秋之交在东京查找日本所
藏的殷墟出土甲骨,除向田中庆太郎借阅外,他先后寻访了东京帝国大
学考古学教室、上野博物馆、东洋文库,还向中村不折、中岛蠔山等日
本学者借阅。这次收获很大:"计于江户所见者,有东大考古学教室所
藏约百片,上野博物馆廿余片,东洋文库五百余片(林博士旧藏),中
村不折氏约千片,中岛蠔山氏二百片,田中子祥氏四百余片,已在二千
片以上。"③

不久,郭沫若与董作宾开始书信往来,董作宾将摹录的殷墟陶文送
给郭沫若,郭沫若写了一首诗答谢董作宾,云:

清江使者出安阳,七十二钻礼成章。
赖君新有余且网,令人长忆静观堂。

该诗落款为:"彦堂先生以素缣摹录殷虚陶文惠赠赋此以报。"④诗里面
的很多典故来自《庄子·杂篇·外物》。宋元君半夜梦见一位自称清江
使者的人,被渔夫余且捉住。第二天宋元君找到余且,原来他抓住了
一只神龟。宋元君杀掉神龟,以龟板占卜数十次,每次都很准确。1928

① 书简第 29 号,《郭沫若致文求堂书简》,文物出版社,1997 年,第 257 页。
②③ 郭沫若:《序》,《卜辞通纂》,文求堂,1933 年,第 1 页。
④ 《郭沫若致文求堂书简》,第 29 号,文物出版社,1997 年,第 257 页。

年后，董作宾曾到安阳调查甲骨文出土情况，并写出了高质量的报告和成果。"大抵卜辞研究自罗王而外以董氏所获为多。董氏之贡献在与李济之博士同辟出殷虚发掘之新纪元，其所为文如《大龟四版考释》（见《安阳发掘报告》第三期）及《甲骨年表》（《集刊》二·二）均有益之作也。"①郭沫若以"余且网"来指这件事儿。诗歌的最后一句称赞了董作宾是王国维之后治甲骨之学最为出色的学者之一。

郭沫若最初计划在《卜辞选释》后附上"卜辞断代表"，但董作宾已着先鞭，于是他不再做这个表：

> 余为此书，初有意于书后附以《卜辞断代表》，凡编中所列，就其世代可知者一一表出。继得董氏来书言有《甲骨文断代研究》之作，分世象、称谓、贞人、坑位、方国、人物、事类、文法、字形、书体十项以求之，体例綦密。贞人本董氏所揭发，坑位一项尤非亲身发掘者不能为，文虽尚未见，知必大有可观，故兹亦不复论列。②

10月19日，郭沫若给田中庆太郎写明信片："信片及《戬寿堂》拜领。《卜辞选释》总计或恐不足二百页。启蒙事实不易为，手写尤觉无聊，总之不欲突破二百页。"③

一个星期后，郭沫若过访田中家。第二天写信说：

> 昨蒙展示珍藏，并厚扰郇厨，谢甚谢甚。归时余醒未解，迷路向，竟走至水道桥，再折回御茶水，幸得赶上最终列车，不然将被拘在栖流所矣。一笑。京都有意一行，能得震二君同伴固妙，不能，亦拟独往。特恐《选释》将突破二百页耳，如

① 郭沫若：《序》，《卜辞通纂》，文求堂，1933年，第5页。
② 同上书，第5、6页。
③ 书简第41号，《郭沫若致文求堂书简》，文物出版社，1997年，第262页。

何，幸裁酌。①

三天后，他又给田中庆太郎写了一首打油诗：

> 三日一小成
> 任公不欺人
> 再等三个月
> 定然会大成
> 到了那时候
> 要来拜先生
> 老兄能西下
> 再好也没有
> 已得老婆同意
> 说走便可以走
> 只待老兄方便
> 不问什么时候②

邮件署名王假维，这是向王国维致敬。11 月 1 日，郭沫若再次致信田中庆太郎，商量《卜辞选释》的编纂及为此去京都查找甲骨一事：

> 《余释之余》已阅一遍，问题太零碎，恐不能引起读者兴趣，甚为悬念。《卜辞选释》改用十三行，行二十三字之形式，每页增二百字，较《余释》更密，无论材料如何好增加，均以二百页为限度，请毋虑。
> 　　京都之行，如震二弟亦有不便，或无愿去之希望，请勿勉强。能得老兄介绍书，仆一人独去亦无妨事也。

---

① 书简第 44 号，《郭沫若致文求堂书简》，文物出版社，1997 年，第 263 页。
② 书简第 45 号，同上书，第 263 页。

如震二弟本不愿去而强之同行，余颇不忍。请震二弟定夺可也。[①]

田中震二是田中庆太郎的次子，正跟郭沫若学习甲骨文。

田中庆太郎决定派田中震二陪同郭沫若去京都。他们拜访了京都帝国大学的考古学教室，结识了内藤湖南、梅原末治等京都学派的学者。

京都学派私淑王国维，郭沫若也十分崇敬王国维。所以双方都有好感。内藤湖南本来觉得郭沫若的研究多有疏漏，但交流后大吃一惊，给友人写信说，日本的中国学已经领先了，但还是需要努力，不然很可能会被郭沫若等人超过。郭沫若回市川后专为这次拜会写作了旧体诗《访恭仁山庄》。

郭沫若和梅原末治保持了联系，郭沫若向梅原末治借书和拓片，梅原末治则向郭沫若借《楚王鼎》照片。梅原末治在 1949 年之后还给郭沫若寄来了多本签名新著。

这次访问京都，"复见京大考古学教室所藏四五十片（半为罗叔言氏寄赠，半为滨田青陵博士于殷虚所拾得），内藤湖南博士廿余片，故富冈君伪氏七八百片"[②]。东京收获加上这次探访所得，郭沫若已经访得三千余片甲骨。

访得这些甲骨后，郭沫若"闻尚有大宗收藏家，因种种关系，未得寓目，又因此间无拓工，余亦不长于此，所见未能拓存，于是余之初志遂不能不稍稍改变"。《卜辞选释》改名为《卜辞通纂》，目的在"选辑传世卜辞之菁粹者，依余所怀抱之系统而排比之，并一一加以考释，以便观览"[③]。

1933 年 1 月 10 日，郭沫若致信田中庆太郎，谦虚地说："释文初稿已完成，最后校订亦过半，一周内当可蒇事，耗费精力而成果未尽惬

---

① 书简第 47 号，《郭沫若致文求堂书简》，文物出版社，1997 年，第 264 页。
② 郭沫若：《序》，《卜辞通纂》，文求堂，1933 年，第 1 页。
③ 同上书，第 1、2 页。

意，小有悲观之感。惟愿勿予老兄招致过大损失。诚欲虔心念佛。喃呒喃呒喃呒三宝金光大菩萨！"①"释文"指的是该书的《卜辞通纂》第三卷。11 日，郭沫若为《卜辞通纂》写好了序言。第二天，他给大学的老师小野寺直助回信说：

> 今日得奉大札，欣喜无似。自离母校，因东奔西走，素阙笺候。数年来流寓贵邦，亦因种种关系，未得趋承明教，恕罪恕罪。东洋医学史诚如尊言，急宜研究，然此事似非一朝一夕及个人资力所能为者。绠短汲深，仆非其器也，奈何奈何！前在学时，侧闻先生于敝国陶瓷造诣殊深，想尊藏必多逸品。又，仆近正从事《卜辞通纂》之述作，不识九大文学部于殷虚所出龟甲兽骨有所搜藏否，其民间藏家就先生所能知者能为介绍一二，或赐以写真、拓墨之类，不胜幸甚。②

我们已经不清楚这次请求是否有效。13 日，郭沫若致信田中震二，指导他为《卜辞通纂》编辑《索引》："索引之编纂法，余意可分三种"，即"人名""地名""新字（此项不设亦可）"。③2 月 8 日，郭沫若为《卜辞通纂》作《后记》，此后又经过多次修改。1933 年 5 月，《卜辞通纂》由文求堂印刷发行。该书分为五卷，卜辞一卷，考释三卷，索引一卷。"就传世卜辞择其菁粹者凡八百余片，分干支、数字、世系、天象、食货、征伐、田游、杂纂八项而排比之。"④索引卷为田中震二所编。

《卜辞通纂》标志着郭沫若在甲骨文整理上创造了一个科学的体系。在郭沫若进入甲骨文研究之前，罗振玉、王国维等人就已经做了大量的工作。但已有的十多种甲骨文著作，大都随手编排，不按内容分类，王

---

① 书简第 64 号，《郭沫若致文求堂书简》，文物出版社，1997 年，第 269 页。
② 原信存小野寺和子处，引自《郭沫若学刊》1988 年第 1 期。
③ 书简第 66 号，《郭沫若致文求堂书简》，文物出版社，1997 年，第 269、270 页。
④ 郭沫若：《述例》，《卜辞通纂》，文求堂，1933 年，第 1 页。

襄等虽然做出了分类的尝试，但随意性较大。《卜辞通纂》将"卜辞之菁粹者"分八类编排并作考释。这就将甲骨卜辞各项内容联系起来，并为初学者指明了入门途径：即先判读卜辞的干支、数字、世系，确定卜辞的年代，再进一步探究卜辞显示的社会内容。

郭沫若在释读甲骨文方面，也取得了突破性成就。除通过选编所体现的甲骨断代外，他还创造性使用了断片缀合，残辞互足两种释读方法。因甲骨年代久远而破碎，有很多本来是一片的，碎后散见各处，郭沫若将其拼合在一起，从而得出比较完整的内容，这就是断片缀合。但是，有些残辞可能无法找到缀合的对象，由于"殷人一事必数卜"，所以有很多"同文卜辞"。集中"同文卜辞"分析比较，使一些不能属读的卜辞被解读出来，这就是残辞互足。甲骨断代、断片缀合、残辞互足都为甲骨文研究开辟了新途径。所以著名文字学家唐兰说，在甲骨文研究方面，"雪堂导夫先路，观堂继以考史，彦堂区其时代，鼎堂发其辞例"。雪堂是罗振玉，观堂是王国维，彦堂是董作宾，鼎堂是郭沫若，罗王董郭，这就是有名的"甲骨四堂"。

四

在编辑《卜辞通纂》的过程中，郭沫若跟田中庆太郎往来书信较多，除商讨学问或请求查找资料外，还留下了他们日常生活中的点点滴滴。

1932 年 5 月 21 日，郭沫若致信田中庆太郎："时令渐热，思扇，缓日当来京购置一柄，请晴霭夫人为之作画，望先致意。"①晴霭夫人是田中庆太郎的妻子，擅长画画。夏天，晴霭夫人为郭沫若画了扇面，郭沫若题了诗，还为田中庆太郎的扇面题写了三首阮籍的《咏怀诗》。不久，他致信田中庆太郎：

①　书简第 18 号，《郭沫若致文求堂书简》，文物出版社，1997 年，第 254 页。

拜吟尊夫人和歌，兴味盎然。小生亦步《岚之歌》韵，赋狂歌一首。生平首次，聊博一笑。

秋空澄碧晓风吹，

果木凋零落叶飘。

又赋《画意》一首，以谢为扇作画：

危崖枕清流，奇松卧云岫。

飞泉响宫商，凉风生襟袖。

炎暑失其威，溪山归我有。

相对素心人，神游话悠久。[①]

写和歌，这是郭沫若生平中唯一的一次。《画意》也写得十分清丽。

6月，郭沫若以为晴霭夫人怀孕了，给田中庆太郎写了一首打油诗：

尊夫人之贵恙

想已日趋佳善

得无有喜事乎

则老兄之罪过

不亚于小生也

臆测之处恕罪[②]

但田中庆太郎告诉他这是误会。于是郭沫若写信告罪："妄诊多罪，右赋一诗，聊请捧腹，以谢诬腹之罪。"其诗为：

月华偶被乌云着

误把乌云当成月中兔

幸只打诊未投方

---

① 书简第35号，《郭沫若致文求堂书简》，文物出版社，1997年，第259、260页。
② 书简第21号，同上书，第255页。

不然已把夫人误

世间正苦竹薮多

从今不敢攀黄而问素①

　　郭沫若多次邀请田中庆太郎到家里做客。10 月 7 日，他致信田中庆太郎说："礼拜日当扫榻敬待。左赋一绝催妆：南公君勿假，摩诘我非真。虽无竹里馆，有月待幽人。"②11 月下旬，郭沫若应田中庆太郎邀请，前往参观世界古代美术展，归来后写信邀请田中一家回访："真间山枫木想已翻红，兴致佳时请偕嫂夫人同来吸吸新鲜空气。长游竟日，归来倍感岑寂，匪纸笔所能喻。"③只是现在已经不清楚田中一家是否到过郭家。

　　郭沫若常常将新写的旧体诗给田中看，1932 年底给田中的信中就夹了署名"蒙俱外史"的一首七律：

江亭寂立水天秋，万顷苍茫一望收。

地似潇湘惊肃爽，人疑帝子剧风流。

寻仙应伫谢公屐，载酒偏宜苏子舟。

如此山川供啸傲，镊工尽足藐王侯。④

　　这首诗是写得很正经，进入唐人律诗选本也是没有问题的。

　　郭沫若有时候也跟田中开玩笑。1932 年 2 月 5 日，他在给田中的信中写了一首《拉狗屁》歪诗"：

双眼镜下拉狗屁，

越看越响越起劲。

先生三口好应援，

---

① 书简第 22 号，《郭沫若致文求堂书简》，文物出版社，1997 年，第 255 页。

② 书简第 36 号，同上书，第 261 页。

③ 书简第 51 号，同上书，第 265 页。

④ 书简第 45 号，同上书，第 263 页。

一左一右一中正。

左口叫声"悉加力"，

右口叫声拿磨温（Number one）。

中口伸得特别长，

衔着烟草当性命。

　　"拉狗屁"是英文 Rugby（橄榄球）的直译，"悉加力"是一个日文假名的读音，翻译为中文是加油，"拿磨温"是第一的意思。信的末尾用甲骨文称田中为"喦斋先生"。在"喦"的三个"口"上分别牵了两根线出去，然后在线的包围中各自有日文注释。左边的"口"上注释为："五年计划必然经过的过程"，右边的"口"上注释为："假我以四年之期兮，倘失败，吾将奔向夫十字架……"，中间的"口"上注释为"君子之道也，噫！……故乃中庸之中庸之中庸也"①。这首诗显然跟他们之间面谈时的一些计划和活动有关，但以这种形式和语言呈现，想必田中读后也会忍不住笑吧。

　　不久，郭沫若给田中写了一首《为舌祸问题嘲喦老》：

喦斋夫子剧能谭，口角流沫东西南。

姻缘虽是前生定，说破全凭舌三寸。

舌底无端恼御寮，红线良缘是解消。

如此老人充月下，人间何处赋桃夭。

　　又加注说："第二首尾句'赋桃夭'三字拟改为'有黑猫'，更觉道地，特嫌过于男性中心耳。"②这大概是写的田中做媒的事儿。

　　1933 年 2 月 18 日，郭沫若给田中的信中夹了《无题二首》：

---

① 书简第 72 号，《郭沫若致文求堂书简》，文物出版社，1997 年，第 272 页。

② 书简第 80 号，同上书，第 274、275 页。

短别日三五，萦思岁万千。

清辉如满月，长恨若新弦。

相见一回后，损增一样添。

相对一尊酒，难浇万斗愁。

乍惊清貌损，顿感泪痕幽。

举世谁青眼，吾生憾白头。

人归江上路，冰雪满汀洲。

这两首诗写出了郭沫若流亡中孤寂的心境。

但有些诗是不适合给田中庆太郎看的。1933 年 3 月，日军进攻华北各地，3 月 11 日，二十九军官兵将日军逐出长城喜峰口，郭沫若闻讯后大为振奋，写了一首七绝：

濡水南来千里长，卢龙东走塞云黄。

毫端怪底风云满，望断鸿图写故乡。[①]

他"望断鸿图"，恨不得飞回故乡啊。

五

《卜辞通纂》出版后，郭沫若于 1933 年 7 月完成了《武昌城下》，这部六七万字的关于北伐战争的回忆录本来是应上海光华书局的约稿写出来的。早在 5 月中旬，光华书局就在《申报》上刊出广告：

《武昌城下》为郭沫若先生最近完成之名著，与以前自传

---

① 手迹载《星星》1984 年第 5 期。

式的《幼年时代》《创造十年》等迥然不同。以前沫若先生所著的小说，以抒情的居多，而本书所写，却完全是一个真实的革命故事，内容系以革命阵营里的同志们怎样共同努力为主，而反映出中国大革命中的某一个大时代来。题材崭新，笔法流丽，全书凡十余万言，准六月中出版，定价平装每册九角，精装一元二角，预约优待特价七五折。

但光华书局欠着郭沫若的版税没有结清，郭沫若写成后没有交给它出版。不久后郭沫若又跟上海良友图书公司接洽，后者想更改书中一些内容，郭沫若没有同意，出版搁浅。当时一家报纸报道说：

> 郭沫若近作一长篇小说《武昌城下》，托由内山书店转到上海。良友公司赵家璧即出每千字十五元之价买下，先付三百元。不料携回一阅，内中若干段甚为不妥，若照样付梓，良友公司有被封之危险。①

1935年，"日本的改造社请我把那精粹处提出来，用日本文缩写成一万五六千字的短篇，我也照办了，在该社出版的《改造》杂志五月上所发表的《武昌城下》便是那缩写出来的东西"②。

日文《武昌城下》不久被陈琳翻译成中文，在《人间世》《西北风》连载，译者在"附笔"中说："沫若先生这篇小说，与其称做一篇艺术完美的作品，不如称做一首纪实的伟大史诗。他不单描写当日国民革命军进展的情形，并且说明是那些人在流着宝贵的血。我译时被他那种特有底热情、豪迈底笔调所感动，我尤感谢他将被歪曲了的可歌可泣的先烈史实提示给我们后辈。"③

---

① 子规：《"武昌城下"搁浅》，《人报旬刊》第1卷第6期，1933年4月21日。
② 郭沫若：《北伐途次·序白》，《宇宙风》第20期，1936年7月1日。
③ 郭沫若著，陈琳译：《武昌城下》，《西北风》（半月刊）第6期，1936年7月16日。

《人间世》编者说，这次翻译"我们是经过郭先生看过的"①。但其实并没有得到郭沫若同意，郭沫若说："近来听说这篇缩写由国内的一种杂志翻译了出来，并宣称是经过我的同意和删定的。译者究竟是谁，译文究竟怎样，我都不知道，究竟经过了怎样的'删定'，那可出于我的想象之外了。"②指的就是这事。

1936 年 7 月，郭沫若将《武昌城下》改题为《北伐途次》在《宇宙风》上连载。这次的《武昌城下》跟原稿亦不同，是经过压缩改写的。《宇宙风》当期的《编辑后记》说：

> 先介绍郭沫若先生的长篇回忆录《北伐途次》。郭先生是参加北伐的一员，亲身的经历，美丽的文笔，给北伐留下了最有力的"写真"。全文六万余字，打算至多分十期登完。在此期间，郭先生预备把"海外十年"续写完成，继《北伐途次》而在本刊发表。《北伐途次》第二节中"没有军阵上的经验的人，就是睡觉都要迂阔得闹出笑话来的"这一句话，是颇值得时下好谈武的文人们深思的。③

《北伐途次》在《宇宙风》连载完后，于 1937 年 6 月与《宾阳门外》《双簧》一起以《北伐》为名在北雁出版社出版。

就在《宇宙风》连载期间，有出版社"把前二十五节盗取了去，作为《北伐途次——第一集》而'出卖'了。那儿公然还标揭有'版权所有翻印必究'的字样"④。上海晓明书店在 1936 年 8 月 9 日出版了《武昌城下》，该书版权页上正印着"版权所有翻印必究"的字样。但郭沫若指的却是另一家出版社，1937 年 1 月，潮锋出版社出版了《北伐

---

① 《编后琐记》，《人间世》第 1 期，1936 年 3 月。
② 郭沫若：《北伐途次·序白》，《宇宙风》第 20 期，1936 年 7 月 1 日。
③ 《编辑后记》，《宇宙风》第 20 期，1936 年 7 月 1 日。
④ 郭沫若：《北伐途次·后记》，《郭沫若全集·文学编》(第 13 卷)，人民文学出版社，1992 年，第 125 页。

途次》，这也应该是没有经过作者同意的。该书扉页上说："一九二五—二七年的大革命，中途虽然被人出卖了，但不论怎样，它在中国民族解放革命的历史上的烙印，是永远不能磨灭了的。""但很不幸，像这样的，震撼帝国主义者的胆魂，为中国前途，放射曙光的大事件，在文艺上，还没有真实的写实的反映。""《北伐途次》虽然不是郭先生想要写而尚没有写的历史巨著，但它在'断片的'描绘中，已经深深明确地反映了一九二五—二七年的大革命，这一点，是一幅革命的图画，是一首革命的史诗。"①潮锋出版社虽然盗版郭沫若著作，但这评价倒是公允的。

8月25日，郭沫若为即将出版的《沫若书信集》写了《序》：对自己五四时期的作品做了检讨，唯一肯定的是"最后一封给成仿吾的信里谈到昨日的文艺，今日的文艺，明日的文艺的一节也还大抵近是，那个见解在初是出于我自己的顿悟，近来是愈见坚信着了"②。9月，《沫若书信集》在上海泰东图书局出版。

8月，郭沫若为乐华图书公司编辑了一本《沫若自选集》，这本书选了《王昭君》《聂嫈》等戏剧作品和《歧路》《行路难》等小说，共十二篇。8月26日，他为该书写了《序》，认为所选的作品都是比较"客观化"的，但没有自己满意的，他现在思想虽转变了，但"没有适当的环境来写我所想写的东西，而我所已经写出的东西也没有地方可以发表。在闸门严锁着的期间，溪流是停顿着的"③。为了该书出版，郭沫若还编了一份《民国三年以来我自己的年表》。

六

《北伐途次》完成后，郭沫若开始酝酿另一本新书了。1933年8月，

---

① 郭沫若：《北伐途次》扉页，潮锋出版社，1937年1月。
② 郭沫若：《序》，《沫若书信集》，泰东图书局，1933年，第1、3页。
③ 郭沫若：《序》，《沫若自选集》，上海乐华图书公司，1934年，第1、2页。

郭沫若致信田中庆太郎：

> 兹有启者，《石鼓文研究》已缮写毕，约新原稿纸三十枚
> 之谱。拟与尊藏照片（四十二张，并之则得二十一页），合为
> 一册单行本以问世，较为妥当。因此著与其它金文、甲骨文等
> 并为一书，殊有杂乱之感，而尊藏照片仅抽印四五枚，亦觉割
> 裂可惜。同一发表，率性全部披露之则两全其美。不识尊意以
> 为如何？[①]

《石鼓文研究》早在 2 月就已经开始着笔，郭沫若当时曾给田中震
二写信说："无聊之极，现考释《石鼓文》。化石之人也。二三日内当踵
府。""今日狂风大作，尘砂蒙蒙，兴味索然，终日忧愁。"[②]

但《石鼓文研究》并未单独出版，而是与《殷契余论》《金文续考》
《汉代刻石二种》合为《古代铭刻汇考》（三册），于 1933 年 12 月在文
求堂出版。该书中的《殷契余论》与《金文续考》是郭沫若继续以前的
研究所得的成果，《石鼓文研究》是新的研究领域。郭沫若在写于当年
11 月的序言中说：

> 《石鼓文研究》一种所费劳力最多。自去岁秋间得见明锡
> 山安国十鼓斋旧藏北宋拓本最古本之影片即存研究心事。今岁
> 三月曾费一月之力写成《秦雅刻石研究》一卷，终因资料关系
> 竟无发表之自由，今此所录者乃其改稿也。余之知见尚有进于
> 文中所述者，它日当别有机会详言之。石鼓据余所见乃秦襄公
> 八年始受命为诸侯作西畤时所作，其说具详本文。[③]

但这个改稿后来也废弃了。

---

① 书简第 100 号，《郭沫若致文求堂书简》，文物出版社，1997 年，第 280 页。
② 书简第 75 号，《郭沫若致文求堂书简》，同上书，第 273 页。
③ 郭沫若：《序》，《古代铭刻汇考》，文求堂，1933 年，第 1 页。

1934 年 4 月，郭沫若将相似的文章集为一集，题为《古代铭刻汇考续编》。郭沫若对出版有很高要求："全部采用玻璃版印刷。文中插图，尤其《杕氏壶》之器形与铭拓，务请设法印清楚。先锋本照片三张，中甲本《而师》章三页，全部插入书末。中甲本以缩小为宜，但务乞用玻璃版，盖与文中所述有微妙之关系也。""拟于五月中旬赴京都。此前《续编》如可出版，最好不过。倘有不明处，乞垂询，或请令嗣枉过。"①该书于 5 月在文求堂出版。

就在郭沫若写作《石鼓文研究》的同时，他有了编一部金文图录的想法。1933 年 7 月 24 日，他致信田中庆太郎：

> 兹有启者，比来于古器物铭识之研究，复有所得，拟录出以为消夏之具。书名及内容见别纸，形式仿《卜辞通纂》，可得一册之谱。尊处不识肯沿例承印否？如蒙承印，印税并无急需，拟提出一部分为购买《殷虚书契续编》之用。八月内留守期间，亦克借此以攻破岑寂也。②

这个计划大概得到了田中庆太郎的同意，但或许是因为出版《古代铭刻汇考》，田中没有立即催促执行这个计划。12 月，郭沫若致信田中庆太郎："《两周金文辞大系》原拓刊行计划已决定终止了吗？贵堂有无再版之意？亦乞便中示知为祷。上海某书局已流露有意出版，姑奉闻。"③三天后，郭沫若再次致信田中："刊行《两周金文辞图版》实为好事，然选择拓本与编制样式须经著者之手，方合情理。此外，再版时，拟稍加增订。"④看来他们已经商定书名为《两周金文辞图版》了。但田中庆太郎回信说来年三月以后再着手。郭沫若觉得不能拖延了："先生谓'三月以后着手印刷《金文辞图版》'，'以后'之意殊难解。倘欲

① 书简第 128 号，《郭沫若致文求堂书简》，文物出版社，1997 年，第 289 页。
② 书简第 98 号，同上书，第 280 页。
③ 书简第 105 号，同上书，第 282 页。
④ 书简第 106 号，同上书，第 282 页。

三四月着手印刷，则必须立即着手编纂。复制罗氏拓本一事亦复如是，皆系口头之约也。且闻罗氏亦有编辑成书之计划。倘能先加利用，则于彼此均有益。"①他还向田中商借《周金文存》及容庚的《秦汉金文录》《颂斋吉金图录》以为参考。三天后，郭沫若再次致信田中："拙著《大系》《之余》乞各寄下一部，手边所有均系原稿本，批注诸多不便。版税当稍有结余，乞从中扣除。《图版》事，有欲面商者，盼待往过一谈。"②此后，郭沫若不断向田中借书。

1934 年 2 月 12 日，郭沫若致信田中，商量金文辞图录编辑方案：

> 上海刘体智昨日寄到《善斋金文录》一部。《大系》所需图象及拓本，大致备齐，拟着手编纂。
>
> 此外，版本大小及样式，亦望作最后决定。敝意以《大系》中《矢彝》铭文为标准，大于此者缩小之，裁去周围轮廓，作汉籍式线装。③

他还请田中函购需要的七种图录。2 月 23 日，郭沫若已经有比较成熟的方案了："铭文部分拟以《周金文存》为准。书末附各器之简要说明，并补充、订正《大系》之不足及误谬。先发表新增诸器之详细考释，然后收入《图录》，所附说明，长短详略，自然划一。"④

除跟田中父子往复相商外，郭沫若还向国内外其他学者请求帮助。1934 年 5 月中旬，郭沫若带着田中震二，访问京都东方文化研究所，结识了吉川幸次郎，得到后者帮助。6 月 12 日，郭沫若致信容庚："闻北平图书馆有守宫尊拓本，想兄处必有影片，能假我一阅否？顷方从事《金文辞大系》之增订。甚望有以诲我。"⑤6 月 28 日，郭沫若致信

① 书简第 107 号，《郭沫若致文求堂书简》，文物出版社，1997 年，第 283 页。
② 书简第 108 号，同上书，第 283 页。
③ 书简第 120 号，同上书，第 286、287 页。
④ 书简第 122 号，同上书，第 287 页。
⑤ 《郭沫若书简——致容庚》，广东人民出版社，1981 年，第 131 页。

于省吾："近于此间得读大著《双剑誃吉金文选》及《吉金图录》二种，甚为钦佩。文选评解俱精当，所引吴北江先生说尤多妙谛；图录亦多精品。""仆近正从事两周金文辞大系图录之作，闻尊藏有史员卣拓本，急欲一见，不识肯暂时假我一阅否？如能惠以照片亦佳，期必得当以报也。"[1]不久他就收到了于省吾寄来的拓片。9月，郭沫若又收到梅原末治寄来的拓片。

11月20日，郭沫若为《两周金文辞大系图录》写了《引言》："《大系》成书后已历三年，旧时见解有未当意处，新出之器复时有所获，爰更详加增订，改版问世，而别成此《图录》以便观览。""《图录》分为《录编》与《图编》，《录编》专辑铭文，《图编》专辑形象"，"《图编》形象就能搜集者辑录之，主在观察花纹形式之系统，故以器制为类聚，而缩小成约略同样之大小"。[2]

第二天，郭沫若完成了《图编序说——彝器形象学试探》。这篇文章四易其稿，深为郭沫若本人所重视。在该文中，郭沫若将青铜器的发展分为四个时期。第一个时期是滥觞期，相当于殷周前期。这一期的器物还没有挖出来，有待将来认证。第二个时期是勃古期，为殷商后期及周初成康昭穆时代。该期青铜器形制厚重，有纹理的，刻镂深沉。第三个时期为开放期，为周恭懿时代以后至春秋中叶。形制比较前期简便，有纹理的，刻镂逐渐浮浅，多粗花。第四个时期为新式期，为春秋中至战国末年。这一期青铜器在形制上可分为堕落式和精进式两种，前者比开放期更简陋，很多都没有纹理；后者多轻灵而多奇构，纹理更浅细，多细花。郭沫若关于青铜器的分期及各期特点的归纳在学术界影响很大。

1935年3月，《两周金文辞大系图录》终于在文求堂出版。该书引用著作由《大系》的三十五种增至四十三种，包括中外学者提供的许多新出器铭；收录器铭全部刊出拓本或摹本，西周之器一百六十二件，东周之器一百六十一件，合计三百二十三器，连同参考之器共收

[1] 于省吾：《忆郭老》，吉林大学学报《理论学习》第4期，1978年7月。
[2] 郭沫若：《引言》，《两周金文辞大系图录》，文求堂，1935年。

五百一十一器，在当时的金文资料中算得上十分完善。该书卷首刊出了唐兰的《序言》。唐兰认为：

> 郭沫若氏既为《两周金文辞大系》又为其图录，而征叙于余。唯两周史事阙亡特甚，后世追记多有附会，独铜器铭识咸撰自当时，可资考信。然自宋以降，著录虽多，而迄无统御之方术。郭氏此书于西周系以年代，东周区以国别，而后若网在网，有条而不紊。发扬生称王号之说，有若献侯鼎之成王，遹簋之称穆王，并援引王氏，而趞曹鼎之龚王，匡卣之懿王，为氏之独讲，皆坚确而无可疑。后之治斯学者，虽有异同，殆难逾越。今又为其图录，颇有增订，益臻美善。承学之士，得此可以节籀读之劳，而本书之条理弥以章矣。
>
> 且郭氏治甲骨彝器之学之勤且敏，有为常人所不能及者。频年避居海外，抑其磊落之壮志，而从事于枯寂之古学，斯一难也。新出材料罕接于耳目而多方罗致之，斯二难也。而氏之新著仍络绎，而其勤且敏，为何如耶？抑氏以清晰之思想，锐利之判决，发前人所未能发，言时人所不敢言，精粹之论，均足不朽。而犹下采庸瞀，谦抑之怀，尤足钦矣。[1]

唐兰在《序言》中本用了"离群索居"四个字来形容郭沫若的处境，但被郭沫若删去了。唐兰对郭沫若金文之学的评价十分高，也十分客观。

在编《两周金文辞大系图录》的过程中，郭沫若因《两周金文辞大系》"出版已历三年，考释有未当意处，新出资料亦时有所获，故令详加增订"。撰成《两周金文辞大系考释》一书，共三册，1935 年 8 月在文求堂出版。

1936 年，郭沫若编辑出版了《殷契粹编》。清末四川总督刘秉璋第四子刘体智藏有甲骨两万八千余片，青铜器四百余件。他将藏品印成

---

① 唐兰：《序》，《两周金文辞大系图录》，文求堂，1935 年。

《善斋吉金录》《小校经阁金石文字》等目录。郭沫若看过部分目录，曾给友人写信表示希望见到藏品。1936 年，刘体智托人将二十册甲骨拓片带给郭沫若，希望他加以利用，进行研究。郭沫若看过后，于 10 月 15 日写信给田中庆太郎："今稍得闲，拟自刘氏拓本中遴选二千片左右，按照尊意编成四百页上下一书，未知其后有何考虑？盼示。"①1937 年，《殷契粹编》由文求堂出版。

完成《石鼓文研究》初稿后，郭沫若发现还有重要的三种安氏拓本没有看见。经过寻访，他得知这些拓本的照片在河井荃庐手中。河井荃庐也得知郭沫若手上有刘体智所藏甲骨的照片。郭沫若专程前往拜访河井荃庐，以甲骨照片交换借阅石鼓文拓片照片。在这些拓片的基础上，郭沫若重写了《石鼓文研究》。他将书稿寄给沈尹默时说：日本人看见这些拓片全貌的只有一二人，在中国除了以前的藏家外，恐怕只有郭沫若了。后来，河井荃庐死于二战末美军对东京的大轰炸，所藏文物资料毁于战火。如果不是郭沫若的《石鼓文研究》，石鼓文的三种安氏拓本恐怕就再也没有人能见到了。

郭沫若的古文字研究得到了国内学术界高度关注。鲁迅几乎购买了郭沫若的全部古文字著作，他认为郭沫若在"甲骨文、金文研究有伟大的发现，路子对了，值得大家师法"②。据朱自清日记记载，他在抗战期间多次阅读郭沫若的古文字研究著作，以此作为自己学习古文字的重要参考，他还将这些书借给朋友一同研讨。

七

就在郭沫若潜心于殷周古文字研究之际，留日的左翼文化人开始建立组织，邀请郭沫若参加相关活动。1933 年 9 月，林焕平、陈一言、

① 书简第 206 号，《郭沫若致文求堂书简》，文物出版社，1997 年，第 314 页。
② 侯外庐：《深切怀念郭沫若同志》，《悼念郭老》，三联书店，1978 年，第 352 页。

魏晋等一批年轻的左联盟员来到东京，与留在东京的左联盟员孟式钧等人一起，于1934年春将东京左联恢复了起来。他们出版刊物，组织各种座谈会，并请郭沫若指导他们的活动，郭沫若十分乐意，积极地参加了一些活动。他集中写作了一批文论、小说，曾经异军突起、引领风骚的郭沫若又重新回归到左翼文坛。

1934年3月，林焕平、陈子谷、欧阳凡海等左翼青年发起成立东流文艺社，决定创办《东流》月刊，出版"东流丛书"。刊物需要出版，林焕平等人首先想到的是找郭沫若帮忙。8月7日一早，林焕平一行三人去市川找郭沫若，到郭沫若家里后，发现郭沫若并不在家。帮着看家的森老人告诉林焕平等人，郭沫若夫妇带着孩子们去千叶海边过暑假了。市川到千叶有半天的车程。林焕平等人赶在午饭时分到了千叶找到郭沫若。他们说想出一种文学杂志，希望郭沫若帮忙在上海介绍出版社。郭沫若满口答应，还留他们吃了一只鸡。10日，郭沫若休假结束回到市川，立即把《东流》介绍给上海杂志公司的张静庐。该公司同意负责印刷发行《东流》，但不付稿酬。当月，《东流》月刊创刊号就出版了。《东流》月刊以发表短篇小说、介绍外国文学特别是日本、苏联的文学作品为主。主要作者包括张天虚、丘东平等人。

郭沫若为《东流》月刊撰写了不少稿件。1935年5月，东流社的两位编辑到郭沫若家里，要求他为刊物写一篇"申包胥哭秦"的"历史小品"。郭沫若略作考虑后回答：这个主题自己不擅长，他想写《贾长沙痛哭》。他还将小说将要用到的材料、时代和具体的结构告诉了两位编辑。两位编辑十分高兴。当晚，郭沫若就写出了《贾长沙痛哭》，后来发表在《东流》月刊第3卷第1期。贾谊不甘心做文人。他做梁王太傅时，教梁王骑马射箭，"他所期望于梁王的，是要他成为一个有文事又有武备的全才，以抵御中国的外患，预防中国的内乱"。不料梁王却在咸阳桥上马失前蹄，跌下来死了。贾谊因此受到大臣们的中伤："究竟是少不经事，丧心病狂。——教育方针是根本错误啦，文不习武事啦，千金之子坐不垂堂啦，何况是皇子，是帝胄，是一国的元首。——做先生的人不以诗书礼乐为本，而以骑箭驰突为务，根本是违背圣道。——这罪是值得诛连九族的。"①郭沫若通过贾谊教梁王骑射表达了他对文人从政的积极态度。但贾谊失败了，郭沫若有种深深的悲剧感。

东流文艺社也出版图书，《东流》编辑陈子谷的诗集《宇宙之歌》作为"东流丛书"出版后，送给郭沫若批评。郭沫若给陈子谷写了两封信，以《关于诗的问题》发表在《杂文》月刊上。郭沫若强调："诗歌还是应该让它和音乐结合起来；更加上'大众朗诵'的限制，则诗歌应当是表现大众情绪的形象的结晶。要有韵才能诵。要简而短，才能接近大众。""好诗大抵有韵脚，但也不必一定有韵脚"。"长诗自然也应该有，但要有真切的情感和魄力，不然大抵出于堆砌，会没落于文字的游戏。长诗也有限制，过长的叙事诗，我可以决绝地说一句，那完全是'时代错误'。那就是所谓看的诗，早就让位给小说去了。"②

"东流丛书"要出版张天虚的《铁轮》，郭沫若特意写了《序言》："天虚这部《铁轮》，对于目前在上海市场上泛滥着和野鸡的卖笑相仿佛的所谓'幽默小品'，是一个烧荑弹式的抗议。""不要再假装'幽默'了，不要再苟安于偷懒怕难的'小摆设'了，你们把你们的被禁压的欲望向积极方面发展吧。譬如天虚的这部《铁轮》，虽然是对于你们的一个无言的抗议，然而也是对于你们的一个对症的药方。你们请把你们的被禁压的社会欲望向更宏大的分野里去展开，升华而为宏大的硕果。你们的抑郁被扫荡，社会的抑郁也可因而被扫荡，这正是救己救人的大事业。"③这篇序言针砭文坛时弊，弘扬了正气。

1935 年，左联东京分盟创办《杂文》杂志。"杂文"二字是鲁迅给起的名、题的字。郭沫若特意为创刊号写作了《阿活乐脱儿》。"阿活乐脱儿"是北美热带的两栖动物，由于导致其两栖蜕变的甲状腺精分泌不足，它本来只有在水中生活的蝌蚪时代，没有生活在陆地上的青蛙时

① 郭沫若:《贾长沙痛哭》,《郭沫若全集·文学编》(第 10 卷),人民文学出版社,1985 年,第 228 页。

② 郭沫若:《关于诗的问题》,《郭沫若全集·文学编》(第 16 卷),人民文学出版社,1989 年,第 174—176 页。

③ 郭沫若:《论幽默——序天虚〈铁轮〉》,上海《时事新报·言林》,1936 年 2 月 4 日。

代。人们发现了这一秘密后，便用人工注射甲状腺精的方法，使它从水中生活转变到了陆上生活。杂文是一种经过演变而被赋予新生命的文体。当时文坛上有人对杂文不屑一顾，甚至讽刺它是艺术的没落。郭沫若这篇文章是对杂文的赞许，也是对《杂文》的支持。

《杂文》创办后，每期都向郭沫若征稿。编者到郭沫若家里为第二期索稿，立等便要。郭沫若请他们在客间等候，迅速写成《孔夫子吃饭》，这篇小说取材于《吕氏春秋》，讲述被围困在陈蔡之间的孔子与他的弟子绝粮七日的故事。孔子在颜回讨粮、煮饭过程中表现出了自私、猜疑、妒忌、虚伪等特点，与郭沫若历史研究中呈现出来的孔子形象不同。当时，蒋介石为配合其对苏区的军事"围剿"，提倡"新生活运动"，神话孔子。郭沫若强调："孔子也还是人，过分的庄严化觉得是有点违背真实。"①这篇小说故意将孔子作为人的弱点披露出来，针对的正是"新生活运动"这股逆流。

此后，郭沫若还在《杂文》《质文》《文海》等刊物发表《孟夫子出妻》《秦始皇将死》《楚霸王自杀》等历史小说，后结集为《豕蹄》交给陈子谷等年轻人创办的不二书店出版。这本书之所以取名"豕蹄"，"是因为本书所收的东西都是取材于史事而形式有点像法国的'空托'（Conte），我起初便想命名之为'史题空托'。但觉得四字题太累赘，便想缩短为'史题'，又想音变为'史蒂'。最后因为想到要把这个集子献给我的一位朋友，一匹可尊敬的蚂蚁，于是由这蚂蚁的联想，便决心采用了目前的这个名目——'豕蹄'"。郭沫若在《序言》中还说："这儿所收的几篇说不上典型的创作，只是被火迫出来的'速写'，目的注重在史料的解释和对于现世的讽喻，努力是很不够的。我自己本来是有点历史癖和考证癖的人，在这个集子之前我也做过一些以史事为题材的东西，但我相信聪明的读者，他会知道我始终是站在现实的立场的。我是利用我的一点科学智识对于历史的故事作了新的解释或翻案。"②

---

① 郭沫若:《从典型说起——〈豕蹄〉的序言》,《郭沫若全集·文学编》(第16卷),
人民文学出版社，1989年，第197页。
② 同上书，第196、197页。

在初版本《豕蹄》的《序言》之后，是一首《献诗——给 C.F.》：

这半打豕蹄
献给一匹蚂蚁

在好些勇士
正热心地
呐喊而又摇旗
把他们自己
塑成为雪罗汉的
春季

那匹蚂蚁
和着一大群蚂蚁
在绵邈的沙漠
无声无息
砌叠
Aipotu

"Aipotu"是英文"Utopia"（乌托邦）的倒写。"C.F."即成仿吾。当时，成仿吾参加了长征，翻过雪山草地胜利到达陕北，寻找到了新的革命根据地。郭沫若虽然蛰伏在海外，但他随时关心着中国革命的未来，关心着成仿吾、李一氓等参加长征的老朋友的安危。郭沫若将成仿吾等人比喻成一大群蚂蚁。他看重的是蚂蚁的牺牲精神、高度的组织纪律性和集体观念。在南昌起义撤退途中所写的政治小说《一只手》中，郭沫若借小说人物的口吻说："要想成就大业，不牺牲是没有办法的。你听见过那蚂蚁子过河的话没有？听说有甚么地方的蚂蚁子要搬家，路上遇着一条小小的河，那领头的蚂蚁子便跳下河去。一个跳下去，两个跳下去，三个跳下去，接接连连地都跳下去。跳下去的不用说是淹死了，牺牲了。但是，它们的尸首便在小河上浮成一道桥，其余的蚂蚁子便都踏着桥渡过河去了。我们现在就是要做这些跳河的蚂蚁的啦。"[1] 要是有机会，郭沫若为了中国人民，何尝不愿意成为一只让同伴们踏着渡到彼岸的蚂蚁呢？

这年年底，郁达夫到东京，谈起报纸上所传的成仿吾的死讯。郭沫若虽然不相信，但还是引起了对成仿吾的无尽思念。他写了一首长诗《怀 C.F.》，其中写道：

> 但我的想念不曾一刻离开过你，
> 不曾一刻离开过那千山万水地，千辛万苦地，
> 为着理想的 Aipotu 之建立，
> 向沙漠中突进着的军旗。
> 我自己未能成为蚁桥中的一片砖，
> 我是怎样地焦愤，自惭，
> 我相信你是能够同感。

这不仅表达了对老朋友的诚挚的思念，也是对中国革命的魂牵梦萦。这首没有公开发表的诗，是郭沫若 20 世纪 30 年代最好的新诗。他没有在军旗下作为一名战士参加伟大的长征，他是多么的焦愤和自惭啊。郭沫若对蚂蚁的赞美是发自肺腑的。1947 年年底，他给云南大学附属中学学生自治会主办的《附中报》题写了刊名，并在题词中说："非洲有一种蚂蚁，在集体行进的时候，如遇小溪阻隔，前面的蚂蚁便跳下水去，搭成一座蚁桥，让后续的蚁群从它们身上过去。这种蚁命，真可说是重于泰山了。"[2]这是郭沫若具有高度组织纪律性的最好说明，无论是抗战时期还是新中国成立后，他在大多时候都会毫不犹豫听从组织的安排。

---

[1] 郭沫若:《一只手》,《郭沫若全集·文学编》(第 10 卷)，人民文学出版社，1985 年，第 21 页。

[2] 李衡:《难忘的激情》,1979 年 12 月 9 日《云南日报》。

直到回国前夕，郭沫若对参加长征的朋友仍然魂牵梦萦。1937年6月，郭沫若收到参加过长征的李一氓的来信，22日，郭沫若复信说：

> 二月尾上的一封信，直到本月初才由内山转到，想见在国内是受了很大的周折。但五月廿九日的第二信，却在今天便到了我的手里。读你前后两信，我是很愉快的。你的行动，我间接地早知道得一些，但直接得到你的来信，而且机会来得这样快，却是没有想到。
>
> 二万八千里的行程，我的肉体未能直接参加，我是十二分抱歉的。但我始终是和从前一样，记得前些年辰早就写过信给你，说我就骨化成灰，肉化成泥，都不会屈挠我的志气。
>
> ……
>
> 握手的机会总相隔不远，希望珍重。因心兄，望问候。我常常思念着他。

"因心兄"指的是周恩来。这封信表达了他对参加长征的同志的无尽思念，以及自己虽然没有参加长征，但始终心系革命的志气。直到郭沫若生命的最后，他仍然系念着长征。他病逝前床头上放着的，正是成仿吾的《长征回忆录》。

八

郭沫若很关注《杂文》，几乎每期都要仔细看。他注意到了刊物上有个"秀沅"的作者擅长写诗，就打听这个作者是谁。魏猛克告诉了笔名"秀沅"的臧云远，并拉着他去找郭沫若。郭沫若的书桌上摆着十二册甲骨文、金文著作。他笑着对魏猛克等人说："要不是你们办刊物，来约我写写文艺文章，也许我还是待在两三千年前呢。"他们谈《女神》时代的新诗，臧云远诚恳地说"当时北平的几位诗人写的诗，虽然用了口语白话，但读起来，还是旧词的味儿。只有读了先生的诗，才完全是新的思想天地，新的艺术境界"。郭沫若高兴地回忆起当时给《时事新报》投稿的情况。

在跟魏猛克等人的交流中，郭沫若还谈到了他几年前写的一篇十万字的小说《克拉凡左的骑士》，这篇小说是歌颂北伐战争中的一位女战士的。不久《质文》社的人都知道了这件事，他们纷纷要求看郭沫若的原稿，看后强烈要求郭沫若将稿子交给《质文》发表。郭沫若同意了。但小说只发表了前五节，还不及全篇四分之一，《质文》就停刊了。后来这部小说又在上海的《绸缪》发表过部分内容，但也没有刊载完。抗战爆发后，郭沫若将原稿随身带回国，离开上海时托交一位朋友保管，抗战结束后郭沫若回到上海，当问及稿件时，这位朋友却记不得了。大概是在战乱中丢失了吧。

《克拉凡左的骑士》中的白秋烈是以瞿秋白为原型塑造的。在小说中，以郭沫若本人为原型的马杰民和白秋烈等人在 1927 年 5 月大瓶喝着白兰地，讨论着中国为什么不能走日本和土耳其的道路。郭沫若将对瞿秋白的思念，借着小说表达出来了。而瞿秋白在 1935 年 5 月 22 日也给郭沫若写了一封深情的长信，信中说：

> 这期间看见了你的甲骨文字研究的一些著作，《创造十年》的上半部。我想下半部一定更加有趣：创造社在五四运动之后，代表着黎明期的浪漫主义运动，虽然对于"健全的"现实主义的生长给了一些阻碍，然而它确实杀开了一条血路，开辟了新文学的途径。
>
> ……
>
> 还记得在武汉我们两个人一夜喝了三瓶白兰地吗？当年的豪兴，现在想来不免哑然失笑，留得做温暖的回忆罢。愿你勇猛精进！[1]

---

[1] 徐文烈：《瞿秋白给郭沫若的一封信》，《近代史研究》1981 年第 2 期。

这封信写好后不到一个月，瞿秋白就英勇就义了。他就义前把这封信给了倾向进步的军医陈炎冰，陈炎冰因为不久要去澳门探亲，将信件请王廷俊保存。王廷俊担心有所闪失，就利用经过南京的机会挂号寄给在美国的柳无垢。柳无垢交给了她的父亲柳亚子。柳亚子设法交给郭沫若时，已经是抗战时期了。二十多年后的1959年，方去疾等人合作刻、编了《瞿秋白笔名印谱》，郭沫若题了一首七绝：

名可屡移头可断，心凝坚铁血凝霜。

今日东风吹永昼，秋阳皓皓似春阳。

这首诗表达了他对瞿秋白的思念和崇敬，两人的革命友谊经受了时间的考验。

《杂文》出版第3号后被国民党查禁，主持者想换个名字继续出版。郭沫若提议："就改名'质文'吧，歌德有本书叫《质与文》。"大家都赞成这个名字，请郭沫若为刊物题了字，第4号起就以《质文》为刊名继续出版。

鲁迅给杂文社写信，希望左翼文艺加强团结，并说：看见郭先生在《杂文》上发表文章很高兴，但也要设法避开反动当局的注意。郭先生如能比较长时间地公开出来写文章，进行各种活动是非常重要的。魏猛克给鲁迅写信，请他主动给郭沫若写信。鲁迅给郭沫若写了信，赞赏郭沫若在古文字研究方面的成就。郭沫若看到魏猛克转来的鲁迅的信，受到了很大的鼓励，收到信后马上就给鲁迅回了信。不久鲁迅又给郭沫若写了信。两位新文坛的旗手虽然有过不愉快的经历，但为了左翼文艺的发展，他们握起手来了。

青年作家邢桐华和臧云远去郭沫若家拜访。郭沫若给臧云远修改诗歌，邢桐华就找安娜夫人聊天。当郭沫若得知邢桐华学过俄文后，就对邢桐华说："《战争与和平》我不想再译下去了。我只从日文参照德文来翻，你从俄文原著翻下去吧。"1925年底郭沫若在上海时，瞿秋白来拜访他，建议他翻译《战争与和平》，郭沫若同意了。1930—1931年间，郭沫若应文艺书局之邀翻译这部著作。郭沫若不懂俄文，用的是德文的译本，并参校了英译本和日译本。1931年，郭沫若翻译的《战争与和平》出版了第一册。当郭沫若翻译到一半的时候，书店营业不善，不能继续出版。郭沫若交到书局未出版部分，后来也遗失了。他对此事一直念念不忘，如今他郑重委托邢桐华来翻译，并将自己手中有关托尔斯泰和《战争与和平》的资料送给邢桐华，还特意在杂志上刊出广告推介。但邢桐华尚未着手，就被日本警察抓去关了几天，然后被驱逐回国，翻译的事也就搁浅了。20世纪40年代，高地参考郭译的《战争与和平》第一卷，翻译了全书，表示愿意跟郭沫若联名出版。郭沫若答应了，却在《序》中谦虚地说："我在这次的全译上丝毫也没有尽过点力量，这完全是高君一人的努力的结晶。"①

1935年，质文社决定刊行文艺理论丛书，翻译介绍文艺理论著作。为了扩大丛书影响，主持者特意邀请郭沫若从日文翻译马克思、恩格斯的《艺术作品之真实性》。郭沫若接到任务后，发现这是《神圣家族》的后半段，于是从马克思、恩格斯德文原文直接翻译成中文，列为文艺理论丛书第一册出版。

1935年10月5日，在一些左翼青年的组织下，由东京中华基督教青年会总干事马伯援出面邀请，郭沫若来到位于神田保町的青年会礼堂作题为《中日文化之交流》的演讲。

他身穿旧的藏青色哔叽西服，戴着深度近视眼镜，微笑着走上讲台，显得安静而又慈祥。他说："资本主义以前的文化，是从中国流到日本，资本主义以来的文化，是从日本流到中国。""从中国流到日本的资本主义以前的文化，在日本收到了很大的成功。""从日本流到中国的资本主义以来的文化，结果没有十分的表现，似乎是失败了。"在分析了原因之后，他强调说："这几百年间中国人的脑筋是睡着的。到近来

---

① 郭沫若：《序》，托尔斯泰著，郭沫若、高地译《战争与和平》，重庆五十年代出版社，1941年，第4页。

一醒来看时，资本主义的文化已经发展到最后的阶段，我们就竭力的追也追不上了。"但是，中国人用不着悲观，"中国民族确是优秀的民族"，"我希望我们中国人利用我们优秀的头脑，批判地接受既成文化的精华，努力创造出更高一级的新的文化"。[①]

正在演讲的时候，有几名蓝衣社成员突然狂喊"打倒共产党郭沫若"，往台上抛掷苹果和梨子。在早稻田大学留学的杨凡、朱洁夫等人掩护在郭沫若周围，张天虚等人领头喊"捉特务"。那几名蓝衣社成员见寡不敌众，只好逃走了。几天后，郭沫若写了两句打油诗："权宜梨儿作炸弹，妄将沫若叫潘安。"潘安即潘岳，字安仁，是晋代的美男子。《世说新语·容止》写道："潘岳妙有姿容，好神情。少时挟弹出洛阳道，妇人遇者，莫不连手共萦之。"刘孝标注引《语林》说："安仁至美，每行，老妪以果掷之满车。"郭沫若用"掷果盈车"的典故，显得淡然而幽默。

九

左联解散后，周扬、夏衍等人没来得及和鲁迅商量，就根据当时形势，提出"国防文学"的口号。鲁迅、茅盾、胡风等人则提出了"民族革命战争的大众文学"的口号。鲁迅等人在提出这一口号时，本来想和郭沫若商量，但郭沫若远在日本，被侦探监视着，不便去信。两个口号各有一些赞同的人，争论很激烈。

1936 年春，在《质文》月刊的一次编委会上，左联东京分盟负责人任白戈传达了上海方面提出的"国防文学"的创作口号，征求大家意见。郭沫若说："用'国防'二字来概括文艺创作，恐怕不妥吧。"与会的人也都不赞成用"国防"二字。不久，林林从国内寄到神田保町青年

---

① 郭沫若:《中日文化的交流》,《郭沫若全集·文学编》(第 18 卷)，人民文学出版社，1992 年，第 80、89、90 页。

会的书报里得到印在淡红色纸张上的中国共产党的《八一宣言》。宣言号召建立抗日民族统一战线，要求组织抗日联军，成立国防政府等等。林林把它带到须和田郭沫若的住宅请他看。后来任白戈从上海回来，告诉东京的左联同人，说"国防文学"是党的决定，不能改变了。联系到《八一宣言》的内容，郭沫若相信了。

7月，郭沫若在上海发表《国防·污地·炼狱》，参与到国内两个口号的论争。他说："在初'国防文学'这个新的旗号标举出来的时候，大家都觉得有点异样。然而过细考虑起来，在目前的救亡关头上要找一个共同的目标以促进战线的统一，除掉用这个名义而外，觉得也象没有再适当的语汇了。""我觉得'国防文学'不妨扩张为'国防文艺'，把一切造型艺术，音乐、演剧、电影等都包括在里面。""我觉得国防文艺应该是多样的统一而不是一色的涂抹。这儿应该包含着各种各样的文艺作品"，"'国防文艺'应该是作家关系间的标帜，而不是作品原则上的标帜"。①

同月，郭沫若发表《在国防的旗帜下》，声称："目前的文艺界树起了'国防文学'这个旗帜，得到了多数派的赞成，而结成了广大的统一战线，我认为是时代的要求之一表现。""目前我们的'国防'是由救亡运动，即积极的反帝运动之大联合以期获得明日的社会之保障。向着这个积极的反帝运动动员了大家才是我们的'主体'，值得我们拥护到底的主体。'国防文学'便是这种意识的军号。"②

7月10日，质文社召开会议，郭沫若在会上提出："民族革命战争的大众文学"这一口号"如果在国防文学问题的内部提出是对的。如果同国防问题对立起来自然是错的"。但不久，郭沫若又写了《消灭呀！口号战》一文，主张应该尽快消弭无谓的口号之争，尽快地把"爱国的情热""转化而为行动"，推动文艺界的"统一战线运动"。文章大声疾

---

① 郭沫若：《国防·污地·炼狱》，《郭沫若全集·文学编》（第16卷），人民文学出版社，1989年，第222—227页。

② 郭沫若：《在国防的旗帜下》，《文学丛报》第4期，1936年7月1日。

呼:"请顾全大局,迅速地把口号战的对垒消灭了吧!"①文章寄回国内,编辑已经做过一些加工,但终究没有公开发表出来。

鲁迅在《答徐懋庸并关于抗日统一战线问题》的长文中说,他"很同意郭沫若先生的'国防文艺是广义的爱国主义的文学'和'国防文艺是作家关系间的标帜,不是作品原则上的标帜'的意见"。但鲁迅并不完全认同郭沫若的观点:"应当说:作家在'抗日'的旗帜,或者在'国防'的旗帜之下联合起来;不能说:作家在'国防文学'的口号下联合起来。"鲁迅还说:"我和茅盾、郭沫若两位,或相识,或未尝一面,或未冲突,或曾用笔墨相讥,但大战斗却都为着同一的目标,决不日夜记着个人的恩怨。"②

郭沫若看了鲁迅文章后发表《蒐苗的检阅》,文章说,他"明白了先生实在是一位宽怀大量人,是'决不日夜记着个人的恩怨'的。因此我便感觉着问题解决的曙光,我才觉悟到我们这次的争论不外是检阅军实的蒐苗式的模拟战"③。

由于鲁迅郭沫若意见的不统一,很多小报造谣,说是两人分裂,争文坛第一把交椅。7月底,潘汉年托茅盾转交给郭沫若一封信,信中说,国内文化界"宗派与左稚倾向依然严重,我们有许多意见,要你、茅盾、鲁迅三人共同签名发表一个意见书公开于文化界——内容侧重文学运动,与你所写反对卖国文学的联合战线诸论点差不多,已由茅盾兄起草"④。

在中国共产党的干预下,1936 年 10 月 1 日,郭沫若与鲁迅、茅盾、巴金等人联名签署发表《文艺界同人为团结御侮与言论自由宣言》:"全国文学界同人应不分新旧派别,为抗日救国而联合。"提出:"在文学

① 郭沫若:《消灭呀!口号战》,《郭沫若研究》2017 年第 1 辑。
② 鲁迅:《答徐懋庸并关于抗日统一战线问题》,《鲁迅全集》(第 6 卷),人民文学出版社,2005 年,第 551、557 页。
③ 郭沫若:《蒐苗的检阅》,《郭沫若全集·文学编》(第 16 卷),人民文学出版社,1989 年,第 248 页。
④ 郭沫若纪念馆馆藏潘汉年信件,转引自蔡震《在"两个口号"论争中被茅盾遗忘了的一些事》,《新文学史料》2007 年第 2 期。

上，我们不强求其相同，但在抗日救国上，我们应团结一致以求行动之更有力。我们不必强求抗日立场之划一，但主张抗日的力量即刻统一起来。"①该宣言的发表，表明两个口号的论争基本结束，文艺界抗日统一战线初步形成。

就在《文艺界同人为团结御侮与言论自由宣言》发表不久，10 月 19 日，鲁迅与世长辞。文化界有些人误以为鲁迅、郭沫若关系不好，所以在哀悼鲁迅的同时，对郭沫若有些不满意。常常在《申报·自由谈》和《文学界》发表杂文的魏惕生在 10 月 20 日一早就到郭沫若家里去，想找郭沫若理论。

魏惕生一进屋就发现郭沫若连夜写好的《民族的杰作》。郭沫若在这篇文章中沉痛地说："我个人和鲁迅虽然同在文艺界上工作了将近二十年，但因人事的契阔，地域的暌违，竟不曾相见过一次。往年我在上海时，鲁迅在北京，先生到了广东时，我已参加了北伐，鲁迅住上海时，我又出了国门。虽然时常想着最好能见一面，亲聆教益，洞辟胸襟，但终因客观的限制，未曾得到这样的机会。最近传闻鲁迅的亲近者说，鲁迅也有想和我相见一面的意思。但到现在，这愿望是无由实现了。这在我个人真是一件不能弥补的憾事。""中国文学由鲁迅而开辟出了一个新纪元，中国的近代文艺是以鲁迅为真实意义的开山。这应该是亿万人的共同认识。"②魏惕生看过文章后，明白了郭沫若对鲁迅的真挚情感，不禁泣不成声。

11 月 3 日，东流文艺社、质文社、文海社、中华留日戏剧协会等联合举行了鲁迅逝世追悼大会。郭沫若冒着风险参加追悼会并讲话说："中国之伟大人物，过去人都说是孔子，但孔子不及鲁迅先生，因为鲁迅先生在国际间的功勋，是孔子没有的，鲁迅先生之死能得着国际间伟大的追悼，这在中国是空前的一个人。""鲁迅的死是最伟大最光荣，三

---

① 《文艺界同人为团结御侮与言论自由宣言》，《文学》月刊第 7 卷第 4 号，1936 年 10 月 1 日。

② 郭沫若：《民族的杰作——悼唁鲁迅先生》，《郭沫若全集·文学编》（第 16 卷），人民文学出版社，1989 年，第 257 页。

代以来，只此一人。而鲁迅的精神是永远不死。"①两年后，毛泽东在延安发表《论鲁迅》的演讲，说鲁迅是现代中国的孔夫子。这跟郭沫若的观点是相似的。

郭沫若对鲁迅的赞美是由衷的，如果说鲁迅是左翼文化界的导师的话，在鲁迅去世之后，郭沫若当之无愧地担起了左翼文化旗手的重任。

就在这一年，郭沫若译完了席勒的《华伦斯太》，这个剧本给他创作历史题材的文学作品以启示。华伦斯太是历史上实有的人，但剧中很多对话却是虚构的。郭沫若认为这些虚构的对话"正是诗人的苦心之所在，诗人是想用烘托法，陪衬法，把主人公的性格更立体地渲染出来，而使剧情不至陷于单调，陷于枯索。诗人的这项用意和手法，实在是相当地收到了效果的"②。抗战期间，郭沫若在重庆写作了六个历史剧，在文坛上引起了轰动。《华伦斯太》等剧本的翻译为他集中创作历史剧准备了条件。

随着中日关系越来越紧张，郭沫若开始准备潜返祖国了。

---

① 讲话稿见《新民报》1936 年 11 月 12 日。
② 郭沫若：《译完了华伦斯太之后》，《华伦斯太》，生活书店，1936 年。

第七章

鸡鸣风雨际天闻

一

1937 年 7 月 7 日，日军发动卢沟桥事变。蛰居日本十年的郭沫若，在事变发生之后不仅买了大量的日文报纸，还想办法搜集到不少中文报纸。他仔细阅读，对比着中日报纸关于事态的不同报道，推测着时局的下一步发展。他注意到日本媒体为了欺骗日本人民，宣传扩大出兵的正当性，不断渲染胡宗南、商震、陈诚等将军带兵北上的消息。他注意到周围满是送年轻人参军赶赴中日战场的母亲和妻子。他还观察到，附近航空学校老有飞机飞进飞出，滑翔演习。他明白了，在日本方面的扩军备战和挑衅下，事态的扩大不可避免。一面是危难中的祖国和人民，一面是亲爱的妻子和五个成长中的孩子；一面是随时都有生命危险的敌国处境，一面是国内政局的不可捉摸。接下来怎么办？郭沫若陷入了深深的困惑之中。

7 月 15 日，友人金祖同来访。两位一向谈的是古文字研究。但这天却一直在谈时局。窗外白云悠悠，远处的钢琴声悠扬飘荡。郭沫若突然对金祖同说："我是预备写遗嘱了。"

金祖同并不吃惊，他心里清楚，郭沫若以附逆共产党的罪名受国民党通缉，避难日本，其处境越来越困难了。日本最近向华北守将宋哲元提出了共同防共的条件，假如双方达成一致，日本和国民党政府联合起来对付共产党，那么日本的宪兵很容易就能要了"附逆共产"的郭沫若的命。尤其是卢沟桥事变后，刑士、宪兵、警察不断地来到郭宅，他们想法设法要套出郭沫若对中日战争的观点、对蒋介石的态度，这是监视他，也是要给他制造罪名。危险离郭沫若越来越近了。

郭沫若抽出一张稿纸，金祖同替他磨了墨。郭沫若坐在床沿上，沉默片刻，便毅然挥毫写下遗嘱，遗嘱没有保留下来。据金祖同的回忆，其大意是："临到国家需要子民效力的时候，不幸我已经被帝国主义拘留起来。但我绝不怕死辱及国家，对于帝国主义的侵略，我们惟有以铁血来对付他。我们的物质上牺牲当然是很大，不过我们有的是人，我们可以从新建筑起来。精神的胜利可以说是绝对有把握的，努力吧，祖国的同胞！"[1]

郭沫若将写好的遗嘱交给金祖同，嘱咐说如果他在日本遭遇不测，就请在国内发表。金祖同直率地告诉郭沫若："这是你走的最好机会了"，并表示愿意为郭沫若归国出力。

其实，国内文化界和政界部分友人，为了郭沫若归国，早就做出了积极努力。

最早为此奔走的是老朋友郁达夫。1936 年 11 月，郁达夫造访日本。中旬，郁达夫访问郭沫若，并和郭沫若一起出席改造社的宴请。席间，郭沫若赋诗一首：

> 十年前事今犹昨，携手相期赴首阳。
> 此夕重逢如梦寐，那堪国破又家亡。

郁达夫从这首诗中看出郭沫若对祖国的关心和思念。月底，郁达夫请郭

---

[1] 殷尘（金祖同）：《郭沫若归国秘记》，言行社，1945 年，第 23 页。

沫若和他的两个孩子去小饭店吃便饭，看见孩子们狼吞虎咽的样子，他对郭沫若的困窘生活有了深切的体会。12月5日，郁达夫的一次跟政治并不相关的演讲被禁止了，由此及彼，他对郭沫若在日本生活的不自由感同身受。

郁达夫回国后，向自己的上司、福建省主席陈仪反映了郭沫若的情况，请陈仪帮助请求最高当局让郭沫若归国。1937年3月，陈仪致信行政院政务处长何廉，请他探询蒋介石意见。何廉等人也正有此意。在接到陈仪信之前，何廉和翁文灏在为蒋介石准备参加庐山国是会议的人员名单时，大着胆子将郭沫若的名字列上了。蒋介石看后表示认可，说"我对此人总是十分清楚的"，并详细询问了郭沫若的近况。何廉接到陈仪信后，向蒋介石汇报并得到允许，但条件是郭沫若回国后在福州居住，由陈仪负责监视，不得有"越轨行动"。虽然应允了，却形同软禁。郁达夫只得继续努力。

4月底5月初，郁达夫前往杭州参加航空学校毕业典礼，与军事委员会委员长侍从室第一处主任兼侍卫长钱大钧宴游，借机请钱大钧等人向蒋介石进言。钱大钧等人委托郭沫若的老乡、蒋介石的结拜兄弟张群向蒋介石提这件事。当初要求国民党中央通缉郭沫若的，正是张群。5月17日，张群见到蒋介石，提及郭沫若归国事，得到蒋介石应允。5月18日，郁达夫接到南京方面来信，谓蒋介石对郭沫若"有所借重，乞速归"。郁达夫喜不自禁，一面致信南京，要求先取消通缉，多汇旅费，一面致信郭沫若："强邻压迫不已，国命危在旦夕，大团结以御外患，当系目下之天经地义"，"万望即日整装，先行回国一走"，"中国情形，与前十年大不相同，我之甘为俗吏者，原因也在此。将来若得再与同事，为国家谋一线生计，并设法招仿吾亦来聚首，则三十年前旧梦，或可重温。临函神驰，并祈速复"。①同时，陈仪打电报给驻日大使许世英，要求他为郭沫若提供帮助。

但南京方面直到卢沟桥事变前，一直没有给郭沫若汇去旅费，郭沫

---

① 郁达夫：《致郭沫若》，《郁达夫文集》（第9卷），花城出版社，1984年，第469页。

若对国民党的诚意深表怀疑，6 月 22 日他给李一氓写信说："前月中旬郁达夫由福州来信，言蒋有所借重，要我回去。郁教他们先取消通缉令并汇旅费来。但距今已一月，又渺无消息。大约是并无诚意，只在使用心计吧。"

金祖同从郭宅回去后，第二天就找到了为国民党从事情报工作的钱瘦铁，将郭沫若的遗嘱给他看。钱瘦铁看后慷慨激昂地说："这是他应走的时候了。假如再踌躇下去，就是再过十年，不仍旧是一个郭鼎堂吗？现在各派合作的声浪很高。我们的最高当局，也不时流露出要借重他的意思。他该在这时候做些有意义的事了。"①钱瘦铁的这些看法，相当有代表性。事实上，郭沫若长期滞留日本，国内人士对此多有误解。著名学者金毓黻曾对郭沫若在中日战争的局面下滞留日本表示不理解："郭氏娶日妇，久居日京，不畜籍于日本，而国人甚爱读其著作，不以为病。闻其每年著述所得约数万金，而日本文化机关且以奖学金予之，而国人亦不以为病，何也？"②消除这些误解的最好办法就是回国抗战。

钱瘦铁和金祖同进行了分工。钱瘦铁负责办理郭沫若归国所需手续，并留下郭沫若的遗嘱，直接寄给在南京担任军事委员会国际问题研究所主任的王芃生，请他向蒋介石进言。金祖同则负责奔走接洽。

金祖同向郭沫若报告了他和钱瘦铁的努力。郭沫若这些天坐卧不宁。他想回国，但又担心安娜和五个孩子，担心他们受不了他的突然离开，更担心在他离开之后，安娜和孩子们会遭到日本宪兵的逼问拷打，身心受到摧残，生活没有着落。尽管如此，他在家人面前还是表现得镇定自若，好像什么事儿都不会发生。

金祖同临走时，郭沫若请他打听归国的船期。金祖同打听好后，写明信片用暗语告诉郭沫若：18、20、22、24 日等双日都有船

---

① 殷尘（金祖同）:《郭沫若归国秘记》，言行社，1945 年，第 30 页。
② 金毓黻日记 1936 年 10 月 19 日条目，《静晤室日记》，辽沈书店，1993 年。

到上海。由于郭沫若有很多顾虑，又不忍心就这样离开妻儿，他选了24日。

金祖同陪钱瘦铁去访问郭沫若。郭沫若向钱瘦铁表达了他的两点顾虑。第一，虽然国共合作的呼声很高，但真相不得而知，他的通缉令还没有取消，国民党也没有国共合作的明文。他一旦回去了，日本政府或许要借机污蔑中国赤化，国民党为了回应赤化的污蔑，或许要拿自投罗网的郭沫若开刀。第二，他在日本靠稿费生活了十年，如果这次回去受到政府冷落，自己虽然不气馁，但未免取笑于他人。这事实上是在试探钱瘦铁能否真的在他归国的问题上取得政府的支持。

王芃生可能将遗嘱交给蒋介石看过，在得到蒋介石同意后，迅速汇给钱瘦铁五百元旅费。钱瘦铁跟驻日大使馆取得联系，决定给郭沫若三百元作为安家费。国民党中央执行委员会于7月17日发出宥字第五四七号函，取销对于郭沫若的通缉令，国民政府、行政院相继于7月28日、29日发出训令，照会各地。

郭沫若接过钱瘦铁带来的三百元钱，当时觉得很兴奋，因为可以让安娜支撑一段时间，自己对于妻儿的愧疚也能减少一分。但不久就又踌躇起来。他在临出发的前一天晚上对金祖同说："虽然我的去志已经决定了，不过我还有些畏怯，因为我今后的出路，仍就是毫无把握的。中央政府是否抗日的意思，到了现在还不见确实声明过，民众运动至今还没有完全解放，而民众的意识似乎也很消沉，到现在我还没有在报上看见上海和各地的民众有什么积极的运动，所以这次回去，政府能不能容我，果然是一个问题，不过我已经把生死置之度外了，倒也不怕他什么，只怕民众们的心仍很麻木，那么我回去还有什么意思呢。"①此外，他对当时国内的情形不熟悉，不知道民众和政府的关系如何，对于回去后是否能够真正发挥作用拿捏不准。

他将自己的犹豫非常传神地写在一首旧体诗里：

① 殷尘（金祖同）：《郭沫若归国秘记》，言行社，1945年，第121页。

> 廿四传花信，有鸟志乔迁。
>
> 缓急劳斟酌，安危费斡旋。
>
> 托身期泰岱，翘首望尧天。
>
> 此意轻鹰鹗，群雏剧可怜。

是早回去，还是晚回去，是在日本危险，还是回去危险，他反复斟酌，把握不定。自己虽然立志要担当国家民族的危难，但是一想到留在日本的妻儿，他又觉得于心不忍。但他最后还是下了决心。

中日战争让安娜非常痛苦，她知道郭沫若去意已决，无可挽回后，在郭沫若离开的前晚，她对郭沫若说：走是可以的，最令人担心的是你路不定，只要你认真做人，就是有点麻烦，也只好忍了。这些宽容的话让郭沫若充满了感激。

7 月 25 日凌晨四点半，郭沫若起了床。几个孩子都睡熟了，安娜还在床上看书。他揭开蚊帐，吻了安娜的额角，安娜不知道这是离别的信号，连头也没有抬。郭沫若来到庭院，向院中的栀子花、大莲花、池中的金鱼告别，默默祈祷着妻儿的平安。他跨过篱栅的缺口处，离开了家。一路上他默念着头一天步鲁迅韵写的一首七律：

> 又当投笔请缨时，别妇抛雏断藕丝。
>
> 去国十年余泪血，登舟三宿见旌旗。
>
> 欣将残骨埋诸夏，哭吐精诚赋此诗。
>
> 四万万人齐蹈厉，同心同德一戎衣。

鲁迅逝世后，身上覆盖着"民族魂"的旗帜，这给了郭沫若力量。郭沫若为了民族，决定"别妇抛雏"。但"别妇抛雏"毕竟是令人悲痛的，为了转移注意力，他畅想抵达上海之后可能出现的"四万万人齐蹈厉，同心同德一戎衣"的伟大场面。

郭沫若按照他跟金祖同和钱瘦铁约定的时间提前一个小时到了车

站。他化名杨伯勉，穿着一件家常和服，和服里只有一件衬衣和一条短裤，赤脚穿着木屐。钱瘦铁见状，将自己的西装给郭沫若换上，并为他配上一顶草帽、一柄手杖和一个行李袋。就这样，郭沫若在金祖同的陪同下，上了开往上海的轮船。

郭沫若一路上最不放心的是留在日本的妻儿，他写了好几封给日本友人的信，还给日本市川市的宪兵分队长和警察署长各写了一封信，感谢他们十年来的"保护"，恳请他们照顾留下来的家室。他还写了一首诗，形容他当时的心情：

> 此来拼得全家哭，今往还当遍地哀。
> 四十六年余一死，鸿毛泰岱早安排。

郭沫若回国后听到一个类似自己家庭的故事。有名年轻军官名叫吴履逊，他娶了日本夫人，生有三个小孩，夫妻感情非常好。全面抗战爆发后，夫妻离了婚。妻子带着三个孩子走了，吴履逊奔赴华北最前线。这位日本女士在离婚席上对丈夫说："吴，你是军人，处在国难严重的时候，正是你应该效命疆场的时候，请你不要顾虑我。我虽然是生在日本的女子，但日本军部的侵略兽性，我是彻底反对的。你的儿女我要尽心抚育，要使他们继承着你的志气，使他们永远是中国的儿女。"郭沫若听完这件事后，"一面感觉兴奋，但一面也感觉会心的微笑"，"中国有这样的军人，中国不会亡"！①这些大丈夫的背后，有着他们妻儿的伟大支持。

郭沫若走后，安娜受到日方的非难。安娜当年 11 月给郭沫若写信说，"十月里被敌人官厅捉去打了一顿，关了一个月，现在已经放出来了。家也被他们抄了，所写的东西都给他们拿了去"②。郭沫若读到信后非常悲痛。阿英 11 月 19 日访问他时，"入室即见其面窗默坐，若有

---

① 郭沫若：《在轰炸中来去》，《郭沫若全集·文学编》（第 13 卷），人民文学出版社，1992 年，第 471 页。
② 《郭沫若先生访问记》，汉口《新华日报》，1938 年 1 月 16 日。

重忧。即见余，乃告以东京有友人寄书来，谓夫人因彼之逃脱，曾被逮月余，饱尝鞭笞之苦。诸儿在乡，时遭无赖袭击。出信为余译读，声苦颤，泪亦盈眶。余讷于言，相对黯然者甚久"①。第二天，郭沫若写了一首七律《遥寄安娜》：

> 相隔仅差三日路，居然浑似万重天。
> 怜卿无故遭笞挞，愧我违情绝救援。
> 虽得一身离虎穴，奈何六口委骊渊。
> 两全家国殊难事，此恨将教万世绵。②

他将这首七律书一立轴，吟诵不已。他又想起了四年前写作的一首五律：

> 信美非吾土，奋飞病未能。
> 关山随梦渺，儿女逐年增。
> 五内皆冰炭，四方有谷陵。
> 何当契鸡犬，共得一升腾。

他将其写成另一立轴，并附跋语说："此四年前流寓日本时所作。尔时虽不自由，家室尚相聚。并且有我在，狂暴者尚未敢侵陵。今岁独归，妻孥陷敌，备受鞭笞之苦。忆及此作，不禁倍加凄切。"③

在后来回到上海匆忙劳累的日子里，郭沫若常常触景生情，想起妻儿和他在日本的住所。秋天，他为董竹君女儿夏国瑛作七绝一首，并书挂轴相赠。咏叹："今日悲秋甚寥落，哪堪儿女化商参。"诗后作跋语："国瑛今夏曾东渡，访余于须和田之寓庐，就四女淑子钢琴抚奏一

① 阿英：《关于郭沫若夫人》，《抗战中的郭沫若》，广州战时出版社，1938 年。
② 郭沫若：《遥寄安娜》，《杂志》月刊创刊号，1938 年 5 月 10 日。
③ 阿英：《关于郭沫若夫人》，《抗战中的郭沫若》，广州战时出版社，1938 年。

曲，及今思之，殊有难言之隐痛。"①10 月，他为黄定慧的《山居图》
题诗：

> 小隐堪宜此，山居即是诗，
> 禅心来远岫，逸兴发疏篱。
> 有酒还当醉，无鱼不足悲，
> 天伦常乐叙，回首羡康时。

短跋云："民二十六年夏，日本寇我平津，余别妇抛雏，只身返国，
从事救亡运动。对此图画，与余往日生活，有相仿佛之处，不禁有感，
故末句云尔。"②

日军发动的侵华战争，给亿万家庭带来了巨大伤害，而郭沫若和他
的家庭，正是这样的受害者之一。他为形势所迫，出于中国知识分子救
国救民的道义信念，"别妇抛雏"归国抗战，这在当时的社会各界看来，
郭沫若此举光荣而又伟大，但其中的心酸和悲痛只有他和他的妻儿才能
深深体会得到。

二

7 月 27 日，郭沫若抵达上海码头。国民政府行政院政务处长何廉
前来迎接，他希望郭沫若跟他去某一地方，谈谈并解释国内和南京的情
形。但郭沫若拒绝了。他和金祖同到了沈尹默但任馆长的孔德图书馆。
沈尹默劝郭沫若继续研究中国古代社会，同时观察时局的进展，并表示
愿意为郭沫若的研究提供方便。郁达夫、施蛰存等人去码头迎接郭沫
若，但没有见上，闻讯赶到孔德图书馆来。郭沫若和郁达夫这两位老朋

---

① 据手迹。
② 郭沫若：《近作两首·题黄定慧所作〈山居图〉》，《战时大学》周刊第 1 卷第 1 号。

友紧紧握住手，久久说不出一句话来。

郭沫若归国后，受到了上海各界的热烈欢迎。7 月 28 日，郭沫若下榻沧州饭店，夏衍、阿英、叶灵凤、沈启予等人先后来访，和他讨论着时局的进展。此后，郭沫若在上海期间一直在中共党组织的影响下开展工作。由于来访的人越来越多，他只好搬到高乃依路的一家捷克斯洛伐克人的公寓里。

8 月 2 日，郭沫若往蜀腴川菜社，出席中国文艺协会上海分会和上海文艺界救亡协会为他举办的欢迎会；7 日，他出席上海留日同学救亡会组织的欢迎会；8 日，他应邀前往尚文小学大礼堂，出席上海文化界救亡协会与其他文化团体为其与出狱的"七君子"举行的欢迎会；9 日，他往冠生园出席上海诗人协会举行的欢迎会。

在这些欢迎会中，郭沫若表达了为抗战鞠躬尽瘁的决心。他在蜀腴川菜社说："此次别妇抛儿专程返国，系下绝大决心。盖国势危殆至此，舍全民族一致精诚团结、对外抗敌之外，实无他道，沫若为赴国难而来，当为祖国而牺牲。"[1]在留日同学救亡会的欢迎会上，他说："中国到了最后关头，每个人到必要时都要有拿枪杆的力量，每时每刻每秒都不要忘了抗敌救亡的主张。"[2]他还常常把他的"别妇抛雏"的诗念给大家听，给大家留下了深刻的印象。

郭沫若充分发挥他擅于演讲的长处，鼓动民众参与抗战。阳翰笙回忆说："在那个时侯，演讲是一项最普遍，最鼓动人心的宣传方式，涌现了许多天才宣传鼓动家，讲者激昂慷慨，闻者心潮澎湃。郭老在当时就是一位极出色的鼓动家，凡是大的群众场合都有他的演讲。"[3]日本友人鹿地亘则说："我是听过他在上海和南桥嘉定的演说的。他的火一般的爱国热情使他成为那样一个雄辩家。他的话是那样煽动的，几乎每一句都能使听众为之狂热，为之击节。"[4]

---

① 见 1937 年 8 月 3 日《大公报》的报道。

② 见 1937 年 8 月 8 日上海《立报》的报道。

③ 阳翰笙：《风雨五十年》，人民文学出版社，1986 年，第 186 页。

④ 田汉：《沫若在长沙》，丁三编《抗战中的郭沫若》，广州战时出版社，1938 年。

8月7日，郭沫若又写下了一首七律：

> 十年退伍一残兵，今日归来入阵营。
> 北地已闻新鬼哭，南街犹闻旧京声。
> 金台寂寞思廉颇，故国苍茫走屈平。
> 挈眷孥家何处往，茕茕叹尔众编氓。

10月15日，张元济听了一夜空战，夜不能寐，想起了郭沫若的这些诗，遂以《和郭沫若〈归国书怀〉步原韵》为题，写了一首七律：

> 报国男儿肯后时，手挥慧剑斩情丝。
> 孤怀猛击中流楫，远志徐搴旭日旗。
> 甘冒网罗宁结舌，遍规袍泽更陈诗。
> 惭余亦学深宵舞，起视星河泪满衣。①

张元济的和诗，充分说明了大敌当前时，郭沫若"别妇抛雏"的忠勇之情对知识分子的感召力。

除了出席欢迎会，发表演讲，跟文化界一起呼吁全民投入抗战外，郭沫若还凭借其在北伐时期和国军将领的友好关系，或去拜访高级将领，或去前线访问，阐述其抗战主张。

8月12日，郭沫若应邀去嘉兴访问张发奎将军，跟这位在南昌起义前分道扬镳的国军高级将领握手言欢。"两人坐着摩托小艇在南湖里游了半天，在烟雨楼头也喝了一会茶。"②张发奎说，上海的战事迟早会发生的，发生了就派车去接郭沫若。8月24日，张发奎果然派车前来接郭沫若。张发奎向郭沫若等人介绍了战争的情况，他们俘获了日本

① 张元济：《和郭沫若〈归国书怀〉步原韵》，《张元济全集》（第4卷），商务印书馆，2008年，第69页。
② 郭沫若：《到浦东去来》，《郭沫若全集·文学编》（第13卷），人民文学出版社，1992年，第435页。

兵，打击了浦东沿岸日本人的码头堆栈。郭沫若答应帮助张发奎组织一个战地服务团，由钱亦石任团长。

9月7、8两日，郭沫若前往昆山前线。8日早上，郭沫若不期然遇见了冯玉祥，两人共进早餐。冯玉祥建议郭沫若写一篇文章，讨论"为什么北伐的时候，我们的士兵在前线打仗，后方的民众便送茶，送水，送稀饭，十分的殷勤？为什么我们现在在前线抗敌，我们战壕里的将士有一两天不见饭的，而后方的民众总老是不管"？郭沫若回答说：

> 北伐时代，三大政策尚未抛弃，国共合作尚未破裂，军中有政治工作，总司令部政治部在出发前受了中央的委托，有到各地开放党部、组织民众的全权。因而军队到的地方便是政治工作到的地方，而且政治工作人员每每比军队先到。民众相信政策，并有了组织，故尔前方和后方的活动能够打成一片。现在的情形有点两样，我想冯先生是最明白的。目前的民众是效命有心而出力无路，他们并不是冷淡，只是有所期待。在我看来，政策要鲜明，要信赖群众，军中的政治工作应即早恢复，民间组织应即早开放，怕是保证胜利的最切要的事体吧。①

陈诚邀请郭沫若同他围坐在一张铺着军用地图的方桌上，地图上用红绿各色的铅笔做了很多标记。陈诚按着地图将前线的情形详细向郭沫若进行讲解，并说，我们不如敌人的只是飞机大炮，但我们会"屡败屡战"。郭沫若深以为然："这，我觉得是每个军人应该抱的决心，也是我们每个人民应该抱的决心。要有'屡败屡战'的精神，我们才能够抗战到底。"

郭沫若向陈诚贡献了五点方略：一是"我们的后方工作应该化整为零，应该多设医药站，伙食站等，并随时移动，以免敌人轰炸"；二是

---

① 郭沫若：《前线归来》，《郭沫若全集·文学编》（第13卷），人民文学出版社，1992年，第449、450页。

"军中的政治工作应该赶快复兴起来，民众运动应该从速开放而加以组织，如此才可以巩固我们的后方，铲除汉奸的要蒂"；三是"全军应该速施防御霍乱的注射，因为霍乱在上海已经有流行的倾向"；四是"军中应该多备日文宣传品，由我们前线的兵士及飞机师投散于敌人的阵地，以劝告敌人的士兵，觉醒他们的迷梦"；五是"军中应有一种统筹全局的'战报'，以联络各军彼此的消息，以传达正确的战讯于人民，并以保存这次神圣抗战的记录"。①

郭沫若在访问中对前线战事充满了信心。他在军中午睡醒来，趁兴作了一首旧体诗：

> 雷霆轰炸后，睡起意谦冲。
> 庭草摇风绿，墀花映日红。
> 江山无限好，戎马万夫雄。
> 国运升恒际，清明在此躬。

江山虽遭轰炸，但在郭沫若看来，却是"无限好"，因为有了这些勇猛的前线将士，抗战并不悲观，而成为"国运升恒"的契机。

9月19日，郭沫若接到陈诚转来的蒋介石电报，命往南京觐见。

21日晚，郭沫若抵达苏州，拜访了李根源和张一麐两位老人。李根源说，他的主张是"内王外霸"，主张只宜注重国防，其他一切粉饰太平的建设都不需要。张一麐说："我平常并不好，时常生病，但自'八一三'以来，我的精神便百倍起来，什么病都没有了。"②

22日晨，郭沫若抵达南京。在南京期间，他拜访了周至柔、钱大钧、叶剑英、李济深、陈铭枢、邵力子、张群等国共两党的高级官员。张群尤其亲热地说："十年不见了，整整十年啦。……马伯援以前常见面，谈起你，说你的生活很清苦。……又曾提起，想约朋友们多量地赠送些

---

① 郭沫若：《前线归来》，《郭沫若全集·文学编》（第13卷），人民文学出版社，1992年，第448页。
② 同上书，第464页。

书籍给你，供你的研究。但我是担心，恐怕你不肯接受。……宝眷怎样呢？近来有消息吗？"①听了张群这些话，郭沫若有所触动，不禁回忆起他在日本"苦"而不"清"的生活来。

24日晚，郭沫若受到了蒋介石的接见。蒋介石询问了郭沫若的甲骨文和金文的研究情况，问他是否有兴趣继续研究下去。郭沫若回答说，只要有时间和材料，总会研究下去的，他希望有机会将散在欧美的古器物的材料搜集起来。蒋介石表示将来可以设法。蒋介石的主要目的是希望郭沫若推荐宣传方面的人才，并希望郭沫若留在南京，担任一个相当的职务，一切会议不必出席，只是一边多写文章，一边研究学问就行。蒋介石还询问了郭沫若家眷的近况和一些个人的私事。蒋介石这次给郭沫若留下的印象很好："精神似乎比从前更好，眼睛分外有神，脸色异常红润而焕发着光彩，这神采就是在北伐当时都是没有见过的。"②但郭沫若第二天请张群向蒋介石传达，他不能接受任何名义。

25日，郭沫若见到了汪精卫、孙科、陈公博等人。汪精卫见着郭沫若后，远远就向郭沫若跑来，紧紧握住他的手，几乎要拥抱他了。他对郭沫若说："大家晓得你来了，都很高兴。刚才在开会议，大家都期待着会开完后可以和你见面，但可惜警报的时候太长，所以都散了。"③孙科详细询问了郭沫若的甲骨文、金文研究。他曾买过郭沫若的《殷契粹编》送国民政府立法委员吴经熊，吴经熊则把郭沫若的《屈原研究》和《浮士德》转赠给孙科。

无论是出席各种集会，还是拜访党政军高级官员，郭沫若都受到热烈欢迎，他注定要在抗战中发挥更大的作用。

① 郭沫若：《前线归来》，《郭沫若全集·文学编》（第13卷），人民文学出版社，1992年，第475页。
② 同上书，第481页。
③ 同上书，第487页。

三

郭沫若不是将士，不能扛枪上阵杀敌，他参加抗战，主要是从事宣传工作。宣传要有自己的阵地，抗战初期，郭沫若宣传抗日主张的主要阵地是《救亡日报》。有关《救亡日报》的编辑缘起，据夏衍回忆，周恩来考虑到《新华日报》不能尽快出版，建议由上海救国会出一张日报。夏衍和胡愈之、郑振铎、张志让等人商量后，"决定出一张四开的、有国民党人参加的、统一战线性质的'文救'机关报，由郭沫若任社长"①。

郭沫若为《救亡日报》的出版积极奔走。他曾和潘汉年、夏衍直接去找潘公展，潘公展同意发刊《救亡日报》。经讨论后双方达成一致意见：这份报纸以郭沫若为社长，国共双方各派总编辑一人，中共方面为夏衍，国民党方面为樊仲云，双方各出五百元作为开办经费。8月24日，《救亡日报》正式出版，郭沫若题写了刊头。

郭沫若在《救亡日报》上发表了二十多篇文章，绝大部分结集在《羽书集》中。从这些文章中我们可以发现，郭沫若以《救亡日报》为平台，鼓舞国人士气，动员民众坚持抗战。

《持久抗战的必要条件》《由四行想到四川》《一位广东兵的诗》三篇文章都跟郭沫若 1937 年 10 月 23—29 日前线访问有关。他这次访问了叶伯芹、罗卓英等将领，并以自己的亲身经历为依据，将前线将士刚毅英勇的战斗姿态以报纸为媒介，展示给普通百姓，增强他们的抗战信心。他在《持久抗战的必要条件》中写道："我从二十三号的晚上起，一直到今天二十九号止，几乎每天都在前线上驱驰。我会见了不少指挥作战的高级军事人员，他们的态度都一样地坚决、沉毅，自称抗战到底的决心至死不变。"

---

① 夏衍：《郭沫若回国》，李子云编选：《夏衍七十年文选》，上海文艺出版社，1996年，第112页。

在《告国际友人书》和《忠告日本政治家》中，郭沫若以中国知识分子的身份向敌国和国际友人说话。《告国际友人书》在《救亡日报》上发表时题为《中国文化界告国际友人书》，郭沫若以中国文化界代言人的口吻说："我们中华民族素来是嗜好和平的民族"，"被逼到忍无可忍的地步，我们现在提起正义之剑"，呼吁"爱好和平的朋友、保卫文化的斗士""一致起来和我们携手"，"把全世界文化和人类的福祉，在大规模的毁灭危机之前救起"。《忠告日本政治家》认为日本政治家屈服于军部，希望他们"够勇敢一点，救救你们的祖国"。

《后来者居上》《日本的过去，现在，未来》《日寇残酷心理的解剖》讨论的是苏联和日本的问题。前一篇通过介绍苏联近二十年的成功，强调苏联"后来者居上"的精神值得学习。《日本的过去，现在，未来》通过分析日本的发展历程，认定"日本是一位痨病框子的拳斗家"，"结果是终归于死灭"。《日寇残酷心理的解剖》说明日寇的残酷实际上是"自暴自弃"，这是"消极反战的表现"。

《逢场作戏》《饥饿就是力量》《把精神武装起来》《"中国人的确是天才"》等文章则是鼓舞民众的抗战精神。《逢场作戏》认为作戏的精神是"纯粹地灭却自己以完成一个客观的美的世界"，希望国人做何种事体都能有这种精神。《饥饿就是力量》认为敌我双方都处于饥饿恐慌，"这力量在敌人是促进他的溃灭，而我们是促进我们的复兴"。

《不要怕死》《由"有感"说到气节》《争取最后五分钟——对于失败主义的批判》讨论的是汉奸问题。《由"有感"说到气节》从江朝宗任伪职时所作的一首诗感叹到："中国士人的气节不知何以竟扫地到目前的这样状态。"《不要怕死》认为避免做汉奸的关键是"凛冽自己的气节，要不受利诱，不受威胁，临到最后关头争这一口气，不要怕死"。《争取最后五分钟——对于失败主义的批判》批判了汪精卫的投降行为，认为全体国民应该"争取最后五分钟"。

此外，郭沫若还在《救亡日报》发表旧体诗。不仅有著名的《归国杂吟》，还有为郝梦龄军长所作的悼亡诗，观看戏剧后的《看〈梁红玉〉》等。有些从事新文学创作的朋友，劝郭沫若不要"开倒车"，不要发表旧体诗。但郭沫若却说："我总觉得做旧诗也有做旧诗的好处，问题该在所做出的诗能不能感动人而已。在我的想法，目前正宜于利用种种旧有的文学形式以推动一般的大众。我们的著述对象是不应该限于少数文学青年的。"[1]抗战时期，郭沫若的旧体诗创作数量多，质量高，甫一发表，应者云集，产生了广泛深远的影响。

郭沫若还注意发挥其他传统文艺形式的作用，10月3日，他与周信芳、高百岁、金素琴、田汉、欧阳予倩等戏剧界朋友座谈。就旧剧如何适应抗战形势的需要及其本身改革的问题展开讨论。主张"旧瓶装新酒"，大胆采用最近抗战中涌现的热烈悲壮的故事来编剧。

郭沫若参与旧剧的讨论，也投身话剧剧本的写作。在上海期间，他编了两个话剧剧本，一个是改作五幕剧《棠棣之花》，另一个是《甘愿做炮灰》。在后一剧本中，作家高志修在淞沪抗战爆发后，为战事日夜奔忙，跟未婚妻产生了误解。他们分手后，高志修又与女钢琴家季邦珍冒着生命危险，同上前线劳军。作者在剧本中不断强调知识分子投身抗战的决心和意义："目前是共赴国难的时代，只要于救亡有好处，大家都应该牺牲一切，贡献出自己的力量"；"国家正是需要我们用血来灌溉的时候"，成为炮灰，便是尽了"做子民的责任"，"我自己也是随时随刻都准备着做炮灰的"。

11月12日，国军从上海撤退，上海沦陷。21日夜，郭沫若为《救亡日报》作"沪版终刊致辞"：

> 胜利之必至是我们全民的信念。我们从事文笔的人，在这淞沪抗战期中抗战了三个月，也愈见把我们的信念增强了。我们现在随着军事部署的后退也有暂时由上海附近向内地移动并稍稍改变战略的必要。因此，我们的一部分也要暂时和上海同胞们告别。但同胞们请相信，我们决不是放弃了上海。也决不

---

[1] 郭沫若：《由"有感"说到气节》，《郭沫若全集·文学编》（第18卷），人民文学出版社，1992年，第156、157页。

停止了战斗。我们是希图我们的战斗更加有效，而使上海成为事实上的地雷和潜航艇。①

郭沫若将他在上海期间的重要文章编成《沫若抗战文存》，在《小引》中说，这些文章"都是在抗战中热情奔放之下，匆匆写就的，文字之工拙当然说不到，但是有一点却可供读者的借鉴，那便是抗战的决心，所以我也乐得把他们搜集起来，供给广大热心的读者"②。

四

11月27日，郭沫若登上法国游轮，29日抵达香港。一星期后到达广州。

郭沫若在法国游轮上邂逅了何香凝、邹韬奋、金仲华。他跟邹韬奋在甲板上并排散步，他想去南洋募捐，详细询问了邹韬奋南洋的情形，还谈到苏联和其他国家的情况。他后来回忆当时的心情时写道："想到南洋去募捐，但也没有把握。""前途的渺茫，不免增加了自己的惆怅。假如是到了北方去，那情绪又会是完全两样的。我很失悔，为什么没有和周扬同志一道去延安。""这些情绪为那阴郁的天气成了内应，夹攻着我。"③一方面是对抗战责任的承担，一方面是对"前途的渺茫"，这种心绪，表现在他当时写的几首旧体诗中：

> 十载一来复，两番此地游。
> 兴亡增感慨，有责在肩头。

---

① 郭沫若：《我们所失掉的只是奴隶的镣铐》，《郭沫若全集·文学编》（第18卷），人民文学出版社，1992年，第156、157页。
② 郭沫若：《小序》，《沫若抗战文存》，上海明明书局，1938年。
③ 郭沫若：《洪波曲》，《郭沫若全集·文学编》（第14卷），人民文学出版社，1992年，第9页。

遥望宋皇台，烟云都不开。

临风思北地，何事却南来？

竟随太岁一周天，重入番禺十二年。

大业难成嗟北伐，长缨未系愧南迁。

鸡鸣剑起中宵舞，狗吠关开上濑弦。

昨夜宋皇台下过，帝秦誓不有臣连。

　　郭沫若本来已经为去南洋做好了准备，"连护照都已经弄好了，用的是'白圭'的假名"[1]。"白圭"是战国人，精通致富之道，被尊为商贾的祖师。郭沫若取这个名字，是为了有个好兆头。他想要募捐到大量财物，以支持前线将士。但到了广州后，郭沫若经朋友们劝告，决定暂不去南洋，而留下恢复《救亡日报》，将根据地设在广州。

　　郭沫若为了筹集《救亡日报》经费，曾拜访广州市市长兼财政厅厅长曾养甫，还曾到省主席吴铁城官邸赴宴。但他所提补贴之事都被婉言拒绝了。通过他曾在文章中表彰的"一二八的炮手"吴履逊的介绍，郭沫若拜访了第十二集团军总司令余汉谋。这位高级将领对《救亡日报》复刊表示欢迎，"每月愿捐助毫洋一千元，按月支付；从十二月便开始，可以作为开办费，容易周转一些"[2]。虽然在给了两千元开办费后，后来按月支付的经费并未落实，以致报社在两三个月后就感到经费困难。但万事开头难，有了这两千元，郭沫若心里就有底。他迅速打电报请夏衍来广州。他又通过关系，在长寿路找到一处地方作为报社新址；并在一位橡胶厂厂主陈辅国帮助下，在官禄路找到一处宿舍。

　　1938 年 1 月 1 日，《救亡日报》在广州复刊。郭沫若在题为《再建我们的文化堡垒》中写道："救亡就是我们的旗帜，抗战到底就是我们

① 郭沫若:《洪波曲》,《郭沫若全集·文学编》(第 14 卷), 人民文学出版社, 1992 年, 第 13 页。

② 同上书, 第 17 页。

的决心，民族复兴就是我们的信念"，愿与所有抗敌救亡之士"诚心诚意地为国家为民族而携手，而努力，而牺牲"，还表示"要在文化立场上摧毁敌人的鬼蜮伎俩，肃清一切为虎作伥的汉奸理论，鼓荡起我们的民族贞忠之气，发动起大规模的民众力量，以保卫华南门户，保卫祖国，保卫文化"。[①]

所谓"发动起大规模的民众力量"，是郭沫若在广州期间总结抗战初期失利教训所得出来的方略。12 月 9 日，郭沫若在广州中山大学礼堂举行的"一二·九"二周年纪念大会上演讲说："最近一个月来情势却似乎有点坏了，这是什么原因，就是为的此次抗战只是军事抗战，民众的力量全被忽略了。说起来也痛心，上海被日军占据了，可是大上海的几十万民众却驯驯服服地在七八十个日本人的统治之下。这是一个大耻辱！如果我们民众有组织，有训练，尽可以发挥几十万民众的力量，纵使不能保卫大上海，也不会让少数日本人在上海有立足之余地，更可以扰乱敌人的后方，牵制敌人的深入，但现在却不然，反而我们的民众被敌利用去了。这是多么痛心呢！为什么我们的民众力量还不能表现出来？我们的答案：就是民众还没有得到充分的解放！"[②]20 日，郭沫若应广州文化界救亡协会之邀，在广州无线电台作题为《武装民众之必要》的播音演讲。他在演讲中指出，"我们这次的抗战，却还没有做到真实的全面抗战的地步。一切的政治机构与社会运动，和前方的军事行动配合不起来，因此我们前方的初期军事顺利，也就未能确保，这是我们应当引以为最大的遗憾的。""现在我们应该恢复北伐时代的政治纲领，尤其是把民众运动彻底解放出来的时候了。"[③]

在广州期间，郭沫若进一步明确了民众动员就是他在抗战中承担的独特使命。此后，他每到一处，其最重要的工作都是民众动员，或者

---

① 郭沫若：《再建我们的文化堡垒》，《郭沫若全集·文学编》（第 18 卷），人民文学出版社，1992 年，第 237、238 页。

② 《纪念"一二·九"斗争的二周年》，《抗战中的郭沫若》，广州战时出版社，1938 年。

③ 《武装民众之必要》，《郭沫若全集·文学编》（第 18 卷），人民文学出版社，1992 年，第 208、211 页。

面对文化界强调民众动员的重要性，或者深入大众之中亲自从事民众动员。1938年1月6日，郭沫若应岭南大学学生自治会之邀，在该校礼堂为全体师生演讲。指出：抗战愈持久，愈展开，对我国愈有利，现在我们已达到消耗敌人之目的，如再能"文官不要钱，武官不怕死"，民众运动彻底开放，就能争取抗战的早日胜利。①1938年1月9日晚，郭沫若抵达武汉，当天为《新华日报》创刊题词："发动全民的力量，从铁血之中建立新的中国。"②13日，郭沫若在接受《新华日报》记者慧琳的采访时认为，"上海的失败已经给我们一个教训，单只军事防守还不够，必定要动员广大民众来配合，单只提口号，还不行，必定要切实的兑现，目前的问题还是在于怎样组织民众，怎样武装民众，保卫大武汉运动必需有这样切实的工作做基础"③。1938年2月7日，郭沫若到长沙，15日在长沙文抗会演讲，认为"在动员广大的民众上到处都是我们的工作场所"④。1938年12月29日，郭沫若抵达重庆，1939年1月1日，在中山公园面对重庆民众演讲，动员重庆民众"新年应该节约，不要送礼物，但有两件礼物是大家非送不可的：第一件是打败日本帝国主义，第二件是建设自由幸福的中华民国"⑤。1939年2月底，郭沫若回乐山探亲，3月在嘉州公园中山堂演讲，要求"全体人民动员起来，上下一心，人不分老幼，地不分南北，有力出力，有钱出钱，一定能打败日本帝国主义"。⑥这些活动中，郭沫若面对新的人群，无一例外从事的都是民众动员的工作。

这次南下广东，虽有些抑郁，但也有不少兴奋事儿，最让郭沫若高兴的，是和于立群相爱了。于立群出身名门，祖父于式枚，是清朝同

① 《盛会空前的郭沫若茅盾演讲》，《抗战中的郭沫若》，广州战时出版社，1938年。
② 手迹载《新华日报》1938年1月14日。
③ 慧琳：《郭沫若先生访问记》，1938年1月16日《新华日报》。
④ 郭沫若：《对于文化人的希望》，《郭沫若全集·文学编》（第18卷），人民文学出版社，1992年，第226页。
⑤ 《狂欢的元旦日》，1939年1月2日《新华日报》。
⑥ 李又林：《一次激动人心的演说》，《抗战时期的郭沫若论文集》，四川省社会科学出版社，1985年。

治年间的"榜眼",后来出任驻德大使、吏部侍郎等职。于式枚笃信佛教,没有结婚,将胞弟的儿子于孝侯收为继子。于孝侯就是于立群的父亲。于立群的母亲是清末两广总督岑春煊的女儿。于立群的妈妈生有五女一男,立群排行第三,从小天资聪颖。但于家家境越来越困难。1930年,于立群考入上海明月歌舞剧社,后来又进入上海电影学校,艺名黎明健,拍电影,演话剧,成为知名艺人。

于立群的姐姐于立忱,于1930年考上北平师范大学,在校期间成为非常活跃的文学青年,思想左倾,曾被国民党特务逮捕,获释后在《大公报》工作。1934年,于立忱担任《大公报》东京特派记者。她和在东京的其他中国左翼青年一样,常去访问郭沫若。郭沫若对她印象十分美好。1936年12月16日,郭沫若拉着郁达夫去看于立忱,于立忱出示一首《咏风筝》的七绝:

> 碧落何来五色禽,长空万里任浮沉。
> 只因半缕轻丝系,辜负乘风一片心。

郭沫若看后,当场和诗一首:

> 横空欲纵又遭擒,挂角高瓴月影沉。
> 安得姮娥宫里去,碧海晴天话素心。

体现了两人在精神上的相知。1937年初,由于《大公报》不再承担她在日本的费用,于立忱返回上海。5月,于立忱因为疾病和忧郁自缢身亡。28日,郭沫若接到于立忱的死讯,半年前的诗词唱和萦绕在他的脑海,久久挥之不去,于是写下了《断线风筝》来纪念这位早逝的才女。

郭沫若抗战归国后,第四天就跟朋友一起去凭吊于立忱的墓。他感叹着:"这样一位女子,实在是不应该死的",对于立忱的死,他"有点害怕，立忱所走的路，似乎暗示着了我自己的将来"①。1937年11月，在离开上海之前，郭沫若再次往谒于立忱墓，写了一首七律：

> 愤悱难任甘一死，黄泉碧落竟何之？
> 离怀自使鸾皇渺，远视终教莺燕欺。
> 尊酒敢逾金石誓？文章今有去来辞。
> 盱衡自古哀兵胜，漫道苍茫鼓角悲。

抗战爆发后，于立群在上海同林林、姚潜修等文化人一起在法租界一所国际难民收容所里工作。郭沫若归国后，受党组织委托，林林、于立群等人负责照顾郭沫若的生活起居。他们时常见面，还好几次一起上前线慰劳抗战将士。郭沫若对立群印象非常好："我认识了立群，顿时感到惊异。仅仅二十来岁，在戏剧电影界已经能够自立的人，对一般时髦的气息，却丝毫也没有感染着。两条小辫子，一身蓝布衫，一个被阳光晒得半黑的面孔，差不多就和乡下姑娘那样。而她对于抗战工作也很出力。'八一三'以后时常看见她在外边奔跑。"②郭沫若还在轰隆的炮声中将于立忱的《咏风筝》书写出来送给于立群。

郭沫若到香港的第二天，从九龙访友归来，于皇后大道转雪厂的十字街口遇到林林、姚潜修、叶文津、郁风、于立群等人。于立群等人决定当天下午就从海陆通旅馆搬到郭沫若下榻的六国饭店住宿。他们住在一个饭店，接触的机会更多了。郭沫若后来回忆说，就是在香港这一星期左右，开始"与立群相爱"。12月7日，郭沫若与于立群等人同船奔赴广州。在广州期间，郭沫若与于立群常常见面，在得知郭沫若要前往武汉的消息后，于立群搬到郭沫若所住的新亚酒楼。"她一搬来，不声不响地整天价只是读书写字。她写一手黑顿顿的大颜字，还用悬肘。这

① 郭沫若：《回到上海》，《郭沫若全集·文学编》（第13卷），人民文学出版社，1992年，第226页。

② 郭沫若：《洪波曲》，《郭沫若全集·文学编》（第14卷），人民文学出版社，1992年，第12页。

使我吃惊了。我从前也学写过颜字，在悬肘用笔上也是用过一番功夫的。我便问她，是什么时候学过书法？她告诉我：是他们的家传，祖父是写颜字的，母亲也是写颜字的，从小便学来这一套。这大概也是一种家庭教育吧？颜字的严肃性可能起规范作用，使一个人的生活也严肃了起来。有了这样一位严肃的'小妹妹'在旁边写颜字，惹得我也陪着她写了几天大颜字。"①两位书法家难得有这样的雅致，抗战烽火中的郭沫若暂时拥有了宁静的心境。自此直到郭沫若逝世，从武汉到重庆，从重庆到上海，从上海到北京，于立群陪伴着郭沫若走过了四十余年，生下了两女四男，给了郭沫若生活上的帮助和精神上的安慰。

五

1937 年 12 月下旬，在抗战的军事、政治中心武汉担任警备司令的陈诚受命组建政治部，由陈诚担任部长，周恩来、黄琪翔担任副部长。政治部总务厅之外设置三个厅，一厅管军中党务，二厅管民众组织，三厅管宣传。陈诚对郭沫若印象极好，希望他出任第三厅厅长。他在给蒋介石的信中说："周恩来郭沫若等，绝非甘于虚挂名义，坐领干薪者可比。既约之来，即不能不付与相当之权。""郭沫若则确为富于情感血性之人。果能示之以诚，待之以礼，必能在钧座领导之下，为抗日救国而努力。"②

1938 年 1 月 1 日，郭沫若接到陈诚电报："有要事奉商，望即命驾。"郭沫若考虑再三，决定前往武汉一趟，最低限度还可以见见周恩来等老朋友。1 月 9 日，在于立群的陪同下，郭沫若抵达武汉。第二天见到黄琪翔，才知道陈诚让他来武汉的目的。黄琪翔俨然是正式的政治部副部

---

① 郭沫若：《洪波曲》，《郭沫若全集·文学编》（第 14 卷），人民文学出版社，1992 年，第 18 页。

② 《陈诚先生书信集》，引自蔡震《郭沫若生平文献史料考辨》，社会科学文献出版社，2014 年，第 52 页。

长。他说本来政治部要设三位副部长的，郭沫若是其中之一，但蒋介石认为其他部都只有两个副职，所以只好委屈郭沫若做个"厅长"。郭沫若表示，职务高低无所谓，关键是不能"卖膏药"，要"切实地干民众动员的工作"。①

当晚，郭沫若来到八路军办事处周恩来的房间，见到周恩来、王明、博古、邓颖超、林伯渠、董必武等中共高层。他坦率地告诉党组织：第一，他耳朵聋，不适宜于担任厅长的职务；第二，"在国民党支配下做宣传工作，只能是替反动派卖膏药，帮助欺骗"；第三，他处在自由地位说话，比加入了不能自主的政府机构，应该更有效力；而且一旦做了官，青年们是不会谅解他的。王明首先不赞成："目前的局面是靠着争取得来的，虽然还不能满意，但我们还得努力争取，决不能退撄。能够在两方面都通得过的人，目前正感需要，还少了一点。我们不是想官做，而是要抢工作做。我们要争取工作。争取到反动阵营里去工作，共产党首先便能谅解，青年们的谅解是不成问题的。"周恩来也说："在必要上我们也还须得争取些有利的条件。但我们可不要把宣传工作太看菲薄了。宣传应该把重点放在教育方面去看，我倒宁肯做第三厅厅长，让你做副部长啦。不过他们是不肯答应的。老实说，有你做第三厅厅长，我才可考虑接受他们的副部长，不然那是毫无意义的。"②当时，作为中共秘密党员，郭沫若以代号 K 缴纳党费，受周恩来直接领导。

郭沫若对第三厅的人事安排也不满意。陈诚安排刘健群出任第三厅副厅长。2 月 6 日中午，郭沫若和阳翰笙应邀到陈公馆午餐。郭沫若到了后才发现，这是政治部第一次部务会议，除周恩来外，拟议中的政治部正副部长和各厅厅长包括刘健群都出席了。本来，郭沫若对出任三厅厅长有三点起码的要求：工作计划事先拟定，不能受牵制；人事必须有相对的自由；经费确定。但这次会议上，郭沫若不仅听到刘健群等人提

① 郭沫若：《洪波曲》，《郭沫若全集·文学编》（第 14 卷），人民文学出版社，1992 年，第 24 页。
② 同上书，第 26、27 页。

出的"政治部应该以不用女职员为原则"的奇谈怪论，还看到桌上文件中对"一个主义、一个政府、一个领袖"的强调。在这种场合下，郭沫若如坐针毡。他直率地发表了意见：宣传工作需要很多专家参加，如果不放开门禁，一味拿"一个主义"去衡量人才，那第三厅是招不到专门人才的。

会后郭沫若请阳翰笙给周恩来打招呼，说自己要前往长沙。周恩来送来纸条："到长沙休息一下也好，但不要太跑远了。"郭沫若到长沙后向田汉表明："不想进政治部，打算到南洋募款，来干我们的文化工作。"田汉委婉批评了他。[1]陈诚好几次发来电报，说只要郭沫若就职，一切问题都可以商量。黄琪翔几次写信来，措辞很严厉，说如果郭沫若再不回去，大家就不把郭沫若当朋友了。2月17日，周恩来致信郭沫若，表示他原则上决定就任政治部副部长，"惟须将政治工作纲领起草后呈蒋批定后，始能就职"，并希望郭沫若也能跟他站在同一立场。[2]24日，周恩来再次致信郭沫若，说陈诚谓"限制思想言论行动"已经解释过，并要请蒋介石批准，以便开展工作，并请范寿康担任副厅长。周恩来还要郭沫若起草宣传纲领，催促范寿康就职，邀请田汉、胡愈之来一起工作。[3]

2月26日，于立群带着周恩来24日写给郭沫若的信来到长沙。郭沫若陪于立群尽兴游了一次岳麓山后，于28日乘早车返回武汉。

郭沫若回到武汉后向陈诚提出了三项条件：工作计划由第三厅提出，在抗战第一原则下，不受限制；人事问题应有相对的自由；预算由第三厅提出，事业费要确定。[4]陈诚满口答应，还答应给第三厅两个军的事业经费。

在郭沫若筹划下，第三厅组建起来了。郭沫若担任厅长，范寿康担

[1] 田汉《迎沫若》《沫若在长沙》，见《抗战中的郭沫若》，广州战时出版社，1938年。
[2] 周恩来：《政治工作纲领批定始能就职》，《周恩来书信选集》，中央文献出版社，1988年，第140页。
[3] 周恩来：《速将宣传纲领拟好》，同上书，第144页。
[4] 郭沫若：《洪波曲》，《郭沫若全集·文学编》（第14卷），人民文学出版社，1992年，第50页。

任副厅长，阳翰笙担任主任秘书。下辖三个处，第五处掌管动员工作，由救国会的沈钧儒推荐胡愈之担任处长，沈钧儒还推荐徐寿轩担任了负责文字编纂的第一科科长，张志让担任了负责民众运动的第二科科长。负责总务和印刷的第三科科长由尹柏林担任。第六处掌管艺术宣传，田汉担任处长，洪深担任负责戏剧音乐的第一科科长，中国电影制片厂厂长郑用之担任负责电影制放的第二科科长，著名画家徐悲鸿担任负责绘画木刻的第三科科长。第七处负责对敌宣传，本拟请郁达夫担任处长，但他远在福建，只好改请范寿康兼任。下设三科，第一科管设计和日文翻译，科长由杜守素担任。第二科管国际情报，科长由湖南教育厅前厅长董维键博士担任。第三科管日文制作，科长由冯乃超担任。这些负责人选中，除徐悲鸿未能就职外，其他各位悉数到岗。此外，第三厅职员中还包括史东山、应云卫、马彦祥、冼星海、张曙等知名文化人士。第三厅网罗了如此之多的文化名人，被文化界戏称为"名流内阁"，让陈诚等人惊叹不已。

4月1日，郭沫若担任厅长的军委会政治部第三厅正式成立。

陈诚要求刚刚组建的第三厅迅速来一个第二期抗战扩大宣传周。三厅决定扩大宣传周从4月7日开始，至13日结束。七天的宣传每天一个主题，分别为文字宣传、宣讲、歌咏、美术、戏剧、电影、游行。除盛大的群众运动之外，三厅还准备了大量的宣传片，为各报纸特刊组稿，准备演讲会，提供中、英、日广播节目。工作十分紧张。

7日，郭沫若参加了这次扩大宣传的开幕式，在开幕式中表示："我们要有最大的诚意与必死的决心，我们要和前线将士抱一样必死的决心！把我们的精神武装起来！我们要一声的呼号摧毁敌人的心脏！现在我们除要做到有钱出钱，有力出力之外，我们大家还有一种共同的财产：'死'！我们今日人人要拿出死来！我们一定可保永远的胜利！"①当天，台儿庄大捷的消息传来，这给整个活动注入了一剂强心针。三厅决定将火炬游行提早举行。"参加火炬游行的，通合武汉三镇，怕有

---

① 《武汉各界昨举行抗战宣传周开幕礼》，《新华日报》，1938年4月8日。

四五十万人。特别是在武昌的黄鹤楼下，被人众拥挤得来水泄不通，轮渡的乘客无法下船，火炬照红了长江两岸。唱歌声、爆竹声、高呼口号声，仿佛要把整个空间炸破。"①

8日是歌咏日，田汉、冼星海、张曙等人组织了盛大的歌咏队。郭沫若应邀致开幕词："我们要用歌咏的力量来扩大我们的宣传"，"我们要用歌咏的力量来庆祝我们的胜利"；"我们要用我们的歌声来更加团结我们自己的力量，把一切的失地收复，把全部倭寇驱除"；"我们要把我们的歌声扩展到全武汉，扩展到全中国，扩展到全世界"；"我们要把全世界的友人鼓舞起来，打倒我们共同的敌人，打倒帝国主义"！②

此后，郭沫若参与了各类抗日宣传活动，出席群众集会，进行广播演讲，参加抗日阵亡将士追悼会，还有各类欢迎会、送别会、座谈会。他处在繁忙而紧张的工作之中。最让人兴奋的，是"七七"纪念活动。

早在6月，郭沫若就拟定了"七七"纪念办法："通令全国普遍开会纪念，举行阵亡将士纪念碑奠基典礼。正午十二时全国默哀三分钟，颁发告人民书，告前线将士书，告国际书，进行征募寒衣、药品、献金等计划。扩大慰劳运动，慰劳前线，慰劳后方，慰劳伤兵，慰劳征属等等。"③这个计划得到了蒋介石的批准。不久，蒋介石特意召见郭沫若，对经费要求满口答应，要求纪念活动要搞得盛大一点，并要求郭沫若为他草拟"七七"文告。由于有蒋介石的批准，陈诚、吴国桢、黄琪翔等人对郭沫若的计划也大力支持。

纪念大会从7月6日开始，连续三天在武汉三镇设置五座献金台。本来，陈诚最反对设置献金台，他担心民众献金热情不高，有碍"国际观瞻"。但出乎意料的是，这次献金十分踊跃。献金时间延长两天，还设置了两座流动献金台。"献金的人群，每天从早到晚川流不息地朝台

① 郭沫若:《洪波曲》,《郭沫若全集·文学编》(第14卷),人民文学出版社,1992年,第67页。
② 郭沫若:《来他个四面倭歌》,《郭沫若全集·文学编》(第18卷),人民文学出版社,1992年,第247—248页。
③ 郭沫若:《洪波曲》,《郭沫若全集·文学编》(第14卷),人民文学出版社,1992年,第94页。

上涌。人与人之间在作比赛，台与台之间在作比赛，简单的一句话，简直是狂了。"拿献金的数目来说，五天的结果，现金和物品的折价，超过了法币一百万元——这在当时不用说是相当大的一个数目。"郭沫若对此还有具体描写：

> 拿献金的种类来说，有法币，有外币，有银元，有铜元，有各种各样的物品：金手表、金手镯、白金戒指、黄金戒指、银盾、银杯、银盘、银首饰、大刀、草鞋、布鞋、西装、中装、药品、食品……凡是可以搬动出来的东西，差不多应有尽有。

> 拿献金的人来说，人数总得在一百万以上。而人的种类，是什么都有。擦皮鞋的小孩子、黄包车夫、码头工人、老妈子、洗澡堂里揩背的、茶楼酒店的堂倌……是主要人物，甚至于连叫花子也有。这些人，而且是极热心的义务宣传员，跳上献金台，放开嗓子便宣传，回到自己的岗位也在不断的宣传。他们自己不仅献一次两次，甚至献十次二十次，时时都在献，天天都在献。那一百多万元的数目主要就是靠着这些贫穷的爱国者，一角两角，一分两分地凑积起来的！有钱的人自然也有，且看那金手镯、白金戒指等便是证明，但为数断不会有贫穷人多，所捐献的总和恐怕也赶不上。那几天当中，有好多义务宣传员是吼破了自己的嗓子呀！有好多动人的插话不断地发生着，不断地传播着呀！[①]

如此踊跃的民众抗日活动，跟郭沫若等人的宣传鼓动是分不开的。

第三厅将"七七"献金所得全都用来支援前线。郭沫若派阳翰笙和程步高到香港采办前线急需的医疗器材和药品。两位到香港采办好正当

---

① 郭沫若：《洪波曲》，《郭沫若全集·文学编》（第 14 卷），人民文学出版社，1992 年，第 104、105 页。

启运的时候，广州突然沦陷了。郭沫若让他们买了十部卡车，并加满汽油，将采办的物质从海防到昆明再运回重庆。这些物质采办成二十万，到重庆已经价值五百多万了。政治部将这些医药器械分成十二份，十个战区和八路军、新四军各一份。十辆卡车组成交通队，定期将宣传慰劳品送往前线。郭沫若还将献金所得十万元各送五万到南战场陈诚所领导的第九战区和北战场李宗仁所主持的第五战区。

除了这些运动式的扩大宣传和慰劳活动外，郭沫若领导的第三厅还向前线战区伸出"文化触角"。三厅的一些附属团体，包括九个抗敌演剧队、四个抗敌宣传队、四个电影放映队和孩子剧团等等，都为前线输送了实实在在的精神粮食。郭沫若非常看重这些团体："假使要用批评的眼光来看三厅，认为它的存在在抗战期间多少有过一些贡献的话，那倒不在乎它在武汉三镇前后所做过的几次轰轰烈烈而却空空洞洞的扩大宣传，而实实在在是在这些文化触角所给予各战区和后方的安慰、鼓励和启迪。"[1]

九个抗战演剧队，是田汉、洪深等人通过改编各地流亡到武汉的救亡团体演剧队而成。这九支演剧队奔赴前线，历经各种艰难困苦，很多队员都牺牲了。四个抗敌宣传队是胡愈之和张志让通过选拔当时一些有名的救亡团体，比如蚁社、青年救国团、民族先锋队等所属成员组成的，这些宣传队组建后即奔赴前线各地。其中剧宣二队在 1938 年 8 月成立后，从武汉出发，到过五省二十三县，以及长沙、南昌等大城市，行程一万多里，演出剧目三十三个，组建九个青年歌剧团，培训了四万多士兵、妇女、儿童。四个电影放映队由郑用之组织，在抗战中发挥了积极作用。孩子剧团的成员虽然都是些未成年人，但他们非常勇敢，穿行在战争前线，给战士们带去了鼓励和欢乐。

郭沫若对这些团体都有指导和关爱。抗宣二队 1938 年 12 月 22 日日记记载："奉郭厅长电：'元月经费已由农民银行汇出。以后二队工

---

① 郭沫若：《洪波曲》，《郭沫若全集·文学编》（第 14 卷），人民文学出版社，1992 年。第 109 页。

作，一切行动均由第三战区政治部支配，并即往报到。总政治部不日迁渝，嘱函电一切可由三区政治部转交。'"①郭沫若有段时间跟孩子剧团同住在重庆郊区的一个院子里。郭沫若非常关心他们。"院子里有农家的草垛，大家就倚着草垛，或者把稻草铺在地上睡起来。郭老夜间工作结束，走到院子里，发现孩子们已经睡熟了。他回到屋里，把棉被、夹被、毯子和衣服，一次一次地抱出来，替孩子们盖上，生怕我们被夜露寒气冻着了。"②

六

在军委会政治部内部，由于政见和工作方式不一，郭沫若与国民党籍的官员常常产生摩擦，随着摩擦的扩大，三厅发挥能量的空间越来越有限。

1938 年 4 月，扩大宣传周刚刚结束，政治部召开了部务会议。秘书长张厉生提出，由于政治部下属单位过多，应组织审查委员会，委员由部长在设计委员中指定若干人担任，所有政治部文件须审查委员会核准后方能印发。郭沫若当即反对：部内各单位均责有攸归，没有理由再组织一个审查委员会；既然要组织，当由部级领导和各厅厅长组成，不必由部长在设计委员中指派；对外文件中包括绘画、音乐、电影、戏剧等种类，甚至还有对敌宣传的日文等等，若干人的设计委员是否都能通晓？郭沫若说得相当激动，提出者和部长陈诚都哑口无言。在黄琪翔的圆场之下，这事不了了之。但郭沫若在国民党主导的政治部内，注定要受到各种限制和倾轧。

5 月有很多纪念日，"五一"劳动节，"五三"济南惨案，"五四"新文化运动，"五五"广州革命政府成立，"五七""五九"国耻纪念日

---

① 谢庆编：《抗宣二队日记摘录》，2000 年。
② 陈模执笔：《郭老和孩子剧团》，1978 年 6 月 29 日《人民日报》。

等等，都可以在宣传抗战上大做文章。但二厅厅长康泽在部务会议上说，五月份的节日都和二厅的民众活动有关，所以应该让二厅来组织。康泽的意见受到部领导的支持。于是本该三厅的工作被二厅抢了去。但二厅在那个月却什么也没干。

第五处第一科科长徐寿轩在 5 月份辞职了。负责文字编纂的第一科在台儿庄大捷后印行了作家老向写的《抗战将军李宗仁》的小册子。属于桂系的李宗仁跟蒋介石等人存在矛盾，当小册子散发到陈诚手上时，他马上说这个册子不妥，不能替任何个人做宣传。三厅只好当场把全部印刷品扣留下来。此后政治部加强了宣传文件的审查。第一科的宣传文章和相关文件送到部里后常常受到批评，十有八九不能用。徐寿轩拿着辞呈和被认为不合用的几篇文章到郭沫若的办公室激昂地说："这些文章我认为都是很好的，就刊登在大杂志上也可以毫无愧色。然而这也不适用，那也不适用，不知道要什么文章才适用！这科长我做不来，我不干了！"①于是辞职而去。

其实受到限制的并不只是徐寿轩，作为厅长的郭沫若也时时感到不自由。8 月 15 日，世界青年大会在纽约召开，五处处长胡愈之写了一篇《中国青年运动的统一与中国青年的解放》发表在《新华日报》上。当天的《新华日报》还刊出了郭沫若为国际青年节的题词，大意是应该让青年自由发展，不好任意束缚。②这令蒋介石大为光火。文章发表后的第二天，陈布雷写信给郭沫若，传达蒋介石的意见，要求郭沫若等人以后不要在"有色彩的报纸"上发文章。不久，蒋介石又亲自召见郭沫若，恩威并施。一方面要求他不要在"有色彩的报纸"上发文章，一方面请他多为三青团捧场。尽管郭沫若对此非常反感，但为形势所迫，他也不得不有所约束。1938 年 9 月 4 日到 1940 年 1 月 11 日这段时间，郭沫若在《新华日报》仅发表一篇《持久抗战中纪念鲁迅》，发表时间为1938 年 10 月 20 日，此时武汉已快失守，党政机关、报纸大部分都已

---

① 郭沫若:《洪波曲》,《郭沫若全集·文学编》(第 14 卷), 人民文学出版社, 1992 年, 第 87 页。

② 同上书，第 127 页。

撤离，仅《新华日报》坚守阵地。因此郭沫若在《新华日报》发表这篇文章也只能算是情况特殊。

1938年10月25日，郭沫若乘船离开已经沦陷了的武汉，其后经长沙、衡阳、桂林，于12月29日由贵阳飞抵重庆。其间除于1939年3月上旬回乐山探亲，7、8月在乐山为父亲守丧外，直到1946年5月，郭沫若一直住在重庆。

重庆时期三厅的职权范围大大缩小。这可从郭沫若署名的三厅的两份报告中看出来。一份是1938年5月12日提交的。这份武汉时期的工作报告分九个方面细述了三厅的工作。这九个方面至少有六个方面是在跟民众的接触中完成的，这时的三厅可以说主要在从事民众动员的工作。①另一份是1939年7月提交的，这份报告对三厅到重庆后的工作分七个方面进行总结。这七个方面至少有五个方面是文字工作，是在办公室里查找资料就能完成的。②在武汉时期，每次抗战宣传周都由三厅组织或参加。但到了重庆情况就不同了。1939年春，蒋介石制定《国民精神总动员纲领》，于3月12日通电全国宣布实行。4月7日，重庆筹备精神总动员。4月14日，重庆开始举行以实践精神总动员为目的的第二期抗战二次宣传周活动。但奇怪的是，对于这次隆重的宣传活动，媒体并没有郭沫若和第三厅参加的报道。4月16日，宣传活动正在高潮，郭沫若却在粉江饭店宴请《一年间》剧组成员。《一年间》为《救亡日报》募捐演出，跟这次宣传活动无关。同时，九个抗敌演剧队不再隶属三厅，而是划归给各战区政治部。这年年底，政治部宣布调整编制为四个厅，很多活动第三厅都不再参加了。

郭沫若后来在一篇文章中说："我对于武汉有一种特别的怀念，大约北伐时主要的工作地点是在武汉，抗战以来也是在武汉比较的做了一

---

① 郭沫若:《第三厅工作报告（38年5月12日）》,《郭沫若研究》（第4辑），北京：文化艺术出版社，1988年。
② 《军委会第三厅关于抗战宣传工作概况的报告（1939年7月）》,《中华民国档案史资料汇编·第五辑·第二编文化（一）》，江苏古籍出版社，1998年。

些工作的原故吧。"①所谓"在武汉比较的做了一些工作",意味着重庆时期工作做得相对较少。郭沫若后来在《洪波曲》中浓墨重彩提到的也是武汉时期,他说:《洪波曲》"大体上只写了一九三八年这一年的事,这可以说是在蒋管区抗战的高潮期。这倒可以成为一个段落。移到重庆以后,一切的情形更加变坏了。因此,我要请读者原谅,我就在这移到重庆之前把笔放下"②。从武汉到重庆,"三厅由凌迟而至于处决,所有一切对于抗战有益的工作,从此以往都逐渐被限制,被毁灭了"③。

三厅职员翁植耘对此深有同感,他回忆说:

> 第三厅编写绘制的宣传品,本来自己负责印刷和发行,这原是顺理成章的。三厅在武汉时曾把武汉各界的献金划出一笔到香港买来一批卡车,可以把宣传品运送到各地,通过战地文化服务处发送到各战区前方和后方,发送到人民群众和士兵手里。但到了重庆不久,发行工作被划出去了,卡车被劫收去了,各地的战地文化服务处被次第撤销了。之后,印刷工作又被划出去了,说这些都是总务厅的工作。最后,作为政治部一个部门的第三厅编写出来的宣传品,无论大小都必需送到部长办公厅审查。这一切说明国民党是怎样用尽心计来捆住第三厅的手脚,不让第三厅有所作为,经过种种限制,编写出来的宣传品往往头一关就很难通过审查,有时竟被删改得令人啼笑皆非。即使通过审查的宣传品,往往也是压着不付印;既使印好了也不及时发行出去。这样重重扣压,第三厅的工作实际上已很难发挥作用,当然更不用说发动群众了。④

---

① 郭沫若:《龙战与鸡鸣》,《郭沫若全集·文学编》(第18卷),人民文学出版社,1992年,第369页。

② 郭沫若:《洪波曲》,《郭沫若全集·文学编》(第14卷),人民文学出版社,1992年,第261页。

③ 同上书,第250页。

④ 翁植耘:《文化堡垒——回忆郭老领导的文化工作委员会》,收翁植耘等著《在反动堡垒里的斗争——忆解放前重庆的文化活动》,重庆出版社,1982年,第4、5页。

对于三厅的被闲置，郭沫若在 1939 年 12 月的《六用寺字韵》中愤懑写道：

> 厅务闲闲等萧寺，偶提笔墨画竹字。
> 非关工作不需人，受限只因党派异。
> 殊途同归愧沱岷，权将默默易闾阎。
> 百炼钢成绕指柔，鸿鹄狎之如婺驯。
> 中原板荡载复载，阋墙兄弟今仍在。[①]

深刻说明了三厅工作受到限制的情况和原因。以民众动员为抗战使命的郭沫若，只能深深感叹"朔郡健儿身手好，驱车我欲出潼关"[②]，"翘首北方，奋飞不得"[③]，大有英雄不得志的感伤。

即便是活动受到限制的第三厅，也逐渐不为蒋介石等人所容了。1940 年 3 月 15 日，贺衷寒向蒋介石报告政治部事，认为三厅、四厅有中共及第三党人员，建议撤换负责人。3 月 26 日，蒋介石手谕陈诚："各党派利用政部机构及名义发展各自之组织"，造成"一切机密不能保守"，要求"除由中指定人员外，无论上、下级干部人员必须入党，绝不许另有组织作用"。[④]不久，政治部限令三厅人员必须全体加入国民党，否则视同自动离厅。郭沫若针锋相对地对三厅全体人员说："入党不入党抗日是一样抗的，在厅不在厅革命是一样革的。"但是，郭沫若阻止不了国民党改组第三厅的步伐。

政治部决定由何浩若担任第三厅厅长，新组建文化工作委员会，收纳原第三厅成员。文工会由接替陈诚担任政治部部长的张治中在跟周恩

---

① 《郭沫若书法集》，四川辞书出版社，1999 年，第 214 页。
② 郭沫若：《有感》，《郭沫若全集·文学编》（第 2 卷），人民文学出版社，1982 年，第 397 页。
③ 郭沫若：《"九一八"十周年书感》，同上书，第 324 页。
④ 《陈诚先生书信集》，转引自蔡震《郭沫若生平文献史料考辨》，第 65 页。

来商量后提出组建，其间经过，周恩来 9 月 8 日致郭沫若信中说："顷间张文白部长约谈三厅事。我告以文化界朋友不甘受党化之约束，故当郭先生就三厅长任时，即向辞修声明，得其谅解，始邀大家出而相助。今何浩若就任三厅，无疑志在党化，与郭先生同进退之人，当然要发生联带关系，请求解职。文白当解释全部更换，系委座意见"，"彼言翰笙等辞职已准，但仍需借重，必不许以赋闲。最后征我意见，我以在文艺和对敌两方面仍能有所贡献，只不便在党化三厅方针下继续供职，但决非不助新部长。文白言可组文化工作委员会仍请郭先生主其事，直属部长，专管文艺对敌工作"。周恩来建议郭沫若就任此职。①

七

1940 年 9 月，郭沫若辞去三厅厅长，就任文化工作委员会主任。文工会下辖三组：国际问题研究组、文艺研究组、对敌研究组。其公开活动主要为组织文艺座谈会、演讲会、学术讲座和对敌工作座谈会等。文化工作委员会成立后，郭沫若的公众活动范围逐渐缩小。

在文工会成立前后，郭沫若开始尝试话剧创作。1940 年 4 月 2 日，重庆《大公报》第一版刊出《军委会政治部中国万岁剧团成立启事》，署名为中国万岁剧团团长郭沫若、副团长郑用之。该启事说明了中国万岁剧团的由来，并预告了即将排演的剧目，郭沫若的《戚继光》赫然在目。该日《大公报》第三版的《渝市点滴》中称"郭沫若写一新剧名《戚继光》，可代表'军事第一'口号"。可见当时郭沫若要写《戚继光》，成了陪都的新闻。《关于"戚继光斩子"的传说》《续谈"戚继光斩子"》两文反映的就是郭沫若试图写作剧本的情况。

1940 年 2 月 19 日，郭沫若曾有一信给王冶秋，称他读了王冶秋发

---

① 《周恩来致郭沫若（1940 年 9 月 8 日）》，《周恩来书信选集》，中央文献出版社，1988 年，第 184 页。

表于《新华日报》上的《几个被人遗忘的歌者》之后，得知王冶秋对戚继光深有研究，郭本人也在搜集戚的资料，但"在这山城苦无所获"，因此问王冶秋有无戚继光的《止之堂集》，请教戚继光斩子的时间，并希望得到"关于戚的生活资料"①。

在此信发出的九天后，郭沫若完成了《关于"戚继光斩子"的传说》一文，刊于 3 月 2 日的重庆《大公报》，这篇文章说他对戚继光斩子这件事很感兴趣，手头有关于这故事的两种资料，两种资料关于这个故事说法不一，由于不知道这两种资料的来源，郭沫若不能断定孰是孰非，此外，他还想知道戚夫人、戚太尉的具体情况，"举凡这些问题，通希望识者指教。此外关于戚将军之生活欲知详尽，请指示书名，或抄示内容，或记述传说，均望识者不吝教诲。戚将军有《止止堂集》，此间无法购买，如有藏书之家肯惠赠或惠借，尤所拜祷"。

1940 年 12 月 14 日，郭沫若又写一文，名《续谈"戚继光斩子"》，文章谈到前文发表后又搜集到的材料，这些材料表明，戚继光所斩之子是否存在还不明确，"自己在初是想把这斩子的故事来戏剧化的，一方面借以证明戚公治军的严格，另一方面借以说明戚公惧内心理的动机"，但"根本的故事成了问题，这里的解释不用说也成了问题"，因此"剧本的计划，看来，是只好流产了"。

后来，郭沫若在一封信中，对《戚继光》的难产有过进一步的说明，"去年有一个时期本有打算把戚继光斩子的故事写成剧本的计划，曾经尽力多方蒐集资料，但研究的结果，斩子的传说大概是不可靠的。因而也就把写作的企图抛弃了。事实上，历史人物用话剧的形式来写，也颇感困难，还有是戚继光左右的人物和其个性，都没有充分的资料，这便是促进计划流产的原因"。在这封信中，郭沫若还感叹到"自己对于文章太丢生了，尤其对于戏剧"②。

郭沫若尝试着发挥自己的演讲天才，继续民众动员的工作。张悲鹭

① 《沫若书简》，《战地》增刊第 5 期，1979 年 5 月。
② 郭沫若：《致 ××》，《戏剧春秋》1 卷 5 期，1941 年 10 月 10 日。

是当时重庆大学的学生，他于 1941 年 4 月 17 日以同乡的名义去天官府街四号访问郭沫若，向他出示画作《百虎图》。郭沫若为这幅画题写了一首八十八行的长诗，从此二人有了交往。某天，张悲鹭请郭沫若去重大演讲，尽管这次只是讲屈原，相关机构却如临大敌。早上七点左右，学生张贴海报和特务打了起来。演讲后，学生怕郭沫若遭遇不测，护送郭沫若回赖家桥。后来教育部为此干脆开除张悲鹭，并限他三天之内离开重庆。[①]

　　张悲鹭的回忆说明郭沫若活动范围被限制的原因主要来自国民政府，张悲鹭的回忆或许有些夸张，但当时国民政府的确有针对演讲的限令。迁都重庆特别是 1940 年后，国民政府逐渐不允许像郭沫若这样的左倾知识分子独立从事公众活动了。1940 年 10 月 5 日，蒋介石发出了关于控制民众集会电。[②]10 月 29 日，林森、蒋介石、内政部长周钟岳联合签署的《国民政府颁布非常时期取缔集会演说办法令》出台。该办法规定群众集会和演说必须要有当地警察机关之许可，演讲时"警察机关派员莅视，召集人及演讲人应接受其指导与纠正"[③]。除群众集会外，国民政府早在 1938 年底就有限制在学校演讲的密令。[④]

　　国民政府对于群众集会和学校演讲的限制，对郭沫若这样具有演讲天赋且以演讲作为民众动员重要方式的知识分子来说影响很大，此后，郭沫若只能在政府通过各种方式限制的范围内演讲，演讲的主题逐渐变为以学术为主。郭沫若署名的《战时宣传工作》认为，演讲是口头宣传的重要方式，"这里所说的演讲，不是高深的学术演讲，而是对民众宣传的一般通俗的演讲"[⑤]。当演讲主题逐渐以学术为主时，演讲实际上已不可能承担起郭沫若宣传动员民众的使命了。

---

① 　张悲鹭：《悼念·回忆·学习——忆郭老二三事》，《悼念郭老》，三联书店，1979 年。
②③ 　参见《中华民国档案史资料汇编·第五辑·第二编政治（五)》，江苏古籍出版社，1998 年。
④ 　参见《教育部关于禁止在校演讲密令稿（1938 年 2 月 12 日）》，同上书。
⑤ 　郭沫若：《战时宣传工作》，青年书店，1938 年，第 60 页。

郭沫若开始有大量时间陪朋友了。1941 年 3 月 3 日至 6 日，郭沫若曾"与田汉相约，过江骑马登南山，春游三日"[1]。田汉虽是郭沫若多年的朋友，但春游三日，这在两人关系史上并不多见。商承祚 1941 年秋辞去金陵大学教职，到重庆"任盐务总局帮办秘书，是个清闲之职"，这个时候他跟郭沫若有亲密接触。"郭老长我十岁，在闲谈及讨论学术等问题，各抒己见，侃侃而谈，或街头漫步，吃担担面，手撕鸡，相得甚欢。"[2]

在此情况下，郭沫若心情很苦闷。他后来对重庆的生活有这样的回忆："抗战期间特别是在重庆的几年，完全是生活在一个庞大的集中营里。七八年间，足不能出青木关一步。"[3]工作人员也回忆说郭沫若称文工会为"变相的集中营"，[4]这样的环境之下，郭沫若处于一种不得志的心态。1941 年，郭沫若写了大量旧体诗，在这些旧体诗中，郭沫若流露了他的苦闷。同田汉春游后，他写下了"伏枥何能终老此？长风万里送骅骝"[5]的句子。1941 年 7 月 21 日，他在《天鹅蛋》中写道：

> 憾无彩笔留真影，徒对阳乌感逝波。
>
> 徒得花开花又谢，一年真个一刹那。

落寞中的人容易感到时间的飞逝。不久在纪念文工会一周年时，他又留下"一年容易过，坐老金刚坡"[6]的句子，"坐老"二字，有哀叹，更是不满。对于以民众动员为己任的郭沫若来说，被闲置的苦闷是刻骨

① 龚继民、方仁念：《郭沫若年谱》，天津人民出版社，1992 年，第 463 页。
② 商承祚：《追怀往事，如晤故人》，《郭沫若研究》（第 2 辑），文化艺术出版社，1986 年。
③ 郭沫若：《〈郭沫若选集〉自序》，《郭沫若选集》，开明书店，1951 年。
④ 彭放：《访"文工会"成员秦奉春同志》，《郭沫若研究》（第 4 辑），文化艺术出版社，1988 年。
⑤ 郭沫若：《题六骏图》，《戏剧春秋》1 卷 5 期，1941 年 10 月 10 日。
⑥ 郭沫若：《文化工作委员会成立一周年》，《郭沫若全集·文学编》（第 2 卷），人民文学出版社，1982 年，第 321 页。

铭心的。

1941年10月上旬，周恩来等人决定为庆祝郭沫若五十诞辰暨创作生活二十五周年，举行全国性的纪念活动，以此来打破沉闷的陪都政治空气，并布置阳翰笙邀请各方面人士进行筹备。郭沫若很谦虚，他想推辞掉。在一封公开发表的信中，他说："祝寿之举甚不敢当，能免掉最好。照旧时的规矩来讲，先君于前年五月逝世，今岁尚未满服，更不敢说上自己的年岁来也。"①但周恩来却劝说道："为你做寿是一场意义重大的政治斗争，为你举行创作二十五周年纪念又是一场重大的文化斗争。通过这次斗争，我们可以发动一切民主进步力量来冲破敌人的政治上和文化上的法西斯统治。"②

11月16日下午，由冯玉祥、周恩来、老舍等四十余人发起，重庆文化界在中苏文化协会举办郭沫若五十诞辰暨创作生活二十五周年茶会。冯玉祥主持了活动并致辞。老舍代表全国文协报告郭沫若生平业绩，黄炎培、沈钧儒、张道藩、梁寒操、潘公展、米克拉舍夫斯基等人先后致辞。当日中苏文化协会陈列了郭沫若的创作、翻译著作及手稿等，郭沫若自作的《五十简谱》也悬挂在壁上，此外还挂有各方所送的诗词、歌赋等等。

周恩来在这次活动中发表了重要讲话，高度评价了郭沫若：

> 郭沫若创作生活二十五年，也就是新文化运动的二十五年。鲁迅自称是"革命军马前卒"，郭沫若就是革命队伍中人。鲁迅是新文化运动的导师，郭沫若便是新文化运动的主将。鲁迅如果是将没有路的路开辟出来的先锋，郭沫若便是带着大家一道前进的向导。鲁迅先生已不在世了，他的遗范尚存，我们会愈感觉到在新文化战线上，郭先生带着我们一道奋斗的亲切，而且我们也永远祝福他带着我们奋斗到底的。

---

① 郭沫若：《短简》，《戏剧春秋》1卷5期，1941年10月10日。
② 阳翰笙：《回忆郭老创作二十五周年纪念和五十寿辰的庆祝活动》，《新文学史料》1980年第2期。

周恩来还说:"郭沫若先生今尚健在,五十岁仅仅半百,决不能称老,抗战需要他的热情、研究和战斗,他的前途还很远大,光明也正照耀着他。我祝他前进,永远的前进,更带着我们大家一道前进!"①周恩来的这些话,代表了中国共产党的看法,他公开将郭沫若作为继鲁迅之后文艺界的旗帜,分量是很重的。

郭沫若在答辞中很谦虚地说:

> 本日纪念会有三点意义,第一,谚云,欲驱羊前进,必鞭策其后者,今日诸先生欲以谬祝沫若者,转以策励文化界人士。第二,卢梭作《忏悔录》时,曾谓其动机在藉以激励世之更优秀贤达之士,今日诸先生意,亦在告语社会人士,以"郭沫若尚能如此",贤达之士,更应加冕。第三,战国时燕昭王求贤筑黄金台,师事郭隗,贤士果闻风而至,今日纪念意义,当亦如此。②

重庆的《新华日报》《大公报》《时事新报》《新蜀报》《新民报》《新民报晚刊》《扫荡日报》等媒体都大量刊发纪念文字,对郭沫若在各方面的贡献致敬。除重庆外,延安、桂林、香港、新加坡等地,都为郭沫若五十诞辰暨创作生活二十五周年举行了庆祝活动。《解放日报》《华商报》等都特辟专刊,祝贺郭沫若诞辰。

在桂林,15日晚上8点,田汉、邵荃麟、宋云彬、熊佛西、聂绀弩等聚会庆祝。田汉说:"郭沫若先生乃中国文化的垦荒者,其对中国社会、政治、文化各方面都起很大的作用,尤其抗战后,贡献尤大,其团结全国文化界抗敌御侮,功劳甚大。"熊佛西认为:"'五四'时代之启蒙运动,胡适之白话文提倡,仅为一躯壳而已,其有灵魂则自郭沫若

---

① 周恩来:《我要说的话》,1941年11月16日《新华日报》。
② 《两千余人济济一堂 文化界祝贺郭沫若》,1941年11月17日重庆《国民公报》。

先生始。"①

在延安，16日下午2时，凯丰、丁玲、周扬、艾思奇、萧三、草明、艾青、欧阳山等人在文化俱乐部举行庆祝活动。周扬在当天发表的文章中说："郭沫若在中国新文学史上是第一个可以称得起伟大的诗人。他是伟大的'五四'启蒙时代的诗歌方面的代表者，新中国的预言诗人。他的《女神》称得起第一部伟大新诗集。它是号角，是战鼓，它警醒我们，给我们勇气，引导我们去斗争。"②艾思奇认为："先生之所以受到无数进步人士的追随和景仰，不仅是由于他的如火的热情和不断精进的精神，而且是由于他所走的道路正是新中国发展道路，他是自由、民主，真理的热情的讴歌者，也是勇敢的实践的追求者。"③李初梨认为："他不仅是光明、真理、自由、解放的号手，而且是真正改造世界的战士。""他是伟大的自我牺牲者。为国家民族的独立解放，为后来一代的光明幸福，不惜放弃他个人的事业，牺牲他自己的荣誉以至生命。他就是那投火自焚的凤凰。"④

在香港，16日下午4时，柳亚子、茅盾、邹韬奋、胡风、郭步陶、陆丹林、杜国庠、叶灵凤、马鉴等人在温莎餐室举行庆祝活动。茅盾在《华商报》发表文章说：

　　沫若先生二十五年的文艺活动，和中国的新文艺发展史，有不可分离的关系：他的光荣的业绩，曾在文艺发展的各阶段上，激起了"狂飙突进"的影响，这在今天看起来，是格外明白而确定了的。从他最初献身于文艺，吹起"个性解放"的号角，直到他后来的坚决地为人类最高理想、为民族社会的最大幸福，中国文化的更灿烂的未来，——为求贯彻"个性解放必

① 《郭沫若五十寿辰——桂林文化界举行庆祝茶会》，1941年11月16日《广西日报》。
② 周扬：《庆祝郭沫若先生五十寿辰——郭沫若和他的〈女神〉》，1941年11月16日延安《解放日报》。
③ 艾思奇：《庆祝郭沫若先生五十寿辰》，1941年11月18日延安《解放日报》。
④ 李初梨：《我对于郭沫若先生的认识》，1941年11月18日延安《解放日报》。

须在民族的人群的整个解放运动中实现，且必须民族的人群的整个解放完成而后个性解放乃能真正彻底"，而勇敢地献身于实际政治活动，他这二十五年的经历，正好比《凤凰涅槃》，他所走过的路，正代表了近二十五年中国前进的知识分子所度过的"向真理"的"天路历程"！①

此外，郁达夫等人在南洋也发起了隆重的纪念活动，募集沫若奖学金，发表纪念文字。

17 日，郭沫若发表电文致谢："香港张仲老、柳亚子、茅盾诸先生并转香港文化界；延安吴玉章先生转延安文化界；桂林李主任任潮先生转桂林文化界：五十之年，毫无建树，犹蒙纪念，弥深慊愧，然一息尚存，誓当为文化与革命奋斗到底，尚祈时赐鞭笞。"②

这些活动，虽说由中共一手策划，出于打破国民党沉闷压抑的政治空气的需要，但一呼百应，充分说明了郭沫若在抗战文化界中的巨大影响和崇高地位。

11 月 20 日，作为"寿郭"活动之一部分的《棠棣之花》演出活动在抗建堂开始。《棠棣之花》的改编和上演，意味着郭沫若开始将主要精力用在戏剧创作上。

---

① 茅盾：《为祖国珍重》，1941 年 11 月 16 日《华商报》。
② 《郭沫若电谢港延文化界》，1941 年 11 月 21 日《解放日报》；《郭沫若电谢祝寿》，1941 年 11 月 18 日桂林《广西日报》。

第八章

誓把忠贞取次传

一

1941 年 11 月 20 日晚，郭沫若来到抗建堂观看《棠棣之花》的上演。

《棠棣之花》是郭沫若修改了二十年的历史剧。战国时期，韩国内部分为以丞相侠累为代表的亲秦派和以严仲子为代表的抗秦派。侠累得势，严仲子去濮阳一带亡命。但严仲子不甘于失败，他拜访了聂政，希望聂政能够刺杀侠累。聂政在服满三年之丧后，由严仲子的朋友韩山坚做向导往刺侠累。聂政刺杀掉侠累和韩哀侯之后，自毁其面而亡。聂政的姐姐聂嫈和酒家女春姑赶到韩市，认出了聂政，临尸痛哭，将聂政的事迹宣扬出来，而后自杀于聂政尸体旁。剧作赞美了聂氏姊弟和酒家女的侠义精神，洋溢着浓浓的诗情。

《棠棣之花》作为五幕剧的构架在"八一三"事变之后就已经完成。"有一个时期我住在租界上的一位朋友的家里，因为工作不能做，而且不便轻易外出，于是便想起了把《棠棣之花》来作一个通盘的整理。加了一个行刺的第三幕，把以前割弃了的两幕恢复，就这样便使《聂嫈》扩大了。""寿郭"活动前后，这部剧作因为要上演，郭沫若又做了一番修改。"特别是第二幕的后半,和第三幕的增加一场,使剧情更加有了些变化,而各个人物的性格也比较更加突出了。把二幕的单纯的'食客'演化为韩山坚,作为聂政的向导,过渡到第三幕,这个并未前定的偶然生出的着想,真真是一个意外的收获。"[1]

作为"寿郭"活动的一个重要部分,郭沫若十分重视这个剧的排演,他多次给演员讲述剧作的本事与剧作故事发生时代的社会风俗习惯,以便演员理解和进入角色,还帮助导演和美工挑选服装、道具和安排布景。

但这个剧并不为坚持西方"三一律"戏剧规范的重庆剧坛所认可。凌鹤说,《棠棣之花》的执行导演,却经阳翰笙兄和我分别敦请过好几位先生,结果都因故不能担任。只有马彦祥兄的舞台监督却很早便应允一肩承担,使我们非常感奋,一直到十一月一日演出委员会推定由我负责"[2]。11月1日至郭沫若的生日只有半个月了,如此仓促,说明由凌鹤担任导演,的确迫不得已。凌鹤在郭沫若"直接领导下工作四年,追随左右,直至如今"[3],又是共产党员,当然推却不得。至于敦请的几位先生,凌鹤在1942年说他们"因故"推却,几十年后才揭露真相:"先后找应云卫、史东山、陈鲤庭、马彦祥几位著名导演排练,他们都说:'《棠棣之花》有诗无戏。'婉言推辞了。"[4]该剧演出后,一贯关注戏剧演出的重庆报刊却保持沉默。

导演虽然仓促上阵,但担任主演的舒绣文、周峰、张瑞芳却都是重庆剧坛的明星。这些演员愿意担纲,一方面是郭沫若的个人魅力,另一方面也因为中共南方局的支持。周恩来一直关心该剧,他先后看了七次演出。对于剧坛的冷落,周恩来忍不住了,于12月7日在《新华日报》特辟《〈棠棣之花〉剧评》专页,并亲自题写了刊头。专页刊出三篇剧评,其中章罂《从〈棠棣之花〉谈到历史剧》及舜瑶《正义的赞诗壮丽

---

① 郭沫若:《我怎样写〈棠棣之花〉》,《郭沫若全集·文学编》(第6卷),人民文学出版社,1986年,第274页。

②③ 凌鹤:《〈棠棣之花〉导演自白》,《新蜀报》,1942年2月12日。

④ 石曼:《周恩来浇灌抗战戏剧花》,《红岩》,2008年第2期。

的图画》两文均经周恩来亲自修改。《从〈棠棣之花〉谈到历史剧》一开始就说:"《棠棣之花》上演了八场,观众也有近万的人,然而却没有读到几篇介绍或是批评的文字。这比起《大地回春》和《北京人》相差多远啊!"①章罂希望有更多的批评,但随后见报的《棠棣之花》剧评仍然很少。

周恩来对《棠棣之花》兴致一直很高。他兴致勃勃跟郭沫若讨论剧中的三年之丧问题:"聂政是游侠之徒,侠与儒在精神上不相容,让聂政来行儒家的三年之丧,觉得有点不合理。"②郭沫若本来要吸收他的观点做出修改,但仔细考虑后认为,这一改牵连到全剧的情调,不容易改好,只好作罢。12月15日,周恩来又专门给郭沫若写了长信,对剧本提出了二十多条意见。郭沫若是四川人,对"你""您"的用法不大能够区分。周恩来在信中详细告诉他如何区分这两个字:"北平话,'您'字用在尊敬和客气时,但亲密的家人和上对下均仍用'你'字,音亦有分别。"③然后详细列出了剧中人物彼此称呼时究竟用"你"还是"您"。在周恩来的带动下,中共对这个剧本表现了极大的兴趣,剧中插曲《湘累》在八路军办事处很快就传唱开来。在周恩来支持下,1941年12月7日至12日,《棠棣之花》第二次走进剧场,连演五场。

章罂说观众有近万人,郭沫若也说演出"大受欢迎"④。观众的热情以及周恩来和《新华日报》的大力支持,说明《棠棣之花》的演出取得了成功。

郭沫若在《棠棣之花》演出后,对于历史剧创作的理论问题进行了一些思考。《棠棣之花》的本事取材于《史记》,同时还参考了《战国策》《竹书纪年》等史书,在材料取舍上十分严谨,同时也加入了作者大

---

① 章罂:《从〈棠棣之花〉谈到历史剧》,《新华日报》,1941年12月7日。
② 郭沫若:《我怎样写〈棠棣之花〉》,《郭沫若全集·文学编》(第6卷),人民文学出版社,1986年,第279页。
③ 周恩来:《对〈棠棣之花〉的意见》,《周恩来书信选集》,中央文献出版社,1988年,第206页。
④ 郭沫若:《我怎样写〈棠棣之花〉》,《郭沫若全集·文学编》(第6卷),人民文学出版社,1986年,第272页。

胆的想象和发挥。郭沫若认为历史剧的创作不必拘泥于历史。"写历史剧并不是写历史，这种初步的原则，是用不着阐述的。剧作家的任务是在把握历史的精神而不必为历史的事实所束缚。剧作家有他创作上的自由，他可以推翻历史的成案，对于既成事实加以新的解释，新的阐发，而具体地把真实的古代精神翻译到现代。""我在这些认识之下，不仅在人物的配置上取得了相当的自由，如无中生有地造出了酒家母女、冶游男女、盲叟父女、士长、卫士之群，特别在言语歌咏等上我是取得了更大的自由的。我让剧中人说出了和现代不甚出入的口语，让聂嫈唱出了五言诗，游女等唱出了白话诗。这些假使要从纯正历史家的立场来指摘，都是不合理的。"①

二

在朋友们的鼓励下，郭沫若以自己研究和思考多年的屈原事迹为本事，于1942年1月2日—11日，用了十天时间完成了五幕剧《屈原》。《屈原》的写作让郭沫若重新体验到写作《凤凰涅槃》时灵感袭来的美妙状态。"此数日头脑特别清明，亦无别种意外之障碍。提笔写去，即不觉妙思泉涌，奔赴笔下。此种现象为历来所未有。计算二日开始执笔至今，恰好十日，得原稿一二六页，……真是愉快。"②

《屈原》以秦并六国前夕为时代背景。楚国在战国七雄中疆域最大，是最有可能跟秦国抗衡的国家。屈原和张仪在政治上处于对立状态。张仪诱骗楚王跟齐国断绝交往，跟秦国结成联盟。屈原在政治上一直主张联齐抗秦。楚国一些大臣，如靳尚等人，收受了张仪的好处，跟屈原也处于对立状态。楚王宠爱的南后郑袖为了阻止张仪帮楚王去魏国选美女，帮助张仪陷害屈原。她请屈原来看她组织人员排演

---

① 郭沫若：《我怎样写〈棠棣之花〉》，《郭沫若全集·文学编》（第6卷），人民文学出版社，1986年，第277页。
② 郭沫若：《我怎样写五幕史剧〈屈原〉》，同上书，第401页。

《九歌》，中途借口自己头晕倒在了屈原怀里。正好楚王带着张仪等人进宫看见这一幕。南后大叫屈原非礼。楚王大怒，疏远屈原，满足张仪的要求。屈原被关在牢里。《九歌》中钓者的扮演者向人们讲出了真相，人们同情屈原，卫士决定引导屈原去汉北。围绕这场斗争，郭沫若还写了宋玉和婵娟这两位屈原的学生。宋玉趋炎附势，婵娟为了屈原饮下毒酒，替屈原而死。屈原把本来写给宋玉的《橘颂》用来祭祀婵娟。

剧本将如此错综复杂而重大的事件浓缩在屈原四十岁左右的某一天来写，情节集中，矛盾突出，符合西方戏剧的三一律。《屈原》的情节在奸臣迫害忠良的传统戏曲模式中展开；同时，战国之争也符合部分文化人对抗战的想象；加上《屈原》中回旋着楚辞的诗句，尤其是《橘颂》，在开始和结束两次出现，成为类似基调的因素。这些都使《屈原》具有浓郁的民族特色。

郭沫若写《屈原》之前，一度压力较大。因为元旦那天黄芝冈发表文章预言："今年中国剧坛真会有哈孟雷特、奥赛罗之类的形象出现（但我愿以此期待未完成的《屈原》）。"①屈原又是抗战时期文化界最为关注的中国传统文人。1941 年起文化界发起"诗人节"，专门来纪念这位民族诗人。1941 年端午节当晚，人们在陪都重庆的中国留法比瑞同学会礼堂进行了隆重的第一届"诗人节"庆典。这个庆典的仪式感相当强烈。在纪念会堂正中，"国父遗像下，悬起李可染画的屈子像，像前列案，案上有花及糖果。左壁榜曰：'庆祝第一届诗人节'；右壁题：'诅咒侵略，讴歌创造，赞扬真理'"②。于右任担任大会主席，老舍报告筹备经过，郭沫若讲演屈原生平，高兰、易君左、常任侠、李嘉、安娥等朗诵或演唱。庆典从傍晚七点到晚上十点半，进行了三个多小时，场面十分热烈。报刊上关于屈原的文章更是层出不穷。有些报纸甚至为此辟出好几天的版面。撰写文章的不仅包括郭沫若、老舍、孙伏园、李长之

① 黄芝冈：《新年谈历史剧》，1942 年 1 月 1 日重庆《新蜀报·蜀道》。
② 老舍：《第一届诗人节》。

等数十位文化界名人，还包括国民政府监察院院长于右任、教育部部长陈立夫、宣传部副部长梁寒操、军委会副委员长冯玉祥等党国要人。所以，屈原几乎成为 1942 年前后重庆文化界最为重要的话题之一。郭沫若要将屈原搬上舞台，深感压力巨大。"屈原在历史上的地位太崇高了，他的性格和他的作品都有充分的比重。要描写屈原，如力量不够，便会把这位伟大人物漫画化。这是很危险的。"①写作完成后，郭沫若自己比较满意，"究竟是不是《罕默雷特》型或《奥塞罗》型不得而知，但至少没有把屈原漫画化，是可以差告无罪的"②。

《屈原》的创作和演出得到了周恩来等人的全力支持。创作期间，周恩来来到郭沫若家与他探讨写作上的问题。同时，周恩来指示阳翰笙"帮助配置强有力的演出阵容，保证剧本的演出效果"。为此，阳翰笙等人"四出奔走，约请优秀演员。这次演出和《棠棣之花》《天国春秋》一样，采用全明星制。即从主角到配角都由第一流演员担任。导演为陈鲤庭，主要演员为金山、白杨、张瑞芳、顾而已、施超、孙坚白、张逸生等"③。

剧本完成的第二天中午，郭沫若就为阳翰笙朗读《屈原》剧本第四、五两幕。阳翰笙认为："陷害屈原的主谋人物，似乎不应是南后，否则又会被人认为是女人误国。"郭沫若同意阳翰笙的观点，表示要"将南后的责任减轻、想法修改修改"④。14 日下午，郭沫若邀金山、白杨、张瑞芳等著名演员来家里，郑重征求大家对剧本的意见。傍晚，周恩来与文艺界一些朋友来到郭沫若家里，他们当场决定请金山饰演屈原。⑤金山接到任务后把自己关在一间小屋子里，仔细研究剧本和相关材料。他深深为郭沫若的《屈原》所感动，"屈原的诗篇唱出了对祖国，对人

① 郭沫若：《我怎样写五幕史剧〈屈原〉》，《郭沫若全集·文学编》（第 6 卷），人民文学出版社，1986 年，第 397 页。
② 同上书，第 404 页。
③ 阳翰笙：《战斗在雾重庆——回忆文化工作委员会的斗争》，《新文学史料》1984 年第 1 期。
④ 阳翰笙：《阳翰笙日记选》，四川文艺出版社，1985 年，第 9 页。
⑤ 金山：《痛失郭老》，《悼念郭老》，三联书店，1979 年，第 236 页。

民的无限热爱。他反对奸佞至死不屈的情操，真乃高风凛凛，逼使妖魔披靡。然而，我又似乎听见了他泽畔行吟的声音，为他的悲怆的命运而叹息，而流泪，而愤懑①。

1 月 24 日至 2 月 7 日，《屈原》在《中央日报》副刊连载。副刊编辑孙伏园是五四时期编辑过《阿 Q 正传》的名编。这次刊发《屈原》，是他编辑生涯的第二次辉煌。孙伏园为《屈原》深深感动了。"郭先生的《屈原》剧本上满纸充溢着正气。""这是中国精神，杀身成仁的精神，牺牲了生命以换取精神的独立自由的精神。""在中国历史上，甚至只在这次抗战中，表现这种'中国精神'的事件，何止百起。我们用劣质的武器，能够抵抗敌人的侵略，乃至能够击溃敌人的，就完全靠着这种精神。"②孙伏园从民族精神，而非党派斗争的角度去看《屈原》，在当时具有一定的代表性。

2 月底，阳翰笙与郭沫若将《屈原》演出人员最后确定下来了，这是真正的"全明星"阵容。戏剧家陈白尘感叹说："这次演出的阵容是强大的：金山的屈原、白杨的南后、顾而已的楚怀王、张瑞芳的婵娟、石羽的宋玉、施超的靳尚、苏绘的张仪、丁然的子兰、张逸生的钓者……不仅是当时最理想的人选，即使在解放后重演时也没能超过它。"③看来，《屈原》的轰动是势之所至了。

3 月 26 日，徐迟致信郭沫若，说他"拜读《屈原》激动万分，遂至失眠。这正如在港时，炮火下读《阿 Q 正传》一遍，所产生的同样激动"④。徐迟还将《屈原》与莎士比亚的《李尔王》进行了对比，呼应了黄芝冈在元旦的预言。郭沫若的好些朋友都说《屈原》像莎士比亚的《哈姆雷特》。郭沫若本人也觉得《屈原》有莎士比亚的风味，但说不出哪些地方像。"拿性格悲剧的一点来说，要说象《罕默雷特》，也好

① 金山：《痛失郭老》，《悼念郭老》，三联书店，1979 年，第 237 页。
② 孙伏园：《读〈屈原〉剧本》，1941 年 2 月 7 日《中央日报·副刊》。
③ 陈白尘：《阳翰老与中华剧艺社》，《陈白尘文集》（第 7 卷），江苏文艺出版社，1997 年，第 187 页。
④ 《附录：徐迟先生的来信》，《郭沫若全集·文学编》（第 6 卷），人民文学出版社，1986 年，第 412 页。

象有点象，然而主题的性质和主人公的性格是完全不同的。"①郭沫若没有看过《李尔王》，接到徐迟信后，他才把这"戏剧中最完全的典型"找来看了一遍。"莎翁原剧里面的台词和气势的确和我的'有平行'"，但"《屈原》的雷电独白和《釐雅王》的也有一些很大的不同，便是屈原是与雷电同化了，而釐雅王依然保持着异化的地位，屈原把自然力与神鬼分化了，而釐雅王则依然浑化，屈原主持自己的坚毅，釐雅则自承衰老"②。

徐迟将《屈原》跟莎士比亚剧作等世界名著比较，这种做法在当时具有一定的代表性。有读者看完《屈原》后，"深深觉到他采取历史事实完成这一部空前的巨著，在考证上是怎样的正确与精深，在笔力上是怎样的博大与浑融；而感情丰富激越，如崩山倒海的气势，真可推为千古不朽的名著，掷之世界名著如荷马之《伊里亚特》与《奥地赛》，歌德之《浮士德》，莎士比亚之《哈姆莱特》之中，亦毫无逊色"③。

经过充分的准备，4月3日，《屈原》开始在国泰大剧院上演。著名音乐家刘雪庵为《屈原》谱写了插曲，导演陈鲤庭用了一个庞大的管弦乐队伴奏。这要抽掉前三排椅子。本来重庆话剧演出的票价是十、十五、二十元三档，但《屈原》加了一档五元的票价。这些都让剧院老板应云卫感到心疼，但观众就更加踊跃了，有些人甚至半夜就去排队买票。

演出期间郭沫若几乎天天到场，等戏演完了才离开。他有时到后台慰问演员，有时在台下看戏，随着剧中人欢笑，伴着剧中人落泪。周恩来非常欣赏剧中的《雷电颂》："屈原并没有写过这样的诗词，也不可能写得出来，这是郭老借着屈原的口说出他自己心中的怨愤，也表达了蒋管区广大人民的愤恨之情，是对国民党压迫人民的控诉，好得很！"④

① 郭沫若：《我怎样写五幕史剧〈屈原〉》，《郭沫若全集·文学编》（第6卷），人民文学出版社，1986年，第406页。

② 同上书，第407—409页。

③ 周务耕：《从剧作〈屈原〉想起》，《文艺生活》第2卷第2期，1942年4月15日。

④ 章文晋、张颖著：《走在西花厅的小路上忆在恩来同志领导下工作的日子》（增订本），社会科学文献出版社，2013年，第111页。

他"要人到剧场买些票，让办事处和曾家岩五十号的干部轮流去看。还召开座谈会，组织文章大力宣传这个戏的演出成功"①。

《屈原》的演出引起轰动。人们看完戏后，大街小巷时时传来"咆哮吧！咆哮吧！"的怒吼。屈原要把"这包含着一切罪恶的黑暗烧毁"，要把"这比铁还坚固的黑暗"劈开，"和着那茫茫的大海，一同跳进那没有边际的没有限制的自由里去"，充分体现了那个苦闷和充满期待的时代的创造精神。有观众看完这个剧后写道："从屈原那种爱国舍身的高尚思想和坚毅不拔的卓越人格上，给予目前在为复兴抗战而奋斗的中华儿女，一番宝贵的教训和楷模。"②

在周恩来等人看来，《屈原》以楚王及靳尚等人象征国民政府中的投降派，以屈原象征以共产党人为代表的坚持抵抗者。从剧本和当时现实政局的关系来看，屈原并不仅仅是共产党人的象征，他坚持抗敌决心，对选贤任能、修明法度的期待，又成为正在兴起的以中国民主政团同盟为代表的第三方面力量的象征。屈原在党争中的失败，恰好又吻合了国民党内部部分受到排挤和边缘化人士的现实处境，而这部分人士既是共产党的重点统战对象，又跟郭沫若多少有些交集。《屈原》的演出打动了他们，他们通过《屈原》唱和，在"忠奸之辨"的逻辑中强化了彼此间的认同感。

率先发起《屈原》唱和的是黄炎培，此后沈钧儒、陈铭枢、李先根、张西曼、柳亚子、柯璜、陈仲陶、陈禅心等人纷纷唱和，中共南方局的董必武、潘梓年等人也加入这一唱和之中。《屈原》唱和持续两个多月，发表在重庆的《大公报》《新华日报》《新民报》《时事新报》《益世报》等有影响的报刊上，形成了一股重要的要求抵抗、辨别忠奸的舆论力量。

黄炎培 1905 年就加入中国同盟会。中华民国成立后，黄炎培两次辞任教育总长，创办中华职教社，长期从事职业教育的实际工作，有着

---

① 金冲及主编：《周恩来传（1989—1949）》，中央文献出版社、人民出版社，1989 年，第 520 页。

② 刘邃然：《评〈屈原〉的剧作和演出》，1942 年 5 月 17 日重庆《中央日报》。

较高的威望和广泛的社会影响。从 1939 年起，迁到陪都重庆的各小党派逐渐开始走向统一。黄炎培在其中发挥了举足轻重的作用。1940 年，黄炎培与周恩来及蒋介石分别讨论时局问题，并对两党提出建议。蒋介石嘱咐他以公证人的身份参与国共之间的谈判，显然是把他看成第三方面力量的重要代表。不过，这一年黄炎培曾邀请周恩来到中华职教社演讲，受到陈立夫的邮件诘难，黄炎培为此不快。1941 年，中国民主政团同盟成立，这是国共之外的第三大党，黄炎培被公推为中常委主席。皖南事变发生后，就中共参议员拒绝参加参政会一事，他数次在周恩来和蒋介石之间斡旋，为推动团结抗战发挥了独特作用。

抗战进入相持阶段后，黄炎培和郭沫若都在重庆。1941 年 5 月上旬，他们两人曾与沈钧儒、章士钊、沈尹默、梁寒操等人共同发起组织成立友声书画社，以所得润资，捐助出征军人家属。1941 年 11 月 16 日，重庆文化界在中苏文化协会举办郭沫若五十诞辰暨创作生活二十五周年茶会，黄炎培与沈钧儒等人先后在会上致辞。可见，在《屈原》演出之前，黄炎培和郭沫若虽然不是很亲密，但也有交往，两人在重庆的政治文化界都有着重要的地位。

4 月 8 日，郭沫若赠送戏票给黄炎培，黄炎培在国泰大戏院观看演出后写了两首七绝：

> 不知皮里几阳秋，偶起湘累问国仇。
> 一例伤心千古事，荃茅那许别薰莸。

> 阳春自昔寡知音，降格曾差下里吟。
> 别有精神难为处，今人面目古人心。

黄炎培看出《屈原》的微言大义和现实意义，明确指出屈原被陷害，是非混淆、忠奸不辨，既是古人的事儿，也跟当下的情况类似。郭沫若收到黄炎培诗后，于 4 月 11 日和诗两首：

两千年矣洞庭秋，疾恶由来贵若仇。

无边春风无识别，室盈赍菉器盈茪。

寂寞谁知弦外音？沧浪泽畔有行吟。

千秋清议难凭借，瞑目悠悠天地心。

诗前小序曰："任之既观屈原演出，以二绝句见赠，谨步原韵奉酬，如有同音，殆鼓宫宫动者耶？"郭沫若认为对于屈原这事儿，历代论者的说法难以凭借。他强调的是"室盈赍菉器盈茪"，跟黄炎培的"荃茅那许别薰茪"一样，都是对忠奸不辨是非混淆的愤慨。郭沫若用"鼓宫宫动"这一来自《庄子》的典故，是视黄炎培为知音的意思。

4月13日，《新华日报》以《〈屈原〉唱和》为题，发表了黄炎培和郭沫若的上述诗歌，引起了轰动，文化界名流纷纷作诗唱和。比较有代表性的是作为中国民主政团同盟发起人之一的沈钧儒，在看到黄炎培观看《屈原》的两首七绝后，于4月13日和诗两首：

春来何意忽惊秋，负剑长歔誓灭仇。

湘水不流香草绝，遂令终古有薰茪。

雷雨翻空作吼音，楚些原不是悲吟。

只凭一片荃荪意，集结人间亿万心。

沈钧儒的和诗，一方面说"终古有薰茪"，加入黄郭忠奸之辨的唱和主题；另一方面则强调屈原的爱国热忱能够"集结人间亿万心"。

对于黄炎培的诗，郭沫若在半个月后，即4月26日，再写诗两首唱和：

呵天有问不悲秋，众醉何心载手仇？

荃蕙纵教能化艾；茪经万古仍为茪。

晨郊盈耳溢清音，经雨乾坤万籁吟。

始识孤臣何所借，卅年慰得寂寥心。

序云："二十日晨兴，乘肩舆由赖家桥赴璧山途中，大雨初霁，万象如新浴。微风习习，鸟语清脆，恬适之情，得未曾有。爰再踵任老韵，奉答赐和诸君子。"郭沫若一方面指出，千年过后，那些陷害忠良的奸邪小人仍然存在；另一方面在"微风习习，鸟语清脆"之中，感悟到文学对于屈原的慰藉。后一种暂时的舒畅之感虽然并非屈原唱和的主旋律，但也体现了郭沫若不拘一格的大家风范。

其间，黄炎培再次发来和诗：

盈室由来叹菉薋，不堪天步迫艰危。

因君丝竹鸣孤愤，报我琼瑶盛一时。

自爱爱人尊正则，鼓宫宫应感灵奇。

三闾去后亡三户，血泪凝将读史诗。

黄炎培除了再次表达在国家危难之际奸邪当道之外，还表示了他与郭沫若都以屈原为榜样的决心，尾联则再次强调屈原作为爱国诗人的伟大精神力量。

郭沫若见到黄炎培这首七律后，于 4 月 29 日再次唱和：

其棘谁抽楚楚薋？生民涂炭国阽危。

登天抚彗难舒愤，御气乘雷纵有时。

宁赴常流终不悔，卒成雄鬼亦堪奇。

亡秦三户因何致？日月江河一卷诗。

表达跟黄炎培一同尊崇屈原，必要时则"宁赴常流终不悔，卒成雄鬼亦堪奇"的决心，同时提出"亡秦三户"是在"一卷诗"的启发下奋起的，表达了对文学力量的高度重视。

《屈原》演出时，很多在国民党内部曾经风光过，但目前处于边缘化的人士对于屈原的遭遇有了共鸣。他们借助旧体诗的唱和来表达自己的失意、愤懑和抗战的决心，这也给国民党当局造成了一定的舆论压力。

陈铭枢是北伐名将，早在北伐时代就跟郭沫若有过交集。陈铭枢在国民党内曾有很高的地位和威望，一度官至国民政府行政院代理院长。1932 年，他属下的十九路军在上海抵抗日军，受到民众的热烈拥护。后来他到福建从事反蒋活动，被迫流亡香港。抗战爆发后陈铭枢虽然回国参加抗战，但没有得到兵权，也没有领兵抗日的机会，只得到国民政府军委会参议的虚职。在观看完《屈原》后，陈铭枢于《观沫若所编〈屈原〉剧感赋》两首七绝中吟道：

> 词高心苦激人天，太息萧茅掩蕙荃。
> 千古文章推屈宋，岂知正气属婵娟。
>
> 行吟负手欲呵天，又赌悲歌正则传。
> 唤起怀沙千古愤，眼中泪水尚当年。

"太息萧茅掩蕙荃""唤起怀沙千古愤，眼中泪水尚当年"，无疑写出了他自己的身世之感。4 月 18 日，郭沫若以《次韵赋答真如》和诗两首：

> 卜居无计问苍天，树蕙滋兰为美荃。
> 一命纵教逾九死，寸心终古月娟娟。
>
> 文章百代日经天，誓把忠贞取次传。
> 一曲礼魂新谱出，春兰秋菊唱年年。

对于陈铭枢的遭遇和题诗抒写身世之感，郭沫若当然心知肚明。针对陈铭枢的"眼中泪水"，郭沫若加以安慰，"寸心终古月娟娟""春兰秋菊唱年年"，表面是说屈原的忠贞千古流芳，事实上是说陈铭枢的爱国情怀日月可鉴。

柳亚子与郭沫若一样，在大革命失败后被通缉，后来长期从事反蒋活动。皖南事变后，柳亚子撰写电文斥责蒋介石破坏团结破坏抗战，被开除国民党党籍，被迫出走香港。6月，从香港到桂林的柳亚子看到《屈原》剧本后，咏道：

> 怀沙孤愤意难平，千载犹传屈子名。
> 猛忆嘉陵江上路，一篇珍重写幽情。

所谓"意难平""幽情"，既指郭沫若通过《屈原》抒发的对国民党独裁统治的愤懑，也有柳亚子自己的身世之感。郭沫若和诗为：

> 以不平平平不平，哲人伊古总无名。
> 誉非举世浮云耳，劝阻无加自在情。

郭沫若和诗除第二句外，均来自《庄子》典故。"以不平平平不平"，正如论者所说："如果用偏见去治理国家大事，国事是治不好的，仍然有不平之事出现。"[1]虽然"哲人伊古总无名"，但诗人对舆论劝阻毁誉却并不在意，这事实上是对柳亚子的安慰。

黄炎培、沈钧儒是新兴的政界第三面力量的领袖，陈铭枢、柳亚子是国民党内曾经有过声望，但暂时失意，却会继续在民主进程中发挥作用的重要人物。通过《屈原》唱和，他们和郭沫若之间在情感上互相慰藉，这种相互慰藉对于他们于抗战后期在争取民主的活动中的合作与谅解奠定了一定的基础。

---

① 黄中模：《郭沫若历史剧〈屈原〉诗话》，四川人民出版社，1981年，第48页。

三

在陪都重庆，郭沫若花十元钱从一个轿夫手上买到一个铜虎符，这据说是从轰炸后的废墟中捡到的。虎符是战国及秦汉时代的兵符，按照一定的比例对剖为二，一半在朝内，一半在朝外。如果朝廷遇到调兵遣将的事儿，前去的使者要拿着朝内的一半，外面的将军核对后发现两半相符，才会听令。郭沫若非常喜欢这个虎符，喜欢它的厚重，也喜欢它的古意盎然，于是放在书桌上，朝夕摩挲。

郭沫若由虎符想到了《史记·信陵君列传》中如姬的故事。司马迁虽对如姬着墨不多，但在郭沫若看来实在光彩照人。他在二十多年前就想通过文学塑造如姬的形象，却苦于没有更多的参考材料，因此搁了下来。如今书案上这个虎符成了催化剂。郭沫若又想起不久前周恩来曾对他说，中华民族对于慈母很有感情，希望郭沫若能够在作品中塑造一个伟大的母亲形象。郭沫若想来想去，信陵君的母亲魏太妃也许可以成为这样的形象。在这些因素的作用下，1942 年 2 月 2 日—11 日，郭沫若花十天时间写成了五幕史剧《虎符》。

《虎符》取材于战国时期信陵君窃符救赵的历史。秦国围困了赵国，赵国向各国求援，秦国同时照会各国，如果谁敢去救赵，在灭掉赵国之后就先灭谁。魏王在秦国的威慑之下，不敢出兵救赵。魏王的弟弟信陵君主张合纵抗秦。赵国平原君夫人是信陵君的姐姐，她带领一帮女将来求救无果后，愤而离去。魏太妃和魏王宠爱的如姬十分同情她们，并赞成信陵君的主张。信陵君在如姬的帮助下，窃取了虎符，前往晋鄙军中，令朱亥锤死晋鄙，亲自统率十万大军击败秦军。

郭沫若谈到《虎符》时曾说："把人当成人，这是句很平常的话，然而也就是所谓仁道。我们的先人达到了这样的一个思想，是费了很长远的苦斗的。"①他在尊重历史事实的基础上，将"把人当成人"的启蒙精神注入《虎符》剧中。

信陵君救赵，主要原因在于秦国的虎狼之师活埋赵国的四十多万降卒，并让国内十五岁以上的男丁全部当兵，这都是把人当禽兽、当工具的表现。信陵君有信心击退秦军，"你把我当成人，我把你当成人，相互的把人当成人，这就是克服秦兵的秘诀"。如姬不顾魏王嫉恨信陵君且不愿出兵击秦的事实，冒犯魏王的龙颜，也是愤然于魏王不把自己当人看。她谴责魏王说："你，你暴戾者呀！你不肯把人当成人，你把一切的人都当成了你的马儿，你的工具。"为了"人的尊严""我的尊严"，如姬在帮助信陵君后，自杀在父亲的墓前。这一曲争取"把人当成人"的悲歌，令人荡气回肠。

当时读者十分认同这个主题，《中央日报》副刊的助理编辑褚述初看了《虎符》剧本后认为："特别是'把人当成人'，给我更深刻的感想，因为本剧的副题，虽名为'信陵君与如姬'，而实际的主角，就是如姬。在本剧中的如姬的中心思想与行动的背景，都在争取人格的自尊与平等，所以把人当成人这句话，几乎成了她的口头禅，而且终于为这一思想慷慨地牺牲了！"②

其实，"把人当成人"不仅是《虎符》的主题，也是郭沫若抗战时期话剧作品的重要主题之一。《棠棣之花》中的聂嫈、聂政姊弟，《屈原》中的屈原、婵娟，《高渐离》中的高渐离，《孔雀胆》中的阿盖公主，《南冠草》中的夏完淳为了争取"把人当成人"，都用他们脆弱的身躯，做了最大力量的抗争。

《虎符》于1942年2月底至4月初分十六次在重庆《时事新报》连载。但演出却拖了很久。上演前送国民党书报检查委员会审查，"被审查老爷们把所有的'人民'字面用朱笔改成了'国民'"，"把剧本中的

---

① 郭沫若：《献给现实的蟠桃——为〈虎符〉演出而写》，《郭沫若全集·文学编》（第19卷），人民文学出版社，1992年，第342页。

② 褚述初：《〈虎符〉》，《郭沫若研究资料》（中），知识产权出版社，2010年，第780页。

'舞台左翼'，'舞台右翼'的字面，都改成了'左边'、'右边'"①。1943年2月4日，《虎符》终于由中国万岁剧团在抗建堂上演。王瑞麟担任导演，江村扮演信陵君，舒绣文扮演如姬，黎锦晖为演出谱了曲。《虎符》演出获得了很大的成功，人们认为它"是悲剧，是真实的历史，是生活的真实，是完美的艺术品，是文学的珍宝，也许将是文学史中的纪念碑之一，它也许将给我们同时代的人和若干后代以无量欢喜的吧"②？后来，《虎符》不断在各地上演，中华人民共和国成立后，在导演焦菊隐、主演朱琳等人的努力下，《虎符》不仅成为北京人民艺术剧院的保留剧目，也被公认为话剧民族化的经典作品，被改编成平剧、豫剧等多种戏剧形式上演。

郭沫若请周恩来将《虎符》单行本送给毛泽东。毛泽东在延安读了《虎符》后，托董必武转交给郭沫若一封电报。电报中说："收到《虎符》，全篇读过，深为感动。你做了许多十分有益的革命的文化工作，我向你表示庆贺。"③

郭沫若在完成《屈原》和《虎符》后，开始总结历史剧写作经验，1942年4月中旬，他在《历史·史剧·现实》中认为，"历史的研究是力求其真实而不怕伤乎零碎，愈零碎才愈逼近真实。史剧的创作是注重在构成而务求其完整，愈完整才愈算得是构成"。"历史研究是'实事求是'，史剧创作是'失事求似'。""史学家是发掘历史的精神，史剧家是发展历史的精神。""史学家和史剧家任务毕竟不同，这是科学与艺术之别"。"史剧既以历史为题材，也不能完全违背历史的事实。""大抵在大关节目上，非有正确的研究，不能把既成的史案推翻。""推翻重要的史案，却是一个史剧创作的主要动机。""故尔，创作之前必须有研究，史剧家对于所处理的题材范围内，必须是研究的权威。优秀的史剧家必须

---

① 郭沫若：《民主运动中的二三事》，《郭沫若全集·文学编》（第20卷），人民文学出版社，1992年，第184页。

② 柳涛：《〈虎符〉中的典型和主题》，《中原》创刊号，1943年9月。

③ 毛泽东：《致郭沫若（一九四四年一月九日）》，《毛泽东文艺论集》，中央文献出版社，2002年，第277页。

是优秀的史学家，反过来，便不必正确。"①

　　早在流亡日本期间，郭沫若就想将战国末年的高渐离这一人物用文学方式塑造出来。郭沫若虽然翻译了《隋唐燕乐调研究》，对中国音乐史有一定的研究，但他还没有研究出"高渐离击筑"中的"筑"究竟是什么样子，所以无法完成这个作品。此后，郭沫若留意相关资料，通过对《史记》《释名》《续文献通考》等著作的综合考察，弄清楚了筑这种乐器的形状和演奏方式："古筑，五弦，如琴而小，左手执其项，置其尾于肩上，右手以竹尺击之。"②他进一步认为，这种乐器是竹子制成的，中空，故高渐离可以在里面加铅。这一关键环节弄明白了后，1942年5月28日—6月17日，郭沫若完成了历史剧《高渐离》的写作。

　　《高渐离》取材于《史记·荆轲列传》。荆轲刺秦王，从易水出发，慷慨悲歌"风萧萧兮易水寒，壮士一去兮不复还"。击筑伴奏的正是他的朋友高渐离。荆轲失败身亡后，高渐离为人做庸保，自暴身份后，被抓至秦始皇处，因善击筑，被阉割并刺瞎双眼，专为秦始皇击筑。高渐离将铅置于筑中，趁机击杀秦始皇。但失败被杀。这个剧本着重讴歌高渐离的豪侠气概。剧本以秦始皇影射蒋介石，送审时没有获得通过，在当时不能上演，直到1946年才以《筑》为名在群益出版社出版。1949年后该剧收入《沫若文集》时改名为《高渐离》，郭沫若对剧本作了修改，尤其是把"过分毁蔑秦始皇的地方删改了"③。

　　郭沫若一方面沉浸在中华民族历史上的英雄人物和他们的慷慨悲歌之中，一方面也关心着自己和朋友们正在发生变化的生活情况和心态。

　　就在完成《高渐离》不久后的7月14日，郭沫若写了短篇小说《波》。《波》的故事背景发生在1938年从武汉撤退的一艘满载难民的轮船上。

①　郭沫若：《历史·史剧·现实》，《郭沫若全集·文学编》（第19卷），人民文学出版社，1992年，第296、297页。

②　郭沫若：《关于筑》，《郭沫若全集·文学编》（第7卷），人民文学出版社，1986年，第115页。

③　郭沫若：《校后记之二》，同上书，第129页。

船上有一个婴儿大声地哭泣着，念佛的老太婆说："鬼子的飞机上是有听话筒的，下面的什么声音都听得见啦"[1]，于是难民中的一个凶汉出其不意地夺过婴儿丢进长江里去了。郭沫若在这篇小说中对抗战中的人性阴暗面进行了深刻的鞭挞和反思。

7月19日，郭沫若完成了《月光下》这篇充满阴暗悲戚色彩的短篇小说。身患肺结核的作家逸鸥在埋葬了自己的孩子后，面对患病的第三个孩子和"纸扎人"一样贫血的妻子，床栏上的麻绳诱惑着他，逸鸥流着泪准备走上不归路。这篇小说的主人公虽是虚构的，却来源于抗战中的大后方现实生活。贫困的现实对人的尊严的贬抑深深触动了郭沫若。

抗战进入相持阶段后，大后方的物质极度匮乏，文化界人士跟普通老百姓一样，生活陷入困窘之中。戏剧家洪深一家服毒自杀，留下遗书说："一切都无办法，政治、事业、家庭、经济，如此艰难。"长期在郭沫若身边工作的阳翰笙的两个孩子病逝了，他本人又因长期劳累和营养不良而吐血。田汉在桂林生活得穷苦，《大公报》曾经报道："说来真有点黯然，田汉的笔尖挑不起一家八口的生活负担，近来连谈天的豪兴也失掉了。一桌人吃饭，每天的菜钱是三十几元，一片辣子，一碗酸汤。"田汉、洪深、阳翰笙都是文艺界最为知名的人士，他们的生活状态尚且如此，其他人的情况可想而知。抗战期间，究竟有多少大后方的知识分子被贫病折磨而死，迄今没有一个完整的统计。

作为文化界领袖，郭沫若本人的生活也不好过，接近他的作家刘盛亚说，郭沫若"在重庆时代也很穷，有红萝卜的时候，他家里经常是吃红萝卜的"[2]。即便如此清贫，郭沫若仍然愿意与那些贫穷的文艺界朋友分享"红萝卜"。曹禺说，在重庆的时候，"郭老知道我们大多很贫困，便时常留我们在他家里吃饭"[3]。洪深自杀的消息传来后，郭沫若立即

---

① 郭沫若：《波》，《郭沫若全集·文学编》（第10卷），人民文学出版社，1985年，第122、123页。

② 刘盛亚：《郭沫若在重庆》，《郭沫若在重庆》，青海人民出版社，1982年，第466页。

③ 曹禺：《沉痛的追悼》，《悼念郭老》，三联书店，1979年，第64页。

带领医生前往急救，直到洪深一家被抢救脱险后方才离开。郭沫若听闻田汉生活艰难，特意给田汉写信，愿意将历史剧《高渐离》的稿费送给田汉的母亲作为生活费用。

郭沫若总是乐观的。在他的散文诗《石池》中，石池被日军大轰炸所投的燃烧弹"炸碎几面石板，烧焦了一些碎石"，但隔不多久，"那个瘢痕却被一片片青青的野草遮遍了"，"石池中竟透出了一片生命的幻洲"。[①]

这跟他几个月前的新诗《轰炸后》后的基调是一致的。废墟中的男人问他的妻子："窝窝都遭了，怎么办？"（意思是说房子被炸了）"窝窝都遭了吗？／女人平静地回问着。"中国人民对战争和贫穷的这种坦然平静的态度深深触动着郭沫若："这超越一切的深沉的镇定哟！"[②]他从中吸取力量，用乐观开朗的精神面貌，引领着大后方的知识分子共度抗战期中最为艰难的阶段。

四

1942年9月3日起，郭沫若用了五天时间，完成了五幕历史剧《孔雀胆》。这是郭沫若最为心爱的剧本之一。

元朝末年，明二带领军队进攻云南，云南当时在蒙古人梁王的治理下。梁王启用白族人段功击败明二，段功被封为云南行中书省平章政事，梁王将女儿阿盖嫁给了他。蒙古人车力特穆尔因为爱阿盖，嫉妒段功，因此在梁王面前谗毁段功，梁王授意阿盖用孔雀胆毒死段功。阿盖把这一情况报告给段功了。段功虽然没有喝毒酒，但在进宫的路上被杀害了。段功的朋友和部下杨渊海杀死了车力特穆尔，为段功报了仇。但

---

① 郭沫若：《芍药及其它》，《郭沫若全集·文学编》（第10卷），人民文学出版社，1985年，第269页。

② 郭沫若：《轰炸后》，《郭沫若全集·文学编》（第2卷），人民文学出版社，1982年，第333页。

阿盖却喝下孔雀胆，殉情段功。

郭沫若小时候就对阿盖公主的故事有所耳闻，并对她充满同情。这种同情在多年以后终于发酵成为《孔雀胆》。作为诗人，郭沫若有时并不考虑太多的现实功利因素，而凭着自己的一腔诗意进行创作。《孔雀胆》美化了跟农民革命站在反对立场的段功，受到朋友们的批评。但这是郭沫若从心底流出来的诗。"因为我同情阿盖公主的遭遇，就用很多材料来烘托她，使她成为一个可爱的人物。因之我联带的把阿盖公主底丈夫段功这个人底性格，也写得很好。"[1]

《孔雀胆》上演后，观众对它特别喜爱。"这是一个颇能吸动观众的戏。不看见吗？在将要接近零度的寒夜里，国泰门前还集满了来自各方的观众，他们在那儿站着，听着，谈着，等着最末一场电影映出'明日请早'的字样，等着这名剧的开场。""不看见吗？在演到第四幕时，有多少观众为阿盖公主洒了同情之泪，当车力特穆尔被刺死时，又有多少观众拍了快意的掌声。"[2]这部剧作在四川、云南等大后方各地上演，抗战胜利后，又在上海等地演出。每次演出都获得观众的热烈欢迎，《孔雀胆》的成功，表明郭沫若仍然葆有独立不倚的创造精神。

《孔雀胆》受到观众的喜爱，郭沫若十分高兴，每次有大规模演出时，他总会写一些文字。在云南演出时，他还劝阳翰笙写一个剧评。多年后，郭沫若依然难掩对这部剧作的喜爱。"《孔雀胆》在我的各部剧作里面仍然是我比较喜欢的一部。在重庆、成都、昆明、汉口、天津等地都曾经演出，听说都受到了观众的欢迎。"[3]直到1956年夏天，郭沫若在北戴河休假时还把这个剧本拿出来修改了一遍。

《新华日报》曾经登载过算史氏的文章《算数奇才葛录亚》，郭沫若看完后想到了明末的民族英雄夏完淳。葛录亚和夏完淳，"虽然一位是数学家，一位是文学家，在成就上各有不同，但在才气的优越，政治实践的坚苦，而且同以妙龄被杀的这些节目上，可以说是无独有偶的"。

---

① 郭沫若:《抗战八年的历史剧》，1946年5月22日《新华日报》。

② 徐飞:《〈孔雀胆〉演出以后》，1943年1月18日《新华日报》。

③ 郭沫若:《迎接大众的考验》，1948年8月26日上海《新民报晚刊》。

"完淳是这样幼小便注意时事的人，所以他一方面能有绝好的诗文词赋，另一方面也并没有忽略了人生的实践。而他的诗文词赋，十分之九是由他的实际生活所血浸出来的东西，差不多篇篇都是辛酸，字字都是血泪。"夏完淳的作品"整个是出于国破家亡，种族沦夷之痛。就因为有这血淋淋的实践渗透着，所以他的词赋，尽管有好些还没有脱掉摹仿前人的痕迹，而却十分动人，往往有青出于蓝，冰寒于水之概"①。郭沫若当即萌发了创作一部关于夏完淳的历史剧的想法，把人物表和分幕情况都拟出来了。

这个工作停顿了一年，直到 1943 年 3 月 15 日，郭沫若才开始花半个月的时间，完成了他在抗战期间最后一个完整的剧本《南冠草》。郭沫若本来拟题为《夏完淳》的，但他人已经有同名剧作面世，为了避免重复，便取夏完淳最后一个集子《南冠草》为名。11 月 13 日，该剧以《金风剪玉衣》为名，由洪深导演，在重庆一园由中央青年剧社上演。郭沫若说："《南冠草》这个剧本，我同意了浅哉兄的意见，在演出上更名为《金风剪玉衣》。这本是夏完淳临刑前的一首诗中的一句，很富有象征的意趣。行刑时正是秋天，故借'金风'以喻敌人的残暴。更推而广之，大约是说肃杀之气摧残了中原的锦绣吧。"②

《南冠草》讴歌夏完淳不屈不挠、慷慨殉国的崇高的民族精神，鞭挞洪承畴投降清庭的丑恶嘴脸，体现了团结抗战的时代主题，受到好评。当时有评论家认为："以一个十七岁的青年学生，献身国家民族，尽着领导责任，曾轰轰烈烈的做出了使敌人闻而丧胆的成绩，在中国历史上是不多见的。""现在，这种精神被阐发在这部剧本里，将会感召着更多的人们吧。特别是在今天，特别是对于全中国的青年们，夏完淳的事迹与精神，应该是不朽的典范，光荣的典范。"③

---

① 郭沫若：《由葛录亚想到夏完淳》，《郭沫若全集·文学编》（第 19 卷），人民文学出版社，1992 年，第 173、177 页。
② 郭沫若：《〈南冠草〉日记》，1943 年 11 月 15 日《新华日报》。
③ 金梓凡：《读〈金风剪玉衣〉》，1943 年 11 月 1 日《新华日报》。

五

1943 年，郭沫若完成《南冠草》不久之后，《群众》杂志主编乔冠华约请郭沫若写一篇研究墨子的文章。

当时，延安正在进行整风，陈家康、乔冠华、胡绳等在重庆工作的中共党员，对于延安整风有一定的误解，他们认为应该加强同一阵营内部的自我批评，于是在《群众》《中原》等杂志上发表了一些强调知识分子独立性、自主性的文章。郭沫若是《中原》杂志的主编，跟乔冠华等人有一定的交往。乔冠华约郭沫若写研究墨子的文章，应该是不同意延安的陈伯达、范文澜等人在墨子研究中的观点。早在 1938 年，陈伯达就写成了《墨子哲学思想》一文，1939 年陆续登载在延安的《解放》周刊上。文章肯定墨子是中国古代的唯物主义哲学家，受到毛泽东的肯定。范文澜的《中国通史简编》是在毛泽东的指示下写成的，这本书"被学术界誉为第一部以马克思主义观点为指导编写的中国历史"①，于 1941 年至 1942 年在延安出版上、中两册，受到高度赞誉。范文澜在书中认为："墨子创造新学派，代表下层社会农工奴隶要求政治解放。"②

郭沫若不同意陈伯达和范文澜等人的观点，于 8 月初写作了《墨子的思想》，发表在 1943 年 8 月的《群众》周刊上。郭沫若认为墨子代表了保守的奴隶主的势力。"墨子始终是一位宗教家。他的思想充分地带有反动性——不科学，不民主，反进化，反人性，名虽非命而实皈命。象他那样满嘴的王公大人，一脑袋的鬼神上帝，极端专制，极端保守的宗教思想家，我真不知道何以竟能成为了'工农革命的代表'！"他对墨子的主要观点进行了分析，认为墨子"是以帝王为本位的"，"兼爱""非攻"是"尊重私有财产权并保卫私人财产权"；"非乐""不仅是

① 《范文澜的〈中国通史简编〉》，1999 年 8 月 13 日《光明日报》。
② 范文澜：《中国通史简编》，生活·读书·新知上海联合发行所，1949 年，第 85 页。

反对音乐，完全在反对艺术，反对文化"，目的是"多多榨取老百姓而已"。"墨子，他是承认着旧有的一切阶层秩序，而在替统治者画治安策的呀。上下、贵贱、贫富、众寡、强弱、智愚等一切对立都是被承认着，而在这些对立下边施行他的说教。他把国家、人民、社稷、刑政，都认为是王者所私有"。"人民，在他的观念中，依然是旧时代的奴隶，所有物，也就是一种财产。故他劝人爱人，实等于劝人之爱牛马。"[1]"不许你有思想的自由，言论的自由，甚至行动的自由。""简直是一派极端专制的奴隶道德。"[2]郭沫若认为，秦末农民起义中之所以没有墨家，"第一是由于墨家后学多数逃入儒家道家而失掉了墨子的精神，第二是由于墨家后学过分接近了王公大人而失掉了人民大众的基础"[3]。

郭沫若认为：代表新兴阶级的利益，推动社会发展的历史人物应该给予褒扬，反之则是开历史的倒车；春秋战国时代是大变革的时代，是奴隶社会向封建社会转变的时代，在这个时代中代表奴隶主阶级利益的是落后的、反动的，促进奴隶制度解纽的则是进步的；墨子代表奴隶主的利益，承认旧有的统治秩序，所以是反动的。

很多左翼文化人像重庆的陈家康、胡风、舒芜等人都不赞成《墨子的思想》。舒芜回忆说，"我与陈家康共同的话题是墨学，我们都对当时新理学新儒学之甚嚣尘上，而郭沫若亦发表崇儒贬墨之论，甚为不满，商定由我写一篇与郭氏论墨学之文，可以在《群众》上发表"[4]。这篇文章虽然没有发表出来，但1943年12月，《群众》周刊发表了杨天锡的《"墨子思想"商兑》和筱芷《关于墨子思想的讨论——就正于郭沫若先生》两篇文章，都对郭沫若的观点提出了商榷。尤其是《"墨子思想"商兑》全面驳斥了郭沫若，认为墨子是科学的、民主的、非攻的。

---

① 郭沫若：《孔墨的批判》，《郭沫若全集·历史编》（第2卷），人民出版社，1982年，第114页。

② 郭沫若：《墨子的思想》，《郭沫若全集·历史编》（第1卷），人民出版社，1982年，第465、466页。

③ 同上书，第477页。

④ 舒芜：《〈回归"五四"〉后序》，《我亲历的文坛往事·忆心路》，人民文学出版社，2004年，第625页。

"墨家自始至终不曾忘怀于下层活动,是和民众相接近的。"杨天锡对于儒家十分反感,认为他们"专肆上层活动","除一贯的维护'王公大人'以外,哪里会来参加陈吴的革命行动呢"①?

郭沫若在《墨子的思想》中探讨墨家的归宿时,对吴起这个人物产生了兴趣,于 8 月 20—21 日写作了《述吴起》一文。文章仔细考证了吴起的生平行谊,认为"吴起尽管是兵家、政治家,但他本质是儒。不仅因为他曾经师事过子夏与曾申,所以他是儒,就是他在兵法上的主张、政治上的施设,也无往而不是儒。据我看来,要他才算得是一位真正的儒家的代表,他是把孔子的'足食足兵','世而后仁','教民即戎',反对世卿的主张,切实地做到了的"。在射杀吴起的楚国贵族中,有一位阳城君,他死了之后,墨家巨子孟胜带着百余名弟子殉他而死。吴起是儒家,孟胜是墨家。两人的敌对正好说明儒墨两家的势不两立,"真是中国学术史上的一个大关键"②。

墨家在秦末究竟有没有参加陈涉吴广起义?作为与墨家对立的儒家,在那个关键的历史节点上又站在什么位置呢?带着这些问题,郭沫若于 8 月底写作了《秦楚之际的儒者》。文章认为,周秦之际的儒者中尽管也有李斯这样在秦国为官的人、叔孙通这样没被秦国坑完的人,但还有大批儒者参加了陈涉革命,比如孔子的八世孙孔甲,以及张良、陈馀、郦食其、陆贾等人,其他各家各派也都有人参加革命,但革命队伍中唯独没有墨家。秦之后,墨家亡了,儒家成为百家的总汇。事实上,后世儒家倒更像墨家。"所以从名义上说来,秦以后是儒存而墨亡,但从实质上说来,倒是墨存而儒亡的。到现在还有人在提倡复兴墨学,这和提倡复兴孔学的人真可以说是'鲁卫之政'。"③

郭沫若认为儒墨两家重要的分歧就是对音乐的看法,儒家对音乐的

---

① 杨天锡:《"墨子思想"商兑》,《郭沫若研究文献汇要》(第 9 卷),上海书店出版社,2012 年,第 197、198 页。

② 郭沫若:《述吴起》,《郭沫若全集·历史编》(第 1 卷),人民出版社,1982 年,第 527、528 页。

③ 郭沫若:《秦楚之际的儒者》,同上书,第 597 页。

看法主要保存在公孙尼子《乐记》中，于是他于 9 月 5 日完成《公孙尼子与其音乐理论》。文章认为，公孙尼子可能是孔子的直传弟子，应当比子思、孟子、荀子都要早，有《公孙尼子》问世，在梁代还保存着。今存《乐记》取自《公孙尼子》，但不一定全是公孙尼子的著作，因为汉儒杂抄，把原文混乱了。儒家主张享受，但享受是应该节制的，享受不仅针对在上者，也针对在下者。"因为没有健全的人民，天下国家是怎么也不能治平的。"对于礼乐关系，郭沫若认为："乐须得礼以为之节制，礼也须得乐以为之调和。礼是秩序，乐是和谐。礼是差别，乐是平等。礼是阿坡罗（Apollo 太阳神）精神，乐是狄奥尼索司（Dionysos 酒神）精神。两者看来是相反的东西，但两相调剂则可恰到好处。"①这正是儒家礼乐观念的核心。后来"凡谈音乐的似乎都没有人能跳出"公孙尼子的音乐理论。②在这篇文章中，郭沫若还比较了儒、墨、道三家。墨家和道家主张去情欲，反对享受。"所不同的只是墨家主张强力疾作，道家主张恬淡无为，墨家是蒙着头脑苦干，道家是闭着眼睛空想。"③儒家与这两家都不同，他们是主张享受的。

9 月 7 日，郭沫若拜访了杜国庠，从他那里看到钱穆的《先秦诸子系年》。钱穆在书中认为《乐记》是抄袭了《荀子》《吕览》《毛诗》等著作而写成的。郭沫若不同意钱穆的观点，写成《公孙尼子追记》批驳他。

郭沫若关于公孙尼子的音乐理论成文后，本来想接着二十年前的思考研究惠施，但在翻阅《吕氏春秋》过程中，萌发了撰写吕不韦和秦始皇的关系的想法，并在 10 月上旬完成了《吕不韦与秦王政的批判》这篇四万字左右的长文。在这篇文章中，郭沫若认为秦始皇和吕不韦处于对立的地位，秦始皇是站在奴隶主的立场，吕不韦是封建思想的代表。吕不韦的世界观是无神的、重理智、主张平等，政治上主张官天下，人

---

① 郭沫若：《公孙尼子与其音乐理论》，《郭沫若全集·历史编》（第 1 卷），人民出版社，1982 年，第 500、501 页。
② 同上书，第 502 页。
③ 同上书，第 494 页。

民本位，讴歌禅让，思想上重儒道、轻墨法，急学尊师、隆礼正乐。《吕氏春秋》"折衷着道家与儒家的宇宙观和人生观，尊重理性，而对于墨家的宗教思想是摒弃的。它采取着道家的卫生的教条，遵守着儒家的修齐治平的理论，行夏时，重德政，隆礼乐，敦诗书，而反对着墨家的非乐非攻，法家的严刑峻罚，名家的诡辩苟察。它主张虚君主制，并鼓吹着儒家的禅让说，和'传子孙，业万代'的观念根本不相容"①。"秦始皇的精神从严刑峻法的一点说来是法家，从迷信鬼神的一点说来是神仙家，从强力疾作的一点说来是墨家。墨家也尊天右鬼，重法尚同，因此这三派的思想在他的一身中结合成为一个奇妙的结晶体。而他又加上了末流道家纵欲派的思想实践，那光彩是更加陆离了。"②秦始皇的世界观是有神的，重迷信的，主张家天下、君本位、君主集权、万世一系，轻儒道、重法墨、焚书坑儒、恣威淫乐。所以，郭沫若认为秦始皇的思想是上一个时代的残渣，他统一六国的成功，不过是时代成就了他。

在《吕不韦与秦王政的批判》中，郭沫若对春秋战国的思想界情况做了总体描述。他认为，春秋战国时代是奴隶社会向封建社会的过渡时代，两种社会形态的交替过程中，各种社会思潮涌现，思想界呈现出活跃局面。"自春秋末年以来中国的思想得到一个极大的开放，呈现出一个百家争鸣的局面。这是因为奴隶制度解纽了，知识下移，民权上涨，大家正想求得一种新的纽带，以作为新社会的纲领。儒、墨先起，黄老继之，更进而有名、法、纵横、阴阳、兵、农、各执一端，各执一术，欲竞售于世，因而互相斗争，入主出奴，是丹非素。"③而20世纪40年代，也正是中国半殖民地半封建社会即将结束，新的社会形态即将开始的时期，此时研究先秦思想，对当时知识分子的立身处世有着重要的启示意义。郭沫若尤其赞扬《吕氏春秋》中的"天下为公"的

---

① 郭沫若：《吕不韦与秦王政的批判》，《郭沫若全集·历史编》（第2卷），人民出版社，1982年，第404页。
② 同上书，第447页。
③ 同上书，第402页。

思想，认为这是"把天下国家的主体移到了人民身上来。处理天下国家的事当然也就是人民的事，但人民要选择贤者来处理，所以说：'君之所以立，出乎众'。君必定要贤人才可以做得，为了要代代都是贤人，那就只好采取禅让的方式"①。这事实上呼应了抗战后期文化界反对专制，争取民主的时代主题。

10月10日，郭沫若开始读《韩非子》，对于《韩非子·初见秦》篇的作者，历来就有不同看法。郭沫若经过考证，认为这篇文章是吕不韦所写。12月17日，他完成了《〈韩非子·初见秦篇〉发微》。1944年1月中旬，郭沫若写成了《韩非子的批判》。郭沫若认为韩非子是一位法术家。"韩非个人在思想上的成就，最重要的似乎就在把老子的形而上观，接上了墨子的政治独裁这一点。他把墨子的尊天明鬼，兼爱尚贤，扬弃了，而特别把尚同非命，非乐非儒的一部分发展到了极端。非命是主张强力疾作的，《韩非》全书是对于力的讴歌。"他将韩非子当作"帝王本位的反动派"。他的"法术"主要是"多设耳目""权势不可假人""深藏不露""把人当成坏蛋""毁坏一切伦理价值""励行愚民政策""罚须严峻，赏须审慎""遇必要时不择手段"。"韩非所需要的人只有三种：一种是牛马，一种是豺狼，还有一种是猎犬。牛马以耕稼，豺狼以战阵，猎犬以告奸，如此而已。愚民政策是绝对必要的。""在韩非子所谓'法治'思想中，一切自由都是禁绝了的，不仅行动的自由当禁（'禁其行'），集会结社的自由当禁（'破其党以散其说'），言论出版的自由当禁（'灭其迹，息其说'），就连思想的自由也当禁（'禁其欲'）。韩非子自己有几句很扼要的话，'禁奸之法，太上禁其心，其次禁其言，其次禁其行'（《说疑》），这真是把一切禁止都包括尽致了。"②所以郭沫若认为韩非子的学说是一种法西斯理论。

郭沫若由韩非子不把人当人，禁绝人民的自由，运用特务手段等恶

① 郭沫若：《吕不韦与秦始皇的批判》，《郭沫若全集·历史编》（第2卷），人民出版社，1982年，第416页。
② 郭沫若：《韩非子的批判》，《郭沫若全集·历史编》（第2卷），人民出版社，1982年，第349、353、389、381、384页。

劣倾向，联想到了国统区的现实政治环境，所以在写作过程中感觉不愉快："《五蠹》、《显学》之类，完全是一种法西斯式的理论，读起来很不愉快。因此我读得非常的勉强，象'不愉快'或'愈读愈不愉快'这样的话，在日记里屡见。"①

写完《韩非子批判》后，郭沫若于1944年2月上旬完成了《由周代农事诗论到周代社会》，这篇文章意味着郭沫若对先秦社会从意识形态的研究重新回到社会结构的检讨。在《中国古代社会研究》中，郭沫若对《七月》《甫田》等周代农事诗都有过探讨，认为这些诗很好地反映了当时社会的生产方式，但经过十多年的研究，他认为自己先前的探讨特别是对于诗作年代的确定有不足甚至错误的地方。郭沫若经过重新研究肯定了井田制，但并不认为西周是封建社会，因为"农业民族的奴隶制时代已有土地的分割"②。

2月，郭沫若将1943年下半年以来关于先秦研究的文章，以及《驳〈说儒〉》《庄子与鲁迅》《屈原思想》等文章集成《先秦学说述林》，并于2月20日为该书写了《后叙》。郭沫若如实阐述了自己的研究方法和治学的艰辛："我确实地感觉着，民主的待遇对于古人也应该给与。我们要还他个本来面目。一切凸面镜、凹面镜、乱反射镜的投影都是歪曲。""我尽可能蒐集了材料，先求时代与社会的一般的阐发，于此寻出某种学说所发生的社会基础，学说与学说彼此间的关系和影响，学说对于社会进展的相应之或顺或逆。""这儿正表示着我所走过的迂回曲折的路，是一堆崎岖的乱石，是一簇丛杂的荆榛。这些都是劳力和心血换来的，而我也相当宝贵它们。"③

---

① 　郭沫若:《后记——我怎样写〈青铜时代〉和〈十批判书〉》,《郭沫若全集·历史编》（第2卷）人民出版社，1982年，第473页。
② 　郭沫若:《由周代农事诗论到周代社会》,《郭沫若全集·历史编》（第1卷），人民出版社，1982年，第429页。
③ 　郭沫若:《青铜时代·后记》,同上书，第617页。

六

1944 年是农历甲申年，中共南方局的乔冠华等人准备发起纪念活动。郭沫若开始关注明末史事，找到《剿闯小记》来读，对明末农民起义产生了极大兴趣，又先后阅读和摘录了《明季北略》《明史》《芝龛记》等著作，在阅读过程中，他的关注点集中到李岩身上。2 月 8 日，他致信翦伯赞："近于友人处得见一乾隆年间之抄本《剿闯小史》写李自成事颇详，甚引起趣味。有李信一名李岩者，乃河南举人，参加当时活动，此人尤有意思。关于此时期之史料，兄谅知之甚悉。除《明亡述略》曾略见李信外，它尚有所见否？乞示知一二，为感。"[①]

在充分准备的基础上，3 月 10 日，郭沫若完成了《甲申三百年祭》的写作，并于 3 月 19—22 日连续四天在重庆《新华日报》第 4 版《新华副刊》连载。明朝末年，李自成带领农民起义军攻占北京，但李自成的部下刘宗敏等人贪污腐化，杀害功臣李岩等，最终导致吴三桂带领清兵入关，李自成被迫退出北京，起义失败。郭沫若在文章中一方面讽刺国民党在大敌当前的不抵抗政策，一方面提醒共产党在胜利过后不要骄傲自满，重蹈李自成的覆辙，同时对鼎革之际知识分子的命运表达了某种程度的担忧。

3 月 24 日，国民党中央机关报《中央日报》发表陶希圣执笔的社论《纠正一种思想》，4 月 1 日，亲国民党的《商务日报》发表社论《论赫尔的名言》，4 月 13 日，《中央日报》发表社论《论责任心》。三篇文章都激烈批评了《甲申三百年祭》，认为它"散播败战思想，把不正确的毒素，渗进社会内层，这种文章是时代错误的结晶，放任这种文章在

---

① 《郭沫若同志给翦伯赞同志的信和诗》，《北京大学学报》1978 年第 3 期。

社会散播，对于整个社会，是一种极不道德的事情"①。这代表了国民党方面对《甲申三百年祭》的看法。

4月18—19日，延安《解放日报》全文转载《甲申三百年祭》，"编者按"十分敏锐地指出："引起满清侵入的却不是李自成而是明朝的那些昏君、暴君、宦官、佞臣、不抵抗的将军，以及无耻地投降了民族敌人引狼入室的吴三桂之流（吴三桂在后来又'变卦'了，而且真的变卦了，不像现在有些吴三桂们，表面上'反正'了，实际上还在替日本主子服务）。"针对的显然是《纠正一种思想》中的"内忧外患互为策应以致亡国"，"蔓延于黄河流域及黄河以北的流寇，以李自成为首领，于外患方亟之时，颠覆了明朝"等观点。5月20日，毛泽东在《学习和时局》中指出："近日我们印了郭沫若论李自成的文章，也是叫同志们引为鉴戒，不要重犯胜利时骄傲的错误。"②6月7日，中共中央宣传部、总政治部联合发出通知，要求将《甲申三百年祭》与刚被翻译的苏联《前线》剧本作为全党整风文件："这两篇作品对我们的重大意义，就是要我们全党，首先是高级领导同志无论遇到何种有利形势与实际胜利，无论自己如何功在党国、德高望重，必须永远保持清醒与学习的态度，万万不可冲昏头脑，忘其所以，重蹈李自成与戈尔洛夫的覆辙。"③半年之后，毛泽东给郭沫若写信说："你的《甲申三百年祭》，我们把它当作整风文件看待。小胜即骄傲，大胜更骄傲，一次又一次吃亏，如何避免此种毛病，实在值得注意。"④直到现在，这篇文章仍然是反腐倡廉时屡屡提及的经典著作。

郭沫若本人最为倾心的是李岩这个人物。写作《甲申三百年祭》时，他一直想把李岩的故事写成戏剧搬上舞台。但《中央日报》进行了"无

---

① 《论赫尔的名言》，1944年4月1日重庆《商务日报》。
② 毛泽东：《学习和时局》，《毛泽东选集》（第3卷），人民出版社，1991年，第948页。
③ 《关于学习〈甲申三百年祭〉的通知》，郭沫若纪念馆等编《〈甲申三百年祭〉风雨六十年》，人民出版社，2005年。
④ 毛泽东：《致郭沫若（1944年11月21日）》，《毛泽东书信选集》，人民出版社，1983年，第241页。

理取闹的攻击"，使"剧本计划遭了打击"①。尽管如此，郭沫若对于李岩和这部未着手的剧本仍长期念念不忘，并进一步思考李岩形象，提炼其精神主旨。将近两年后，郭沫若追述说："前年（一九四四）我曾写《甲申三百年祭》一文，关于李岩与红娘子的逸事有所叙述，颇引起读者的注意，但因参考书籍缺乏，所述亦未能详尽。""特别关于李岩，我对他有一定的同情。""我自己本来也想把李岩和红娘子的故事写成剧本的，酝酿了已经两年，至今还未着笔。在处理上也颇感觉困难。假使要写到李岩和牛金星的对立而卒遭馋杀，那怕是非写成上下两部不可的。"②这说明经过两年的思考，郭沫若对这个剧本的构思其实已经比较成形了，但他本人却并不满意。

郭沫若迟迟不动笔，是因为他觉得用话剧这种体裁来表现李岩形象难于尽善尽美。所以他曾向田汉"盛称李岩之伟大"，并认为李岩"与绳妓红娘子之关系尤富戏剧意味"。故要求田汉"写一平剧，一直写到李岩被杀，农民革命的失败"③。遗憾的是，田汉也未能写出关于李岩的剧本。虽然放弃了关于李岩剧本的写作计划，但郭沫若对李岩这个人物仍然不能释怀，并将李岩的精神主旨提炼为"人民思想"："特别是以仕宦子弟的举人而参加并组织了革命的李岩，这明明是帝王思想与人民思想的斗争，而这斗争我们还没有十分普遍而彻底地展开。""关于李岩，我们对于他的重要性实在还叙述得不够"，"他一定是一位怀抱着人民思想的人"，"他的参加农民革命是有他自己的在思想上的必然性，并不是单纯的'官激民变'"④。

郭沫若对李岩的倾心表达了对鼎革之际知识分子命运遭际的担

---

① 郭沫若：《答费正清博士》，《郭沫若全集·文学编》（第19卷），人民文学出版社，1992年，第440页。
② 郭沫若：《关于李岩》，《郭沫若全集·历史编》（第4卷），人民出版社，1982年，第205—206页。
③ 田汉：《雾中散记》，《田汉全集》（第20卷），花山文艺出版社，2000年，第296、297页。
④ 郭沫若：《历史人物·序》，《郭沫若全集·历史编》（第4卷），人民出版社，1982年，第5页。

忧。李岩跟普通读书人的区别，就在于他是有独立人格和独特思想的知识分子。郭沫若歌颂李岩在入伙之前"责骂豪家，要求县令暂停征比，开仓赈饥"，进京后要求闯王"宽恤民力，以收人心"，后来并进一步将其思想主旨定位于"人民思想"，还不断强调李岩加入农民军是"合伙"，"有他自己的在思想上的必然性"①，"思想上一定是有相当的准备的"②。这事实上是突出了李岩在思想与人格上的独立性。但正是这种不随意附和，不同流合污，始终保持自己操守的知识分子才有了后来被杀的悲剧。在分析李岩时，郭沫若也许想到了北伐失败时自己被武汉政府抛弃的往事。抗战即将胜利结束，延安的左派政权是否会重演十多年前的历史，跟极右的重庆国民党政权妥协？作为有坚定信仰和立场的知识分子，是否会成为双方妥协的牺牲品？这也许正是郭沫若通过李岩之死表达的深层隐忧。

七

郭沫若在编辑《先秦学说述林》时，"对于古代研究便生出了在此和它告别的意思"③。但新情况出现了。"在这个期间之内有好几部新史学阵营里面的关于古史的著作出现，而见解却和我的不尽相同。主张周代是封建制度的朋友，依然照旧主张，而对于我的见解采取着一种类似抹杀的态度。这使我有些不平。尤其是当我的《墨子的思想》一文发表了之后，差不多普遍地受着非难，颇类于我是犯了众怒。这些立刻刺激了我。因为假如是不同道的人，要受他们的攻击，那是很平常的事；在同道的人中得不到谅解，甚至遭受敌视，那却是很令我不安。因此，我

---

① 郭沫若：《历史人物·序》，《郭沫若全集·历史编》（第4卷），人民出版社，1982年。第5页。
② 郭沫若：《关于李岩》，同上书，第205、206页。
③ 郭沫若：《后记——我怎样写〈青铜时代〉和〈十批判书〉》，《郭沫若全集·历史编》（第2卷），人民出版社，1982年，第475页。

感觉着须得有一番总清算、总答覆的必要。就这样彻底整理古代社会及其意识形态的心向便更受了鼓舞。"①

1944 年 5 月 30 日，郭沫若提前到赖家桥乡下居住，在白果树下酝酿了一个月，写成了《古代研究的自我批判》。他纠正了《中国古代社会研究》中的部分观点，认为殷周都是奴隶社会，春秋战国时代是奴隶社会向封建社会过渡的时代。他承认井田制的存在，但并不像有些学者那样认为那是封建制。他认为判断一个社会的性质，更主要的还得看生产工具，封建时代以铁器的广泛使用为标志，而这发生在春秋战国时代。在这篇文章中，郭沫若还对"人民身份的演变"做了独到而深刻地阐释。他认为典籍中的"民"，实际上是"奴隶"。"最有趣味是民与臣两个字，在古时候本都是眼目的象形文。臣是竖目，民是横目而带刺。古人以目为人体的极重要的表象，每以一目代表全头部，甚至全身。竖目表示俯首听命，人一埋着头，从侧面看去眼目是竖立的。横目则是抗命平视，故古称'横目之民'。横目而带刺，盖盲其一目以为奴征，故古训云'民者盲也'。这可见古人对待奴隶的暴虐。"②人民是可以赠与买卖的，但随着奴隶制向封建制过渡，大夫或陪臣联合奴隶反抗奴隶主，私家与公家争夺人民，人民就逐渐得到解放，解放了的人民分化为士农工商四类。这是奴隶制向封建制转变的又一个标志。郭沫若详细论述了士这个阶层的特点和表现，认为这是后来封建政权的基础。

历史学家杜守素认为这篇文章很重要，特意写了四首诗赠给郭沫若。郭沫若特别看重前两首：

> 殷契周金早擅场，井田新说自汪洋。
> 庐瓜一样堪菹剥，批判依然是拓荒。

① 郭沫若：《后记——我怎样写〈青铜时代〉和〈十批判书〉》，《郭沫若全集·历史编》（第 2 卷），人民出版社，1982 年，第 475、476 页。
② 郭沫若：《古代研究的自我批判》，《郭沫若全集·历史编》（第 2 卷），人民出版社，1982 年，第 41、42 页。

齐国官书证《考工》，纷纷臆说廓然空。

晚周技史增新页，不下美洲发现功。

郭沫若高兴于这些诗"虽然有点近于标榜，但也足见只要有辛勤的耕耘，一定可以得到朋辈的承认和慰勉的"[1]。

在完成《古代研究的自我批判》后，7月下旬，郭沫若完成了《孔墨的批判》，针对"同一阵营"的非议，重申了扬儒抑墨的观点。"孔子是袒护乱党，而墨子是反对乱党的人。""乱党是什么？在当时都要算是比较能够代表民意的新兴势力。""孔子的立场是顺乎时代的潮流，同情人民解放的，而墨子则和他相反。"儒家思想的核心是"仁"，"仁的含义是克己而为人的一种利他的行为。简单一句话，就是'仁者爱人'"。"'人'是人民大众，'爱人'为仁，也就是'亲亲而仁民'的'仁民'的意思了。"这"很显然的是顺应着奴隶解放的潮流的。这也就是人的发现。每一个人要把自己当成人，也要把别人当成人，事实是先要把别人当成人，然后自己才能成为人。不管你是在上者也好，在下者也好，都是一样"。[2]郭沫若认为儒家的真精神在孔子身上体现出来。孔子代表了"士"这一新兴阶级的利益，"站在代表人民利益的方面的，他很想积极地利用文化的力量来增进人民的幸福。对于过去的文化于部分地整理接受之外，也部分地批判改造，企图建立一个新的体系为新来的封建社会的韧带。"[3]孔子"在主观的努力上是抱定一个仁，而在客观的世运中是认定一个命。在主观的努力与客观的时运相调适的时候，他是主张顺应的。在主观的努力与客观的时运不相调适的时候，他是主张固守自身的"[4]。

跟孔子的"人民本位"不同，墨子是"王公大人"本位。"尽管同

① 郭沫若：《后记——我怎样写〈青铜时代〉和〈十批判书〉》，《郭沫若全集·历史编》（第2卷），人民出版社，1982年，第477页。

② 郭沫若：《孔墨的批判》，同上书，第88、91页。

③ 郭沫若：《孔墨的批判》，同上书，第75、76、85、87页。

④ 郭沫若：《孔墨的批判》，《郭沫若全集·历史编》（第2卷），人民出版社，1982年，第87、106、107页。

样在说爱，同样在说爱人，而墨子的重心却不在人而在财产。墨子是把财产私有权看得特别神圣的。人民，在他的观念中，依然是旧时代的奴隶，所有物，也就是一种财产。故他的劝人爱人，实等于劝人之爱牛马。"墨子"是同情公室而反对私门的人。他站在同情公室的立场上，所见到的只是腐败了的奴隶生产，因而看不出人民生产力的伟大。他对于人类的前途是悲观的，因而他反对周家的文，而要返回夏家或其以前的质。他只能在节省和蕃殖人口或防止人口减少上着想；怎样去开发民智，怎样去改良生产工具，怎样使人民娱乐以增加其生产效率，他不唯不肯去用心，而且反对向这些方面去用心。事实上他是在开倒车，因而我说他'反动'，倒并不限于他迷信鬼神的那一点"①。可见，郭沫若的扬儒抑墨，标准是"人民本位"、把人当成人，以及是否体现了历史发展的潮流。

这篇文章完成后，1944 年 8—11 月，在短短四个月时间里，郭沫若一口气写下了《宋钘、尹文遗著考》《稷下黄老学派的批判》《儒家八派的批判》《庄子的批判》《荀子的批判》《名辩思潮的批判》等六篇文章，系统考察先秦诸子思想。

郭沫若详细考证了儒家八派的源流分合。他否定了宋代以来子思、孟轲是曾子传人的说法，认为"子思之儒""孟氏之儒""乐正氏之儒"一脉相承，都是孔门弟子子游的传人。他认为"颜氏之儒"对庄子影响很大，颜回可能是从孔子那里得到了老子的学说，然后传给庄子一派的。荀子的学说来自"孙氏之儒"。郭沫若分辨了先秦儒家和秦汉以后儒家的区别。他认为儒家到了荀子的时候，已有汇集百家的趋势。荀子是先秦诸子最后一个大师，他"融会贯通"百家。"这种杂家的面貌，也正是秦以后的儒家的面貌。汉武以后学术思想虽统于一尊，儒家成为百家的总汇，而荀子实开其先河。"②"秦以后的儒家是百家的总汇，在思想成分上不仅有儒有墨，有道有法，有阴阳，有形名，而且还有外来的释。总而称之曰儒，因统而归之于孔。实则论功论罪，孔家店均不能

---

① 郭沫若：《孔墨的批判》，同上书，第 114、119 页。
② 郭沫若：《荀子的批判》，《郭沫若全集·历史编》（第 2 卷），人民出版社，1982 年，第 250、251 页。

专其成。"①

郭沫若梳理了道家思想的发展演变。他认为道家有古老的渊源，"相传是祖述皇帝、老子的"。齐桓公设稷下学派，道家在其中势力最大。稷下道家分为三派：宋钘、尹文一派"调和儒墨"，后来演化为名家；慎到、田骈一派后来演变为法家；关尹、环渊一派演变为术家。庄子跟这三派没有直接师承关系，他跟"颜氏之儒"关系更为密切，但他却是道家思想的"中心人物"。老庄思想"以个人为本位"，表现出悲观厌世的一面。这有它的时代背景。当时很多思想家要求仁义，要求把人当成人，韩魏赵等新兴国家虽然从奴隶王国中蜕化出来了，保护的却是新的统治阶级。"而下层的人民呢？在新的重重束缚里面，依然还是奴隶，而且是奴隶的奴隶。这种经过动荡之后的反省和失望，就是酝酿出庄子的厌世乃至愤世倾向的酵母。"②郭沫若比较了儒墨道三家，认为庄子思想"在尊重个人的自由，否认神鬼的权威，主张君主的虚位，服从性命的拴束，这些基本的思想立场上接近于儒家而把儒家超过了。在蔑视文化的价值，强调生活的质朴，反对民智的开发，采取复古的步骤，这些基本的行动立场上接近于墨家而也把墨家超过了"③。后来，道家演变为术家。"老聃之术传于世者二千余年，经过关尹、申不害、韩非等人的推阐，在中国形成为一种特殊的权变法门，养出了大大小小不计其数的权谋诡诈的好汉"，"礼教固然吃人，运用或纵使礼教吃人的所谓道术，事实上才是一个更加神通广大的嗜血大魔王呀"。郭沫若进一步引申说："大凡一种思想，一失掉了它有反抗性而转形为御用品的时候，都是要起这样的质变的。在这样的时候，原有的思想愈是超然，堕落的情形便显得愈见彻底。"④

---

① 郭沫若：《青铜时代·后记》，《郭沫若全集·历史编》（第1卷），人民出版社，1982年，第612、613页。
② 郭沫若：《庄子的批判》，《郭沫若全集·历史编》（第2卷），人民出版社，1982年，第194页。
③ 郭沫若：《庄子的批判》，同上书，第208页。
④ 郭沫若：《稷下黄老学派的批判》，《郭沫若全集·历史编》（第2卷），人民出版社，1982年，第186、187页。

八

1944 年 11 月 16 日，郭沫若五十三岁生日。周恩来同徐冰、冯雪峰等人，专程来到赖家桥乡下给郭沫若祝寿。傅抱石、李可染等人布置了一个小型画展。周恩来兴致很高，他向傅抱石求得《湘夫人》和《夏山欲雨图》两幅画。当时，日军发动豫湘桂战役，中国抗战进入最为惨烈的阶段。傅抱石在《湘夫人》下方写有长跋："屈原九歌为自古画家所乐写，龙眠李伯时，子昂赵孟頫，其妙迹足光辉天壤间。予久欲从事，愧未能也。今日小女益珊四周生日，忽与内人时慧出楚辞读之，袅袅兮秋风，洞庭波兮木叶下。不禁彼此无言。盖此时强敌正张焰于沅澧之间，因相量写此……"对于"强敌正张焰于沅澧之间"，大家心头像压了一块石头。但郭沫若却比较乐观：假如湘夫人生在今天，她一定会奋起保家卫国。于是他为《湘夫人》题了两首绝句：

> 沅湘今日蕙兰焚，别有奇忧罹此君。
> 独立怆然谁可语？梧桐秋叶落纷纷。
>
> 夫人矢志离湘水，叱咤风雷感屈平。
> 莫道婵娟空太息，献身慷慨赴幽并。

落款写道："恩来兄以十一月十日由延安飞渝。十六日适为余五十三初度之辰，友好多来乡居小集。抱石、可染诸兄出展其近制，恩来兄征得此湘夫人图将携回陕北。余思湘境已沦陷，湘夫人自必以能参加游击战为庆幸矣。"[1]两天过后，他又在傅抱石送给周恩来的《夏山图》上题了一首七绝：

---

[1] 《郭沫若题画诗存》，山西教育出版社，1997 年，第 62 页。

万山磅礴绿荫浓，岚色苍茫变化中。

待到秋高云气爽，行看霜叶满天红。

落款："甲申十一月十日恩来兄由延安飞渝，十六日来赖家桥小聚，求得此画嘱题。""行看霜叶满天红"，充满了对抗战胜利的乐观信念。

12 月，李可染在重庆举办画展，郭沫若特意为此写了《一个新绘画的前途——为可染画展作》。文章写道："在艺术方面外来思潮和民族遗产的接受问题已经讨论许多年了，其中最重要而又最难解决的，恐怕就是绘画上的这一个问题吧！因为国画西画的差别，无论在精神方面或在技法方面，都是非常悬殊的。"解决的办法唯有不断地实践，李可染做了很好的探索。"可染本擅长西画，而近十年来则多注其心力于国画，其工力之深，格调之高，虽斯界大家，无不交口称誉，他的国画里正适当地融合着西画的精神，技法，可以看出一个新的国画的前途，也就是一个新的绘画的前途了。"①这篇文章继承了他在一年前写作的《国画漫感》的观点。他主张吸收西洋画的长处，同时保留国画本身的优势，中西合璧，侧重写实。"尽量摄取现实性的题材与采用西洋画的长处"，在旧的表现对象中体悟深刻，融进作者的个人情怀和时代感受，"替国画找一条新出路"。②

从这些文章来看，郭沫若对国画十分关注，而且有独特的观点。事实上，郭沫若在重庆一直关注着绘画的进展。他和傅抱石、关良、关山月、李可染、陈之佛等知名画家都有过交往，多次给他们题画，写文章总结他们的创作经验，鼓励他们在艺术的道路上越走越好。除《湘夫人》《夏山欲雨图》外，他还为傅抱石的《屈原像》《五柳先生像》等许多画作题诗，专门写了《竹阴读画》《题画记》等长篇散文作品记叙他跟傅抱石的交往，赞扬傅抱石："象他这样孜孜不息、力求精进的人，既

---

① 郭沫若：《一个新绘画的前途——为可染画展作》，1944 年 12 月 12 日重庆《时事新报》。

② 郭沫若：《国画漫感——读张文元画后所写》，1943 年 3 月 13 日重庆《时事新报》。

成者业已大有可观，将来的成就更是未可限量的。"①傅抱石的画配合郭沫若的题诗，成为我国艺术宝库中的精品。

关良以画《水浒传》人物画著名，他在重庆曾举办过一次画展，拟展出的作品似乎跟抗战没有直接关系，因此受到非议。郭沫若挺身而出，写了《我与关良》，赞美他从中国古代艺术的遗产里，发掘出绘画的新形式。他还为关良的《黄金台》《拾玉镯》等数十幅作品题诗，支持他闯出自己的艺术道路来。郭沫若还参观了像张仲友、张文元、张悲鹭、华以松、沈叔羊这些不为艺术圈外所熟悉的画家的展览并为他们的画作题诗，让他们的作品在文化界有了一定的知名度。

李可染画展不久，关山月在重庆举办"西北纪游画展"，郭沫若两次前往观看，并主动提出要为《塞外驼铃》《蒙古牧展》两画题诗作跋。他给《塞外驼铃》题了六首诗，其中两首写道：

> 生面无须再别开，但从生处取将来，
> 石涛河壑何蓝本？触目人生是画材。

> 画道革新当破雅，民间形式贵求真，
> 境非真处即为幻，俗到家时自入神。

跋语说："关君山月有志于画道革新，侧重画材，酌抱民间生活，而一以写生之法出之，成绩斐然。近时谈国画者，犹喜作狂禅超妙，实属误人不浅。"②他为《蒙民牧民》题跋称赞说："国画之凋敝久矣，山水、人物、翎毛、花草，无一不陷入古人窠臼而不能自拔。尤悖理者，厥为山水画。虽林壑水石与今世无殊，而亭阁、楼台、人物、衣冠必准古制。揆厥原由，盖因明清之际，诸大家因宗社沦亡，河山之痛，沉亘于胸，故采取逃遁现实一涂以为烟幕耳。"关山月"于边疆生活多所研究，纯

---

① 郭沫若：《题画记》，《郭沫若全集·文学编》（第19卷），人民文学出版社，1992年，第239页。
② 《郭沫若题画诗存》，山西教育出版社，1997年，第64页。

以写生之法出之，力破陋习，国画之曙光，吾于此焉见之"②。要求国画取材于民间生活，重"写生之法"，这些言论充满了革新国画的气息。

1944 年冬天，郭沫若收到了毛泽东 11 月 21 日从延安写来的信：

> 武昌分手后，成天在工作堆里，没有读书钻研机会，故对于你的成就，觉得羡慕。你的《甲申三百年祭》，我们把它当作整风文件看待。小胜即骄傲，大胜更骄傲，一次又一次吃亏，如何避免此种毛病，实在值得注意。倘能经过大手笔写一篇太平军经验，会是很有益的；但不敢作正式提议，恐怕太累你。最近看了《反正前后》，和我那时在湖南经历的，几乎一模一样，不成熟的资产阶级革命，那样的结局是不可避免的。此次抗日战争，应该是成熟了的罢，国际条件是很好的，国内靠我们努力。我虽然兢兢业业，生怕出岔子，但说不定岔子从什么地方跑来；你看到了什么错误缺点，希望随时示知。你的史论、史剧有大益于中国人民，只嫌其少，不嫌其多，精神决不会白费的，希望继续努力。恩来同志到后，此间近情当已获悉，兹不一一。我们大家都想和你见面，不知有此机会否？③

毛泽东对他的思念、赞美和鼓励，给了奋斗在雾都重庆的郭沫若以宝贵的慰藉。

1945 年初，郭沫若在完成了《名辩思潮的批判》《前期法家的批判》《青铜器时代》的写作后，对先秦诸子思想的批判暂告一段落。这些文章"把古代社会的机构和它的转变，以及转变过程在意识形态上的反映，可算整理出了一个比较完整的轮廓"。本来他还计划做更多的研究工作，"想写到艺术形态上的反映，论到文学、音乐、绘画、雕塑等的情形，

① 郭沫若：《题关山月画》，《郭沫若全集·文学编》（第 2 卷），人民文学出版社，1982 年，第 121 页。

② 《毛泽东给郭沫若的信》，中共中央文献研究室中央档案馆编：《建党以来重要文献选编（一九二一——一九四九）》（第 21 册），中央文献出版社，2011 年，第 634 页。

或因已有论列，或因资料不够，便决计不必再添蛇足了"①。

郭沫若将主要在重庆时写作的研究先秦诸子思想的文章结集为《青铜时代》和《十批判书》出版，前者偏于考证，后者偏于批评。在回顾这两部著作的写作时，郭沫若说，他"尽可能蒐集了材料，先求时代与社会的一般的阐发，于此寻出某种学说所发生的社会基础，学说与学说彼此间的关系和影响，学说对于社会进展的相应之或顺或逆"②。"把古代社会的发展清算了，探得了各家学术的立场和根源，以及各家之间的相互关系，然后再定他们的评价。"③对于先秦诸子思想，顺应时代发展需要的，代表新兴阶级利益的，郭沫若给予肯定评价；逆时代潮流而动的，郭沫若则予以否定。"人民本位""把人当成人"是具体标准。郭沫若这些研究带上了鲜明的时代色彩，承担了独特的历史使命。

这两部著作产生了较大影响，多数人持赞赏态度，也有少数人有不同意见。

《图书季刊》杂志刊文介绍《十批判书》："郭君是书之价值，在对先秦诸子作一种新试探，以求对诸子有比较真确之认识。又重新估定诸子价值。如对墨子之估价，与梁启超胡适诸氏所见异趣。其谓荀子可谓杂家，谓韩非之思想以现代眼光看，不能谓为真正之法治思想，皆与晚近一般推论不同。吕不韦秦王政一文抉出战国末期思想及政治上之隐微，为是书中最精辟之一篇。"④《大公报》也刊文说："通观全书，创辟的见解甚多，虽也不少证据不足，近于武断之处，然而证据凿确，精审不移之见解更多。著者本是文学家，所以文笔极其流畅，虽是考据文

① 郭沫若：《后记——我怎样写〈青铜时代〉和〈十批判书〉》，《郭沫若全集·历史编》（第2卷），人民出版社，1982年，第487页。
② 郭沫若：《青铜时代·后记》《郭沫若全集·历史编》（第1卷），人民出版社，1982年，第617页。
③ 郭沫若：《后记——我怎样写〈青铜时代〉和〈十批判书〉》，《郭沫若全集·历史编》（第2卷），人民出版社，1982年，第470页。
④ 《〈十批判书〉介绍》，《郭沫若研究文献汇要》（第9卷），上海书店出版社，2012年，第215页。

字，而生动活泼，引人入胜，尤属不可多得。"①

　　远在昆明的朱自清、闻一多等人十分喜爱这两部著作。就在郭沫若发表《古代研究的自我批判》不久后的 1944 年 11 月 24 日，朱自清立即将这篇文章找来读了。1946 年，朱自清写出了关于《十批判书》的书评。朱自清认同郭沫若的观点：治学须坚持人民的立场。"现代知识的发展，让我们知道文化是和政治经济社会分不开的，若将文化孤立起来讨论，那就不能认清它的面目。但是只求认清文化的面目，而不去估量它的社会作用，只以解释为满足，而不去批判它对人民的价值，这还只是知识阶级的立场，不是人民的立场。""郭先生的学历，给他的批判提供了充实的根据，他的革命生活，亡命生活和抗战生活，使他亲切的把握住人民的立场。"②吴晗后来回忆说，郭沫若是闻一多最敬重的学者，这两部著作是闻一多最爱读的书，1945 年冬天和 1946 年春天，"在西仓坡的院子里，阳光下，这两部书曾经成为我们谈话的经常题目"③。

　　对这些著作，学界也有不同意见。齐思和认为："郭氏本为天才文人，其治文字学与史学，亦颇表现文学家之色彩。故其所论，创获固多，偏宕处亦不少，盖其天才超迈，想像力如天马行空，绝非真理与逻辑之所能控制也。"④这样的观点也有一定的代表性。

---

① 《评〈十批判书〉》，同上书，第 220 页。

② 朱自清：《现代人眼中的古代——介绍郭沫若著〈十批判书〉》，1947 年 1 月 4 日《大公报·图书周刊》。

③ 吴晗：《开明版〈闻一多全集〉跋》，《闻一多全集》（第 12 卷），湖南人民出版社，1994 年，第 454 页。

④ 齐思和：《评〈十批判书〉》，《郭沫若研究文献汇要》（第 9 卷），上海书店出版社，2012 年，第 216 页。

第九章

域中潮浪争民主

一

1945 年初，郭沫若暂时结束了对先秦诸子思想的批判，因为时局再次需要他了。当时，国际反法西斯同盟已经进入战略反攻，但在中国战场，由于国民党的独裁和腐败，军事上节节败退。在此情势下，国统区的民主运动走向了高潮，无论是重庆，还是昆明，文化界的大多数人士都投入到了争民主的斗争中去。

1945 年初，郭沫若起草了《文化界时局进言》。他认为，国统区亟须在政治上"及早实行民主"。具体纲领有两条："由国民政府立即召集全国各党派所推选的公正人士组织一临时紧急国是会议，商订应付目前时局的战时政治纲领，使内政外交、财政经济、教育文化等均能有改进的依据，以作为国民会议的前驱"；"由临时紧急国是会议推选干练人士组织一战时全国一致政府，以推行战时政治纲领，使内政外交、财政经济、教育文化等均能与目前战事配合"。除这两条纲领外，郭沫若还提出六条具体措施：

一　审查检阅制度，除有关军政机密者外不应再行存在，凡一切限制人民活动之法令均应废除，使人民应享有的集会、结社、言论、出版、演出等之自由及早恢复。

二　取消一切党化教育之设施，使学术研究与文化运动之自由得到充分的保障。

三　停止特务活动，切实保障人民之身体自由，并释放一切政治犯及爱国青年。

四　废除一切军事上对内相克的政策，枪口一致向外，集中所有力量从事反攻。

五　严惩一切贪赃枉法之狡猾官吏及囤积居奇之特殊商人，使国家财力集中于有用之生产与用度。

六　取缔对盟邦歧视之言论，采取对英、美、苏平行外交，以博得盟邦之信任与谅解。[1]

这篇进言获得了进步文化界的广泛好评，茅盾说它"义正辞严、句句击中了蒋家王朝的要害"[2]。

进言起草好，郭沫若秘密地、广泛地征求各界人士签名。当时郭沫若住在重庆市区，徐悲鸿住在长江北岸的盘溪。郭沫若为了争取徐悲鸿的签名特意来到盘溪。徐悲鸿看到进言后毫不犹豫地签上了自己的名字。徐悲鸿夫人廖静文买来了四川大曲酒。郭沫若异常兴奋，"一杯接一杯喝着这淳香扑鼻的大曲酒，一面谈笑风生，渐渐地，他那宽阔的前额上，沁出了一层细小的汗珠"。他当场写了一首七言：

> 豪情不让千钟酒，一骑能冲万仞关。
> 仿佛有人为击筑，盘溪易水古今寒。[3]

① 郭沫若《文化界对时局进言》，《郭沫若全集·文学编》（第19卷），人民文学出版社，1992年，第522—524页。
② 茅盾：《我所走过的道路》（下），人民文学出版社，1997年，第523页。
③ 廖静文：《嘉陵江畔的一段往事》，《悼念郭老》，三联书店，1978年，第322、323页。

以荆轲刺秦、高渐离易水击筑送行的典故，来表达他和徐悲鸿在反抗国民党暴政上的勠力同心。

据时任郭沫若秘书的翁植耘回忆，"属于进步阵营的左翼文化人基本都联系了。属于中间甚至中间偏右的，只要有要求民主倾向的，也去争取了。我国著名的诗人、作家、戏剧家、音乐家、画家，以及电影界著名人士，名导演、名演员，自然科学家、大学教授，以及出版界、新闻界、教育界著名人士，文化工作委员会工作的同志，凡在重庆的，也大多参加签名"①。签名的包括茅盾、巴金、老舍、胡风、夏衍、邓初民、陶行知、侯外庐、傅抱石等三百一十二位名人。进言以《文化界发表时局进言，要求召开临时紧急会议，商讨战时政治纲领，组织战时全国一致政府》为题发表于2月22日重庆《新华日报》，引起了各界震动。

蒋介石十分恼怒，训斥了主管文化工作的张道藩。张道藩责成下属起草了否定声明。声明说自己不知情，是有人盗用了他们的名字，因此予以公开否定。张道藩决定找那些在《文化界时局进言》上签了名的人在这个声明上签字，但他的计划失败了。茅盾接到否定声明后"把它退了回去，告诉他，我已在另一份宣言上签了名，那一份宣言更合我的意思"。②张道藩派人到徐悲鸿家里，告诉他这个否定声明是蒋介石的意思，如果不在上面签字，将会对他很不利。徐悲鸿在病中，状态很不好，但他坚定地说："不管是谁的意思，我绝不会收回我的签名！"③张道藩的话不仅仅是恐吓。著名教授费巩就是因为在《文化界时局进言》上签了名，于3月5日在重庆千厮门码头遭国民党特务秘密绑架，后来在歌乐山集中营被残忍杀害，尸体被投入硝镪水中化掉。

张道藩又炮制了另一份宣言，到处找人签名，但签名的只是一些名

① 牟之先：《从文化界进言到文工会解散谈郭沫若对大后方民主运动的贡献》，《四川省纪念抗日战争胜利四十周年学术讨论会论文暨史料选》（一），四川省社会科学院出版社，1985年，第200页。
② 茅盾：《我所走过的道路》（下），人民文学出版社，1997年，第524页。
③ 廖静文：《嘉陵江畔的一段往事》，《悼念郭老》，三联书店，1978年，第324页。

不见经传的小角色，为了凑数，有些人还化名签了好几次。

当国民党弄清楚了《文化界时局进言》跟文化工作委员会有关后，于3月30日以机构重复为理由下令解散文工会。文工会被解散在社会各界引起了震动。

4月1日，三厅七周年纪念会举行。沈钧儒、章伯钧、翦伯赞等上百人参加。翦伯赞发言说："我不明白，同是抗战时期，同是一个部长，今日认为机构重复而解散文工会，但当初为什么不怕重复而设立文工会？"郭沫若站起来说："始于今日，终于今日"，不是说的文化，而是说的"花瓶"，文工会被解散了，我们恢复了本来的面目，我们是更自由了。

4月8日，重庆各党派领袖及文化界人士沈钧儒、柳亚子、章伯钧、左舜生、谭平山、侯外庐、史良等一百多人集会，对郭沫若及文工会成员表示慰问。

左舜生说："欢迎文化界的斗士回到更大的自由天地中来。"侯外庐说："郭先生在文化学术方面的伟大贡献，使他不但是中国的权威，也是世界的权威之一；他几十年来奋斗所得的文化成果，给了我们许多不朽的著作。我们相信郭先生今后还要更多创造有利中国人民的作品。"侯外庐还希望在郭沫若领导下，设立民间研究所。史东山说："文工会虽已解散，但不减我们对郭先生的尊敬。今后我们一定要跟着郭先生的路走；我们的精神永远联系在一起。"

黄炎培因病缺席，但写了三首诗请尚丁在会上朗诵：

> 天地不灭，文化不灭。
> 人类不绝，文化不绝。
> 或箝之口，或夺之笔。
> 人夺其名，我葆其实。
>
> 文化真美，群丑忌之，
> 文化真善，伪善畏之。

日月经天，谁能蔽之？

万古江河，谁能废之？

文化之田，实生善禾。

禾之不熟，民食则那。

孰灌之田，无小一勺。

一勺之施，惟我与若。[①]

王若飞说：中共已向国民政府提出请郭沫若担任中国出席联合国会议代表的顾问，如果做不到，就请郭沫若到边区去，中共十分欢迎。邓初民认为：现在没有左派右派的分别，只有民主和法西斯的区别，郭沫若不可能去解放区的，因为在当时的情况下，他连青木关都出不去，所以不要单说安慰，要争取民主自由。陶行知也主张成立民间研究机构，"就是在监狱里，也要办新世界研究院。"翦伯赞认为：文工会的解散，是对自由文化的扫荡，是对中国民族文化灵魂的侮辱。

郭沫若动情地说："文工会是解散了，文化工作却留下了，从今天起我们要真正开始工作。我回国的时候有首诗说：'四十六年余一死，鸿毛泰山早安排。'我这抗战八年的生命是赚来的，老早应该死了，今年五十四岁可以说：'五十四岁余一死，鸿毛泰山早安排'，我随时随地也可以死，但是只要我一息尚存，在诸位先生鼓励下，我仍要做一个民主、文化、文艺的小兵。我补充陶先生一句话，我就是死在坟墓里，也还是从事文化工作！"[②]

不久后阳翰笙等人筹办"郭沫若研究所"，但没有成功。

《文化界时局进言》影响持续扩大。4月7日，延安文化界致函重庆文化界，对《文化界时局进言》表示坚决支持。11日，李相符、杨

---

① 黄炎培：《文化三章赠郭沫若》，黄方毅编《黄炎培诗集》，人民出版社，2014年，第240页。

② 《出席重庆各党派领袖及文化界人士举行的宴会》，1945年4月9日重庆《新华日报》。

伯恺等人联合在成都的知名人士一百二十余人，在《华西日报》发表《成都文化界对时局献言》，与重庆《文化界时局进言》呼应，要求尽快结束一党专政，召开国民大会。

郭沫若对民主进程中知识分子的作用和文艺功能进行了深入思考。

4月12日，郭沫若在《向人民大众学习》中认为："在目前民主运动的大潮流当中，'人民的世纪'更加把它自己的面貌显豁起来了。人民大众是一切的主体，一切都要享于人民，属于人民，作于人民。""自己就是民众的一个人，不是民众以外或以上的任何东西，更不是这种任何东西的任何附属物。民众是主人，自己也就是主人，自己倒应该努力，不要玷辱了主人的身份，不要玷辱了民众的名位。"①

4月20日，郭沫若写成了《人民的文艺》一文，文章说："今天是人民的世纪，我们所需要的文艺也当然是人民的文艺。""人民的文艺是以人民为本位的文艺，是人民所喜闻乐见的文艺，因而它必须是大众化的，现实主义的，民族的，同时又是国际主义的文艺。"②4月28日，他前往沙坪坝学生公社演讲，在演讲中说："我们要以文艺来替人民服务，在科学的水平上走向人民文艺的道路。我们要明白人民的'愚昧'和'落后'是统治者一手造成的。现在是人民的世纪，我们反对法西斯，反对一个人的独裁专制，反对个人主义，侵略主义，这样才能勉尽文艺家的责任，才能满足人民的要求。""我们不需要替统治者歌功颂德，替一家一姓歌功颂德，我们要歌人民大众的功，颂人民大众的德！我们需要这样的文艺！"③

① 郭沫若：《向人民大众学习》，《郭沫若全集·文学编》（第19卷），人民文学出版社，1992年，第534页。
② 郭沫若：《人民的文艺》，同上书，第542页。
③ 《在沙坪坝学生公社讲演"我们需要怎样的文艺？"》，原载1945年5月8日《新华日报》，引自《郭沫若在重庆》，青海人民出版社，1982年，第370、371页。

二

5 月 28 日，苏联大使馆费德林博士带来苏联科学院成立二百二十周年纪念大会的邀请信，这次受邀的中国文化界人士仅郭沫若和丁西林。蒋介石和国民政府同意了。郭沫若十分开心。国内文化界对此十分重视，中苏文化协会、全国文协、全国剧协等团体多次为郭沫若举行欢送会。宋庆龄和邵力子还在酒会上一再为他干杯，祝他一帆风顺，完成使命。

6 月 8 日，中苏文协、全国文协等三个单位二百多人为郭沫若举办欢送茶会。茅盾在会上说，希望郭沫若将中国人民争自由、争民主的人民意志带给苏联文化界，将苏联的文化进步情形带回中国。侯外庐赞扬郭沫若是国宝，是明星，希望他带回来世界民主的真谛，作为民主建国的参考。郭沫若谦虚地说自己是人民的听差和跑腿，愿意做中苏人民沟通的使者。

6 月 9 日，郭沫若乘美国军用飞机离开重庆，途经昆明、印度、伊朗等地前往莫斯科，一路转机颇费周折。他脱离了熟悉的环境，也没有学术上的压力，很多压抑的感情涌现出来了。他梦见自己被捕、下狱、出狱、又被捕。他想念自己的孩子们。"留在日本的儿女，留在重庆的儿女，都在跟着我飞。前者的生死存亡至今莫卜，跟着的说不定只是灵魂了。"他为此写了一首诗：

> 生别常恻恻，恻恻至何时。
>
> 孤鸿翔天末，天末浮云低。
>
> 北山有网罗，雏稚不能飞。
>
> 南山无乐土，难得一枝栖。
>
> 哀鸣不相闻，冷雨湿毛衣。①

---

① 郭沫若：《苏联纪行》，《郭沫若全集·文学编》（第 14 卷），人民文学出版社，1992 年，第 301 页。

他将自己比喻为孤鸿，将留在日本的孩子们比喻为留在了北山，重庆的孩子们留在了南山，两处都不快乐。

郭沫若本来以为 16 日就能到达苏联赶上庆祝大会的，但一直到 25 日才抵达目的地，庆祝大会的前半部分已经结束了，他只好赶往列宁格勒参加后半部分。

郭沫若受到了苏联科学院的热烈欢迎，后者专程安排懂中文的院士陪同他参观访问。郭沫若在为苏联科学院的祝辞中说："科学是纯粹为人民服务的，科学和人民结合了。这便增加了科学的力量，也增加了人民的力量。这便是苏联的建国成功和抗战胜利的一个主要的因素。"[①]"苏联学者在研究学问上所具有的实事求是的精神和缜密审慎的方法，我将要带回中国去，使中国的学术界也能够兴盛起来。""科学与人民的结合，只有在苏联是确实地做到了。这种实践的精神，我也一定要带回中国去，使我们中国人民和中国学术界，对于今后的世界文化能够作出新的贡献。"[②]

苏联科学家对郭沫若十分尊重，苏联科学院院士、东方学家司徒鲁卫赞扬郭沫若说："中国的古代，以前都蒙在迷雾里面，经过你的研究，把那些迷雾扫清了；我们很高兴，人类社会发展的历程，没有一个民族形成了例外。"[③]

丁西林 6 月 29 日才到苏联见到郭沫若，他带来了于立群给郭沫若的信："你安心地去完成你那伟大的使命吧。家中一切都平安，只是寂寞得难受。因为你走的路太远了，怎么能够安定呢？同你在一起的时候不觉什么，事实上分开了真觉得自己是一条迷了路的小羊，既年青又无智。唯一的希望是你要多多注意自己的身体，并时常能得到你的消息。"[④]郭

① 郭沫若：《苏联纪行》，《郭沫若全集·文学编》（第 14 卷），人民文学出版社，1992年，第 313 页。
② 郭沫若：《苏联纪行》，同上书，第 323、324 页。
③ 郭沫若：《苏联纪行》，同上书，第 320 页。
④ 郭沫若：《苏联纪行》，同上书，第 331、332 页。

沫若多么想把立群和孩子们都带在身边啊。

在苏联，郭沫若见到了斯大林、莫洛托夫等苏联领袖，为斯大林旺盛的精力感叹不已。他还见到了二十年前共产国际驻中国代表鲍罗廷、曾帮助中国共产党建党的维经斯基、著名的工人运动领袖李立三等人。比起北伐时代的荣耀，鲍罗廷现在不得志了，他见到郭沫若有些尴尬。但郭沫若却很热情，他认为中国人民会永远记得鲍罗廷。维经斯基已经成了著名的学者，和郭沫若探讨了共同关心的学术问题。李立三住在郊区，到市中心要半个小时，他在一个出版社工作。他给郭沫若指点着那座曾经作为第三国际办公地点的大楼，说周恩来当初就住在那里。有很多西方科学家也来参加纪念会，郭沫若见到了《生命之科学》的作者赫胥黎、著名科学史家李约瑟等人。

7月14日，郭沫若在乌兹别克斯坦参观，这是苏联精心打造的样板共和国，它的集体农场和人民高度的文化修养给郭沫若留下了深刻的印象。看到这个前殖民地在革命后不到三十年就羁绊解除，人民康乐，对比自己的祖国，郭沫若即景生情，不能自已地写下了三首较为感伤的诗歌，最后一首写道：

> 临流濯我巾，巾秽犹能洁。
>
> 牢忧荡我肠，百摺浑欲折。
>
> 纵有林泉幽，纵有歌舞绝。
>
> 天国非人间，人间正流血。
>
> 不当归去时，此心将毁灭。①

在莫斯科的一次舞会上，郭沫若默默坐在一旁，苏联作家果儿巴妥夫问他："该快乐的时候，为什么不跳舞？"郭沫若只有苦笑："我自己心里委实是有不能释放的隐忧。我羡慕苏联人民和苏联作家，他们的国是建成

---

① 郭沫若：《苏联纪行》，《郭沫若全集·文学编》（第14卷），人民文学出版社，1992年，第365、366页。

功了，战是抗胜利了，他们能够由衷的快乐。但是，我能够吗？"①

8月8日，苏联对日宣战。9日，郭沫若应邀参加苏联对外文协为他举办的送别宴会，他在会上说："战争的胜利是前定了的，但在赢得了胜利之后还需要进行猛烈的斗争，便是要根绝法西斯的意识。这是文化工作者的责任，只有在进步的民主的文化基础上，才能够获得持久和平的建立。我们愿意和苏联的作家们、学者们、一切的文化工作者们，紧密地携手，来完成这项重要的使命。""中国在全世界的独立国家中是最年老的一个，也是最年青的一个。自己在中国现代作家中是最年老的一个，也是最年青的一个。我们是处在方生方死之间的，但我们决不让死的老是拖着活的。我们要使方死的迅速死去，方生的蓬勃成长。苏联和苏联作家是我们的模范，希望以兄弟的情谊，永远缔结着我们的文化联盟。"②

在苏联期间，郭沫若发表了《战时中国的历史研究》《战时中国的文艺活动》等演说，参观了农场、工厂、学校、研究所、博物馆、图书馆，以及其他各种各样的文化机关。尤其是马雅可夫斯基、奥斯托洛夫斯基、普希金、托尔斯泰等人的纪念馆，给郭沫若留下了很深刻的影响。在这些参观中，郭沫若感到"苏联人民的和穆、聪慧、勇敢、陶醉于工作中的认真和快乐，以及这些优良品质的宽度、深度、密度，不到苏联去是不容易想像得到的"③。

8月20日，郭沫若结束访问返回重庆，在接下来的一年多里，无论是在重庆还是在上海，都有文化团体请他去讲苏联见闻。他在这些场合称赞苏联在各方面所取得的伟大成就。

他谈苏联的工业，认为苏联工业取得巨大成就的原因在于社会主义制度、农业生产工业化、学术研究与生产相结合。

他认为苏联的妇女地位高："苏联妇女确与男子站在平等的地位，无论

① 郭沫若：《苏联纪行》，《郭沫若全集·文学编》（第14卷），人民文学出版社，1992年，第391页。
② 郭沫若：《苏联纪行》，同上书，第445、446页。
③ 郭沫若：《〈苏联纪行〉俄文版序》，1947年5月7日上海《时代日报》。

社会工作，文化建设等都是与男子一样的创造，甚至有时超过男子。"[1]

中国建设社在上海浦东进行土地改革试验，他们邀请郭沫若介绍苏联集体农庄的见闻。郭沫若着重介绍了塔什干郊外的一个小规模集体农场，这个农场从外表来看，不像中国的土地那样被分成田字形的小块，而是一望无际，看不到疆界。农业机械化水平很高，设备非常完善。由于产值增加，农民生活富裕，文化水平提高，农场居然能够上演莎士比亚的《奥赛罗》。农民生活和文化水平提高后，刺激消费，带动内需，使得苏联经济得到飞速发展。

郭沫若这些演讲活动，宣扬了人民民主的优越性，一定程度上挑战了国民党的专制统治。

四

郭沫若回到重庆不久，毛泽东来重庆参加国共谈判。9 月 3 日，郭沫若带着于立群，会同翦伯赞、邓初民、冯乃超、周谷城等人去看望毛泽东。他看到毛泽东的怀表已经很旧了，便取下自己的手表送给他。这只手表毛泽东戴了很长时间。

毛泽东在重庆期间，重庆报刊发表了他的《沁园春·雪》，引起了政界和文化界震动。郭沫若对这首词十分佩服，特意和了两首。他感叹时局道：

> 国步艰难，寒暑相推，风雨所飘。念九夷入寇，神州鼎沸；八年抗战，血浪天滔。遍野哀鸣，排空鸣鹏，海样仇深日样高。和平到，望肃清敌伪，除解苛娆。

---

[1] 郭沫若：《苏联妇女漫谈》，《中苏文化·苏联十月革命第二十八周年纪念特刊》，1945 年 11 月 7 日。

他高度赞美毛泽东的睿智和风度：

> 说甚帝王，道甚英雄，皮相轻飘。看古今成败，片言狱
> 折，恭宽信敏，无器民滔。岂等沛风？还殊易水，气度雍容格
> 调高。开生面，是堂堂大雅，谢绝妖娆。

10 月 7 日，郭沫若在《天地玄黄》中表达了对时局的看法："我们无疑地是胜利了，但这胜利好象是疟疾初愈，还没有断根，有点保不定什么时候要再发寒战。""疗治时代疟疾的奎宁或阿特布林，便是民主团结与和平建设，要用这药剂来彻底消除法西斯细菌，天地也才有澄清的希望。"①郭沫若的感觉是对的，不久，时局就开始"发寒战"了。尽管如此，但他一直致力于"民主团结"的工作。

10 月 10 日，国共双方签订了双十协定。虽然在解放区地位和解放军规模等一些关键问题上没有达成一致，但国民党接受中共提出的和平建国纲领，双方协议共同努力，以和平、民主、团结、统一为基础，避免内战，建设独立、自由、富强的新中国。双方还确定召开有各党派代表及无党派人士参加的政治协商会议。

双十协定的签订给重庆各界人士带来了希望。10 月 8 日，八路军办事处秘书李少石在汽车上被国民党士兵枪杀了。李少石是廖仲恺的女婿，这件事引起舆论哗然。李少石的丧仪原定 10 月 10 日举办，但因为这天要签订协议，所以推迟到 11 日。这体现了当时各界对双十协定的重视和期待。

双十节当天，郭沫若担任发行人的《建国日报》晚刊创办发行，这份报纸每期八开四版，但只出两个星期就以"手续不合"的罪名被强令停刊。真实原因是夏衍在一篇《补白》中说：上海人民最怕两种人，一种是天上飞下来的，一种是地下钻出来的，袋里装的是封条，手里要的

---

① 郭沫若：《天地玄黄》，《郭沫若全集·文学编》（第 20 卷），人民文学出版社，1992 年，第 5、6 页。

是金条。这让国民党政府十分恼火。郭沫若等人对民主自由的期待，因为《建国日报》晚刊的停刊，受到不小挫折。

10月19日是鲁迅逝世九周年。郭沫若出席了在西南实业大厦举行的鲁迅逝世九周年纪念会，他在演讲中建议设立鲁迅博物馆，"凡是关于鲁迅的资料：他的生活历史、日常生活状态、读的书、著的书、原稿、译稿、笔记、日记、书简、照片等等，还有关于他的研究，无论本国的或外国的，都专门搜集起来，分门别类地陈列。让研究鲁迅者，让景仰鲁迅者的人民大众，得以瞻仰"①。此外，他还建议多立鲁迅铜像，把杭州西湖改名为鲁迅湖。他的这些想法大都是从苏联来的。这些建议绝大部分都在今天实现了。

就在这个月，郭沫若发表了他的讲演稿《王安石》。他肯定王安石是"秦汉以后的第一个大政治家"，他认为王安石"完全由人民的立场出发，和秦汉以来的站在统治阶级为政的大臣两样"。王安石的变法是"打倒土豪劣绅，救济老百姓"，王安石执政八年"内政修明，武功赫赫"，他"为了实行己见，不害怕或顾虑什么"，"不患得失"的精神尤其值得后人学习。郭沫若以王安石为例，借古讽今，希望当政者能从"人民的立场"出发，建立"修明"的政治生态。

10月，国民党孙连仲部向河北，阎锡山部向大同，胡宗南部向石家庄前进。解放军发动邯郸战役，消灭孙连仲部三万余人。内战的硝烟弥漫全国。11月，重庆各界反对内战联合会成立。郭沫若与黄炎培、柳亚子等被选为理事。郭沫若在成立大会上说：民主国家的一切事情要问人民，内战是反民意、反老百姓的。他还谴责美国拼命帮助蒋介石打内战。

11月23日，郭沫若与茅盾、叶圣陶、老舍、洪深等十七人联名致电美国援华会作者委员会赛珍珠和全美作家："在这东西法西斯国家终于都被击败的时候，我们对于伟大美国人民的'灵魂的工程师'的你们，更抱着无限感激的热忱。但是，我们写这封信的当儿，我们的心是沉重

---

① 郭沫若：《我建议》，《郭沫若全集·文学编》（第20卷），人民文学出版社，1992年，第18页。

的，因为不祥的内战已在中国普遍的爆发了，而美国在中国的士兵有卷入这次中国内战的迹象。""中国人民是坚决反对内战的。中国人民将尽其最大的努力来阻止内战，并要求实施民主政治，同时中国国民也十分珍视中美两国人民的友谊，所以，我们又迫切盼望我们的美国朋友也将尽力阻止凡有可能损碍中美两国人民友谊的行动。"①为了表达自己争取民主的决心，郭沫若为徐文烈写了一个条幅："为争取民主，必须掷头颅，流鲜血而后可。今之民主斗士，日日只作民主清谈，吃点心，费时辰；有必要时，并争取代表资格，只落得反民主者笑杀耳！"②

昆明大中学生为争取民主，宣布罢课，举行游行，并发表《致美国政府书》和《致美国人民书》。西南联大教授会发表《抗议书》，昆明各界纷纷捐款捐物，支持学生。12月1日，国民党云南省党部主任李宗黄指使暴徒攻打学生，致使于再等人死亡，二十余人受重伤。是为"一二·一"惨案。惨案发生后，郭沫若参加了重庆各界为惨案死难者设灵祭奠的仪式，他在仪式上致哀辞：

> 抗战八年，民生雕丧，幸获胜利，勉跻五强。
>
> 努力建设，犹嫌汲长；忽尔暴慢，兄弟阋墙。
>
> 举国鼎沸，人心遑遑，反对内战，谁曰不当？
>
> ……
>
> 忝为军人，辱没戎行！忝为政长，败乱纪纲！
>
> 此而可忍，生民何障？此而不罚，国家将亡！③

祭奠的第二天，郭沫若又写了一首新诗，谴责国民党的暴行：

---

① 《中国作家致美国作家书》，《中原、文艺杂志、希望、文哨联合特刊》，1946年1月第1卷第1期。

② 手迹见《郭沫若学刊》，1987年第1期。

③ 郭沫若：《祭昆明四烈士》，《郭沫若全集·文学编》(第2卷)，人民文学出版社，1982年，第130页。

谁能说咱们中国没有进步呢？

谁能说咱们中国进步得很慢？

"一二·九"已经进步成为"一二·一"了，

不信，你请看，请鼓起眼睛看看。

水龙已经进步成为了机关枪，

板刀已经进步成为了手榴弹，

超度青年的笨拙的刽子手们

已经进步成为了机械化的好汉。①

不久，郭沫若在《历史的大转变》中说："'一二·一'惨案，今天又吹起了推动车轮的号角。尽管血痕犹新，我们对于死难的四位烈士，和受伤的几十位朋友，还怀着深切的怆痛，但他们是光荣的，他们是民族的最优秀的儿女，他们在民族临到了歧路，要走向破灭的危险的时候，使轨辙开始转变了。"他诚恳地告诫国民党："一党专政的作风不能再用了，国民党即使有人材，但中国之大除国民党员之外，难道就没有可用的人材了吗？中国是中国人的中国，不应该是某一党的中国。人民是国家的主人，是历史的主人"，"'一二·一'的烈士们已经昭示着我们，历史在大转变！能够领导这个转变的便是民族的英雄。"②

在致力于民主运动的同时，郭沫若并没有忘记了文艺界，他认为文艺界在抗战结束后应该努力于"建国文艺"："八年的抗战完结，现在是应该专心建国的时候了，因此我们文艺工作者的笔也就应该由抗战文艺转而为建国文艺。""我们不敢夸说文艺是开风气之先，但也不想妄自菲薄，文艺是落时代之后。抗战未开始前我们早就在呼号，化

①　郭沫若：《进步赞》，《郭沫若全集·文学编》（第 2 卷），人民文学出版社，1982 年，第 72 页。

②　郭沫若：《历史的大转变》，《郭沫若全集·文学编》（第 20 卷），人民文学出版社，1992 年，第 14—17 页。

除畛域，团结对外。八年的战争其中虽然没有什么了不起的成绩，但大家含辛茹苦，勉尽所能，总算问得过自己的良心。""我们文艺界似就应该保持这种干净的态度来从事建国文艺的写作。干净就是不自私自利，干净做到极端，就是把自己的心血、生命，一切，都献送得干干净净。"①

五

郭沫若以社会贤达的身份被确定为政协代表。在政协会议召开前，他接受《新民报晚刊》记者浦熙修采访时说："今天解决中国问题，以联合政府方式最为适合。只有通过联合政府才能执行公正的普选，以达到真正还政于民。联合政府也可以说是为还政于民作准备工作。这是国际国内的要求，必须要走这条路的。""国家必须要看重文化、学术与学者，御用文化的思想必须纠正过来，建国才能成功。苏联的建国是靠他们的学术与文化，英美又何尝不如是？！拿枪杆的武人决不能建国，古人早有'马上得之，不能马上治之'的古谚，何况现代国家。但我们今日，学生要遭屠杀，文人是贫病交迫。这如何能建国呢？"②

1946 年 1 月 10 日，政治协商会议开幕，探讨和平民主建国、国民代表大会与解放区等问题。出席这次会议的政协代表共三十八名，其中国民党代表八人，共产党代表七人，青年党代表五人，民主同盟代表九人，社会贤达九人。郭沫若名列社会贤达中。他在政协会议上表现很活跃，他是施政纲领和宪法草案两个组的成员，提出了很多尖锐意见。在 1 月 14 日改组政府问题的发言中，他要求限制政府主席权限，建议设立副主席或常委会。他对于主席具有新增国府委员的人选决定权也很不

---

① 郭沫若：《一切为了人民》，《抗战文艺》月刊第 10 卷第 6 期，1946 年 5 月 4 日。
② 浦熙修：《郭沫若先生——政治协商代表访问之十》，1945 年 12 月 10 日上海《新民报晚刊》。

满，认为这样可能导致党外人士成为陪衬，并要求各党派另立机构研究国府组织法。

在中国共产党和民主党派及郭沫若等人的努力下，政协会议通过了《关于政府组织问题的协议》《和平建国纲领》《关于国民大会的协议》等五项协议，实质上否定了国民党一党专政、个人独裁的政治制度，承认了不同党派存在的合法性和各党派的平等地位。

郭沫若对《新华日报》记者赞扬这次会议："政治协商会议的成就很大，所获各项协议是中国走向民主的一个很好的开端，虽然要使之一一实现，尚须作更大的努力和清除许多障碍，但前途无论如何是光明的。对于文化工作者，希望保持以往艰苦时期的奋斗精神，万万不能松懈，在今后较好的环境中，尤其要发扬民主作风和集体主义，集体努力要比苦干的成就大得多。"①他还在《巩固和平》中说："既已应允各政党平等合作，那吗目前的中央政府和地方政府便应该根据这个原则一律改组，要由各政党乃至社会贤达人士共同管理政权，组织通情合理的临时性的联合政府以过渡到正式的民主政府成立，一切以前在政党不平等的基础上所立定的一党专政的法令和机构都要从新改革，要这样才能名符其实，使各政党平等合法。"②

但协议墨迹未干，国民党就加紧准备内战，并破坏庆祝政协的集会和活动。1946年2月10日，郭沫若前往较场口，参加重庆各界庆祝政协成功大会。大会遭到特务破坏，郭沫若被暴徒殴打，额头、胸部受伤。当天下午，郭沫若带伤出席中外记者招待会，愤怒谴责反动派制造这次血案的阴谋，要求严惩凶手，并驳斥一些报纸的"无耻造谣"。

自2月11日起，来郭沫若寓所的慰问者络绎不绝。他在接待《新华日报》和各报记者三十余人的慰问时，指着伤处说：不算什么，实现民主才是最重要的。他还说：这种种卑劣行径，只会加速反动派的灭亡。中华全国文艺界协会、复旦大学等三十余个团体，《中原》《希望》《文

---

① 谈话见于1946年2月2日《新华日报》。
② 郭沫若：《巩固和平》，1946年1月15日《新华日报》。

哨》《文艺杂志》等刊物，晋冀鲁豫边区文化新闻界等相继发来慰问电。这些慰问电刊发在《新华日报》等有影响的刊物上，对国民党特务活动进行了严厉谴责。到这一事件一周年时，郭沫若仍写文章纪念，特别谴责对群众大会的骚扰和禁止，"政协愈近闭幕，特种人物的骚扰愈见猖獗，那开旷的园地不知几时竟被挖松，被辟成了花圃"。"重庆这座都城并不算小，可是竟没有一处可以召开群众大会的地方。"①

4月8日，王若飞、叶挺、秦邦宪、黄齐生等飞返延安途中因飞机失事不幸遇难。郭沫若听到消息后十分震动，十分难过。

叶挺是郭沫若自北伐战争以来多年的好朋友。在郭沫若五十寿辰的时候，叶挺从狱中托夫人带给郭沫若一份特殊的寿礼，那是由香烟罐的圆纸片制成的一枚"文虎章"，"正面正中用钢笔横写着'文虎章'三个字，周围环绕着'寿强萧伯纳，骏逸人中龙'十个字。背面写着'祝沫若兄五十大庆，叶挺'"。叶挺夫人"用红丝线来订上了佩绶，还用红墨水来加上了边沿"。郭沫若看到这个礼物后，眼泪止不住流下来了。不久，叶挺又给郭沫若写了一封信，将寿联改为："寿比萧伯纳，功追高尔基。"此外，这封信还附有叶挺在狱中写的《囚歌》，这首《囚歌》经郭沫若发表后，受到广泛关注，多次入选中小学语文课本。郭沫若从这首诗中看到了叶挺不屈的精神。"这里燃烧着无限的愤激，但也辐射着明彻的光辉，要这才是真正的诗。假使有青年朋友要学写诗的话，我希望他就从这样的诗里学。我敬仰希夷，事实上他就是我的一位精神上的老师。他有峻烈的正义感，使他对于横逆永不屈服；而同时又有透辟的人生观，使他自己超越在一切的苦难之上。"②郭沫若一直牵挂在狱中的叶挺，他通过陈诚打探消息，但没有结果。去苏联访问的路上，郭沫若在伊朗候机时突然想到叶挺，写诗怀念他：

　　你的笑容呵竟引起了我的悲痛，

---

① 郭沫若：《较场口》，1947年2月12日《新华日报》。
② 郭沫若：《叶挺将军的诗》，《郭沫若全集·文学编》（第20卷），人民文学出版社，1992年，第34—36页。

> 每当我把你的写照翻看了一通，
> 我的泪泉不免要漾起一番波动。
> 这也许便是我这后半生的受用。①

3月初，在中共中央等各方面的营救下，叶挺出狱了，郭沫若高兴地去中共代表团看他。两人是多么开心啊。叶挺对郭沫若说："沫若，你记得吗？——三军可夺帅，匹夫不可夺志。——现在是一切都兑现了。""三军可夺帅，匹夫不可夺志"是叶挺最喜欢的两句话，抗战初期在汉口时，叶挺曾请郭沫若将这两句话写成中堂挂起来。两人共同憧憬着为建设自由民主的新中国而奋斗。但如今叶挺罹难了。郭沫若夜不能寐，他是多么悲痛呵。

王若飞是中共代表团的重要成员，郭沫若曾多次跟他一起从事民主活动。郭沫若还记得，王若飞曾经提议自己担任中国驻联合国代表团的顾问，邀请自己去解放区。但这位"民主精神"的"坚强堡垒"就这样永别了。郭沫若怀着悲痛的心情赞美他：

> 你是刚强、果敢、英断、明敏的化身，
> 你更是沉着、周密、审慎、坚韧的具体，
> 你对于敌人是那样勇猛、奋迅、毫不留情的狮子，
> 而对于友人又是那样温厚、笃实，象孵化着鸡雏的母鸡。②

黄齐生多次参加重庆的民主运动。他在逝世前曾经写了一首词给郭沫若，歌颂他们在民主运动中结下的友谊，以及对未来的乐观信念：

> 是有天缘，握别红岩，意气飘飘。忆郭舍联欢，君嗟负

① 郭沫若：《苏联纪行》，《郭沫若全集·文学编》（第14卷），人民文学出版社，1992年，第295页。
② 郭沫若：《为多灾多难的人民而痛哭》，《郭沫若全集·文学编》（第2卷），人民文学出版社，1982年，第76页。

负，衡门痛饮，我慨滔滔。民主如船，民权如水，水涨奚愁船不高？分明甚，彼褒颦妲笑，衹解妖娆。何曾宋子真娇？偏作势装腔惯扭腰；看羊胃羊头，满坑满谷；密探密捕，横扰横骄。天道好还，物极必反，朽木凭他怎样雕！安排定，看居邠亶父，走马来朝。①

4 月 13 日，郭沫若前往中共代表团吊唁，他与李公朴等人联名“致唁函周恩来先生并转毛泽东先生暨中共诸先生”：“惊闻王若飞、叶挺、秦邦宪、邓发、黄齐生先生坠机遇难，至深痛悼，中国和平民主之道途艰阻且长，遽失民主干城，抗战名将，劳工领袖，教育先驱，实中国人民之大损失，亦民主战线之最大不幸也。”当天晚上，郭沫若不仅写了《挽歌——献给若飞、希夷、博古、邓发及其他烈士》，还写下了《祭王若飞等文》。4 月 15 日，郭沫若又写下了组诗《为多灾多难的人民而痛哭》，尽情表达他的悲伤：

我的眼泪没有方法阻挡，
我生平从不曾遇过这样沉痛的悲伤。
……
我经不住这万种辛酸的冲击，万种悲愤的熬煎，万种回忆的洄漩，
我哭，我哭，我不能不为我多灾多难的人民而吞声痛哭。②

① 郭沫若：《民主运动中的二三事》，《郭沫若全集·文学编》（第 20 卷），人民文学出版社，1992 年，第 188 页。

② 郭沫若：《为多灾多难的人民而痛哭》，《郭沫若全集·文学编》（第 2 卷），人民文学出版社，1982 年，第 75 页。

第十章

民之喉舌发黄钟

一

1946 年 5 月 8 日，郭沫若离开他生活了近八年的重庆前往上海。在离开重庆前，郭沫若在《坚定人民的立场》中认为："今天衡定任何事物的是非善恶的标准，便是人民立场——要立在人民的地位上衡量一切。我们要坚定这人民立场，严格地把握着人民本位的态度。举凡有利于人民的便是善，有害于人民的便是恶。坚守人民本位的便是是，脱离人民本位的便是非。""为民主的实现而斗争，这斗争是长远的。而且在目前可能是剧烈的，作为民主的战士或集团，如要想经得起这个考验，最必要的是要时常提：坚定人民的立场。"① "人民的立场"是他抗战以来一直申明和坚持的立场。行前，《新华日报》记者采访他，他告诉记者："对离开重庆的感情，只深深感到过去的工作仍然不够。虽然在文艺上找到和树立了为人民服务及民主的正确的方向，今后还要加倍的努力。"

到上海的第二天，郭沫若就给《文汇报》和《世界晨报》题词。前

---

① 郭沫若：《坚定人民的立场》，1946 年 7 月 23 日《解放日报》。

者写道："不可作为人民以上或以外的任何存在。"后者题道："我始终是乐观的，我相信人民的力量能够解救任何的危机。中国民主化的前途是历史发展的必然所规定着的，任何反动力量不能倒转历史。"5月28日，郭沫若到上海百货业职工会演讲，应邀为百货业工会铅印会刊《百货职工》题词道："争取民主在日常生活中都须求其实，具体地、个别地、养成民主的习惯，培植民主的力量。一点一滴地做去，脚踏实地的做去，不必一定要脱离自己的岗位。"①这些题词体现了他对自己的定位，对人民的信任和对民主的期盼。

到上海后，郭沫若多次出席各种座谈会，参加各种活动。在这些活动中，他阐释了当前文艺的原则，即《走向人民文艺》中所表述的："人类社会有了分化，文艺因而也有了分化，有专门向上层统治阶级取媚的文艺，有留在下层仍然为人民所享用的文艺。取媚上层者隶于统治阶级的权势之下，攀龙附凤的结果，逐渐被视为了文艺的正统，而蟠踞着支配者的地位，文艺的美名更几几乎为它所独占了。留在下层的，成为了不足以登大雅之堂的土俗的东西。然而中国的一部分文艺发展史告诉我们，只有这种土俗的东西才是文艺的本流，所谓正统的贵族文艺或庙堂文艺，其实是走入了断港横塘的畸形的赘瘤。""今天是人民的世纪，一切价值是应该恢复正流的时候。一切应该以人民为本位，合乎这个本位的便是善，便是美，便是真，不合乎这个本位的便是恶，便是丑，便是伪。我们要制造真善美的东西，也就是要制造人民本位的东西。这是文艺创作的今天的原则。"②

6月17日，郭沫若在"战时战后文艺检讨座谈会"上发言说：

> 为了配合当前的客观形势和要求，今后的文艺作品，应强调其政治意味，这是无容多说的。文艺作品的主要条件有二：

---

① 《郭沫若与永安职工的战斗情谊》，《上海永安公司职工运动史料》，1990年，第158页。

② 郭沫若：《走向人民文艺》，《郭沫若全集·文学编》（第20卷），人民文学出版社，1982年，第87—89页。

第一为对象，即为谁写；第二为题材，即写什么，关于第一点，即对象问题。在目前情形下，由于客观环境及知识程度的限制，我们不可能以广大的人民大众为对象。关于第二点，即题材问题，当前的政治现实，就是最好的题材。至于上海的作家，更可以就地取材，例如官商勾结的米粮操纵问题，民族资本的破产问题，美国货的大量进口问题等。①

郭沫若旗帜鲜明地反对内战。他在《反对战争》中说："我们站在老百姓的立场，对于目前国内的危机，不但是东北，就在关内亦烽火弥漫，我们惟一的任务，就是乘这大规模的内战没有正式爆发的时候，我们要用全力来制止。"②《反内战》认为："真和大家一样，我也是中国的一个老百姓，在目前我们做老百姓的，应该尽可能的争取时间，共同来制止国内快将爆发的全面性内战！"③

6月下旬，郭沫若带着冯乃超去南京参加国共双方及民主党派的和平谈判。20日晨，郭沫若到达南京，6月20日、21日、22日连续三个下午与国民党、民盟、青年党、无党派政协代表会谈，23日晚赴梅园新村会见周恩来，24日晚同黄炎培等宴请上海人民代表，26日从南京返上海。这一星期的活动非常紧凑。在南京，给郭沫若印象最深的是周恩来。周恩来比在重庆瘦多了，脸色苍白，头发过长，但眉宇轩昂，谈吐清朗，镇定乐观，目光炯炯有神。对于周恩来的处境和努力，郭沫若深表理解："他的境遇是最难处的，责任那么重大，事务那么繁剧，环境又那么拂逆。许多事情明明是知其不可为而为，但却丝毫也不敢放松，不能放松，不肯放松。他的工作差不多经常要搞个通夜，只有清早一段时间供他睡眠，有时竟至有终日不睡的时候。""我在心坎里，深深地为人民，祝祷他的健康。"④

---

① 《战时战后文艺检讨座谈会》，《上海文化》月刊第6期，1946年7月1日。

② 郭沫若：《反对战争》，《人民世纪》第12期，1946年5月18日。

③ 郭沫若：《反内战》，《民言》创刊号，1946年6月25日。

④ 郭沫若：《南京印象》，《郭沫若全集·文学编》（第14卷），人民文学出版社，1992年，第474页。

郭沫若还见到了苏联大使馆参事费德林。在重庆时期，费德林提出要跟郭沫若研究屈原，郭沫若很高兴，常常向他讲解《屈原》一剧的历史背景，还给他写了"在读书时认清学派，于苦难中了解世界"的条幅。费德林一直将这个条幅挂在自己大使馆办公室里。当时，费德林受苏联对外文化协会和戏剧协会的委托，正在翻译《屈原》剧本。郭沫若当场把《橘颂》和《礼魂》翻译成白话新诗，以便费德林理解。郭沫若使用的是费德林的铅笔。他想起了在重庆时期，《屈原》创作速度太快，把一支钢笔写坏了，于是费德林送他一支派克笔，他用那支笔完成了《十批判书》等著作的写作。遗憾的是，这支笔后来丢在了南京。费德林见到郭沫若亲自为他翻译的这两首诗后十分高兴，把铅笔送给郭沫若作为纪念。

郭沫若到中央研究院历史语言研究所与中共代表及第三方面人士讨论最后决定权问题。傅斯年向他引见了参与安阳小屯殷墟发掘工作的李济之。郭沫若通过李济之看到几箱安阳发掘的古物。刚看了几眼，傅斯年、罗隆基就邀请他去傅斯年的办公室谈政局了。他难舍这些珍贵的考古材料，离开的时候"实在只好割爱"。等到跟傅斯年等人的谈话暂告一段落，他又立即"恋恋不舍的跑去找李济之"，看李济之从日本带回来的一些新出的考古学著作。①在会议间歇，他又想到了先秦诸子思想研究中的一些问题。他是一有空就想着学问呐。

7月，国民党特务在昆明制造惨案。民主运动的领袖、民盟领导人李公朴、闻一多倒在了敌人的血泊中。作为执政党，国民党在知识分子中制造白色恐怖，这是法西斯行为，是与民主精神为敌，必然引起社会各界的震动。

郭沫若在李公朴、闻一多遇刺后就此发表了十二篇作品。7月11日，李公朴遇刺，15日，郭沫若写作《让公朴永远抱着一个孩子》；15日，闻一多遇刺，17日，郭沫若写作《悼闻一多》《等于打死了林肯和

---

① 郭沫若：《南京印象》，《郭沫若全集·文学编》（第14卷），人民文学出版社，1992年，第494、495页。

罗斯福》；28 日作《同声一哭》。当月，写作诗歌《中国人的母亲》，歌颂闻一多夫人。8 月，郭沫若为李闻二烈士纪念委员会编辑出版的《人民英烈李公朴闻一多遇刺纪实》作序。10 月 4 日，社会各界在上海召开李闻追悼会，郭沫若为大会写作祭文《祭李闻》，同时写作《李闻二先生悼辞》，在大会公开宣读。李闻遇难一周年时，郭沫若又写作了《闻一多万岁》《论闻一多做学问的态度》《闻一多治学的精神》三篇文章。1948 年 7 月 8 日，郭沫若写了《南无·邹李闻陶》。

在《让公朴永远抱着一个孩子》中，郭沫若说："李公朴是死了，被他们用美国特种手枪打死了。让他们去向洋记爷爷报功吧，多谢洋记爷爷大老板给了他们美械师，更给了他们美械特务。""我也曾经幻想过：帝国主义者经过了第二次大战的惨痛，似乎可以变质了，世界似乎可以不流血地走向大同，今天我可遭逢着了血的嘲笑。希特勒毕竟还是活着，他还要活到第二个柏林完全被毁灭的一天。"①在《悼闻一多》中，郭沫若说："用恐怖政策来镇压人民。历史替我们证明，谁也没有成功过！恐怖不属于我们，恐怖是属于执行恐怖政策者的。""闻一多没有死。死了的是那些失掉了人性、执行恐怖政策的一二人，他们是死了一个万劫不复的死！"②在《等于打死了林肯和罗斯福》中，郭沫若写道："反民主施瘟使者们的幌子，今天是自行揭穿了。他们说：他们在反苏反共，但事实上他们是反民主反人民。""学习李公朴和闻一多，学习闻立鹤，为了人民，扑灭反民主的法西斯瘟疫！"③在国民党不愿意承认罪行的情况下，郭沫若这些言论事实上告诉人们，暗杀李闻的凶手正是国民政府当局，并号召人民扑灭他们这种迫害民主人士的法西斯行径。

10 月 4 日上午 9 时至 11 时，李闻追悼大会在上海天蟾舞台举行。国共两党、民盟及无党派人士等主要政治力量都派有代表参加，大会主席团由吴国桢、潘公展、张君劢、章伯钧、史良、李济深、蔡廷

① 郭沫若：《让公朴永远抱着一个孩子》，《群众》第 11 卷第 12 期，1946 年 7 月 21 日。
② 郭沫若：《悼闻一多》，《民主》第 41 期，1946 年 7 月 20 日。
③ 郭沫若：《等于打死了林肯和罗斯福》，《群众》第 11 卷第 12 期，1946 年 7 月 21 日。

锴、马叙伦、吴开先、田汉、郭沫若、邓颖超、华岗、黄炎培、章乃器、楚图南等人组成。主席吴国桢、主祭沈钧儒。首先唱挽歌《你们追求的是什么？》，接着由著名演员赵丹朗读郭沫若起草的《祭李闻》。然后是上海市长吴国桢致开会词，史良报告李公朴事略，楚图南报告闻一多事略。接下来由潘公展代表国民党，郭沫若代表无党派人士，邓颖超代表周恩来及共产党，罗隆基代表民盟先后发表演讲。最后为李公朴夫人张曼筠代表家属致谢词。郭沫若在《祭李闻》表达了民主人士的心声：

> 天不能死，地不能埋，呜呼二公，浊世何能污哉！为呼吁和平民主而死，虽死犹生。与两仪兮鼎立，如日月之载明。刺林肯者使天下人皆知有林肯，刺教仁者使天下人皆知有教仁。无声子弹，虽能毁灭二公之身体，而千秋万世，永不磨灭者，乃我二公为人民作前驱之精神。
>
> 我辈后死，其敢傍徨？誓当泯党争而民主，代乖异以慈祥，化干戈为玉帛，作美苏之桥梁。俾三民主义及早实施于当代，而使我中华民国允克臻乎自由，平等，富强。于斯时也，我二公之巍峨铜像，将普建于通都大邑，四表八荒；而我二公之流风遗韵，更将使千百万后代子孙，低昂起舞，如醉如狂。①

郭沫若在大会演说中沉痛地说："他们是为我们人民大众而死的。他们呼吁和平，呼吁民主，这是人民权利。他们是不应该死的，而偏偏遭受了惨酷的牺牲。但他们生前是明明知道要遭受这样的牺牲的，他们也没有退缩，没有辟易。他们是求仁得仁，为我们留下了崇高的典型，使我们的历史不寂寞，使我们民族增加了无限的光辉。"②

---

① 郭沫若:《祭李闻》,上海《时代日报》1946 年 10 月 5 日。
② 郭沫若:《李闻二先生悼辞》,上海《时代》周刊第 40 期, 1946 年 10 月 12 日。

二

11 月 15 日，在美国特使马歇尔和驻华大使司徒雷登的支持下，国民党不顾中共和民盟的坚决反对，召开国民大会，制定《中华民国宪法》。这次大会除青年党、民社党和小部分无党派人士参与外，中共和以民盟为代表的大部分第三方面人士都没有参加。这不仅标志着和谈的完全失败，也意味着知识界分裂的公开化。11 月 16 日，周恩来举行记者招待会并同马歇尔会谈，他指出和谈失败后，中共代表团将不得不回到延安。

周恩来返回延安，对留在上海的郭沫若寄予了很大的希望。11 月 17 日，他在出发前给郭沫若、于立群写了一封信：

> 临别匆匆，总以未得多谈为憾。沫兄回沪后，一切努力，收获极大。青年党混入混出，劢老动摇，均在意中，惟性质略有不同，故对劢老可暂持保留态度。民盟经此一番风波，阵容较稳，但问题仍多，尚望兄从旁有以鼓舞之。民主斗争艰难曲折，居中间者，动摇到底，我们亦争取到底。"国大"既开，把戏正多，宪法、国府、行政院既可诱人，又可骗人，揭穿之端赖各方。政协阵容已散，今后要看前线，少则半载，多则一年，必可分晓。到时如仍需和，党派会议、联合政府仍为不移之方针也。弟等十九日归去，东望沪滨，不胜依依。请代向诸友致意，并盼保重万千。①

郭沫若也特意作了一首七律，送别周恩来等人：

---

① 周恩来：《周恩来书信选集》，中央文献出版社，1988 年，第 356 页。

疾风知劲草，岁寒见后凋。

根节遘盘错，梁木庶可遭。

驾言期骏骦，岂畏路迢遥。

临歧何所赠？陈言当宝刀。

周恩来回到延安后，对郭沫若十分挂念，年底他再次致信郭沫若：

> 别两月了，相隔日远。国内外形势正向孤立那反动独裁者的途程中进展，明年将是这一斗争艰巨而又转变的一年。只要我们敢于面对困难，坚持人民路线，我们必能克服困难，走向胜利。孤立那反动独裁者，需要里应外合的斗争，你正站在里应那一面，需要民主爱国阵线的建立和扩大，你正站在阵线的前头。艰巨的岗位有你担负，千千万万的人心都向往着你。我们这一面，再有一年半载，你可看到量变质的跃进。那时，我们或者又携手并进，或者就演那里应外合的雄壮史剧。除在报纸外，你有什么新的诗文著作发表？有便带我一些，盼甚盼甚。①

毛泽东在《新民主主义论》中曾说，20 世纪 30 年代对国民党曾有两场反围剿，一场是军事战线的反围剿，由红军在江西展开；一场是文化战线的反围剿，由鲁迅带领左翼文化界在上海展开。如今，周恩来说为了孤立独裁者，他们和郭沫若正在进行"里应外合"的斗争，郭沫若站在了"里应"的前沿，即解放战争第二条战线的前沿。

周恩来第一封信中的"劢老"指张君劢。为了劝阻张君劢参加国民党召集的国民大会，郭沫若等人做了很多努力。民盟的范朴斋曾回忆当时的情况说，在国民代表大会召开前，郭沫若、朱蕴山等人到张君劢家里，阻止张君劢参加国民大会，张君劢"表示三点：1、不交名单；

---

① 周恩来：《周恩来书信选集》，中央文献出版社，1988 年，第 371 页。

2、我就是我，我不会受任何人影响（指公权），3、他说：'我曾告诉公权，叫他问政府，拆了第三方面，于他有何益。'大家都相信他的话。郭沫若抱着他香了一个很久的面孔，说：'你的大旗怎么倒，我就怎么倒。'表示得太热烈了。"在张君劢从上海飞往南京前，"李济深、郭沫若又闻讯赶去他家阻劝。张君劢仍表示很好。郭沫若再次与他拥抱香面"①。

但张君劢并未履行诺言，他本人虽然未参加伪国大，却提交了其所领导的民社党代表名单。张君劢提交名单后，共产党和大部分民主人士对张君劢仍抱劝说态度。1947年2月12日，黄炎培、张东荪约张君劢深谈，谈后黄炎培感叹："君劢受毒已深，真是不可救药。"②张君劢最终在1947年4月17日代表民主社会党与国民党的蒋介石，中国青年党的曾琦，及社会贤达莫德惠、王云五共同签订《国民政府改组后施政方针》。5月5日，太行版《新华日报》谴责民社党"只是一个保皇党、汉奸、军阀、家属、徒弟的集团，恰恰也是中国封建士大夫中最腐朽的一群，它既没有广大的社会基础，又不能代表任何真正自由主义的思想，连民社党内张君劢的反对派也公开指责张为一个反自由主义的独裁者"③。还有舆论认为：张君劢"已把他的党人塞了几个给政府，表示他衷心悦服地接受了政府的邀请，而成为新阁的构成分子之一"④。

差不多同时，郭沫若接受记者采访时提到张君劢说："此人比曾琦还要等而下之，曾琦倒干脆摊出本色，张君劢却故意扭扭妮妮，装腔作势。"⑤曾琦与郭沫若虽是中学同学，但20世纪40年代由于各自的政治理念不同，郭沫若对他十分讨厌。郭沫若在《南京印象》中两次写到曾琦。"因为我的听觉不敏，象青年党党魁曾琦的发言，声音既低，又带点嘶嗄味的，我差不多连一句也听不到的。"⑥ "接着是青年党党魁曾琦

① 丙子：《一张照片和它背后的故事》，《领导者》，2009年6月号（双月刊）。
② 《中华民国史资料丛稿·黄炎培日记摘录》，中华书局，1979年，第136页。
③ 《照妖镜中的民社党》，1947年5月5日《新华日报》（太行版）。
④ 幕遮：《民社党的糊涂账》，《文萃丛刊》第四辑《新畜生颂》，1947年5月5日。
⑤ 《郭沫若谈人权》，1947年5月8日上海《文汇报》。
⑥ 郭沫若：《南京印象·"国民会"场一席谈》，1946年7月14日《文汇报》。

发言。他的声音低而且有点哑嘶，我只晓得他在发言，但不晓得发的什么言。"①可见他对曾琦印象之差，而对张君劢的印象就更差了。

除张君劢外，对于参加国民大会的胡适、傅斯年等人，郭沫若也公开嘲讽。

胡适在国民大会中不仅担任了大会主席，还被推举为"决议案整理委员会"委员。会议通过了《宪法草案》，胡适对此评价很高，他对英国大使拉尔夫·史蒂文森说，《宪法》意味着国民党结束训政，标志着国民党从苏俄式的政党回到英美西欧式的政党，这是孙中山遗训的复活，在政治史上是一件稀有的事。

12月24日晚，北平东单发生了驻华美军海军陆战队伍长皮尔逊强奸中国女学生沈崇的案件，北平学生为此举行了大规模游行示威，要求美军撤出北平。有记者采访胡适，胡适认为：第一，"同学们开会游行，都无不可，但罢课要耽误求学的光阴，却不妥当"；第二，"此次不幸事件，为一法律问题，而美军退出中国，则为一政治问题，不可并为一谈"。他后来说："我把女生沈崇案引起的学潮镇定下去了。"②

而郭沫若对这件事的反应与胡适完全不同。1947年1月1日，郭沫若与李济深、沈钧儒等人发表讲话，强烈抗议美军强奸我国女学生的暴行："帝国主义的残梦可以醒了，中国人民已经怒吼起来了。"③

胡适、傅斯年等人参加国大和沈崇事件发生后，郭沫若在《评论报》万古江《狐狸篇》的启发下，以"牛何之"的笔名发表了《续〈狐狸篇〉》④，表达对胡适参加国大和镇压沈崇事件的厌恶和批判。

不久，郭沫若又在《路边谈话》中讥讽胡适："今之巧于颠倒黑白者，不仅说鹿可能是马，而且说马可能不是马。这就是所谓'理未易明而善未易察'的真谛。""这种人我们可以尊称之为——双料赵高。"

① 郭沫若：《南京印象·假如我是法西斯蒂》，1946年8月11日《文汇报》。
② 胡适：《致王雪艇（1947年2月22日）》，转引自胡颂平编著《胡适之先生年谱长编初稿（第六册）》，台湾联经出版公司1984年5月，第1960页。
③ 1947年1月3日《新华日报》。
④ 牛何之（郭沫若）：《续〈狐狸篇〉》，上海《评论报》周刊第13期，1947年2月8日。

"理未易明而善未易察"来自胡适 1946 年 10 月 10 日上午在北京大学复员后第一次开学典礼上的讲话，这次典礼也是胡适归国就任北京大学校长后重要的公开亮相。根据新闻记者徐盈的记录，胡适说，"我想起七百年前朱夫子同时的吕祖谦，他有八个字，我要念给诸位听，那就是'善未易明，理未易察'"[1]。一位在场学生后来回忆说：胡适阐述了南宋思想家吕祖谦"善未易明，理未易察"的道理，鼓励全校师生各自做好自己的本职工作。他希望学校里没有党派，即使有，也要把学校当学校，而不要毁了学校。[2]

胡适在讲"善未易明，理未易察"这句话时，还讲了两个问题。第一个问题是希望学校没有党派。徐盈记述胡适的话说："我是一个没有党派的人，我希望学校没有党派，即使有，也如同有各种不同的宗教思想信仰自由一样，你是国民党左派或右派，你是共产党，你是什么各种党派，但是学校是学校，学生要把学校当学校，学生也不要忘记自己是在做学生。"[3]学生回忆胡适的话说，"不要盲从，不受欺骗，不用别人的耳朵当耳朵，不用别人的眼睛当眼睛，不用别人的头脑当头脑"[4]。

在闻一多、李公朴牺牲之后，主流舆论锋芒均指向国民党当局。在这种情况下，胡适提出"善未易明，理未易察"，希望学生不要盲从、不受欺骗，事实上是对主流舆论表达质疑，引导学生从主流舆论中疏离出来。郭沫若说"不仅说鹿可能是马，而且说马可能不是马"，批评的就是胡适不但是非不分，还粉饰太平。

三

郭沫若的《路边谈话》还批评了沈从文。闻一多等人牺牲后，沈从文在 1946 年 10 月发表了《从现实学习》，表达了对以民盟为代表的国

---

①③　徐盈：《记胡适》，《文讯月刊》第 7 卷第 3 期。
②④　艾治平：《清词论说》，学林出版社，1999 年，第 649、650 页。

共之外的第三方面力量的误解以及自己独特的文学观念，受到了郭沫若的批评。

在《从现实学习》中，沈从文批评了两种力量。一种力量为"在朝在野""用武力推销主义寄食于上层统治的人物"，第二种力量指"在企图化干戈为玉帛调停声中，凡为此而奔走的各党各派"。《从现实学习》完成于1946年10月27日。10月，国民党在军事上攻占解放区重镇张家口、安东，并准备单方面召开国大。共产党要求停战和谈，坚持要求中共和民盟在未来的联合政府中占有十四个国府委员的名额。民盟等第三方面力量为国共和谈积极奔走，同时争取自己在未来的联合政府中拥有发言权。可见，沈从文批评的第一种力量实际指正在进行内战的国共两党。而"为此而奔走的各党各派"当指以民盟和社会贤达为代表的第三方面力量。因此，《从现实学习》并非仅仅自言其社会重造理想，而是介入了当时的政治纷争。

沈从文对闻一多的误解引起了普遍反感。在《从现实学习》中，沈从文用"愚人一击而毁去的朋友"来指代闻一多。他说闻一多固然值得尊敬，但没有死的人对国家更有意义。这一说法引起了民盟成员、闻一多和沈从文的共同学生、时任西南联大讲师王康的愤怒。王康以史靖的笔名于1946年12月21日至12月25日在《文汇报》分五次连载两万字左右的长文《沈从文批判》，他笔带感情地驳斥说："好一个'愚人的一击'！谋杀闻先生的仅仅是'愚人'一击可以遮掩的吗？沈先生，你为了讨好，真是煞费苦心了，你可知一个杰出的人才可就在你轻描淡写之下给'毁去'了吗？"

事实上，闻一多的殉难，人们都清楚是国民党当局指使特务干的。1946年9月，民盟正式发布《李闻案调查报告书》，以大量确凿证据，确证凶手和主使都是"云南警备总司令部"，要求"课问国民党及其特务机关的责任"。事实既已大白天下，沈从文10月写《从现实学习》却还将闻一多之死说成"愚人一击"。难怪王康愤怒指出："沈先生不仅在积极地帮凶，而且消极地一字一句的都在宽恕和抵消反动者的罪过。"

沈从文对于第三方面力量的第二个误解，在于他认为以民盟为代表的第三方面力量努力奔走的目的只是为在政府中有官可做。《从现实学习》中提到的"国府委员",正是当时谈判所争焦点之一。但共产党和民盟争取国府委员名额,并非为了做官,而是涉及联合政府是否依然属一党专政的重大问题。

1946 年 1 月,政治协商会议通过了《政治协商会议决议案》,其中第一部分为《政府组织案》,规定中国国民党在国民大会未举行前,应充实国民政府委员会。国民政府委员会为政府之最高国务机关,委员名额为四十人。"国民政府委员会之一般议案,以出席委员之过半数通过之。国民政府委员会所讨论之议案,其性质涉及施政纲领之变更者,须有出席委员三分之二之赞成始得决议。某一议案,如其内容是否涉及施政纲领之变更发生疑义时,由出席委员之过半数解释。"[1]后来国共谈判中一项重要的争夺就在于国府委员的名额,争取名额不是为了做官,而是为了在决定重大事项上取得主导权。

沈从文认为第三方面力量争取国府委员的名额目的是为了做官这一说法,受到郭沫若在《路边谈话》中的不点名批评:"既有口谈民主而心想做官者。扩而充之:凡谈民主者皆想做官者也。更扩而充之:凡不谈民主者不想做官者也。更扩而充之:凡反对民主者反对做官者也。我虽然是在做官而却反对做官,故我最清高,最杰出,最不同乎流俗。这是新京派教授的又一逻辑。大学教授亦朝廷命官也,不要忘记。"[2]此文在收入人民文学出版社 1961 年版《沫若文集》第 13 卷时,郭沫若在"新京派教授"后注释说"此人指沈从文"。

在《从现实学习》等文中,沈从文鲜明表达了自己的文学观念,建立起了一种独特的文学秩序。他将小说置于文类的金字塔尖,诗歌、杂文等文类被归于低等级中。沈从文根据主题和题材的不同,对小说又设置了不同的价值等级。对于不以小说见长的多数作家学人,沈从文批评为"既无特别贡献,为人还有些问题"。

---

[1] 四川大学马列主义教研室、中共党史科研组:《政治协商会议资料选编》,1979 年,第 167 页。

[2] 郭沫若:《路边谈话》,1947 年 1 月 16 日《新华日报》。

沈从文高度看重文学作品的功用，他认为，相比于其他知识分子，"在习惯上，在事实上，真正丰富了人民的情感，提高了人民的觉醒，就还是国内几个有思想，有热情，有成就的作家"[1]。他所谓的"作家"，主要指小说家。

沈从文看不起杂文，认为杂文已经消失，"无可追寻"。他说："在争夺口号名词是非得失过程中，南方以上海为中心，已得到了个'杂文高于一切'的成就。然后成就又似乎只是个结论，结论且有个地方性，有个时间性，一离开上海，过二三年后，活泼热闹便无以为继，且若无可追寻。"[2]在小说和诗歌中，沈从文尽管也能欣赏诗歌，但更看重小说。他在私信中说小说比诗更难，作家应该挑战更难的工作。沈从文觉得新闻通讯不如小说好。他尽管在不同的场合称赞徐盈、子冈的新闻通讯，但当子冈采访他时，他却劝子冈去写小说。

不同的小说所选择的题材和表达的主题是不同的，沈从文对此也有价值等级评判。他希望小说家承担起"观念重造设计"的重任："用爱与合作来重新解释'政治'二字的含义"，"凝固现实，分解现实，否定现实，并可以重造现实"[3]，沈从文小说的主题，多是在"夜深人静，天宇澄碧"下所作的抽象思索。而对于正在进行新的实验的解放区小说，他一概否定。

从上述文学观念出发，沈从文认为除表达"抽象观念"的小说家之外的作家学人大多无足观。他批评抗战期间昆明的部分民主人士"在学识上既无特别贡献，为人还有些问题"；批评丁玲等作家去延安"是随政治跑的"，"反倒没有什么作品"，嘲笑丁玲"到铁矿上去体验生活，写了文章还要请工人纠正"。[4]

沈从文的这些意见发表后，受到广泛的批评。1946年12月29日，

① 沈从文：《从现实学习》，《沈从文全集》（第13卷），北岳文艺出版社，2002年，第395页。

② 同上书，第385页。

③ 同上书，第392页。

④ 《沈从文论作家》，转引自杨华《论沈从文的〈从现实学习〉》，《文萃》周刊第二年第12、13期合刊，1947年1月1日。

中华全国文艺协会上海分会在九江路清华同学会举办辞年晚会。散会前由胡风将名作家意见汇总，作一总检讨，检讨提出了当时文艺界的四种不良倾向，其中第一种倾向是"产生了一种自命清高，但不甘寂寞的人。脱离现实在清高的地位上说风凉话，这种人的代表是沈从文"①。

作协上海分会对沈从文的批评引起了郭沫若的同感。郭沫若在写于1947年初的《新缪司九神礼赞》中说："关于所谓文艺的范围，我不想把它限制在诗歌、小说、戏剧、批评里面，虽然现今的文艺朋友们，尤其是搞小说的少数温室作家，他们把文艺的圈子画得很紧，除掉自己的小说之外差不多就无所谓'创作'。他们藐视诗歌，抹杀批评，斥戏剧为'不值一顾'。文艺的天地应该更要广泛。"所谓"少数温室作家"，指的正是沈从文。于"温室"之外，郭沫若在诗歌、小说、戏剧、批评方面举出了一大群作家的名字。将文艺扩大范围，值得郭沫若列举的就更多了：在学术研究方面的杜守素、翦伯赞、侯外庐、胡绳、于怀、许涤新；"把现实抓得那么牢，反映得那么新鲜，批判得那么迅速"的新闻记者；"机智的锐敏，深刻，丰富而健康"的漫画家；"划破了黑夜的天空"的木刻家；"在杀人的苛重捐税与无形的检查制度之下，拖着沉重的高利贷，作朝不保夕的滴血的奋斗"的戏剧电影家；"在人人的心中作着无声的怒吼"的音乐家。文章最后，郭沫若饱含深情地歌颂了这些文艺家，同时不点名地批评了沈从文："说你们没有货色拿出来见人者，那是帮凶者的诬蔑！但你们受着这种诬蔑，也正是你们的光荣。"②

1947年初，沈从文写了《新书业和作家》，发表在《大公报》上。在这篇文章中，沈从文站在"职业作家"的立场，希望能够在政府的帮助下，建立一个健全的、有利于新文学发展的出版市场。沈从文认为自从新文化运动以来，"职业作家"一直生存艰难。他将这一原因归结为新书业和作家之间的"不健全待修正的习惯"。为了改正这一习惯，沈

① 《作家团年》，1946年12月30日《文汇报》。
② 郭沫若：《新缪司九神礼赞》，1947年1月10日《文汇报》。

从文要求出版家不要将自己的事业当成"纯粹商业",而应该"想到作家也应算作机构的一个重要部分"。解决这一问题的关键在于经费。沈从文认为政府在这方面已有所作为,关键在于出版部门"在固定版税制度外,肯为作者想点办法"。在讲到创造社时,沈从文认为,创造社"一面感于受当时有势力文学社团压迫,一面感于受出版方面压迫,作品无出路",于是自办出版,"终因为经济方面转手不及,不易维持",最终倒闭。①

郭沫若读完这篇文章后发表了《拙劣的犯罪》,严厉批评沈从文在创造社历史叙述中体现的"不顾事实,自我作故的态度"。郭沫若以当事人的身份,认为创造社既没有"受当时有势力文学社团压迫",也没有"受出版方面压迫"。创造社是"遭了国民党的封闭,于是寿终正寝",而并非经济方面的"不易维持"。从创造社倒闭原因说开去,郭沫若认为:"书业的不振或不正和作家的受罪,分明是政治问题。一句话总归,政治的不民主使凡百正业崩溃,书业自不能除外,作家也不能除外。"②这跟沈从文从书业本身找原因,其分歧显而易见。

四

1947 年 2 月 9 日上午,郭沫若与邓初民等人应邀往劝工大楼,参加上海百货业工会举行的"爱用国货抵制美货筹备委员会"成立大会。演讲受到国民党特务的破坏袭击。职工一面跟特务搏斗,一面保护着郭沫若和邓初民撤离会场。但店员梁仁达在袭击中被打死,数十名群众受伤,这就是"二九惨案"。

当天下午,郭沫若到中国学术工作者协会,报告了"二九惨案"的经过,并与沈钧儒、田汉、马寅初等人去仁济医院慰问受伤职工。当得

① 沈从文:《新书业和作家》,天津 1947 年 1 月 18 日《大公报》。
② 郭沫若:《拙劣的犯罪》,1947 年 1 月 27 日《文汇报》。

知还有重伤者被关押在黄浦警察局时，郭沫若又赶往警察局，要求立即释放无辜职工。同时，郭沫若还同沈钧儒、沙千里、胡子婴等就"劝工大楼血案"召开记者招待会。他指出："今天的行动是完全有组织的，是把重庆较场口的做法完全搬到上海来了"，"这些行动正是对'民主'、'宪法'之类最大的最好的讽刺"！① 当天晚上，郭沫若夜不能寐，写下了《慰问爱国的受难者》：

> 去年二月十日较场口，
> 今年二月九日劝工大楼，
> "民主"与"和平"又出一丑。
> 我虔诚地向受伤者致慰问，
> 你们是光荣的爱国者，永远不朽。
> 我们一定要把美军赶出去！
> 把美货赶走！
> 把美帝国主义赶走！还要把那些美帝国主义的走狗赶走！
> 否则，我们中国简直没救！②

11 日，永安公司乐尔澄和朱勇访问郭沫若，应他们的邀请，郭沫若为梁仁达写了挽歌，题作《爱国英雄梁仁达万岁》，挽歌写道：

> 血染黄浦潮，洒尽人民泪；
> 爱用国货，为什么有罪？
>
> 亲爱的梁仁达，
> 你为爱国而牺牲，
> 你的名字将长垂青史，

---

① 守恒：《"劝工血案"内报记》，1983 年 1 月 11 日《新民晚报》。
② 郭沫若：《慰问爱国的受难者》，1947 年 2 月 10 日《文汇报》。

你是我们民族的光荣!

团结起来弟兄们! 我们要为爱国而斗争。

我们要踏着梁仁达的血迹,

前进! 前进! 前进! ! !

爱国的英雄梁仁达万岁!

爱国的英雄梁仁达万岁! !

爱国的英雄梁仁达万岁! ! !

梁仁达万岁! [①]

这首挽歌由孙慎作曲,不久就在百货业职工中广泛传唱开来。

12日下午,梁仁达烈士追悼大会在安乐殡仪馆举行。郭沫若又写了四首挽歌哀悼死者,要求大家起来反抗独裁。

"二九惨案"发生后,上海市长吴国桢发表谈话,污蔑说梁仁达死于劝工大楼职工互殴,所以他要哭梁仁达。郭沫若听后十分愤慨,以羊易之的笔名写道:

猫哭老鼠虎哭羊,上海市长吴哭梁;

吃了你来再哭你,这个就叫最民主。

市长今天哭仁达,明天何人哭市长? [②]

五

1947年2月底,郭沫若应徐铸成之邀,主持革新上海《文汇报》副刊。周一至周日分别出版经济周刊(千家驹主编)、教育周刊(孙起

① 郭沫若:《爱国英雄梁仁达万岁》,1947年2月14日《联合日报·晚刊》。
② 羊易之:《这个就叫最民主》,1947年2月26日重庆《新华日报》。

孟主编）、新思潮（侯外庐主编）、新文艺（郭沫若主编）、史地周刊（翦伯赞主编）、科学生活（曾昭抡主编）、青年周刊（宋云彬主编）。2 月 25 日，郭沫若特意为《新思潮》写了题为《春天的信号》发刊词，主要批评了胡适的相关观点。

不久前，胡适为《大公报》新创办的《文史周刊》所写发刊词中认为："文化是一点一滴的造成的。文化史的研究，依我们的愚见，总免不了无数细小问题的解答。高明的思想家尽可以提出各种大假设来做文化史的概括见解。但文史学者的主要工作还只是寻求无数细小问题的细密解答。文化史的写定终得倚靠这一点一滴的努力。""我们没有什么共同的历史观。但我们颇盼望我们自己能够努力做到一条方法上的共同戒律：'有几分证据，说几分话。'有五分证据，只可说五分的话。有十分证据，才可说十分的话。"①

胡适这些观点，表面上看是重申他自"五四"以来一直坚持的治学方法，但实际上却有所针对。当时马克思主义史学在学术界的影响进一步扩大，马克思主义史学的主要观点是坚持"共同的历史观"，认为人类社会是从原始社会到共产主义逐步演化的，胡适认为这些史学家是"提出各种大假设来做文化史的概括见解"的"高明的思想家"，与此不同，他要求史学家一点一滴地从无数细小问题努力。

作为马克思主义史学派的领军人物，郭沫若当然不认同胡适的观点。胡适对此心知肚明，给王雪艇写信说："听说郭沫若要办七个副刊来打胡适。我并不怕'打'，但不愿政府供给他们子弹，也不愿我自己供给他们子弹。"②果然，郭沫若在《春天的信号》中针对胡适的学术观点提出了不同意见。

郭沫若说："任意的一点一滴并不就成其为文化。文化不仅有量，而且还有它的质。任意的一点一滴不仅不能有质的净化，而且有时候连在量的构成上都会发生反的效果。""我们并不反对一点一滴，但要问这

---

① 胡适：《〈文史〉的引子》，《大公报·文史周刊》1946 年 10 月 16 日。

② 胡适：《致王雪艇（1947 年 2 月 22 日）》，转引自胡颂平编著《胡适之先生年谱长编初稿（第六册）》，台湾联经出版公司，1984 年，第 1960 页。

一点一滴是不是合乎文化的本质和动向。""合乎这本质与动向的一点一滴便能有质与量的增加，而且达到一定阶段时还必然发生更高一个阶段的质变。""为了文化的保卫，我们要预防这种自渎式的点滴，免得它毒害文化，并毒害人生。"文化发展的点滴主义，从马克思主义者看来，是只讲量变不讲质变的。这在政治上容易成为只讲改良不讲革命的改良主义者，所以郭沫若对此高度警惕，严肃批评。

郭沫若还批评了"有几分证据，说几分话"："点滴主义者有一个漂亮的主张：'有几分证据，说几分话。'""当其我们探求物象的关系时，我们要有无数的证据然后才能归纳得出一个规律。但当其这个规律一被揭发，我们依据它便可以解决不少的未知的问题。"他以发现一个牙齿就能确认爪哇猿人的存在为例，说明"这是常识性的预言，然而也就是科学性的预言。科学是常识的提高，常识是科学的普及。在普及的基础上提高，在提高的程序上普及。这原是整个人类文化的进展过程"①。

郭沫若坚持的，是从无数经验上得出普遍规律，再用这一普遍规律指导实践，而胡适则不提普遍规律。胡适的观点，是实证主义的；而郭沫若的观点，则是马克思主义的。如果联系到当时的政治思潮，则涉及马克思主义是不是普遍真理的问题。胡适重提"有几分证据，说几分话"，这是否认存在指导人类历史发展的普遍规律。郭沫若对此的反驳，则是坚持普遍规律的存在。

郭沫若虽跟胡适等人的政见不同，但胡适却同意提名郭沫若为"中央研究院""人文组考古学及艺术史"院士人选。在夏鼐等人的支持下，这一提名顺利通过。

3月1日，郭沫若为《文汇报·新文艺》写了《人民至上主义的文艺》："我们的《新文艺》本质上应该是人民文艺——人民至上主义的文艺。这是我们的至高无上的水准。""我们的理想是：尽可能做成一部人

---

① 郭沫若：《春天的信号》，《郭沫若全集·文学编》（第20卷），人民文学出版社，1992年，第250、251页。

民的打字机。"①

郭沫若十分关心《新文艺》的成长，引导文艺批评的健康发展。由于编者疏忽，《新文艺》发表了耿庸《略说不安》、曰木《从文艺界的恶劣风气想起》两篇文章，伤害了巴金、唐弢等人。郭沫若亲自带着于立群拜访唐弢，访问不遇，回来后给唐弢写信致歉："真是万分难过，《新文艺》接连两期登载青年来稿，不仅唐突吾兄，并牵涉到多方面的人事关系。疏忽之罪，真觉无地自容。兹谨肃此芜函，先行请罪，拟于下期撰稿一篇表明弟个人意见。文章难写，但想勉力写出，尚乞宽宥是幸。"②

这篇文章就是《想起了斫樱桃树的故事》。郭沫若在文章中说，他不认识耿庸和曰木，听说这两人还年青，文章也很有锐气，但是他要诚恳地告诉这两位朋友，"我们实在是错了，我们的斧头斫得太高兴、斫上了樱桃树。你们是年青的朋友，或许是出于一时的好胜，而我们主编者的责任更大，犯的错误实在也就更厉害。我现在诚心诚意地含着眼泪承认自己的过失"。"我要向唐弢先生、巴金先生，和其他的先生们请罪。我相信他们会容恕我们的，但我心里实在感觉着'不安'，我们实在把事做错了。""我们今天自然是应该建立批评的时候，但要建立批评，必须建立自己的诚意。诚心诚意地为人民服务，这是今天我们做人的标准，也就是做批评的标准。在这个标准之下，明是非，分敌友，诚爱憎，慎褒贬，这都是原则上的问题。但还不够，还须衡轻重，争缓急，别错综，权利害。""不许挟杂丝毫个人的意气。"③郭沫若这篇文章，体现了他在统一战线上所付出的努力和他作为一个主编的胸襟，以及他对民主阵线青年批评家的谆谆教诲。

不久，郭沫若再次致信唐弢："文笔上的一些小纠纷，不必看重它。你的处境，我是很能了解的。青年朋友们的兴趣，照例总是要过火些

---

① 郭沫若：《人民至上主义的文艺》，《郭沫若全集·文学编》（第20卷），人民文学出版社，1992年，第255、258页。

② 唐弢：《回忆·书简·散记》，上海文艺出版社，1979年。

③ 郭沫若：《想起了斫樱桃树的故事》，《郭沫若全集·文学编》（第16卷），人民文学出版社，1989年，第264、266页。

的，我们也得原谅他们。只要他们肯骂我，我倒反而觉得高兴。一个人总要有些拂逆的遭遇才好，不然是会不知不觉地消沉下去的。人，只怕自己倒，别人骂不倒。"①

郭沫若还给胡风写信，希望他支持《新文艺》："《新文艺》因为我的躲懒，弄得不大令人满意。今后数期拟由我自行负责编辑。请你为下期写一篇文章，能带指导性的最好。又你手里如有朋友的存稿，凡你认为可用的，都请你寄来。并望你帮忙征稿。关于编辑上你有什么意见，请你随时写出寄我。"②

六

1947 年 5 月起，上海《文汇报》《新民晚报》和《联合晚报》都被国民政府查封。郭沫若主持的《文汇报》副刊随同停刊。对此，郭沫若有心理准备。在这年年初的文章中他曾说"《民主报》的捣毁，《新华日报》的捣毁，我自己的眼睛亲自看见过"。"在重庆，我看见当局宣布废除了将近五十种的束缚人民权利的法令，到上海我又看见当局宣布了禁止将近五十种的呼吁民主和平的刊物。我看见《消息》被迫停刊，《周报》被迫停刊，《民主》被迫停刊，《群众》、《文萃》不准在街头贩卖，还未出版的《文群》在胎中遭了禁止。""这是零下三十五度的政治冬季，而且是冰雪满地的岩田。"③郭沫若在一年后回忆了《文汇报》被封的情况："去年三月开始我在《文汇报》上编《新文艺》，登了许多好文章，但文汇报五月廿五日被封，《新文艺》只出至十二期。文汇被封后，上海文坛就更萧条了。"④

在这种情况下，郭沫若开展了一些学术研究。5 月，他将《浮士德》

① 唐弢：《回忆·书简·散记》，上海文艺出版社，1979 年。
② 手迹见《郭沫若学刊》，2008 年第 3 期。
③ 郭沫若：《新缪司九神礼赞》，1947 年 1 月 10 日《文汇报》。
④ 郭沫若：《一年来中国文艺运动及其趋向》，1948 年 1 月 7 日香港《华商报》。

第二部翻译完毕。《后记》说，他相隔二十多年后再次翻译《浮士德》，是因为他最近有了空闲来偿还他文字上的"债务"，这次翻译让他很愉快，他之所以比预计要快五个月就翻译出了《浮士德》第二部，"那是我的年龄和阅历和歌德写作这第二部时（一七九七——一八三二）已经接近，而作品中所讽刺的德国当时的现实，以及虽以巨人式的努力从事反封建，而在强大的封建残余的重压之下，仍不容易拨云雾见青天的那种悲剧情绪，实实在在和我们今天中国人的情绪很相仿佛"。中国的浮士德"无疑不会满足于填平海边的浅滩，封建诸侯式地去施予民主，而是要全中国成为民主的海洋，真正地由人民来作主"①。

5月，郭沫若写好《"格物"解》。《大学》中"致知在格物，物格而后知至"这句话有几十种解释，主要分歧就在对"格物"两字的理解上，郭沫若认为"格"应释为"假"。他进一步说："研究古人也应该有客观的科学的态度才行。说话有根据，根据要十分确实，然后才能使自己的断案成为如山的铁案。"②

6月中旬，郭沫若在虹口一家小医院陪幼子郭民英治疗烫伤，正苦于寂寞，郑振铎派人送来五本《中国历史参考图谱》，其中收录的三种诅楚文为郭沫若所未见。他没有任何参考资料，"全凭念那白文去领悟那文辞的时代和其中所包含的史事"③，日夕讽诵，一星期后竟然"豁然贯通"，后又参考从暨南大学丁山教授处借来的容庚《古石刻零拾》，写出了《〈诅楚文〉考释》。

民主人士在上海的生存空间越来越窄。7、8月间，郭沫若因经济困难，决定公开卖字。他自定了一份润格，委托群益出版社负责人吉少甫印刷几十份，交给郭若愚分发到河南中路一带九华堂、荣宝斋、朵云轩等书画社，请他们代为收件。郭沫若不轻易卖字，除了抗战时期的卖

① 郭沫若：《中国的浮士德不会死——〈浮士德〉第二部译后记》，《文萃丛刊》第7期，1947年6月5日。
② 郭沫若：《"格物"解》，成都《大学月刊》第6卷第2期，1947年7月1日。
③ 郭沫若：《〈诅楚文〉考释》，《郭沫若全集·考古编》（第9卷），科学出版社，2002年，第278页。

字劳军外，公开卖字就算这次了。这事前后持续了好几个月，说明了郭沫若生活境况的窘迫。

1947 年 9—10 月，民盟的处境越来越困难。国民党政府新闻局局长董显光一再发表谈话，认为民盟反对内战即为附和共产党。10 月 7 日，民盟中央常务委员、西北总支部主任委员杜斌丞被国民党陕西戒严司令部枪杀。10 月 13 日，国民党御用团体"中国文化界戡乱建国总动员会"认为民盟参加"叛乱"，要求政府定民盟为乱党，解散民盟。10 月 23 日，民盟在南京的两处办事处均被军警围困，检查出入人员。10 月 27 日，国民党政府宣布民盟为非法团体，要求各地治安机关对于民盟分子一切活动"严加取缔，以遏乱萌，而维治安"。当晚，民盟总部负责人张澜、黄炎培等召开紧急会议，决定总部暂时停止活动。当时，郭沫若和民盟领导人一样，处境十分困难，随时都有生命危险。

七

1947 年 11 月 14 日，因上海政治空间逼仄，郭沫若跟大多数民主人士一样前往香港。行前，他写了两首诗以明其志：

> 成仁有志此其时，效死犹欣鬓未丝。
> 五十六年余鲠骨，八千里路赴云旗。
> 讴歌土地翻身日，创造工农革命诗。
> 北极不移先导在，长风浩荡送征衣。

> 十载一来复，于今又毁家。
> 毁家何为者？为建新中华。

前一首诗是步他 1937 年从日本回上海参加抗战时写的《又当投笔请缨时》的韵。现在多么像十年前的故事啊，十年之后，"于今又毁家"，他被迫再一次进行转移。这是时代对于他的考验，也是他对中国命运的担当。

到达香港不久，郭沫若在《纪念邓择生先生》中说："择生先生是以他自己的生命来教训了我们，生与死，是与非，善与恶，民主与反民主，在这中间决没有妥协微温的道路。如有人幻想有这种道路的存在，请睁开眼睛再凝视一次择生先生的血！"①11月30日，郭沫若应《华商报》邀请参加在宇宙俱乐部举办的茶话会，他在演说中"极力提倡尾巴主义，拼命做尾巴，要做尾巴的一根小毛！若拼命倡'鸡口'主义，便是上了国民党的大当"②。这意味郭沫若坚定地站在共产党和人民的方面，将继续对中间道路进行批评。

郭沫若要做共产党和人民"尾巴"的话引起了不同意见。不久，郭沫若借给友人写信的机会再次阐释说："我的主意是要知识分子或士大夫阶级做人民的尾巴，反过来也就是要人民做我们的头子了。我不是要叫'一般人'都做尾巴。知识阶级做惯了统治阶层的鸡口，总是不大高兴做人民的尾巴的，故尔在我认为在今天向士大夫提出尾巴主义，似乎倒正合宜。"③他又在一次演讲中说："不肯作别人的尾巴，这似乎是中国的传统精神"。"今天是要肃清封建思想的，这士大夫阶级不愿做尾巴的思想也应该肃清。士大夫阶级在今天应该掉过来做人民大众的尾巴。""我们要做牛尾巴，这就是要为人民服务，跟着群众路线走，即使不能有多大的贡献，驱逐苍蝇的本领总是有的。""我今天要大声地喊出：不要怕做尾巴！这，在我认为，对于目前的知识份子不失为一种对症的良药。""打倒领袖欲望，建立尾巴主义！把一切妄自尊大，自私自利，上谄下骄的恶劣根性连根拔掉吧，心安理得地做一条人民大众的尾巴或这尾巴上的光荣的尾。"④

---

① 郭沫若：《纪念邓择生先生》，1947年11月29日香港《华商报》。
② 《陈君葆日记》，香港商务印书馆，1999年。
③ 郭沫若：《关于"尾巴主义"答某先生》，香港《自由丛刊》月刊第10辑《欺骗必须揭穿》，1948年1月1日。
④ 郭沫若：《尾巴主义发凡》，香港《野草丛刊》月刊第7辑，1948年1月1日。

2 月 10 日，郭沫若在《大众文艺丛刊》上发表了《斥反动文艺》，这是一篇影响深远的文章。郭沫若认为："凡是有利于人民解放的革命战争的，便是善，便是是，便是正动；反之，便是恶，便是非，便是对革命的反动。我们今天来衡论文艺也就是立在这个标准上的，所谓反动文艺，就是不利于人民解放战争的那种作品、倾向、提倡。""在反动文艺这一个大网篮里面，倒真真是五花八门，红黄蓝白黑，色色俱全的。"文章批判了沈从文、朱光潜、萧乾等人代表的各色"反动文艺"，号召"凡是决心为人民服务，有正义感的朋友们，都请拿着你们的笔杆来参加这一阵线上的大反攻吧！"

文章点名批评沈从文自抗战以来发表的一系列政见，特别是《一种新希望》，"存心要做一个摩登文素臣"。文素臣是《野叟曝言》中的人物，是以做君王的谋士为理想的。郭沫若的批评，事实上指出了沈从文为国民政府出谋划策、开脱罪责的行为。沈从文于 1947 年 10 月 21 日，11 月 9、10 日，先后在上海《益世报》、北平《益世报》发表《一种新希望》。该文将"政治上第三方面的尝试"作为"书呆子群收拾破碎，以图补救的措施"之一。"第三方面"指的是以民盟为代表的调停国共冲突的各民主党派。沈从文将"政治上第三方面"遭遇挫折的原因归结于"人事粘合不得法，本身脆薄而寄托希望又过大，预收绥靖时局平衡两大之功，当然不易见功"。指责民盟被解散在于民盟自身的原因。民盟的被解散，正如香港史学家叶汉明所说："此举无异将自由主义民主派完全排斥于主流政治之外，显示出国民党无法容纳西式民主，象征着西式民主运动在中国的边缘化。"①沈从文手无寸铁追求民主自由，对于同样手无寸铁追求民主自由的民盟，如此落井下石，在原则问题上是非不分，在事实上只能成为独裁政府的"帮凶"。

郭沫若认为，萧乾是黑色文艺的代表。是"标准的买办型"，是"舶来商品中阿芙蓉，帝国主义者的康伯度而已"，"就和《大公报》一样，

---

① 叶汉明:《从"中间派"到"民主党派"：中国民主同盟在香港（1946—1949）》,《近代史研究》2003 年第 6 期。

《大公报》的萧乾也起了这种麻醉读者的作用"。

郭沫若对萧乾的不满，主要是因为萧乾曾经公开反对文坛"称公称老"。萧乾在1947年5月5日《大公报》刊出社评《中国文艺往哪里走？》，社评批评当时文坛风气："真正大政治家，其宣传必仰仗政绩；真正大作家，其作品便是不朽的纪念碑。近来文坛上彼此称公称老，已染上不少腐化风气，而人在中年，便大张寿筵，尤令人感到暮气。"要求"一个有理想，站得住的作家，绝不宜受党派风气的左右，而能根据社会与艺术的良知，勇敢而不畏艰苦的创作"。针对这篇社评，郭沫若当年就曾反驳说："我自己在这儿可以公开的宣布：我要取消掉我这个'文艺家'或'作家'的头衔。""不做'文艺家'不要紧，我们总得要做'人'；写不出'伟作'可以和萧伯纳相比的也不要紧，总要对得起每天给我们饭吃的老百姓。"①表达了他跟萧乾观点的不同。

萧乾的批评跟不久前文化界为田汉的祝寿活动有关。1947年3月12日是田汉五十岁生日。郭沫若在前一天就写好了《先驱者田汉》，称赞田汉："事母至孝，对子女至慈，对朋友至诚信，对国家民族至忠贞。智情意都已经发展到了颇为圆满的程度，澄澈，笃挚，勇敢，而消除尽了那些浃杂的英雄主义的遗风了。我要再说一遍：他是我们中国人应该夸耀的一个存在！"②3月14日，文化界举行"庆祝田汉五十寿辰及创作三十周年纪念大会"，参加大会的有五百多人。郭沫若在纪念大会上题写道："肝胆照人，风声树世。威武不屈，贫贱难移。人民之所爱戴，魑魅之所畏葸。莎士比亚转生，关马郑白难比。文章传海内，桃李遍天涯。春风穆若，百世无已。"③这些略显夸张的语言大概对萧乾等人有所刺激。

事实上，"称公称老""大张寿筵"是皖南事变之后，在中共南方局的推动下，左翼文化界为了突破国民政府的舆论压制而采取的一种斗争方式。萧乾不了解情况，对此有误解，客观上帮了国民政府的忙。

---

① 郭沫若：《序》，《盲肠炎》，群益出版社，1947年。
② 郭沫若：《先驱者田汉》，1947年3月13日《文汇报》。
③ 手迹载《愿将忧国泪，来演丽人行》，《戏剧艺术论丛》1979年第1辑。

郭沫若批评萧乾，背后指向的是《大公报》，这在《斥反动文艺》中说得很清楚："御用，御用，第三个还是御用，今天你的元勋就是政学系的《大公》！"

两年前，郭沫若对《大公报》就有过批评。毛泽东重庆谈判后，《新民晚报》发表了《沁园春·雪》。1946 年 5 月，重庆、天津、上海的《大公报》接连三天发表了《大公报》主笔王芸生的《我对中国历史的一种看法》。文章说："近见今人述怀之作，还看见'秦皇汉武'、'唐宗宋祖'的比量，因此觉得我这篇斥复古破迷信反帝王思想的文章，还值得拿出来与世人见面。""中国历史上打天下争正统，严格讲来，皆是争统治人民，杀人流血，根本与人民的意思不相干。""胜利了的，为秦皇、汉高，为唐宗、宋祖，失败了的，为项羽，为王世充、窦建德。若使失败者反为胜利者，他们也一样高据皇位，凌驾万民，发号施令，作威作福，或者更甚。更不肖的，如石敬瑭、刘豫、张邦昌之辈，勾外援，盗卖祖国，做儿皇帝，建树汉奸政权，劫夺政柄，以鱼肉人民。"

郭沫若说他自己本来发誓不读《大公报》，但朋友们再三劝说，他才找到这篇文章来看，看后写了《摩登唐吉诃德的一种手法》，一语道破王芸生的意图："索性替王芸生说穿吧，今天的毛泽东也在'争统治人民的'，假使毛泽东当权，说不定更坏，而且还有'勾结外援'的嫌疑啦！""责骂诸葛亮，责骂曾国藩也不外是糖衣，而责骂毛泽东倒是本意。王芸生画龙点睛，他在号召'中国应该拨乱反治了'。这还有什么两样呢？'拨乱'不就是戡乱么？"[1]郭沫若揭穿王芸生的手法，再次声明不读《大公报》。

《斥反动文艺》完成不到两个星期，郭沫若又一次批判了胡适。

1948 年，武汉大学校长周鲠生发表《历史要重演吗？》，委婉反对美国扶持日本。当时美国为了对抗苏联，决定扶持德国、日本，周鲠生对此颇有微词。他说："即令今后世界上真有任何一个侵略国的话，正

---

[1]　郭沫若：《摩登唐吉诃德的一种手法》，《郭沫若全集·文学编》（第 20 卷），人民文学出版社，1992 年，第 112 页。

当的办法也只是由那些对维持和平特别有责任的联合国的列强，运用联合国全体的力量，保持集体安全。而决不可以为着要抵制一个现存的侵略势力，又来扶植培养另一个潜在的或许更危险的侵略势力。人们的原意以为如此可以使两个侵略势力互相抵消，其实反而会使世界上侵略势力增多。"①

作为周鲠生的朋友，胡适看到此文后，在 1948 年 1 月 21 日给周鲠生写了一封公开信，认为"西方民主国家并没有放弃'防制德、日侵略势力复活'的根本政策"。但他主要的意图，是说明相比于美国、日本，苏联才是更危险的因素："雅尔达秘密协定的消息，《中苏条约》的逼订，整个东三省的被拆洗，——这许多事件逼人而来。铁幕笼罩住了外蒙古、北朝鲜、旅顺、大连。我们且不谈中欧与巴尔干。单看我们中国这两三年之中从苏联手里吃的亏，受的侵害，——老兄，我不能不承认这一大堆冷酷的事实，不能不抛弃我二十多年对'新俄'的梦想，不能不说苏俄已变成了一个很可怕的侵略势力。"②

胡适给周鲠生的信实际上代表了他当时主要的政治观点。苏联和美国成为战后世界两个超级大国，中国外交需要在苏联和美国之间做出选择。胡适在《两种根本不同的政党》中认为，政党有两种不同的类型，一种是英美式的政党，一种是俄罗斯的共产党和欧洲的法西斯党。把共产党跟法西斯党归为一类，体现了胡适在政治上的鲜明倾向。胡适认为国民党正逐渐走上英美政党的正路。"近年国民党准备结束训政，进行宪政，这个转变可以说是应付现实局势的需要，也可以说是孙中山先生的政治纲领的必然趋势。""如果训政的结束能够引起一个爱自由的、提倡独立思想的、容忍异己的政治新作风，那才可算是中国政治大革新的开始了。"③这跟当时舆论的普遍看法显然不一致。国民党枪杀民主人士，解散民盟，在舆论看来，是法西斯政党。胡适却把共产党归为法西

---

① 周鲠生：《历史要重演吗？》，1948 年 1 月 11 日《益世报》。
② 胡适：《国际形势里的两个问题——给周鲠生先生的一封信》，《读书通讯》1948 年第 152 期。
③ 胡适：《两种根本不同的政党》，《现代文摘》1947 年第 7 期。

斯政党，而把国民党当成民主政党。这势必受到郭沫若等人的批驳。

2月23日，郭沫若写了《驳胡适〈国际形势里的两个问题〉》，公开批判胡适。在郭沫若看来，可怕的不是苏联，而是美国。相比于美国，苏联有更多的民主自由，有更多的公民权利和蓬勃生机。他说：

> 一边是黑人没有公民权，黑人在受私刑，另一边是十六个同盟共和国有同等权利参加联盟苏维埃，一百八十九种民族的人民有同等权利参加民族苏维埃；一边是打起非美活动委员会的旗子四处去查拿思想犯，另一边是高张着民族形式的华盖，接受着多种多样的文化遗产；一边是贫者无立锥之地，另一边是耕者已经有其田；一边是国家财力集中在八大财阀集团手里，另一边是一切生产工具，无论工场或土地，都为人民所公有；一边是拿着并不秘密的原子弹在那儿作威作福四处扩充军事基地，另一边是全民合力，埋着头努力新五年计划的提早完成；到底那一边比较自由，那一边比较民主呢？[①]

不久后，郭沫若还在《斥帝国臣仆兼及胡适——复泗水文化服务社张德修先生函》《隔海问答》等文中继续批判胡适。

八

1948年5月1日，中共中央发出召开新政协的号召。5日，郭沫若与李济深、何香凝、沈钧儒、蔡廷锴、谭平山等十二人联名致电中共中央毛泽东主席并转解放区全体同胞，认为这一号召符合人民和时代的要求，表示响应。不久，中共中央毛泽东主席复电郭沫若等人，表示钦佩

---

① 郭沫若：《驳胡适〈国际形势里的两个问题〉》，《光明报》半月刊新1卷1期，1948年3月1日。

筹集新政协会议的主张,希望共同研讨新政协会议的时机、地点、何人召集、参加会议者的范围等应该讨论的问题。

在香港期间,郭沫若除了参加各种政治集会,批判自由主义者外,还写了一些回忆录,包括回忆南昌起义的《涂家埠》《南昌之一夜》《流沙》《神泉》等。在主持香港《华商报·茶亭》副刊的夏衍的鼓励和督促下,郭沫若将抗战初期的经历写成《抗战回忆录》在《华商报》连载。

安娜看见回忆录后来到香港找到郭沫若。据侯外庐回忆说:"安娜夫人带着儿女从日本抵港,郭老常为家务所困。乐英和我同情他的处境,明知清官难断家务事,还是常常出面劝解,充任难以胜任的角色。以我口舌之笨拙,在调解中常无补于事,但郭老深知我的诚意。加之,两家住得很近,我们的家成了郭老的'避风港'。"①后来经过冯乃超做工作,安娜带着孩子们到了台湾,1949 年后由组织安排在大连定居。

《抗战回忆录》一边连载着,郭沫若一边准备北上了。9 月 2 日,他给于立群写信说:

> 你是我精神上和肉体上的有力支柱,我这十几年来可以说是完全靠着你的支持和鼓励而维持到现在的。五人的小儿女在你的爱护和教育下,我相信一定都能够坚强地成立,但可太累赘你了,希望要保重你的身体,不要过于忧劳,将来需要你做的事情还很多。我暂时离开了你,也一定要更加保重我自己,除作革命工作的努力之外,不作任何无意义的消耗。我相信我们不久又会团圆的,而且能过着更自由更幸福的生活。望你保重,千万保重。②

但行程推迟了。11 月,郭沫若再次给于立群写了十首五言绝句留别,其中有这样的句子:

---

① 侯外庐:《韧的追求》,三联书店,1985 年。
② 《郭沫若于立群书法选集》,中国书店,2007 年,第 18 页。

此身非我身，乃是君所有，
慷慨付人民，谢君许我走。

寄语小儿女，光荣中长大，
无须念远人，须念我中华。

11 月 23 日夜，郭沫若和一些重要民主人士秘密离开香港，经过东北解放区前往北平，开始他新的人生轨迹。"同行者约三十人，利用收音机收听广播。如徐州解放消息，均由广播中得之。有《破浪》壁报，以资鼓励。能诗者颇有唱和。"①这些旧体诗表达了昂扬的情怀。如《北上纪行》中写道：

北上夜登舟，从军万里游。
波涛失惊险，灯火看沉浮。
意逐鱼龙舞，心忘虫鹤忧。
我今真解放，何以答民庥?

元旦开新岁，春风入沈阳。
大军威岳岳，群众喜洋洋。
凯唱争全面，秧歌扭满堂。
我今真解放，莫怪太癫狂。②

此外，他还写有如下的诗歌：

多少人民血，换来此矜荣。

---

① 郭沫若:《破浪集·小引》,《星报》创刊号,1950 年 2 月 16 日。
② 郭沫若:《北上纪行》,《郭沫若全集·文学编》(第 2 卷)，人民文学出版社,1982 年，第 151、153、154 页。

思之泪欲堕，欢笑不成声。

画上题诗非作俑，古有薛涛曾利用。
画者倭人不必悲，当忆枝头宿鸾凤。
心如不甘谓我狂，藉尔摧残帝国梦。①

这些诗充分体现了郭沫若在新时代到来之前喜悦的心情。

---

① 《沫若佚诗廿五首》，1979 年 6 月 10 日《光明日报》。

第十一章

敷扬文教为人民

一

1949 年 2 月 25 日，郭沫若与李济深、沈钧儒、马叙伦、章伯钧等三十五人，乘"天津解放"号专车于中午 12 时抵达北平。林彪、罗荣桓、董必武、聂荣臻、薄一波、叶剑英、彭真及各界民主人士百余人到车站迎接，并举行了隆重的欢迎仪式。不久，郭沫若给李初梨、刘钧夫妇写信报告他到北平的情况和计划：

我们住在北京饭店，我住 219 室，异常宽大，一个人住着，就象陷进了海里的一样。我还是喜欢沈阳，特别是 249 号室，那成了永远值得回味的过去了。前两天跟着朋友去游了故宫，中央公园，北海，的确是壮丽，整个是一个大古董。描写不尽，刘钧是看过的，初梨是只好等将来来此欣赏了。"特健药"问了好几个朋友，还没有弄清楚，我总想把它弄个水落石出。我将来的工作，听说是在研究方面，那是很好的，对于我这个聋子是再适当也没有了。离沈阳时，在车上做了两首诗，我抄给你们：

> 日日小南门外去，宋陶明埴费摩挲。
>
> 人生何乐能逾此，一唱阳关唤奈何。
>
> 陶制观音釉底铭，灯前辨认夺晴明。
>
> 元和识破成欢悦，从此朝朝共抱瓶。①

到北平第二天，郭沫若出席了由解放军平津前线司令部、北平市军管会、中共北平市委市政府在中南海怀仁堂举行的欢迎大会。他在会上热情洋溢地讲道："今天真正是光荣绝顶了。从来没有做过这样的梦，公然能够像皇帝出巡一样回到北平，又在皇帝的宫殿里讲话，真真是从来所没有梦想过的。""在反动派统治之下，中国没有搞好，我们有话可以推诿。在今天人民政权之下，假使依然把中国搞不好，那我们就要成为历史的罪人了。"②

3月3日，郭沫若出席由华北人民政府文化艺术工作委员会、华北文艺界协会为欢迎由各地来北平的文艺界人士举行的茶话会，他和周扬、茅盾等人讲了话。他在讲话中说："在延安文艺座谈会后，中国文艺进入了一个新的时代。""希望文艺工作者把毛泽东旗帜随军事发展插到长江流域，插遍全中国。"③

3月5日，郭沫若写作了《在毛泽东的旗帜下》，热烈欢呼新时代。"很多年辰以来，我就作着这样的梦想：凡是青年朋友都应该无拘无束、无忧无虑、自由自在地发展下去，就像自由空气里的森林那样，有充分的阳光和空气，充分的养料和水分，自然而然地长成为磐磐大木，栋梁之材。今天这梦想，竟很快地便可以全部实现了。""束缚我们青年，奴化我们青年，屠杀我们青年的反动势力——帝国主义、封建主义、官僚

① 郭沫若：《致李初梨、刘钧》，《郭沫若研究》（第 4 辑），文化艺术出版社，1988年，第 281 页。

② 《各民主人士在北平欢迎会上的演词》，1949 年 3 月 1 日《人民日报》。

③ 《华北文艺界在平举行茶话会欢迎文艺界人士并交换意见》，1949 年 3 月 11 日《人民日报》。

资本主义的联军，在大规模的军事行动上很快便要整个被我们击溃了。中国人民来了一个大翻身，中国青年也从此脱掉一切的脚镣手铐，可以畅畅快快的做人了。""青年们生在这样的新历史开幕的大时代，真是值得祝福。我们千万不要辜负了这个时代，千万不要在幸福的欢乐中陶醉了自己，应该保持着十分的清明、沉着、友爱、勇敢，来认识并完成青年所负的历史使命。""今天的青年朋友们幸福了，我诚恳地向你们祝福。今天已经有了很好的客观环境让你们自由发展，你们千万不要辜负了这个时代，应该加倍的努力。有了很好的客观环境，必须有很好的主观努力和它配合。我们永远地在毛泽东的旗帜之下奋勇前进吧。"[1]他对新时代充满了多少热情和希望啊。

3月22日，中华文协与华北文协在北京饭店举行茶话会，郭沫若在会上提议召开中华全国文学艺术工作者代表大会，以成立新的全国性的文艺组织。郭沫若的提议得到与会者的赞同。24日，中华全国文学艺术工作者代表大会筹备委员会召开第一次会议，推举郭沫若担任筹委会主任，茅盾、周扬为副主任。

3月25日，郭沫若与李济深、沈钧儒、马叙伦等民主人士及各界代表一千多人，在西苑机场欢迎毛泽东、朱德、刘少奇、周恩来等中共领导人抵达北平，并陪同他们参加了阅兵式。当晚，郭沫若应毛泽东之邀，参与聚餐会并讨论与国民党的和战问题。新的时代开始了。

3月27日，郭沫若出席中国科学工作者协会北京分会在北京大学召开的第二次会员大会。他在讲话中指出："现在是人民大翻身，也是科学工作者大翻身的时代，希望今后能确实做到使科学有计划、有组织、有步骤地配合生产，配合人民生活，一面求学术的精进，一面求学术的普及。"[2]此后，他不断关心着科学工作。5月4日，郭沫若写的《人民科学丛书·序言》发表在《人民日报》上。文章说："真正的科学和科学家的精神，一句话归总就是在为人民服务。""我们今天需要真正的科学，要使科

---

[1] 郭沫若:《在毛泽东的旗帜下》，1949年4月7日《人民日报》。
[2] 《中国学术工作者协会在平举行理事会决定扩大组织征求新会员》，1949年3月29日《人民日报》。

学回复得到为人民服务的本位上来，使它成为不折不扣的人民科学。"此外，郭沫若还参与了全国社会科学工作者代表会议筹备会等工作。

经历了二战的残酷，很多国家的知识分子对战争十分厌倦。1948年，法国、德国、意大利、波兰等国家的知识分子在声势浩大的反对核军备竞赛和保卫和平运动的情势下，建立了保卫和平的组织。1949年3月20日，北平各界代表在北京饭店举行会议，会议决定响应保卫世界和平运动，反对侵略战争，推派代表参加4月在巴黎召开的世界拥护和平大会。24日晚，郭沫若在出席世界拥护和平大会各人民团体代表会议上被推举为中国代表团团长。代表团在28日请周恩来作了临别谈话。3月29日，中国代表团启程，郭沫若在谈话中表示：中国将团结全世界民主和平的力量，消灭帝国主义集团的侵略战争。

4月17日，中国代表团抵达布拉格。法国政府拒绝包括中国代表团在内的一些代表入境，来自七十二个国家的代表只得在巴黎和布拉格同时召开会议。23日，郭沫若在布拉格的世界拥护和平大会上发表演讲："全世界分成了鲜明的两个阵营：一边是以美帝国主义为首的侵略阵营，另一边是以社会主义国家苏联为首的民主和平阵营。""中国人民击败美蒋经验，证明必能克服战争危险。中国人民对于挑拨侵略战争的祸首，视为全人类公敌。和平民主阵营有充分力量，把战争危机和战争挑拨者送进坟墓。我们一定要站在以苏联为首的民主和平阵营，作为一个有力的战斗单位。"①大会进行期间，中国人民解放军解放南京的消息传到会场，郭沫若当即宣布："中国人民的胜利是整个和平阵营的胜利。"全场爆发了长时间的欢呼，与会代表高唱《自由中国万岁》歌。

5月15日，中国代表团返程经过哈尔滨时，郭沫若在兆麟公园发表演讲："我们在国内获得伟大胜利之时出国，首先觉得中国人民的国际地位空前提高了，我们在苏联和捷克都受到了热烈而亲切的欢迎。布拉格的火车站为我们铺上了红毯，这种深厚的友谊使我们永远也不会

---

① 郭沫若：《中国人民击败美蒋经验，证明必能克服战争危险——在世界和平大会上讲演》，1949年4月28日《人民日报》。

忘记。"①

5月25日，代表团抵达北平，周恩来等人到车站迎接。6月4日，由郭沫若署名的《出席巴黎——布拉格世界拥护和平大会中国代表团报告书》发表在《人民日报》，这份报告书除详细介绍这次大会的情况外，还建议成立"中国拥护和平大会"，由这个组织负责与世界拥护和平大会常设委员会联系，并尽力帮助、支持世界拥护和平大会的各种活动。

二

6月11日晚，郭沫若与黄炎培、李济深等人到香山毛泽东住地，与毛泽东、周恩来等商讨新政协筹备问题。

6月15日，新政协筹备会成立大会在中南海勤政殿召开，大会由周恩来任临时主席，毛泽东讲话指出筹备会的任务是"迅速召开新政治协商会议，成立民主联合政府"。郭沫若发言说："今天新政治协商会议筹备会开幕，这在中国历史上，乃至世界历史上，应该是划时期的一件大事。"大家应该"努力发扬新民主主义的爱国精神和爱国的国际主义，加紧完成本民族的解放，并进而促进全人类的大解放"②。16日，郭沫若当选为新政治协商会议筹备委员会常务委员会副主任。

6月19日，郭沫若在对新华社记者的谈话中认为，新政协包括了各民主党派和进步人士，体现了空前的团结和联合阵线的扩大，新政协的准备时间长，成立筹备会是水到渠成的。他还说："希望我们文化学术界的朋友，首先要从自己本身做起，真正做到知识分子与工农紧密携手，完成光荣的建国大业。在毛主席的旗帜下，勇敢地向前进。"③当天下午，新政协筹备会全体会议选举郭沫若为第五小组（起草宣言）组长。

① 郭沫若：《中国人民的胜利与世界和平》，《群众》第3卷第22期，1949年5月26日。
② 《毛主席等七人在新的政治协商会议筹备会上的讲词》，1949年6月20日《人民日报》。
③ 《访问新政协筹备会代表》，1949年6月20日《人民日报》。

就在新政协筹备工作顺利进行的时候，中华全国文学艺术工作者代表大会的筹备工作也在紧锣密鼓地进行中。6月25日，郭沫若为文艺工作者代表大会写下了《向军事战线看齐！》。文章说，两千多年的封建思想和买办思想是无形的敌人，需要文化战线来消灭。拿笔的军队要向拿枪的军队看齐。"文化斗争是一项长远的坚苦的工作，实际上要比军事斗争还得长久，而且不一定更轻松。""为了使文化战线上的胜利能够和军事胜利配合，无论任何岗位，任何区域的朋友，都应该在毛主席的指示之下，加倍的努力，丝毫也不要懈怠。"①

6月下旬，郭沫若就文代会情况向报界谈话，希望文艺家通过这次会议"好好地运用文艺这项武器来提高革命敌忾，鼓励生产热情，以期迅速完成反帝反封建反官僚资本的任务，而使新民主主义文化建设获得全面胜利"②。

7月2日，全国文学艺术工作者代表大会正式召开，作为总主席的郭沫若在大会开幕词中说："我们总结以往的经验，策划未来的方略，把文学艺术这项有力的武器，有效地运用来提高革命的敌忾，鼓励生产的热情，使新民主主义的建设迅速地得到全面胜利，稳步地过渡到更高的历史阶段。"③

7月3日，郭沫若作题为《为建设新中国的人民文艺而奋斗》的总报告：

> 中国文艺界的主要论争是存在于这样两条路线之间：一条是代表软弱的自由资产阶级的所谓为艺术而艺术的路线，一条是代表无产阶级和其他革命人民的为人民而艺术的路线。三十年来斗争的结果，就是在欧美没落资产阶级文艺影响之下的为艺术而艺术的文艺理论已经完全破产了，为艺术而艺术的文艺

① 郭沫若：《向军事战线看齐！》，1949年7月2日《人民日报》。
② 《文代大会开幕前夕郭沫若先生发表谈话说明大会的主要目的与任务》，1949年6月28日《人民日报》。
③ 《郭沫若先生开幕辞》，1949年7月3日《人民日报》。

作品也已经丧失了群众。曾经在这种为艺术而艺术的资产阶级文艺思想影响之下的许多文学家艺术家，也逐渐改变了他们的人生观和艺术观，接受了无产阶级文艺思想的领导。而无产阶级文艺思想领导的为人民服务的文学艺术，队伍日益壮大，方向日益明确，因此就日益受到广大人民群众的欢迎和拥护。①

19日，郭沫若在文代会上致闭幕词，宣布中华全国文学艺术界联合会正式成立。

9月20日，郭沫若写作了《新华颂》，发表在10月1日新中国成立当天的《人民日报》上，诗歌赞美"人民中国""人民品质""人民专政"。10月1日，在这个现代中国历史上最重要的日子里，郭沫若受邀登上天安门城楼，与毛泽东、刘少奇、朱德、周恩来等中共领导人一起，参加中华人民共和国暨中央人民政府成立庆典。他还作为无党派人士代表向毛泽东献了锦旗。

10月2日，郭沫若在中国保卫世界和平大会成立大会上发表了《为粉碎新的侵略战争阴谋而斗争》的演讲。他认为："成立中国保卫世界和平大会，是为了"表示中国人民保卫世界和平、反对新侵略战争的坚强决心，并和遍及全世界的和平运动密切联系，互相配合，击破新战争挑拨者的战争政策，争取和平的胜利。"②在这次大会上，郭沫若当选为中国人民保卫世界和平大会委员会主席。毛泽东等党和国家领导人非常重视这个世界性的组织，中国代表团出席国际会议前，周恩来常常亲自给代表团成员讲解国家政策和国际形势。

10月5日，郭沫若以全国文学艺术工作联合会主席名义招待参加政协的解放军代表；10月9日，他当选为全国政治协商会议副主席。

10月19日是鲁迅逝世十三周年，17日，郭沫若写了《鲁迅笑了》：

---

① 郭沫若《为建设新中国的人民文艺而奋斗——在中华全国文学艺术工作者代表大会上的总报告》，1949年7月4日《人民日报》。
② 郭沫若：《为粉碎新的侵略战争阴谋而斗争》，1949年10月3日《人民日报》。

鲁迅先生，你是永远不会离开我们的，

我差不多随时随地都看见了你，看见你在笑。

我相信这决不是我一个人的幻想，

而是千千万万人民大众的实感。

我仿佛听见你在说："我们应该笑了，

在毛主席的领导之下，应该用全生命来

保障着我们的笑，

笑到大同世界的出现。"

10月19日，郭沫若在中央人民政府委员会第三次会议上被任命为政务院副总理、政务院文化教育委员会主任、中国科学院院长。此后，郭沫若还担任了全国人大常委会副委员长、中国科技大学校长等多个重要职务，更加紧张忙碌地从事着为祖国和人民服务的实际工作，他的行政能力和处理实际事务的才干得到了充分展示的机会。在大量的政务工作之余，他抓紧分分秒秒进行学术研究和文学创作，贡献了一大批优秀的成果。

三

新中国要在世界立足，要解决国内的生产和发展等实际问题，科学是重要引擎。中国科学院作为一个全新机构，在国务院直属机构中占有重要位置。郭沫若以副总理身份兼任中国科学院院长，充分体现了中央政府对科学院的重视和对郭沫若的信任。郭沫若不负所托，兢兢业业担负起建设中国科学院的重任。

在所有职务中，郭沫若对于中国科学院院长一职相当看重。工作人员回忆说："在建院早期，他虽然身兼几个要职，但几乎天天到院办公。在主持院务会议时，既不早到，也不迟到。"[1]郭沫若对中科院的发

---

[1] 卢嘉锡、严东生：《纪念老院长郭沫若同志》，1982年11月16日《人民日报》。

展做出了最大努力。中国科学院集体写作的悼念郭沫若的文章中曾说，在郭沫若的主持下，"中国科学院在建立的初期进行了团结科学家和调整机构的工作，把过去被反动政权当作装饰品的科学机构，转变为人民事业的一个重要部分。随后，在理论结合实际的方针指导下，科学研究积极支援国家建设，在实践中发展了我们的科学事业，扩大了科学队伍，提高了科学水平。他所从事的事业是不朽的，他的功绩是不可磨灭的"①。著名科学家钱三强回忆说："他荣任院长以后，几十年中，他为它的成长、发展呕心沥血，帷幄操劳。从院的方向、任务到科研机构的设置、布局，从旧体制调整到新兴学科的发展，从所长人选到青年人才的培养，他都细心体察，一一过问。连现在北京的科学院各研究所集中地区：中关村，也是郭老亲自选定的。"②

在接受任命后的第四天，郭沫若就在北京饭店召集副院长陈伯达、竺可桢等商讨中国科学院的组织问题。10月26日，在跟苏联代表团的交流中，郭沫若请教了苏联科学院的研究和组织情况。11月10日，郭沫若致信山东大学丁山："科学院尚在筹备阶段，恐需时三二月方能就绪。将来重点放在自然科学方面，人文方面恐只暂仍旧贯耳。"③11月14日，中国科学院召开干部大会，郭沫若在会上表示：当前全国工作的重点是恢复长期以来战争所造成的创伤，所以应该把力量放在经济建设方面，中国科学院的重点是自然科学，对于社会科学，不是抛弃不管，而是让它慢慢发展，等将来在适当的时机再取得两者的平衡。

郭沫若十分重视中国科学院的政治学习。1950年1月16日，他出席中国科学院召开的政治学习动员会，并做了长篇发言："我们要研究马克思列宁主义、毛泽东思想。""中国科学院的学习时间是每星期二、四、六上午八时到九时半，一周仅学习四个半小时，集体学习。""或者有人认为学科学与政治无关系，这是多余的忧虑。""政治学习与研究是

---

① 中国科学院：《遗范长存——悼念郭沫若院长》，1978年6月30日《人民日报》。
② 钱三强：《忆我尊敬的长者——郭老》，1982年11月17日《光明日报》。
③ 据手迹复印件。

相配合，各种工作与政治是一致的。"①

1950年4月，郭沫若为新创办的《科学通报》写了《发刊词》："团结并组织科学工作者走上集体化的道路，与生产实际密切配合，这样来促进生产建设的发展和科学研究本身的发展。""真正的科学精神，实际上也就是批评精神。它是要摒除主观的成见，追究客观的真实，而求认识的正确深入和运用灵活普及，以增进人类生活的幸福的。""今天我们是把这一切的桎梏解除了，科学的批评精神正在无上的高扬；要使这高扬永不间断，也正是我们从事科学工作者的重要任务之一。"②

1950年6月，郭沫若要求中国科学院根据近代科学发展趋势，吸收国际进步科学经验，做有计划的理论和实验研究，加强科学研究的规划性和集体性，加强各学科间的有机联系，科学研究要为人民服务，与实际紧密联系，以期尽快赶上国际先进的学术水平。这些要求适应了现实需要，具有鲜明的时代特色。

在郭沫若的筹划下，中国科学院将原中央研究院、北平研究院及其它独立的二十四个研究机构调整组建成二十一个研究单位，并筹建了四个新的研究单位。

除组织结构外，郭沫若还为中科院积极延揽了一大批顶尖人才。新中国成立后，很多在国外求学和工作的科学家渴望回到祖国的怀抱，郭沫若对此做了积极努力。赵忠尧、鲍文奎等几位准备回国的科学家被美国无理扣押。郭沫若一方面致电世界保卫和平大会主席居里博士："我国航空力学专家钱学森博士于申请回国时被美警拘捕，物理学家赵忠尧教授和学生二名在返国途中，在日本横滨为驻日美军拘捕。此等蹂躏人权、摧残科学家的暴行，已激起中国科学界及中国人民的普遍愤怒。请你和贵会号召全世界科学家对美帝国主义暴行加以谴责，并要求立即释放被捕之科学家。"③利用国际舆论向美国施压。另一方面，他采纳了吴

① 《中国科学院史料汇编》，1950年。
② 郭沫若：《发刊词》，《科学通报》第1卷第1期，1950年5月15日。
③ 《美国无理拘捕钱学森等 郭沫若致电居里博士，吁请谴责美帝无耻暴行》，1950年9月27日《人民日报》。

有训等人的建议，提前发给赵忠尧月薪，以解决家属生活困难。经过斗争，赵忠尧等科学家终于回到了祖国的怀抱。钱学森回到祖国后，郭沫若请他们全家到家里做客，并赋诗相赠。50年代初，在各方面的共同努力下，陆续有好几百名优秀科学家从欧美回国，其中有二三百名被吸纳进中科院工作。正是有了像钱学森这样一批杰出的科学家，我国终于有了两弹一星，研制出了计算机，在科学领域内取得了杰出成绩，为工业现代化和国防现代化打下了坚实基础。

郭沫若尊重科学家，鼓励不同领域的科学家为祖国和人民共同奋斗。他在《光荣属于科学研究者》中说，有些科学研究短时间看不出成效，人们应该耐心去信任和等待，他要求大家尊重和理解科学家：

> 科学研究是最坚苦的、最需要耐心的冷门。一件重要的发明发现，不知道要费多少年月，多少人的心血才能完成。各种科学部门的研究都是有机的联系的，某一部门中的发明发现，也必须有其它部门的同一水平的成就以为条件，才能获得。[1]

有些在民国时期就已经知名的文史学者，在新中国成立后一时难以适应，显得比较落寞。但他们大多数信任郭沫若，有困难就写信给郭沫若请求帮助。郭沫若通过中国科学院这个平台，尽量给他们安排工作，提供发表成果的方便，让他们感受到新政权的温暖，并有条件在学术研究上继续前进。

四

孙瑜导演的电影《武训传》于1950年年底公映，得到了观众的好评。武训是清朝末年跟农民起义领袖宋景诗同时代的人，他行乞兴学，

---

[1]　郭沫若：《光荣属于科学研究者》，《科学通报》第2卷第1期，1951年1月。

其事迹感动了很多人。

1951 年 5 月 20 日，《人民日报》发表了毛泽东撰写的社论《应当重视电影〈武训传〉的讨论》：

> 《武训传》所提出的问题带有根本的性质。像武训那样的人，处在满清末年中国人民反对外国侵略者和反对国内的反动封建统治者的伟大斗争的时代，根本不去触动封建经济基础及其上层建筑的一根毫毛，反而狂热地宣传封建文化，并为了取得自己所没有的宣传封建文化的地位，就对反动的封建统治者竭尽奴颜婢膝的能事，这种丑恶的行为，难道是我们所应当歌颂的吗？向着人民群众歌颂这种丑恶的行为，甚至打出"为人民服务"的革命旗号来歌颂，甚至用革命的农民斗争的失败作为反衬来歌颂，这难道是我们所能够容忍的吗？承认或者容忍这种歌颂，就是承认或者容忍污蔑农民革命斗争，污蔑中国历史，污蔑中国民族的反动宣传为正当的宣传。
>
> 电影《武训传》的出现，特别是对于武训和电影《武训传》的歌颂竟至如此之多，说明了我国文化界的思想混乱达到了何等的程度！

这个社论发表后，郭沫若于 6 月 1 日写了《联系着武训批判的自我检讨》。检讨说："关于电影《武训传》的讨论是一件很好的思想教育工作，把辩证唯物主义与历史唯物主义和实际问题具体地联系了起来，使很多读者受到了很大的启发。我自己也就是深受启发的一个。"他认为他以前不该赞美武训，他所犯错误的主要原因"是不曾从本质上去看武训，而且把他孤立地看了，更不曾把他和太平天国与捻军的革命运动联系起来看。今天武训的本质被阐明了，武训活动当时的农民革命的史实也昭示了出来，便十足证明武训的落后、反动、甚至反革命了。对于这样的人而加以称颂，的确是犯了严重的错误"[1]。

---

[1] 郭沫若：《联系着武训批判的自我检讨》，1951 年 6 月 8 日《人民日报》。

郭沫若在这份检讨中提到重庆的武训纪念会。那是1945年12月底，郭沫若领衔发起了"武训先生诞辰纪念大会"。他在大会上作了热情洋溢的讲话："武训先生是中华民族产生的最伟大的人，他确确实实是值得我们中国人夸耀的人，每个人都要把他当作好榜样。最值得我们学习的是他那种大公无私的精神，他那种不只顾到自己，不把自己的存在放在眼睛里的人格。""武训就是一个为大家都幸福而忘我的人，他因此值得我们崇敬。我希望人人学武训，行行出武训。"①郭沫若这篇讲话被收到解放区的中学国文课本里，广为人知。

郭沫若曾于1950年8月为李士钊编、孙之儶绘《武训画传》题签书名并题词，虽然题词认为现在不会再有武训这样的人和这样的事儿，但毕竟赞扬了武训："在吮吸别人的血以养肥自己的旧社会里面，武训的出现是一个奇迹。他以贫苦出身，知道教育的重要，靠着乞讨，敛金兴学，舍己为人，是很难得的。"②

在《联系着武训批判的自我检讨》中，郭沫若说："我最不应该的是替《武训画传》——可以说是电影《武训传》的姊妹，题了书名，还题了辞。""我当时是应该负起责任来，劝阻《武训画传》的出版的，不仅没有劝阻，反而尽了帮助宣扬的能事。""题辞多少含有批判的成分，并惹得编者在他的自序中驳斥了我，但批判得十分不够。而且在基本上还是肯定了武训其人，而其基本的原因也就由于并不十分知道武训其事。放高利贷来兴学，所兴的学又是要叫地主阶级'子子孙孙坐八抬大轿'的，这有什么值得'珍视'，有什么'很难得'呢？"

袁水拍等人组成武训历史调查团，去山东堂邑等地调查武训历史。调查报告在《人民日报》发表后，郭沫若又写了《读〈武训历史调查记〉》。文章认为《武训历史调查记》实事求是，揭露了武训的真相："一切事实证明，武训的确是一个大流氓，大骗子。"郭沫若自我批评说，他在重庆纪念武训，为《武训画传》题词是"犯了两个很大的错误"，而对

① 黎舫:《重庆武训先生纪念会发言摘录》,《国语文选》第三册,华东新华书店,1948年。
② 《武训画传》,上海万叶书店,1951年。

武训的调查和批判"使大家（包含我自己在内）在具体事项中得以体会到历史唯物主义的更深一境的认识和运用，这在澄清文化界和教育界的思想混乱上是有很大的贡献的"①。

不久，中国科学院语言所刊行的《撒尼彝语研究》的《序言》受到陆定一的批评，郭沫若和中国科学院做出了深刻检讨。

1951 年 7 月 22 日，政务院文教委员会副主任陆定一致信郭沫若："中国科学院出版的语言学专刊第二种《撒尼彝语研究》的序文，对法国神甫邓明德的叙述，立场是错误的，为了加强中国科学院出版物的严肃性，提议考虑具体办法，予以补救。今后中国科学院的出版工作中，亦希望能有具体办法，使此类政治错误不致发生。"②

《撒尼彝语研究》是语言学专家马学良所作的研究少数民族语言的专著。全面抗战爆发后，马学良从长沙沿着湘桂黔公路步行两个月到达昆明。在这两个月旅行中，他找到苗人或彝人，记录他们的语言。1939 年，他考入北京大学文科研究所，师从罗常培和李方桂学习语言。1940 年，他随李方桂到路南县尾则村实地调查藏缅语系彝语中的撒尼方言。他们顺着该村的线索，发现了曾在此处传教的法国神甫邓明德的《法彝字典》。马学良在这本书的基础上写成了《撒尼彝语语法》作为北京大学研究所的毕业论文。马学良毕业后在中央研究院历史语言研究所任职，被派往云南省寻甸县彝区调查方言，他拜一位通晓彝族经文的老人为师，在接近两年艰苦学习和调查的基础上，将《撒尼彝语语法》修改扩充为《撒尼彝语研究》，李方桂、罗常培、梁思永、魏建功等学者都给予了指导和好评。

《撒尼彝语研究》写出后，由中央研究院语言研究所推荐给商务印书馆，但一直没有出版。新中国成立后，郭沫若很重视这件事，1950 年 1 月指示将原稿拿回，于 1951 年作为中国科学院语言研究所语言学专刊第二种在商务印书馆出版。

---

① 郭沫若：《读〈武训历史调查记〉》，1951 年 8 月 4 日《人民日报》。
② 《政务院文教委员会陆定一副主任致中国科学院郭沫若院长的信》，《科学通报》，1951 年第 10 期。

马学良在《序言》中说："尾则是路南县东南的一个村落，全村居民不足百户，除了五六户汉人外，其余全是撒尼人，所以汉化的程度并不深。尾则虽是一个小村落，但因法国神甫邓明德氏（Paul Vial）在这里传教，卓有成绩，因此这一小村落竟名扬中外。死后土人为纪念他的功德，就在他的墓前立了一块碑文，我们曾在他的墓前凭吊过，并留影纪念。"《序言》抄录的碑文中称赞邓明德神甫："建修各属教堂，又新创村落，曰保禄村，此法大恩人之功也。兼之博学多能，诲人不倦，著书传经，创造法彝字典，特得大法士院优给奖励。迄今奉教者日多，又广设学校，大兴文化，升举司铎，则群贤毕至，少长咸集，非公之功，非公之德欤？"①陆定一信中所说的"对法国神甫邓明德的叙述，立场是错误的"，指的就是这些地方。

郭沫若高度重视陆定一的意见。7月23日，他致信语言所所长罗常培，提出对该事的补救办法："（1）凡本院编译局、语言研究所赠送者全体收回。（2）通知商务印书馆立即暂行停售，发售以来已售多少，将确数现告。凡已售出之件，可能收回者亦一律收回。（3）该书必须将序文除掉，由马君改写，并将全体内容整饬一遍，再考虑继续出版。"②

7月26日，中国科学院做了检讨："马学良的《自序》里面有一段颂扬法国天主教徒邓明德（Paul Vial）的地方，犯了很严重的思想上的错误。""马学良写这序文虽然是在'一九四六年六月五日，于四川李庄栗峰'，但却是在'一九五〇年十二月四日重理于北京'的。这就提出了一个具体的事实证明：在我们中国的学术界中，国民党反动统治时代所孕育着的买办思想，差不多原封不动地又在中华人民共和国的首都'重理'起来了。而且这书是由中国科学院负责编辑的，由这里可以看出我们中国学术界一部分的思想混乱是怎样严重。""责任不限于作者马学良，科学院的各位负责人，科学院编译局及语言所的各位负责人，都

---

① 《问题的文件——〈撒尼彝语研究〉的序文》，《科学通报》，1951年第10期。
② 《中国科学院郭沫若院长致语言研究所罗常培所长的信》，《科学通报》，1951年第10期。

有同样的责任。我们希望有关的负责同志们能深切诚恳地作一番自我检讨，这样来加强科学院出版工作的严肃性，并加强全中国科学出版事业的严肃性。"①

8月9日，中国科学院召开《撒尼彝语研究》的院内检讨会，编译局负责人、语言所负责人、马学良本人做了自我检讨。中国科学院编译局、罗常培和马学良的检讨都写成了书面文字，在《科学通报》发表。

8月15日，中国科学院给院内外一百零四位专家写信："兹送上中国科学院语言研究所语学专刊第二册马学良著《撒尼彝语研究》的序文一件，请加以审核，并请于本月二十一日以前将书面意见寄掷回本院办公厅，以便定期开会讨论。"后来收回九十五件，"各人所见到的虽然有偏有全，有深有浅，但有百分之九十发现了原文序中的错误，给予了相应的批评。就中如马坚、李有义、王崇武、周祖谟、傅懋勣、吴泽霖、魏建功、俞德浚、郑天挺九位先生的意见，是比较看到问题的全面，并对于邓明德的罪恶，或根据当地的实际情况，或联系当时的历史事实，有了更进一步的阐发的"②。

9月13日，郭沫若在广泛讨论和相关人员检讨的基础上做出总结。

总结首先承担责任："《撒尼彝语研究》所犯的政治性的错误，首先是应该由我负责来自行检讨的。书在未印出之前，我没有亲自审查，在既印出之后我也没有细加核阅，这样的疏忽实在是万不应该。经过陆定一副主任的指示，使大家得到一个进行思想学习的机会，这对本院说来是很大的一个收获。"

其次，郭沫若指出了马学良所犯的错误："他在基本上还没有肃清轻视少数民族的大汉族主义的思想。故他把少数民族称为'土人'，把民族地区称为'蛮荒僻野'，把几个民族败类，媚外洋奴为邓明德所建的墓碑误认为'土人为纪念他的功德'。这样是对于兄弟民族的轻易诬蔑。这所犯的政治错误，事实上并不亚于对于文化间谍的盲目歌颂。"

① 《中国科学院关于〈撒尼彝语研究〉的检讨》，《科学通报》，1951年第10期。
② 郭沫若：《〈撒尼彝语研究〉检讨·结语》，《科学通报》，1951年第10期。

最后，郭沫若提出，马学良应该保护："国内少数民族的语文研究者不多，像马学良同志这样对于少数民族语文有素养的学者，我们是应该珍惜的。这次所犯下的错误，主要是由于我们负行政领导责任的人帮助不够，但马学良同志却能够认真检讨，接受批评，为我们的学术界树立了一个良好的作风，我们认为是难能可贵的。"①

9月24日，郭沫若在中国科学院第二次扩大院务会议总结会上作了题为《为人民科学的发展与祖国建设的胜利而奋斗》的报告。除了对科学院的全面工作进行总结和提出希望外，报告还指出，科学院"思想领导欠强，缺乏明确检查制度"②。今后应该"加强马克思、列宁主义及毛泽东思想的学习，尤其是思想方法的学习，以提高自然科学及社会科学的思想性和指导性，逐步进行思想改造，展开批评与自我批评"③。

1951年底，中国科学院发起思想改造动员会。12月18日，郭沫若作题为《为科学工作者的自我改造与科学研究工作的改进而奋斗》的动员报告。他说："要改正科学工作者的错误思想，要改进科学研究工作，加强科学工作者的计划性和组织力，必须加紧进行马克思列宁主义的学习。""我们贪多务得地读了一些马列主义的文献，所采取的主要地是学院式的读法，没有联系自己、联系实际来展开批评和讨论，对于马克思列宁主义的认识我们没有达到融会贯通的阶段，没有达到用马克思列宁主义的立场、观点和方法来改造自己和工作方法的阶段。""我们要'改造自己的认识能力'，把自己改造成为能够支配历史发展的世界改造者，那就必须以批评和自我批评的方法来进行马克思列宁主义的学习才能办到。这是一种长期的艰巨的思想斗争，要无情地克服自己的旧思想，尽力地种植并培养新思想。"④

1952年1月4日，陆定一和李富春在政务院会议上对中国科学院

① 郭沫若:《〈撒尼彝语研究〉检讨·结语》，《科学通报》，1951年第10期。
② 《竺可桢全集》(第12卷)，上海科技教育出版社，2007年，第440页。
③ 郭沫若:《为人民科学的发展与祖国建设的胜利而奋斗》，《中国科学院资料汇编1949—1954》。
④ 郭沫若:《为科学工作者的自我改造与科学研究工作的改进而奋斗——一九五一年十二月十八日郭沫若院长在思想改造动员会上的报告》，同上书。

提出了意见和要求。陆定一认为，《科学通报》应配合思想改造，过去只有介绍科学，以后应有斗争精神。李富春要求中国科学院要承担起全国科学界思想改造的责任，要把科学院思想改造的过程介绍给全国。

1月6日，《人民日报》刊出的《读者来信》中对中国科学院的刊物有所批评。王家民认为，中国科学院的刊物"内容互相重复，没有适当的分工"，"我认为应该把科学刊物合理地调整一下，因为这样不但可减轻读者和编者的负担，并可避免不必要的浪费以及提高刊物的质量"。钟文伟认为，科学院部分刊物"全部用英文印行，只是附以极简单的中文提纲"的做法很不合适。就在当天，中国科学院由竺可桢等三位副院长召集，正在开检讨会。近代史所一位同志说，"郭院长请客1951年四千万元，请六个客一次三百万元"。植物分所的同志说："刊物浪费十亿，植物分类所用人多为亲戚，郭院长二年只去植分所一次。"①

陆定一找到清华大学学生龚育之，让他写文章批评《科学通报》。1月10日，《人民日报》发表龚育之批评《科学通报》的文章，语气十分严厉：

> 在《科学通报》的编辑方针方面，关于宣传马克思列宁主义——毛泽东思想，关于把马克思列宁主义——毛泽东思想作为中国科学研究工作的最高指导原则这一点是不明确的。而任何刊物要是忽视了这种思想工作，就绝不可能获得令人满意的成绩。《科学通报》的脱离政治、脱离实际的倾向，主要的也就表现在这一点上。

> 《科学通报》强调了它介绍国外科学的任务。它介绍了一些资产阶级国家的科学状况。当然，这是完全可以的。只是在介绍的时候，我们应该有自己的立场，绝不能跟在资产阶级后面，替他们作反动的政治宣传。可惜，《科学通报》在这一方

---

① 《竺可桢全集》（第12卷），上海科技教育出版社，2007年，第534页。

面却常犯错误。

　　我们建议中国科学院加强对《科学通报》的领导，使《科学通报》成为一个具有高度政治性、思想性的科学刊物。①

　　这篇文章给了郭沫若很大的压力，引起了中国科学院的高度重视。12日，郭沫若与副院长竺可桢、李四光、陶孟和及编译局局长杨克强商议改变《科学通报》的形象问题。他们决定承担数千万元的损失，将已付印的《科学通报》收回，决定从三卷一期起改变办刊方针，并聘请龚育之参与编辑《科学通报》。13日，竺可桢亲自前往拜访龚育之。14日，竺可桢将情况汇报给郭沫若，并认为"《科学通报》非加强人力则不能胜任"②。

　　1月26日，《人民日报》发表郭沫若亲自起草的《〈科学通报〉编者的自我检讨》，文章完全认同龚育之的批评，还主动承认其他工作的不足，比如斯大林的经典著作《论马克思主义在语言学中的问题》还没有在《人民日报》刊登前，"郭沫若院长即曾关照过我们，一定要转载这篇论著。但我们却把这样重要的一件事情完全置诸度外了"。"我们在思想上的麻木不仁，实在是到了惊人的地步。"文章还检讨说：

　　　　我们对于新鲜事物缺乏敏感，而对于陈腐观点则留恋不舍，这就表明我们的思想性和政治性的低下。由于我们的思想性和政治性的低下也就必然导引出本刊编辑上的思想性和政治性的缺乏。这就是我们的根本错误。明确地知道了错误，纠正错误的方法也就坦陈在我们的面前了。方法是什么呢？就是要我们加强思想改造和政治学习。但这不单是对于我们少数同人的要求，应该也是对于整个科学界的要求。科学工作者的缺乏

---

① 龚育之：《纠正科学刊物中脱离政治脱离实际的倾向——评〈科学通报〉第二卷》，《人民日报》，1952年1月10日。
② 《竺可桢全集》（第12卷），上海科技教育出版社，2007年，第540页。

思想性和政治性，我们应该承认还是相当普遍的现象。因此，我们从三卷一期起，已经决定依据改造思想和提高政治水平的这个方针，逐步加以改进。

文章最后重申了郭沫若在《科学通报》发刊词里的话："我们的工作今天还是一个新的开端，缺陷是难免的，甚至于错误也是难免的，但我们有决心，有诚意，有信念，希望逐步地把工作做好。"

五

朝鲜战争爆发后，中国科学界和文学艺术界积极支援朝鲜。1950年8月13日，郭沫若率领中国代表团乘坐着车皮用"稻草绳网缀着无数的树枝和草簇"掩护着的专车访问朝鲜，在新义州车站受到朝鲜副首相洪命熹和文化宣传相许贞淑等人的欢迎。到朝鲜后，由于美国飞机的轰炸，火车只能在夜间开动。

15日，郭沫若在牡丹峰剧场受到金日成的接见。郭沫若在讲话中说："中朝两国人民的友爱关系是很密切很久远的，特别是在最近的半世纪，就正当着我们这一代，我们是在同受帝国主义侵略的深沉的忧患中长大起来的。我们的感情、意志是痛痒相关，我们的生活、行动更有时是生死与共的，丝毫也不夸大；我们是骨肉手足一样的患难朋友。"[①]

这次访问，郭沫若参观了伤兵医院、战俘营，访问了金日成的故乡，欣赏了朝鲜音乐剧。有两件事给他留下了深刻的印象。

第一件事是参观美俘营，"这儿有美俘三三八人，但原国籍便有二十一种之多。其中有的只有十七八岁。问他们为什么当兵，他们说为拿钱。问他们为什么要打朝鲜，他们都说事前不知道，有的只以为是到

---

① 转引自《郭沫若与朝鲜》，杨昭全《中朝关系史论文集》，世界知识出版社，1988年，第518页。

朝鲜来旅行。从这里我们可以明白地看出：美国的反动的支配阶级是怎样欺骗国内的被压迫人民，把他们驱赶出来做炮灰"①。

第二件事是欣赏朝鲜国立剧团新歌剧《花鞋》的演出。郭沫若详细写下了故事情节："前娘之女受晚母虐待，女勤劳而美，颇受一般的同情。晚母有女，则娇纵而庸俗。国王将在宫中举行园游会，要一切少女都盛妆参加。前娘之女无盛妆独不能去，但得仙女帮助。终得入宫预会，大为王子所心醉。晚母与女亦在参加之列，骤然相遇，前娘之女惊惶逃遁，遂遗失其'花鞋'一只。王子拾得'花鞋'，即在国中遍寻鞋主。晚母之女曾假冒，但大小不符。后鞋主终被王子寻得，竟成佳偶。晚母与女则被黄牛触死。"他认为："北朝鲜音乐演剧的水准一般都相当高，我们中国要赶上，还须得三两年好好努力。"②

8月24日，郭沫若一行结束访问抵达北京。不久，他在《人民文学》发表《访问朝鲜》，详细记载了这次访问经过。

随同郭沫若访问朝鲜的马烽后来回忆说："在出国之前，郭老一再嘱咐我们：一定要尊重朝鲜的风俗习惯；一定要爱护朝鲜的一草一木，一定要虚心学习朝鲜军民英勇战斗的气概。"尤其是郭沫若的如下事迹给马烽留下了深刻印象：

> 当时他已经是年近花甲的老人了，但他和我们年青人一样，不论早晚，利用敌机空袭的间隙时间，亲自去慰问遭受敌机轰炸的难民，访问在战火纷飞中坚持生产的工厂、农村，参观美军战俘营，出席各界人士召开的坐谈会，从早到晚忙个不停。在美机空袭时候，只好转移到郊外的栗树林中防空，但他仍要利用这个时间找一些朝鲜人民军的战斗英雄、普通战士谈话，请他们讲述保家卫国的战斗经历。在敌机刺耳的尖啸声中，在机枪炸弹的狂扫滥炸之下，郭老泰然自若，对敌人充满

---

① 郭沫若：《访问朝鲜》，《人民文学》第2卷第6期，1950年10月1日。

② 同上。

了忿怒与蔑视。这一切，如今回想起来，历历在目。他留给我的印象是一个国际共产主义战士的崇高形象。①

9月24日，世界民主青年联盟代表团访华，五万人在故宫太和殿前广场举行集会，郭沫若作为中国人民保卫世界和平委员会主席在欢迎词中说："尽管我们的服装的样式不同，皮肤的颜色不同，语言的音调不同，但我们只有一条心：反对帝国主义的侵略战争，保卫全世界的持久和平，争取全人类的共同安全和幸福。这些也就是我们共通的言语。"他接着充满激情地说："尽管害了眼病的人闭着眼睛不敢正视太阳，太阳依然光芒万丈，照耀着四面八方。太阳决不会为了眼病患者减少它的一点光辉，减少它的一点热量！""依靠战争生存的鬼魅，在和平的阳光下发抖了，它们将在和平的阳光下灭亡！"②

11月7日，郭沫若与卞之琳、田间、艾青、老舍、胡风、俞平伯等北京诗歌工作者三十一人联名发表《抗美援朝宣言》：

保卫自己的祖国和人民，拥护自由和正义，我们中国的诗歌工作者具有历史的和世界的光荣传统，屈原、杜甫、拜伦、雪莱、普希金、玛耶可夫斯基的精神渗透在我们的血肉里，西蒙诺夫、阿拉贡的爱国主义和国际主义的高度结合，为保卫祖国而挺身战斗的英勇行为，是我们的榜样。在抗日战争中、在解放战争中，我们所唤起的对敌人的憎恨和对祖国对人民的伟大的爱，是战争中不可缺少的力量。承继这种战斗精神和传统，千万倍的加以发扬和光大，用我们的诗歌，用我们的行动，为抗美援朝、保卫祖国，保卫和平而斗争，是今天我们每一个诗歌工作者光荣的责任！③

① 马烽：《悼郭老》，《悼念郭老》，三联书店，1979年，第134、135页。
② 郭沫若：《拥护苏联的和平建议》，1950年10月2日《人民日报》。
③ 《抗美援朝宣言》，1950年11月7日《光明日报》。

11 月，第二届世界保卫和平大会在波兰华沙召开，郭沫若率团参加大会。11 日，郭沫若在大会的演讲中说："因为我们爱好和平，所以我们坚决地反对侵略。对于威胁和平、扰乱和平、破坏和平的侵略者，我们的民族已经对它们作了一百年以上的斗争。一百年来的中国人民的历史正是一部保卫和平的斗争史。"他代表中国代表团向大会提出的五项建议中包括："结束美国和其他国家对朝鲜的侵略，要求从朝鲜撤退一切外国侵略军，实现朝鲜问题的和平解决"，"要求美国立即停止对于中国人民解放台湾的任何干涉"，"坚决反对原子武器的使用，并要求宣布首先使用原子武器的政府为战争罪犯而加以制裁"，"要求世界各国同时裁减军备，建立有效的管制，并建议各国人民在和平生活中作经济文化建设上的相互协助"。①

中国代表团的建议引起了与会者的高度重视。大会通过了两个文件：《告全世界人民的宣言》和《致联合国书》，主要内容包括："从朝鲜撤退外国军队，在朝鲜人民代表参加之下，和平解决朝鲜问题；要求这个问题应由包括中华人民共和国代表在内的，包括全体成员的安全理事会来加以解决。制止美国军队对中国的台湾的干涉，对越南民主共和国进行的战争。""调查在朝鲜的大屠杀罪行，尤其是调查麦克阿瑟的责任。""无条件禁止原子武器、细菌和化学武器、毒气、放射性武器及其它大规模毁灭人类的各种武器。"②

这些文件的通过，体现了郭沫若等人为维护新中国权益的正确主张得到了国际社会的广泛同情和支持。正如郭沫若在文章中指出的，中国保卫和平的行动"在华沙二届和平大会上是得到了全世界的响应了"，"华沙二届和大全部采纳了我们中国人民所提出的五项建议。二届和大各项决议的精神，一句话归总，便是'和平不能坐待，必须争取'"。③

1951 年 2 月，郭沫若率领中国代表团赴柏林出席世界和平大会理

---

① 《郭沫若在世界和大演说》，1950 年 11 月 23 日《人民日报》。

② 郭沫若：《第二届世界保卫和平大会的经过、成就和我们今后的任务》，1950 年 12 月 27 日《人民日报》。

③ 郭沫若：《全世界都在响应》，1950 年 12 月 29 日《人民日报》。

事会。22日下午，郭沫若代表中国代表团对理事会提出五点建议，包括："和平理事会对于联合国大会诬蔑中华人民共和国为侵略者加以谴责，并要求立即取消这一可耻的决定，而接受中华人民共和国中央人民政府关于朝鲜及远东问题的和平建议。""和平理事会向中华人民共和国、苏联、美国、英国政府建议，召开一定的会议，讨论日本问题，依据开罗宣言、波茨坦公告和雅尔达协议，早日缔结全面的对日和约。""号召世界人民、母亲们、二次大战伤兵们及死亡者的家属们，采取可能的一切方式，反对美国武装德国和日本，拒绝参与武装德国和日本的一切行动。"

大会经过六天的讨论，完全采纳了中国代表团的建议，做出的十项决定中包括："反对武装日本，主张和平解决日本问题"，"要求一切外国军队撤出朝鲜，让朝鲜人民自行解决朝鲜内政"，"要求联合国取消诬蔑中华人民共和国为'侵略者'的决议"①。

苏联最高苏维埃主席团于1949年12月20日为庆祝斯大林七十寿辰颁发命令，设立"加强国际和平"斯大林国际奖金，每年颁发一次，每次五至十名获奖者，奖品为刻有斯大林像的金质奖章一枚，奖金为十万卢布。郭沫若被聘为奖金委员会副主席。1951年4月上旬，他到莫斯科参加评委会会议，评选出了1950年斯大林国际奖金的获得者。

6月，郭沫若以中国人民抗美援朝总会主席的名义，发表《抗美援朝一周年》。文章说："朝鲜人民在抗美正义战争中遭受到史无先例的残酷的灾难，我们是感受着无比的愤怒的。""我们中国人民，不仅在今天帮助朝鲜抗战，明天更会帮助朝鲜建设。怎样天大的灾难也阻挠不了我们。我们手携着手，为了保卫祖国的安全，为了保卫世界的和平，英勇地战斗着前进！"②在半年前举行的中国科学院抗美援朝募捐中，郭沫若独自捐款三千港币，合当时的人民券一千一百多万元，而中国科学院的捐款总额是一千九百多万元，郭沫若占了一多半。

① 郭沫若：《第一届世界和平理事会的成就》，1951年3月16日《人民日报》。
② 郭沫若：《抗美援朝一周年》，1951年6月25日《人民日报》。

四个月后，为迎接国庆，郭沫若又写了《伟大的抗美援朝运动》，他认为："我国人民抗美援朝的胜利，不但直接保卫了我们伟大祖国的安全，援助了朝鲜人民的正义斗争，而且鼓舞了世界人民特别是东方人民争取和平反对侵略的决心和信心，动摇了美国侵略全世界的整个罪恶计划。""我国人民在抗美援朝运动中所获得的另一伟大胜利，是全国范围内爱国主义的新高涨。我国人民在基于爱国主义的基础上，发动了抗美援朝运动；而在抗美援朝运动中，我国人民受到普遍而深入的爱国主义教育，这就进一步提高了自己的政治觉悟。"①

六

1951 年 11 月，郭沫若率中国代表团到维也纳出席世界和平理事会第二届会议。

郭沫若在 5 日的大会发言中说："历史告诉我们，用武力从事征服从来没有过成功的例子。即使有的获得一时的成功，结局必然遭受到极残酷的失败。""假如是反侵略的正义战争，最后的胜利必然属于人民。人民是不可战胜的，它在军事上纵属劣势，也能够克服优势的敌人。""我们只认识一个简单的真理：世界各国的事务，必须由各国人民自己来管。能够做到这样，战争的危机就会立即消除。""我们坚决地相信：和平一定战胜战争！"②

郭沫若还认为："由于中国人民革命的胜利，尤其是一年来在朝鲜战争中中朝人民的共同的伟大胜利，鼓舞了全世界被压迫的人民，民族解放的烽火、反抗帝国主义的烽火，燃遍了远东，更由远东燃到中东近东，更燃到了北非。"但同时，美帝主义扩军备战，造成形势紧张，所以这次会议"目标就是要打击战争贩子的计划，剥夺他们一切准备战争的借口，

---

① 郭沫若：《伟大的抗美援朝运动》，1951 年 10 月 1 日《人民日报》。
② 郭沫若：《我们坚决地相信：和平一定战胜战争！》，1951 年 11 月 7 日《人民日报》。

扩大和平运动，鼓励和平阵营的力量，鼓励民族解放的运动"①。

郭沫若的期待得到实现，这次会议在要求裁军、缔结国际公约和加强文化交流上取得了进展。

11 月 8 日，代表团成员在维也纳参加和平理事会后，提前一个星期为郭沫若庆祝生日。郭沫若特意写了《多谢》这首诗，感谢这种"兄弟姊妹般的热情"："是你们的热情促进了、也绿化了我的生命"：

要战胜年龄的衰谢，是一场剧烈的斗争。
我接近你们的呼吸，便感觉到血液沸腾。
仰仗着你们的健康、诚挚、勇敢、聪明、机警，
使我的精神也仿佛化成了紫色的水晶。②

11 月 20 日，"加强国际和平"斯大林国际奖金委员会决定将 1951 年的"加强国际和平"斯大林国际奖金授予郭沫若等六人。第二天，莫斯科各报纸对这一消息进行大量报道，高度赞扬郭沫若。《真理报》社论说："在'加强国际和平'斯大林国际奖金的得奖人当中，有伟大的中国人民的光荣儿子郭沫若。爱好和平的人民都知道郭沫若是热情的和平斗士。他不倦地揭露和平的敌人的阴谋。大家也知道郭沫若在建设中华人民共和国中的多方面的活动和他在建立和发展民主中国的文化事业中的功绩。"《共青真理报》社论说："郭沫若是伟大的中国人民的忠实儿子、大科学家和作家、社会和政治活动家、本国和国际保卫和平运动的积极参加者。郭沫若的全部活动，是忘我地服务国际和平、进步和自由事业的榜样。"③

12 月 22 日，郭沫若给"加强国际和平"斯大林国际奖金委员会主席、苏联科学院院士斯科贝尔琴发电报说：

---

① 郭沫若：《世界和平理事会第二届会议的成就》，1951 年 12 月 13 日《人民日报》。
② 郭沫若：《多谢》，《郭沫若全集·文学编》（第 3 卷），人民文学出版社，1983 年，第 42 页。
③ 《莫斯科各报以显著地位祝贺郭沫若等得奖》，1951 年 12 月 22 日《人民日报》。

　　我接到您亲切的电报，知道了我获得一九五一年度"加强国际和平"斯大林国际奖金，这真是我有生以来的最大的荣幸。这不仅是对于我个人的极大的鼓励，而同时是对于全中国人民的极大的鼓励。我今后在保卫世界和平反对侵略战争的工作中要不断地加倍努力，以期能够有更实际的贡献，不负伟大的斯大林大元帅的英名，真正足以纪念斯大林大元帅的万寿无疆。我想明年亲自到莫斯科接受这最大的荣誉，只是时期我要请您决定。①

　　12月23日，郭沫若发表书面谈话说："论我个人的工作表现，是不足以膺受这样最高荣誉的。请允许我作这样的了解：这并不是给予我个人，而是给予我们在英明领袖毛主席领导之下为'加强国际和平'而奋斗的全中国人民。"②

　　1952年3月，郭沫若率团参加世界和平理事会在挪威奥斯陆举行的讨论美国在我国东北和朝鲜投掷细菌武器的特别会议，对要不要干预美国在朝鲜战争中使用细菌武器，与会者有分歧。

　　4月1日，出席世界和平理事会执行局会议的各国代表举行记者招待会，郭沫若与朝鲜代表李箕永向记者报告了美国在朝鲜和中国进行细菌战的事实，当场宣读正在调查此事的国际民主法律工作者协会调查团发来的电报，并向记者分发提交世界和平理事会执行局会议的文件和照片副本。2日，郭沫若与约里奥·居里等联名发表题为《反对细菌战》的告全世界男女书，号召全世界人民行动起来制止细菌战。

　　由于郭沫若等人的出色表现，大会最终通过决议，组织"调查在中国和朝鲜的细菌战事实国际科学委员会"。同往参加大会的钱三强回

① 《郭沫若电复斯科贝尔琴决定明年亲自赴莫斯科接受斯大林国际和平奖金，愿将奖金献给中国人民保卫和平反美侵略委员会》，1951年12月25日《人民日报》。
② 《为荣获斯大林国际和平奖金，郭沫若在京发表书面谈话》，1951年12月24日《人民日报》。

忆说：

> 在这胜利的时刻，我们每个人的脸上都象一束绽开的花，然而却不是在笑，而是流出了兴奋的泪水！郭老听完决议，也忍不住内心的激动，他一动不动的坐在座位上，长时间用手绢捂住眼睛，不想让人看出他在流泪。一到休息室，他就对我们说："总算没有辜负党和人民的委托啊！"他这简短而充满深情的话语，充分表达了郭老对党和对人民事业的忠诚。他的这种精神，当时和后来一直深刻的教育着我。[1]

奥斯陆特别会议充分说明，郭沫若通过世界和平大会等民间组织开展人民外交，维护了新中国的核心利益。他和他的同事们的积极努力取得了很大成功，使得新中国争取到了世界人民的广泛同情和支持。

4月9日，郭沫若在莫斯科克里姆林宫出席"加强国际和平"斯大林国际奖金委员会为他举行的隆重的授奖典礼。主席斯科贝尔琴在宣读了委员会授奖的决定之后，将刻有斯大林像的金质奖章和奖状颁发给他。苏联科学院院长涅斯米扬诺夫、苏联妇女反法西斯委员会主席波波娃、苏联拥护和平委员会副主席格列科夫和苏联作家协会副总书记西蒙诺夫等相继致词祝贺。郭沫若在致答词后现场朗诵了他两天前所写的诗《光荣与使命》：

> 维护国际和平的奖章，静穆地，悬挂在我的胸上。
> 我代表着保卫和平的中国人民，作为一个形象，
> 接受了几万万中国人民共同努力所得来的光荣，
> 但也接受了一个庄严的使命，在今天是意义深长。
> ……
> 我要向全世界传达出我们中国人民的坚毅的决心：
> 我们要更进一步为巩固世界和平而努力，决不逡巡，

---

[1] 钱三强：《忆我尊敬的长者——郭老》，1982年11月17日《光明日报》。

在和平力量团结一致之下，全人类一定会战胜细菌！

郭沫若将获得的十万卢布奖金，全部捐献给了中国人民保卫世界和平反对美国侵略委员会。

郭沫若对保卫世界和平的工作投入了相当多的精力。中国人民保卫世界和平大会成立后，郭沫若二十次率团出席世界和平大会。其间多次到莫斯科，四次到斯德哥尔摩，三次到柏林，三次到维也纳，两次到布拉格，还到过奥斯陆、赫尔辛基、布达佩斯、新德里和科伦坡等城市，传播中国人民保卫世界和平的理念。

郭沫若冒着危险、艰辛，频繁活动在国际舞台，其出色表现为新中国赢得了很多荣誉和机会。当时很多著名作家和科学家都参加了中国人民保卫世界和平大会，并多次聆听郭沫若的发言，留下了深刻的印象。和郭沫若一起参加过十二次国际会议的朱子奇回忆说：郭老的讲话，击中要害、文采飞扬，又生动幽默，轰动了西方舆论，被誉为"中国的精神原子弹"[1]！冰心说：

> 我有幸几次在郭老领导之下，参加了国际的会议，听到了郭老精彩风趣的即席发言，更时常在招待国际友人的场合，看见郭老在友人的敦恳围观之下，欣然命笔；郭老在发言写字时都是逸趣横生，笔花四照，以美妙的语言文字艺术，把团结人民，教育人民，打击敌人，消灭敌人的革命政治内容发挥得恰到好处，这一点我感到是可学而不可及的！[2]

巴金则在回忆中这样写道：

> 不少文化界、知识界的同志跟他一起参加过各种国际会议。在反帝、反殖、反修的国际斗争中，他始终坚持毛主席的

① 郭庶英：《我的父亲郭沫若》，辽宁人民出版社，2004年，第116页。
② 冰心：《悼郭老》，《悼念郭老》，三联书店，1979年，第48页。

革命路线，团结最大多数，受到普遍的尊敬。他那豪放、热情的谈话和演说打动了五大洲人士的心。人们常常讲，"你们的郭沫若！"我跟他一起参加过一九五〇年在华沙召开的二届保卫世界和平大会和一九五五年在新德里召开的亚洲国家会议，我因为有这样一位"团长"而感到自豪。在国际斗争的讲台上他的声音特别洪亮。在他身上人们看到了战士、诗人和雄辩家、智慧、才能、气魄、热情和谐的结合在一起。①

频繁的出国访问和外交活动，一方面牺牲了天伦之乐，另一方面十分辛苦。当时交通不便，高龄的郭沫若经历了难以想象的艰辛。女儿郭庶英回忆说："父亲很忙，我们常常见不到他，不知道为什么他那样频频出国，有时回来的箱子基本没动，又随着父亲出行了。"②出国访问常常火车、飞机兼用，航班又经常延误。有时半夜两点半转机，有时三点到达，四五点又要赶赴机场。有一次郭沫若去维也纳，中午 12 点到乌兰巴托，直到半夜两点半才坐上飞机。当地气温在零下四十度以下。从乌兰巴托起飞，又得转好几趟飞机才到达目的地。六十多岁的郭沫若脚都肿了，只能用热水袋敷。

七

在繁忙的外事工作和科研文化管理工作之余，郭沫若总是抓紧一切时间读书做学问。斯大林逝世后，中共中央决定派郭沫若等人陪同周恩来到莫斯科参加斯大林葬礼。出发这天早晨，郭沫若准备就绪后，发现离去机场的时间还有一刻钟，拿上书稿就去了厕所。一刻钟很快就过去了，秘书和司机左等右等不见他出来，只好敲门催他。郭沫若出来后连呼糟糕，说自己在厕所看稿忘记了这事儿，要是迟到就太失礼了。去机

① 巴金：《永远向他学习》，《悼念郭老》，三联书店，1979 年，第 23 页。
② 郭庶英：《我的父亲郭沫若》，辽宁人民出版社，2004 年，第 119 页。

场的汽车里，郭沫若将在厕所里最后修订好的屈原《天问今译》交给秘书，嘱咐他尽快送到《人民文学》编辑部。在莫斯科参加完斯大林葬礼后的两天时间中，郭沫若利用跟苏联科学院交流的间歇完成了《屈原赋今译》的《后记》，并请提前回国的同志将稿子交给出版社。正是由于有这种勤奋严谨、分秒必争的治学习惯，郭沫若才能够在繁重的事务性工作之余，做了大量的研究工作。

新中国成立后，郭沫若在学术研究上首先开展的重要工作，是将他对中国古代社会分期的观点往前推进。他曾跟钱三强说，他很大一部分精力花在了中国历史上封建制和奴隶制分期的研究，这是他一生中最重视的工作之一。

1950 年初，有学者写信问他：中国封建社会为什么那么长？他很认真地在回信中列举出六方面的原因：

> （一）地理条件是一个重要的因素，中国地方大，都团结在北温带内，宜于农耕，用简陋的生产方式也有充分的用武之地；（二）历史条件，几度受落后民族的长期统治，破坏旧有生产，大量屠杀，因而阻碍发展，每每卷土重来；（三）经济条件，地主对农民的超度剥削，使极大多数人民贫困无立锥之地，无改善生活可能，因此工业生产便得不到刺激；富贵者占极少数，而极少数的富贵者的要求每只限于奢侈品之奇珍异玩，亦不能促进生产；（四）家族制度，兄弟平分产业，使原始资本不易积累，俗语说"家无三代富"；（五）周遭民族的生活要求低；（六）近百年来的外来的经济侵略。大体上不外是这些原因吧。①

这六点中包含了很多他对中国封建社会的最新思考。

2 月 17 日，郭沫若作《蜥蜴的残梦——〈十批判书〉改版书后》："在

---

① 据手迹复印件。

今天看来，殷周是奴隶社会的说法，就我所已曾接触过的资料看来，的确是铁案难移。因此，我对于《十批判书》的内容，大体上说来，依然感觉着是正确的。""有人读了我的书而大为儒家扶轮的，那可不是我的本意"，"在今天依然有人在怀抱着什么'新儒学'的迷执，那可以说是恐龙的裔孙——蜥蜴之伦的残梦"。①这些也都有新的思考在里面。

著名学者董作宾对郭沫若关于甲骨文中民、臣等字的解释持不同意见，并以此否定殷商存在着奴隶。1950 年 2 月，在中国科学院的一次座谈会上，郭沫若约请王冶秋、裴文中、徐炳昶、郭宝钧等人谈考古问题。郭宝钧谈到殷代以人殉葬的情形，郭沫若认为郭宝钧所谈到的人殉制度是殷代为奴隶社会的绝好证据，于是鼓励郭宝钧把它写出来。

3 月 19 日，郭宝钧的《记殷周殉人之史实》发表在《光明日报》上。郭沫若读完后很快就写出了《读了〈记殷周殉人之史实〉》。文章认为："如此大规模的殉葬，毫无疑问是提供了殷代是奴隶社会的一份很可宝贵的地下材料"，这些没有人身自由甚至连得个全尸的自由都没有的人"除掉可能有少数近亲者之外，必然是一大群奴隶"，"这一段史实，正说明殷代是奴隶社会，又有何可疑呢"？

郭沫若的文章引发了关于"殷周殉人"问题的讨论。杨绍萱在《关于"殷周殉人"的问题》中认为："殷墟殉人的史实不能成为殷代是奴隶社会的证据"。6 月 24 日，郭沫若作《申述一下关于殷代殉人的问题》，进一步确认殷墟的殉人都是奴隶，并承认自己二十多年前"把殷代定成金石并用时代和氏族社会末期"的判断不正确。

在日本流亡期间，郭沫若将殷商作为氏族社会的末期；在《十批判书》中，他将奴隶社会和封建社会的界线隐约划在秦汉之交。经过 50 年代初的研究，他确认殷商属奴隶社会，并将奴隶制与封建制的分界线改划在春秋战国之交。

1951 年，范文澜在《关于中国通史简编》中提出西周是封建社会，嵇文甫在《中国古代社会的早熟性》中提出："东方诸国的历史发展，

---

① 郭沫若：《蜥蜴的残梦——〈十批判书〉改版书后》，1950 年 4 月 26 日《光明日报》。

比起西方来，显然带有早熟性"，"在原始阶段中早已奴隶化，在奴隶阶段中早已封建化"。郭沫若不同意他们的观点，写作《关于周代社会的商讨》，对他们引用的材料提出质疑，并坚持认为西周是奴隶社会。不久，王毓铨在《周代不是奴隶社会》中认为斯巴达是封建社会，斯达巴的"黑劳士"相当于周代农奴，因此周代也是封建社会。郭沫若发表了《关于奴隶与农奴的纠葛》，他不认为斯巴达是封建社会，且认为周代的农民可以屠杀，可以买卖，事实上就是奴隶。

1952 年，郭沫若发表长文《奴隶制时代》，系统论述他关于中国古代社会分期的观点。他认为殷商是奴隶社会："殷人的王家奴隶是很多的，私家奴隶当也不在少数。"他认为西周也是奴隶社会，"周人把殷覆灭了，把殷族的遗民大批地化为奴隶"，成为周人的"种族奴隶"，"奴隶制在西周三百四十年中在逐渐变化，逐渐走向崩溃"。同时，他从一般的生产情况、工商业的发展、意识形态的反映等方面的证据入手，将奴隶制的下限设在春秋与战国之交。此外，针对国内外学者将西汉乃至西晋、五代都划入奴隶社会的观点，他认为汉武帝后，西汉的奴婢"已经是不能任意屠杀的了"，"西汉生产方式的主流已经不是奴隶制"，"西汉既已不是奴隶社会，西汉以后的社会可以无用多说"。

毛泽东一直关注历史学界关于中国古代社会分期问题的讨论。范文澜和郭沫若观点不一致，毛泽东主张"百家争鸣"。但他个人认为郭沫若掌握了那么多甲骨文材料，有实物依据，所以比较赞成郭沫若的主张。

1953 年 10 月，郭沫若在《〈奴隶制时代〉改版书后》中提出，中国古代社会的分期"除依据生产性奴隶的定性研究之外，土地所有制形态也应当是一个值得依据的很好的标准"。"假使一个社会的土地还不是封建所有制，也就是说，还没有真正的地主阶级存在，那么这个社会就不能认为是封建社会。"根据这一看法，他在 1957 年的《略论汉代政权的本质——答复日知先生》中强调，"汉代政权是建立在地主经济的基础上的，它不仅一贯地打击商人奴隶主，而且一贯地在尽力保护封建主。受打击的剥削奴隶劳动的工商业家，的确是不合法度的奴隶制的残余"。这进一步反驳了汉代是奴隶社会的说法，坚持了他的古代社会分期的观点。

　　郭沫若是新中国考古事业的主要领导人之一，考古所是中国科学院最早建立的直属单位之一。郭沫若对考古所的工作多次做出指示，对考古所的刊物《考古》等十分关心，他还多次主持考古发掘报告会和考古工作者座谈会。在这些场合，郭沫若指出：考古要避免有挖宝思想；要多做田野考古工作，以便积累具有科学性的资料，为室内研究打下基础；"田野考古工作和历史研究工作不能分离。从事田野考古者尤必须掌握辩证唯物主义与历史唯物主义，才能从破残的古物中体会出完整的历史生命"。①郭沫若还常常找考古人员交流，跟考古人员保持书信往来，切磋砥砺，鼓励他们积极从事考古工作。

　　在指导考古所工作的同时，他自己在考古和古文字方面也开展了研究。他将二十年余前写作的考古和古文字研究著作重新整理出版，这些著作很多都做了重要修改。比如《甲骨文字研究》，原书由十七篇考释文章所集成，郭沫若 1951 年重新整理时剔去其中九篇，保留下来的八篇在文字和引证上也略有些改削和补充，并增加一篇，删去原有的序文和两篇后叙，还写了《重印弁言》，于 1952 年由人民出版社出版。1954年人民出版社出版的《金文丛考》，是郭沫若 1952 年将 30 年代出版的《金文丛考》和《金文余释之余》《古代铭刻汇考》《古代铭刻汇考续编》等著作中的金文部分汇集而成的，并略略有些删改和补充。在《两周金文辞大系图录考释》重版前，郭沫若更换了一些新找到的更明晰的拓本，以前有些拓本没找到，使用了摹本，现在有条件了，用拓本替换下来，此外于器形图照与著录书目则做了更详细的增补。其余如《殷契粹编》《殷周青铜器铭文研究》等著作在重印时也经过了增订修补。

　　郭沫若从事着繁忙的研究和行政外事工作，从这些工作中可以看出他积极进取的健康心态和担负国家人民重托的使命感，这一段时间中，他的孩子们的学习工作也得到了妥善安排。

---

① 郭沫若为"全国基本建设工程中出土文物展览会"题词，《文物参考资料》，1954年 9 期。

1950年2月2日，郭沫若给弟弟郭翊昌（开运）写信报告家人及自己的近况："立群及子女于去年五月已由港来京。兄于去年三月尾曾去欧洲一行，五月返京，即得团聚。""和夫现在大连大学研究所任职，与渠母同居大连。佛生在上海九兵团服务。淑瑀在北京燕京大学，志鸿在天津中央音乐学院。仅第二子博生尚居日，已在彼结婚矣。兄任职太多，颇为忙碌。毕竟经验不够能力不足，时恐不能完成任务。"并勉励弟弟说："五哥及吾弟居乡应积极一点，多研究目前政策"，"能在乡间起带头作用最好。能积极发展工商业亦是好的"。①

信中提到的子女都是安娜生的。和夫即长子郭和夫，1917年出生于日本冈山，1941年毕业于日本京都帝国大学工学部应用化学科。他是新中国成立前后较早归国的高级科研人员之一，参与创办了中国科学院大连化学物理所，后来曾担任副所长。他在国内化学界首次开展了页岩油的成分分析，在化学界有一定的影响。博生即次子郭博生，1920年生于日本九州，学建筑学，在日本成家，1955年受安娜召唤，回到上海，他还将父亲留在日本的部分笔记和文稿带了回来，由安娜亲自交给了郭沫若。佛生即郭复生，1922年出生，后来在中国科学院动物研究所担任工程师。淑瑀即长女郭淑瑀，1925年生于上海，后来在天津定居，嫁给林爱信。志鸿即郭志鸿，1932年生于日本市川，曾就读于中央音乐学院，后担任该校教授。郭沫若一家在生活和工作上都有妥善安排，这让他很欣慰。

---

① 据原信手迹复印件。

第十二章

争鸣方好咏新诗

一

在中国科学院院长任上，郭沫若团结和帮助了一大批学者。有些晚清和民国时期的遗老，虽然跟体制保持一定的距离，但也愿意做些学术工作。郭沫若尽量帮助他们，鼓励他们发挥自己的所长为新中国服务。

1953 年底，郭沫若给刘大年写信说：

> 昨天何北衡同志来访。谈及周孝怀老先生有信给他，提到两件事。一件是译经工作，马一浮（陈毅同志曾到杭州去访问他，并邀他去沪游览）到上海，周与马谈及，马也赞成。就是把十三经译成白话文，我看这工作是可以做的。周意每月需几百万元开支，这数目也不大。我请他拟一个详细计划来。譬如成立一译经组，摆在上海，让周主持。他可以推荐些人来，怎样进行分工，房屋是否需要等等。何北衡答应把这意见转达。我意，在上古史所中附设一"译古组"恐有必要。老先生们搞的，或许不一定合用，只要他们肯搞，也好。让他们搞出后，

再看。十三经等是不失为研究古代的资料的。

第二件是关于搜集近代文献的工作。这事，我叫何北衡当面和您谈，他会来访您。关于搜集近代文献，的确是值得做的，问题是要拟出一套办法出来。近代史所恐也须准备这一笔预算。由近代史所主持，通过各级文教机关就地进行搜集或探访。

周孝怀即周善培，1875 年出生在四川。成都保路运动时，周孝怀在成都担任警察总局总办，参与开展了很多新政，比如在青羊宫开办劝业会等，促进了成都工商业的发展。当时郭沫若正在成都上中学，印象很深，曾写了三首《商业竹枝词》，通过对商业场的游客如梭、骏马高车、电厂鸣笛的描述，歌颂周孝怀治理下成都商业的繁荣景象。郭沫若还在《反正前后》中回忆说："当时做巡警道的是周孝怀，他是清朝末年的一位干员，他在那不生不死的新旧官场中委实是巍然地露出了一头角。他起初本是一位落魄的名士，在我们嘉定还卖过字的，后来不知怎样便做到了巡警道，大约在这些地方也正足以表示他的大有才干了。""这位周先生在当时——由封建社会转移到资本制度的当时——倒不愧是一位不言而行的革命家。虽然他自己容或没有这样的意识，而他所归属的当时的官场又是以拿办革命家自豪的封建势力的集团，但他所举办的事业可以说全都是对于封建社会的破坏，对于封建社会的革命。他比他当时的职业的革命家，所谓'乱党'，在使中国产业资本主义化的一个阶段上，倒是做了一番实际工作的。"①

辛亥革命后，周孝怀不再参与实际政治，但他曾经多次设法解救过张澜。新中国成立后，他担任全国政协特邀代表。1953 年，他给张澜、黄炎培写信，要求代陈毛泽东、周恩来，请政府考虑明令结束"三反""五反"，安慰冤屈者，释放无罪者，以安抚人心。毛泽东转给周恩来和有关部门，希望酌情处理。

---

① 郭沫若:《反正前后》,《郭沫若全集·文学编》(第 11 卷)，人民文学出版社，1992 年，第 195、197 页。

何北衡，1896 年生，四川罗江县人，北京大学法律系毕业。他在民国时期曾任重庆警察局局长，四川省建设厅厅长、水利局局长等职务，还曾一度担任西南实业协会总干事。新中国成立后任全国政协委员。

何北衡这次转达的周孝怀的翻译十三经和收集近代文献计划，得到了郭沫若的明确支持。

1953 年，中共中央决定组建中国历史问题研究委员会，中国科学院根据会议精神和中宣部的提议，决定成立上古、中古和近代史所三个历史研究所，分别由郭沫若、陈寅恪、范文澜担任所长。陈寅恪当时任教于中山大学，中国科学院请北京大学历史系副教授、陈寅恪的弟子汪籛带着郭沫若、李四光署名的邀请信前往广州，请陈寅恪来京就职。

1953 年 12 月，陈寅恪口述《对科学院的答复》，重提他给王国维写的碑文，并认为"对于独立精神，自由思想，我认为是最重要的，所以我说'唯此独立之精神，自由之思想，历千万祀与天壤而日久，共三光而永光'"。他提出就职条件："允许中古史研究所不宗奉马列主义，并不学习政治"；"请毛公或刘公给一允许证明书，以作挡箭牌"。他还要求汪籛："你要把我的意见不多也不少地带到科学院。碑文你带去给郭沫若看。郭沫若在日本曾看到我挽王国维的诗。碑是否还在，我不知道。如果做得不好，可以打掉，请郭沫若做，也许更好。郭沫若是甲骨文专家，是'四堂'之一，也许更懂得王国维的学说。那么我就做韩愈，郭沫若就做段文昌，如果有人再做诗，他就做李商隐也很好。我的碑文已流传出去，不会湮没。"[1]

陈寅恪用了韩愈、段文昌的典故。韩愈曾写了《平淮西碑》，叙述裴度平息蔡州淮西节度使吴元济叛乱的战事。李愬的妻子是公主，她认为战功应归功于她的丈夫，于是令人毁去韩愈书写的碑文，令段文昌重撰碑文为李愬颂功。但后人记住的却是韩愈的碑文。李商隐曾写了长诗《韩碑》，尽力歌颂裴度和韩愈，表明公道自在人心。对于这个典故，

① 陈寅恪:《对科学院的答复》,《讲义及杂稿》,生活·读书·新知三联书店,2002 年,第 463—465 页。

郭沫若十分清楚。他在十九岁时曾评点李商隐《韩碑》诗："谓韩退之平淮西碑：点窜尧典舜典字，涂改清庙生民诗。此二语者，非愈孰能当之，然亦少褒矣。"①皖南事变后，他又写了一首七绝：

> 鹏鸟纵遭鸠鹑笑，凤鸾虽死不为鸡，
>
> 韩碑毁去韩文在，莫道樊然无是非。②

这首诗也用了韩愈碑文的典故，为新四军鸣不平。没想到现在陈寅恪却讽喻郭沫若要毁去"韩碑"。

对于陈寅恪的讽喻，郭沫若并不在乎。就在郭沫若接到答复后不久，《历史研究》编委会成立，请陈寅恪做编辑委员。郭沫若为此事于1954年1月16日再次致信陈寅恪。陈寅恪收信后立即回信："沫若先生左右：一九五四年一月十六日手示敬悉。尊意殷拳，自当勉副。寅恪现仍从事于史学之研究及著述，将来如有需要及稍获成绩，应即随时函告并求教正也。"③不久，陈寅恪的《李唐之李武韦杨婚姻集团》和《论韩愈》分别发表在《历史研究》创刊号和第2期上。

《历史研究》创刊于1954年1月，这是历史研究领域最为权威的刊物。郭沫若特意在发刊词中指出："历史研究的资料对于我们是绝对丰富的，而历史研究的需要在今天却又相当地迫切。汉民族的历史、少数民族的历史、亚洲各民族的历史乃至世界史都需要我们以科学的观点来进行研究和解释。""在世界史中关于中国方面的研究却差不多还是一片白页。这责任是落在我们的肩头上的，我们须得满足内外人民的需要，把世界史上的白页写满，我们须得从历史研究这一角度来推进文化建设，促成社会主义工业化的实现。"

发刊词交出去的第二天，郭沫若特意两次给刘大年、尹达写信，要

---

① 手迹复印件。

② 郭沫若：《咏史》，《郭沫若全集·文学编》（第2卷），人民文学出版社，1982年，第116、117页。

③ 卞僧慧：《陈寅恪先生年谱长编（初稿）》，中华书局，2010年，第287、288页。

求他们对这份发刊词仔细斟酌，尽量修改。第三天，他又给刘大年写信谈发刊词："末尾一小节，如无大改动，请将'促进高潮'四字改为'各尽所能'。"①这充分体现了郭沫若对《历史研究》的重视。

就在《历史研究》创刊的当月，政务院批准中国科学院成立物理学数学化学部、生物学地学部、技术科学部、哲学社会科学部等四个学部。经过一年多的讨论和磋商，中国科学院推举二百三十三名科学家为学部委员，并报国务院②批准。郭沫若规定学部任务为："根据国家建设的需要和科学发展的规律，根据我国的现状，制定科学工作发展的长远规划和目前计划，检查计划执行情况，保证计划的顺利实现，并且根据情况的发展，在实践中改进计划。""组织全国的科学力量，联系和调整各研究单位的工作，避免科学工作中的重复和遗漏的现象，充分运用和发挥各单位的特长，将分散的力量集中起来，用以解决国家建设的重要的任务。"③学部委员要参加到各所的学术委员会中，学术委员会决定各所的大政方针。学部委员制度的建立，用郭沫若的话讲，意义在于"中国优秀的科学家，要更有组织地参加中国科学事业的领导工作了"④，并为将来评选院士准备了条件。

中国科学院通过杜国庠征求陈寅恪的意见，陈寅恪愿意就任学部委员。郭沫若获悉后十分欣喜，请刘大年代为起草一封致陈寅恪的信，郭沫若作了润色：

> 学友杜守素先生来京，获悉先生尊体健康，并已蒙慨允担任中国科学院社会科学学部委员，曷胜欣幸！
>
> 学部乃科学院指导全国科学研究工作与学术活动之机构，不致影响研究工作，目前正积极筹备，详情由守素兄返粤时面达。
>
> 尊著二稿已在《历史研究》上先后发表，想已达览。《历

---

① 手迹复印件。
② 1954 年 9 月，政务院改名为国务院。
③ 郭沫若：《在中国科学院学部成立大会上的报告》，1955 年 6 月 12 日《人民日报》。
④ 同上。

史研究》编辑工作缺点颇多，质量亦未能尽满人意，尚祈随时指教，以期有所改进。尊处于学术研究工作中，有何需要，亦望随时赐示，本院定当设法置备。①

这不是客气话，中国科学院是能够在科研设备等物质基础上给予陈寅恪实实在在的支持的。

郭沫若谦虚地说《历史研究》"未能尽满人意"，但他是付出了实实在在的努力的。他在百忙之中，与《历史研究》实际负责人尹达一起，挑选稿件，修改文章，为编好这份刊物付出了大量心血。贺昌群投来一篇讨论西汉土地占有制度的文章，郭沫若仔细阅读，提出了长达六页的修改意见，这些意见具体到标点符号。贺昌群根据郭沫若的意见仔细修改了文章，发表在《历史研究》1955 年第 2 期。有些文章不能用，郭沫若也很认真地给作者写了回信。

学术刊物是科研成果的重要发布平台，至 1954 年 10 月建院五周年时，中国科学院就已经创办了三十七种专业性学术刊物，此后还不断有新刊创办，其中大部分成为该学科领域最为权威的学术期刊。郭沫若十分重视办刊，他为很多刊物题写刊头，甚至撰写发刊词。

1956 年 1 月，郭沫若为《金属学报》写作《创刊词》："金属科学研究在社会主义工业化和国民经济的技术改革中占有重要的地位。六年多来，中国的金属科学，和其他门类的科学一样，在可怜的落后的基础上获得了令人振奋的成就，这是值得庆贺的。"并要求从事金属研究的科学工作者"必须集中力量，作最紧张的努力，以求迅速改变落后的局面，在一定的时期内赶上国际的先进水平"。

同年 7 月，郭沫若为《燃料学报》作《发刊词》。他认为："开展燃料科学研究工作对于我国社会主义工业化和国防现代化具有极其重要的意义。""几年来，我国的燃料科学工作者曾针对祖国丰富的燃料资源进行了一系列的评价鉴定工作，对天然石油、油页岩和煤进行了加工利用

① 《文坛史林风雨路——郭沫若交往的文化圈》，浙江人民出版社，第 374 页。

的研究，同时在合成液体燃料方面也开始建立了基础。许多研究成果已经在工业上获得应用。""我希望全国的燃料科学工作者充分利用这份刊物，勇敢地发表创造性的研究成果，为发扬学术批评和学术争论树立良好的风气，为保证我国科学事业的加速发展，特别是促进我国科学理论研究工作的高涨和繁荣而作最坚强的努力。"

从郭沫若给《金属学报》和《燃料学报》所写的发刊词中也可以看出，他领导的中国科学院，特别重视科学研究与工、农业生产及国家建设相结合。在 1954 年的一篇文章中，郭沫若强调，新中国的科学研究"以服务于人民，服务于国家建设作为自己的行动指针与发展方向"。"科学与生活结合、理论与实践联系、科学机关与生产部门的创造性合作，已逐步成为推动我国科学前进的无穷无尽的力量。"[1]

对于那些跟生产与生活相结合的研究成果，郭沫若给予了高度肯定。

兽医专家金重冶编著了《新牛马经》，郭沫若在给他写的《序》中说：
"牧畜业和人民生活是不可分离的，就到了共产主义社会，牧畜都是很重要的产业。牧畜业是随社会的发展而发展的。牧畜愈发展，则为牲畜防治疾病的工作便愈增加其重要性。中国古代对于兽医业积累了不少的经验，金重冶同志着手加以整理，编成这部《新牛马经》，这是很有意义的。无论从整理遗产或从实用价值来说，都很值得推荐。"[2]

郭沫若还为化学专家侯德榜的《制碱工学》题名并写序言。序言说：
"化学工业在国民经济中占有很重要的地位，就中制碱工业的重要性仅次于硫酸工业。""作者数十年如一日地从事科学技术活动，他不仅在制碱工作中善于运用了苏尔维法，并能加以改进和发展。他和他的同伴们把合成氨和纯碱的两大工业结合了起来，成为了今天能够连续大量制造纯碱和氯化氨的联合企业，这在我国制碱工业史上写下了光辉的一页，在国际学术界获得了高度评价的。""作者的精神，我认为很值得称赞。"[3]

---

① 　郭沫若：《新中国的科学研究工作——纪念新中国成立五周年为〈苏联科学院通报〉而写》，《科学通报》，1954 年 10 月号。

② 　郭沫若：《序言》，《新牛马经》，财政经济出版社，1955 年。

③ 　郭沫若：《序》，《制碱工学》，化学工业出版社，1959 年。

此外，郭沫若还为《中国淡水鱼类养殖学》《养猪印谱》等多部体现科学与生产相结合的著作题写书名或写序。

二

郭沫若在繁重的行政管理工作之余，开展了高质量的学术整理和研究工作。

《管子》一书汇集了秦汉之际诸子百家学说，是战国秦汉学术的宝藏，更是研究秦汉思想的重要资料。但"《管子》书号称难读，经历年代久远，古写本已不可复见。简篇错乱，文字夺误，不易董理"[1]。新中国成立前，许维遹以戴望《管子校正》为基础，加以扩充，成四十万字的《管子集校》。稿本三分之一为闻一多所校释。闻一多被国民党特务暗杀后，集校工作中途缀止。后来，孙毓棠又校对过其中的一部分，但也没有完成。1953 年 11 月，闻一多夫人将稿子交给中国科学院，希望能够组织专人整理出版。

许维遹、闻一多囿于时代条件，工作还很不完善。郭沫若拿到这个稿子后发现，许维遹、闻一多"所参考之书籍不多。以《管子》板本而言，除光绪五年影刻宋杨忱本外，陆贻典校刘绩《补注》本、十行无注本、明刻朱东光《中都四子》本、明刻赵用贤《管韩合刻》本，均所未见"。"诸家原书或未刊稿本及民国以来各种述作，许、闻二氏亦多未及见，故其征录未能该遍，而其案语亦往往已为前人所道。纂述体例不甚严密，征引旧说漫无时代先后，因之说解之发展无从追寻，而孰为因袭，孰为雷同，亦无从辨别。"[2]要将这一稿本整理完善，需要的工作量还相当大。

出于对闻一多的尊重和怀念，郭沫若答应了闻一多夫人的要求。他召集冯友兰、余冠英等学者商议，大家答应分头去做。但到截稿时间，

① 郭沫若《管子集校·叙录》，《郭沫若全集·历史编》(第 5 卷)，人民出版社，1984 年，第 3 页。
② 同上书，第 15、16 页。

有些人还没有动笔,交来的稿件质量也参差不齐。郭沫若尽管十分繁忙,但他认为这个工作很有意义:

> 此项工作,骤视之实觉冗赘,然欲研究中国古史,非先事资料之整理,即无从入手。《管子》书乃战国、秦、汉时代文字之总汇,其中多有关于哲学史、经济学说史之资料。道家者言、儒家者言、法家者言、名家者言、阴阳家者言、农家者言、轻重家者言,杂盛于一篮,而文字复舛误歧出,如不加以整理,则此大批资料听其作为化石而埋没,殊为可惜。前人已费去不少功力,多所校释,但复散见群书,如不为摘要勤集,读者亦难周览。有见及此,故不惜时力而为此冗赘之举。①

他决定单独完成《管子集校》。这一工作花了郭沫若整整两年时间,"行有余力,大抵集中于此。用力颇多,但所获成果殊难令人满意"②。

《管子集校》的第一步工作是尽可能找齐《管子》版本。郭沫若从杨树达《积微居小学述林》卷七中读到《王葵园先生管子集解序》一文,于是在1954年3月25日致信杨树达询问《管子集解》的下落:"谓为'未刻稿',不知此书俟后已刊行否?如尚未刊行,科学院可以考虑印出。""《管子集解》一书,无论已否刊行,亟愿一读,拜恳斡旋。"王葵园,即王先谦,清代著名学者。杨树达回复原稿已经被王家后人售出,不知下落,但答应帮忙寻找。

4月17日,尹达将马非百《管子轻重篇新诠》转交给郭沫若,郭沫若对于该文很多观点虽不认同,却发现马非百文章中使用了好些他以前没有见过的参考书,如王绍兰《管子说原稿》、范希增《管子集证》、何如璋《管子析疑》、金廷桂《管子参解》、尹桐阳《管子新释》、宋枏

---

① 郭沫若《管子集校·叙录》,《郭沫若全集·历史编》(第5卷),1984年,人民出版社,第18页。
② 郭沫若:《管子集校·校毕书后》,《郭沫若全集·历史编》(第8卷),人民出版社,1985年,第466页。

《读管子寄言》、石一参《管子今诠》、黄巩《管子新编》、钱文霈《管子地数篇释》等等，其中有些是未刊本。郭沫若致信马非百："您是怎样得到阅读机会的？假如您手中有藏书，可否借我一阅？"①不久又请马非百来家里讨论。马非百所引之书，郭沫若后来都看到了。

1954 年 7 月 14 日，郭沫若致信尹达："我决于十六日伴立群赴青岛休养。拟请任林圃同志同去，在一个月中可将《管子校释》的工作告一段落，以免我回京后再搞。"②10 月 20 日，他再次致信致尹达，"《管子集校》大体上搞好了，我送给您。您看，是否可以作为一所的丛刊之一。如可付印，可让任林圃同志司校对，我也想在三校上自校一遍"③。但《管子集校》的工作其实远未结束。

1954 年 12 月 7 日，郭沫若致信陈梦家："又有叶华谈管子版本者，此人亦曾识否？如知其去向，尚望见告。"④"叶华"是"叶玉华"的笔误，他向郭沫若提示了上海市历史文献图书馆藏有安正书堂的《管子》。郭沫若在《管子集校》中引用这本书后特意说明："此书之存在，蒙叶玉华同志提示，并蒙上海市历史文献图书馆寄阅，俾得解决一重要公案，特此志谢。安正书堂本经借阅后，余曾题记其上，认为重刊本木牌墨记价值连城，自信语非滉诞。"⑤

杨树达寻找王先谦《管子集解》，直到一年多后才有消息。1955 年 7 月 8 日，郭沫若致信尹达："附上彭元瑞函，请一阅。所谈原稿，系王先谦《管子集释》原稿。该书尚未印行，杨树达（遇夫）曾为之序。因散失，近始探得下落。我建议历史第一所把它买下，我急想参考。似可请杨遇夫先生为中介，较为牢靠。可寄三百二十元（说明邮资在内）去，请遇夫先生点验原稿无误后，再成交易。寄款时可同时给彭君一信。书

① 郭沫若致马非百书信手迹影印件，马非百：《管子轻重篇新诠》，中华书局，1979 年。
② 《郭沫若书信集》（下），中国社会科学出版社，1992 年，第 171 页。
③ 同上书，第 172 页。
④ 同上书，第 201 页。
⑤ 郭沫若：《管子集校》，《郭沫若全集·历史编》（第 5 卷），人民出版社，1984 年，第 9 页。

到后，望即送我处，以快先睹。"①

9月6日，郭沫若致信杨树达："得读八月四日手札，并得王葵园《管子集解》，甚为快幸。《管子集校》一书系许维通、闻一多遗业，余为之校补，较原稿增多一倍，现正校对中，今年或可望出版。王书来，恐又将有所增益矣。"②

9月9日，郭沫若给尹达写信："杨树达先生已将王先谦《管子集释》稿本送来，现暂留我处，以备《管子集校》之校补。现将杨信送上，我已回信。杨信只言收到稿款，未言多少。如有必要，似可请他补写一收据。（在我看来，对这些老先生似可不必如此严格。）"③

但这本书跟郭沫若的期待有距离。郭沫若在《管子集校》中称："此书'集解'仅据戴望《管子校正》略加翦裁，分别录入原书文句下，甚少发明。戴氏错误亦未釐正。王氏高足苏舆、陈毅二人间有案语增补，已择尤入录。"④

就是通过这样不断寻找，郭沫若先后收集到十七种宋明版的《管子》；在搜集《管子》版本的同时，他还搜集到自朱熹以来有关《管子》校注、研究的著作近五十种。仅从搜集到的版本数量和相关研究成果来说，郭沫若在资料占有上就远远超越了学界前辈。

郭沫若在集校工作中，虽然频繁参加各种会议和社会活动，亲自为会议起草报告和讲话稿，还写作诗歌和学术论文，但他一有时间就坐在案前，甚至去青岛休假仍然带着资料和助手，每天工作十小时以上。他终于完成了这本在篇幅上是许维通、闻一多原稿四倍多的一百七十万字的巨著。

郭沫若在衍脱文字的校勘、疑难语句的训通、错讹页码的改正等方面花了相当大的工夫。往往为了校对一个字，他就要比较十四五种不同的版本。版本多并不能解决问题，重要的在于对于不同文字，对可能衍

① 《郭沫若书信集》（下），中国社会科学出版社，1992年，第183页。
② 《积微居友朋书札》，湖南教育出版社，1986年，
③ 《郭沫若书信集》（下），中国社会科学出版社，1992年，第184页。
④ 郭沫若：《管子集校》，《郭沫若全集·历史编》（第5卷），人民出版社，1984年，第32页。

脱之处，校者要有抉择。凭借丰富的文字音韵功底及对先秦两汉思想的深入研究，郭沫若在集校中往往不限于对前人成果的鉴定取舍，而是自出机杼，别立新说。郭沫若对自己的工作十分满意："此一工作，于今后研究《管子》者，当不无裨补。此书之作，专为供研究者参考之用耳。使用此书时或不免有庞然淆杂之感，然如耐心读之，披沙可以拣金，校之自行渔猎，獭祭群书，省时撙力多多矣。"①

《管子集校》不仅在《管子》校勘史上迈越前人，树立丰碑，还成为后人研究《管子》和秦汉思想的必备工具书，而且在新中国古籍整理史上具有典范意义。著名学者马非百评价说："此书体例严密，规模宏大，所见版本之多，参考历来校勘书籍之广，不仅是以前学者所未有，而且也是解放以来第一部博大精深的批评继承祖国遗产的巨大著作。"②

在郭沫若看来，《管子集校》只是"研究《管子》之初步工作"，尽管这种"初步工作"也十分重要，"研究工作有如登山探险，披荆斩棘者纵尽全功，拾级登临者仍须自步。不入虎穴，焉得虎子？不知勤劳，焉能享受"？"故欲研究秦、汉之际之学说思想，《管子》实为一重要源泉。余久有意加以彻底研究，而文字奥衍，简篇淆乱，苦难理解。今得此机会，能将原书反复通读，凿通浑沌，已为此后研究奠定基础。二年之光阴，亦非纯然虚费也。"③但是，"关于《管子》全书之进一步研究，将尚有待"④。需要学界投入更多精力。他自己就进行了相关的研究工作。

在集校的同时，郭沫若完成了《〈侈靡篇〉的研究》。《侈靡篇》是《管子》中的重要一章，历来对此缺乏深入解读。郭沫若"返返复复地读了很多遍，把错简整理了一番，把重要的错字错句也尽可能地加以校

① 郭沫若：《管子集校·校毕书后》，《郭沫若全集·历史编》（第8卷），人民出版社，1985年，第467页。
② 马非百：《对〈管子集校〉及所引各家注释中有关〈轻重〉诸篇若干问题之商榷》，《郭沫若研究文献汇要》（第10卷），上海书店出版社，2012年，第166页。
③ 郭沫若：《管子集校·校毕书后》，《郭沫若全集·历史编》（第8卷），人民出版社，1985年，第467页。
④ 郭沫若《管子集校·叙录》，《郭沫若全集·历史编》（第5卷），人民出版社，1984年，第18页。

正，全篇文字在基本上勉强恢复了它的原状"①。在此基础上，郭沫若判定出了它的作者和写作年代，探讨了它在经济政策、政法文教、军事国防上的见解与不足，及作者的阶级立场与思想背境。这一研究丰富了学界对汉初思想的认识，为研究《管子》做出了榜样。

尽管郭沫若搜罗的资料早已超迈前人，但还有一些《管子》研究著作没有看到。比如丁士涵《管子案》，郭沫若在"戴望《管子校正》"条目下说，该书"同治十二年刊行。收罗诸家校释，颇为繁富。丁士涵说既见此书中，丁氏专著遍求未得，恐未刊行"。又如《管子》的宋刻墨宝堂蔡潜道本在清代中叶时就失传了，郭沫若十分遗憾："宋刻另有墨宝堂蔡潜道本者，清代学者，如孙星衍、黄丕烈、戴望均曾见之，其书已不知去向。"②"宋本有墨宝堂蔡潜道本，已不知去向。闻有影钞本，未见。"③

不久，上海学者潘景郑将陈奂校《管子》的钞本和丁士涵《管子案》残案寄给郭沫若，郭沫若得书后十分高兴。1956年7月2日致信潘景郑："承惠假陈奂校《管子》钞本及丁士涵《管子案》残案二种，亦已于今日到手，谢谢。二书俟细读后璧赵。"9月9日再次写信给潘景郑："承惠假陈奂手校《管子》抄本及丁士涵《管子案》残本，暑间曾携往北戴河校阅，以杂务牵累，未能竣事。日前始得勘校毕，谨将原书璧还，深致谢意。各书卷头曾略题数语，想当不讥为佛头着粪也。墨宝堂本颇闻有在苏联之说，如信然，日后或可得一见。"④

三

1954年10月，毛泽东决定借《红楼梦》批判的契机，在全国展开

① 郭沫若:《〈侈靡篇〉的研究》,《郭沫若全集·历史编》(第3卷),人民出版社,1984年,第145页。
② 郭沫若:《管子集校》,《郭沫若全集·历史编》(第5卷),人民出版社,1984年,第5页。
③ 郭沫若:《管子集校》,同上书,第17页。
④ 林申清:《郭沫若遗札及其管子集校》,《中华读书报》,1999年1月20日。

对资产阶级尤其是胡适的唯心主义思想批判。

11月8日，《光明日报》发表郭沫若对记者张白的谈话。郭沫若认为，由俞平伯研究《红楼梦》的错误观点所引起的讨论是当前文化学术界的一个重大事件。"这不仅仅是对于俞平伯本人、或者对于有关《红楼梦》研究进行讨论和批判的问题，而应该看作是马克思列宁主义思想与资产阶级唯心论思想的斗争；这是一场严重的思想斗争。"他希望"讨论的范围要广泛，应当不限于古典文学研究的一方面，而应当把文化学术界的一切部门都包括进去；在文化学术界的广大的领域中，无论是在历史学、哲学、经济学、建筑艺术、语言学、教育学乃至于自然科学的各部门，都应当来开展这个思想斗争"[1]。

12月2日，中国科学院和中国作家协会主席团举行联席会议，会议决定由中国科学院和中国作家协会联合召开批判胡适思想的讨论会，以展开对胡适的资产阶级唯心论思想的全面批判，树立和巩固马克思主义在学术界的领导地位；并通过这种有组织的自由讨论，开展学术界自由讨论风气，提高学术思想水平。联席会议还决定从哲学思想、政治思想、历史观点、文学思想、哲学史观点、文学史观点、考据在历史和古典文学研究工作中的地位和作用、《红楼梦》的人民性和艺术成就、对历来《红楼梦》研究的批判等九个方面批判以胡适为代表的资产阶级思想，并由中国科学院和中国作家协会邀请对上述各方面内容有研究的科学界和文学界人士参加讨论。联席会议推举艾思奇、侯外庐、范文澜、黄药眠、冯友兰、何其芳、尹达、张天翼、聂绀弩等按上述各方面内容，分别担任相关领域的召集人，并推举郭沫若为"胡适思想批判讨论会"工作委员会主任。

10月31日至12月8日，中国文学艺术界联合会主席团和中国作家协会主席团先后召开八次扩大联席会议，就反对《红楼梦》研究中的胡适派资产阶级唯心论的倾向、《文艺报》在关于《红楼梦》研究问题上的错误等问题展开讨论。

---

[1] 1954年11月8日《光明日报》。

毛泽东审阅了中国文学艺术界联合会主席团、中国作家协会主席团扩大联席会议讨论的关于《文艺报》的决议稿和周扬、郭沫若在扩大联席会议上的讲话稿。他将郭沫若的讲话稿批示给周扬："郭老讲稿很好，有一点小的修改，请告郭老斟酌。'思想斗争的文化动员'这个题目不很醒目，请商郭老是否可以改换一个。"①

郭沫若的文章标题改为《三点建议》。三点建议分别为"坚决地展开对于资产阶级唯心论的思想斗争""广泛地展开学术上的自由讨论，提倡建设性的批评""扶植新生力量"。②后来，郭沫若给钱祖夫写信说："批判胡适，主要目的在宣传并深入学习马克思主义，因有立有破，从批判反动思想中更容易接受正确的真理。意见小有异同，足征学有深浅，在讨论进行中，由辩证的统一，便可逐渐趋于一致。"③

1955 年，毛泽东发起批判胡风的运动。郭沫若写了批判胡风的文章，他从胡风对斯大林理论的教条式解读，胡风文风来源于日本转向作家，胡风在抗战期间的表现等方面谈到胡风的错误思想。文章最后说，胡风思想是可以通过批判改正的。显然，郭沫若最初将批判胡风当成了普通的知识分子思想改造的个例。但这篇文章显然不符合当时最高层对胡风思想的定调，所以没有发表出来。4 月 1 日，郭沫若于《人民日报》发表《反社会主义的胡风纲领》。文章指出："胡风《对文艺问题的意见》洋洋十几万言，全面地攻击了革命文艺事业和它的领导工作，表现了对马克思主义的极深刻的仇恨，可以说是胡风小集团的一个纲领性的总结。"

5 月 25 日，郭沫若主持中国文学艺术界联合会主席团和中国作家协会主席团扩大联席会议，他说："胡风集团已不仅是我们思想上的敌人，而且是我们政治上的敌人。"④在二十六位发言者发言之后，会议通

---

① 《毛泽东年谱 1949—1976》（第 2 卷），中央文献出版社，2013 年，第 319、320 页。
② 郭沫若：《三点建议》，1954 年 12 月 9 日《人民日报》。
③ 《郭沫若书信集》（下），中国社会科学出版社，1992 年，第 214 页。
④ 《中国文联主席团和作家协会主席团扩大联席会议决议 开除胡风会籍并撤销他在文艺界一切职务》，1955 年 5 月 26 日《人民日报》。

过关于处理胡风集团的议案，决定开除胡风中国作家协会会籍，撤销其作家协会理事、《人民文学》编委、文联全国委员会委员等职。议案通过后，郭沫若再次发言："刚才听了好多同志的发言，认为我们这次揭发了胡风和他的小集团的反革命的阴谋活动，是党的胜利，是人民的胜利。我是完全支持这一意见的。""好些朋友都提到：我们的警惕性太低了，的确是。以我个人来讲，认识胡风二十多年了，一直没有感觉到他是这样一种反革命的破坏分子。""我们应该经常进行批评与自我批评。我们应该经常克服我们自己的自由主义、个人主义、小集团主义和本位主义。"①第二天，郭沫若再次发表文章表态："今天对于怙恶不悛、明知故犯的反革命分子必须加以镇压，而且镇压得必须比解放初期要更加严厉。在这样的认识上，我完全赞成好些机构和朋友们的建议：撤销胡风所担任的一切公众职务，把他作为反革命分子来依法处理。"②这些严厉的措辞虽然跟前述未刊稿不符，但这是当时对胡风批判的基调，作为文化界领导人的郭沫若需要跟高层步调一致。

7月17日，郭沫若主持中国科学院各单位召开批判胡风的经验会。他在总结中说，有人以为有学习就不要搞运动，实际上这是促进思想学习的一个方法。他最后提出了三十二字方针：抓紧领导，反复动员，展开讨论，反复谈话，提高警惕，分清敌我，不断学习，经常打扫。③

四

新中国成立后，因为历史原因，加上分属不同阵营，中国和日本之间相当隔膜，但两国文化交流源远流长，两国人民有迫切的交往意愿。郭沫若领导了中日友好协会的工作，同日本的民间友好人士一起，共同为中日邦交正常化和两国人民的友谊作出了贡献。

① 郭沫若：《严厉镇压胡风反革命集团》，《文艺报》第11号，1955年6月15日。
② 郭沫若：《请依法处理胡风》，1955年5月26日《人民日报》。
③ 《竺可桢全集》（第14卷），上海科技教育出版社，2007年，第134、135页。

1955 年 11 月 27 日，郭沫若应日本学术会议邀请，率中国科学代表团前往日本进行为期一个月的访问。

郭沫若甫一抵达日本就发表书面声明说："中日两国是近邻，我们两国人民的友好关系的加强，不仅符合两国人民的利益，而且有助于维护亚洲的和世界的和平。""我们要转达中国人民对于日本人民的友好的愿望。同时也愿意从日本人民和日本学术界学到很多东西。我们深切地希望，这次访问能获得促进中日两国的文化交流和增进中日两国人民的友谊的结果。"①

在日本，中国代表团访问了一些科学机构和高校，郭沫若访问了他学习和生活过的地方。

12 月 5 日，郭沫若来到阔别了十八年的市川须和田旧居。旧居的新主人久保勉一家在檐下的走廊摆开茶具，热情招待这位旧主人。有位老者手捧一方砚台过来说："这是您当年用过的，现在成了我们的传家宝了，您给认认背面的十个金石文字吧。"一位老妇人过来问郭沫若："您还记得我么，我是卖面条的，您当初经常背着大孩子来我家吃面条呢。"郭沫若在院子里发现了他亲手栽种的大山朴。二十多年过去了，这株大山朴已经长得比人还高了。面对此情此景，郭沫若十分感慨，特意写了一首诗：

> 草木有今昔，人情无变迁。
> 我来游故宅，邻居尽欢腾。

12 月 9 日，在从东京开往京都的特别快车上，《每日新闻》的记者高宫采访了郭沫若，两人对话很有意思。

高宫问："请允许我坦率地谈谈我的感觉，新中国是不是否定了'人性'，比如，我看到中国妇女不化妆。"

郭沫若回答说："美，是随着时代而变化的。我可以回答你，中国妇女

---

① 郭沫若：《在东京机场向日本报界发表的声明》，1955 年 12 月 3 日《人民日报》。

不化妆，是因为她们忙于建设，没有工夫化妆。但是，最近也能看到涂口红和穿花衣服的妇女了。日本妇女化妆化得太厉害了，有点象洋娃娃。"

高宫又问："您是否读过日本的文化界人士和新闻记者写的访问新中国的印象记。"

郭沫若回答说："读了一些。但是，得当的并不多。我觉得，观察事物的观点，似乎缺了个最根本的东西。"

高宫问："具体的是指什么呢？"

郭沫若说："例如对治理淮河等大规模的工程，有的批评说那是人海战术，或者说是什么强制劳动。但是，怎么能强制上亿人参加建设呢？换句话说，用强权政治是不可能做到这一点的。如果你认为那是可能的，你就在日本试试看。请问鸠山内阁能这样的'强制'吗？纵观两千年来的人类历史，这种'强制'从未成功过。毛泽东的革命，说得通俗一点，就是从群众中来到群众中去，而绝不是强权政治。我们欢迎批评，但是，错误的批评是不妥的。"

在一旁的翻译刘德有十分感慨地写道：

> 这次车中的记者采访表明，中日两国由于长期处于隔绝状态，再加上国际上的反动宣传，一般的日本人对新中国是很不了解的。《每日新闻》记者向郭老提出的问题，有的确实是缺乏常识，令人忍俊不禁。不过，资产阶级报社的记者，持那样的立场和观点，也是不足为奇的。说实在的，开始时，我听到那种奇里古怪的问题，心中很不愉快。但当我稍微冷静下来时，我感到日本记者提出的种种问题，实际上也反映了当时一般日本人对新生中国的一些疑虑和误解。我深感，郭老胸怀宽广，度量宏大。他针对这一情况，耐心地做了说明和解释，从而收到了良好的效果。[1]

---

[1]　刘德有：《随郭沫若战后访日》，辽宁人民出版社，1988 年，第 160—162 页。

12月10日，郭沫若一行访问京都，陪同的有京都大学教授、法国文学研究专家桑原武夫。桑原教授在东京、京都和大阪等地与郭沫若相处了一个星期，后来将他这次接待情况和印象写成了《生命力——郭沫若先生的一个侧面》，发表在日本《新潮》杂志上。

桑原教授印象最深的是郭沫若能吃能喝，十分健康。"使我吃惊的是他的健康和健啖。他把安排得很紧的日程全部都完成了，而丝毫未表现出倦意。他的食欲也很旺盛。听说他在东京喝了清酒二十杯，吃了五屉荞麦面条。我虽然当时不在现场，但这未必是谣言。他是有这样的实力的。"有一次在饭店吃饭的时候，"饭馆深知客人的身份，特别准备了好多样油腻的菜。本来饭量就小的我，感到吃不消。但郭老几乎一扫而光。并且他还消灭了我特别订的河道屋的荞麦面条两屉。他的饭量是何等的大呀"！代表团到达大阪的当天，喝的是75度的白酒。桑原不胜酒力，郭沫若敬了一圈酒后，突然用力拍了一下桑原的背："唉！桑原，喝一杯！"连喝几杯后，桑原推辞。郭沫若说："讲话是无用的，我们只有实践而已。来，干杯！"郭沫若总共喝了二十多杯。"回到宾馆，他熟睡了四五十分钟，然后却好象啥事也未曾有过似的，把十五分钟的寒暄变成了两个半小时的大演说（含翻译）。""郭老的酒量之大，据我所知，非日本人所能相比。而且他能控制在名为郭沫若这一'实践体'之内，而决不会跳出这个'实践体'之外。郭老的生命力就是这样强大。"

除了对郭沫若酒量大、饭量大印象深刻外，桑原还看出了郭沫若作为一个训练有素的革命家的一面：

> 茶屋的女老板站在门前，恭恭敬敬地迎候着，但郭老几乎没有回头，而以他那独有的敏捷，很快地脱了鞋进了屋。他到了二楼的小房间后，才郑重地向老板娘致意。听说，在动乱时期的中国，刺客袭击要人时，常常事前布置在目的地的门前。当要人下车后，便从隐蔽处开枪。中国快要解放时，郭老在重庆的一次讲演会上曾遇到过险情，他肯定经历过多次危险。在大阪，国府系的中国人从飞机上撒传单，干过令人讨厌的

勾当。估计郭老当时动作那样快，不是为了警戒刺客，很可能仅仅是认为太显眼了不好。但我感到我从郭老的行动中似乎发现。他作为一个革命家是训练有素的。[1]

12 月 14 日，郭沫若一行到了冈山。他回忆起自己的留学生活，用日语对日方人员说："我在六高时，常到后乐园散步。在这一美丽的景色中培育了我的诗兴。"他记忆中后乐园有丹顶鹤，但现在不见了，一问才知道死于战争。当地官员说，丹顶鹤在日本很少，很难弄到手。郭沫若当即表示要送给冈山一对。当晚，他赋诗一首：

> 后乐园仍在，乌城不可寻。
> 愿将丹顶鹤，作对立梅林。

这首诗后来被刻在青铜版上，镶刻在后乐园的一块石头上。第二年，郭沫若履行诺言，送给冈山人民一对丹顶鹤。

12 月 17 日，中国代表团访问了郭沫若的母校九州大学，受到校领导的热烈欢迎。正式拜会活动结束后，代表团成员分理学、工学、生物、文科四组，和日方相关人员举行座谈，交流经验，郭沫若参加了人文科学系统的座谈会，并在会上回答了日方代表的三个问题。郭沫若说，在毛泽东和中共领导下，学术界、文学界都在尽自己最大的力量，为人民群众服务，为中国尽力。

下午四时，郭沫若在医学部中央礼堂进行演讲，出席演讲会的包括校领导、郭沫若的恩师小野寺直助以及坂田政参等三千余人。郭沫若在演讲中说，他虽然医学没有学好，但从九州大学学到了爱国主义精神，爱人民、爱人类、爱真理、爱和平的精神。郭沫若介绍了新中国的建设情况，谦虚地说："我们很愿意向全世界各国人民学习进步的东西。我们很愿意向日本的学术界，向日本——在工业化上走在我们前头的、我们兄弟一样

---

[1] 刘德有：《随郭沫若战后访日》，辽宁人民出版社，1988 年，第 172—178 页。

的国家学习进步的东西。"郭沫若表达了对加强中日交往的愿望:"我们中日两国之间——象兄弟一样的两国之间,正常的关系还没有恢复起来。尽管这样,但是我们两国之间,在文化方面的,在知识方面的交流的工作,是可以采取种种的方法来进行和加强,使它发展起来。"①

郭沫若的这次演讲获得了巨大成功,九州大学的一位青年学生说:"最后他在结束演讲时说,'同学们,你们要发扬爱祖国、爱人民、爱真理、爱和平的精神',我不禁热泪夺眶。我看了看四周,大家的眼圈也都发红了。"《九州大学新闻》报道这次演讲称:"郭老的中国话本身,就象诗一样,具有韵律,使听众完全被吸引并为之陶醉了。"②

12月22日,郭沫若从东京重返下关,甘文芳等几位华侨领袖前来送行。甘文芳写了一首诗送给郭沫若:

> 三岛欢腾共醉歌,论心动即口悬河。
> 异书早自生前读,佳句频传战后多。
> 海国情怀无着处,湖山泥爪有吟窝。
> 前程未便容高踏,大地风尘说倒戈。

郭沫若读后,用十分钟时间和诗一首《归途在东海道车中》:

> 战后频传友好歌,北京声浪倒银河。
> 海山云雾崇朝集,市井霓虹入夜多。
> 怀旧幸坚交似石,逢人但见笑生窝。
> 此来收获将何有,永不愿操同室戈。

这首诗表达了郭沫若对战后中日人民之间友谊的珍惜,对和平的祈求。1972年中日邦交正常化后,九州人民要在福冈建郭沫若诗碑。1974

---

① 郭沫若:《在母校——九州大学的讲演》,刘德有:《随郭沫若战后访日》,辽宁人民出版社,1988年,第359页。

② 同上书,第225页。

年冬，日中友好协会副会长吉田法晴访华，请郭沫若为诗碑写诗。郭沫若写的就是这首十九年前的旧作。1975年，诗碑在福冈北部的著名旅游胜地金印公园落成。

12月24日下午，郭沫若和翦伯赞来到九州大分县中部的别府市，下榻白云山庄宾馆。别府是著名的旅游疗养胜地，温泉尤其有名，当地人将其称为"地狱"。郭沫若等人"到了一个叫'海地狱'的温泉，只见热气腾腾的池水，象一湾碧蓝的海水"。他们接着"又到了一个名叫'血池地狱'的温泉，在灯光下，看到那池水呈红色，很是美丽"[①]。第二天离开的时候，翦伯赞依依不舍，他在车上一边低吟着"黄鹤一去不复返，白云千载空悠悠"的诗句，一边写下了诗歌：

> 蓬莱多胜境，地狱在人间。
> 一浴血池水，永怀别府欢。

翦伯赞把这首诗给郭沫若看，郭沫若当即也写了一首《游别府》：

> 仿佛但丁来，血池水在开。
> 奇名惊地狱，胜境擅蓬莱。
> 一浴宵增暖，三巡春满怀。
> 白云千载意，黄鹤为低徊。

后来这首诗收入《沫若文集》时，作者题注说："在北九洲东岸，温泉名胜地。泉源十余，有海地狱、血池地狱、龙卷地狱、十道地狱等奇名。血池地狱，在八十度以上，水呈红色，与血仿佛。"在"但丁"后面注释说："但丁的《神曲》第二篇为游地狱，故联想及之。"最后一句自注："因苏联轮船迟到一日，故与翦伯赞同由下关来此一游，宿白云山庄。翌晨离去时，伯赞口吟'黄鹤一去不复返，白云千载空悠悠'

---

① 刘德有：《随郭沫若战后访日》，辽宁人民出版社，1988年，第315页。

句，颇有依依之意。"①《游别府》的手迹被刻在诗碑上，于 1979 年立在大分县别府市鹤见山麓十万地狱公园。

毛泽东等中央领导人十分重视这次访问，郭沫若一回到上海，在杭州的毛泽东就请他和代表团成员冯乃超、尹达、翦伯赞等去共进晚餐并汇报出访情况。1956 年 1 月 23 日，郭沫若、茅以升、翦伯赞在天桥剧场作访日报告，听报告的历史学家金毓黻在日记中记道："此次系科学家名义访日，极为其广大人民所欢迎。而日本之知识分子亦极不同意美国之把持其政府，转而欲亲近于我。由于我科学家访日，对其广大人民及有权威之知识分子与以巨大之影响，则两国人民之友谊更能大进一步。"②郭沫若总结这次访问说："这次访问的最大收获，是进一步促进了中国学术界和日本学术界之间的接触和联系，同时也进一步加强了中国人民和日本人民之间的互相了解和友谊。"③

五

在学术研究和文学艺术领域内提倡百花齐放百家争鸣，是中共中央酝酿了较长时间的重要方针。经过对胡适和胡风等人思想的批判，毛泽东在 1956 年 4 月 28 日的政治局扩大会议上正式将这个方针提了出来。5 月 2 日，毛泽东在最高国务会议第七次会议上作《论十大关系》报告，总结部分专门提到"双百"方针："在中华人民共和国宪法范围之内，各种学术思想，正确的，错误的，让他们去说，不去干涉他们；有那么多的学说，那么多的自然科学学派；就是社会科学，也有这一派，那一派，让他们去谈；在刊物上、报纸上可以说各种意见。"④

① 《郭沫若全集·文学编》（第 4 卷），人民文学出版社，1984 年，第 112 页。
② 金毓黻：《静晤室日记》，1956 年 1 月 23 日条目。辽沈书店，1993 年。
③ 郭沫若：《访日之行》，1956 年 1 月 13 日《人民日报》。
④ 贾章旺：《毛泽东领导下的新中国十七年（1949—1965）》（上），中国文史出版社，2014 年，第 311 页。

5 月 26 日，中共中央宣传部部长陆定一应郭沫若的邀请，在中南海怀仁堂对上千名来自科学界和文学艺术界的工作者作《百花齐放，百家争鸣》的报告，系统阐释了"双百"方针，引发了与会者的热烈讨论。这个报告经毛泽东审阅后发表在《人民日报》上。

6 月 18 日，郭沫若在第一届全国人民代表大会第三次会议上作了关于科学规划和百家争鸣的发言。他认为："据我自己的体会，我认为'百花齐放，百家争鸣'确实是鼓舞科学文化工作者发挥高度积极性和创造性的最好的方针。""我们所主张的'百家争鸣'，更详细地说，就是在各种学术研究中的社会主义竞赛，或者是在每一种学术研究中的社会主义竞赛。""我们的'百家争鸣'就是要繁荣我们的学术研究，更好地为社会主义建设服务。"他同时还认为，学习马克思主义理论，加强科学规划，"不仅丝毫也不限制'百家争鸣'，反而为'百家争鸣'提出了更有利的条件"[①]。7 月 1 日，郭沫若在《人民日报》发表《演奏出雄壮的交响曲》："今天的'百家争鸣'是以建设社会主义，更进而建设共产主义作为我们的母题（Motive），我们是要围绕着这个母题来组织我们的管弦乐队，演奏出史无前例的雄壮的交响曲。万种乐器齐奏或叠奏，但总要按照着一定的乐谱。我们要'争鸣'，而不是要'乱鸣'"。

为了支持"双百"方针，郭沫若在《人民日报》发表了两篇杂文。一篇是署名"龙子"的《发辫的争论》。"龙子"是"聋子"的谐音，郭沫若双耳重听，故用此笔名。文章说，姑娘们头上有两条发辫，它们不停地争论是否有用。一条发辫说没什么用，留发辫是懒惰的表现，应该剪掉；另一条发辫却说自己很美，而且用处很多。随着发辫越来越长，这样的争论也就越来越多。另一篇是署名"克拉克"的《乌鸦的独白》，乌鸦发表它的一家之鸣，认为文学作品中把它当成不吉祥的鸟儿是不公平的，事实上它们用处很大，在农田里做清道夫，在森林里消灭害虫等等。这两篇文章提示人们应从不同的角度看问题，并以寓言故事支持"双百"方针。

① 郭沫若:《科学规划和百家争鸣》,《新华半月刊》, 1956 年第 14 号。

8 月，郭沫若在《大公报》发表《"百家争鸣"万岁》。文章认为"百家争鸣"的特点是："采取自由讨论的方式，以思想来克服思想，以理论来克服理论。在自由争论中来批判资产阶级的唯心主义"；"在吸收世界各国文化的基础上，进行自由讨论"；"理论联系实际"。文章最后说："我们要为人民服务，并不是要为某一统治阶级的狭隘利益服务。因而我们对于学术发展的要求是要不断提高的，我们今天和今后的'百家争鸣'便不会有定于一尊或僵化的危险。只要我们不断努力，我们的'百家争鸣'将永远继续下去。"①

在学术界和文学艺术界开展"双百"方针时，有不少工人提出："'百家争鸣'的方针是不是仅限于学术界？在实际工作中能不能贯彻'百家争鸣'的方针？在技术上能不能'百家争鸣'？它和学术界的'百家争鸣'有什么不同？"《工人日报》就这一问题请教了郭沫若。郭沫若认为百家争鸣是可以推广的，"各行各业的社会主义竞赛，在我看来，也就是'百家争鸣'。我们拿工作来说话，拿成绩来说话，看谁做得更多、更快、更好、更省。要尊重自己的劳动，更要尊重别人的劳动。竞赛的结果看出了优劣，但也交流了经验，这同样也使自己和大家一道进步"②。

10 月，郭沫若为《天津日报》"耕植学术园地"专栏题字，并写了《代发刊词》："要实现学术上'百家争鸣'的方针需要有更多的争鸣的园地。""通过自由讨论，集思广益，然后才能更好地使学术进步，以提高人民生活，促进国家建设。""请大家勤恳地耕植这个'学术'园地吧。让这园地丰富多采，开满千红万紫的繁花或结遍堆金砌玉的硕果。"③

12 月，郭沫若在回答保加利亚《我们的祖国》杂志总编辑包果米尔·诺涅夫的提问中指出，"双百"方针是为了反对教条主义、主观主义、公式主义、命令主义，"一以克服偏差，二以解除顾虑；这样来促进科学和文艺的发展"；"双百"方针"是在人民民主专政之下推行的。

①　郭沫若:《"百家争鸣"万岁》，1956 年 8 月 26 日《大公报》。
②　郭沫若:《"百家争鸣"可以推广》，1956 年 9 月 6 日《工人日报》。
③　郭沫若:《代发刊词》，1956 年 10 月 12 日《天津日报》。

这种的创作自由和讨论自由是以为人民服务为前提，并不是毫无限制的放纵"。"如果展开自由讨论，呈现出意见分歧，那也没有什么可怕。更进一步展开讨论，到了一定阶段意见终归会一致。意见的不一致，也是具有变化性的，在相互影响之下，使彼此对问题的看法更加深入，不必强求人为的一致。"[1]

郭沫若在中国科学院坚持百家争鸣的民主风气。他认为："在学术上展开自由争论，要使不同的意见充分发挥，决不能轻易地下结论。在讨论中，少数人的意见应受到尊重，因为多数人的意见不一定就是最正确的意见。一百多年前，马克思主义就是绝对的少数。对于中国古代史的分期问题，我和范文澜先生有不同的见解，同意我的意见的人并不一定是多数，但我们可以彼此阐述自己的论点。在自然科学研究方面，每一学者都可以根据自己独立思考的研究提出不同的看法。"[2]他的同事们对此印象十分深刻，时任中科院党组书记的张劲夫回忆说：

> 在郭老主持下，科学院很重视学术民主，院部由学部委员分别设立有关学部外，各研究所都设有学术委员会，对科研课题选题及科研成果鉴定，都要经过有关科学家论证，由科学家民主讨论。发扬学术民主，能取得一致意见的就议定下来，而未能取得一致意见的，鼓励继续争鸣。有时采取求同存异的办法，能同者就定，异者允许保留。总之，在学术问题上，要充分尊重科学家们的意见。[3]

历史学领域对中国历史分期及相关问题长期存在不同意见，数学领域中的基础数学与应用数学，生物学方面的苏联李森科学派与摩尔根学派也存在着争议，对此，郭沫若"建议要为不同的学派设立研究机构，

① 郭沫若：《关于发展学术与文艺的问题》，《郭沫若全集·文学编》（第17卷），人民文学出版社，1992年，第121、124、125页。
② 郭沫若：《"百家争鸣"万岁》，1956年8月26日《大公报》。
③ 张劲夫：《深切怀念老院长郭沫若同志》，1992年11月15日《人民日报》。

并为他们培养年轻人创造条件，严格鉴定学术观点与政治问题，不能乱扣帽子，要创造良好的'双百'局面"①。

六

就在"双百"方针顺利执行过程中，也有极少数人趁机对中国共产党的领导提出质疑。毛泽东认为：党外知识分子中存在部分右派分子，应该开始注意批判修正主义，于是在1957年5月15日起草了《事情正在起变化》，发给党内干部。6月8日，中共中央发出《关于组织力量准备反击右派分子进攻的指示》，要求积极准备反击右派分子的进攻。7月1日，《人民日报》发表毛泽东撰写的社论《文汇报的资产阶级方向应当批判》。文章指出："民盟在百家争鸣过程和整风过程中所起的作用特别恶劣。有组织、有计划、有纲领、有路线，都是自外于人民的，是反共反社会主义的。还有农工民主党，一模一样。""呼风唤雨，推涛作浪，或策划于密室，或点火于基层，上下串连，八方呼应，以天下大乱、取而代之、逐步实行、终成大业为时局估计和最终目的者，到底只有较少人数，就是所谓资产阶级右派人物。"从此，反右斗争正式拉开了序幕。

6月27日，郭沫若对《光明日报》记者谈话："根据右派分子的估计，共产党是不得人心的，这个'党天下'是不会长久的。""他们把祖国几年来在共产党领导下所取得的伟大成就一笔抹煞。他们把个别现象扩大成为一般，借着个别党员的一些缺点，扩大成为整个党的缺点，把党涂成黑漆一团。""右派的目的只有一个，就是要推翻中国共产党的领导，推翻社会主义制度，让资本主义复辟。只要稍具爱国心的公民，对于资产阶级右派分子这种猖狂的进攻，是绝对不能容忍的。""'百花齐放，百家争鸣'是长期的政策。反击右派是大争。只有把右派分子苫发

---

① 郭庶英：《我的父亲郭沫若》，辽宁人民出版社，2004年，第141、142页。

出来的毒草铲除干净，才能更好地更健康地贯彻'百花齐放，百家争鸣'的方针。杂草除尽，花会开得更好。杂响除尽，鸣会争得更好。"①

7月5日，郭沫若在全国人大一届四次会议上宣读了由中央中央宣传部起草的《驳斥一个反社会主义的科学纲领》，认为民盟中央科学规划研究组提出的《对于有关我国科学体制问题的几点意见》是反党反社会主义的科学纲领。

7月中下旬，中国科学院按照上级部署，邀请在京科学家一百多人召开反右斗争座谈会。7月14日，郭沫若讲话指出，《对于有关我国科学体制问题的几点意见》和"目前党和政府所制订的在科学工作上的方针是完全对立的"，它用中国科学院五个学部委员的名义发表，这五名学部委员的情况有所不同，其中三个都是被利用的。这件事"断断乎不是一件小事"，需要科学家们高度重视。②

一方面，郭沫若和中国科学院的领导要求各位科学家和右派划清界限；另一方面，郭沫若却想尽办法防止反右斗争在中国科学院扩大化。张劲夫回忆说：

> 由于当时科学家为数不多，而这些科学家对本行以外的事不熟悉，不在行，即使提的意见是错的，其实质并不是在反党反社会主义。针对这种情况，在郭老的关怀帮助下，我们向党中央作了汇报，建议采取保护政策：凡回国不久的，不参加运动；对于思想问题与政治问题一时难于区别的，先作为思想认识问题来处理；对于一些著名科学家，即使是对问题认识错了，只采取谈话方式给予帮助，不能采取批斗方式。这一建议得到了党中央的同意，党中央责成科学院代党中央起草了一个有关自然科学界反右派斗争策略的文件，这个文件很快得到党中央

---

① 郭沫若：《乌云消散，太阳更加光芒万丈》，《郭沫若全集·文学编》（第17卷），人民文学出版社，1989年，第285—290页。

② 郭沫若：《爱国的科学家积极行动起来反击右派向科学领域的进攻》，《风讯台》创刊号，1957年8月1日。

的批准，正式作为中央文件下发。科学院（包括外地分院、研究机构）都按照中央文件去执行，保护了不少好同志。

张劲夫还认为："我们虽然减少、减轻了对科技人员的伤害，但还是伤害了一些同志。如果不是有像郭老这样的院长关怀帮助，我们在当时'左'的思想影响下，犯的错误还要大。"[1]8月30日晚，中国科学院党组扩大会议确定了五十八至九十八名有较高成就、有较高声望、在国内外有影响或新回国的留学生为保护对象，防止他们受到反右斗争扩大化的伤害。

反右斗争告一段落后，郭沫若继续宣扬"双百"方针。1958年1月，他在回答阿尔巴尼亚劳动党中央机关报《人民之声报》有关"双百"方针的提问时说，"双百"方针"目的是在使文学艺术的创造繁荣、科学技术的研究昌盛。当然这里不是无限制的鼓舞个人主义的自由，说得更清楚一些，便是我们的百花要为社会主义建设而齐放，我们的百家要为社会主义建设而争鸣。一切为了社会主义。在这个总方向之下尽量发挥各人的个性和天才，发挥个人的潜在力量"。实行"双百"方针以来，戏剧、诗歌都有成就，特别是"为了实现'百花齐放'，作家陆续下乡下厂，和人民生活打成一片，这就如工人进炭坑，必然会挖掘了大量的煤炭来"[2]。

为了支持"双百"方针，1956年夏天，郭沫若曾打算以"百花齐放"为题，选一百种花来作一百首诗。但他试作了牡丹、芍药、春兰等三首后，就搁置了。"主要的原因是我所熟悉的花不多，有的知其实而不知其名，有的知其名而不知其实，有的名实不相符，有的虽熟而并非深知（譬如问你：桃花是几瓣？恐怕有不少朋友不能顿时回答），所以有困难。""我也翻查了好些书籍，但不见实物总不容易引起实感。"到1958

---

① 张劲夫：《深切怀念老院长郭沫若同志》，《怀念集》，中共中央党校出版社，1994年，第39、40页。
② 郭沫若：《文化繁荣的高潮必然到来》，《郭沫若全集·文学编》（第17卷），人民文学出版社，1989年，第136、137页。

年 4 月，郭沫若在《人民日报》发表《〈百花齐放〉小引》，说明自己两年前放弃的原因，呼吁"各地朋友如能帮帮我的忙，把各地的奇花异卉的详细情况开示些给我，我是很希望而且很感激的"[①]。这一呼吁得到了很多人的支持。3 月 30 日，郭沫若正式开始写《百花齐放》，借着"大跃进"的势头，他用了十天工夫，一共写了一百零五首诗来代表所有的花。"在写作中，很多朋友帮了我的忙。有的借书画给我，有的写信给我，还有的送给我花的标本或者种籽。我还到天坛、中山公园、北海公园的园艺部去访问过。北京市内卖花的地方，我都去请过教。我在这里向他们表示谢意。"[②]

《百花齐放》出版后，各地艺术家和工人发挥自己的创造力，加入到这本书的再创造中。《百花齐放》又出版了很多配图版。"南京剪纸艺人和美术工作同志受了郭沫若《百花齐放》诗集的启发，同样出于歌颂党、歌颂时代的要求，就以郭沫若同志的诗篇为依据，用剪纸形式创作了《百花齐放图集》。"[③]郭沫若为这本图集题写了一首七言绝句：

> 旧说东风似金剪，今看金剪运东风。
> 百花齐放翻新样，万紫千红庆大同。

扬州人民出版社出版《百放齐放》剪纸本，郭沫若也题写了一首七绝：

> 扬州艺人张永寿，剪出百花齐放来。
> 请看剪下出春秋，顿使东风遍九垓。

荣宝斋请著名画家于非闇、田世光、俞致贞为《百花齐放》配上国画，刻成《百花齐放》国画插图本，订成三册出版，郭沫若题写《十六

---

① 郭沫若：《〈百花齐放〉小引》，1958 年 4 月 3 日《人民日报》。
② 郭沫若：《后记》，《百花齐放》，人民日报出版社，1958 年，第 103、104 页。
③ 《序言》，《百花齐放图集》，江苏文艺出版社，1959 年。

字令》三首代序：

> 花，歌颂东风遍海涯。春永在，亿载斗芳华。

> 花，赤县齐开一刹那。红旗下，飞入百工家。

> 花，傲视冰霜藐石砂。天不怕，畅饮一杯茶。

艺术家冯祖东为《百花齐放》每一首剪纸一幅，他的特色是每幅剪纸上配一只鸽子。他剪好后寄给郭沫若看。郭沫若回信说："您的《百花齐放》剪纸接到了。我仔细对看了一遍。您是费了很大的苦心的。在花之外又加上鸽子的限制，要剪出一百种不同的鸽子姿态很不容易。"[①]

1959 年 9 月，郭沫若应《文艺报》约稿，发表《进一步展开"百花齐放，百家争鸣"》。文章说："在'百花齐放，百家争鸣'的方针提出时，我曾经说过：这里面还包含着两项重要的步骤。便是'百花齐放，推陈出新；百家争鸣，实事求是'。'争鸣'的'争'便表明了敢想、敢说、敢做的意思，表明了在学术讨论上必须具有革命热情。然而'百家争鸣'是在社会主义制度下的'百家争鸣'，应该从实事求是的精神出发，经过争鸣，而求得进一步的实事求是，也就是要把革命热情和科学分析结合起来，使学术得到健全的发展。"

但郭沫若的某些提法曾引起过误解，费孝通就曾说，在"双百"方针上，陆定一开了前门，郭沫若关了后门。郭沫若不同意费孝通的说法："其实我不是'关了后门'，而是同时开了后门。实事求是并不限制'百家争鸣'，而是想使'百家争鸣'展开得更好。据我的体会，实事求是一面是'百家争鸣'的前提，一面又是'百家争鸣'的后果。前后门都敞开来，丝毫也没有关门的意思。"[②]

---

① 据手迹复印件。
② 郭沫若：《进一步展开"百花齐放，百家争鸣"》，《郭沫若全集·文学编》（第 17 卷），人民文学出版社，1989 年，第 328 页。

七

1955 年 7 月，毛泽东在第一届全国人大第二次会议期间，要求郭沫若组织力量为县团级干部编一部中国历史的教科书。1956 年 2 月，有关方面提出的《编写中国历史教科书计划草案》指出，由全国著名史学家三十六人组成编委会，郭沫若、陈寅恪、陈垣、范文澜、翦伯赞、尹达、刘大年等七人组成编委会的编审小组，负责组织撰稿审稿，郭沫若任召集人。"教科书中关于奴隶制和封建制的分期，采用郭沫若的主张，即殷周为奴隶社会，战国以后为封建社会。"①

1956 年 7 月 1 日，郭沫若召集五十多位学者讨论中国历史和哲学史教科书编写问题。中共中央宣传部部长陆定一再次要求郭沫若领导编写这本历史教科书。范文澜、吴晗、翦伯赞等历史学家发言，认为这本教科书在观点上应该"定于一"。郭沫若在讲话中则提出，教科书在观点上要"百家争鸣"，民主集中。他表示愿意在全书完成后"做整个书的校对工作"。1958 年 1 月，时任中宣部副部长的周扬在郭沫若家里主持召开会议，专门研究这部书的编写工作。这次会议明确了郭沫若担任主编，尹达协助郭沫若工作。

1959 年 3 月，中国通史奴隶社会和封建社会的提纲草案座谈会召开，陈垣、范文澜、侯外庐、翦伯赞等六十余人参加。郭沫若指出：中国通史的编写是很重的担子，一百万字，几千年的历史，要照顾到各时代经济、政治、思想、学术等方面，并不是容易的事。中国是多民族国家，民族问题的处理很难，很复杂。

参与编写《中国史稿》的有来自二十多个单位的近百名学者，这些学者的观点有很大的差异。他们请郭沫若写了《关于中国古史研究中的

---

① 《编写中国历史教科书计划草案》，引自周秋光著《刘大年传》，岳麓书社，2009 年，第 244 页。

两个问题》。郭沫若在这篇文章再次明确："奴隶制和封建制的分期，我变动过几次，最后定在春秋、战国之交。近来又考虑了一下，觉得还是这样分期要适当些。"①

在动笔之前，编写组开办了学习班，统一思想。"要求本书必须'突出阶级斗争'，用较多的篇幅叙述政治制度、政治斗争和统治者的活动，对其中一些重要问题要彰显郭先生自己的那一套见解。"通过学习，写作组的人员也清楚了郭沫若对于这套书的期待："郭沫若虽然是搞学术的学者，多少还有点政治家的作为。他想通过历史事实的叙述来说明中国古代历史的发展规律，除吸收国内外研究成果外，在一些重要问题上提出自己的见解，充分利用我国人类学和考古学的最新研究成果，概括地说明我国人类社会的形成过程，指明我国是世界人类最早发展的重要地区之一，有着悠久的历史和文化，并叙述清楚我国原始氏族制度的发展过程。"②不过，也有编写组人员回忆郭沫若曾对他们说："这是一项集体工作，过去没有经验，一定要充分发挥大家的积极性，不要被他对某些历史问题的见解所束缚，除古代历史分期采用他的观点外，其他问题经过讨论，选择妥当的意见编写就行了。"③

《中国史稿》第一册初稿编出后，送给部分史学家和有关单位征求意见，截止到 6 月初，各地提出大小意见七千余条，许多意见都涉及重大问题。编写组本想集中精力研究解决这些意见，但高教部提出将这套书作为文科教材，需要尽快出版，因此很多问题来不及修改。郭沫若仔细校阅了编好的《中国史稿》第二册《奴隶社会》，提出四十一条五十八则修改意见。比照后来的正式出版物，除有五条五则意见未被采纳外，其余三十六条五十三则意见都程度不同地被采纳了。

郭沫若还审阅了《中国史稿》第四册清样，认为它"写得扼要、明

---

① 郭沫若:《关于中国古史研究中的两个问题》,《郭沫若全集·历史编》(第3卷),人民文学出版社, 1984年, 第228页。

② 石兴邦口述, 关中牛编著:《叩访远古的村庄石兴邦口述考古》, 陕西师范大学出版社, 2013年, 第168页。

③ 宋яз玨:《郭沫若与〈中国史稿〉》,《中国古代史研究入门》, 河南人民出版社, 1988年, 第766页。

确、流畅，有吸引力。反帝反封建的一条红线像一条脊椎一样贯穿着，这是所以有力的基本原因。我只在枝叶上加了一些小小添改"①。1962年，《中国史稿》第一册、第四册出版，第二年又出版了第二册。第三、五、六册当时没有出版。有关方面为该书起草了《前言》，经周扬修改，郭沫若认可后署名发表。

《中国史稿》的编写工作尚未完成，"文革"就开始了，编写工作中途停止。后来，中国科学院历史所根据郭沫若的建议将刘大年从河南干校调回北京，恢复《中国史稿》编写组，重新开始工作。但不久开展"批林批孔"，编写组工作受到干扰。《中国史稿》根据当时的意识形态需要做了重大修改。"原来的稿子中对于孔丘的评价有严重的错误，这次作了根本的修改。对其它章节也作了较大的改动。但它仍然是一个不成熟的稿本。"②部分修改稿出版后，郭沫若召集编写组开会，焦虑地说："要抓紧，一万年太久啊！"会上刘大年提出近代史部分独立出版，郭沫若同意了。但他并没有等到《中国近代史稿》的完成。

八

为培养科学技术的专门人才，1958年，郭沫若汇总部分科学家的意见，向中央提交报告，建议中科院创办一所大学。中央批准成立中国科学技术大学并任命郭沫若为校长。中科大党组书记郁文回忆说：

> 创建中国科技大学的筹备工作仅花了三个月时间。当时招生在即，校舍生源、教职员工、教学计划和后勤供应等一系列问题都迫在眉睫，亟待解决。校舍不足，郭老和时任中国科学院党组书记的张劲夫副院长亲自奔波，筹借礼堂和宿舍；没有

---

① 手迹照片。
② 《前言》，《中国史稿》，人民出版社，1976年，第1页。

教师，郭沫若主持校务委员会聘请科学院一大批著名科学家任教；为解决招生问题，经报请中央批准，从各省、市当年的考生中为科大优先录取 1600 名品学兼优的学生入学。开学前，郭沫若陪同聂荣臻到校仔细察看了教室、实验室、运动场和宿舍，并且亲自为校歌作词。①

郭沫若作词的中国科学技术大学校歌名为《永恒的东风》：

> 迎接着永恒的东风把红旗高举起来，插上科学的高峰！科学的高峰在不断创造，高峰要高到无穷，红旗要红过九重。我们是中国的好儿女要刻苦锻炼，辛勤劳动，在党的温暖抚育坚强领导下，为共产主义事业作先锋。又红又专理实交融，团结互助活泼英勇，永远向人民学习，学习伟大领袖毛泽东。

郭沫若请著名音乐家、全国音协主席吕骥为校歌谱曲，在开学典礼上教学生练唱。

郭沫若向周恩来汇报了中国科学技术大学"开学典礼致辞"内容，周恩来肯定说："可以，是施政方针了。"经过紧张筹备，中国科学技术大学于 1958 年 9 月 20 日举办了成立大会暨开学典礼，郭沫若在题为《继承抗大的优秀传统前进》的报告中提出，中国科学技术大学要做到"三纲五化"。"三纲"包括：政治挂帅，党的坚强领导；勤工俭学，教学、研究和生产劳动相结合；抓尖端科学技术，为国家建设事业服务。"五化"指思想马克思列宁主义化、生活工农化、组织军事化、教学集体化和技能多面化。新成立的中国科技大学设立十三个系、四十一个专业，大多是新兴专业。

郭沫若十分重视中科大的发展。他常常邀请聂荣臻、陈毅等党和国家领导人及著名科学家去学校作报告。学校的开学典礼、毕业典礼，只

---

① 郁文：《郭沫若与中国科学技术大学》，《教育与现代化》1992 年第 3 期。

要可能，他都要亲自参加，讲话稿大都由他本人亲自拟定。

郭沫若出席了中科大 1959 年元旦献礼大会，他在讲话中要求同学们重视科学，特别是科学精神，将大胆创造与科学精神相结合，要仔细、耐心地观察、分析、研究客观事物的发展规律，掌握规律，利用规律。他还要求同学们要做到思想好、作风好、工作好、学习好、互助好、身体好、劳动好、休息好。讲话结束后，他写了三首诗勉励学生：

> 绳可锯木断，水可滴石穿。
> 苦干兼巧干，坚持持久战。
>
> 路要两腿走，唱要有节奏。
> 既要专能深，还要红能透。
>
> 凡事不怕难，临事亦须惧。
> 不作浮夸家，两脚踏实地。①

1959 年 9 月，郭沫若出席中科大第二届开学典礼，在强调思想基础和语文基础的同时，特别要求同学们打好科学基础："党交给我们的任务是要训练出大批尖端科学的人才。要搞好尖端科学，基础科学如象数学、化学、物理、力学等是不能不重视的。这是尖端科学的科学基础。要把基础科学学好，将来进入专业学习才有一定的根底。我希望你们对于基础科学要好好地学习，认真地学习。"② 1963 年 7 月 14 日，郭沫若与陈毅、聂荣臻等出席中科大第一届毕业典礼，他在讲话中赞扬毕业生在完成毕业论文的过程中所表现出的饱满的革命干劲，认为大多数的学生都发挥了实事求是的科学精神，使毕业论文达到了较高的水准，

① 郭沫若：《集外诗三首》，《郭沫若研究》（第 12 辑），文化艺术出版社，1998 年，第 271、272 页。
② 郭沫若：《勤奋学习红专并进——在新学年开学典礼大会上的讲话》，中国科学技术大学《中大校刊》第 33 期，1959 年 9 月 11 日。

勉励毕业生继续不断勤奋学习,红专并进。

郭沫若还非常关心中科大学生的学习和生活情况,郁文回忆说:

> 当时入学学生大部分是工农学员,经济上不充裕,入冬了,有的同学没有冬装,郭老和钱学森教授看了很同情,立即从稿费中拿出几万元钱给学生置办冬装。1960年春节,许多学生没有回家,郭老便到校和学生一起吃年饭,还发给每个学生一些"压岁钱",使远离家乡和亲人的同学们感到格外温暖。为丰富学生的文体生活,郭老用稿费为学校修建游泳池,给学校买放映机和影片,把自己创作剧本的首演票送给师生。①

郁文的话有郭沫若的一封信作为证据。1959年11月23日,郭沫若给郁文写信说:"由于《沫若文集》的出版,版税积累不少。我现捐赠科技大学两万元,作为同志们的福利金,特别帮助衣被不足的同学。"②郭沫若对中国科技大学的关爱,至今温暖着中科大师生员工的心。

---

① 郁文:《郭沫若与中国科学技术大学》,《教育与现代化》,1992年第3期。
② 据手迹影印件。

第十三章 文章翻案有新篇

一

1957 年 11 月，郭沫若与毛泽东、胡乔木等人共进晚餐。毛泽东说："诸葛亮用兵固然足智多谋，可曹操这个人也不简单。唱戏总是把他扮成个大白脸，其实冤枉。这个人很了不起。"[①]1958 年 11 月，郭沫若与周恩来、陈毅一起在鸿宾楼吃晚饭，周恩来对郭沫若说："不妨写一个剧本替曹操翻案。"[②]毛泽东和周恩来对曹操的关注，引起了郭沫若的高度重视。1958 年 12 月，他开始酝酿话剧《蔡文姬》的创作。

1959 年 1 月 7 日，针对胡适、郑振铎、刘大杰等人在文学史中所认定的《胡笳十八拍》非蔡文姬所作的观点，郭沫若写作了《谈蔡文姬的〈胡笳十八拍〉》进行驳论。他认为，这首诗无论从风格，还是从思想感情上来说，都是可能出现在汉末的，而且朱熹等人都承认这是蔡文姬所写，郑振铎、刘大杰的怀疑是没有道理的。郭沫若坚决相信《胡笳

---

① 李越然：《外交舞台上的新中国领袖》，解放军出版社，1989 年，第 96—98 页。

② 郭沫若致周恩来信（1959 年 2 月 16 日），郭沫若纪念馆馆藏资料，转引自蔡震《四时佳气永如春》，《中国社会科学报》，2016 年 2 月 16 日。

十八拍》"一定是蔡文姬作的，没有那种切身经历的人，写不出那样的文字来"。他高度评价该作："那是多么深切动人的作品呵！那象滚滚不尽的海涛，那象喷发着融岩的活火山，那是用整个的灵魂吐诉出来的绝叫。""实在是一首自屈原的《离骚》以来最值得欣赏的长篇叙事诗。"①

1959年2月3—9日，郭沫若花了七天工夫，在广州完成了《蔡文姬》剧本初稿。剧本以曹操派人从南匈奴将蔡文姬迎接回汉朝撰述《续汉书》为情节线索。第一、二幕场景设置在南匈奴，围绕蔡文姬的去留问题展开矛盾冲突。蔡文姬是著名学者蔡邕的女儿，多才多艺，尤其擅长赋诗弹琴，她因为汉朝战乱被左贤王带到南匈奴，为左贤王生下了一儿一女。后来曹操派遣使臣来接她归汉。单于和右贤王都同意了。蔡文姬希望带回女儿，但左贤王执意不肯。曹操使臣董祀向蔡文姬说明了曹操和好匈奴、广罗人才、力修文治的政策，躲在屏围后面的左贤王才明白这并不是来宣扬武力的，于是和董祀结成生死之交，并痛快地催促蔡文姬归汉。第三幕在长安郊外，蔡文姬在蔡邕墓畔悲伤过度，董祀劝她要以天下人的哀乐为哀乐。第四幕在邺下。副使周近向曹操状告董祀，说董蔡二人在归汉途中深夜相会，行为不检点，且董祀将朝廷命服及曹操所持佩剑赠给左贤王，这层关系不明不白。蔡文姬向曹操说出了实情，曹操追回杀董祀的命令，给董祀加官晋爵。第五幕距离第四幕已有八年了。左贤王战死，两个孩子终于回到汉朝与蔡文姬团聚，曹操将蔡文姬许配给董祀。剧本随着情节的发展穿插进《胡笳十八拍》的诗句，充满了浓郁的诗意。

《蔡文姬》的主题是替曹操翻案。郭沫若说："我写《蔡文姬》的主要目的就是要替曹操翻案。曹操对于我们民族的发展、文化的发展，确实是有过贡献的人，在封建时代，他是一位了不起的历史人物。但以前我们受到宋以来的观念束缚，对于他的评价是太不公平了。""曹操对当时的人民是有过贡献的，对民族的发展和民族文化的发展也是有过

---

① 郭沫若：《谈蔡文姬的〈胡笳十八拍〉》，《郭沫若全集·文学编》(第8卷)，人民文学出版社，1987年，第4页。

贡献的。""人民是最公正的。凡是有功于人民的人，人民是会纪念他的。"①在这个剧本中，曹操将蔡文姬重金从匈奴赎回来，让她继承父亲的志业，帮助撰述《续汉书》，体现了雄才大略的君主气魄。

剧本对于曹操的文韬武略多从董祀等人的口中进行侧面刻画。该剧的主要人物并非曹操，而是蔡文姬。后来郭沫若在看该剧首演时，一边流泪一边说："蔡文姬就是我啊。"剧本中最有意味的是第三幕蔡邕墓畔蔡文姬和董祀的对话。蔡文姬在归途思念孩子，形容憔悴。她深夜弹琴唱歌：

> 我与儿呵各一方，
> 日东月西呵徒相望，
> 不得相随呵空断肠，
> 对萱草呵忧忧不忘，
> 弹鸣琴呵情何伤？

董祀听到歌声后，劝说蔡文姬。他认为现在天下太平、鸡犬相闻、锋镝不惊，"几年前有多少人流离失所，妻离子散，你不曾替他们悲哀，而你现在却只怀念着你一对平安无事的子女。你的心胸为什么那样狭窄呢""请你把天下的悲哀作为你的悲哀，把天下快乐作为你的快乐，那不是就可以把你个人的感情冲淡一些吗？"蔡文姬从董祀的话中惊醒："你的话说得真好，这对于我要算是起死回生的良药"，"我今后要听你的话，尽量减少个人的悲哀"。

正如郭沫若在剧本的《序》中说："其中有不少关于我的感情的东西，也有不少关于我的生活的东西。不说，想来读者也一定觉察到。在我的生活中，同蔡文姬有过类似的经历，相近的感情。"②郭沫若在写这个剧本时，想起了他二十多年前"别妇抛雏"的往事。一方

---

① 郭沫若:《蔡文姬·序》,《郭沫若全集·文学编》(第 8 卷), 人民文学出版社,1987 年, 第 4 页。
② 同上书, 第 3 页。

面为了抗战建国，他悄悄离开安娜和五个孩子，乔装回到国内。后来婚姻发生变故，他跟安娜和五个孩子再也不能在一个屋檐下生活了。他内心深处对他们充满了愧歉，这种愧歉并没有随着时光的流逝而减淡。但另一方面，祖国建设事业蓬蓬勃勃，作为在科学文化战线上担当重任的郭沫若，又岂能陷入儿女情长不能自拔呢？蔡文姬听从董祀的劝告，从个人悲情中醒悟过来，这也是在社会主义建设时代，郭沫若对个人情感的压抑和升华。

剧本完成后第四天，郭沫若来到上海。2月14日，他约巴金、靳以谈《蔡文姬》，决定将《蔡文姬》交《收获》发表。16日上午，他在锦江饭店约见于伶、白杨、张瑞芳、赵丹、陈鲤庭、应云卫等人，谈《蔡文姬》及替曹操、殷纣王、秦始皇翻案问题。当天，郭沫若给周恩来写信："您曾向我说，不妨写一个剧本替曹操翻案。案是翻了，但翻得怎样，有待审定。"写成后发现《蔡文姬》打印稿错字太多，于是信和稿子都没有寄出去。他在两次约谈基础上，对剧本进行了修改。

2月20日，郭沫若回到北京。21日，他将《蔡文姬》打印稿分送周恩来、陈毅、周扬，并写信请他们提意见。当天下午，他约请曹禺来家谈《蔡文姬》。在这个过程中，他又修改了剧本。北京人民艺术剧院拿到剧本准备排演，由焦菊隐担任导演。广州也准备把这个剧本改成粤剧，由红线女主演。山东吕剧团也有改编成吕剧的打算。27日，郭沫若接待《戏剧报》记者朱青，他说《蔡文姬》主要是为了给曹操翻案，这个剧本使用了浪漫主义手法，像剧中的赵四娘就是虚构的。3月1日。郭沫若致函曹禺、焦菊隐，指出《蔡文姬》中需要修改的四处。5日下午，郭沫若与曹禺谈《蔡文姬》，并同到萃华楼共进晚餐。

3月11日，郭沫若作《跋〈胡笳十八拍〉画卷》，指出南京博物院的这幅画卷，"由其风格觇之，或系临摹宋人画本""所画匈奴习俗及山川风物，纯出于想像，不必有何确凿根据"。画后所附《胡笳诗》，"盖据郭茂倩《乐府诗集》，字句多夺佚"[①]。考释画卷对于剧本很重要，因

---

① 郭沫若：《跋〈胡笳十八拍〉画卷》，1959年3月29日《光明日报》。

为剧本中的人物衣冠、风俗习惯、地貌风物，除了从文献上参考外，另外一种重要参考就是传世画作和出土文物。很多传世画作真伪难辨，年代难考，郭沫若在这方面下了很大一番功夫。

3月14日，郭沫若完成《替曹操翻案》。当时，农民起义成为史学研究的热点，农民起义领袖被认为是推动历史前进的英雄人物。郭沫若需要解决曹操跟黄巾起义的关系，以及由曹操发动的民族战争和民族融合的问题。《替曹操翻案》开篇便说："曹操打过东汉末年的农民起义军——黄巾，这是历史事实。这可以说是曹操一生中最不光采的一页。"但曹操打败黄巾起义后，改编起义队伍，实行屯田政策，使这些农民出身的起义者有了粮食和土地，能够活下去，从而客观上实现了起义的目的。此外，"曹操平定乌桓是反侵略性的战争，得到人民的支持"；"关于曹操杀人问题，应该根据历史事实重新考虑"；"曹操对于民族的发展和文化的发展有大的贡献"。所以郭沫若认为，"曹操冤枉地做了一千多年的反面教员，在今天，要替他恢复名誉"。[①]

对于三国人物的翻案，郭沫若从抗战时期就开始了。1943年，郭沫若写了《论曹植》。自钟嵘以来，历代有很多人对曹丕持批评意见，而对曹植却抱有较多的同情。郭沫若却认为曹植恃宠骄纵、自尊自大、目中无人，而曹丕多才多艺、同情人民、虚怀若谷。曹植在政治上"只是出于一味的私心，以一家一姓的安全为本位，实在是最庸俗不堪的陋见"[②]。而曹丕"如令宦人为官不得过诸署，禁母后预政，取士不限年资但纠其实，轻刑罚，薄赋税，禁复仇，禁淫祀，罢墓祭，诏营寿陵力求俭朴等等，处处都表示着他是一位旧式的明君典型"[③]。即便在文学上，曹植虽然作品多，"然而抒情化、民俗化的过程在他手里又开始了逆流。他一方面尽力摹仿古人，另一方面又爱驱使辞藻，使乐府也渐渐脱离了民俗。由于他的好摹仿，好修饰，便开出了六朝骈丽文字的先

① 郭沫若：《替曹操翻案》，《郭沫若全集·历史编》（第3卷），人民出版社，1984年，第457—474页。
② 郭沫若：《论曹植》，同上书，第125页。
③ 郭沫若：《论曹植》，同上书，第126页。

河。这与其说是他的功，毋宁是他的过"①。而曹丕"是文艺批评的初祖。他的诗辞始终是守着民俗化的路线。又如他的《燕歌行》二首纯用七言，更是一种新形式的创始。特别是他的气质来得清，委实是陶渊明一派田园诗人的前驱者"②。所以在《蔡文姬》中，曹植并没有出场，而曹丕却作为曹操身边敢于进言、持重正派的形象出现了。

《替曹操翻案》写出两天之后，郭沫若完成了《再谈蔡文姬的〈胡笳十八拍〉》。他从丁廙《蔡伯喈女赋》和曹丕的同题残文中，判定了蔡文姬的年龄和《胡笳十八拍》的真实性。3月17日，郭沫若致函曹禺、焦菊隐："《蔡文姬》中'杨训'一角请改名为'周近'。凡说白中提到'杨司马'的地方均请改为'周近司马'。"③24日，郭沫若到北京人艺看《蔡文姬》一、二幕排练。5月1日，郭沫若完成了《中国农民起义的历史发展过程——序〈蔡文姬〉》，文章在肯定曹操贡献的同时，也指出了曹操的缺点。

5月2日，郭沫若致函阳翰笙、田汉、曹禺、焦菊隐并转周扬："您们改的剧本，我仔细斟酌了几遍，认为改得很好。我很感谢您们。"尤其是剧中的《贺圣朝》一诗，郭沫若觉得田汉改得特别好，在田汉修改的基础上，他自己又稍微修改了一番。但也有几处周扬等人的修改，他没有采纳。最后他说："我已把改本分交收获社和文物出版社。因为我不日出国，如您们还有大的改动就请直接通知二社。如果改动不大，我看出版本和舞台本是可以有些不同的，似乎可以让它们出版了。"④这封信写好后，郭沫若仍在推敲剧本，他接着又给曹禺、焦菊隐写了一封信："刚才谈到的剧本45页蔡文姬的台辞中所增加的几句（左贤王赞成她回来撰修《续汉书》云云），仍请保留。但在第三行曹操的台辞中'蔡文姬夫人'下请加下面几句话，这样就把文姬归汉的任务更突出

---

①② 郭沫若：《论曹植》，《郭沫若全集·历史编》（第3卷），人民出版社，1984年，第130页。

③ 《郭沫若书信集》（下），中国社会科学出版社，1992年，第279页。

④ 同上书，第282、283页。

了。"①所增加的那几句话，主要是曹操说明请蔡文姬回来是为了帮助撰修《续汉书》。第二天，郭沫若再次致信曹禺、焦菊隐，提出五条修改意见。

5月6日，郭沫若率领中国代表团赴斯德哥尔摩出席世界和平理事会特别会议，18日回到北京。21日，《蔡文姬》作为向国庆十周年献礼节目由北京人民艺术剧院在首都剧场公演，六十八岁的郭沫若流着泪看完了演出。5月29日，《人民日报》发表评论说：

> 剧本在描写她的悲剧感情上，有着深刻的感人力量。扮演蔡文姬的朱琳，通过蔡文姬所作《胡笳十八拍》的经过，以及她归汉后求见曹操维护被陷害的董祀的正义行动，比较完美地塑造了这个女诗人的形象。此外，整个演出，在向戏曲传统学习上作了新的尝试。舞台形象的创造，和音乐的配合，也都是优美的。最近中国戏剧家协会和北京市文联邀请首都文艺界座谈话剧《蔡文姬》，大家认为《蔡文姬》的演出，非常激动人心，但也有些同志认为，剧本写文姬归汉的理由还不够充分。②

同月，《蔡文姬》在文物出版社出版，这个版本以宋人陈居中《文姬归汉图》为封面，并印入了明人的《胡笳十八拍》画卷。

二

就在《蔡文姬》于人艺上演时，刘大杰写了《关于蔡琰的〈胡笳十八拍〉》，发表在《光明日报·文学遗产》上。刘大杰通过四条证据，证明"苏东坡只见过《悲愤》二诗，没有见过《胡笳》"。尤其是第四条，

---

① 《郭沫若书信集》（下），中国社会科学出版社，1992年，第280页。
② 黎西：《郭沫若的新作〈蔡文姬〉》，1959年5月29日《人民日报》。

刘大杰引用了何薳《春渚纪闻》卷六《论古文、俚语二说》中的"史载文姬两诗特为俊伟，非独为妇人之奇，乃伯喈所不逮也"。刘大杰认为这一条跟《胡笳十八拍》关系也不大。最后，刘大杰还是坚持自己的观点，认为这首诗不是蔡文姬写的。

郭沫若在 6 月 2 日写了《三谈蔡文姬的〈胡笳十八拍〉》。他批评刘大杰所引何薳《春渚纪闻》没有引全。全文是："文章至东汉始陵夷。至晋宋间，句为一段，字作一处，其源出于崔蔡。史载文姬两诗特为俊伟，非独为妇人之奇，乃伯喈所不逮也。"而"这段文字是很成问题的，不仅全面肯定与全面否定前后两说完全相反，就是文字本身也大有问题"。郭沫若认为这段文字有夺落，"史载文姬两诗特为俊伟"句前应该有"《胡笳》视"三个字。之所以敢于这样判断，因为《春渚纪闻》这本书残缺不全，"十通七八"，而朱熹看过这本书的原刻本，朱熹是肯定蔡文姬作过《胡笳十八拍》的。所以郭沫若认为刘大杰"对于材料的占有是尽了能事的，但可惜对于材料的审核却不大严密。他在否认苏东坡欣赏过《胡笳十八拍》上深信了《春渚纪闻》的断章，而把朱熹责备范蔚宗'弃而不录'的话斥为'完全是臆说'"。"刘先生的四证，虽然主张得非常坚决，却是非常脆弱的。"郭沫若还进一步指出："人是活的，书是死的。活人读死书，可以把书读活。死书读活人，可以把人读死。"[1]这篇文章还逐一批驳了刘大杰所认为的"不见著录、论证和征引""风格体裁不合""地理环境不合""艺术成就高并不能证明是蔡琰作"等观点。

《三谈蔡文姬的〈胡笳十八拍〉》发表后，刘开扬发表《关于蔡文姬及其作品》，李鼎文发表《〈胡笳十八拍〉是蔡文姬作的吗？》，王达津发表《〈胡笳十八拍〉非蔡琰作补正》，沈从文发表《谈谈〈文姬归汉图〉》。这些文章都认为《胡笳十八拍》是后人伪作。

6 月 15 日，郭沫若完成了《四谈蔡文姬的〈胡笳十八拍〉》。他吸取反对者的意见，发现《胡笳十八拍》有大小两种。"由于有了蔡文姬

---

[1]　郭沫若：《三谈蔡文姬的〈胡笳十八拍〉》，1959 年 6 月 8 日《光明日报》。

的《胡笳十八拍》，董庭兰根据唐代流行的诗体，又别创一格。但因辞有长短，调亦有长短，故唐人以大小分之。"他认为"对于蔡文姬的《胡笳十八拍》，唐人的李颀没有怀疑。董庭兰、刘商也没有怀疑"，王安石、苏东坡、郭茂倩、李纲、朱熹、李元白、王应麟、严羽等宋人也没有怀疑。到了明代才开始怀疑起来，而怀疑者"主要还是从'风格体裁不合'这一条出发的"。"人们求之于班固、崔骃，求之于曹氏父子和建安七子，的确是找不出和《胡笳》相类似的格调"，但两汉的民间文学，比如《乌孙公主歌》《上郡民歌》《讽刺太常诗》、两汉铜镜铭等在风格体裁上跟蔡文姬《胡笳十八拍》是相似的，"蔡文姬是在骚体和七言民歌的基调之上树立了她独创的风格"①。

《四谈蔡文姬的〈胡笳十八拍〉》发表后，郭沫若参与会见了哥伦比亚议会代表团。21 日，他去北京人民艺术剧院再一次观看了《蔡文姬》的日场，回家后给导演焦菊隐写信提出了三点修改意见。其间，好些朋友帮助郭沫若查找有关《胡笳十八拍》的新资料。靠着这些资料，他在 6 月 23 日写作了《五谈蔡文姬的〈胡笳十八拍〉》。这些资料中最主要的是宋初《淳化秘阁法帖》有《胡笳十八拍》的头两句，相传是蔡文姬写的。黄庭坚不仅相信《胡笳十八拍》是蔡文姬所作，而且也相信《淳化秘阁法帖》的这两句是蔡文姬的手迹。当然也有人认为是伪托。郭沫若认为，蔡文姬所书十四字即便是伪托，但伪托的时间"至迟是在唐代"，"也正证明：那作伪的唐代人或唐以前人也肯定《胡笳十八拍》是蔡文姬所作的了"②。

7 月 12 日，《光明日报·文学遗产》发表了高亨的《蔡文姬与〈胡笳十八拍〉》与王竹楼的《〈胡笳十八拍〉不是蔡文姬作的吗？》两篇文章。郭沫若受此启发，在 7 月 17 日写作了《六谈蔡文姬的〈胡笳十八拍〉》。高亨认为，《胡笳十八拍》只有两联是"精炼工整的对仗诗句"。郭沫若却认为这两联都因为传抄过程中字抄错了，所以实际上也不是

---

① 郭沫若：《四谈蔡文姬的〈胡笳十八拍〉》，1959 年 6 月 21 日《光明日报》。
② 郭沫若：《五谈蔡文姬的〈胡笳十八拍〉》，1959 年 7 月 13 日《光明日报》。

对仗。《胡笳十八拍》基本上是句句为韵，这"正合乎汉、魏人的诗法"。王竹楼也谈到《淳化秘阁法帖》中的材料。郭沫若经过考虑后认为，"对于《淳化阁法帖》所收的蔡琰书十四字，我赞同黄山谷和北宋初年编《法帖》的人们，相信它是真迹"，"字都是真的，诗不消说也就是真的了"。这篇文章发表后，郭沫若虽然还写了《林景熙的〈蔡琰归汉图〉》《为"拍"字进一解》等相关文章，但不再讨论关于《胡笳十八拍》的真伪了。

1959 年是国庆十周年。国庆前后，六十八岁高龄的郭沫若几乎每天都忙个不停。国庆前，各社会主义国家的代表团来观礼，郭沫若要前往机场和车站迎接，有时候是陪同周恩来，有时候是陪同刘少奇，往往一天两三次，晚上还得出席欢迎宴会。国庆后，又得陪同毛泽东等领导人多次往机场和车站欢送各国代表团。

11 月 5 日，郭沫若复函曹禺、焦菊隐、欧阳山尊、赵起扬："多谢您们亲切的来信，《蔡文姬》今晚已演到第一百场，我也同样感受到高度的愉快。""由于同志们的努力使我也分享到荣幸，我应该向您们致衷心的感谢。"①

两年后，郭沫若读《随园诗话》，遇到有关曹操或蔡文姬的文字，还忍不住点评几句。《随园诗话》记载："王昊庐宗伯捐资赎甲寅难妇百余口。沈（方舟）赠云：'红泪千行溅铁衣，倾家不惜拔重围。挥金欲笑曹瞒吝，只赎文姬一个归。'"郭沫若认为，王昊庐、沈方舟都是民族意识很浓的诗人，这首诗表现了可贵的民族精神。但是，"沈对于曹操的责备则有欠公平。曹操于建安十二年平定乌桓，救回边民被奴虏者十万余户，其中妇女当不止'百余口'了"②。《随园诗话》收录方楼《言诗》：

情至不能已，氤氲化作诗。

① 《郭沫若书信集》（下），中国社会科学出版社，1992 年，第 302 页。
② 郭沫若：《读随园诗话札记》，《郭沫若全集·文学编》（第 16 卷），人民文学出版社，1989 年，第 348 页。

屈原初放日，蔡女未归时。

得句鬼神泣，苦吟天地知。

此中难索解，解者即吾师。

　　郭沫若评点该诗说："方以蔡文姬与屈原对比，即偏重在悲壮方面，故言'得句鬼神泣，苦吟天地知'。蔡文姬之诗，所存者仅《悲愤》二诗及《胡笳十八拍》。《悲愤》二诗，格调平衍，不足形容以惊天地而泣鬼神。余意方所指者必系《胡笳十八拍》，以之比拟屈原，实系先得我心。"[①]

三

　　《替曹操翻案》发表后引发了热烈的讨论。1959 年 3 月，郭沫若在《关于目前历史研究中的几个问题》中说："我们评定一个历史人物，应该以他所处的历史时代为背景，以他对历史发展所起的作用为标准，来加以全面的分析。这样就比较易于正确地看清他们在历史上所应处的地位。""依据这样的原则，我认为历史上有不少人物是应该肯定的。但其中有些人还受到歪曲，应该替他们翻案。殷纣王、秦始皇和最近正在讨论的曹操，都是。"[②]其实，武则天也在这些人物之列。《武则天》剧本的孕育，是在三个月后的 1959 年的夏天。

　　1959 年 6 月 29 日，在《五谈蔡文姬的〈胡笳十八拍〉》写完一个星期后，郭沫若离开北京赴河南、山西、陕西三省，开始为期两个星期的考察。30 日，郭沫若抵达郑州，在河南省副省长嵇文甫的陪同下考察省博物馆、商城遗址和花园口等地。他对不久前新发现的安阳后冈圆

①　郭沫若：《读随园诗话札记》，《郭沫若全集·文学编》（第 16 卷），人民文学出版社，1989 年，第 383、384 页。

②　郭沫若：《关于目前历史研究中的几个问题》，《郭沫若全集·历史编》（第 3 卷），人民出版社，1984 年，第 486 页。

形殉葬坑十分感兴趣，作了十三首七绝，这些诗主要是替殷纣王翻案："勿谓殷辛太暴虐，奴隶解放实前驱。"此外，他还吟道："殷辛之功迈周武，殷辛之罪有莫须。""谁如有功于民族，推翻旧案莫踟蹰。"但他对殷纣王的翻案，并没有形成系统的论文或剧本。因为他的兴趣很快就转到武则天身上了。

7月1日，郭沫若到洛阳考察龙门石窟、白马寺等地。龙门石窟西山南部有奉先寺石窟，郭沫若在这里有新的发现：

> 奉先寺木建部分已毁，唯雕像尚完整。岩上刻有《大卢舍那象龛记》，乃开元十年（公元七二二年）所刻。其文有云"以咸亨三年（公元六七二年）壬申之岁四月一日，皇后武氏助脂粉钱二万贯。……至上元二年（公元六七五年）乙亥十二月卅日毕功"。案咸亨三年，武后年四十九岁，助脂粉钱建雕像，较之清慈禧太后以海军费建颐和园者，有上下之别。①

这个发现让他很开心，他写了一首《访奉先寺石窟》，咏道："武后能捐脂粉费，文章翻案有新篇。"此后，他开始酝酿话剧《武则天》。

在酝酿期间，郭沫若广泛查阅文献史料。"我看了不少关于武则天的材料。《旧唐书》、《新唐书》、《资治通鉴》、《全唐诗》、《唐文粹》、《唐诗纪事》等书中，凡有关武则天的记载和她自己的著作，我大抵查看过了。""近人的研究和剧作，我也尽可能找来看过。拿剧本来说，有宋之的的话剧剧本《武则天》和上海越剧团的越剧剧本《则天皇帝》。"他对近人的这两种剧作都不满意。宋之的的剧本"是想替武则天翻案，但他却从男女关系上去翻，并明显地受了英国奥斯卡·王尔德的《沙乐美》的影响，让武则天以女性来玩弄男性。这，似乎是在翻倒案了"。而越剧剧本"在描绘上虽然避开了男女关系，但同样没有根据更多的史料而仅凭主观的见解"。同时，这两种剧作"都从武后在感业寺为尼时写

---

① 《郭沫若全集·文学编》（第4卷），人民文学出版社，1984年，第46页。

起，一直写到晚年。这种传记式的写法是难于写好的。两种剧本的剧情和人物多出虚构，并都把武后写成为一个失败者。这是违背历史事实的"①。郭沫若计划写作的《武则天》与上述两个剧本有所不同。

1960 年 1 月 10 日，郭沫若完成了五幕历史剧《武则天》的初稿。为了追求人物、事件、地点的统一，郭沫若将时间集中在武则天五十五至六十一岁这六年间，地点局限在洛阳，以徐敬业叛乱为剧本的中心事件。在郭沫若笔下，武则天是个正面形象。她能够体念民间疾苦，同情人民大众，政治上选贤任能，广开言路之门。她待人诚恳亲切，甚至感化了被她杀害的上官仪的孙女上官婉儿，使得后者能够发挥才干，忠心为国家服务。在她的治理下，唐朝的户籍差不多增加了一倍，经济繁荣，文化昌盛，为开元盛世奠定了坚实基础。郭沫若歌颂武则天的雄才大略，并设置了裴炎这样的反面典型。以裴炎为代表的士族，只是为了篡夺最高统治权，从来不考虑老百姓的实际利益，他们的造反也只能走向末路。值得注意的是，郭沫若将初唐四杰之一的骆宾王设置成反面人物，在他看来，骆宾王文人无行，畏难苟安，虽然一副怀才不遇落拓不羁的样子，却总想一夜间飞黄腾达，于是参与了徐敬业和裴炎的阴谋。郭沫若引用裴行俭的话："士之致远，当先器识而后才艺。"认为骆宾王虽然讨伐武则天的檄文写得好，"但不是站在人民的立场说话，而是赤裸裸的争夺政权"，所以他是"徒有才艺而无器识"。郭沫若塑造骆宾王这一人物形象时，应该是有所针对的。无论在哪个时代，都有许多文人只顾自己的名利安逸，从不去想人民的福祉。在郭沫若看来，这样的文人应该否定。

接下来两个月中，郭沫若参加了繁重的国务活动，会见了捷克斯洛伐克、罗马尼亚、保加利亚等国科学院代表团，参加了中苏友好同盟互助条约签订十周年的系列庆祝活动，还去了一趟重庆，写了《重庆行十六首》。

2 月 10 日，郭沫若致函翦伯赞："我写了《武则天》一剧，送上一部，

---

① 郭沫若：《我怎样写〈武则天〉》，《郭沫若全集·文学编》（第 8 卷），人民文学出版社，1987 年，第 229、230 页。

请提意见，以便修改、定稿。"①他给吴晗等人也都写了类似的信件。

不久，吴晗将《武则天》校改本寄给郭沫若，提出了一些意见。3月11日，郭沫若给吴晗写信，对于吴晗有关李孝逸的身份的质疑做了回复。3月16日，郭沫若在家中接见邯郸东风剧团的部分演员，应东风剧团的请求，郭沫若将《武则天》亲手交给该剧团，由他们改编成豫剧。差不多同时，《武则天》已经在北京人民艺术剧院边排练边修改了。

3月22日，郭沫若到陕西。23日起，郭沫若为"更多地接触武后的业绩"，到乾县游览了乾陵等地，写下了《游乾陵三首》。

3月25日，郭沫若回到北京。26日，他给四川省广元县政府相关人员写信："闻广元县有武则天庙，希望能得到一些照片，庙容和塑像之类。庙内想有碑记，希望能抄示。又县志中是否有记载？民间关于立庙之由及有关武则天的传说如何？这些都想知道，如能扼要叙及，至所盼祷。"②

这期间，翦伯赞也将《武则天》的意见反馈给郭沫若。4月15日，郭沫若复函翦伯赞：

> 大札奉读。谢谢您对于《武则天》的指点。我对于该剧本，根据大家的意见作了几次修改，《人民文学》五月份将刊出，因此修改本我就不再奉上了。上月廿二日我特别到西安去，看了武则天与唐高宗合葬的乾陵，规模甚雄伟。陵前有二碑，一为纪德碑，乃武后撰文，纪念高宗的。一为没字碑，乃武后自己的碑。据云武后自己说，自己的功过让后人评价。《大云经》，我没有用上。因为我剧中的年代有所限制。武后出身微贱，这和她的政治措施，不无因缘。高宗能欣赏武后，是他的杰出处。因此，我推论到他也能欣赏僧肇。关于上官婉儿，我希望

① 《郭沫若书信集》（下），中国社会科学出版社，1992年，第548页。

② 郭沫若：《致广元县政府文化方面负责同志》，《郭沫若研究》（第12辑），第267页。

您有功夫时，翻阅一下张说的《上官昭容文集序》（见《全唐文》）。他称赞上官婉儿真是到了极点。武后和上官婉儿这两位女性，我看对唐代文化大有贡献。李白、杜甫是他们时代的红领巾。①

4月21日，郭沫若应白杨等人邀请，前往"洁而精"川菜馆，他将《武则天》连同相关资料交白杨，请她提意见。4月23日，郭沫若致信白杨：

> 关于《武则天》，请您看了提意见，待出单行本时加以删改。这是诚恳的请求，不是外交辞令。将来要由作家出版社出版，北京已经派人来和程十发同志联系，拟请他作些插画。
>
> 《重要资料十则》，将来也打算附在单行本里面一道出版；该稿因无副本，您看完后，请您掷还我。
>
> 我已决定十七日飞回北京，在离沪前希望能听到您关于《武则天》的意见。②

郭沫若同意邯郸东风剧团改编《武则天》为豫剧本后，邯郸地委的领导同志十分重视，由地委宣传部长周镜负责组成创作班子，用了十八天的时间，完成了豫剧本的初稿。

4月29日，郭沫若召集豫剧《武则天》的编创人员和主要演员进京。他肯定了《武则天》豫剧本对话剧本的改动，并在此基础上做了修改。编创人员表示改编起来难度大，很多地方拿不准，郭沫若边笑他们太谦虚，边拿起笔来在最后一场上作了修改。郭沫若还详细向他们讲了武则天这个人物形象："武则天是中国历史上一位杰出的女政治家，精通文史，雄才大略，很了不起。但自北宋以来，历代封建统治

---

① 《郭沫若书信集》（上），中国社会科学出版社，1992年，第549页。
② 《郭沫若书信集》（下），中国社会科学出版社，1992年，第319页。

者对她作了很大歪曲。她执政的二十年，太平盛世，从未发生过大规模的农民起义。足见她治理天下的才能与本领。她对叛臣之女上官婉儿的栽培与重用，更表现出她任人唯贤的杰出政治家胸怀。"郭沫若仔细看了豫剧团设计的舞台美术、人物造型和服装设计小样，他觉得有些地方不妥当，于是"亲手取来一幅幅唐代宫廷人物画、服饰习俗画，和其他唐代文物资料，一一指点着让大家仔细观赏，并就其风格、特点，反复讲给大家听"①。郭沫若不仅就如何改动舞美和服装等准备了资料，还将这些参考资料送给剧团，并开了书单，让他们下去仔细学习揣摩。

豫剧团根据郭沫若的指示，对剧本再次做了仔细修改。5月11日，豫剧《武则天》在邯郸进行了彩排，演出时间长达三个半小时。豫剧团觉得时间过长，给郭沫若写信，希望他能压缩一下。郭沫若接信后花了好几天工夫仔细修改了剧本。5月18日修改完毕。他在最后一页批注说："删去了十五页左右，或许可以缩短半小时，唱词有所修改，请你们再仔细斟酌。"②

四

5月，郭沫若根据大家的意见，将修改后的《武则天》发表在《人民文学》上。5月22日，郭沫若再次给广元县人民委员会写信：

> 广政年间的碑是很重要的，可惜下截被损，估计当缺十余字。又原有作尼装的武后像，明清时均有人题录，而今已渺无踪迹，不知何时被毁。刘成厚所刻像，乃摹清康熙年间金古良《无双谱》，而亦失真，无多价值。现寺内所存武后石像头部，

---

① 王振国：《郭沫若和豫剧〈武则天〉》，《豫剧武则天汇校本》，花山文艺出版社，1991年，第140页。
② 同上书，第141页。

不知大小如何？定为武后像，是否确有根据？根据广政碑例，估计地下可能还有埋藏，尚希注意。

……

武后毫无疑问生于广元。唐代诗人李商隐有《利州江潭作》一诗，题下注云"感孕金轮所"。金轮即武后，可见唐人是公认武后生于广元。①

6月6日，郭沫若再次致信吴晗，将有关《武则天》剧本的史料送给他看。

中国科学院考古研究所张明善等人根据郭沫若的要求，前往武则天出生地四川广元。他们考查了"武则天庙"皇泽寺，在7月发表的调查报告中认为郭沫若提出的武则天出生于广元是符合历史实际的，从皇泽寺的碑刻遗存中可以发现："虽然自赵宋以来，由于正统观念的统治和男尊女卑的封建思想的深远影响，武则天特别遭受歪曲和污辱，但唐代人和这一地区的后代人并不这样看待武则天，不但不丑化，并且还给予了热情歌颂。""皇泽寺则天殿、则天神象、则天乡，不正好说明武后生地人民对武后的崇敬吗？武后曾自称'不爱身而爱百姓'，这大抵是她的为人与为政的方针。""因此我们完全赞同郭沫若同志对武则天的公正的历史评价。"②

7月，东风剧团去北戴河向郭沫若汇报排练情况，郭沫若亲自修改了演出说明书。7月18日，郭沫若观看了第二稿修订本的彩排，他边看边做记录，彩排结束后，他走上舞台，和演出人员认真交换了意见。不久，他亲笔为豫剧《武则天》加了三出戏。7月28日，东风剧团进行了第二次彩排，郭沫若很满意。鼓励他们尽快去北京演出。8月，东风剧团在北京进行内部专场演出，郭沫若请北京人民艺术剧院朱琳等人观看演出，并与东风剧团座谈交流。

---

① 郭沫若：《致广元人民委员会》，《郭沫若研究》（第12辑），第267页。
② 张明善，黄展岳：《四川广元县皇泽寺调查记》，《考古》，1960年第7期。

8月3日，郭沫若为豫剧《武则天》写了《小引》：

> 这里附上一个豫剧演出的剧本，是邯郸市戏曲研究室改编的。原只八场，全部经过了我的润色。
>
> 七月十八日在北戴河看到东风剧团彩排，我又增写了三个过场戏，即《暗箭》《害贤》《补骆》三场，合共十一场。这样遵守戏曲的习惯，使剧情的交代更清楚了一些。
>
> ……
>
> 《害贤》一场，虽然和历史年代有出入，但我觉得增加得有意思。有了这一场的增加，把太子贤这个人物完成了，把裴炎的奸诈也更加突出了。话剧演出时，如果认为有必要，似乎也可以加入这一场。①

8月4日，郭沫若给楼适夷写信商谈《武则天》的出版问题："我希望把东风剧团演出本的《武则天》，同话剧本一道刊出。""刘继卣同志的插画，不知道进行得怎样。他是在荣宝斋画画，请催问一下。如果还要相当长的时期，似乎可不必等了。"8月16日，郭沫若写作了《我怎样写〈武则天〉？》，详细说明了《武则天》的写作经过、主旨和武则天、上官婉儿、唐高宗、裴炎、骆宾王等人物形象，及对武则天容貌服饰的考证等。

不久，有人将《武则天》改编成淮剧，寄给郭沫若看。10月19日，郭沫若给裴竹君、周慰祖写信说："来信及《武则天》淮剧本收到。我对于旧剧编写没有经验，请您们作主剪裁好了。能够缩短一些，恐怕比较好，有些不必要的历史事实的罗列可以删去。最好多听些观众的意见。"②

10月31日，郭沫若致信周扬，讨论《武则天》剧本。侯外庐看了

---

① 郭沫若：《豫剧〈武则天〉小引》，《豫剧武则天汇校本》，花山文艺出版社，1991年，第133页。

② 郭沫若：《沫若书简·致裴竹君、周祖慰》，《文艺报》，1979年第5期。

《武则天》后，给郭沫若写信讨论武则天的身份。郭沫若于 11 月 13 日给侯外庐回信说："武后重用寒微，确是事实。朝中的左御史大夫骞味道，其出身虽不详，然非世族恐可断言。""剧本在删改小节修改中，我也修改过一遍，主要是把关于均田制及强调人民性的地方删削了。迄今尚未定稿。"①侯外庐接信后给郭沫若提供了一些材料。郭沫若于 15 日回信说："十一月十四日信所示材料甚好，武后的开明性是无可怀疑的。最近把《陈伯玉（子昂）文集》阅读了一遍。此公对武后颇推崇。文中多透露武后深得人心处。……想不尽是面谀之辞。"②

1961 年 5 月 14 日，《光明日报·史学》发表了陈振的《也谈武则天的出生地和出身》，不同意郭沫若有关武则天出生广元、出身"寒微"的观点。郭沫若第二天就写下了《武则天生在广元的依据》，该文用李商隐的《利州江潭作》和广元的出土文物及民间传说，来说明武则天生在广元。郭沫若在文章最后说："我还想谈谈史料的问题。史料不仅限于书本上的东西，还有物质上的文物和民间保留的传说。有时候，后两者比书本上的史料还重要。在阶级社会里所传流下来的书史之类，可靠性是要打折扣的。""象武则天生于广元这个事实，既有书本上的证据——李义山诗自注，又有广元文物和民间传说的佐证，尽管有史学专家要坚决否认，我要再说一遍：在目前还没有确凿的根据，可以使它被根本推翻。"③

9 月，郭沫若到云南参观，4 日晚上在昆明观看话剧《武则天》，7 日写下了七律《在昆明看演话剧〈武则天〉》：

> 金轮千载受奇呵，翻案何妨傅粉多？
> 宋璟姚崇蒙哺育，开元天宝沐恩波。
> 声威远届波斯国，文教遥敷吐火罗。

---

① 《郭沫若书信集》（下），中国社会科学出版社，1992 年，第 325 页。
② 同上书，第 326 页。
③ 郭沫若：《武则天生在广元的依据》，《郭沫若全集·历史编》（第 4 卷），人民出版社，1982 年，第 508、509 页。

毕竟无书逾尽信，丹青原胜素山河。①

"金轮"指的就是武则天，因为她曾自封为"金轮圣神皇帝"。郭沫若赞美她提携了宋璟、姚崇等名臣，开启了开元天宝的盛世繁荣，声望达到中亚细亚一带，历来史书对她多有贬斥，那都是不可信的。当年秋天，郭沫若又将这首诗以《咏武则天》为题给于立群写了一个横幅。于立群将它挂在自己的工作间，这是郭沫若家里唯一一幅郭沫若本人的书法。12 月 13 日，郭沫若给黄允平回信，对《在昆明看演话剧〈武则天〉》进行了解释："观武则天剧一诗乃九月在昆明时所作，曾在《人民日报》上发表。第三句本为'姚崇宋璟'，因在从化写时笔误。孟子有'尽信书则不如无书'语，在人民日报上曾加注。"②

这一年，郭沫若读《随园诗话》时，对于袁枚污蔑武则天极为不满。

袁枚在《随园诗话》中录了他小时候写的一首诗："我为五王谋，兴唐欲灭周。全家诛产禄（吕产与吕禄，喻武三思等人），远谪辟阳侯（张昌宗）。"郭沫若论道："袁枚是斥责武则天的人，他恨她如同恨吕后一样。她们都是他所说的'女祸'。这是封建时代的正统观念，其中还含有男尊女卑的思想，本来是不足怪的。但残酷的是袁枚竟要诛杀武氏'全家'。在幼年时代写出这样的诗，倒可以说是童言无忌，取快一时。但到了晚年来，还把这样的诗收入《诗话》，那就很难原谅了。""不满意武则天的人，大抵以嗜杀为其罪状之一。但这种仅为一姓一家的政权着想，而要诛戮全家，其嗜杀的程度不是还在孙皓之上吗？袁枚幸而没有做皇帝，如果做了皇帝，我相信他的杀人之多一定不会亚于武则天。他曾自诩：'平生乐道人之善'（《补遗》卷九第五八则），但对武则天的好处，他就丝毫也没有见到。成见囿人，每每是不自觉的。"③

① 《郭沫若全集·文学编》（第 4 卷），人民文学出版社，1984 年，第 290 页。
② 据手迹影印件。
③ 郭沫若：《读随园诗话札记》，《郭沫若全集·文学编》（第 16 卷），人民文学出版社，1989 年，第 385、386 页。

《随园诗话》说:"女宠虽自古为患。而'地道无成',其过终在男子。使太宗不死,武氏何能为祸?"郭沫若评点道:"此见甚为庸腐。武后执掌政权五十年,扶植下层,奖掖后进,知人明敏,行事果断,使唐代文化臻至高峰,使中国声誉播于远域,凡读史有识者类能言之。他可姑置不论,即以所谓盛唐诸名臣与诸名家而言,何一非培育于武氏执政时期耶?唐玄宗李隆基是一败家子,坐享其成,而亦坐吃山崩。袁枚竟以'祸'归之于武氏,盖亦株守宋儒之偏见耳。"①这些意见,是他长期研究武则天得出来的。

1962年1月25日,在海南参观的郭沫若给阳翰笙写信说:"送上《武则天》清样本一册,请您审阅,并请提意见。"2月10日,郭沫若致函吴晗:"《武则天》一册,送请审阅。请务必不客气地提意见,以便修改定稿。"11日,郭沫若再次写信给阳翰笙:"《武则天》,主要照着陈白尘同志的意思,有所添改。今将添改好的一册送您,最好请您嘱文联同志制一《勘误表》,印它几十份。又举行座谈时可将《勘误表》每人送一份,以免走冤路。希望同志们多多提意见,以便更进一步修改。"郭沫若在信末附上了"曾请提意见的同志们的名单",包括邵荃麟、田汉、光未然、吴晗、严文井、翦伯赞、陈白尘、王戎笙、曹禺、李伯钊、焦菊隐、阳翰笙、阿英、夏衍等十四人。

阳翰笙召集的《武则天》座谈会举办后,郭沫若根据大家的意见对剧本进行了修改。3月6日,郭沫若致函阳翰笙:

> 《武则天》修改本一册送上,请您再看一看。是根据座谈会上大家的意见修改的,主要是把武则天加强了,把她的政治措施和思想立场,在前三幕中,由正面、反面来加以突出。把骞味道也加强了,不再是模棱两可的人,而是站在武后方面的耿直者。第五幕有了较大的修改,由殿前朝会改为殿内朝会,

---

① 郭沫若:《读随园诗话札记》,《郭沫若全集·文学编》(第16卷),人民文学出版社,1989年,第322页。

觉得处理较妥贴一些。仍请提意见，以便再加修改。

文字上的修改，请写在本子上，退还我，以便照改。^①

3月7日，郭沫若致函邵荃麟：

> 根据座谈会上大家的意见，我把《武则天》又修改了一遍，送一册给您，请您再看看，并请提意见。修改本主要是把武则天加强了，对第五幕作了相当大的修改。座谈会上有加一幕减一幕之说，我经过仔细考虑，有困难。如那样做剧本统一不起来。我同翰笙、吴晗同志等也谈过，都说没有一定的必要。因此，仍保存了原来的结构，而在内容上大有增改。^②

6月20日，郭沫若写作了《〈武则天〉序》，文章说："自初稿写出到现在，快两年半了。在这期间，接受了不少同志们的意见，进行了很多次的修改。目前的这个本子，基本上可以作为定稿了。""这个剧本的改定，得力于北京人民艺术剧院帮助很大，特别是导演焦菊隐同志费了很大的苦心。我和同志们共同斟酌了多少遍，我要特别感谢他们。"郭沫若认为，要想达到历史真实和艺术真实的统一，"据我自己的经验，文章的多改、多琢磨，恐怕还是最好的办法"。"改，改，改！琢磨，琢磨，再琢磨！铁杵是可以磨成针的。"^③

6月29日起，由焦菊隐和梅阡合作导演的《武则天》在北京人民艺术剧院上演。郭沫若于7月6日晚在首都剧场观看了演出，第二天给焦菊隐写信，又提出了十一条修改意见，有些涉及台词，有些则是表演技术和舞台布局方面的。9月，《武则天》由中国戏剧出版社出版。

9月12日，袁震的《是谁杀死了李贤？》发表在《光明日报·史学》

---

① 郭沫若：《致阳翰笙》，《郭沫若全集·文学编》（第8卷），人民文学出版社，1987年，第271页。
② 郭沫若：《致邵荃麟》，同上书，第271、272页。
③ 郭沫若：《序》，同上书，第125页。

双周刊上。袁震相信《旧唐书·酷吏丘神勣传》中"则天使于巴州害章怀太子"的说法，而对张鷟《朝野佥载》中裴炎与徐敬业合谋造反的说法表示怀疑。而《武则天》的主要情节正是建立在《朝野佥载》之上，袁震的怀疑势必动摇《武则天》的历史真实性。

9月20日，郭沫若写作了《关于武则天的两个问题》，反驳了袁震。他认为：从常理上来说，李贤不会是被武则天所杀，从《朝野佥载》出发，是可以得出裴炎杀李贤的结论的。郭沫若还比较了他跟袁震的区别：袁震相信官书诏书，而他自己相信稗官野史。此外，郭沫若还进一步推算了武则天的生年。

郭沫若倾情于武则天，坚持认为武则天出生于广元，但直到1966年4月19日，他才有机会偕于立群到广元皇泽寺参观。第二天，他应广元县委请求，题写了一首咏皇泽寺的五言律诗：

> 广元皇泽寺，石窟溯隋唐。
> 娲美同伊阙，鬼斧似云岗。
> 三省四通地，千秋一女皇。
> 铁轨连西北，车轮日夜忙。①

"千秋一女皇"，是他对武则天的定评。

五

1961年，郭沫若除继续修改《武则天》外，主要整理和研究了《再生缘》，写作了《读随园诗话札记》。

《再生缘》是清代女作家陈端生写作的一部长篇弹词，由于历来学者对弹词这种文体的轻视，这部著作一直没有引起人们的注意，陈端生

---

① 陈凤翔：《郭沫若在武则天故里》，《沙湾文史》第5期，1988年12月。

的生平情况也隐而不彰。1954 年，时任中山大学教授的陈寅恪完成了《论再生缘》的写作，考证了陈端生的生平情况，并曲折表达了自己的心情，油印数本分赠好友。不久，油印本传至港台及海外，旅居美国的余英时在美国读到此书，写成《陈寅恪先生〈论再生缘〉书后》，发表在香港《人生》杂志 1958 年 12 月号上。文章称陈寅恪"实是写'兴亡遗恨'为主旨"。由于陈寅恪是 20 世纪中国最杰出的学者之一，在学术界具有崇高的声望，所以当余英时将陈寅恪的《论再生缘》交香港友联出版社刊行后，引起了读书界的震动。

1960 年 8 月，中山大学历史系主任杨荣国来京，跟中华书局负责人金灿然谈起陈寅恪的情况。8 月 22 日，金灿然致信文化部副部长齐燕铭："陈研究《再生缘》写成一部稿子，以书中主角自况。这部稿子曾经在广东油印，印数少。后来香港有人把这部稿子拿去出版，书前加了一篇序言，说像这样的书稿，在大陆是不能出版的，等等。陈知道此事后心情很沉重。陈的这部书我们已向香港方面去要了，要来后再给您送去。"①

1960 年 12 月初旬，金灿然将陈寅恪的《论再生缘》送给郭沫若看。郭沫若惊讶于"雅人深致的老诗人却那样欣赏弹词"，于是"以补课的心情，来开始了《再生缘》的阅读"。

陈寅恪认为《再生缘》，"叙述有重点中心，结构无夹杂骈枝等病"，"为弹词中第一部书也"，"在吾国文学史中，亦不多见"，其成就甚或在杜甫作品之上，可以和印度、希腊有名的大史诗相比。②郭沫若之所以对《再生缘》感兴趣，除了陈寅恪的原因外，还因为他一直深深喜爱民间文学，认为这是雅化了的文人作品的源泉，里面含有更多更丰富更活泼的生命情感信息。读完《再生缘》后，郭沫若认为它"的确是一部值得重视的文学遗产"，"陈端生的确是一位杰出作家，她的《再生缘》比《天雨花》好。如果要和《红楼梦》相比，与其说'南花北梦'，倒

---

① 转引自徐庆全《陈寅恪〈再生缘〉出版风波》，2008 年 8 月 28 日《南方周末》。

② 陈寅恪：《寒柳堂集》，上海古籍出版社，1980 年，第 61 页。

不如说'南缘北梦'"。"我每读一遍都感觉到津津有味，证明了陈寅恪的评价是正确的。他把它比之于印度、希腊的古史诗，那是从作品的形式来说的。如果从叙事的生动严密、波浪层出，从人物的性格塑造、心理描写上来说，我觉得陈端生的本领比之十八、九世纪英法的大作家们""也未遑多让"。①

1961 年 3 月 3 日，郭沫若利用到广州的机会，在冯乃超的陪同下拜访陈寅恪。陈寅恪属虎，郭沫若属龙。郭沫若开玩笑说当天的相见是龙虎斗。他在日记中写道："伊左目尚能见些白光，但身体甚弱，今年曾病了好久。胃肠不好。血压不大高。不相信中药，自言平生不曾用过参。"②他们还谈到陈寅恪的《柳如是别传》，陈寅恪要找北京图书馆的《一笑亭集》，要纸张。他俩谈了一个小时，郭沫若才告别出来。这次谈话可能也包含了双方对《再生缘》的评价。

郭沫若最先接触的《再生缘》版本，可能是陈寅恪听人诵读的道光三十年（1850）三益堂的翻刻本。郭沫若认为这个版本"错字连篇，脱页满卷"，于是萌发整理原书的想法，希望能找到该书的初刻本或抄本。

1961 年 4 月初旬，郭沫若在北京图书馆工作人员的帮助下，从郑振铎捐献给北京图书馆的藏书中发现《再生缘》抄本一部，共二十卷。通过比较，郭沫若发现，郑藏抄本和三益堂本只有前十七卷相同，后三卷则完全不同。显然，陈端生本人只写作了前十七卷，后三卷为他人所续。于是他打算只核校前十七卷。

5 月下旬，阿英将其所藏的道光二年（1822）宝仁堂刊行的《再生缘》提供给郭沫若。这个刻本比前两个刻本都要早，被郭沫若断定为初刻本。

6 月中旬，中华书局编辑部开始对《再生缘》前十七卷进行校阅。他们在一个砧本上将郭沫若根据三益堂所做的初校本、郑藏抄本、初刻本等三个本子的异同标示出来，由郭沫若决定取舍。在核校过程

① 郭沫若：《序〈再生缘〉前十七卷校订本》，1961 年 8 月 7 日《光明日报》。
② 转引自谢保成《郭沫若与陈寅恪："龙虎斗"与"马牛风"》，《文坛史林风雨路——郭沫若交往的文化圈》，浙江人民出版社，1999 年，第 265 页。

中，以抄本为主，抄本有夺误，或者词句较刻本逊色时，则依据刻本。当郭沫若觉得抄本或刻本都有问题时，或者有些词句不太妥当或前后不统一时，就根据自己的理解进行修改。有所校改的地方，他都加注进行说明。两个月后，郭沫若与中华书局合作校订的《再生缘》十七卷本完成。

在校订《再生缘》的过程中，郭沫若先后发表论文九篇，将《再生缘》的研究推向高潮。

在最初发表的文章中，郭沫若基本囿于陈寅恪的研究范围，只是做些通俗化和补充的工作。郭沫若认同陈寅恪的大部分观点。两人都极力推崇《再生缘》这部在文学史上长期湮没的作品，都赞扬陈端生对"三纲五常"的大胆叛逆；在研究方法上，都采用"以诗证史"的方式考订陈端生生平和《再生缘》的写作情况。

反右斗争扩大化后，中山大学部分师生猛烈批评陈寅恪"为史料而史料，为考据而考据"，"用考据代替马克思主义的辩证法"，说他的观点"荒谬绝伦"，"是浪费我们的青春"。该校历史系副主任甚至公开发表文章说："认真批判陈寅恪史学方法，对于在历史科学领域中贯彻两条道路的斗争，拔白旗，插红旗，确立马克思列宁主义的阵地，是一项刻不容缓的工作。"[1]身为中国科学院院长的郭沫若在《再生缘》研究中再三对陈寅恪致敬，认同陈寅恪有关《再生缘》的考证与论述，这也是对 1958 年来针对陈寅恪的过"左"行为的有意拨正，事实上认可了被认为已经过时的陈寅恪在著述中所体现和代表的史学研究方法。

郭沫若《再谈〈再生缘〉的作者陈端生》发表后，很多人写信告诉郭沫若，陈云贞除《寄外诗》外还有《寄外书》。郭沫若掌握的材料明显超过陈寅恪了。他在这不久前给北京大学历史学系的师生写信还说："在史学研究方面，我们在不太长的时期内，就在资料占有上也要超过陈寅恪。这话我就当到陈寅恪的面也可以说。'当仁不让于师'。陈寅恪

---

① 金应熙：《批判陈寅恪先生的唯心主义和形而上学的史学方法》，《理论与实践》，1959 年 10 月号。

办得到的，我们掌握了马克思列宁主义的人为什么还办不到？我才不相信。一切权威，我们都必须努力超过他！这正是发展的规律。"①如今这一目的达到了，《寄外书》就是陈寅恪没有见到的。

郭沫若根据各种资料，在详细考察《寄外书》及其他情况的基础上认为：后来流传的《寄外书》是在《寄外诗》的基础上由他人伪托，《寄外诗》的作者云贞就是陈端生。于是他对陈端生的身世提出了跟陈寅恪不一样的看法。

郭沫若处理围绕着云贞这个人物所创作的诗歌、信札时，在研究方法上跟顾颉刚处理以孟姜女为主人公的各种故事传说高度一致。作为中国科学院研究员的顾颉刚，在五四新文化运动时期，受胡适的影响，根据自己从小对戏剧的经验和理解，将古史研究中的"历史演进法"应用于民间文学研究，其代表作《孟姜女故事的转变》提出了新的研究方法，被学界归纳为孟姜女故事研究法，"标志着我国现代民间文学研究新范式的建立"②，"开始了中国故事学乃至民俗学的历史纪元"③。但在20世纪50年代初的胡适批判中，顾颉刚作为"古史辨"的代表人物，被认为践行了胡适的史学思想，受到童书业等人的激烈批评，其民间故事研究方法也没有得到很好的传承。顾颉刚在胡适批判后不断自我检讨，心情殊为恶劣。郭沫若在《再生缘》中运用孟姜女故事研究法，无疑是对顾颉刚及其学说的一次变相肯定。

郭沫若校订《再生缘》的版本，研究陈端生的生平事迹，体现了对考证的重视。当时，随着批判胡适的深入，很多人连带批评了文史研究领域的考证工作。1921年3月，胡适完成了《红楼梦考证》，他通过发现和解读相关史料，考察作者曹雪芹的生平事迹和《红楼梦》的不同版本，在《红楼梦》研究史上具有革命意义。此后，胡适坚持用考证作者

---

① 郭沫若：《关于厚今薄古问题——答北京大学历史学系师生的一封信》，1958年6月10日《光明日报》。

② 户晓辉：《论顾颉刚研究孟姜女故事的科学方法》，《民族艺术》，2003年第4期。

③ 施爱东：《顾颉刚故事学范式回顾与检讨——以"孟姜女故事研究"为中心》，《清华大学学报（哲学社会科学版）》，2008年第2期。

生平和版本校勘的办法研究《红楼梦》，取得不少成就。但在 50 年代的胡适思想批判、《红楼梦》研究批判中，有人批评胡适的考证为"实验主义的思想方法的一些例子"[①]。这虽有一定的道理，但伤及的是文学史研究中的考证方法本身，以致有人将考证一律贬为"繁琐考证"。

郭沫若研究《再生缘》期间，有空也读《随园诗话》。袁枚是否定乾嘉学派的，郭沫若跟他意见相反。"考据而失去目标，趋于烦琐，诚可讥弹。然乾嘉时代诸考据大家颇有贡献，不能一概抹杀。""平心而论，乾嘉时代考据之学颇有成绩。虽或趋于繁琐，有逃避现实之嫌，但罪不在学者，而在清廷政治的绝顶专制。聪明才智之士既无所用其力，乃逃避于考证古籍。""欲尚论古人或研讨古史，而不从事考据，或利用清儒成绩，是舍路而不由。就稽古而言为考据，就一般而言为调查研究，未有不调查研究而能言之有物者。故考据无罪，徒考据而无批判，时代使然。"[②]郭沫若还借助为《辞海》编辑提意见机会，肯定了以"考据"见长的乾嘉学派，表达了对否定"考证"的不满："六经诸子是古史资料，要研究中国古代历史，乾嘉学派的业绩是必须肯定的"；"要讲考据就不能嫌'烦琐'——占有材料。烦琐非罪，问题是考据的目的何在？"[③]

郭沫若考证《再生缘》作者的生平和版本情况，就是以实际行动支持"考证"，也是对继承了乾嘉学风的胡适的文学史研究方法的呼应。

1961 年 11 月上旬，郭沫若到杭州参观了陈端生的出生地"句山樵舍"，写了五言律诗《访句山樵舍》。11 月 15 日，郭沫若再一次去中山大学拜访了陈寅恪。这天下着雨，但他们的会晤却十分温暖。郭沫若在日记中记载：

---

① 童书业：《批判胡适的实验主义"考据学"》，《胡适思想批判》（第三辑），三联书店，1955 年，第 254 页。

② 郭沫若：《读随园诗话札记》，《郭沫若全集·文学编》（第 16 卷），人民文学出版社，1989 年，第 328、394、395 页。

③ 杨希祖：《郭老与〈辞海〉》，《出版工作》，1979 年第 12 期。

访陈寅恪，彼颇信云贞曲之枫亭为仙游县之枫亭。说舒四爷，举出《随园诗话》中有闽浙总督五子均充军伊犁事，其第四子即可谓舒四爷。余近日正读《随园诗话》，却不记有此人。我提到"句山樵舍"，他嘱查陈氏族谱。"壬水庚金龙虎斗，郭聋陈瞽马牛风。"渠闻此联解颐，谈约一小时，看来彼颇惬意。①

郭沫若与中华书局合作校订的《再生缘》十七卷本全书清样打出后，中华书局编辑部在通读中发现有元朝皇帝征讨朝鲜的情节。总编辑金灿然专门向上级请示，因事关社会主义兄弟国家间的关系，出版未获批准。本来，人民文学出版社也拟出版陈寅恪的《论〈再生缘〉》，亦因此搁浅。周恩来还让人向《光明日报》穆欣打招呼，让报刊不要再讨论《再生缘》问题，《再生缘》讨论因此中止。

六

1960 年 5 月，人民文学出版社出版了袁枚《随园诗话》铅印本，郭沫若小时候曾经读过《随园诗话》，"喜其标榜性情，不峻立门户；使人易受启发，能摆脱羁绊"②。于是将其随身携带，旅途中随时翻阅。

六十九岁的郭沫若再看《随园诗话》时，跟少年时代的感觉大不一样："其新颖之见已觉无多，而陈腐之谈却为不少。良由代易时移，乾旋坤转，价值倒立，神奇朽化也。"他一边看一边做札记，至 1961 年底，得七十七条，"条自为篇，各赋一目。虽无衔接，亦有贯串。贯串

---

① 转引自谢保成《郭沫若与陈寅恪："龙虎斗"与"马牛风"》，《文坛史林风雨路——郭沫若交往的文化圈》，第 270 页。

② 郭沫若：《序》，《郭沫若全集·文学编》（第 16 卷），人民文学出版社，1989 年，第 305 页。

者何？今之意识"①。集成《读随园诗话札记》一书，1962 年由人民文学出版社出版。

袁枚站在统治阶级和功利心强的士子的角度立论，郭沫若对此不以为然。

袁枚赞赏陈古渔的诗："楼高自有红云护，花好何须绿叶扶？"郭沫若认为："其实'牡丹虽好，要靠绿叶扶持'，是经过提炼的极有教育意义的谚语。这用今天的话来说，是表现了民主集中精神。"而陈古渔反其意而用之，却表现出他拙劣的思想意识。"这两句诗，除对仗工整之外，用意非常恶劣。上句所表现的是奴才巴结精神：只顾往上爬，自然有上层保护。下句所表现的是个人英雄主义：只要自己好，那怕做光杆牡丹。这两者是孪生兄弟，正好成双作对，合而为一。凡傲下者必谄上，而谄上者亦必傲下。旧戏中之'教师爷'，正是这种谄上傲下者的绝妙形象。"②

《随园诗话·补遗》卷一第四四则说："士大夫宁为权门之草木，勿为权门之鹰犬。何也？草木不过供其赏玩，可以免祸，恰无害于人。为其鹰犬，则有害于人，而已亦终难免祸。"郭沫若认为："这几句话相当坦率地表白了袁枚自己的人格，也表白了以袁枚为代表的封建时代士大夫阶层的一部分人的人格。""他们对于权门既不敢反抗，也不敢回避，而是甘愿或勉强依附。但为自己的利害打算，为更容易欺骗别人和自己，却宁肯做权门的花瓶，而不敢做权门的爪牙。"③

《随园诗话》记载，有位马夫要去参加县考，胡知县知道后写了两句话嘲笑他："红鞋着脚煤磨砚，马粪熏衣笔换鞭。"郭沫若大为不平："此胡知县实太轻薄，袁枚则更为轻薄。马夫便不能赴县考吗？袁枚颇自标榜能有教无类，兼收并蓄。其《诗话》中亦间收入青衣之诗，对此红鞋马夫为何不一追问其能文与否？"于是写了一首诗替这个马夫回答胡知县和袁枚：

① 郭沫若：《序》，《郭沫若全集·文学编》（第 16 卷），人民文学出版社，1989 年，第 305 页。
② 郭沫若：《读随园诗话札记》，同上书，第 357 页。
③ 郭沫若：《读随园诗话札记》，同上书，第 358 页。

须知墨本是松煤，黍稷稻粱粪作肥。

我学圣人甘执御，提鞭秉笔两能为。①

　　《随园诗话》嘲笑某位县官在讼堂养猪，郭沫若却说："'讼堂养猪'是一大好诗料，此缙云县县官亦是一大好清官，可惜袁枚只以'一笑'了之。猪之为用甚大，乃利用厚生之至宝。不仅全身无一废物，即粪便亦有大惠于人。以废物为饲料，化无用为有用，比之马牛羊，实在伯仲之间。"②

　　郭沫若特别看不惯袁枚的男性中心意识。《随园诗话》记载，江州进士崔念陵的妻子许宜媖自缢身亡后，崔念陵哭着说："双鬟双绾娇模样，翻悔从前领略疏。"郭沫若说："余读至此，即生出不愉快之感。看出崔之为人，殊属薄幸。人已惨死而不悲切，反从色情上谈'领略'。"而袁枚对这件事的态度也为郭沫若所不满。"袁枚对崔毫无指责，且曾称许为'诗才极佳'（见卷五第八一则），而对许则出以吹求。所谓一代'诗佛'乃男性中心社会中之一鞭尸戮墓者而已。"③

　　《随园诗话》所录部分诗歌体现出诗人常识的缺乏，也受到郭沫若的批评。

　　《随园诗话》录了进士顾立方的《不雨叹》，郭沫若认为"诗调铿锵，又能关心农家疾苦，自是难得之作"。该诗最后几句为："安得侬家田，生近沧海边？朝潮暮汐高于天。"郭沫若认为这缺乏常识："海水中含盐量不少，不利于稻田。稻田而愿其'生近沧海边'，也同样缺乏常识。"④

　　《随园诗话》引朱文虎《闺情》诗，其中两句为："好风连夜小桃开，雌蝶雄蜂次第来。"郭沫若认为，该诗"于蜂蝶而擅为分别雌雄，转而

---

① 郭沫若：《读随园诗话札记》，《郭沫若全集·文学编》（第16卷），人民文学出版社，1989年，第378页。
② 郭沫若：《读随园诗话札记》，同上书，第384页。
③ 郭沫若：《读随园诗话札记》，同上书，第317页。
④ 郭沫若：《读随园诗话札记》，同上书，第352页。

弄巧反拙"。"蜜蜂习性，雄蜂是不采蜜的，不仅不采蜜，竟完全象坐食阶级，一事无为。""所谓'雌蝶雄蜂次第来'是在闹笑话。雌蝶或许会来，而雄蜂则决不会来。""旧时诗人多无常识。极寻常事物，在今日虽小学生已知之者，在一二百年前，虽大作家亦昧昧无知。"[①]

袁枚看不起小说、音乐、绘画等其他艺术门类，郭沫若不以为然。

《随园诗话》中有"金圣叹好批小说，人多薄之"的句子，郭沫若认为金圣叹固然有缺点，但不是因为"好批小说"，"袁枚自视甚高，因其能诗（狭义的诗），故视诗亦高于一切。《诗话》实文艺批评之一种形式，但因诗高，故话诗者亦高。小说贱，故好批小说者亦贱。至于曲本，与小说齐等，故为话诗者所不屑道"。[②]

《随园诗话》卷二第五五则谈到徐题客小时候能歌，他外祖父说他没出息，后来"为人司音乐，以诸生终"。郭沫若认为，徐题客喜欢音乐，自得其所，袁枚瞧不起他，"这是道地的封建意识"[③]。袁枚说他有两个弟弟，诗都作得好，但"而一累于官，一累于画，皆未尽其才"。郭沫若认为："'累于官'或可说轻视利禄，'累于画'则是藐视画家。作官不问其政绩，学画不问其画境，而但以未尽其诗才为憾，可见袁枚以作诗为高于一切了。"[④]郭沫若批评袁枚看不起其他艺术门类时，大概想起了十多年前在《新缪司九神礼赞》中对沈从文的批评。

袁枚在《随园诗话》中对秦始皇、曹操、武则天、黄巢、王安石等很多历史人物的评价，郭沫若都不赞成。

袁枚对于王安石成见尤深。郭沫若指出，袁枚"心中只横亘着一个'拗相公'的念头，翻来复去只是说荆公执扭。毁其诗而及其人，毁其人复及其诗。成见之深，令人惊愕""地主阶级之遗忿，七百年后犹汇萃于袁枚之笔端。究竟谁为'拗强乖张'？谁为'拗执刻酷'？不肯虚己接物，全

---

① 郭沫若：《读〈随园诗话〉札记》札记》，《郭沫若全集·文学编》（第16卷），人民文学出版社，1989年，第389、390页。

② 郭沫若：《读随园诗话札记》，同上书，第308页。

③ 郭沫若：《读随园诗话札记》，同上书，第314页。

④ 郭沫若：《读随园诗话札记》，同上书，第324、325页。

凭成见骂人。两两相比之下，荆公之性格与袁枚之相悬，奚啻霄壤！"①

　　其实，早在抗战时期，郭沫若就对王安石抱着浓厚的兴趣，他坚信王安石愿意"向老百姓学习"，想实现"耕者有其田"的理想。他曾跟文工会的同仁们坐在赖家桥白果树下纵论王安石："我自己痛骂了四川历史上的几位大文人，司马相如，扬雄，三苏父子。他们专门做帝王的花瓶，而三苏父子尤其是反对王安石新政的死党，可谓胡涂透顶。"②他想写一个《三人行》的剧本，以王安石、司马光和苏轼为主角。但这个剧本没有写成。他还以《王安石》为题作过好几次演讲，目前还能见到一篇记录稿。这次演讲称："王安石不仅是一位政治家、文学家，而且是一个经学家、文字学家。""'榷制兼并，均济贫乏'，打倒土豪劣绅，救济老百姓。此即为王安石的政治原则。其最高的目的是想达到'均天下之财，使百姓无贫'。"③1947年，郭沫若在《历史人物·序》中说："我对于王安石是怀抱着一种崇敬的念头的，实际上他是一位大政治家，在中国历史上很难得找到可以和他比配的人。他有政见，有魄力，而最难得的是他是比较以人民为本位的人。"④

　　袁枚谈到林黛玉，却错以为她的身份是"校书"，这说明袁枚根本就没看过《红楼梦》，郭沫若忍不住写了两首诗嘲讽他：

> 随园蔓草费爬梳，误把仙姬作校书。
> 醉眼看朱方化碧，此翁毕竟太糊涂。

> 诚然风物记繁华，非是秦淮旧酒家。
> 词客英灵应落泪，心中有妓奈何他？⑤

①　郭沫若：《读随园诗话札记》，《郭沫若全集·文学编》（第16卷），人民文学出版社，1989年，第350页。
②　郭沫若：《下乡去》，《郭沫若全集·文学编》（第10卷），人民文学出版社，1985年，第333、334页。
③　郭沫若：《王安石》，《郭沫若全集·历史编》（第4卷），人民文学出版社，1982年，第166、169页。
④　郭沫若：《历史人物·序》，同上书，第4页。
⑤　郭沫若：《读随园诗话札记》，《郭沫若全集·文学编》（第16卷），人民文学出版社，1989年，第313页。

其实，郭沫若曾认真读过《红楼梦》，并在五年前写作了一篇专题论文《〈红楼梦〉第 25 回的一种解释》。

《红楼梦》第二十五回"魇魔法姊弟逢五鬼"中，赵姨娘和马道婆串通，使用魔法陷害贾宝玉与王熙凤。马道婆做了十个纸铰的青面鬼和两个纸人，让赵姨娘将宝玉和王熙凤的生辰年月分别写在纸人上，再分别和五个纸鬼一道，压在他们床上。马道婆回家施法，王熙凤和贾宝玉同时着魔。亏得癞头和尚和跛足道人出现，镇压魔鬼。三十三天后，叔嫂两人康复。

剪纸人施魔法，这样的情节在明清白话小说和后来的通俗小说中常常出现。从现代科学的眼光来看，毫无疑问是迷信。但《红楼梦》被称为伟大的现实主义小说，按照学界对现实主义小说的理解，是不应该出现这样的迷信情节的。曹雪芹在这里是违背了他的现实主义原则吗？对此，郭沫若根据学生时代所获得的医学知识和自己的亲身经历，并请教早年和自己一起留学九州帝国大学的同班同学钱潮博士，对《红楼梦》第二十五回这一看似迷信的情节给出了科学解释。

郭沫若认为王熙凤和贾宝玉实际上得了斑疹伤寒（Typhus exanthe-maticus）。"斑疹伤寒是由人虱传染的急性流行病。体虱（Pedicullus corpors）和头虱（Pedicullus capitis）都可以传染。"[1]根据小说，王熙凤和宝玉的斑疹伤寒来自水月庵。曹雪芹写作这个情节，应该融合了他自己的亲身经历，只是他不懂得斑疹伤寒的原理罢了。郭沫若对于《红楼梦》第二十五回的这种解释，给《红楼梦》研究带来了新思路，虽然其中一些说法存在不严谨之处，尚需进一步推敲，但却从某种角度上开启了当下盛行的"疾病与文学"这一研究方法之先路。

当郭沫若批评袁枚不重视小说、没有常识，嘲笑他竟然弄错了林黛玉身份时，大概想起了《〈红楼梦〉第 25 回的一种解释》这篇别具一格的论文吧。

---

① 郭沫若：《〈红楼梦〉第 25 回的一种解释》，《文艺月报》，1957 年 3 月号。

第十四章

歌颂东风走天涯

一

60 年代最初几年，郭沫若每年都会花几个月到全国各地巡游。每到一处，他总会游览当地风景名胜，写下融合历史文化和自然风光，充满时代感的诗文。

1961 年 2 月 8 日，郭沫若携于立群及子女离开北京，前往海南岛。

10 日，郭沫若一家人抵达广西柳州，他们参观了柳州公园，公园由柳侯祠发展而来，园中有柳宗元的衣冠冢、遗像以及《柳侯剑铭》碑，苏轼写的韩愈《罗侯庙诗》残碑上还有"荔子丹兮蕉黄"等句字。郭沫若写下了七律《访柳侯祠》，该诗咏道：

> 柳州尚有柳侯祠，有德于民民祀之。
> 丹荔黄蕉居士字，剑铭衣冢后人思。
> 芟锄奴俗敷文教，藻饰溪山费品题。
> 地以人传人以地，拜公遗像诵公诗。

"居士"指的是苏东坡。"芟锄奴俗",《旧唐书·柳宗元》记载:"柳州土俗,以男女质钱,过期则没入钱主。宗元革其乡法,其已没者,乃出私钱赎之,归其父母。""敷文教",韩愈《柳子厚墓志铭》载:"衡湘以南,为进士者,皆以子厚为师,其经承子厚,口讲指画,为文词者,悉有法度可观。""藻饰溪山",指柳宗元写的山水游记。这首诗歌咏了柳宗元在南方的政教功绩,与从唐宋古文的角度谈柳宗元文章的普通文人相比,眼光高出一截。

11 日,郭沫若一家抵达湛江市,参观了堵海工程、港口、热带植物试验站。郭沫若写下三首七律,歌颂湛江的社会主义建设。这些诗中有句:"开拓盐田万公顷,争收粮食亿斯箱。""木瓜累累结株头,初见油棕实甚稠。茅草香风飘万里,橡胶浆乳创千秋。"歌颂了基础建设和农副产品的丰收。这样的诗歌在郭沫若 50—70 年代的作品中比比皆是,体现了他对社会主义中国的热爱。

12 日,郭沫若一行参观雷州青年运河和水库,晚上观看粤剧《寸金桥》,当天写下了七律《雷州青年运河》与《看演〈寸金桥〉》。雷州青年运河包括总干渠、分干渠和鹤地水库,1958 年 6 月动工,第二年 8 月建成,1960 年 5 月开始灌溉农田和通航,这让雷州半岛的旱情得到缓解,惠及周围上百万人民。《雷州青年运河》中有句"三十万人齐努力,亿千方土起平川。移山造海英雄业,战地戡天史册传"就是对此的赞美。13 日上午,郭沫若赴湖光崖参观,作七律《游湖光崖》,当天由湛江飞抵海南榆林,住鹿回头招待所。

14 日是农历除夕,海军榆林基地俱乐部主任李绍珊送给郭沫若海贝、红豆。郭沫若写了四首诗,表达对水兵的敬意和对李绍珊的感谢。16 日,郭沫若前往参观归国华侨开垦的海南岛兴隆农场,题赠七律《海南岛兴隆农场》,勉励归侨"归来重做主人翁","自力更生创业雄","物内桃源在此中"。他还写了三首五言律诗赞美兴隆农场种植的热带作物。第二天他返回榆林,又写了七律《咏油棕》,五律《鹿回头》和《吃仙人掌实》。18 日,郭沫若参观榆林军港,给军港工作人员写了一首诗,赞美"海员个个尽英豪"。

19日，郭沫若全家八人和冯白驹一家六人，还有其他陪同人员，一同游览著名景点"天涯海角"。他在当天的日记中记载：

> 是日也，天气晴明，海水平净。东瑁、西瑁二洲，如巨鲸二头相次浮游于三亚湾中。海水呈深蓝色，近岸处则青如翡翠。帆船三五，在远处如画中点缀，寂然不动。空中有白云呈波状。岸上细沙如银，滨海潮湿处色呈微黄。奇石磊磊，纵横成聚落。石身多呈流线型，顶秃而圆，如馒头，如面包，如蹄膀，如复舟，如砗磲贝壳，如大弹丸，如巨炮弹。时或判而两之，而巉之，不可名状。石高低不等，高者可逾四丈，低者才仅尺许。
>
> ……
>
> 其时，适遇渔民分成二群，正拉曳拦海大网。同游者二十余人，同往协助。渔民初出意外，继之相得甚欢。但惜时已近午，有人须遄归乘飞机去海口，渔网离岸尚远，未能竟其事。①

地方领导请郭沫若题首诗，以便刻石纪念。郭沫若作了一首七律，首联是："海角尚非尖，天涯更有天。"他后来解释说："今案谓为'天涯海角'者殆指中国领土之尽头，实则海南岛之南尚有西沙群岛、南沙群岛等。故我有意翻案，谓天涯既非天之涯，而海角亦非海之角。若再扩而充之，则远可至南极大陆探险，高可作宇宙飞行，更无所谓涯或角。"②

20日、21日，郭沫若应崖山县委请求写了七律《颂海南岛》，为邵宇画黎族姑娘题写了七律《过通什》。他还写了两首七律，分送解放军驻榆林第21师和海军榆林军港，诗中赞美军港人员："南溟奇甸卫南垓，

① 郭沫若：《天涯海角》，1962年2月20日《羊城晚报》。
② 同上。

祖国干城仰迅雷。藐视困难还重视，剪裁布局费心裁。""万众一心遵纪律，三言八字赋同仇。春光先到旌旗暖，雄镇南疆岁月遒。"接下来几天他没有出去参观，而是抓紧时间看了一遍《中国历史初稿》第二册《奴隶社会》，将修改意见写信告诉了尹达。其间他还给北京师范大学团委会、学生会回了一封信，鼓励他们立志做人民教师。

月底，郭沫若写了七律《赠崖县歌舞团》《咏五指山》《将离榆林留题》，七言诗《宿通什》，并为冯白驹题写了一首五言绝句。

3月2日，郭沫若往海口凭吊海瑞墓，作了二十八行的七言长诗《访海瑞墓》，表达对海瑞的敬佩。3月3日，郭沫若到儋县那大参观华南热带科学研究所、华南热带作物学院和农场，作七律《访那大》、四言诗《题赠华南热带作物学院》。

11日，郭沫若到广州，13日访问陈寅恪。15日到从化，作《浴从化温泉》。18日偕于立群到武汉，重访珞珈山旧居，下午游览东湖。他为此行作七律二首，题为《回京途中》，第一首赞美大江南北好风光：

> 湖南桃李甚芬菲，湖北玉兰花正肥。
> 满望农耕春水足，沿途绿化惠风吹。
> 辉煌路线飞金箭，大好河山换锦衣。
> 游罢琼崖来武汉，域中无处不新奇。

19日，郭沫若回到北京，结束了四十天的旅行。

二

1961年8月10日，郭沫若率领全国人民代表大会代表团乘专机离开北京，前往印度尼西亚和缅甸进行友好访问。郭沫若会见了印尼总统苏加诺，参加了印尼独立十六周年庆典，访问了茂物、万隆、日惹、巴厘岛等地；在仰光会见了缅甸总统吴温貌、缅甸代表院议长曼巴赛，访问了缅甸第二大城市曼德勒。这次访问一共用了二十四天，直到 9 月 3 日下午才回到昆明。然后郭沫若访问了大理，从重庆经三峡回到北京，一路写了不少诗歌。

9 月 3 日，郭沫若在昆明作七律《回昆明》，对昆明物候极尽赞美："热带归来秋气凉，昆明仿佛是天堂。"4 日，郭沫若去安宁温泉，晚上看话剧《武则天》。5 日，他由昆明去大理，当晚住在楚雄。6 日，郭沫若到达大理。7 日，游洱海等地，作七律《大理温泉》《天生桥》和《万人冢》，后者咏道：

> 天宝何能号盛唐？南征一再太周张。
> 万人京观功安在？千载遗文罪更彰。
> 我爱将军诗句好，人传冤鬼哭声藏。
> 糊涂天子殃民甚，无怪蒙尘到蜀疆。

这首诗奇崛沧桑，作者自注云："唐玄宗天宝年间，两次讨伐南诏，均大败，兵卒死者二十余万人。南诏收敛其骨为万人冢，今尚存。南诏清平官郑回有碑纪其事，文长三千余言，诉说被逼，不得已而臣吐蕃以自卫。碑石风化，存字已无几，但其全文，志书有著录。明将邓子龙有诗咏万人冢云：'唐将南征以捷闻，可怜枯骨卧黄昏。唯有苍山公道雪，年年披白吊忠魂。'所谓'以捷闻'者，乃指李林甫以败为胜，蒙蔽玄宗。相传万人冢畔旧常有冤鬼夜哭，自有邓诗后而哭声止。虽非实有其事，但民情可见。"①

8 日，郭沫若参观大理石厂等地，作五绝《洱海月》《望夫云》和五律《大理石厂》、七言诗《蝴蝶泉》。《蝴蝶泉》是一首长达七十六行的叙事诗，歌咏大理县城北苍山云弄峰麓蝴蝶泉一个凄美的民间传说，雯姑和霞郎因一只小鹿相识，又因虞王的迫害双双同小鹿跃入泉中，死去后化成蝴蝶，引得四方蝴蝶每年 4 月 25 日前来相聚。郭沫若此诗表

① 《〈郭沫若全集〉文学编》（第 4 卷），人民文学出版社，1984 年，第 306 页。

达了对自由恋爱的赞美。

9日，郭沫若由大理回昆明，当晚再宿楚雄。又作了一首七律《宿楚雄》，还写了《朝珠花》《负石观音》《天子庙坡》。10日，郭沫若回到昆明。11日，他观看了关鹔鹴演出的京剧《白门楼》，第二天写了《赠关鹔鹴同志》，当天参观云南省农业展览馆，作七律《题为云南省农业展览馆》二首。

郭沫若从昆明到重庆，14日从重庆乘船东下，经三峡，18日到武汉。一路上写了七律《宿万县》《过西陵峡》两首，五言诗《奉节阻沙》，五律《过瞿塘峡》《过巫峡》，五律《巴东即事》，辑为《再出夔门》组诗。《过西陵峡》第一首咏道：

> 秭归胜迹溯源长，峡到西陵气混茫。
> 屈子衣冠犹有冢，明妃脂粉尚流香。
> 兵书宝剑存形似，马肺牛肝说寇狂。
> 三斗坪前今日过，他年水坝起高墙。

这首诗既写了西陵峡的历史名胜和自然风光，也融入了当时的建设事业，对仗工整，用典贴切，在郭沫若的诗歌中比较典型。

18日，郭沫若经宜昌到武汉，登车北上，作古诗《蜀道奇》，小序云："李白曾作《蜀道难》，极言蜀道之险，视为畏途，今略拟其体而反其意，作《蜀道奇》。"①诗歌歌颂了蜀中的历史名人和险峻风光，末尾感叹当时的建设成就：

> 君不见，铁有攀枝花，
> 煤与煤气亦何富；
> 砂金、铜、锌、磷矿石，
> 遍地宝藏难计数？

---

① 《〈郭沫若全集〉文学编》（第4卷），人民文学出版社，1984年，第317页。

又不见，民族和雍载歌舞，

埙箎协奏遍乡都；

马、扬、李、苏其辈出，

冰、翁、亮、照其如林中之树株？

蜀道之奇奇于读异书！

19 日，郭沫若到达邯郸，参观了丛台、烈士陵园，观看东风剧团的演出。20 日，郭沫若写作了《西江月·谒晋冀鲁豫烈士陵园》、七律《登赵武灵王丛台》，当晚回到北京。

三

1961 年 10 月 23 日，缅甸联邦国会代表院副议长德钦山韦率领的缅甸联邦国会代表团开始访问中国。当天下午，郭沫若陪同朱德到机场欢迎，并致欢迎词。晚上，出席朱德为欢迎缅甸代表团举行的宴会。26 日下午，郭沫若陪同刘少奇会见缅甸代表团，当晚，应邀参加缅甸驻中国大使为缅甸代表团访华举行的宴会，郭沫若讲了话。27 日，郭沫若陪同缅甸代表团访问上海，开始南方之旅。

29 日，郭沫若游上海豫园，作七律《游上海豫园》。30 日中午，郭沫若抽空去闵行参观，在锦江饭店作七律《游闵行》，赞美这个卫星镇的飞速发展："万家庐舍联霄汉，四野工场冒远烟。蟹饱鱼肥红米熟，日高风定白云绵。"当天，他登上上海锦江南楼十八阶俯瞰，作五律《登锦江南楼十八阶》。歌颂上海风光："上海浑如海，宏涛荡碧穹。鲸翻常破浪，龙卷不因风。"31 日，郭沫若观看上海京昆实验剧团公演，作七律《赠上海京昆实验剧团》。当天到达杭州。

11 月 1 日，郭沫若游览杭州西桐君山，到富阳登岸，寻郁达夫故居，作五律《溯钱塘江》、七绝《登桐君山》。2 日，郭沫若回到杭州，到严子陵钓台访古，作七律《访严子陵钓台》：

百寻磴道辟蒿莱，一对奇峰屹水涯。

西传皋羽伤心处，东是严光垂钓台。

岭上投竿殊费解，中天堕泪可安排。

由来胜迹流传久，半是存真半是猜。

皋羽，南宋谢翱的字。他曾随着文天祥抗击元军，后来听说文天祥殉国，于是在一天夜里登上严子陵钓台的西台，用竹如意击打石头，放声痛哭，写了《西台哭所思》。郭沫若歌颂谢翱，是对他民族气节的赞扬。

6 日，郭沫若到广州，为广州沙面复兴路小学将开展红色少年运动作诗《红色少年歌》。第二天上午，他在广州欢送缅甸代表团回国。9 日，郭沫若赴从化，作五律《流溪水电站即景》。10 日，他写作了五律《游凤院果树园》，13 日，他创作了七律《从化温泉》。不久，他再次去中山大学看望了陈寅恪。20 日，他在广州会见了前来参观访问的印度尼西亚共产党中央委员会主席艾地，第二天参加了艾地离境回国的欢送会。

12 月 1 日，郭沫若"乘汽艇游流溪河水库，适遇捕鱼队下网捕鱼。捕鱼队分乘两船，先相隔下网，然后相近合笼。网将离水面时，鱼在网中跃起，可高过人头。同游者中有广州歌舞团女同志三人，时时清歌助兴。因成即事诗二首"①。题为《流溪河即事》。12 月 3 日，郭沫若游百丈瀑，"瀑在流溪河东岸崇山中。广州歌舞团同志多人负洋琴及其他乐器上山，在百丈瀑畔亭中演奏而歌唱。天籁人籁，相伴相和。诗句自来，因为录出"②。共二首，题为《观百丈瀑布》。接下来几天，郭沫若给阿英、徐迟和在北京的秘书王戎笙写信，讨论《再生缘》的相关问题，并将《读随园诗话札记》整理出来，写了序言。

---

① 《郭沫若全集·文学编》（第 4 卷），人民文学出版社，1984 年，第 338 页。
② 同上书，第 340 页。

17 日，郭沫若在从化温泉看华南歌舞团演出《牛郎织女》舞剧，提笔写下《看〈牛郎织女〉舞剧》赠给剧团。21 日，郭沫若到肇庆，写了四首五律。22 日，郭沫若作七律《题桂花轩》《登鼎湖山》。接下来，郭沫若在广州写了两篇讨论《再生缘》的论文，诗歌《咏梅有怀梅兰芳同志》和七律《登阅江楼怀叶挺及独立团诸同志》。

1962 年 1 月 6 日，郭沫若在罗培元的陪同下，前往广州市郊的萝冈洞看梅花。第二天写了五律《访萝冈洞》四首，其中第二首尾联为"文风今更蔚，闻道有诗翁"。"诗翁"是有所指的，郭沫若当天在萝冈洞的玉喦书院游览时，看到壁上有一首署名"钟踏梅"的题诗。诗歌作于解放前，咏道：

> 近闻名胜小萝浮，此日登临豁远眸。
> 一道飞泉晴亦雨，千章乔木夏疑秋。
> 凭栏纵眺峰描黛，策杖探奇石点头。
> 仙洞尚容尘足奇，享来清福几生修？

郭沫若对这首诗很感兴趣。当地人告诉他，钟踏梅还健在，已经七十九岁了。郭沫若本想当天就去拜访，但天色已晚，只得作罢。

1 月 9 日，郭沫若专程拜访钟踏梅。老人戴着旧礼帽、穿着灰色棉服坐在门内的条桌后面，十分朴实。郭沫若问他："你近来还在作诗吗？"老人说没有。郭沫若说："你是在客气。我真羡慕你，你真是几生修得，在这仙洞中享清福？"[①]老人笑而不答。因为老人不肯多说话，郭沫若请他照了一张相就告辞了。

当一个月后郭沫若再次从海南来到广州时，罗培元交给他钟踏梅老人写给他的一首诗：

> 诗翁矍铄洵堪羡，花甲重周十几年。

---

① 郭沫若：《再访萝冈洞》，1962 年 3 月 11 日《南方日报》。

革命飞声推国老，遨游省会傲飞仙。

关心民瘼平生愿，拍影光荣觉有缘。

喜君踏雪寻梅日，小寒时节过三天。

这首诗是写于郭沫若拜访他后的第四天。郭沫若细细读了这首诗，觉得很有意味："诗的开头两句倒好象我要对他说的话一样，但须得改一两个字。便是'花甲重周十几年'该改为'花甲重周廿一年'。诗中提到'革命'，也提到'关心民瘼'。老人的心理状态的确和他的生理状态一样，是健康的。因此，我用老人的原韵和了一首来回报他。我看，他真是今天的一位活神仙！萝冈洞在四山环绕中，人语易生回响，故诗中有'传声空谷'句，乃是实际情况如此。"①郭沫若的和诗是：

萝冈风物桃源似，遍地梅花颂有年。

公社为家多俊杰，诗翁有笔一神仙。

传声空谷田园乐，握手夷门翰墨缘。

羡为人民持木铎，春风日日坐尧天。

1月11日，郭沫若由广州赴海南，住榆林鹿回头椰庄。12日，郭沫若时隔一年后重访天涯海角。他去年所题写的"天涯海角游览区"七字已经刻在"天涯"石上，他为"天涯海角"写的七律也刻在了"南天一柱"石群之一上了。"刻时闻以二人之力积七日乃成。石质坚脆而粗糙，下钻，石易崩碎，不能如意。故刻画中每现白垩补缀痕。如此费事，深感内愧。"②这次重游，虽然见到两艘停泊的渔船，但没有碰到拉网的渔民。

---

① 郭沫若：《再访萝冈洞》，1962年3月11日《南方日报》。
② 郭沫若：《天涯海角》，1962年2月20日《羊城晚报》。

四

在鹿回头椰庄，郭沫若读到《崖州志》。这套清末民初编成的志书"共二十二卷，分订为十册，于疆土沿革，气候潮汐，风土人物，典制艺文，纂集颇详，颇有史料价值。在地方志书中尚属佳制。唯原书印数太少，加以海南潮湿，蠹鱼白蚁颇多，书之存者似已无几"。郭沫若读后，"对于地方掌故，获得知识不少"。崖县县委"有意加以重印"[①]，请郭沫若点校。郭沫若"慨然应之"。该书县委仅有一部，而且残破不堪。好在罗培元从海口市委借来一部，后广州市委统战部又从中山图书馆借来一部抄本。

郭沫若见《崖州志》中记有"海判南天石刻"和"天涯石刻"两条，于1月16日亲自前往天涯海角验证。这是他第三次来天涯海角。工作完成后，天色已晚。"遇渔民青年男女一群，人左右手各倒提一鱼欣欣然同就归路。其中有人向我辈含笑点头，我以举手礼答之。——'还记得吗？去年帮助拉网的人，今年又来了'。含笑者愈多，笑愈蜜，而点头愈频。"他写诗赞道："点头相向笑，举手不通辞。有目甜愈蜜，惠予以此诗。"[②]

1月24日，郭沫若开始整理《崖州志》。县委派来两人协助"抄补残缺"，整个工作花了十天。郭沫若除亲自"进行全书标点"外，还写了二十九则按语，涉及舆地、建置、艺文、小洞天记、珠崖杂兴等门类。

2月2日，郭沫若写了《序重印〈崖州志〉》，除了介绍重印缘起和点校经过外，他还对编纂志书发表了看法："本书之重印，仅在供读者略知掌故之大凡，且以挽救此书免于蠹蚀糜烂以至于绝而已。如欲增补，则所补之条甚多。此书之成在五十余年前，五十余年间中国历史业经天变地异之改观，不仅崖县非复曩时之旧，全中国亦'换了人间'。

---

① 郭沫若：《序重印〈崖州志〉》，《郭沫若全集·历史编》第3卷，人民出版社，1984年，第518页。

② 郭沫若：《天涯海角》，1962年2月20日《羊城晚报》。

地方志书，旧者应力加保存，而新者则有待于撰述。从糟粕中吸取精华，从砂碛中淘取金屑，亦正我辈今日所应有事。如徒效蠹鱼白蚁，于故纸堆中讨生活，则不仅不能生活，而使自己随之腐化而已。"[1]1963年，《崖州志》出版，《出版说明》写道："郭沫若同志不惮烦琐，抛却休假之时光，悉心于校订工作，循文标点，常为印证史实而广与各方联系，搜求佐证；甚至亲自踏查鳌山之滨，跳石摩崖，缘藤觅径，摸索七百多年前久经风化之'海山奇观'石勒，以勘正原书。"[2]对郭沫若的工作表达了充分的敬意。

2月4日是旧历除夕，郭沫若给秘书王戎笙写信："《崖州志》已校毕，在历史方面获得了一些知识。""李德裕、赵鼎均窜死于此。李之后人已化为黎族。""孙权曾遣聂友、陆凯略定海南，颇足与魏武平乌桓，诸葛服孟获比美。"[3]他不久就写了关于李德裕的论文。

这年春节前后，郭沫若写下了《海南岛西路纪行六首》《咏海南诗四首》《诗三首》《东风吟》《儋耳行》等十多首诗歌。

《儋耳行》是一首长诗，诗前小序中有这样的句子："现儋县城东有东坡书院，载酒亭在其中。壁上嵌有《坡仙笠屐图》。相传一日东坡往访其友黎子云，遇雨，借农家笠屐着归。好事者因为图其像云。一九六二年二月十日余循海南道西路北归，路经那大，因驱车往访。此图尚在墙壁，曾累经毡拓，题跋已渐就磨蚀。其他碑记颇多，未遑一一细览。奥堂宽中祀东坡神位，以苏过及黎子云配享。"[4]该诗歌咏作者和苏东坡超越时空的对话。作者告诉苏东坡当下中国在科教、国防方面的成就，人民地位的提高。但苏东坡对此"茫然似解似非解"，对作者说："尔言时势难尽懂，请回汝车头向东。"作者感叹："此翁似达却似顽。行文如海有波澜，摭拾佛老牙慧玄。半是半非自信坚，无奈珠黄不

① 郭沫若：《序重印〈崖州志〉》，《郭沫若全集·历史编》第3卷，人民出版社，1984年，第520页。

② 《出版说明》，《崖州志》，广东人民印刷厂，1963年。

③ 《郭沫若书信集》（下），中国社会科学出版社，1992年，第336页。

④ 郭沫若：《儋耳行》，《郭沫若全集·文学编》（第4卷），人民文学出版社，1984年，第182页。

值钱。"①这首诗体现了郭沫若对新时代的自信，大有"唐宗宋祖，略输文采"的味道。

2月12日，郭沫若从海南飞到广州。14日，他去中山大学，因考释铭文的需要，向容庚借了一些书。第二天跟王戎笙写信："聂总所召集的科学家会议在此地开会，须得参加，要三月初才能回京。"②

21日，郭沫若致信王戎笙，重提李德裕的情况："近来对于李德裕感到兴趣，关于他的研究，除《中国六大政治家》外，史学界有人注意否？有无值得注意的研究成果？希望帮忙查一下。"③当天，郭沫若又给夏鼐写信：

> 李德裕祭韦执谊文，情辞恳切，不似伪作。"四年"颇疑亦非伪作。盖德裕于大中三年末病稍有起色时草此文，拟于明年祭韦，故月日无定期。特未及祭奠而逝世耳。这一节意见原有，后删去，觉得仍有道理。至贬潮州司马系元年抑二年，未深考。李到潮阳在二年冬，恐以二年为较妥。④

三天后，郭沫若完成了《李德裕在海南岛上》的写作。唐代名臣李德裕被贬崖州司户，但古崖州"究竟是在海南岛北部的琼山，还是在南部的崖县，是早就成为悬案，而未得到解决"⑤。李德裕被贬后有《望阙亭》诗，其中两句为："青山似欲留人住，百匝千遭绕郡城。"郭沫若通过实地考察，认为："这只能是海南岛南部崖城的情况，而决不是海南岛北部海口附近的情况。海南岛南部多山，北部平衍。崖城周围，我曾经亲自去看过，确实是群山环绕的。"⑥从而解决了千古悬案。这篇文

① 郭沫若：《儋耳行》，《郭沫若全集·文学编》（第4卷），人民文学出版社，1984年，182页。
② 《郭沫若书信集》（下），中国社会科学出版社，1992年，第337页。
③ 同上书，第339页。
④ 中国社会科学院考古研究所档案。
⑤ 郭沫若：《李德裕在海南岛上》，《郭沫若全集·历史编》（第3卷），人民出版社，1984年，第537页。
⑥ 同上。

章还进一步确认了给夏鼐的信提出的观点:《祭韦相执谊文》应该作于大中三年（849）。该文认为李德裕的后人化为了黎人，是开发海南岛的前驱，此外，该文还考察了李德裕在海南的著述情况。

2月26日，郭沫若再次致信王戎笙谈这篇文章:

> 其中有一处要请北京的同志们帮帮忙。请看文后附注二，是《崖州志》中所征引的《宾退录》中的一段有关李卫公的逸事（文字抄录附四）。我在此查了两种《宾退录》都没有查到。恐怕是把书名弄错了。张德钧或戚志芬同志是否能够帮忙查出？如能查出，即请将文字改正。如一时查不出，也就只好暂时寄放在那儿了。原稿可送《人民日报》审阅，如不好登，可交《光明日报》或其他适当刊物。①

3月4日，郭沫若在中山图书馆读到陈寅恪有关李德裕死亡时间的考辨的文章，并查到"李卫公帖"在《容斋续笔》卷一。第二天，郭沫若致信王戎笙:

> 关于《李德裕在海南岛上》一文中"崖州志所引宾退录"的问题，现在查出来了。
>
> 不是《宾退录》而是《容斋续笔》。因此，请将文中所标《崖州志》改为《容斋续笔》，加（注二）。引文括弧中文字亦请改。略文为《崖》者，请改作《容》。
>
> ……
>
> 又李德裕《祭韦相执谊文》，文中曾论及，言"祭文是预备在那里而未及使用的，故'月日'无定期。"在这下面请加一节:"唐懿宗咸通年间（860—873）人范摅《云溪友议》（铁琴铜剑楼本）中引此祭文，只作'维大中年月日'云云，则

---

① 《郭沫若书信集》（下），中国社会科学出版社，1992年，第340页。

'四'字也可能是后人妄加。"

关于祭文的这一条是据陈寅恪文所征引的,在此查了几种《云溪友议》,均无。中山图书馆无"涵芬楼影印的铁琴铜剑楼本",请在北京查一下,如无此条,也可能是陈寅老误引。若然,文字就不必添改。如果有,就请照加。[①]

2月22日,郭沫若上午八点半从广州出发,花了两个半小时到达南海县西樵白云洞游览,这次玩了两天,白云洞的美景给他留下了深刻的印象:"山径曲折,奇崖峭壁,触目逼人。颇多石穴石窟,有逼仄仅能容一人穿过者,也有广阔如轩堂者。好处是有瀑布,仿佛水是山的生命,有了水,山就活了。有水故能有葱茏的林木,青翠的苔藓,还有幽雅或雄壮的乐音。"他还爬上了一座高峰。"我起了好奇心,想前往看看。同志们认为危险,百番阻拦,但我仍坚决地拒绝了他们的好意。结果,我们大家都去了。有两人攀上了那个奇峰,我尊重同志们的好意,让了一步,和大家聚集在离尖端仅一两丈远的一个大崖石顶上。"[②]这次旅行郭沫若成诗六首,除歌咏一些具体景点如龙涎瀑、望瀑亭外,还有一首是歌咏整个白云洞的:

危石凌空立,飞泉山上来。

珠帘垂五丈,玉磬响千槌。

径曲清流转,洞幽静室开。

崖分天一线,诗境足徘徊。

3月7日至9日,郭沫若由广州经顺德,前往中山,访问孙先生故居。这次访问用了三天时间,写了四首诗、一首词。《访翠亨村二首》之二高度赞扬了孙中山的丰功伟绩:

① 《郭沫若书信集》(下),中国社会科学出版社,1992年,第341、342页。
② 郭沫若:《西樵白云洞》,1962年3月9日《羊城晚报》。

酸豆一株起卧龙，当年榕树已成空。

阶前古井苔犹活，村外木棉花正红。

早识汪胡怀贰志，何期陈蒋叛三宗。

百年史册春秋笔，数罢洪杨应数公。

3月10日，郭沫若飞回北京，结束了四个半月的南方巡游。

五

1962年是郑成功收复台湾三百周年，2月1日，《南方日报》刊出郭沫若七律《郑成功光复台湾三百周年纪念》，表达了对郑成功的钦佩和对台湾问题的关心：

台湾自古属中华，汉族高山是一家。

岂许腥膻蒙社稷？不容蟊贼毁桑麻。

千秋大业驱荷虏，一代英雄国姓爷。

三百年来民气壮，教他纸虎认前车。

国家青年艺术剧院和八一电影制片厂对郑成功收复台湾很感兴趣，他们希望拍成历史故事片，如果郭沫若能够担任作者，那是再好不过的了。于是，他们给郭沫若送去了许多关于郑成功的史料、电影剧本、相关理论书籍，并放映了好些中外电影给郭沫若看。1962年5月，郭沫若开始搜集相关资料。

7月31日，郭沫若在北戴河致信王戎笙："清人入关并统治中国二百多年，的确是件奇事。清人到处，明兵纷纷迎降。待一掉头，又誓死效命。同一明兵明将，前如驯羊，后如猛虎，不是奇异吗？因为研究郑成功，我想郑成功也可能感到此奇事。"①表现他对这一问题的考察已经相当深入。当时贺龙、曹禺等很多政界、文艺界人士都在北戴河休假，郭沫若和他们广泛探讨了电影剧本《郑成功》的写作问题。"我不懂电影的写法，这个蛋实在生不下来。但曹禺、金山等同志都鼓励我，叫我先不要管电影形式，写出来再说。还有当时在北戴河的贺总、廖承志同志以及刘宁一同志也都鼓励我写，我就硬着头皮写起来了。"②何况"郑成功是我国历史上反殖民主义的先驱，这个历史人物是值得肯定的"③。

10月，十万字的电影文学剧本《郑成功》初稿完成。该剧以1657—1662 年间郑成功反清复明和收复台湾为核心事件，贯穿投降派、反对收复台湾派、荷兰殖民者等不同声音。在这些矛盾错综复杂的展开中，郑成功坚持认为："先收复台湾，把我们的根基打稳，才有把握恢复大明的社稷。"他获得了汉族和高山族人民的支持，战胜了阴险的荷兰殖民者，最终收复了台湾，为民族统一大业建立了功勋。

稿子打印出来后，为了增加感性知识，郭沫若又花了两个月时间专程到浙江舟山群岛、福州、武夷、莆田、泉州、厦门等地考察相关名胜古迹。

10月22日，郭沫若经大榭岛、大猫岛、摘箬岛等地抵达舟山群岛，他没有在招待所休息，而是直接去四百多米高的山顶某观察所看望战士。按照日程，下午是参观游览，可是到了下午三点多他还没有从房间出来。当陪同人员进入房间时，他们看见：

> 郭老卷着衣袖，正在挥笔题词，根本没在休息。旁边的桌子上，已经放着好几张写好的《满江红》《沁园春》等毛主席诗词。原来，岛上军民早就仰慕郭老知识渊博，书法超人，这个难得的机会，都想请郭老题词留作珍贵的纪念。郭老十分理解大家的心情，放弃了休息时间，用他那雄浑有力，挥洒自如

---

① 《郭沫若书信集》（下），中国社会科学出版社，1992 年，第 344 页。
② 郭沫若:《学习，再学习》，《剧本》第 1 期，1963 年 6 月 20 日。
③ 同上。

的书法，抄录毛主席诗词，准备送给有关单位和个人。他见随行人员走来，停下笔，十分认真而略带歉意地说："你看，同志们交给我的任务，我还没有完成哟，还是写完了再出去吧。"说着，又认真书写起来，直为大家忙了一个下午，把出游的计划放弃了。①

23 日，郭沫若一行去看望"洛阳营"战士，文工团战士们表演起了自己编排的小节目。据在场人员回忆：

> 郭老和于立群同志同战士一样，用了一条战士们自己做的普通帆布小板凳，满面笑容坐在队列前面，看得那么认真，神态又那么谦逊，每个节目完了都热烈鼓掌，完全象是普通一兵，原先那紧张、拘束的情绪不翼而飞了。整个演出过程，郭老和于立群同志兴致都很高。当演出活报剧《蒋介石与宋美龄》时，看到战士们那幽默、形象的表演，于立群同志禁不住大声地笑起来。郭老马上挺认真地提醒他说："咳，不要影响同志们看戏哟！"说着，他自己也笑出了声。②

演出结束后，郭沫若戴着助听器听取了文工团的报告，当即挥毫写下了一首《西江月》，赞美战士们"高歌漫舞啸东风，战斗精神酣纵"③。郭沫若跟战士们告别的时候，一位战士捧了一本《沫若文集》要郭沫若签名，郭沫若拿出钢笔郑重地签了名，带着歉意对那位战士说："很对不起呀，现在身边没有毛笔，本来是应该用毛笔给你写的，那才象个样子。"④

① 姚彩勤：《郭老在战士中》，《书来墨迹助堂堂——郭沫若同志浙江题咏》，《西湖文艺》编辑部，1979 年，第 101 页。
② 姚彩勤：《郭老在战士中》，同上书，第 103 页。
③ 叶文艺：《战斗精神酣纵》，同上书，第 110 页。
④ 姚彩勤：《郭老在战士中》，同上书，第 104、105 页。

10月23日，郭沫若到普陀山访问。接待人员因为考虑他年龄大、佛顶山太陡，没有安排他登山，但他却坚持要上山看看。当他到了山脚时，几位战士抬着一乘大轿来，负责人请他上轿。他不禁放声大笑，婉言谢绝，他无需搀扶，十分轻松地登上了山顶，并乘兴写了一首七律，赞美："沈家门外渔舟舞，蚂蚁岛头公社歌。""桂花香里芙蓉好，不拜观音拜荷戈。"

10月26—27日，郭沫若访问宁波天一阁，他翻阅了天一阁珍藏的明代地方志——正德年间的《琼台志》《云南志》、嘉靖年间的《贵州通志》以及清乾隆所赐《平定回部得胜图》等，挥笔为天一阁题了一首七律，称赞"明州天一富藏书，福地琅环信不虚"。"地六成之逢解放，人民珍惜胜明珠。""福地琅环"，见元代伊士珍《琅嬛记》，指藏书之所。《小学绀珠》中"地六成地二生火于南"，天一阁的"天一"可理解为"天一生水"，"地六成之"实际上指天一阁。

六

10月28—29日，郭沫若考察绍兴，绍兴是王羲之、陆游、鲁迅等文化名人的故乡，他早就向往了。

新中国成立以来，郭沫若积极宣扬鲁迅、研究鲁迅。他对鲁迅的理解更加深入了。50年代中期，国家组织专家编辑新版《鲁迅全集》，编辑组常常就某些问题请教郭沫若。郭沫若担任着繁重的科学文化教育方面的领导工作，还从事学术研究和文学创作，非常忙。主持注释工作的某位负责人或许出于照顾郭沫若的考虑，当去拜访郭沫若时看见他正在集中精力修改注释，就对他说，"你何必那么认真，把注释部分看一下就好了。"①郭沫若听后非常诧异，他觉得编辑《鲁迅全集》非认真不可。

---

① 郭沫若：《努力把自己改造成为无产阶级的文化工人》，1957年9月28日《人民日报》。

他不仅仔细解答相关问题，对于没有问上的也主动提出来。编辑组对《理水》中的"弩机"未加注释，郭沫若特意写了两百多字的注释，还修改了很多错别字。"或者在稿本上批注，或者另粘小条说明；有时用墨笔；有时用钢笔或铅笔，可以看出，他不是一次审毕，而是陆陆续续挤时间看完的。"①

1960 年，郭沫若为《鲁迅诗稿》作序："鲁迅先生亦无心作书家，所遗手迹，自成风格。融冶篆隶于一炉，听任心腕之交应，朴质而不拘挛，洒脱而有法度。远逾宋唐，直攀魏晋。世人宝之，非因人而贵也。""鲁迅先生，人之所好也，请更好其诗，好其书，而日益近之，苟常手抚简篇，有如面聆謦欬，春温秋肃，默化潜移，身心获益靡涯，文章增华有望。"②这段评论十分精到。

1961 年，郭沫若在鲁迅诞生八十周年纪念大会上致开幕词，恳切地说："我们首先要学习鲁迅的精神。学习他的明辨大是大非，坚忍不拔；学习他的实事求是，发愤忘我；学习他不在任何困难、任何敌人面前低头，而是冷静地对付它们，克服它们；学习他为正义事业不断鞭策自己，并有决心牺牲自己。"③

1961 年国庆后不久，毛泽东亲笔写了鲁迅的诗送给前来访问的日本友人黑田寿男："万家墨面没蒿莱，敢有歌吟动地哀？心事浩茫连广宇，于无声处听惊雷。"黑田寿男是郭沫若在日本冈山第六高等学校的学弟。毛泽东对他说："这诗不大好懂，不妨找郭沫若翻译一下。"郭沫若体会毛泽东送给日本朋友这首诗的用意是："日本人民在美帝国主义和日本垄断资本主义勾结的情形之下受着苦难，举行了轰轰烈烈的反对《日美安全条约》全国性的统一行动。即使运动有时在低潮时期，但要求独立自由、和平、民主的日本人民是在酝酿着更惊人的霹雳。"④于是他将鲁迅这首诗翻译成白话新诗：

---

① 林辰：《郭老和〈鲁迅全集〉的注释工作》，《战地》（增刊），1978 年第 2 期。
② 郭沫若：《序》，《鲁迅诗稿》，文物出版社，1961 年。
③ 郭沫若：《继续发扬鲁迅的精神和本领》，《文艺报》，1961 年第 9 期。
④ 郭沫若：《翻译鲁迅的诗》，1961 年 11 月 10 日《人民日报》。

到处的田园都荒芜了，

普天下的人都面黄肌瘦。

应该呼天撞地、号啕痛哭，

但是，谁个敢咳一声嗽？

失望的情绪到了极点，

怨气充满了整个宇宙。

谁说这真是万籁无声呢？

听！有雷霆的声音怒吼！

郭沫若还步鲁迅原韵赠给黑田寿男一首诗："迢迢一水望蓬莱，聋者无闻剧可哀。修竹满园春笋动，扫除迷雾唤风雷。"[1]表达了对日本人民的期待。

1962年5月，郭沫若花了一整天工夫阅读了早就想读的鲁迅《寰宇贞石图》稿本，这本图录编于1915年，收图两百余幅。郭沫若在流亡期间做过类似的工作，深知其不易。他特意为这本书写了序，感叹说："至繁重之工作，以一人一手之烈，短期之内，得观其成，编者之毅力殊足惊人。全书系依年代，先后编定，井井有条。研究历史者可作史料之参考，研究书法者可瞻文字之演变，裨益后人，实非浅鲜。"[2]

这次到绍兴，郭沫若参观了鲁迅纪念馆、鲁迅故居和百草屋，在纪念馆接待室为鲁迅纪念馆题写了馆名，还挥毫写了一首七律：

古人深憾不同时，今我同时未相晤。

廿六年来宇宙殊，红旗三面美无度。

我亦甘为孺子牛，横眉敢对千夫指。

---

① 郭沫若:《翻译鲁迅的诗》，1961年11月10日《人民日报》。

② 郭沫若:《鲁迅〈寰宇贞石图〉序》,《鲁迅研究资料》（第5辑），天津人民出版社，1980年。

三味书屋尚依然，摘花欲上腊梅树。

这首诗不仅表达了对自己和鲁迅未曾谋面的遗憾，也表示愿意学习鲁迅"甘为孺子牛"的崇高品质，尾联自然清新，体现了这位七旬诗人的童心。

在绍兴，郭沫若还参观了青藤书屋、沈园等地，游览了绍兴东湖。

沈园因陆游而出名，设有陆游纪念室。郭沫若在游览时，一位陆氏后人送给了他一本《陆游》。沈园的景色让他感叹："陆游和唐琬是和封建社会搏斗过的人。他们的一生是悲剧，但他们是胜利者。封建社会在今天已经被和根推翻了，而他们的优美形象却永远活在人们的心里。""沈园变成了田圃，在今天看来，不是零落，而是蜕变。世界改造了，昨天的富室林园变成了今天的人民田圃。"他于是"依照着《钗头凤》的调子"写了一首新词：

宫墙柳，今乌有，沈园蜕变怀诗叟。秋风袅，晨光好，满畦蔬菜，一池萍藻。草，草，草。

沈家后，人情厚，《陆游》一册蒙相授。来归宁，为亲病。病情何似？医疗有庆。幸，幸，幸。①

七

10月底，郭沫若偕于立群到达杭州。他们与成仿吾夫妇、傅抱石夫妇、潘天寿夫妇乘汽船一起游览了西湖。成仿吾对这次见面特别感慨："大家在这儿不期而遇，心里分外高兴。事情也巧，我同沫若第一次游西湖是在一九二一年四月。那时，我俩带着馒头和豆腐干，像刘姥姥进大观园，走了许多冤枉路。事隔四十年，想不到又是

---

① 郭沫若：《访沈园》，1962 年 12 月 9 日《解放日报》。

故人游故地。触景生情，我们自然无限感慨地回忆起了青年时代那次'壮游'。"①

11月上中旬，郭沫若游览了武夷、南平、福州、莆田、泉州等地。写了不少诗歌，其中《游武夷泛舟九曲》咏道：

> 九曲清流绕武夷，櫂歌首唱自朱熹。
> 幽兰生谷香生径，方竹满山绿满溪。
> 六六三三疑道语，崖崖壑壑竞仙姿。
> 凌波轻筏筋飞羽，不会题诗也会题。

"六六三三"指武夷三十六峰九条江水。六六三十六，三三得九。《途次莆田》咏道：

> 荔城无处不荔支，金复平畴碧复堤。
> 围海作田三季熟，堵溪成库四时宜。
> 梅妃生里传犹在，浃漈研田有子遗。
> 漫道江南风景好，此乡鱼米亦如之。

莆田产荔枝，梅妃是唐玄宗最初所宠爱的妃子，浃漈是郑樵的字，研田即砚台。这两首属于郭沫若咏福建的上乘之作。

11月15日，郭沫若到达此行的主要目的地厦门。16日，他参观了郑成功纪念馆。郑成功纪念馆当年年初正式开馆，郭沫若的《郑成功光复台湾三百周年纪念》就是题给该馆的。郭沫若仔细参观了该馆的每一件文物，工作人员向他出示了一枚银币，民间称为"郑成功大元"，郭沫若觉得这枚银币十分重要，连续两天探究这枚银币，这枚银币正面横铸"漳州军饷"四个大字，下面有一个花押，郭沫若解读为"成功"二字的合写。

---

① 成仿吾：《怀念郭沫若》，1982年11月24日《文汇报》。

11月22日、23日，郭沫若连续两次与厦门大学教师座谈。他说："郑成功收复台湾，有着重大的历史和现实意义，这是中华民族反抗外族侵略的一个壮举。如果把它写成剧本，其情节之生动，气魄之大，当不亚于《甲午海战》。"[①]厦门大学陈文松副教授说："'郑功成大元'上那个花押应该是'朱成功'三字的合书。"[②]郭沫若十分高兴，一再对陈文松表示谢意。尽管如此，但郭沫若认为这只是孤证，他希望进一步研究中国货币史，于是从厦门大学副校长张玉麟那里借来一册彭信威的《中国货币史》。该书认为：明朝末年，有各种洋钱流入中国，中国采取西法铸造银币是从清朝道光年间开始的。彭书中提到几种没有图形的银饼，上面的花押被认为是左宗棠和曾国荃。但郭沫若直觉这跟"郑成功大元"有关。

郭沫若在厦门期间，给身边工作人员留下了深刻印象：

> 过去，我们只知道郭老的博学多才是世所罕见的，但却不知道郭老的治学态度是如此严肃认真，勤奋刻苦。郭老在厦门的当时已经七十高龄，他那精奇的书法，已经到了下笔如神的境地，但仍然坚持每天清晨练字一定时间，天天如是，在厦门期间亦不例外。郭老博大精深，自然科学、文学、史学、考古，仿佛世界上的一切学问他无所不知，无所不晓。偶尔谈起窗外的夹竹桃树，他便告诉我们夹竹桃树的枝叶和花有什么与众不同的特点，事后我们仔细一看，果然如此；漫步经过凤凰树下，他便随口说出凤凰木的祖先是出在澳门凤凰山……郭老的博闻强识是令人惊叹的。他的知识已经象海洋一样广阔，但渴求知识的欲望仍然是那样强烈。他坚持天天做日记卡片，把读书偶得或日中的见闻记在卡片上，有时回来很晚了也不间断。他那种非求甚解不可的精神，给我们留下了极

---

① 李海谛：《郭老访问厦门大学》，《福建文艺》，1979年4、5月号合刊。
② 郭沫若：《由郑成功银币的发现说到郑氏经济政策的转变》，《历史研究》，1963年第1期。

为深刻的印象。[①]

　　郭沫若离开厦门时，招待所的一位炊事员和服务员想求字，但又不好意思开口，郭沫若知道他们的想法后，很高兴地给他们各写了一幅毛泽东诗词。

　　12月5日，郭沫若回北京途经上海，7日去古玩店发现了传说中左宗棠和曾国荃铸造的银币，虽然是赝品，但郭沫若还是从中悟出了"曾"字是"国姓大木"的合书。"国姓大木"正是郑成功。

　　12月9日，郭沫若回到北京，11日在琉璃厂找到施嘉干的《中国近代铸币汇考》，里面有"曾""左""谨慎"币，郭沫若考证出这些币都跟郑成功有关，郭沫若还考察了铸造于台湾的其他银币，认为"郑成功大元""是中国自铸银币的始祖"。"郑成功首先采用西法自铸银币这个史实被发现，则中国自铸银币的历史可以从清代的道光年间推前了将近两百年。这在中国货币史上应该说是一个划时代的事件。"

　　从郑成功铸造银币出发，郭沫若进一步研究了"郑成功的财政经济的政策转变"[②]。他认为郑成功反清的一个重要原因是清朝对他的经济基础构成了严重的危险，他攻占台湾后，财经政策由以海上贸易为主转变到以农业生产为主上来。12月25日，郭沫若完成了《由郑成功银币的发现说到郑氏经济政策的转变》这篇在中国货币史和明末清初历史研究中比较重要的论文。

　　1963年1月5日，郭沫若与施嘉干见面。施嘉干将瑞士人耿爱德的《中国铸币图说汇考》借给他，他又看见了一批关于中国早期银币的材料，于是为十天前写好的论文写了《补记》。2月1日，郭沫若根据新见《明清史料（丁编）》上的资料又写了第二则《补记》。

　　历史博物馆的史树青将他写的一篇关于玉押的文章给郭沫若看，郭

①　杨云：《日光下的怀念——忆郭老在厦门的日子》，《郭沫若闽游诗集》，福建人民出版社，1979年，第55、56页。

②　郭沫若：《由郑成功银币的发现说到郑氏经济政策的转变》，《历史研究》，1963年第1期。

沫若于 1 月 8 日给这篇文章题词：

> 　　史树青同志这篇文章给我看过，我认为是一个重要的发
> 现。但花押是"国姓成功"四字的合书，不仅只"成功"二
> 字。这个花押是把郑成功银币上的两个花押：即"朱成功"
> 与"国姓大木"给合了起来。有这一玉押的发现，和郑成功
> 的两种漳州军饷，便得到相互的参证了。玉押现在在故宫博
> 物院，今天来目验了实物，量了尺寸。这一重要的历史文物尚
> 留存在国内，也是一件值得庆幸的事。共同检验者为吴申超、
> 唐兰、史树青、王戎笙诸同志，征得了诸位的同意，请他们同
> 做证人。①

郭沫若将《郑成功》给朋友们看，请他们提意见。1963 年 1 月 3 日，
中科院副院长竺可桢致函郭沫若：

> 　　第三章（五）郑成功从厦门率兵北上，攻克扬州、镇江
> 极为顺利，但到南京时因为守城将梁某以投降相约，使时间差
> 池，清兵云集，此时郑的总帅余新为清兵所获。照刘献庭《广
> 阳杂志》，余新投降于清，而剧本则称，余虽软弱，受了同被
> 捉将士影响，亦不屈而死，不知究竟孰是？②

郭沫若吸纳了包括竺可桢在内的部分朋友的意见，《郑成功》经过
修改后发表在《电影剧作》1963 年 2—3 期，这个剧本体现了郭沫若对
中华民族的热爱，对祖国统一的系念。但由于种种原因，这部剧在当时
未能开拍。

---

① 　手迹影印件见《中国历史博物馆刊》，1979 年第 1 期。
② 　《竺可桢全集》（第 16 卷），上海科学教育出版社，2007 年，第 424 页。

八

新中国成立后，毛泽东诗词作品陆续发表，他在词作的推敲和阐释上特别倚重郭沫若。毛泽东也特别看重郭沫若的诗词，兴致来了还特意唱和。一些刊物的编辑纷纷向郭沫若约写阐释毛泽东诗词的稿件。于是，郭沫若投入了相当多的精力在毛泽东诗词的唱和和阐释上。

1959 年夏天，毛泽东在游览中写了《到韶山》和《登庐山》等两首七律。9 月 7 日，毛泽东致信胡乔木：

> 诗两首，请你送给郭沫若同志一阅，看有什么毛病没有？加以笔削，是为至要。主题是为了反右倾鼓干劲的，是为了惩治反党、反总路线、反大跃进、反人民公社的。主题虽好，诗意无多，只有几句较好一些的，例如"云横九派浮黄鹤"之类。诗难，不易写，经历者如鱼饮水，冷暖自知，不足为外人道也。①

郭沫若接诗后反复推敲，9 月 9 日致信胡乔木："主席诗《登庐山》第二句'欲上逶迤'四字，读起来似有踟蹰不进之感。拟易为'坦道蜿蜒'，不识如何。"第二天，郭沫若又致信胡乔木："主席诗'热风吹雨洒南天'句，我也仔细返复吟味了多遍，觉得和上句'冷眼向洋观世界'不大谐协。如改为：'热情挥雨洒山川'以表示大跃进，似较鲜明，不识如何。古有成语，曰'挥汗成雨'。"②

毛泽东接到信后，虽然没有吸纳郭沫若的具体修改意见，但仍然对这两处做了修改。9 月 13 日，毛泽东给胡乔木写信："沫若同志两信都读，给了我启发。两诗又改了一点字句，请再送呈沫若一观，请他再予

---

① 《建国以来毛泽东文稿》（第八册），中央文献出版社，1993 年，第 516 页。
② 《郭沫若书信集》（下），中国社会科学出版社，1992 年，第 297、298 页。

审改，以其意见告我为盼望。"①郭沫若没有再提意见。

1961 年 10 月 18 日晚，郭沫若在民族文化宫观看绍剧《孙悟空三打白骨精》。该剧改编自《西游记》，但"把故事后半的情节改变了。白骨精在第三棒上仍然逃跑掉，等孙悟空被逐之后，终于把唐僧和沙僧捉着。逃走了的猪八戒去请回孙悟空，消灭了白骨精，才把唐僧搭救了出来。剧本的后半部由白骨精自己在唐僧面前揭露自己的三次变形，使唐僧悔悟，特别具有戏剧性"。郭沫若认为，这个剧"改编得很好，演出也是很成功的，受到大众的欢迎是应该收到的成果"②。

应剧团之请，郭沫若于 10 月 25 日写作了七律《看〈孙悟空三打白骨精〉》，发表在 11 月 1 日的《人民日报》上。该诗咏道：

> 人妖颠倒是非淆，对敌慈悲对友刁。
> 咒念金箍闻万遍，精逃白骨累三遭。
> 千刀当剐唐僧肉，一拔何亏大圣毛。
> 教育及时堪赞赏，猪犹智慧胜愚曹。

毛泽东对这首诗很感兴趣，但觉得郭沫若对唐僧的态度有点过分了。于是在 11 月 17 日写下《七律·和郭沫若同志》：

> 一从大地起风雷，便有精生白骨堆。
> 僧是愚氓犹可训，妖为鬼蜮必成灾。
> 金猴奋起千钧棒，玉宇澄清万里埃。
> 今日欢呼孙大圣，只缘妖雾又重来。

时在广州的康生将这首诗抄给了同在广州的郭沫若。郭沫若看后觉得毛泽东的观点毕竟比他高明，于是又和了一首：

① 《建国以来毛泽东文稿》（第八册），中央文献出版社，1993 年，第 517 页。
② 郭沫若：《"玉宇澄清万里埃"——读毛主席有关〈孙悟空三打白骨精〉的一首七律》，1964 年 5 月 30 日《人民日报》。

赖有晴空霹雳雷，不教白骨聚成堆。

九天四海澄迷雾，八十一番弭大灾。

僧受折磨知悔恨，猪期振奋报涓埃。

金睛火眼无容赦，哪怕妖精亿度来！

郭沫若这首诗经过康生转给了毛泽东。毛泽东对康生说："和诗好，不要'千刀当剐唐僧肉'了。对中间派采取了统一战线政策，这就好了。"①

毛泽东给康生的信中还出示了一个月前写的《卜算子·咏梅》：

风雨送春归，飞雪迎春到。已是悬崖百丈冰，犹有花枝俏。

俏也不争春，只把春来报。待到山花烂熳时，她在丛中笑。

词前小序云："读陆游咏梅词，反其义而用之。"毛泽东提到的"陆游咏梅词"即陆游的《卜算子·咏梅》：

驿外断桥边，寂寞开无主。已是黄昏独自愁，更着风和雨。

无意苦争春，一任群芳妒。零落成泥碾作尘，只有香如故。

毛泽东要求康生将他的《卜算子·咏梅》转交给郭沫若看。

1962年1月30日，郭沫若收到了这首词。他吟咏再三，揣摩毛泽东的用意："当时是美帝国主义和它的伙伴们进行反华大合唱最嚣张的时候。这也就是'已是悬崖百丈冰'的时候。在这样的时候，我们的处境好像很困难，很孤立，不从本质上来看问题的人便容易动摇。主席写出了这首词来鼓励大家。"他还把这首词翻译成白话新诗，并跟陆游的

---

① 郭沫若：《"玉宇澄清万里埃"——读毛主席有关〈孙悟空三打白骨精〉的一首七律》，1964年5月30日《人民日报》。

词进行了对比。陆游词"看不到人民的力量","感情是消极的","表现了一个封建时代文人的孤芳自赏";而毛泽东的词"是多么优美的积极进取的情调呵,悲观消极的影子连一丝一毫也寻不出"。"尽管悬岩上结着一千尺长的冰柱,冻得无法再冻了,然而梅花依旧要开花,而且开得又香又美。这又香又美的梅花并不想同谁竞争,要作春天的主人,不,他只是春天的传宣使者,促进大家努力,迅速地赶走冬季的严寒,呈献出百花齐放的局面。"这首词让郭沫若"受到很大的启发,感受着春天是加倍地到来了"①。他当天也写了一首《卜算子·咏梅》表达他的感受:

> 曩见梅花愁,今见梅花笑。本有东风孕满怀,春伴梅花到。
> 风雨任疯狂,冰雪随骄傲。万紫千红结队来,遍地吹军号。

郭沫若解释说:"'梅花愁'是陆游的《咏梅》,'梅花笑'是主席的《咏梅》了。'万紫千红结队来,遍地吹军号',便是从'山花烂熳'得来的启示。"②

当天,受毛泽东乐观精神的鼓舞,郭沫若还写了四首《东风吟》,歌颂:"春节到来加倍乐,东风送暖遍天涯。""纵有寒流天外来,不教冰雪结奇胎。"

九

1962年,为纪念毛泽东在延安文艺座谈会上讲话二十周年,毛泽东同意将六首词作《清平乐·蒋桂战争》《减字木兰花·广昌路上》《采桑子·重阳》《蝶恋花·从汀江到长沙》《渔家傲·反第一次大围剿》《渔家傲·反第二次大围剿》以《词六首》为题发表在《人民文学》上。

---

① 郭沫若:《"待到山花烂熳时"——读毛主席新发表的诗词〈卜算子·咏梅〉》,1964年3月15日《人民日报》。
② 同上。

4 月中旬，《人民文学》编者陈白尘带着毛泽东的《词六首》登门拜访郭沫若，要求他为毛泽东的这六首词写一篇诠释文章。像这样的约稿已经不是第一次了。

五年前，云南《边疆文艺》编辑部遇到了一个重大的文学问题："自从毛主席的旧体诗词发表后，引起了全国各地读者的广泛重视，毛主席给《诗刊》编辑部的信，端正了我们对新旧诗的看法，具有巨大的理论意义和实践意义。在这次正式发表的旧体诗词中，也为已经传抄的几首改正了错字，但有些青年读者还是很热情地来信，询问改'红旗漫卷西风'为'旄头漫卷西风'、改'金沙浪拍悬崖暖'为'金沙水拍云崖暖'的原故。""为了增进青年读者的文学知识，帮助他们对旧体诗词的正确理解"，编辑部特意写信请郭沫若解答。郭沫若回信说："'红旗漫卷西风'改为'旄头漫卷西风'，可能是在长征中为了便于走路，旗帜是卷起来了，只有旄头在西风中摇动。""'金沙浪拍悬崖暖'改为'金沙水拍云崖暖'的原故，可能是：a、选用仄声的水字以代替平声的浪字；b、为了和下句'大渡桥横铁索寒'对得更工整些，故改'悬'为'云'。云与铁都是实字，悬是虚字。""以上是出于揣测，不一定可靠。"①

四年前，《文艺报》收到臧克家的《喜读毛主席新词〈蝶恋花〉》，编辑张光年转给郭沫若，请他发表意见。郭沫若说："整个词都是毛主席的思想感情。如果纯粹站在现实的立场来说，杨、柳二烈士既不会飞上月球，月球里也根本不会有吴刚和嫦娥。但主席把自己的思想感情借他们的假象的存在来形象化了。主席的思想感情是绝对真实的，忠魂和神仙则是假的，所以主席的词是革命的现实主义与革命的浪漫主义的结合。""把主席的诗词翻成白话，同样是很困难的事。我不想作这样的尝试。如果在解释上有个别不同的意见，如象对《蝶恋花》的解释这样，我可以写些东西。就如目前所采取的通信形式也是好办法。"②

---

① 郭沫若：《答〈边疆文艺〉编辑部问》，《郭沫若全集·文学编》（第 17 卷），人民文学出版社，1989 年，第 126—128 页。
② 《郭沫若同志的回信》，《文艺报》第 7 期，1958 年 4 月。

在接受陈白尘任务之前一个月，郭沫若在广州诗歌座谈会上讨论过毛泽东诗词。他问与会者，《娄山关》"所写的是一天的事？还是不是一天的事"？与会者的回答有分歧，"有的说是一天的事，有的说不一定是一天的事"。郭沫若说：

> 我对于《娄山关》这首词作过一番研究，我起初也觉得是一天的事。曾经把新旧《遵义府志》拿来翻阅过，查出了由遵义城至娄山关是七十里，恰好是一天的路程。清早由遵义城动身，晚上到达娄山关，那是合情合理的。然而进一步考虑，却发现了问题。红军长征第一次由遵义经过娄山关，是在1935年1月。第二次又经过娄山关回遵义，是在当年2月。就时令来说是在冬末春初。为什么词的上阕写的却是秋天？"西风"，"雁叫"，"霜晨"，都是秋天的景物。这怎么解？要说主席写词不顾时令，那是说不过去的。因此，我才进一步知道:《娄山关》所写的不是一天的事。上阕所写的是红军长征的初期，那是1934年的秋天；下阕所写的是遵义会议之后，继续长征，第一次跨过娄山关。想到了这一层，全词才好象豁然贯通了。①

郭沫若的这个意见得到与会人员的赞同。

郭沫若接到《词六首》后，发现这六首词作都没有署写作时间，词的排序也有变化，郭沫若先得弄清楚这些词的时代背景。他给陈白尘写信问了打印是否有错，又给秘书王戎笙写信，请他帮忙查证词中的地名和史实。他自己也查阅了大量地图、书籍和地方志。为了对词作的写作时期和背景作进一步了解，郭沫若通过中央办公厅介绍，好几次亲自往中央档案馆查阅相关资料。中央档案馆十分重视，让他看了很多电报文件，还找出一厚本内部印刷的文件电报汇编，破例让他拿回家看。

---

① 郭沫若:《喜读毛主席的〈词六首〉》，1962年5月12日《人民日报》。

不久，毛泽东转来一封臧克家谈《词六首》的作品，请郭沫若斟酌参考。郭沫若趁机给毛泽东写信，告诉毛泽东他通过查找多种资料后，所拟定的《词六首》各首的写作时间，以及按照时间先后重新排序的结果，郭沫若还认为《词六首》中有些词句需要斟酌修改。

毛泽东接信后对《词六首》作了修改。4月27日，毛泽东派人将定稿送到郭沫若家里，他肯定郭沫若对各首词写作时间的考证都是正确的，也同意郭沫若的重新排序，并采纳了郭沫若的部分修改意见，比如《渔家傲·反第二次大围剿》中"七百里驱十五日"这句就是经过郭沫若修改过的。

郭沫若接到毛泽东信后，打电话约请陈白尘来家里，给他看了毛泽东的定稿，并谈了自己的写过构想。5月1日，郭沫若的《喜读毛主席的〈词六首〉》脱稿，《人民文学》迅速排出小样。5月9日，郭沫若接到小样后立即送给毛泽东并写了一封信："我应《人民文学》的需要，写了一篇《喜读毛主席的〈词六首〉》。因为《人民文学》要在十二日出版，今天才送了小样来，没有来得及先送给主席看看，恐怕有不妥当的地方。闻《人民日报》将转载，如主席能抽得出时间披阅一过，加以删正，万幸之至。"①

《喜读毛主席的〈词六首〉》高度评价了毛泽东的诗词成就。文章认为，毛泽东不轻易发表诗词，已经发表的二十一首"正是革命的诗史。这诗史不是单纯用言语文字记录出来的，而是用生命和鲜血凝铸出来的。要这样的诗词才真正值得称为创造性的革命文艺。在这儿文艺与革命合而为一，创造与生活合而为一，为我们从事文艺活动的人揭示出了文艺创造过程中最深奥而又最显豁的秘密"。"主席的诗词经过反复锤炼，所以气魄雄浑而音调和谐，豪迈绝伦而平易可亲。人人爱读，处处弦诵，然而在事实上却未见得人人都懂，首首都懂。"②他对《词六首》中每一首都结合时代背景逐句作了解释。

---

① 郭沫若：《致毛泽东》，《郭沫若研究》（第1辑），文化艺术出版社，1985年。
② 郭沫若：《喜读毛主席的〈词六首〉》，1962年5月12日《人民日报》。

毛泽东接到小样后作了多处修改。尤其是郭沫若关于《娄山关》的解释，毛泽东不认同。他利用小样空白处以郭沫若的语气重新写了一大段：

> 我对于《娄山关》这首词作过一番研究，初以为是写一天的，后来又觉得不对，是在写两次的事，头一阕一次，第二阕一次，我曾在广州文艺座谈会上发表了意见，主张后者（写两次的事），而否定前者（写一天），可是我错了。这是作者告诉我的。1935年1月党的遵义会议以后，红军第一次打娄山关，胜利了，企图经过川南，渡江北上，进入川西，直取成都，击灭刘湘，在川西建立根据地。但是事与愿违，遇到了川军的重重阻力。红军由娄山关一直向西，经过古蔺、古宋诸县打到了川滇黔三省交界的一个地方，叫做"鸡鸣三省"，突然遇到了云南军队的强大阻力，无法前进。中央政治局开了一个会，立即决定循原路反攻遵义，出敌不意打回马枪，这是当年2月。在接近娄山关几十华里的地点，清晨出发，还有月亮，午后二、三时到达娄山关，一战攻克，消灭敌军一个师，这时已近黄昏了。乘胜直追，夜战遵义，又消灭敌军一个师。此役共消灭敌军两个师，重占遵义。词是后来追写的，那天走了一百多华里，指挥作战，哪有时间去哼词呢？南方有好多个省，冬天无雪，或多年无雪，而只下霜，长空有雁，晓月不甚寒，正像北方的深秋，云贵川诸省，就是这样。"苍山如海，残阳如血"两句，据作者说，是在战争中积累了多年的景物观察，一到娄山关这种战争胜利和自然景物的突然遇合，就造成了作者以为颇为成功的这两句话。由此看来，我在广州座谈会上所说的一段话，竟是错了。解诗之难，由此可见。[①]

---

① 转引自王廷芳《半个世纪的友谊——毛泽东与郭沫若》，《回忆郭沫若》，知识产权出版社，2004年，第68、69页。

　　但毛泽东的修改稿还没来得及寄出，郭沫若的文章5月12日就在《人民文学》上发表了，并在同一天被《人民日报》《光明日报》同时刊发。大概毛泽东看见郭沫若的文章正式发表了，这个修改也就压下不提。郭沫若本人间接从周恩来处听说毛泽东不同意他对《娄山关》的解释，郭沫若的女儿郭庶英曾记得郭沫若写过文章更正，但目前笔者尚未查到此文。毛泽东修改后的小样手迹，直到1991年12月26日才发表在《人民日报》上。

　　在毛泽东的《渔家傲·反第二次大围剿》中有"枯木朽株齐努力"一句，郭沫若在《喜读毛主席的〈词六首〉》中解释说："我觉得妙在选用了'枯木朽株'。这似乎可以从两方面来解释。一方面是说调动了所有的力量，动员了广大的工农群众，'斩木为兵，揭竿为旗'。另一方面也可以说是敌人在败逃中，'风声鹤唳、草木皆兵'。我看似乎两方面都可以包含。"文章发表后，有老红军告诉他："当时红军是在白云山上，敌军在山下，由三路进攻。红军从山头攻下，以高屋建瓴之势，粉碎了敌人，真犹如飞将军自天而降。"从这种情况来看，郭沫若恐怕解释错了。郭沫若查找资料，发现司马相如《谏猎疏》中有"枯木朽株，尽为害矣"，这才明白："'枯木朽株齐努力'，是说腐恶的敌人都在拼命。"[1]于是5月23日写了一篇文章《"枯木朽株"解》，更正了自己的错误。

　　《"枯木朽株"解》发表后，有人告诉他，邹阳《自狱中上梁孝王自明书》就已经有这四个字了，是正面的词语，郭沫若可能又解释错了。郭沫若于6月18日写了《"温故而知新"》，认为不管邹阳和司马相如如何用，关键是看毛泽东使用的语境。"邹阳为了自己谦虚，可以把好木料形容为枯朽；但毛主席决不会谦人民之虚，而把人民群众形容为枯朽。"[2]

---

①　郭沫若：《"枯木朽株"解》，1962年6月8日《人民日报》。

②　郭沫若：《"温故而知新"》，1962年7月12日《人民日报》。

1964 年起，郭沫若开始大规模地写文章阐释毛泽东诗词。先后在《人民日报》等报刊发表了《"百万雄师过大江"》《"桃花源里可耕田"》《"敢教日月换新天"》《寥廓江天万里霜》《"待到山花烂熳时"》《"无限风光在险峰"》《不爱红装爱武装》《"芙蓉国里尽朝晖"》《"玉宇澄清万里埃"》《"红旗跃过汀江"》《"红军不怕远征难"》等十多篇文章阐释毛泽东诗词。这些文章从毛泽东诗词的写作背景入手，将这些诗词中几乎所有的风景都与某种革命或反革命力量相联系，从而阐释毛泽东的伟大革命情怀和斗争精神。郭沫若逐渐成为毛泽东诗词阐释的权威，很多刊物、工人、学生、学生组织、社会组织写信给他，请他就诗词中的某些问题答疑解难。直到 70 年代，郭沫若还回了不少这样的信。

郭沫若文章写得多，稿费也不少。1964 年底，他和于立群曾向中国科学院党组写了一封信，详细说明他们"历年共积存稿费 18 万余元，因为考虑到有些家族、亲友今后仍需要给予生活补助，自己留下了三万元，估计可足五年之用，其余存款 15 万元由其秘书送来，全部交给组织处理。并告诉秘书王廷芳同志今后所写的文稿一概不取稿酬，寄来的稿费要原数退回"。

中国科学院党组以（64）科亥字第 288 号文件报请中央宣传部，不仅说明了郭沫若来信的情况，还提到："近几年来，郭沫若同志曾先后将自己的稿费交党费八万元，救灾二万元，现在又将其多年的积蓄十五万余元交给了组织。"文件还说，中科院党组经过考虑，提出如下处理意见："郭沫若将自己的稿费再拿出一部分作为党费交给党组织是可以的，但这一回一次交给党组织十五万余元，似太多了。因为郭沫若从事科学活动也还需要不断购买一些图书，在家庭生活和从事各种社会活动方面，有时还会有一定的特殊用项。留三万元似少了些，再多留存一部分稿费（例如十五万元左右），以备不时之需要还是必要的。至于今后从事写作，只要国家有稿酬制度，稿费也是应该接受的。因为考虑到全国文艺界、科学界有著作的人还相当多，稿费一律不要，可能会使一些人对党和国家的劳动收入政策产生误解。"

十

郭沫若是我国著名的书法家，同为书法家的于立群曾说："沫若同志早年曾学写颜字，能悬腕作大书。喜读孙过庭《书谱》及包世臣《艺舟双楫》。领悟运笔之法，在于'逆入平出，回锋转向'八字。中年研究甲骨文与金文，用工颇深。秦汉而后，历代书法，几乎无所不观。故其用笔不拘一格，唯能运用中锋，似为其特点。"女儿郭庶英等人认为："郭老于书法艺术方面，诣力很深，作品甚富。其书迹几遍全国，远及海外。他的书法艺术作品也同他的其它艺术创作一样，富有大胆的创造精神和鲜明的时代特色。无论在字体、行款、布白、气韵等方面，都独创风格。既师承前人，又不泥守旧法，能冲破藩篱，自成一家。人们称之为'郭体'。郭老尤精行书，笔奔如风，力透纸背，洒脱豪放，气概雄迈，读之令人精神奋发。"①郭沫若的书法作品，长期受到人们欢迎，至今为收藏界所宝重。

正因为有长期的书法实践和对中国书法史的深入研究，郭沫若对中国书法史上的一些问题提出了自己独特的看法，典型例子是他认为传世《兰亭序》不是王羲之写的。《兰亭序》是千古名帖，郭沫若的翻案文章引起轩然大波，成为 20 世纪 60 年代中期的学术热点。

1965 年 3 月，郭沫若完成了《由王谢墓志的出土论到兰亭序的真伪》这篇文章。他考察了南京附近出土的几种东晋墓志尤其是《王兴之夫妇墓志》与《谢鲲墓志》，发现这些墓志"基本上还是隶书的体段，和北朝的碑刻一致"，这些墓志的书写时代跟王羲之同时。而相传为王羲之所作的《兰亭序》中的书法，和唐以后的楷法一致。所以传世的《兰亭序》可能并不是真的。其实，历来就有不少学者怀疑《兰亭序》的真实性，清朝的李文田怀疑最力，郭沫若全文引用了他的观点。郭

---

① 《编后记》，《郭沫若遗墨》，河北人民出版社，1980 年，第 68 页。

沫若还认为，从作品内容的角度来说，《兰亭序》并不符合王羲之的性格，跟兰亭集会中诸家诗歌的情感氛围也不一致。而在《世说新语》注释中，王羲之在兰亭雅集中的序言名为《临河序》，通过比较《临河序》和《兰亭序》，可以明显看出"《兰亭序》是在《临河序》的基础之上加以删改、移易、扩大而成的"。郭沫若进一步认为，传世《兰亭序》是陈代永兴寺的僧人智永写的。郭沫若还引用了康生的观点，认为王羲之的真迹应该没有脱离隶书笔意，而《兰亭序》则不是这样的。5 月，郭沫若为这篇文章写了《书后》，他从"癸丑"两字做文章，认为这两个字只占了一个字的空间，应是后来填补进去的，因为在干支盛行的年代，王羲之不会提笔忘了纪年的，这充分说明了《兰亭序》是后人作伪。

郭沫若的文章发表后，高二适写文反驳。章士钊将他的文章寄给毛泽东，并附信说："郭沫若同志主帖学革命，该生翼翼著文驳之。""该生来书，欲得我公评鉴，得以公表，自承报国之具在此，其望虽奢，求却非妄。鄙意此人民政权文治昌明之效，钊乃敢冒严威，遽行推荐。"①毛泽东 7 月 18 日给章士钊回信："高先生评郭文已读过，他的论点是地下不可能发掘出真、行、草墓石。草书不会书碑，可以断言。至于真、行是否曾经书碑，尚待地下发掘证实。但争论是应该有的，我当劝说郭老、康生、伯达诸同志赞成高二适一文公诸于世。"②当天，毛泽东又致信郭沫若："章行严先生一信，高二适先生一文，均寄上，请研究酌处。我复章先生信亦先寄你一阅。笔墨官司，有比无好。未悉尊意如何？"③

在毛泽东的过问下，高二适的《〈兰亭序〉的真伪驳议》发表在 1965 年 7 月 23 日《光明日报》。高二适认为《世说新语》注释不足为据。郭沫若认为注释都应该是全引或节略，不应该在文字上有所增改。《临

---

① 转引自任建伟《毛泽东书法从临摹到创作》，北京工业大学出版社，2015 年，第 58 页。

② 《毛泽东书信选集》，人民出版社，1983 年，第 602 页。

③ 同上书，第 604 页。

河序》跟《兰亭序》在文字上不一致，所以同时代人引用的《临河序》应该是王羲之写的。但高二适通过比较《陆平原集》和《世说新语》对陆机文章的引用，认为注家增改文章也是可能的。高二适还认为，王羲之擅长各种书体。行草早在汉代就盛行了，但直到唐代才有行草刻碑，所以碑上没有的书体，不能说明那个时代就没有。高二适认为郭沫若的观点多来自于李文田，对李文田的观点逐一进行了批驳。

不久，严北溟在《学术月刊》发表《从东晋书法艺术的发展看〈兰亭序〉真伪》，唐风在《文汇报》发表文章，都认为王羲之能写楷书，《兰亭序》就出自王羲之之手。

就在《光明日报》发表高二适文章的前一天，宗白华给郭沫若写信说，他发现清代甘熙在《白下琐言》中引用阮元的话，阮元认为东晋的字体大体上是"纯乎隶体，尚带篆意，距楷尚远"，"唐太宗所得《兰亭序》，恐是梁、陈时人所书"。宗白华引用这则资料，是为了支持郭沫若的观点，他赞赏郭沫若"考证细密"，并认为千年来的《兰亭序》官司，"真相当可渐明"，只是作伪者是否是智永，尚待进一步推敲。[①]郭沫若接信后第二天致信宗白华问阮元这些话见于什么集子？ 7 月 27 日，宗白华再次致信郭沫若报告查找结果。

8 月 7 日，郭沫若写作了《〈兰亭序〉与老庄思想》。他认为《兰亭序》比《临河序》多出来的那一百六十七个字绝对不是王羲之思想的表现。"王羲之是未能完全忘情于世俗的人，他的性格实在相当矛盾。但感伤悲痛总要有一定的诱因，例如疾病丧亡之类。兰亭修禊，是在暮春游乐，既在饮酒赋诗，又未感时忧国，而却突然以老生常谈的'死生亦大矣'而悲痛起来，这是无病呻吟的绝顶了。以'骨鲠'著称的王羲之，以'有裁鉴'（能明辨是非）著称的王羲之，颇能关心民生疾苦、朝政得失、国势隆替的王羲之，有'为逸民之怀'而又富于真实感情的王羲之，才是这样贪生怕死的、百无聊赖的人吗？这却是依托者把王羲之过分歪曲了。""增加'夫人之相与'以下一百六十七字的人是不懂得老庄

---

① 宗白华：《论〈兰亭序〉的两封信》，1965 年 7 月 30 日《光明日报》。

思想和晋人思想的人，甚至连王羲之的思想也不曾弄通。""欣赏前人的佳书，最好也要以批判的态度独立思考，不要过分相信前代帝王将相的评鉴。就是'唐宗宋祖'，毫无疑问，也确实是'稍逊风骚'的。""总之，传世《兰亭序》既不是王羲之做的，更不是王羲之写的。思想和书法，和东晋人相比，都有很大的距离。"

8月12日，郭沫若撰写《〈驳议〉的商讨》批驳高二适的观点。郭沫若认为，高二适引用的陆机文章是经过了唐人修改的，并非陆机的原文；高二适所谓的注家引文能增能减不能成立。郭沫若还进一步论证说，隶书笔意"是指秦汉隶书特别是汉隶的笔法"，"东汉可以算是隶书的最高峰"，"东汉以后，字体又在逐渐转变，变到唐代，便完全转变到楷书的阶段"，"王羲之时代便要变到《兰亭序帖》那样的字迹，没有那种可能"。郭沫若坚持着自己的意见。

9月12日，郭沫若完成了《〈兰亭序〉并非铁案》一文。这篇文章引用清末民初的姚华、姚大荣、缪荃孙、杨守敬等人的观点，他们都认为《兰亭序》是后人作伪的。郭沫若特别提到经学家孙星衍的观点，孙星衍认为，《兰亭序》中的"暮""禊""畅"这几个字都是晋代所没有的字。郭沫若认为晋代碑刻中有"畅"字，但如果不能够发现"暮""禊"字，则《兰亭序》作伪就有了更坚实的内证了。郭沫若还认为，唐代的很多人，如欧阳询、柳宗元等，对于《兰亭序》也是怀疑的。《〈兰亭序〉并非铁案》以于硕的笔名发表在《文物》1965年第10期上，同期发表的还有龙潜《揭开〈兰亭序帖〉迷信的外衣》、启功《〈兰亭〉的迷信应该破除》、阿英《从晋砖文字说到〈兰亭序〉书法——为郭沫若〈兰亭序〉依托说做一些补充》，三位学者都认为《兰亭序》为伪。

其间，郭沫若往中国历史博物馆查看有关文物，为西晋咸宁四年吕氏砖拓本作释文后，写了一段跋语："晋武帝咸宁四年当公元二七八年，下距晋穆帝永和九年（公元三五三年）凡七十五年。砖文作章草，甚罕见。此砖在解放前已出土，但不知出土于何时与何地。旧有释吕氏为令氏者，殆误。咸宁四年岁在戊戌，戊误为丙，与前秦文武将军碑同出一辙。碑文建元四年岁在丙辰，丙亦戊字之误。前秦建元四年后于永和九年者十有五年，两者乃足证兰亭之不足信。"①这两块碑文的字体，都带有明显的隶书笔意，跟《兰亭序》的书法不是一体。

9月15日上午，郭沫若去考古所，除与夏鼐谈工作外，他还跟黄文弼谈话，希望他能根据新疆出土的汉文简牍参加关于《兰亭序》真伪的论战。

9月29日，郭沫若与秘书王戎笙往访陈垣。他们很高兴地讨论了文字的变化、南北字体风格异同、碑帖的异同以及《兰亭序》的版本和王羲之字迹的真伪等各种书法史上的重要问题。郭沫若请陈垣写文章参与兰亭论辩，陈垣说自己没什么特别看法，即便有也不成熟，婉拒了郭沫若的邀请。②

10月30日，郭沫若和陈梦家及夏鼐谈到《兰亭序》的真伪问题。夏鼐日记写道："郭院长曾去看陈垣先生，陈对于王羲之的思想，说到要注意到他的崇信天师道问题。又谈到上海方面除徐森老外，多不同意认以为伪。"③

《文物》1965年第11期发表了郭沫若以于硕的笔名写作的《东吴已有"暮"字》，他认为东晋虽有"暮"字，但并不能推翻《兰亭序》作伪的事实。同期发表的还有徐森玉《〈兰亭序〉真伪的我见》、赵万里《从字体上试论〈兰亭序〉的真伪》。《文物》第12期又发表了史树青《从〈萧翼赚兰亭图〉谈到〈兰亭序〉的伪作问题》、李长路《〈兰亭序帖〉辩妄举例》、伯炎甫《〈兰亭〉辩伪一得》等文章。五位学者均认同郭沫若的观点，并从魏晋思想、书法史、传世名画等不同角度丰富了《兰亭序》为伪造的观点。

虽然看似郭沫若一方的论点越来越坚实，但还是有章士钊、商承祚等人不同意他的观点。章士钊认为："艺舟双楫，并驾齐驱，自非断港绝潢，概行无所于滞。易词言之：晋人公用爨，私用王；碑用爨，帖

---

① 手迹影印件见《中国历史博物馆馆刊》，1979年第1期。
② 刘乃和：《日记手稿》，转引自刘乃和等著《陈垣年谱配图长编》（下），辽海出版社，2000年。
③ 《夏鼐日记》（第7卷），华东师范大学出版社，2011年，第164页。

用王；文书用爨，书札用王；刀笔用爨，毛笔用王。以一人论，可能先爨后王，抑先王后爨，亦可能一时王爨兼工，或谓兴之墓石或竟出羲之手。其说颇有理致，斯在芍农本身，即得一例如上。凡此种种，均足证吾言非谬，大凡孤证当前，新奇可喜，倘即移局赅通，定贻悖谬，此逻辑之律令如此，未易犯也。"①在书法史上，《爨龙颜碑》与《爨宝子碑》并称为"爨"，指的是隶书向楷书过渡的一种书法风格。"王"指的是《兰亭序》所体现的书法风格。章士钊认为这两种书体并存于同一时代，只是用途不同，王兴墓碑乃为孤证，不足以说明问题。

1966 年 1 月 3 日，郭沫若致函费在山："查唐人窦蒙著《述书赋》云：'会稽永欣寺僧智永'。恐绍兴之说较有根据。""张怀瓘亦谓'陈永兴寺僧智永，会稽人'。"②这说明他一直关心和准备着相关资料。

由于准备资料和"文革"的爆发，郭沫若直到 1972 年才回应了章士钊的观点。新证据是新疆出土的两种晋人写本《三国志》残卷，这两种残卷都是隶书体。《三国志》残卷不是碑，是写在纸上的，却并不是"王"体。这正好反击了章士钊的"刀笔用爨，毛笔用王"的论断。郭沫若撰文一一驳斥了章士钊的论点，他说："新疆出土的晋写本是隶书体，则天下的晋代书都必然是隶书体。所谓一隅三反，所谓必然性通过偶然性而表现，就是这个道理。在天下的书法都是隶书体的晋代，而《兰亭序帖》却是后来的楷书体，那吗，《兰亭序帖》必然是伪迹。"③

---

① 章士钊：《柳子厚之于兰亭》，《兰亭论辩》（下编），文物出版社，1977 年，第 2 页。
② 手迹见《书来墨迹助堂堂》，《西湖文艺》编辑部，1979 年。
③ 郭沫若：《新疆新出土的晋人写本〈三国志〉残卷》，《郭沫若全集·历史编》（第 3 卷），人民出版社，1984 年，第 709 页。

第十五章

彩练横空舞夕阳

一

　　就在郭沫若兴致勃勃进行兰亭论辩和中国书法史研究之时，中国文化界正在发生着异常深刻的变动。

　　1965 年 11 月 10 日，姚文元在上海《文汇报》发表《评新编历史剧〈海瑞罢官〉》。认为吴晗的《海瑞罢官》中海瑞的"退田""平冤狱"等活动"是当时资产阶级反对无产阶级专政和社会主义革命的斗争形式"，这个剧本是"大毒草"，吴晗是"用地主资产阶级的国家观代替了马克思列宁主义的国家观，用阶级调和论代替了阶级斗争论"。姚文元的文章是在江青的策划下写出来的，受到毛泽东的支持。但北京的报纸不知道这一内情，对姚文元的文章迟迟没有表态。

　　11 月 28 日，周恩来打电话告诉彭真，毛泽东指示北京的报纸要立刻转载姚文元的文章。11 月 30 日，《人民日报》转载了这篇文章。经过周恩来、彭真修改后的编者按说："对海瑞和《海瑞罢官》的评价，实际上牵涉到如何对待历史人物和历史剧的问题，用什么样的观点来研究历史和怎样用艺术形式来反映历史人物和历史事件的问题。这个问题，在我国思想界中存在种种不同的意见，因为还没有系统地进行辩论，多年来没有得到正确的解决。""我们准备就《海瑞罢官》这出戏和有关问题在报纸上展开一次辩论，欢迎史学界、哲学界、文艺界和广大读者踊跃参加。""我们的方针是：既容许批评的自由，也容许反批评的自由；对于错误的意见，我们也采取说理的方法，实事求是，以理服人。"

《人民日报》的编者按本想将这个问题限制在学术范围之内。但 12 月 21 日，毛泽东在杭州对陈伯达等人谈话说："姚文元的文章也很好，点了名，对戏剧界、史学界、哲学界震动很大，但是没有打中要害。要害是'罢官'。嘉靖皇帝罢了海瑞的官，五九年我们罢了彭德怀的官。彭德怀也是'海瑞'。"①事情变得复杂起来。

吴晗是郭沫若的好朋友，郭沫若也曾多次赞誉过海瑞。1960 年 2 月，郭沫若曾写过七律《看川剧〈大红袍〉》：

> 刚峰当日一人豪，克己爱民藐锯刀。
> 堪笑壅君如土偶，竟教道士作天骄。
> 直言敢谏疏犹在，平产均田见可高。
> 公道在人成不朽，于今犹演《大红袍》。

作者自注说："《大红袍》即海瑞传。海瑞号刚峰先生。明史本传称海瑞主张恢复井田制，不得已则当限田，再不得已亦当均税。此人在当时颇得民心，可见是有来由的。剧名《大红袍》初不知其用意，剧中嘉靖皇帝突然逝世后，海瑞从狱中放出，被升官并赐着大红袍，或即取名于此。"②

1961 年 2 月，郭沫若到海口市郊访海瑞墓，写了一首七言长诗，赞美海瑞道：

---

① 《毛泽东年谱 1949—1976》（第 5 卷），中央文献出版社，2013 年，第 547、548 页。
② 《郭沫若全集·文学编》（第 4 卷），人民文学出版社，1984 年，第 362 页。

生前身受人折磨，死后墓为人护摄。

借问春风此胡然？春风习习吹油粟。

借问春阳此胡然？春阳皎皎明双阙。

我知公道在人心，不违民者民所悦。

史存直言敢谏疏，传有平产均田说。

刚亦不吐柔不茹，布衣粗食敦鲠骨。

如今吴晗和海瑞都被毛泽东点名批评，这给郭沫若造成很大的压力。

12月25日，郭沫若在《海瑞批判与自我改造》的检讨中说，他读了姚文元的《评新编历史剧〈海瑞罢官〉》后，认同姚文元所说的海瑞依旧是封建剥削阶级的一分子，是不值得歌颂的，自己以前的认识是错误的，吴晗的历史剧也没有站稳立场，这说明无论学识如何渊博，如果立场和方法出了问题，仍然是要犯错误；但知识分子不怕犯错误，错了就改，改了就好了。郭沫若和《人民日报》编者按一样，是秉着"百花齐放"的方针去看待这件事。虽然《人民日报》也发表了一些类似的文章，甚至有人仍然站在吴晗的立场，但郭沫若这篇文章没有发表出来。

1966年初，郭沫若给中国科学院党组书记张劲夫写信，要求辞去院长职务，但没有得到批准。彭真在一次讲话中表达了对形势的不满，论据是"郭沫若都紧张了"。

1966年4月14日，文化部副部长石西民在第三届全国人民代表大会常委会第30次扩大会议上作了《关于高举毛泽东思想伟大红旗，坚决把社会主义文化革命进行到底》的报告。

郭沫若听了报告后很有感触。当场发言说："石西民同志的报告，对我来说，是有切身的感受。说得沉痛一点，是有切肤之痛。因为在一般的朋友们、同志们看来，我是一个文化人，甚至于好些人都说我是一个作家，还是一个诗人，又是一个什么历史家。几十年来，一直拿着笔杆子在写东西，也翻译了一些东西。按字数来讲，恐怕有几百万字了。但是，拿今天的标准来讲，我以前所写的东西，严格地说，应该全部把它烧掉，没有一点价值。""主要的原因是什么呢？就是没有学好毛主席思想，没有用毛主席思想来武装自己，所以，阶级观点有的时候很模糊。""文史方面，近来在报纸上开展着深入的批评，这是很好的，我差不多都看了。我是联系到自我改造来看的，并不是隔岸观火。每一篇文章，每一个批评，差不多都要革到我自己的'命'上来。我不是在此地随便说，的确是这样，我自己就是没有把毛主席思想学好，没有把自己改造好。"

郭沫若还谈到小说《欧阳海之歌》和泥塑《收租院》，认为这些由士兵、工人创作出来的作品，文艺家是创作不出来的。他感慨地说："我们不仅没有为工农兵服务，而是倒转来是工农兵在文史哲方面为我们服务了。我们应该向工农兵感谢，拜工农兵为老师，因为他们把主席思想学好了，用活了。"

郭沫若最后说："我今天的话好象是表态，确实是表我的心态，说出了我心里想说的话。""我虽然已经七十几岁了，雄心壮志还有一点。就是说要滚一身泥巴，我愿意；要沾一身油污，我愿意；甚至于要染一身血迹，假使美帝国主义要来打我们的话，向美帝国主义分子投几个手榴弹，我也愿意。我的意思就是这样的，现在应该向工农兵好好地学习，假使有可能的话，再好好地为工农兵服务。"①

康生请人将这篇讲话记录稿送郭沫若校订，再送杭州经毛泽东审定后发表在 4 月 28 日《光明日报》，5 月初，《人民日报》等权威报刊全文转载。

对于《收租院》和《欧阳海之歌》，郭沫若是真心赞扬的。大邑收租院泥塑共有人像一百一十四尊，表现的是四川土豪刘文彩的恶迹，部分复制品在北京展出，郭沫若参观了展览，于 4 月 22 日写了《访大邑收租院（水调歌头）》：

　　一见收租院，怒火迸双眸。大邑地方军阀，暴发一家刘。

---

① 　郭沫若：《向工农兵群众学习为工农兵群众服务》，1966 年 5 月 5 日《人民日报》。

地狱水牢连比，短剑长刀无数，随意断人头。苦海贫农血，白骨霸天楼。

飞轮转，弹鞭动，火上油。荒淫无耻，佛号金钟。转瞬人间换了，活把阎王吓死，万众竞来游。百十四尊像，海样见深仇。

不久，郭沫若对《文艺报》记者谈《欧阳海之歌》，他说他一口气读完了小说，十分感动，作者之所以成功，是因为他"不仅努力做到'三过硬'"，而且"实行领导、群众和作者自己的'三结合'"。"'三结合'实质上也就是创作的群众路线。我们要保证文艺创作的健康发展，就要学习作者这种向领导、向群众虚心求教的精神，在文艺创作上大走群众路线。"①

郭沫若在全国人大常委会上的发言引起了强烈反响。5月，一些日本友人到郭沫若家做客，问起郭沫若的这次发言，郭沫若告诉他们："我烧书是否定我自己，是凤凰涅槃的意思。"②5月5日，中国科学院副院长竺可桢在日记中说：

> 晚阅郭沫若同志的4/14日人大发表的一个简短的自我批评，谈得很真挚，说近来在报纸上开展了（对文艺）深入的批评……并不是隔岸观火，每一篇文章每一个批评差不多都要革自己的"命"上来，……今天不是我们为工农兵服务，而是工农兵（在文艺批评上）为我们服务了。他介绍人人读一读《欧阳海之歌》（金敬迈同志著一本小说）。我很惭愧，没有好好学习对吴晗《海瑞罢官》的批评，也没有读过《欧阳海之歌》，虽是有这本书（院代购）。③

---

① 郭沫若：《毛泽东时代的英雄史诗——就〈欧阳海之歌〉答〈文艺报〉编者问》，《文艺报》第4期，1966年4月20日。

② 王廷芳：《周总理和郭老的一些交往和友谊》，《回忆郭沫若》，知识产权出版社，2004年，第25页。

③ 《竺可桢全集》（第18卷），上海科技出版社，2010年，第105页。

6月26日，郭沫若在中国科学院的下属、考古所所长夏鼐在日记中写道：

> 我今天大部分时间花在将我自己过去的写作编成目录，以便作自我检查之用。这些著作，确如郭沫若院长所说，都是错了，都应该烧掉（当然，我说的是指我的东西，不是指郭老的著作）。自1932年至1966年现下位置，共130篇（包括译文3篇，论文集1册，合著4种，主编1种），检查起来，可能是大量放毒，不胜惶恐。但是解放以来所发表的主要是资产阶级思想的毒，似还没有对党不满或进攻的毒草，这点尚可自慰。①

11月28日，中国科学院研究员顾颉刚在日记中记道："郭沫若最好弄笔，编古装戏剧，又为曹操、武则天翻案，此次得政府保护，仅轻描淡写地在人民代表会议常务委员会中作一自我批评了事，京、沪同人皆不满意。"②"同人"可不是红卫兵，这大概也是文史研究领域内的学者，这些人大有置郭沫若于凶险境地的趋势。直到1967年，还有中学教员写信"教训"郭沫若："简单的烧掉是不能解决问题的，也是不科学的。真正的共产党人，要敢于坚持真理，修正错误。"郭沫若回信说："谢谢您的指教，谨如嘱'挂号退还'。我自己也希望成为'一个彻底的［辩证］唯物主义者'。凤凰每经五百年要自焚一次，从火中再生。这就是我所说的'烧掉'的意思。"③

8月底，党中央召开了八届十一中全会，通过了《十六条》，林彪提出"罢官论"，一些老干部受到冲击。8月29日，红卫兵查抄了章士钊住宅。章士钊致信毛泽东寻求保护。毛泽东批示："送总理酌处，应当予以保护。"周恩来趁机拟定了一份应予保护的干部名单，名单列出

---

① 《夏鼐日记》（第7卷），华东师范大学出版社，2011年，第226页。
② 《顾颉刚日记》（第10卷），中华书局，2011年，第568页。
③ 徐正之：《我与郭老通信始末》，《新闻爱好者》，2002年11期。

十二人，郭沫若排在第二位。

郭沫若一面受"保护"，一面多次陪同毛泽东在天安门城楼接见红卫兵。但这些似乎并没有打消红卫兵对他的"兴趣"。红卫兵写信要求见郭沫若。郭沫若担心自己见他们说不清楚，将红卫兵来信转交给秘书王戎笙："我想推荐你跟他们谈，请由你直接回信约谈（地点时日由你定）。你可同意吗？同意便请费心照办。"

秋天，傅抱石家被红卫兵洗劫一空，郭沫若听说后立即安排汇款给傅抱石，他还说："无论如何也要帮助解决抱石家的困难，拿不出钱就把我的书籍字画卖掉！"[①]

冬天，周恩来总理办公室主任童小鹏来到前海西街郭沫若家转达总理的意见：鉴于国内形势混乱，请郭沫若一家暂时到外面住一段时间，他叮嘱郭沫若只带司机和秘书，不要告诉机关。郭沫若一家去郊区六所住了一个月，直到形势稍微缓和了才回家。

1967 年 3 月 20 日，顾颉刚日记载："静秋得一印刷品，记毛主席与林彪、陈伯达谈话，谓郭沫若、范文澜讲历史，亦是帝王将相派，但他们注重史实，当保，与处理翦伯赞、吴晗、罗尔纲不同，并谓尚有应保数人。"[②]看来形势似乎确实舒缓了一点。

二

大约 1967 年左右，郭沫若就酝酿写作《李白与杜甫》，可直到1969 年才完成。在《李白与杜甫》即将完成之际，因中苏边界冲突，周恩来派外交部长走访郭沫若，郭沫若将他关于李白出生于碎叶的考证公布出来，大家才知道郭沫若在写作这部著作。

《李白与杜甫》是郭沫若最后一部学术著作，也是他最有争议的著

---

① 罗时慧：《怀念》，《群众论丛》，1980 年第 2 期。
② 《顾颉刚日记》（第 10 卷），中华书局，2011 年，第 641 页。

作之一。郭沫若学术写作速度很快，但他却在这部著作上耗费心血、反复修改，从写作到出版用了四年之久。郭沫若习惯在著作中附上前言后记，披露写作动机和经过，但这部著作却没有前言后记，他的心迹隐而不彰。

迄今为止，据不完全统计，有关这部著作的学术论文已经有两百篇以上，人们意见纷呈，但总体上贬多于褒。最有代表性的是钱钟书的观点。1979 年，夏志清问前来美国访问的钱钟书：郭沫若为什么要写贬杜扬李的书？钱钟书答曰："毛泽东读唐诗，最爱'三李'——李白、李贺、李商隐，反不喜'人民诗人'杜甫，郭沫若就听从圣旨写了此书。"①这一说法广为流传，为人们所认同。还有学者进一步指出，郭沫若迎合的是"尊法反儒"的政治风气："据说李白已内定为法家诗人，而杜甫是儒家，《李白与杜甫》扬李抑杜，是顺乎尊法反儒的时代潮流"②。"此后不久便随之而来一场评法批儒的政治运动。《李白与杜甫》以扬李抑杜为基调，正是迎合这种政治运动的需要的。"③这些观点今天已经成为各种贬低郭沫若人格的网络文章的重要证据。其实，毛泽东尽管在 1958 年前后确实公开说过喜欢李白，但后来他对李白也有过严厉批评，他同王洪文、张春桥谈郭沫若的《十批判书》时说："你李白呢？尽想做官！结果充军贵州。"④辩证地看待历史人物，是郭沫若和毛泽东的共同特点。以郭沫若对毛泽东的了解，他不可能只知道毛泽东肯定李白的一面，而不知道其否定李白的另一面。故他即便迎合毛泽东，也不会如此拙劣。此外，《李白与杜甫》开始写作于 1967 年，尊法反儒、批林批孔是在 1971 年林彪事件之后才开始展开的，在波谲云诡的激进年代，处于决策层外的郭沫若不可能在四年之前就能预料到后来的高层思想。所以说《李白与杜甫》为了逢迎毛泽东，赶上尊法反儒的时代潮流的观点无疑是站不住脚的。另外有学者认为《李白与杜甫》"是一部'借

① 夏志清：《新文学的传统》，台湾时报文化出版事业有限公司，1979 年版，第 372 页。
② 陈榕甫：《杜甫优劣古今谈》，1980 年 12 月 17 日《文汇报》。
③ 胡可先：《论〈李白与杜甫〉的历史与政治内涵》，《杜甫研究学刊》，1998 年第 4 期。
④ 《毛泽东年谱 1949—1976》（第 6 卷），中央文献出版社，2013 年，第 485 页。

他人之酒杯，浇自己之块垒'的隐喻之作"，郭沫若通过李白对自己的政治活动和"忠君"思想进行了反思。①著者对"杜甫'忠君思想'的恶评，其实质是想唤醒现代知识分子的思想独立与人格反思，摆脱知识分子的历史宿命"，体现了郭沫若在"文革"中难得的"孤独与清醒"。②持这种观点的学者还将这部著作和郭沫若两个孩子的去世联系起来，其实，《李白与杜甫》中关于杜甫的主体部分在 1967 年 4 月 11 日他听到郭民英去世的消息前已经完成③，跟其"丧子之恸"没有关系。而且郭沫若对于当时的政治态势并不抵触，因此，在政治／文学的对立语境下，塑造出一个"反思"和"清醒"的"郭沫若形象"，可能只是部分学者出于维护郭沫若的需要而产生的良好愿望，而在事实上则经不起推敲。

《李白与杜甫》按出版时的目录排序，分别为《关于李白》《关于杜甫》《李白杜甫年表》，但在写作时间上，最先写出的是第一部分的最后一节即《李白与杜甫在诗歌上交往》，其次是完成于 1967 年 3—4 月的《关于杜甫》的主体部分。也就是说，《李白与杜甫》最先写的是杜甫的部分。

郭沫若 1967 年研究和评论杜甫，是有感于当时的杜甫研究现状。这在书中有明确表达："以前的专家们是称杜甫为'诗圣'，近时的专家们是称为'人民诗人'。被称为'诗圣'时，人民没有过问过；被称为'人民诗人'时，人民恐怕就要追问个所以然了。"④据书中所引，所谓"近时的专家们"，主要指的是冯至、傅庚生和萧涤非三人。而他们在新中国成立后出版的杜甫研究著作中，顺带对李白也有所评价。

冯至的《杜甫传》、傅庚生的《杜甫诗论》、萧涤非的《杜甫研究》影响很大，他们都认为杜甫的诗歌体现了人民的情感，给予杜甫高度评

① 贾振勇：《郭沫若的最后 29 年》，中国文史出版社，2005 年，第 230、231 页。
② 刘海洲：《时代的反讽人生的反思——论郭沫若的〈李白与杜甫〉》，《文艺评论》，2011 年第 2 期。
③ 林甘泉、蔡震主编：《郭沫若年谱长编》（第 5 卷），中国社会科学出版社，2017 年。
④ 郭沫若：《李白与杜甫》，人民文学出版社，1971 年，第 125 页。

价，而李白的诗歌，在他们看来，只是个人主义的表现。废名、范文澜等人跟萧涤非等人的观点几乎完全一致。奇怪的是，这些接受了马克思主义理论的学者在评价李白与杜甫时，跟当时正轰轰烈烈批判的"资产阶级学者"胡适等人的观点竟然惊人一致。而胡适的观点跟一千多年来的传统社会的多数文人士大夫的观点是高度一致的。

新文化运动要打倒封建的传统文化，胡适更是主张"全面西化"；而新中国成立后，思想文化界自上而下清算了胡适的资产阶级思想。经过这些轰轰烈烈的思想运动后，学者们尽管使用了"人道主义"、马克思主义等思想观念和方法研究杜甫和李白，但李杜的地位却并没有根本改变。杜甫的头衔从"诗圣"换成了"人民诗人"，他仍然高踞在诗人的榜首，而李白还是政治上有污点，是个人主义者。这说明在新文化运动以及随后的更为激进的思想改造运动的表层之下，有一种意识倾向仍然坚韧地存在着，它张扬规训、放逐异端，"扬杜抑李"是其重要表征。在持这种意识倾向的人看来，无论是为君还是为民，杜甫都符合社会的伦理规范，表现出了对体制的顺从和维护，而李白则是叛逆于社会和体制的充满危险激情的个人主义者，是体制和社会的异端。

终身为叛逆和激情辩护的郭沫若，敏锐地意识到当代很多学者仍然持有着传统观念："杜甫曾经以'儒家'自命。旧时代的士大夫尊杜甫为'诗圣'，特别突出他的忠君思想，不用说也是把他敬仰为孔孟之徒。新的研究家们，尤其在解放之后，又特别强调杜甫的同情人民，认为他自比契稷，有'人饥己饥，人溺己溺'的怀抱，因而把他描绘为'人民诗人'，实际上也完全是儒家的面孔。"①当"完全是儒家的面孔"的研究者的著作在新中国畅销时，说明新文化运动"打倒孔家店"和新中国成立后的历次思想改造运动可能并没有完全改变传统意识。这正是郭沫若深感不安的地方，他要站出来辩驳。

对于李白与杜甫这两位伟大的诗人，尽管郭沫若确曾说过他更喜欢李白，但总体来说，他对他们一视同仁。早在1928年，郭沫若想写一

---

① 郭沫若：《李白与杜甫》，人民文学出版社，1971年，第181页。

篇《我的著作生活的回顾》，在"诗的修养时代"的提纲中特别提出了李白和杜甫。流亡日本期间，他回忆在成都上中学时跟李劼人等同学的游乐活动中，亦有"次韵杜甫《秋兴》八首"[①]的往事，的确，在他旧体诗创作的第一个高峰的1912年左右，很多作品便带有鲜明的杜甫风格。新中国成立后，郭沫若也曾像萧涤非等人一样称赞过杜甫，他为杜甫草堂题写过"世上疮痍诗中圣哲，民间疾苦笔底波澜"的联语。在《诗歌史中的双子星座》文中，他赞誉杜甫"对于人民的灾难有着深切的同情，对于国家的命运有着真挚的关心"，"他所反映的现实，既真实而又生动，沉痛感人，千古不朽。实在的，艰难玉成了我们的诗人"[②]。对于李白，郭沫若除了将他与杜甫并举为伟大诗人、明确说自己幼时十分喜欢他外，也曾指出他的缺点："李白等的诗，可以说只有平面的透明。"[③]可以这样说，郭沫若在李杜之间是不曾有过明显抑扬的。再者，郭沫若也不曾将李杜作为中国文学的最高峰，在他看来，他们的作品是多少有些雅化的，而郭沫若却更喜欢像清代陈端生的弹词《再生缘》那样的民间文学。

客观来说，冯至、傅庚生、萧涤非等人的杜甫研究是有贡献的。他们的成就，郭沫若当然是知道的。当他的愤激情绪为《李白与杜甫》的创作愉悦所冲淡时，我们不难发现他有认同萧涤非等人观点的一面。如他赞美"彤庭所分帛，本自寒女出"为"很有光辉的诗句"[④]，认为"杜甫在《登慈恩寺塔》中能够讽刺唐玄宗的荒宴，在《丽人行》中能够揭露杨家姊妹兄弟的豪奢"[⑤]，等等。但在愤激情绪之下，郭沫若却故意处处要跟萧涤非等人唱反调。对于萧涤非等人以"人民诗人"来延续千百年来对杜甫的"图腾化"，郭沫若硬要打破杜甫身上的神性光环。

最能体现郭沫若打破"图腾"的是分析杜诗《遭田父泥饮美严中丞》。

① 郭沫若:《中国左拉之待望》,《中国文艺》第1卷第2期，1937年6月。
② 郭沫若:《诗歌史中的双子星座》，1962年6月9日《光明日报》。
③ 《郭沫若诗作谈》,《现世界》创刊号，1936年8月16日。
④ 郭沫若:《李白与杜甫》，人民文学出版社，1971年，第161页。
⑤ 同上书，第156页。

杜甫在成都期间，被一位老农拉着从早到晚饮酒，老农大呼小叫，不断赞美当时的成都府尹、杜甫的朋友和上司严武："酒酣夸新尹，畜眼未曾有。""语多虽杂乱，说尹终在口。"萧涤非高度赞美这首诗的"人民性"，评其在杜诗中"对劳动人民的品质的歌颂得最全面最突出"，"形象地刻划了田父的直率、豪迈、热情慷慨的典型性格。""他完全陶醉在这位田父的精神世界之中了。"[1]但郭沫若却认为萧涤非等人的分析"完全是皮相的见解"，杜甫写这首诗的目的绝不在于感谢和赞美老农，这首诗是写给严武和他的幕僚看的，是"要借老农的口来赞美严武"[2]。于是，在郭沫若的笔下，杜甫这首"人民诗"被翻转为"马屁诗"。客观地说，郭沫若的分析确实体现出了他作为历史学家的敏感和丰富的生活阅历，故能目光如炬、如老吏断狱。严武在史书上是有恶评的，杜甫如此吹捧他，十足说明杜甫为了功名和报酬，亦有不分对象，不择手段的时候。

郭沫若还重点研究了"三吏三别"，这六首诗在一千多年来一直受到高度推崇，新中国成立后，它们的崇高地位并未改变。冯至认为它们是杜诗中的"杰作"，是"诗的模范"，"继承了《诗经》的传统，影响了后代的进步诗人"。[3]萧涤非认同冯至的看法，认为这六首诗"一方面根据当时人民固有的'同仇敌忾'的爱国热情进一步鼓励人民参战"，"另一面则大力揭露当时兵役的黑暗并直接痛斥统治者的残暴"[4]。傅庚生认同明人王嗣奭的看法。后者认为，这几首诗写下层百姓，"其苦自知而不能自达，一一刻画宛然；同工异曲，随物赋形，真造化手也"！傅庚生认为"造化手"其实就是"现实主义"，还进一步说："杜甫正是为了人民不能自达其苦，才本着人道主义的精神——诗人的正义感，用一支横扫千军的诗笔，替这些被压迫的人民呐喊。"[5]对于这千百年来的

①　萧涤非：《杜甫研究》（上卷），山东人民出版社，1956年，第73页。
②　郭沫若：《李白与杜甫》，人民文学出版社，1971年，第140、141页。
③　冯至：《杜甫传》，人民文学出版社，1952年，第36页。
④　萧涤非：《杜甫研究》（上卷），山东人民出版社，1956年，第24、25页。
⑤　傅庚生：《杜甫诗论》，古典文学出版社，1956年，第239页。

偶像，郭沫若再次无情撕开了它的面具："杜甫自己是站在地主阶级的立场上的人，六首诗中所描绘的人民形象，无论男女老少，都是经过严密的阶级滤器所滤选出来的驯良老百姓，驯善得和绵羊一样，没有一丝一毫的反抗情绪。这种人正合乎地主阶级、统治阶级的需要，是杜甫理想化了的所谓良民。"①

对《遭田父泥饮美严中丞》与"三吏三别"的分析，跟郭沫若对杜甫的整体评价一致，他认为杜甫过着地主生活、功名心强、门阀等级观念根深蒂固，但"新旧研究家们的眼睛里面有了白内障——'诗圣'或'人民诗人'，因而视若无睹，一千多年来都使杜甫呈现出一个道貌岸然的样子，是值得惊异的"②。

郭沫若反感的，是被偶像化的"道貌岸然"的杜甫，而对于跟体制有些不合拍的不雅驯的杜甫，他反倒有几分喜欢，所以他写了《杜甫嗜酒终身》，将杜甫对酒肉的热爱以及酒后的狂态写得淋漓尽致，还根据自己多年的思考③，将杜甫之死说成是因为牛肉过饱所致，这就有力地将杜甫从偶像拉回了人间。如此呈现的，是不那么雅驯的杜甫，正如有研究者所说："从郭沫若描述语言中所挟带的热烈情绪可以看出，他对这'真正的杜甫'不唯不厌恶，甚至有认同感和亲切感。"④如此我们可以理解郭沫若后来的解释："杜甫应该肯定，我不反对，我所反对的是把杜甫当为'圣人'，当为'它布'（图腾），神圣不可侵犯。"⑤郭沫若在杜甫研究中所要做的，正是通过呈现杜甫不那么雅驯的凡人的一面，来回应那以排斥叛逆、张扬规训为特征的将杜甫"图腾化"的传统意识倾向。

在写作李白部分时，由于没有驳难的对象，郭沫若心态相对平静很多，故能较多看到李白的优点。但他对于李白的缺点亦毫不留情。他说李白一面在讽刺别人趋炎附势，另一面"忘记了自己在高度地趋炎附

---

① 郭沫若：《李白与杜甫》，人民文学出版社，1971年，第135页。
② 同上书，第203页。
③ 郭沫若在20世纪20年代的小说《万引》中曾思考过杜甫死于食物过饱这一问题。
④ 刘纳：《重读〈李白与杜甫〉》，《郭沫若学刊》，1992年第4期。
⑤ 《郭沫若同志就〈李白与杜甫〉一书给胡曾伟同志的复信》，《东岳论丛》，1981年6期。

势"①。当李白感到安禄山叛变迫在眉睫时，他自己却要"窜身南国避胡尘"。郭沫若不禁严厉谴责："这时的逃避却是万万不能使人谅解了。他即使不能西向长安，为什么不留在中原联结有志之士和人民大众一道抗敌？""实在是糊涂透顶。"②他还指斥李白受《道箓》是"干下了多么惊人的一件大蠢事"③！

如此看来，《李白与杜甫》并非如钱钟书等人误解的"扬李抑杜"，对于李杜，郭沫若要双双祛魅："其实无论李也好，杜也好，他们的'光焰'在今天都不那么灿烂了。"④李杜"都未能完全摆脱中国的庸人气味"⑤，"都紧紧为封建意识所束缚。他们的功名心都很强，都想得到比较高的地位，以施展经纶，但都没有可能如意"。⑥他宁肯抬出一位不大知名的诗人苏涣，对于这位早年做盗贼晚年叛逆唐廷的"异类"，郭沫若仔细解读了他仅存的几首诗歌，为他"深知民间疾苦"，"铲平险阻，争取劳苦人民能各得所需"的"造反"精神所折服，称他才是真正的"人民诗人"⑦。

郭沫若对李白与杜甫的双双祛魅，实际上提醒研究者，研究问题得从不同角度、正反两方面入手，将历史人物"图腾"化不仅可能与历史真相有距离，而且可能固化了传统意识的某些偏见。而这种偏见，正是郭沫若以李白为镜像所亲身遭遇到的，故他对于李白的处境感同身受。

在一千多年里，尽管不少人认同李白，高度评价李白，但在很多人看来，李白在政治上是叛逆的，诗作华而不实，远离人民，对社会也是叛逆的。这些关于李白的观点，被梁启超、胡适等人继承了下来，也被他们的学生或同事范文澜、冯至、傅庚生、萧涤非等人继承了下来，成为了定论。但郭沫若从李白这里看到的却是自己的镜像。李白性格的叛

---

① 郭沫若：《李白与杜甫》，人民文学出版社，1971 年，第 38 页。
② 同上书，第 54 页。
③ 同上书，第 86 页。
④ 同上书，第 115 页。
⑤ 同上书，第 13 页。
⑥ 同上书，第 47 页。
⑦ 同上书，第 249、250 页。

逆、对体制和传统的反抗，正是郭沫若自己的写照，而李白被驱逐的命运，也符合郭沫若在文化教育界中的处境。

郭沫若着力为李白的政治活动翻案。其策略是先为李璘翻案。他通过对《资治通鉴》等史料的详细考察，认为唐玄宗听从了房琯等人的意见，在逃亡途中采取了诸王分制的办法。李亨负责恢复黄河流域，李璘负责经营长江流域。但李亨在分制诏书下达之前，就已在灵武称帝，他不同意分制，暗中下令讨伐李璘，李璘腹背受敌失败被杀。如此看来，分明是李亨逼死李璘，但成王败寇，后来忠于帝王的史家却认为是李璘反叛，这于李璘是天大的冤枉。李白被李璘请到军中，但并没有发挥什么作用，李璘帐下的人事实上是不重视他的。李璘败后，李白本被宋若思等人援救，但有人以他的名义伪造《为宋中丞自荐表》，表中夸大李白的文采，把李亨比喻为懦弱无能的汉惠帝，这样的"任意栽诬"，"便增加了李白的狂妄之罪，率性严加究办，长流夜郎！这在李白真是活天冤枉"①。后来虽然在流放途中遇赦，但李白从此一蹶不振，在流浪中死去，落得一个千秋骂名。

传统观点由李白从李璘"叛逆"等表现认为李白不关心天下苍生，是"个人主义"者。郭沫若对此是不赞成的。为了唱反调，郭沫若就拿李白与杜甫相比，他举了很多例子说明李白的性格和诗歌都比杜甫"更富于平民性"。他认为，在《赠崔司户文昆季》、《宿五松山下荀媪家》、《秋浦歌十七首》（之十四）等诗歌中，显然能够发现"李白不拿身分，能以平等的态度待人"。故而，"人们自然也就喜欢他。旧时的乡村酒店，爱在灯笼或酒帘上写出'太白世家'或'太白遗风'等字样，这是对于李白的自发性的纪念。杜甫也同样好酒，但没有看见过，也没有听说过，任何地方的酒店打出过'少陵世家'或'少陵遗风'的招牌"。"人民的喜爱毕竟和士大夫阶层或者知识分子不同，人民是有人民自己的选择的。"②

---

① 郭沫若：《李白与杜甫》，人民文学出版社，1971年，第76页。
② 同上书，第118、120页。

郭沫若力辩李白这位浪漫主义诗人虽然表面看起来昂首天外、反叛秩序和体制、歌颂醇酒妇人，却有比杜甫更真挚的平民情怀，有拯救祖国于危难的爱国精神，但被误解、被栽赃，落得个"世人皆欲杀"的骂名。这实际上是对自己长期以来所受责难的申辩。郭沫若作为创造社的领袖，以叛逆的姿态和撕碎一切假面的激情出现在文坛，受到以胡适、沈从文、钱钟书等北大、清华的教授们为代表的学院派知识分子的诟病。傅庚生是胡适的学生；冯至是沈从文的同事；萧涤非是季羡林、钱钟书的同窗，他跟沈从文在新中国成立后仍然保持着密切的关系，沈从文曾向亲戚推荐他的《杜甫研究》。萧涤非、沈从文等人有着相似的眼光和趣味，这些趣味和眼光虽经过新中国的历次思想改造，却并没有根本改变，郭沫若之所以颇为偏激地坚决要同萧涤非等人的杜甫研究唱反调，是切身感到这种排斥异端的道统和学统的强大、坚固和偏执。

更可忧的是，这种意识形态还弥漫开来，为不同政治立场的人所共享，体现出了广泛的代表性。就是胡风这样的著名左翼作家，对郭沫若的叛逆和不雅驯亦心存反感。抗战初期，胡风在家信中将郭沫若的"民众动员"和组建第三厅误解为"招兵买马"，扩充个人势力。①这些观点跟季羡林、钱钟书等人所谓的郭沫若好骂人、是"个人主义"者的观点如出一辙。

《李白与杜甫》对于同一阵营的不理解也有讽喻。关于李白与杜甫的关系，一直是唐代文学的一个热点。傅庚生等人认为杜甫对李白有着"至性"深情，但郭沫若却认为杜甫并不理解李白。杜甫在李白流放后写了《寄李十二白二十韵》。在郭沫若看来，这些诗对于李白的敌人过于宽恕。同时，李白"体贴着唐玄宗的意旨在办事"，"也想借永王之力扫荡胡尘，拯救天下苍生，然而杜甫却把它说成是找饭吃而受到处分"。这正跟胡风误解郭沫若组建第三厅的情况类似。杜甫关于李白最后一首诗是《不见》："不见李生久，佯狂殊可哀。世人皆欲杀，吾意独怜才。"亦"透露出了当时的统治者和西蜀的士大夫阶层对于李白的一般的态度。

---

① 吴永平：《〈胡风家书〉疏证》，中国社会科学出版社，2012年版，第66、67页。

杜甫处在这种氛围中能够哀怜李白，自然表示了他的友情。但他只怜李白的才，而不能辨李白的冤；在他看来，李白仍然犯了大罪，非真狂而是'佯狂'，应该杀而可以不杀，如此而已"[1]。落笔处写出了李白晚年的孤独与悲凉。

三

1967 年 4 月 11 日，郭沫若接到接海军政治部通知，他和于立群的第四个儿子，二十五岁的郭民英四天前在海军服役部队饮弹身亡。这给郭沫若夫妇带来了巨大悲痛。

郭民英 1943 年生于重庆，郭沫若十分疼爱他。1954 年，郭民英在北京第二实验小学读六年级，班里成立了小图书馆，郭沫若在自己的藏书中专门挑选了一些图书亲自送到学校。他满怀兴趣地参观了班里的墙报，同学们请他题字，郭沫若回家后写下了"爱祖国、爱人民、爱劳动、爱科学、爱护公共财物"，让民英带到班里，同学们很受鼓舞。

民英从小热爱音乐，郭沫若十分上心。1955 年，郭沫若曾致信北京师范大学校长陈垣："闻立群云曾面请代为物色家庭教师，教小儿女钢琴及绘画。如有适当人选，敬请你为留意。"[2]民英后来考入中央音乐学院学习小提琴。

1964 年的某天，郭民英将家中的盘式录音机带到学校，和同学们一起欣赏古典音乐。有位同学于 9 月 1 日给毛泽东写信，反映中央音乐学院存在着资产阶级生活方式，"有些人迷恋西洋音乐，轻视民族音乐，对音乐革命化、民族化、群众化有抵触情绪"。"学校没有能够坚决贯彻阶级路线，院内师生的阶级成分十分复杂，工农子弟少得可怜。""在我们的教材中、舞台上，应不应该彻底赶走帝王将相、公爵、小姐、夫

---

[1] 郭沫若：《李白与杜甫》，人民文学出版社，1971 年，第 110、112 页。

[2] 《陈垣来往书信集》，上海古籍出版社，1990 年。

人，而换上我们的工农兵。这些，我们都希望中央能有明确的指示。"
这封信被摘要刊发在中共中央办公厅秘书室编印的《群众反映》第79
期上。毛泽东看后批示给陆定一："信是写得好的，问题是应该解决
的。但应采取征求群众意见的方法，在教师、学生中先行讨论，收集意
见。"①毛泽东的意见给中央音乐学院造成了巨大的压力。郭民英认为自
己不再适合学习音乐，经过多次考虑后决定退学。

郭民英曾随着中国科学院历史所研究人员赴山东参加"四清"，表
现优秀。郭沫若为了他继续接受教育，特于1965年7月从江西给王戎
笙写信："关于民英的学校，我们打算让他转学人大，这对他可能好些。
另有信给民英，如他愿意，请您费心为他办一办转学的事。拜托拜托。
如不能转相当年级，我们的意思，即从一年级开始也可以。以入何系为
宜，请为考虑。"②但这件事没有办成。不久，民英报名参军，在中国人
民海军东海舰队服役。他到了部队后，利用自己的特长，积极参加文艺
活动，受到战士们的喜爱，1966年被批准成为中共预备党员。

郭沫若听到噩耗后，在悲痛中请求海军政治部准许民英的哥哥郭汉
英和郭世英，姐姐郭庶英等人奔赴部队驻地料理后事。民英的一小部分
骨灰被带回北京，其余的撒向了大海。于立群极度悲痛，她的神经官能
症加重了，郭沫若连续多日陪同她去北京医院门诊治疗。4月20日下午，
周恩来、陈伯达、康生、江青到郭沫若家里安慰郭沫若夫妇。

这时，高层多次传出保护郭沫若的信息。5月20日，竺可桢日记载：

> 昨松松带回建工部造反总部动态组出版（56期）有关聂副
> 总理于5/14日接见科学院联夺和新技术局造反大队核心组勤
> 务组成员讲话，谈到三结合时涉及老科学家郭沫若、竺可桢、
> 吴有训、严济慈等。说："郭老是个好同志，他说话多，写东
> 西多，说这讲这总要弄错点，郭老是要保护的。在国际上有一

① 毛泽东：《关于〈对中央音乐学院的意见〉的批语》，《建国以来毛泽东文稿》（第
11册），中央文献出版社，1996年，第172、173页。
② 《郭沫若书信集》（下），中国社会科学出版社，1992年，第350页。

定的威望，听党的话是没有问题的，政治局扩大会议、八届十一中全会也都列席了。并有认识，是个才子，聪明博学，应该结合。……①

对于造反派，郭沫若也适当给予肯定，希望将他们引向正轨。5月22日。竺可桢日记载："阅91期《动态报》，见到19日科学院夺权委员会负责人王锡鹏和范凤岐等谈话，郭老称赞革命造反派搞得好，希望把院办成一个毛泽东思想大学，要以超字当头，多多产生核试验、胰岛素、断肢再植、12,000T水压机等优秀成果，实现主席所给予的光荣任务。"②

5月25日，郭沫若陪同周恩来、李先念等在人民大会堂出席首都群众集会，支持巴勒斯坦和阿拉伯各国人民反对美帝国主义及以色列的正义斗争。郭沫若发表了讲话，谴责美帝国主义和苏联修正主义。但就在这一天，《人民日报》重新发表毛泽东1944年1月9日《看了〈逼上梁山〉以后写给延安平剧院的信》，删去了原信中"郭沫若在历史话剧方面做了很好的工作，你们则在旧剧本方面做了此种工作"这句话。这是一个信号，说明高层部分人对郭沫若的成就可能不再认可了。

但周恩来却仍想方设法保护着郭沫若。就在《人民日报》发表删节信的第二天，周恩来在接见"中国科学院夺权委员会"成员和部分干部代表时说："三结合"要把郭沫若结合进去。同一天，郭沫若参加中国科学院（京区）"革命造反派联合夺权委员会"联合发起的延安文艺座谈会二十五周年、《516通知》一周年的纪念大会，他在会上赋诗：

赤县东风廿五年，红旗插上九重天。
请看艺苑群花放，赶超全面望科研。③

① 《竺可桢全集》(第18卷)，上海科学技术出版社，2010年，第486页。
② 同上书，第488页。
③ 同上书，第493页。

这首诗后来发表在中国科学院《动态报》上。7月6日，在中国科学院（京区）"革命造反派联合夺权委员会勤务组"公布的"革命委员会"成员分配比例征求意见稿中，郭沫若和陈伯达被作为革命领导干部代表列名由五十八至六十人组成的委员会中。

1968年4月19日，郭沫若听说郭世英被北京农业大学"造反派"绑架了。

郭世英是郭沫若和于立群的第二个孩子，1942年生于重庆。他从小聪慧。姐妹们说："在我们兄弟姐妹们中间，世英最喜欢文学，他很早以前就可以写诗，写剧本，常常和爸爸一起讨论问题，而且他的性格豪爽，一旦知错，改正得最坚决，所以爸爸格外喜欢他。"①郭世英曾就读于101中学，表现良好，被认为是高干子弟的表率。他毕业后考入北京外交学院，1962年转学北京大学哲学系。

1963年2月，郭世英与张鹤慈、孙经武、叶蓉青组成X小组，创办"当代先锋文学史上的第一份民间手抄刊物《X》"②，郭世英在《献给X》中写道："你在等待什么？X，X，还有X……等到X，我就充实；失去X，我就空虚……"这和当时流行的现实主义诗歌和民歌民谣迥异，是受西方文化影响的现代派诗歌。5月17日，X小组成员被公安局逮捕，罪名是组织反革命集团和出版非法手抄本刊物。由于赫鲁晓夫名字的第一个字母也是X，X小组又被称为"赫鲁晓夫集团"。郭世英被认为"有反党反社会主义言论"，虽然是"敌我矛盾"，但在周总理的过问下，按人民内部矛盾处理。郭世英被送到河南华西黄泛区劳改一年。劳改完毕后，郭世英表示要彻底做一个农民，转入中国农业大学农学系学习。

郭世英在农业大学因为X小组继续受到批判，直至非法绑架。郭沫若听到消息后很着急。第二天给国务院机关事务管理局军代表写信，请他们调查世英被绑架的真相，希望妥善解决。当天晚上，郭沫若出席周

---

① 郭庶英、郭平英：《回忆父亲》，《郭沫若专集》（1），四川人民出版社，1984年，第379页。

② 《精神重力与个人词源——中国先锋诗歌论》，新锐文创，2013年，第110页。

恩来召集的国防科委和中国科学院等单位代表的会议，会议从晚上9点多开到凌晨2点多。为了不给总理添麻烦，郭沫若没有反映世英的情况。

郭世英于4月22日早上被迫害致死。郭沫若夫妇听到消息后十分痛苦。于立群痛骂农大造反派惨无人道，还责怪郭沫若在见到周总理时没有及时反映。面对于立群的责难，郭沫若沉默了。他过了好一阵儿才用颤抖的声音说："我也是为了中国好啊！"郭家的子女们哭了，但他们理解爸爸："爸爸在世英的生命安全受到威胁的时候，他首先想到的不是自己的孩子，不是自己的家庭，而是整个国家。爸爸知道，总理自文化革命开始以来，一直处于一伙阴谋家、野心家的围攻之中，总理身边的人几乎都被停止工作，一人承担着全部繁重的国务。爸爸不愿在这种时候，再拿自己家里的事去劳累总理，牵累总理。"郭沫若的孩子郭汉英、郭庶英和秘书王廷芳到农业大学了解情况，发现郭世英的尸体"遍体鳞伤，手腕、脚腕被绳子捆绑得血肉模糊"[1]。周恩来知道这一情况后十分关心，多次派人调查真相。

郭沫若陷入深深的悲痛中，他将世英在河南黄泛区农场劳动期间的日记和民英的部分日记抄录成八大本，这些抄本一直静静地放在他的办公桌上。1968年1月，郭沫若给世英的同学周国平回信：

你的信和写给我的诗——《寄予老兵》，我都看了，其他的诗也看了。我这个老兵非常羡慕你，你现在走的路才是真正的路。可惜我"老"了，成为了一个言行不一致的人。我在看世英留下来的日记，刚才看到一九六六年二月十二日他在日记后大书特书的两句："全世界什么最干净？泥巴！"我让他从农场回来，就像把一颗嫩苗从土壤里拔起了的一样，结果是什么滋味，我深深领略到了。你是了解的。希望你在真正的道路上，全心全意地迈步前进。在泥巴中扎根越深越好，扎穿地球

① 郭庶英、郭平英：《回忆父亲》，《郭沫若专集》（1），四川人民出版社，1984年，第379页。

扎到老！不多写了，再说一遍：非常羡慕你！①

1980 年，中国农业大学为郭世英平反，说他当时就敢于指出林彪、陈伯达等人的问题，正是政治觉悟高的表现。但郭沫若没有看到这一天。

四

郭沫若没有被悲痛所压垮，除修改《李白与杜甫》外，他还积极关心着考古工作的最新进展。

1968 年 6 月 18 日，周恩来告诉郭沫若，河北满城在国防工程中发现大型古墓，并请郭沫若负责古墓的发掘工作。第二天，郭沫若约见考古所有关同志，商谈派遣业务人员会同河北省有关单位赴满城县陵山发掘大型崖洞墓事宜，并将初步意见写信报告给周恩来。周恩来要求北京军区配合满城古墓发掘清理工作。

6 月 24 日，郭沫若表示赞同考古所王仲殊、卢兆荫关于满城汉墓发掘的设想和准备情况，并认为该墓是一座汉墓，且可能是中山靖王刘胜的墓。7 月 3 日，郭沫若听取卢兆荫、胡寿永对满城汉墓发掘工作的第一次进度汇报，根据出土器物铭文年号推测墓主人为中山靖王刘胜。郭沫若指出，如能发现印章，墓主人身份会更加确定；一定要保护好文物和现场，尽量不让人参观；文物和现场的处理，等发掘工作全部结束后，形成方案报请周恩来决定。

7 月 22 日，郭沫若亲自前往满城汉墓发掘现场，登上陵山，深入墓穴，细心察看各个墓室的结构以及随葬器物的分布情况。28 日，郭沫若向周恩来书面汇报了满城汉墓的发掘情况，详细描述金缕玉衣的形制，对墓中未见尸骨提出质疑，指出该墓北面另有一座大墓，请求继续进行发掘，以解决现存疑点。周恩来等人同意了郭沫若的办法。2 号墓出土了刻有"窦绾""窦君须"字样的印章等文物，郭沫若等人认为墓主人是"窦太后"的后人，嫁给中山靖王刘胜为妃。

满城汉墓的发掘是"文革"期间重要的考古收获，年近八十高龄的郭沫若自始至终给予发掘工作以指导和关怀，给卢兆荫等考古工作者以巨大的激励和鼓舞。

1969 年 3—5 月间，郭沫若阅读了日本学者山宫允编译的《英诗详释》。这本书是由山宫允本人亲自送给郭沫若的，选了六十首平易、有趣的抒情短诗。郭沫若边读边将其中的五十首翻译成汉语写在书旁的空白处。这些译稿当时不为外人知晓，直到他去世后，才由他的女儿取名《英诗译稿》整理出版。

新中国成立后，郭沫若高度重视翻译尤其是文学翻译，他曾说："翻译工作很重要而且很费力。""如果是文学作品，那要求就要特别严格一些，就是说您不仅要能够不走样，能够达意，还要求其译文同样具有文学价值。"[1]"翻译是一种创作性的工作，好的翻译等于创作，甚至还可能超过创作。这不是一件平庸的工作，有时候翻译比创作还要困难。""翻译工作者必须具有高度的责任感。他不能随便抓一本书就翻，他要从各方面衡量一部作品的价值和它的影响。"[2]但 1947 年译完《浮士德》后，他再也没有从事过系统的翻译工作了，《英诗译稿》是他翻译的最后一本著作。

《英诗译稿》中有很多轻快愉悦的诗歌，如妥默斯·讷徐的《春》的第一节：

> 春，甘美之春，一年之中的尧舜，
>
> 处处都有花树，都有女儿舞，

---

[1] 《郭沫若同志关于翻译标准问题的一封信》，北京外国语学院《苏联文学》，1979 年第 1 期。

[2] 郭沫若：《谈文学翻译工作》，《郭沫若全集·文学编》（第 17 卷），人民文学出版社，1989 年，第 73 页。

微寒但觉清和，佳禽争着唱歌，

喝喝，啾啾，哥哥，割禾，插一禾！

也有一些歌咏生命，特别符合郭沫若年龄的诗歌，如妥默斯·康沫尔《生命之川》的前两节：

人生越老，岁月越短，

生命的历程似在飞换，

儿时的一天如同一载，

一载如同几个朝代。

青春的热情尚未衰逝去，

愉悦的流泉但觉迟迟，

有如一道草原中的绿溪，

静悄悄地蜿蜒着流泻。

有些诗歌，仿佛就是五十年前郭沫若自己写的一样，如威廉·H.戴维斯的《月》的第一节：

你的美丽缠绕了我的心和魂，

你美好的月哟，那样近，那样明；

你的美丽使我像个小孩儿

要捉着你的光，发出大的声音；

小孩儿举起每一只胳膊，

要把你捉来抱得紧紧。

成仿吾在《英诗译稿》的《序》中说："五四以来，我们的诗也经过了很不平凡的道路，从真正的'白话诗'转到了五、七言以至词曲，真是百花齐放，而大放异彩的要数我们那些一起爬过雪山草地的老同志

（当然他们有那末深厚的情感要表现出来），居然大写起五、七绝与长诗来，但不免有些'诘屈聱牙'，真是可惜。"同 20 世纪中国诗歌这一发展路径同步，"沫若在诗的创作方面是经历了极其曲折而艰险的道路的。从青年时代的奔放不拘的自由体转到严格的各种律诗以至各种词曲，真是丰富多彩"。而郭沫若"最后竟翻译了这样的抒情诗，是否至少他主张，不管你叙景或叙事，总要重视内在的节奏，并且最好有脚韵"①。成仿吾通过批评当时的诗坛，支持郭沫若通过译诗表达的新诗写作观念，那就是回到"五四"新诗。一年前去世的郭世英，其死因与他通过 X 小组所写的那些极具先锋性的新诗有关。郭世英曾说过，当年父亲能这样写，自己现在为什么就不能这么写呢？郭沫若翻译这些短小的抒情诗，或许是隐隐地在心里跟自己最为心爱的儿子亲切对话吧。

五

随着局势的逐渐稳定，郭沫若承担了繁重的国务工作。

1971 年 5 月 2 日晚上，郭沫若陪同周恩来在人民大会堂新疆厅接见了澳大利亚和法国的友人。接见持续了两个多小时。这一拨结束后，他们又接见了日本友人。接见在第二天凌晨 5 点左右结束。虽然是初夏，但凌晨的气温还相当低。周恩来亲自把国际友人送到了大会堂北门外，和他们一一握手告别。郭沫若陪同周恩来在寒风中站了很长时间。周恩来发现后对警卫人员说："郭老年纪那样大了，让他在寒风中吹那样长的时间，是很容易感冒的。"②的确，八十岁的郭沫若，在北方的寒夜中为了国事整整熬了一个通宵。但正是这种忘我的工作精神，郭沫若随周恩来等人一道，不断打开中国外交的新局面，为中国赢得了世界人民的理解和尊重。

---

① 成仿吾：《序》，郭沫若译《英诗译稿》，上海译文出版社，1981 年，第 2 页。
② 王廷芳：《周总理与郭沫若》，《回忆郭沫若》，知识产权出版社，2004 年，第 42 页。

1971年9月12日，郭沫若陪同柬埔寨宾努亲王及夫人率领的柬埔寨王国民族团结政府、民族统一阵线代表团离京赴我国西北地区访问，直到23日才回到北京。他们的行程安排得比较满，先后访问了天山北麓沙尔达坂草原上的东风牧业人民公社、新疆"七一"纺织厂、刘家峡水电站、兰州石油化工机器厂、延安中国革命活动纪念馆等地。

10月6日上午，郭沫若陪同周恩来、李先念、叶剑英等到机场欢迎埃塞俄比亚皇帝海尔·塞拉西一世及随行人员来访。晚上又参加了欢迎塞拉西一世皇帝及其随行人员的宴会。8日，他带着于立群陪同塞拉西皇帝参观故宫，游览长城。在长城上，于立群担心以后很少有这样的机会了，拉着郭沫若的手拍了一张合影。刚送走塞拉西一世，应伊朗王国政府邀请，郭沫若作为中华人民共和国特使，为参加阿契美尼德五朝居鲁士一世建立波斯帝国两千五百周年庆祝活动，于11日乘专机离开北京。这一次郭沫若病倒了，当飞机抵乌鲁木齐后，他上呼吸道感染加重，体温升高。在请示周恩来后，郭沫若留在当地休息，15日从乌鲁木齐返回北京。

1971年7月22日，因准备出土文物出国展览一事要向周恩来汇报，郭沫若趁机提出："照相、绘图、椎拓、做模型、复制、修理以及研究、编辑等工作繁多，现考古所只二十余人留京，图博口人手更少，拟由五·七干校调回若干同志备用"，"《考古学报》《文物》《考古》（此乃简报性质）三种杂志拟复刊，以应国内外之需要"。前一要求让部分专家学者得以重返工作岗位，《文物》等刊物则是"文革"期间最早恢复的学术刊物，有力推动了正常的学术研究。

郭沫若带头潜心研究，接连写出了许多精彩作品。竺可桢1972年11月20日日记载："阅了杨家借来今年七、八两期《文物》。郭老每期均有文章，今年全年如此，真所谓'老当益壮'，而且每篇均有特出不同意见。"①赞誉之情溢于言表。这一年，虽然郭沫若的文章《文物》并非每期都有，但他在《文物》《考古》《考古学报》三份刊物上共刊出了

---

① 《竺可桢全集》（第21卷），上海科学教育出版社，2007年，第243页。

九篇学术文章，如此勤奋在学界是少有的。

在《考古》《文物》上发表的《安阳新出土的牛胛骨及其刻辞》《〈班殷〉的再发现》《关于眉县大鼎铭辞考释》三篇文章，延续了郭沫若自流亡日本以来四十余年的学术关切，在青铜器铭文、甲骨文考释方面有了新的斩获。

其实，长期以来，学术界十分信任郭沫若，一有新出土的器物，总是告诉郭沫若，请他考释。郭沫若虽然政务繁忙，但仍然断断续续写了不少甲骨文、金文考释文字。

1958年1月初，郭沫若在开罗访问期间接到上海学者李平心寄来的信件。信里说，他刚在《新民晚报》上看到一则重要消息：安徽省文物普查队最近在寿县双桥区采集到该县九里乡邱家花园出土的二千多年前的"大司马昭阳败晋于襄陵"的铜简四块，每块铜简上铭文达到一百多字，两千多年前的书简一般都是竹木制成，文字多的仅十余字，像这样的铜简且文字如此多的，实属罕见。李平心认为这些铜简一定能够提供珍贵的史料，说不定对屈原研究还能提供新线索。李平心不等郭沫若回国，就急切飞函告知这一消息，充分说明他对郭沫若的信任和期待。郭沫若果然不负所托，于两个多月后写成《关于鄂君启节的研究》。他认为这些铜简是楚王和楚国封君鄂王启之间的符节，符节原是一剖为五，其中一套保留一块，另一套保留三块。通过对这四块铜简文字的详细考释，郭沫若认为楚王对于国内封君的限制相当严格，这是楚王疏远屈原的一个重要背景。

1960年10月，陕西扶风县齐家村出土一大批铜器。1961年1月郭沫若从古巴回国，飞机在西安停留歇息，郭沫若前往博物馆参观这些铜器，印象十分深刻。他请工作人员拓寄给他，仔细研究，又参考段绍嘉等人著述，将其中十二种不同的铭文做了汇释，写成《扶风齐家村器群铭文汇释》一文。文章在详细考释铭文的基础上，断定这些铜器是周室东迁时来不及带走而窖藏起来的，是了解周代历史的珍贵史料。扶风县出土铜器的同时，陕西长安县张家坡也出土了五十三件铜器，其中铭文十一种。郭沫若对这些铜器进行了详细考释，写成《长安县张家坡铜器群铭文汇释》，认为这些器物是周厉王出奔前，随着逃跑的贵族窖藏下来的，其中很多史料对于研究当时的情况具有重要价值。

像上面这样的文章，郭沫若还写有《由寿县蔡器论到蔡墓的年代》《信阳墓的年代与国别》《盠器铭考释》《〈保卣〉铭释文》《安阳圆坑墓中鼎铭考释》《三门峡出土铜器二三事》《武威"王杖十简"商兑》《侯马盟书试探》《日本银币〈和同开宝〉的定年》等几十篇之多。这些作品集结起来文字量不少于《殷周青铜器铭文研究》。

发表于《文物》1972年第3期上的《出土文物二三事》中有一节讨论《扶桑木和广寒宫》，这是对1969年在河南济源发现的西汉砖室墓中的一株陶树的考释，郭沫若认为，这株陶树的形象正是《山海经》等典籍中提到的扶桑木，他将其命名为"古代传说中的扶桑"。不久，郭沫若翻阅鲁迅辑录的《古小说钩沉》，在《玄中记》中发现了桃都与天鸡的传说，经过慎重考虑，郭沫若在1973年写作了《桃都、女娲、加陵》，认为那株陶树应该是桃都树。这种研究实际上是形象史学的范围了。早在流亡日本时期，郭沫若对青铜器的分期研究，就是形象史学研究的典范成果。新中国成立后，他广泛探讨了帛画、壁画、传世名画、雕塑、钱币等传世图像和出土文物，写作了《关于晚周帛画的考察》《洛阳汉墓壁画试探》《谈张瑀文姬归汉图》等作品，在形象史研究上取得了突出成就。

郭沫若关注新疆出土文物，于1972年发表了《卜天寿〈论语〉抄本后的诗词杂录》《〈坎曼尔诗签〉试探》。1969年，新疆吐鲁番唐墓出土了唐代西州高昌人卜天寿的《论语郑氏注》抄本，卷末还抄有七首诗。郭沫若对这些诗和抄件上的其它文字进行了考察，认为通过这位十二岁平民子弟的诗歌，可以看出当时西域的汉文化和中原地区没有什么两样，从而批驳了苏联学者关于中国的西部边界从来没有超过甘肃和四川的谬论。《〈坎曼尔诗签〉试探》也表达了同样的民族情怀。但值得注意的时，《坎曼尔诗签》是当时新疆一位精神不大正常的博物馆工作人员写的，而并非出土的唐代文物。郭沫若因为爱国心切，被作伪者所蒙蔽。夏鼐在1981年的日记中对作伪一事有详细记录。

郭沫若在《红旗》1972 年 7 月份上发表《中国古代史的分期问题》，不久被《考古》第 5 期转载，这篇文章凝聚了郭沫若对中国古代史分期的长期思考。竺可桢读了文章后颇有感触，并在日记中做了详细而精当的读书笔记：

> 他说中国奴隶社会与封建社会的分界在 475B.C.，即春秋与战国之交。他依照毛主席指示，抓住封建社会中农民阶级与地主阶级是主要矛盾，从此来找何时中国始有地主。他在《春秋》鲁宣公十五年（公［元］前 594）有"初亩税"的记载表明地主阶级初登舞台，并说此时铁器已普遍提高农业生产力，使私有的黑田超过了公家井田，破坏了旧生产关系，奴隶［制］不得不让位于封建制云。到鲁昭公五年才完成（537B.C.）。在秦国由于商君变法始完成，已在 350B.C.。这时公室与私门有了夺劳动力的斗争，如鲁昭公三年齐晏婴和晋叔两段对话，当时老百姓不断反抗，所以有"屦贱踊贵"现象。而田忌子孙却以大斗小秤争夺人民，奴隶制齐国变成封建制齐国。《淮南子》谈到楚国白公胜（479B.C.）"大斗斛以出，轻斤两以纳"，打败了好龙的叶公云云。秦始皇变法虽迟，但获得大成功，率以统一天下云云。封建制度开始于战国，《农业史》第二册中已经有人提出，但以为始于商鞅变法，没有像郭老谈得仔细。①

六

1972 年"九一三"事件后，人们在林彪住宅里搜出了大量孔子和儒家著作，毛泽东对儒家评价较低，他比较欣赏法家和秦始皇。全国上

---

① 竺可桢 1972 年 7 月 8 日日记，《竺可桢全集》（第 21 卷），上海科学教育出版社，2007 年，第 142、143 页。

下发起了批林批孔、尊法评儒的活动。郭沫若在《十批判书》中推崇孔子，对法家评价较低。毛泽东一再批评《十批判书》，被江青等人所利用，给郭沫若造成了很大的压力。

毛泽东对《十批判书》的不同意见，早在 1968 年就已经公开表达过。在当年 10 月中共八届十二中全会的闭幕式上，毛泽东就说："拥护孔夫子的，我们在座的有郭老，范老基本上也是有点崇孔啰，因为你那个书上有孔夫子的像哪。冯友兰就是拥护孔子的啰。我这个人比较有点偏向，就不那么高兴孔夫子。看了说孔夫子是代表奴隶主、旧贵族，我偏向这一方面，而不赞成孔夫子是代表那个时候新兴地主阶级。因此，我跟郭老在这一点上不那么对。你那个《十批判书》崇儒反法，在这一点上我也不那么赞成。"①郭沫若没有就此做出检讨。

1972 年 12 月 17 日晚上，毛泽东在中南海住处召集周恩来、张春桥、姚文元等开会，在谈到中国历史问题时，毛泽东说："郭沫若的《奴隶制时代》、《青铜时代》值得看。《十批判书》，看了几遍，结论是尊儒反法，人本主义。学术界一批人不赞成，赵纪彬、杨荣国都是批郭的，认为孔是复周朝的奴隶制。历史要多读一些。历史中有哲学史，其中分派。儒法两派都是剥削本位主义，法家也是剥削的，进了一步。杨荣国没有讲清，新的势力兴起，还是剥削。"②

1973 年 7 月 4 日晚，毛泽东同王洪文、张春桥谈话，再一次谈到《十批判书》："郭老不仅尊孔，而且还反法，尊孔反法。国民党也是一样啊！林彪也是啊！我赞成郭老的历史分期，奴隶制以春秋战国之间为界。但是不能大骂秦始皇。早几十年中国的国文教科书，就说秦始皇不错了，车同轨，书同文，统一度量衡。就是李白讲秦始皇，开头一大段就说他了不起，'秦王扫六合，虎视何雄哉。挥剑决浮云，诸侯尽西来'一大篇，只是屁股后头搞了两句'但见三泉下，金棺葬寒灰'，就是说他还是死了。你李白呢？尽想做官！结果充军贵州。"③

① 陈晋：《毛泽东读书笔记解析》，广东人民出版社，1996 年，第 1149、1150 页。
② 《毛泽东年谱 1949—1976》（第 6 卷），中央文献出版社，2013 年，第 458 页。
③ 同上书，第 485 页。

7月17日下午，毛泽东在中南海住处接见杨振宁等，谈到中国历史时，他说："我们郭老，在历史分期这个问题上，我是赞成他的。但是他在《十批判书》里边，立场、观点是尊儒反法的。法家的道理就是厚今薄古，主张社会要向前发展，反对倒退的路线，要前进。"在回答杨振宁询问秦始皇对中国是不是有贡献时，毛泽东说："他是统一中国的第一人。"①

8月5日，毛泽东同江青谈到中国历史上的儒法斗争时，说历代有作为、有成就的政治家都是法家，他们都主张法治，厚今薄古；而儒家则满口仁义道德，主张厚古薄今，开历史倒车。接着他念了新写的七律《读〈封建论〉呈郭老》：

> 劝君少骂秦始皇，焚坑事业要商量。
>
> 祖龙魂死秦犹在，孔学名高实秕糠。
>
> 百代都行秦政法，十批不是好文章。
>
> 熟读唐人封建论，莫从子厚返文王。

第二天，江青在中央政治局会议上传达毛泽东有关儒法斗争的谈话及所写七律诗，并要求将此内容写入十大政治报告。周恩来表示：对此需理解、消化一段时间。②这件事也就搁置下来了。

9月23日下午，毛泽东在中南海住处会见埃及副总统沙菲说："秦始皇在中国是有名的，就是第一个皇帝。中国历来分两派，讲秦始皇好的是一派，讲秦始皇坏的是一派。我是赞成秦始皇的，不赞成孔夫子。因为秦始皇是第一个统一中国的，统一文字，修筑宽广的道路，不搞国中有国而用集权制，由中央政府派人去各个地方，几年一换，不用世袭制度。"③

据基辛格回忆，1973年11月毛泽东接见他时，"突然问我是否见过'懂德语'的郭沫若，虽然在此之前'懂德语'并不是同我见面的前提。

---

① 《毛泽东年谱1949—1976》（第6卷），中央文献出版社，2013年，第488页。

② 同上书，第490页。

③ 同上书，第500页。

当我说还从未见过这位先生时，毛泽东说：'他是尊孔派，但现在是我们的中央委员。'"①在毛泽东的不断批评后，北大、清华两校大批判组对郭沫若著作进行摘录翻印，准备组织撰稿批判，幸好中途被有关方面制止。

1974年1月25日下午，郭沫若参加中央、国务院直属机关"批林批孔"运动动员大会。江青指使迟群、谢静宜借介绍《林彪与孔孟之道（材料之一）》产生过程的机会，在会上作长篇讲话，批判军队系统和中央国家机关系统对批林批孔无动于衷，矛头指向周恩来等人。江青点了郭沫若的名，并让郭沫若当众站了起来。江青一面说郭沫若应当保护，一面又批评郭沫若的《十批判书》。毛泽东得知大会内容后，指示讲话整理稿和录音不要下发。

据竺可桢在日记中说，他听说高层如此评价郭沫若，"认为他的《十批判书》是有错误的，但是他对奴隶社会的划分，对纣王、曹操的翻案，最近又提李白出生于碎叶（阿拉木图）是有很大功劳的，云云（郭老《十批判书》是冯友兰在文章中提到，引起北大、清华的声讨和攻击）。闻毛主席的意见，对于郭老，我们还是要保，不要随便乱整。"②所谓"冯友兰在文章中提到"，是指冯友兰当时写了两篇批孔的文章，点名批评郭沫若。毛泽东知道这个事后将冯友兰的文章要来看了，指示说：可别点郭老的名儿啊。冯友兰的文章在《光明日报》上发表时删去了郭沫若的名字。

"一·二五"大会的当天晚上，周恩来就派国务院机关事务管理局负责人李梦夫、高富有来郭沫若家里了解情况。因为郭沫若已经睡下了，他们没有打扰。第二天，他们再次来到前海西街18号，传达周恩来"四条紧急指示"："（一）郭老已是八十岁高龄了，要保护好郭老，保证他的安全；（二）为保证郭老安全，二十四小时要安排专人在郭老身边值班；（三）郭老家的房间和走廊要铺上地毯，以防滑倒；（四）请郭老从小间卧室搬到办公室里住，以保证充足的氧气。"③郭沫若和于立

① 《动乱年代（基辛格回忆录）》（二），世界知识出版社，1983年，第336页。
② 竺可桢1974年1月28日日记，《竺可桢全集》（第21卷），上海科学教育出版社，2007年，第559页。
③ 《周恩来年谱1949—1976》（下），中央文献出版社，1997年，第646页。

群请他们传达了对周恩来的衷心感谢。

1 月 31 日晚，周恩来、张春桥来到郭沫若家，送来毛泽东所写七律《读〈封建论〉呈郭老》、柳宗元《封建论》及注释。他们谈到了《十批判书》。周恩来说："你的那些书要清理清理，但到底有什么问题，我还说不清楚。你们大家都读书，我回去也读你的书，读完后再说，不要急于检查。"①张春桥认为，郭沫若抗战时期的历史剧和《十批判书》等书是王明路线的产物，要求郭沫若写文章"骂秦始皇的那个宰相"。郭沫若答道："我当时是针对蒋介石的。"

2 月上旬，郭沫若写了一首七律《春雷》呈毛泽东：

> 春雷地动布昭苏，沧海群龙竞吐珠。
> 肯定秦皇超百代，宣判孔二有余辜。
> 十批大错明如火，柳论高瞻灿若朱。
> 愿与工农齐步伐，涤除污浊绘新图。

他认同毛泽东的意见，承认《十批判书》有错误，表态改正，"涤除污浊"。

2 月 10 日下午，江青来到郭沫若家里，她谈了将近三个小时。她批评外交工作中的所谓"蜗牛事件"，批评意大利导演安东尼奥尼拍摄的纪录片《中国》，矛头指向周恩来。她要郭沫若写文章"批周公"。郭沫若不停地咳嗽，很少搭话。

郭沫若当天晚上就发高烧，体温三十九度多，迷迷糊糊说不出话来，被诊断为大叶肺炎住院，直到 5 月 30 日才出院。这次发烧，郭沫若种下了肺炎的病根，此后反复发作，在医院的时间比在家里的时间要多。

7 月 4 日，郭沫若因呼吸道感染再次住院。周恩来看了郭沫若的病情报告后，立即通过保健医生张佐良询问病情，他指示北京医院：对老年人用新的药，或者用没有用过的药，要特别慎重；对一定要用的药，

---

① 《周恩来年谱 1949—1976》（下），中央文献出版社，1997 年，第 648 页。

需要做皮肤试验的，都应该做。

毛泽东对于病重的郭沫若十分关心，他派人去郭沫若家取走了《读随园诗话札记》。《读随园诗话札记》赞誉秦始皇说："以焚书而言，其用意在整齐思想，统一文字，在当时实有必要。""始皇毁兵，在中国为铜器时代向铁器时代之过渡。且毁兵器而为钟镰，不更有偃武修文、卖刀买牛之意耶？"①毛泽东索要这本书，显然是向郭沫若传递一个信息：郭沫若对秦始皇态度的改变，他是知道的。后来这本书被印成专供毛泽东阅读的大字本。

但是在一些场合，毛泽东还是批评郭沫若，8月20日，毛泽东在武昌东湖同李先念谈话。在谈到国内情况时，毛泽东说，"现在是要团结、稳定。批林批孔联在一起，我看有许多人对孔夫子不大懂呢。过去我劝郭老看杨荣国的书，不大注意，又劝他看赵纪彬的《论语新探》"②。

10月23日，郭沫若写了一首《西江月·日本"师子座"公演〈虎符〉》，由于立群书录：

> 不战不和被动，畏难畏敌偷安。古今反霸反强权，毕竟几
> 人具眼？
> 却喜信陵公子，窃符救赵名传。如姬一臂助擎天，显示人
> 民肝胆。

由于涉及秦始皇，有同志认为须谨慎，这首词没有寄出。③12月下旬，毛泽东在长沙听取周恩来、王洪文关于四届人大筹备工作汇报时，嘱咐周恩来问候郭沫若。④在批林批孔过程中，郭沫若总算有惊无险地

---

① 郭沫若：《读随园诗话札记》，《郭沫若全集·文学编》（第16卷），人民文学出版社，1989年，第315、316页。
② 《毛泽东年谱 1949—1976》（第6卷），中央文献出版社，2013年，第542页。
③ 《这是党喇叭的精神——忆郭沫若同志》，《新文学史料》1979年第2期。
④ 《毛泽东年谱 1949—1976》（第6卷），中央文献出版社，2013年，第563页。

度过了。

毛泽东批评《十批判书》，郭沫若直到逝世前对此都还心有余悸。1977 年 10 月 2 日，他复信林默涵说："病后手颤，写字艰难，稽复乞谅。"《十批判书》，殊多谬误，望您不吝指正，以俾减少罪愆。"①

七

人上了年龄容易怀旧。1975 年 6 月，日本冈山第六高等学校建校七十五周年纪念，校方请郭沫若题诗纪念。郭沫若写了一首七绝：

> 陟彼操山松径斜，思乡曾自望天涯。
> 如今四海为家日，转忆操山胜似家。②

这首七绝表达了郭沫若对六十年前留学生活的怀念，其手迹后来由冈山六高同学会镌刻成诗碑立于学校旧址。郭沫若寄去手迹时，给主办者写了一封信：

> 纪念六高建校七十五周年，成七绝一首，遵嘱书就，乞哂阅。丹顶鹤照片数枚，收到，谢谢。操山，余在六高三年，却仅登一次。正夕阳西下时，红霞满天，不免有怀乡之感，曾为五绝一首，常在记忆之中。其诗云："暮鼓东皋寺，鸣筝何处家？天涯看落日，乡思寄横霞。"颇思再次登临，奈力不从心耳。③

岁月不饶人，郭沫若"再次登临"的愿望没有实现。这年夏天，安娜和女儿郭淑瑀从上海到北京来看望郭沫若。郭沫若住在北京医院，同

---

① 《郭沫若书信集》（下），中国社会科学出版社，1992 年，第 449 页。
② 《郭沫若书法集》，四川辞书出版社，1999 年，第 192 页。
③ 郭沫若：《致藤田骏、长野士郎》，《郭沫若研究》第 9 辑，1991 年，第 207 页。

意见面。安娜一见病床上的郭沫若，就紧紧握住他的手，用基督徒的口吻对他说："你变了，变得慈祥了，你是会进天堂的。"两人用日语交谈起来，气氛十分融洽。安娜担心郭沫若的身体，半个小时后就起身告辞。郭沫若坚持将她送到病房大楼的大门口，才紧紧握手依依惜别。不一会儿安娜又回来了，她最近刚去了一趟日本，拍了很多他们市川旧居的照片。他俩对着照片，指点着那些树木与花草，哪些是他们亲手栽种的，哪些是后人栽种的，他们低声细语，谈得十分认真。一刻钟后，安娜起身告辞，郭沫若再一次把她送到大门口。他们不停地挥手告别，直到安娜乘坐的汽车从视线内消失了。这是他们最后一次见面。

1976年1月8日，周恩来总理与世长辞。郭沫若听到噩耗后，悲痛欲绝，他呆坐在沙发上，没办法站起来。他心情久久不能平静，颤抖着在日记本上歪歪斜斜地写了"风萧萧兮易水寒，壮士一去兮不复还"。三十多年前，他跟周恩来在陪都重庆并肩战斗，他在剧本中写高渐离击筑送别荆轲，周恩来很喜欢这些剧本，那样的情景仿佛还在昨天。

郭沫若拖着病体参加了周恩来的追悼会，饱含深情地写下了一首七律：

> 革命前驱辅弼才，巨星阴翳五洲哀。
>
> 奔腾泪浪滔滔涌，吊唁人涛滚滚来。
>
> 盛德在民长不没，丰功垂世久弥恢。
>
> 忠诚与日同辉耀，天不能死地难埋。

9月9日，毛泽东逝世了，郭沫若无比悲伤。他挣扎着去向毛泽东的遗体告别，为毛泽东守灵。他还登上天安门城楼，参加毛泽东追悼大会。他写下了《悼念毛主席》七律二首，歌颂毛泽东的丰功伟绩。不久后，以华国锋为首的党中央一举粉碎"四人帮"，"文革"结束了。郭沫若不顾年迈多病和医生的劝阻，再一次登上天安门城楼，和人民一起庆祝新时代的到来。12月24日，在毛泽东诞辰纪念日前夕，郭沫若一早起床，吟成《满江红·怀念毛主席》：

天柱初移，天恐坠，殷忧难已。人八亿，同心痛哭，倾盆大雨。雨过天青云散净，驱除四害朝晖启。满山河，一片大红旗，迎风舞！

学大寨，基础固。学大庆，主导坚。军与民相学，问谁敢侮？努力实行现代化，齐声高唱革命谱。

1977年1月6日，夏鼐等人去郭沫若家里看望他。夏鼐当天在日记中写道：

上午偕仲殊、世民等同志到郭沫若院长家，由王廷芳秘书出迎至客厅坐下，将安阳小屯5号墓的部分出土铜器、玉器及象牙器拿来给郭老看，又带去一些照片和拓片，以及将在《文物》特刊上发表的简报。郭老对之很感兴趣，说可证殷代文化至武丁时已如此发达；又说妇好可能是卜辞中的武丁配偶，能作战，立了功，所以随葬品如此丰富，或为武丁时代或为武丁之子一辈所葬，故称"母辛"（父母同辈，但已嫁妇女亦称母），不会晚到孙一辈（孙辈称祖妣）。[1]

郭沫若这些见解给夏鼐、王仲殊等人很大启发。他一直关注着妇好研究的进展。不久，王宇信等人将新写的论文送他审阅。他阅后于2月6日给他们写信说：

大作《试论妇好》草草读了一遍。字太小，看起来很吃力，但吸引着我，一口气读完了。关于妇好的卜辞收集得不少，很好。在看法上，可能有人有些不同的意见；但通过百家争鸣，大有益处。妇好墓中多母辛之器，妇好与母辛的关系似宜追

---

[1] 《夏鼐日记》（第8卷），华东师范大学出版社，2011年，第72页。

究。我倾向于妇好即母辛的说法。武丁之配有妣辛，在祖庚、祖甲则为母。妇好殆死在武丁后。姑且提出这一问题，请你们继续研究。①

3月31日，他又写信告诉王宇信："妇好与母辛很可能是一个人，但如果死在武丁时，武丁不得称之为母。我看墓是祖庚祖甲时物。妇好在武丁死后似乎都在掌握大权。""或者如后世的习惯，有意降在儿女的立场，尊称其亡妻为母。"②

王宇信根据郭沫若的意见，写成了《试论殷墟 M5 的年代——兼释 M5 的几种铭文》，寄给郭沫若看。这一次，郭沫若力不从心了。他6月6日给王宇信回信说："三星期前摔了一跤，引起了脑震荡。大稿读了一遍。字太小，又不能深入思考，只匆匆看了一遍，送还乞谅。"③这是王宇信收到的郭沫若的最后一封信。

1977年春天，郭沫若跟秘书王廷芳曾说起少年时代家乡的风俗人情，王廷芳说自己特别喜欢《茶溪》，郭沫若说他也喜欢这首诗，于是提笔为王廷芳写了一张条幅，落款处写道："幼时所作即兴诗一首，王廷芳同志嘱为书出，仿佛缩短了七十年的光阴。"郭沫若想念家乡，家乡人民也想念他。几个月前唐山地震时，家乡的亲戚朋友说要来北京看望他。他给侄媳魏庸芳写信说："地震时全家无恙。住宅受影响，在修缮中，我与群婵仍住旅馆。你要来，千万不要动身。""主席逝世，普天哀悼。望大家以实际行动来表示哀思。努力工作。"

12月1日，郭沫若写了一首诗《题关良同志画鲁智深》，从这首诗中，我们仿佛看到了五四新文化运动时期那个开辟洪荒的女神形象，六十年的光阴在郭沫若这里仿佛并没有流逝：

　　神佛都是假，谁能相信它！

① 《郭沫若书信集》（下），中国社会科学出版社，1992年，第438页。
② 同上书，第441页。
③ 同上书，第443页。

打破山门后，提杖走天涯。

见佛我就打，见神我就骂。

骂倒十万八千神和佛，打成一片稀泥巴。

看来神杖用处大，可以促进现代化，开遍大寨花。①

1978 年 2 月，中国科学院召开批判"四人帮"炮制的"两个估计"的座谈会。郭沫若在会上作书面发言："百花齐放、百家争鸣的方针是毛主席为我们制订的促进艺术发展和科学进步的方针，是促进我国的社会主义文化繁荣的方针。""我们从事哲学社会科学理论工作的同志应当勇于探索，不怕在探索中犯错误。""在理论工作上一定要有勇气。只有这样，我们的哲学社会科学才能有生气和兴旺起来。"②

3 月，郭沫若再次当选为全国人大常委会副委员长和全国政协副主席。他出席了在人民大会堂召开的全国科学大会，并提交了书面发言。发言勉励科学工作者说："科学是讲求实际的。科学是老老实实的学问，来不得半点虚假，需要付出艰巨的劳动。同时，科学也需要创造，需要幻想，有幻想才能打破传统的束缚，才能发展科学。科学工作者同志们，请你们不要把幻想让诗人独占了。""我国人民历来是勇于探索，勇于创造，勇于革命的。我们一定要打破陈规，披荆斩棘，开拓我国科学发展的道路。既异想天开，又实事求是，这是科学工作者特有的风格，让我们在无穷的宇宙长河中去探索无穷的真理吧！""春分刚刚过去，清明即将到来。'日出江花红胜火，春来江水绿如蓝'。这是革命的春天，这是人民的春天，这是科学的春天！让我们张开双臂，热烈地拥抱这个春天吧！"③

当播音员念完郭沫若的书面发言时，科学工作者们热泪盈眶，他们

---

① 郭沫若：《题关良同志画鲁智深》，1978 年 1 月 29 日《人民日报》。

② 郭沫若：《在理论工作上要有勇气——在中国社会科学院座谈会上的书面讲话》，1978 年 3 月 11 日《人民日报》。

③ 郭沫若：《科学的春天——在全国科学大会闭幕式上的讲话》，1978 年 4 月 1 日《人民日报》。

想起了三十年来郭沫若对他们的关爱和鼓励，想起了他们一起经历的委屈和痛苦，如今，八十七岁高龄的郭沫若又与他们一起，迎来了这科学的春天，雷鸣般的掌声在人民大会堂经久不息。

5月27日，全国文联第三届全委会第三次扩大会议召开，作为文联主席的郭沫若作了书面发言。他在发言中说："作家、艺术家的活动，包括深入生活和从事写作，都是劳动，是艰苦的创造性劳动。作家、艺术家是劳动者，是劳动人民的一部分。作家、艺术家对人民有益的劳动，是会受到党和人民尊重的。""全国文联和各个协会一定要尊重作家、艺术家的劳动，支持他们的创作，爱护他们的积极性，虚心听取他们的批评建议，帮助他们前进。我们这些在文联和各协会担任工作的人，要学习我党群众路线的优良传统和发扬民主的好作风，在文艺界发扬社会主义民主，造成生动活泼的政治局面。我们的事业是大有希望的！"[1]这是他给全国文学艺术家和相关管理工作者的最后的鼓励和交代。

6月11日，郭沫若病情恶化。第二天，郭沫若在弥留之际，握着于立群的手，说："要相信党、相信真正的党。""时间是最宝贵的。"下午4点，现代中国百科全书式的文化巨人郭沫若停止了心跳。

6月18日，天安门广场、新华门、外交部下半旗志哀，在京的几乎所有的党和国家领导人出席了郭沫若的追悼会。邓小平代表党中央在悼词中说：

> 郭沫若同志是我国杰出的作家、诗人和戏剧家，又是马克思主义的历史学家和古文字学家。早在"五四"运动时期，他就以充满革命激情的诗歌创作，歌颂人民革命，歌颂社会主义和共产主义，开一代诗风，成为我国新诗歌运动的奠基者。他创作的历史剧，是教育人民、打击敌人的有力武器。他是我国

---

[1] 郭沫若：《衷心的祝愿——在文联第三届全委会第三次扩大会议上的书面讲话》，1978年6月6日《人民日报》。

运用马克思主义观点研究中国历史的开拓者。他创造性地把古文字学和古代史的研究结合起来，开辟了史学研究的新天地。他在哲学社会科学的许多领域，包括文学、艺术、哲学、历史学、考古学、金文甲骨文研究，以及马克思主义理论著作和外国进步文艺的翻译介绍等方面，都有重要建树。他长期从事科学文化教育事业的组织领导工作，扶持和帮助了成千上万的科学、文化、教育工作者的成长，对发展我国科学文化教育事业作出了不可磨灭的贡献。他和鲁迅一样，是我国现代文化史上一位学识渊博、才华卓具的著名学者。他是继鲁迅之后，在中国共产党领导下，在毛泽东思想指引下，我国文化战线上又一面光辉的旗帜。①

邓小平的评价，代表了中国人民对于郭沫若的认识和肯定。

---

① 邓小平:《在郭沫若同志追悼会上的悼词》，1978 年 6 月 19 日《人民日报》。

附录

郭沫若大事年表

清光绪十八年（1892） 一岁

出生于四川省嘉定府乐山县沙湾镇。

清光绪二十三年（1897） 六岁

入家塾。

清光绪三十二年（1906） 十五岁

入乐山县高等小学。

清光绪三十三年（1907） 十六岁

升入嘉定府中学堂。

清宣统二年（1910） 十九岁

考入成都四川省高等学堂分设中学。

民国元平（1912 年） 二十一岁

和张琼华结婚。

民国二年（1913） 二十二岁

考入四川省高等学校正科二部九班。

被天津陆军军医学校录取，未就学；年底，赴日本留学。

民国三年（1914） 二十三岁

考入东京第一高等学校特设预科三部。

民国四年（1915） 二十四岁

升入冈山第六高等学校第三部医科。

民国五年（1916） 二十五岁

与安娜恋爱并同居。开始写新诗。

民国六年（1917） 二十六岁

长子郭和夫出生。

民国七年（1918） 二十七岁

升入九州帝国大学医科大学。开始写小说。

民国八年（1919） 二十八岁

开始在上海《时事新报·学灯》上发表新诗。

民国九年（1920） 二十九岁

次子郭博生出生。《三叶集》出版。

民国十年（1921） 三十岁

与成仿吾、郁达夫等人在东京组织创造社；第一部诗集《女神》出版。

民国十一年（1922） 三十一岁

与郁达夫等人主编的《创造》季刊在泰东图书局出版。三子郭复生出生。翻译《鲁拜集》《卷耳集》。

民国十二年（1923） 三十二岁

从九州帝国大学医学部毕业，获医学学士学位；《星空》《卷耳集》等著作出版；参与编辑的《创造周报》《创造日》出版。

民国十三年（1924） 三十三岁

写作《歧路》。翻译《社会组织与社会革命》《新时代》。

民国十四年（1925） 三十四岁

《文艺论集》等著作出版，译作《社会组织与社会革命》出版。长女郭淑瑀出生，写作《瓶》《聂嫈》。

民国十五年（1926） 三十五岁

《塔》《落叶》《三个叛逆的女性》《橄榄》等小说戏剧作品出版；任广东大学文科学长；参加北伐，任国民革命军总政治部宣传科科长、总政治部副主任。

民国十六年（1927） 三十六岁

撰写檄文《请看今日之蒋介石》，受到国民政府通缉；参加南昌起义，加入中国共产党。

民国十七年（1928） 三十七岁

《恢复》《前茅》《沫若诗集》等诗集和《浮士德》《石炭王》等译作出版；被迫流亡日本，开始潜心研究中国古代史和古文字学。

民国十八年（1929） 三十八岁

《我的幼年》《反正前后》等著作与《美术考古学发现史》《屠场》等译作出版；创造社被封。

民国十九年（1930） 三十九岁

《中国古代社会研究》出版。翻译《煤油》《政治经济学批判》。

民国二十年（1931） 四十岁

《甲骨文字研究》《殷周青铜器铭文研究》《文艺论集续集》等著作出版。译《德意志意识形态》《战争与和平》。

民国二十一年（1932） 四十一岁

《两周金文辞大系》《金文丛考》《创造十年》《金文余释之余》等著作出版。四子郭志鸿出生。

民国二十二年（1933） 四十二岁

《卜辞通纂》《古代铭刻汇考四种》等著作出版。

民国二十三年（1934） 四十三岁

再次翻译《生命之科学》,《两周金文辞大系图录》《古代铭刻汇考续编》出版。

民国二十四年（1935） 四十四岁

《两周金文辞大系考释》《屈原》出版，写作《先秦天道观之进展》。

民国二十五年（1936） 四十五岁

《离沪之前》《豕蹄》等著作出版；译著《隋唐燕乐调研究》《华伦斯太》出版；长兄郭开文病故。

民国二十六年（1937） 四十六岁

写作《创造十年续编》；《殷契粹编》出版；抗日战争全面爆发后毅然回国，从事抗战文化领导工作；《沫若抗战文存》《甘愿做炮灰》等著作出版；和于立群相恋。

民国二十七年（1938） 四十七岁

出任国民政府军事委员会政治部第三厅厅长；与于立群同居。

民国二十八年（1939） 四十八岁

父病殁，偕于立群回乐山奔丧；第六个孩子郭汉英出生。

民国二十九年（1940） 四十九岁

辞去第三厅厅长一职，出任国民政府军委会政治部文化工作委员会主任；第七个孩子郭庶英出生。

民国三十年（1941） 五十岁

文化界庆祝其五十寿辰暨创作二十五周年；《羽书集》出版。

民国三十一年（1942） 五十一岁

《棠棣之花》《屈原》《虎符》等历史剧出版；第八个孩子郭世英出生。

民国三十二年（1943） 五十二岁

《孔雀胆》《南冠草》等历史剧出版；第九个孩子郭民英出生。

民国三十三年（1944） 五十三岁

发表《甲申三百年祭》。

民国三十四年（1945） 五十四岁

《青铜时代》《十批判书》等著作出版；赴苏联访问。

民国三十五年（1946） 五十五岁

出席政治协商会议，参加国共和谈；《苏联纪行》《南京印象》等
著作出版。第十个孩子郭平英出生。

民国三十六年（1947） 五十六岁

出版《少年时代》《革命春秋》《天地玄黄》等著作和译著《浮
士德》；国共和谈失败，由沪赴港。

民国三十七年（1948年） 五十七岁

发表《抗战回忆录》；启程赴东北解放区。

1949年 五十八岁

率团出席在巴黎和布拉格举行的世界和平大会；当选中国文学艺
术工作者联合会主席、中国人民政治协商会议副主席，出任政
务院副总理兼文化教育委员会主任、中国科学院院长。

1950年 五十九岁

率团赴朝鲜访问；率团赴波兰华沙出席第二届世界保卫和平大会。

1951年 六十岁

率团赴柏林出席世界和平大会理事会；在电影《武训传》批判、
《撒尼彝语研究》批判中作自我检讨；率团赴维也纳出席世界和
平大会理事会；获"加强国际和平"斯大林国际奖金。

1952 年　六十一岁

《奴隶制时代》出版；率团赴柏林出席世界和平大会理事会特别会议。

1953 年　六十二岁

《新华颂》《屈原赋今译》等著作出版。当选第二届中国文联主席。第十一个孩子郭建英出生。

1954 年　六十三岁

当选全国人民代表大会常务委员会副委员长。

1955 年　六十四岁

出席在维也纳、新德里、赫尔辛基等地举行的和平会议；率中国科学代表团访问日本。

1956 年　六十五岁

任国务院科学规划委员会副主任、中央推广普通话委员会副主任、汉语拼音方案审订委员会主任。《管子集校》出版。

1957 年　六十六岁

《盐铁论读本》出版。

1958 年　六十七岁

《百花齐放》出版。出任中国科技大学校长。以重新入党的方式公开中共党员身份。

1959 年　六十八岁

《雄鸡集》《蔡文姬》《长春集》《骆驼集》等著作出版。

1960 年　六十九岁

当选第三届中国文联主席。

1961 年　七十岁

校订《再生缘》前 17 卷；任《甲骨文合集》编委会主任；《文史论集》出版。访问古巴、印尼、缅甸。

1962 年　七十一岁

《武则天》《读随园诗话札记》等著作出版；写作电影剧本《郑成功》；主编的《中国史稿》开始出版。

1964 年　七十三岁

连续发表毛泽东诗词解读文章。

1965 年　七十四岁

参与《兰亭集序》真伪论辩。

1967 年　七十六岁

第九个孩子郭民英自杀。

1968 年　七十七岁

第八个孩子郭世英去世。

1970 年　七十九岁

率团访问尼泊尔、巴基斯坦。

1971 年　八十岁

《李白与杜甫》出版。

1972 年　八十一岁

《出土文物二三事》出版。

1978 年　八十七岁

发表《科学的春天》；病逝于北京。

第七辑出版书目

图书在版编目（CIP）数据

女神之光：郭沫若传 / 李斌 著. -- 北京：作家出版社，2018.10

（中国历史文化名人传丛书）

ISBN 978-7-5212-0139-0

Ⅰ.①女… Ⅱ.①李… Ⅲ.①郭沫若（1892～1978）- 传记 Ⅳ.①K825.6

中国版本图书馆CIP数据核字（2018）第163793号

女神之光：郭沫若传

作　　者：李　斌
传主画像：高　莽
责任编辑：江小燕
书籍设计：刘晓翔+韩湛宁
责任印制：李卫东　李大庆
出版发行：作家出版社
社　　址：北京农展馆南里10号　　　　邮　　编：100125
电话传真：86-10-65930756（出版发行部）
　　　　　86-10-65004079（总编室）
　　　　　86-10-65015116（邮购部）
E-mail:zuojia@zuojia.net.cn
http://www.haozuojia.com（作家在线）
印　　刷：河北鹏润印刷有限公司
成品尺寸：152×230
字　　数：490千
印　　张：34
版　　次：2018年10月第1版
印　　次：2018年10月第1次印刷
ISBN 978-7-5212-0139-0
定　　价：80.00元（精）